爱是一种没有形式的存在

目录
Contents

一 折弯汤匙的少年／1

二 凌空飞起的招财猫／116

三 新生命／192

四 爱的森林／268

五 赤沼马戏团／371

六 失而复得／454

一　折弯汤匙的少年

1　"自杀式滑草"

一九六〇年十月，祖父江九[1]出生时，第一眼看到的并非他母亲的容颜，也不是接生婆老迈的脸，而是他父亲秃头、宛若岩石的脸庞。

远藤匠看似顽固的脸，为了挤出微笑而扭曲的影像，覆盖住整个视野。那个十分震撼的视野，从此烙印在阿九的脑海中，可说是他在这个世界的原风景。

毛发掉得精光的头皮，为阿匠倔强的容颜增添了强悍的色彩。再加上一对粗似毛虫的眉毛高高耸起，一双大眼吓人地瞪着。还有那个硬是比别人大了一倍的鹰钩鼻，以及紧闭成一条直线的顽固嘴唇，综合出这名大汉给人的既定印象。

其实，他很容易动容、很容易流泪，且充满人情味，个性温和无异于常人。只因为世人看到他的外貌，便视他为可怕的存在，也因此不管是否喜欢，直接就将他归类为不同世界的人。

即便面带微笑，也会被误以为是在威胁对方；闭着嘴不说话，更会让人感受到一股杀意。

长相这东西影响了祖父江九的父亲远藤匠的一生。要不是生就那张嘴脸，阿匠也不会变成流氓吧！从他喜欢动植物的个性来看，照理

1　"祖父江"为其姓氏。

说应该开间花店或宠物店才对。

只有阿九的母亲祖父江七能够理解阿匠内心深处的柔情。

结果，两人生下了阿九。尽管阿七韶华已去，却依然是个美女，但阿九就像一般动物一样，只能从双亲身上各自遗传到一半的基因。

头发是有的，不过眉毛长得又粗又硬。眼睛圆大，鼻子比父亲尤有过之。下巴分裂成两半，骨架呈现九州人的特征——颧骨隆起。身形高壮和下体大如种马的特点，可说是完全来自父亲的遗传。

"从某个角度看，还是很帅的啦！"

阿九终其一生都很在意寺内茉莉小时候所说的这句话。

祖父江七明知道远藤匠已有家室，却还是选择做他的情妇。因为远藤匠在筑肥线的平交道上，为了救一只狗，而失去了一条腿。这件事让她感受到远藤匠内心真正的温柔。还记得那天，不知道从哪里跑来一只小狗，跌坐在铁轨上。眼看着平交道的栅栏已经放下，电车也越来越逼近。

"谁快救救它呀！"阿七大喊。

原本站在阿七身旁的男人，此时竟忽然穿过栅栏，冲上铁轨。因为事发突然，阿七吓得无法动弹。最后小狗获救了，但那个男人却被电车撞倒，身受重伤。这天，阿七本来要去拜访父母担任工友的小学。

虽然阿七不是这男人的朋友或情人，但此时也只得赶紧坐上救护车到医院，陪伴男人动完手术。一方面是因为自己大声求救，所以多少有点责任；另一方面，则是想跟男人报告小狗得救的喜讯。

就这样，男人失去了一条腿，但两人却因此相识相恋。即使阿七知道对方是个流氓，却还是拗不过男人的追求与柔情，而动情答应。

远藤匠为阿九出生几个月后因中洲[1]黑道械斗事件被警方逮捕。

在中洲一角拥有一些弟兄的远藤匠，为了替帮中人称"中洲鲨

---

[1] 地名，位于日本九州福冈市博多区。

鱼"的大哥新川英吉出气，黎明时带着手下突击对手。双方原属于同一组织，为了掌控狭小的中洲地盘而决裂。

由于远藤匠做人太过老实忠诚，以至于遭人利用，成了大哥新川英吉的代罪羔羊。远藤以杀人罪名入狱服刑不久后，他的手下便在新川的说服下宣布解散。

新川是个做事处心积虑的男人，他主动要求在远藤出狱前，以大哥的身份代为管理其手下。

还不到一年，新川到狱中探视远藤，提议让他管理打算解散的所有手下。关爱手下的远藤则不疑有他，甚至还认为大哥新川做人厚道。

岂料，这些人竟在后来新川扩张地盘至整个博多地区时，被当作炮灰，个个死于非命。远藤直到即将出狱的那年春天，才得知这件事。

远藤匠为阿七安排的住处位于福冈市南边的高宫区高台上。

安静的住宅区，十分符合远藤希望阿七尽可能远离自己所处世界的考量。而"平和町"这个地名，也是让远藤中意的理由之一。更何况，阿七父母工作和居住的小学就在邻区。

长久以来，阿七都没有将远藤介绍给双亲认识，直到怀了阿九才下定决心对父母坦白。但就算阿九的外公、也就是阿七的父亲勘六再怎么生气，阿七仍坚持肚子里的小孩绝对不能打掉，一定要生下来才行。

可是，阿七的父母始终没有接纳远藤成为家人。

平和町一丁目是个充满坡道的住宅区，坡道尽头的高台上，耸立着直指向天的西日本广播电视塔。那是当时福冈最现代化的建筑物之一，也是著名的地标。

从阿九房间的窗户可以望见形似机器人的高塔，虽说是电视塔，却不像东京铁塔一样，而是当时新闻报道中常见的火箭造型。红白相间的条纹光彩夺目，可说是当年最新颖的设计。

或许因为这样，阿九刚上幼儿园时，附近的孩子们都深信，电视塔其实是载着核子弹头的美军洲际弹道飞弹，甚至连寺内茉莉的哥哥总一郎也异想天开地造谣说："假如苏联来袭，飞弹就会射向莫斯科。"平和町的孩子们之间，一直如此流传着，直到冷战结束。

寺内茉莉和阿九家隔着一道高度约到小孩子腰部、大人可以轻松跨过的栅栏。当寺内茉莉一家刚搬到阿九家隔壁的时候，阿九的父亲进出家门还得避人耳目。起初，茉莉的父母看到隔壁经常有黑色高级轿车进出，不禁起了戒心，并考虑将栅栏加高。后来之所以没有行动，是因为祖父江九家庭院中前所未见的美丽花朵吸引了他们，尤其深深吸引了向往成为园艺家的茉莉的母亲喜代。

照顾植物是阿七的工作，带回植物的却是远藤匠。不知道他是从哪里得到的，尽是些连植物园也难得一见的奇花异草，有来自南方的，也有从大陆渡海而来的。一年四季开着各种颜色的花朵，散发着不同的香气，美不胜收。这些都是远藤为心爱的阿七努力搜集来的。

阿九之后在大楼屋顶上种树、挖掘小沟渠、建造小屋，并且居住其中时，虽然早已遗忘了这一部分的记忆，但其实内心深处还隐约残存着亡父未竟的温柔梦想——和植物共同生活。

阿九还记得，每到星期天下午寺内一家四口用手肘挂着栅栏，捧着脸，欣赏阿九家值得夸耀的花园的情景；还记得母亲阿七骄傲地一一解说开花的奇特植物时的身影；还记得当母亲解说完毕时，寺内茉莉和总一郎鼓掌的样子。

"这种白色的花叫做'非洲凤仙花'，原产地是在南非的莫桑比克。从没去过的国家的花，就这样孤零零开在自己家的庭院，也不知道它快活吗？旁边不是还有一些小花怯生生地开着吗？瞧它们伸长枝叶的样子，长得还算不错。它们的名字是'美人襟'，原产地是在安第斯山南方。不知道安第斯是个什么样的地方，应该开着许多漂亮的花吧！那些花就跟茉莉一样可爱，真的好可爱！还有一堆长在墙角的是'香雪球'，好像是来自欧洲吧！这样感觉自己好像毕业旅行的学生，看着这些花，心里不知不觉就快乐了起来。"

阿九头一次对异性产生爱意是看到茉莉在庭院一角跳舞的时候，而且她还是裸着上半身跳舞。

那是一个夏日的夜晚，在窗口的灯光下，或许是一股难以压抑的冲动吧！茉莉让身体顺着感情的引导，自由自在地手舞足蹈。她没有注意到自己跳舞的样子完全被站在庭院看星星的阿九给看了去。

她的手脚在只有自己能理解的旋律下舞动。然而乍看之下，外人其实不觉得那是舞蹈动作。虽然后来茉莉经常泡在"亲不孝路"上的迪斯科舞厅磨炼舞技，但此时她的舞蹈就像是充满原始性的祈祷。

双手高举，眼睛闭着，嘴里哼着不知名的曲调，宛若巫师对天祈福地扭腰摆臀。奇妙的舞姿自然地呈现在窗口微明的灯光下。她光着脚，只穿着内裤。尽管只有五岁，但少女半裸的舞姿对阿九来说，已经具有相当的冲击性。只不过，当时茉莉是因为刚洗完澡觉得很舒服，所以才不由自主地走出庭院婆娑起舞。

茉莉的母亲寺内喜代从屋里大喊："茉莉！茉莉！洗完澡要赶紧穿上睡衣呀！"

接着，茉莉发现靠在栅栏上看得出神的阿九，立刻瞪大眼睛质问："你在看什么？"

阿九虽然觉得困窘，还好凭着五岁小孩的机智，赶紧一笑置之。不过那光景早已烙印在他的心上，终其一生不能相忘。

茉莉平坦的胸部、濡湿的长发，还有宽松的内裤。胖嘟嘟的肚子和圆碌碌的大眼睛，充满了无法抑制的生命跃动。

"好奇怪哟，你跳的舞好奇怪哟！"

阿九为自己说出口是心非的话感到不可思议。他模仿起茉莉的舞姿，并用夸张而扭曲的方式表现出来。茉莉直觉自己受到侮辱，毕竟在她的年纪，还无法理解那是一种表现爱意的方式。

"我跳的舞才没有那么奇怪！"

"好好笑哟！你跳的舞好奇怪哟！"

茉莉气得丢出石头，小石子直接打中阿九的眼睛。被送往医院的途中，阿九感觉紧闭的眼睑内侧已清楚地萌生出自我的意识。从那个事件之后，祖父江九从小孩蜕变成少年，跨出了历史性的一步。

医生说："还好打在眼白的部分，若打中黑眼球，肯定会失明！"

瞳孔下方如针孔的伤痕和茉莉的舞姿，从此残留在少年阿九的眼中，永远无法抹去。

六岁那年的秋天，阿九从出生地平和町一丁目，搬到外公居住的西高宫小学工友室。母亲为了能到中洲工作，将阿九托给外公、外婆照顾。阿九除了星期日可以回平和町的家跟母亲一起睡之外，其余的时间都是和外公、外婆窝在工友室里，安静地生活。

由于阿九从入学前就在小学里生活，因此不像其他孩童对于入学典礼有新鲜的感受。而代替父亲教养他的外公勘六虽然个性保守、具有严格的旧道德理念，却很受到西高宫小学生的爱戴。

勘六对于昆虫的知识比自然老师还要丰富，尽管他并非学者，花费一生搜集的大量标本却受到好评，还担任过福冈昆虫学会的副理事长。

当时在西高宫小学，学生到工友室听勘六说话，也算是上课的一环。一进门约有四十张榻榻米大的水泥地房，整齐收放着扫帚、畚箕以及其他整理庭院的工具。再进去有两间房，分别有八张和六张榻榻米大，是祖孙三人生活的空间。房里的墙上挂着勘六搜集的标本。满满一整面墙的珍奇昆虫标本，是勘六花了一生心血搜集来的财产。

无论大人或小孩，凡是头一次看到这些标本的人，肯定会发出这样的惊叹："哇！好厉害呀！"从锹形虫到独角仙、螳螂、金龟子、蚱蜢、蝴蝶、蛾、蝉等，应有尽有，好几千只的昆虫，就这样被大头针钉在盒子里做成标本。

看着用说戏曲的语调为孩子们解说的勘六身影，阿九心中自然浮现阿七温柔而开朗地为邻居说明庭院植物的样子。

平常吵闹不休的西高宫小学生，眼神发亮、乖乖地听着勘六说明，那副认真模样是课堂上看不到的。

校长连忙抓着年轻老师得意地说："这才是教育应有的风貌！"

勘六的妻子，也就是阿七的母亲祖父江三，是个以夫为重的传统日本女性。看着外婆默默工作的身影，阿九觉得她就像只辛勤的蚂蚁。

阿三不像她丈夫那么会说话、能够抓住孩童的心，所以几乎不太开口。凡事绝对不会强出头，总是退居在勘六背后，露出温和的笑容。而勘六的任何杂事，也全都委托她负责。

"阿三、阿三！阿三、阿三！"勘六从早到晚不断喊着阿三的名字，就连想不起事情，也要由她来解决。起初，阿九觉得外公还真会使唤人，但渐渐地才明白，那是长年相伴的夫妇间一种确认爱情的行为。而且，这种体悟并非某一天突然开窍理解，而是以水滴石穿般的速度深植于阿九的意识之中。

"阿三、阿三！喂，阿三、阿三！那个……那个在哪里呀？"

"那个是什么呀？孩子的爹。"

"笨蛋，那个就是那个嘛！那个呀……喂，阿三！"

从老夫妇面对世界的耿直态度中，阿九学会了许多事。

阿九开始在工友室生活时，茉莉的哥哥总一郎已经就读于西高宫小学。对阿九而言，总一郎是他在学校唯一认识的朋友。其重要性在日后与茉莉不相上下，甚至大大地影响了阿九的人生。总之，总一郎于阿九，是很特别的人。

虽然总一郎只是个小孩，但却像个小小哲学家似的。聪明和不容忽视的存在感，让他在学校里十分显眼。然而，看在那些愚蠢的老师眼中，他却只是个难以管教的坏学生。

长大之后，阿九仍经常在梦中忆起当时总一郎的脸。他在晚年回忆："脸对一个人而言，像是入口，也像是出口。"

总一郎从小就有张成熟的脸。他的双眼不像一般小学生那样清澈无邪，反倒比较像是存活了好几百年的老奸巨猾的吸血鬼或是盯住猎物不放的野鸟。在他那双看透世界的眼睛中，透露出体悟人生的耀眼光芒，且充满了身为求道者该有的资质。对于总一郎日后闹出让高宫地区民众战栗不安的重大事件，阿九在未完成的思想书《祖父江九启示录》中，形容那是"对命运的反击"。毕竟，命运因为反击而起反动，才是最可怕的。

小学一年级时，阿九俨然成了总一郎的手下。

比起跟同年纪的小孩子玩，阿九觉得在总一郎身边反而更刺激、更有趣。总一郎身边总是围绕着一大群小孩，阿九是其中之一。

阿九经常在放学后跟着总一郎到处跑，而总一郎也把阿九当弟弟般对待，让茉莉十分嫉妒。

"好过分！为什么哥哥老是命令阿九啊？"

"没办法呀！谁叫茉莉是女生。"

听到阿九这样的回答，茉莉气得噘起嘴，鼓起腮帮子。自从上小学以来，阿九对茉莉的心意就起了明显的变化，只是当时的他还没发觉那就是爱情。

茉莉只要一闹别扭，就会在总一郎的同伴面前跳舞，而大家也都很喜欢看她跳，不过总一郎却绝对不会笑。总一郎看穿了茉莉的心，也能够看穿所有人的心,所以他常常讽刺那些散漫大人们的言行。

"为什么老师没有经验、没有实际成绩,也没有向学的心,却可以明确规定所有事情?"

"可恶!总一郎怎么可以大言不惭地说这种话?"

"难道小孩就不能对大人发表意见吗?难怪没人劝得动那些老是采取错误行动的当权者,害日本不断地发起战争!"

看在其他孩子眼中,总一郎对抗老师的模样十分帅气,无论是哪方面,都可说是孩子们的表率。总一郎也是思想家,在孩子们的心目中早已被神化。

另外,总一郎还发明了许多游戏,带给孩子们创造乐趣。例如他曾经在小学三年级的时候,发明了一种名为"自杀式滑草"的游戏。

离电视塔不远的地方有一座净水厂,从那里爬上一段坡度极陡的路即可到达堤防。堤防高约十米,斜坡种植草坪,整理得十分漂亮。但因为坡度太陡的关系,所以从来没人敢在上面滑草。

某天,总一郎不知道从哪里找来一个纸箱,然后坐进纸箱里,从堤防上滑下来。起初,孩子们只是在一旁为从陡坡滑下来的他加油,并且打从心底佩服他的勇敢,视他为英雄。

男孩子们开始仿效他的动作,钻进纸箱,滑下斜坡。除了刺激有趣之外,也相当有成就感。从此以后,成功征服这条陡坡,便成了西高宫小学男生的英勇证明。

由于当时阿九还小,只能在一旁默默看总一郎跟大伙儿冒险,并在心中暗自发誓,有一天自己也要征服这条斜坡。后来开始有人因"自杀式滑草"而受伤,总一郎却负起全责,在办公室前罚站了半天。总一郎的同学不慎摔出纸箱,撞上坡道下的水泥地面,虽然没有生命危险,但肩膀脱臼,右半边脸部严重擦伤。

但总一郎并没有因此善罢甘休,反而又替全身缠着绷带的同学取了个"木乃伊"的绰号,并命令其他同学把家里的绷带带来,这次阿九也从家里的药品箱偷出绷带。午休时,许多同学将总一郎身上缠满绷带。就这样,总一郎在学校午休时间变成"木乃伊",大吵大闹,自然放学后又被罚站在办公室门口,而且手上还得提着装满水的水桶。

阿九偷偷跑来探望,总一郎则是满脸认真地告诫:"阿九,玩游戏要拼命才有意思。没有比不拼命玩游戏更无聊的了。人的一生也是要拼命才好玩,任何事情都必须像个笨蛋一样认真看待,否则就毫无意义。这一点你可要好好记住。人为什么会出生在这个世上,说穿了不就是为了拼命吗?"

这些话日后为阿九指出了一个人生方向。

2 "空中的道路"

小学时代的祖父江九,一天的生活从打开校门开始。

早上七点被外婆阿三叫醒,在七点半之前必须和外公勘六分头奔走,打开校门、体育馆和所有教室的门。

阿九负责的是体育馆大门和邻近的几间教室。其中,最重要的就是体育馆后面的北门。因为只要超过七点半一分钟,凡事喜欢拔得头筹的武市就会气得大吼大叫。武市是从壹岐转学过来的调皮少年,肤色黝黑、个性急躁,喜欢打架且动作粗暴。

习惯用武力掌控其他小孩的武市,和奉自由为信条的总一郎,可说是死对头。无论遇到任何事情都不对盘,但还不到以武力决胜负的地步。因为武市似乎能感受到总一郎身上有一种无法形容、自己所没有的可怕力量,所以始终不敢动手。

武市不管什么事都要抢第一,七点半门一开,他就出现在校门口。有一次,阿九从朋友那里得知武市第一个来学校的真正理由。

"武市的父母离婚了，母亲再婚，武市跟着一起搬到继父家。武市被其他已经在念国中的兄弟姐妹排挤，不得已只好早点来学校。"

头一次听到"离婚"一词的阿九，想到自己信以为死去的父亲，不禁觉得武市和自己有着类似的身世。

"阿九，你太晚了。要吃我几记拳头才甘心呢？还不快开门！"

那天，阿九做了个噩梦，所以不小心睡过头了。睁开眼时，泪流满面的他，却怎么也想不起梦的内容。更可怕的是，在那之后三年，直到发生那件事情为止，同样的梦还经常撼动着阿九的夜晚。阿九当然无从得知这是因为自己具有预言能力的前兆。

"武市，对不起啦！我睡过头了。现在就去开门，等我一下。"

由于武市没有回应，阿九心惊胆战地打开门。踏进门来的武市，二话不说就对阿九使出眼镜蛇缠身术。

"好痛呀！武市，我都已经说对不起了……"

阿九蜷缩着身体，脊椎和脖子几乎快被折断了。武市仗着自己人高马大，下手硬是不留情。

"阿九，从今天起你就当我的手下！听到了没？"

尽管心里明白只要答应就能解脱，但阿九却怎么也不愿意，因为他向来都很想要成为总一郎精神性的手下。最后，武市敌不过阿九的骨气，还是放开他。吓得动弹不得的阿九窝在工友室睡觉。尽管害怕，却还是不敢对外公、外婆和老师们说出武市的恶行。

对企图掌握西高宫小学霸权的武市而言，寺内总一郎的存在，就像是眼中钉、肉中刺。面对总是态度超然的总一郎，随时想趁隙攻击的武市，开始把矛头指向总一郎的妹妹茉莉。

"你不是在福冈出生的吗？干吗用东京腔讲话？少假仙了！"

茉莉受到父母的影响，不太用博多腔说话。平常说话都模仿在大学任教的父亲，感觉有点像个小大人。在东京出生的总一郎，试图率先成为道地的博多人，而茉莉却始终对父母都会式的言谈充满了憧憬。

"茉莉，这里是福冈。既然要在福冈生活，就得像个福冈人一样！"武市说完用力地敲了一记茉莉的头。茉莉固然个性强悍，但当然不敌人高马大的武市。

然而总一郎却没有来解救茉莉。阿九见茉莉被武市等人包围，立刻跑去找总一郎。不料总一郎竟冷冷地回答："这种事必须靠自己克服！"

看到总一郎不为所动的样子，气不过的阿九决定带着花坛里的石头去对付武市。因为一旦正面冲突，自己肯定打不过对方，于是采用背后偷袭的招数。果然成功击中武市的侧脸，将他打倒在地。虽然阿九的心里也很害怕，但对茉莉的担心多过恐惧。当老师们赶过来时，武市像个孩子一样抱头痛哭。

"为什么总哥不来救你呢？真奇怪，为什么不救自己的妹妹？"

阿九原以为能得到茉莉的感谢，没想到茉莉竟恶狠狠地警告他："不要说我哥哥的坏话！你根本什么都不懂！"

明知道武市会报复，还是毅然决定出手相救，但为什么得不到她的感谢？阿九百思不得其解。

就这样，某天武市在众人面前逮住阿九，并使出新的角力技术来对付他，其他小孩则装作没看见。但阿九丝毫不肯屈服，就算在众人面前被用"卍"字固定法制住，就算脚都快被折断了，也绝不哭泣。茉莉跑过来大喊："快住手！你这个卑鄙的家伙。"

却没看见总一郎的身影。

"阿九，你还好吧？我马上找哥哥来，你再等一下。"

茉莉跑开了，但她带回来的不是总一郎，而是外公勘六。一见到勘六，武市等人立刻逃跑。阿九心里很难过，不是因为被欺负，心有不甘；而是总一郎没来，让他感到有些落寞。

几天后，在净水厂堤防边滑草时，他问总一郎为什么不出面救茉莉。

总一郎回答："这种事本来就不应该依赖别人。"

由于福冈机场设在市区，因此经常有飞机在民宅上空盘旋，而净水厂上方则正好是飞机的航线，当孩子们玩腻了滑草游戏，就会躺在草地上，仰望掠过天空的巨大喷射机，发出喝彩。

"好大呀！"大家异口同声地欢呼。

看着大型客机飞过，总一郎低语："她今后的人生，也不见得都有我陪在身边吧！"

就在这时，阿九感觉到一阵耳鸣。"叽……"头脑中心一阵痛楚，阿九闭上眼睛，因为他想起了那个恐怖噩梦的片段。浓厚的晨雾弥漫中，有个小小人影悬挂在树林中。

"阿九，你看！天空中也有道路。"

阿九心有余悸地睁开眼睛，眼前是一片辽阔的晴空，大型客机发出轰隆声响，驶过电视塔的尖端。

"我想说的是，任何地方都有出路。"

总一郎无视于阿九的不安，发出爽朗的笑声。

总一郎只有一次露出生气的表情。那是在学校谣传祖父江九的父亲是流氓后的三个月，总一郎动手修理了武市。

此时的阿九，并不知道自己的父亲被关在监狱里，只听过母亲阿七说父亲死掉了。学校的老师们虽然知道阿九的身世，但也都刻意隐瞒。而茉莉的父母寺内新和喜代，也没有告诉自己的孩子们。

有关远藤匠即将假释出狱的消息，先是在中洲成为热门话题。被远藤匠视为大哥的新川英吉早已将他的组织解散，主要手下几乎都被新川利用，个个落得悲惨的下场。

透过狱友的通风报信，阿匠多少能获知外面世界的消息，也很清楚他的手下是如何被害死的。

更何况，祖父江七上班的地点正是新川英吉经营的酒店。美丽的阿七完全不理会新川的搭讪，但新川总是以欠债为由，三番两次要挟阿七当他的女人。

后来，远藤匠在狱中表现良好获得假释的机会，但好事之徒却放出风声，说中洲将掀起一阵腥风血雨，谣言迅速传遍小小的福冈市。

西高宫小学有位老师听到这个谣言，并且在教职员会议上说了出来，于是一传十，十传百，也传进了孩子们的耳朵里。

甚至还有人说流氓将大举入侵学校。一时之间，许多家长纷纷表示不安，最后发展成外公勘六的去留问题。基于勘六多年来累积的人望，再加上校长在家长会中宣布，万一发生什么事，自己将负起所有责任，勘六才得以保住工作。

某天放学后，趁祖父江九不在学校里面，走廊上聚集了一些小孩，在听武市发表高论。其中一人偷偷跑去通报总一郎，原来武市在众人面前说阿九的坏话。

"真要命！那家伙居然有个流氓老爸，难怪个性那么坏。"

武市改变了作战计划。表面上，假装害怕被阿九父亲报复，而显得卑躬屈膝的样子；背地里却到处胡言乱语，企图孤立阿九。

"那个时候我真的是吓坏了！他突然从背后攻击，手里还拿着石头用力丢向我。那种手法肯定是跟他老爸学的！你们最好也要防着点呀！听说整个博多马上就会发生流血事件，好可怕哦！不知道咱们学校要到什么时候才会平静？"

武市话才刚说完，就被迎面而来的总一郎狠狠地揍了一拳。

"怎么，你也是流氓吗？"

武市好不容易站直身体，总一郎又扑上来继续打。虽然武市较高大，但在气势魄力方面，总一郎则是压倒性的胜利。

"阿九才不像你口中说的那么卑鄙！如果你再不闭上你的狗嘴，

我会代替阿九跟你一较高下！"

话才刚说完，两人又扭打成一团，但一眼就可看出胜负，因为总一郎的气势早已完全压垮了武市。直到老师赶来将两人分开，总一郎仍怒气难消。

总一郎修理武市的消息马上就传遍学校，连人在工友室的阿九也听说了。

"发生什么事了？"

"不知道，反正就是武市在大家面前说你的坏话，然后就被总哥修理了。先是赏他几记拳头，然后又扯又打。"

听对方这么一说，阿九便立刻跑到办公室前。只见打架的两人正在走廊上罚站，手里还提着水桶，走廊上则挤满了看热闹的孩子。

"还不赶快回家，在这里看什么看？"老师们拼命地驱赶学生。

阿九的眼中，只存在着总一郎挑起下巴、瞪着前方、挺直腰杆、紧闭双唇、超然凛立的身影。

武市则双肩下垂，浑身是伤，眼里还浮着泪水。

阿九很骄傲总一郎为了自己出面决斗，就连茉莉冲过来紧紧抱住总一郎时，他也觉得是自己在拥抱总一郎。

夏日某天，阿九一打开北门，一个陌生男人叫住了他。

虽然学校已经开始放暑假，但校门还是得准时打开才行。男人起初躲在电线杆后面，但一看到阿九打开门，便立刻跛着一条腿走上前，用低沉的声音向他说声"嗨"。

阿九完全没有想到对方会是他父亲远藤匠。男人的光头突出，阿九为自己的目光老是停留在阳光下发亮的光头而难为情。男人身材高大，现在明明是一大早，却已经戴上墨镜。

"阿九……"

男人看着阿九，炽热的眼光简直要在他身上烧出洞了。

"我就是。"

"是吗？"

"叔叔是？"

"叔叔是……"

男人话没说完便停住了，藏在墨镜后面的眼睛连眨了好几下。他正在考虑该怎么说，最后似乎下定决心，抬起脸吞了一下口水。接着拿下墨镜，露出高吊的双眼。此时，背后有人呼唤阿九。

"怎么了？阿九，有客人吗？"

一听见勘六的声音，男人赶紧戴上墨镜，对阿九说："我下次再来，这些给你买喜欢的东西。"并从口袋掏出一张万元大钞，塞进阿九的手里。然后也不管红灯还亮着，便急忙穿越马路离去。

勘六走了过来，一把抢去阿九手中的万元大钞，就像是抓到什么脏东西似的，立刻将它扯烂。

已经懂得一万元价值的阿九大叫了起来。尽管外公没有说明，但阿九看着被撕碎的一万元钞票，心里早已明白，那个高大的男人就是自己的父亲。

隔天早晨开始，阿九开关校门时身边都有阿三陪着。阿三在阿九打开门的同时，也不断留意周边的状况。阿九的视线则是抢在外婆前面，查看父亲是否躲在电线杆或房子后面。

父亲长年不在，对阿九的人生影响很大。阿九常常隔着围墙眺望茉莉一家人，并将茉莉的父亲寺内新视为理想的父亲形象。

身为学者的寺内新态度温和，充满理性，又是阿九尊敬的总一郎的父亲。难怪阿九心中会把这个住在隔壁的好男人当作典型的父亲看待。

不料，突然出现的远藤匠，和长期以来内心所描绘的父亲形象落差太大，阿九茫然地不知该如何填补那些落差。一身黑色的装扮、高大的身材与不得不用墨镜遮住的脸……对正值做梦年纪的阿九而言，这样的形象实在令他难以接受。

然而，就算有再多的疑问、不满和犹豫，也敌不过自己父亲还在的事实。每天晚上，阿九都在思考父亲的意义是什么？运动会、家长会、园游会等活动，都是外公代替父亲出席，每次看到同学的父母，就无法理解为什么就只有自己没有父亲。直到有一天，武市突然对阿九说："我也没有爸爸，我父母已经离婚了。"

再一次听到离婚这字眼，阿九坐直身体反问："什么是离婚？"

"就是因为没有爱，不再继续当夫妻，恢复成原来的关系呀！可是夫妻可以恢复成原来的样子，生下来的小孩可就不行了。所以也会有像我这样，必须和新的家人一起生活的CASE。"

"开司？"

"没错，CASE。日文该怎么说呢？哎呀，CASE就是CASE啦，你懂吧？"

武市发"SE"的音时，故意噘起嘴巴笑。自从和总一郎的打架事件之后，彼此之间的关系似乎稍有好转，毕竟少年之间的隔阂不像大人一样会留下阴影。

日后，阿九甚至还对自己的徒弟园分铜说："现在这个世界最需要的就是少年的心呀！"

阿九与父亲再次相逢，是总一郎引发那个惊悚事件很久以后的事。

远藤匠躲在筑后川下游大川市的伙伴家等待时机，期间也已经和阿七偷偷联络上了。阿七很想马上跟远藤见面，但远藤却制止她说："现在只能继续等待。"

此外，远藤匠在监狱时，也已经和原配办妥离婚。这是他在监狱里苦恼着到底要为手下复仇，还是跟阿七、阿九一家三口过着幸福的日子，所做出的结论。

为此，他——造访惨死的手下坟墓，并在墓前谢罪。

"你们牺牲了性命，我却决定要追求自己的幸福。我会连你们的份也一起追求的，请你们在天之灵一定要保佑我。"

在合十的手中，远藤只描绘了和阿七、阿九平静生活的幸福景象。

3 "折弯的汤匙"

平时的祖父江七是一个热爱植物和儿子的良家妇女，但实际上她在中洲却是出了名的、个性最为强悍的酒女。

她之所以经常和客人起冲突，是因为她只允许客人摸她的左手和摸到膝上五公分。因为右手要用来摸阿九的头，所以绝对不让客人触碰。相反地，左手因为常被客人抓着，她称之为"不干净的手"，所以也绝对不会拿来触碰阿九。

客人只要摸其他的地方，她就会马上起身离去。当然也有人大骂："酒女摆什么架子！"而她之所以能够继续留在中洲做事，却是因为新川英吉在背后撑腰的缘故。

有一次某位客人搞不清楚状况，在大家面前抱住阿七，并企图脱她的衣服。虽然他是地方上的黑道分子，而且已经喝得烂醉，但周围却没有人出手帮阿七解围。在店里的人赶去新川事务所通风报信之际，阿七岂能让客人为所欲为，随手拿起放在附近的冰锥，就往男人的右大腿深深刺下去，当然抓着冰锥的是不干净的手。

"下次还敢乱来，我就刺你的鸟蛋！"

赶过来的新川英吉连忙打圆场，解决了这场纷争，但从此阿七就更无法逃出他的魔掌。

新川英吉是个凡事都靠恶势力解决的人，唯一不能如愿得到的就是祖父江七。打从阿七还是远藤匠的情妇时，新川就觊觎她。新川让情同兄弟的远藤陷入组织纷争之中，背后就是因为有阿七的存在。

远藤匠入狱服刑期间，新川英吉以帮忙介绍工作为由，开始接近阿七。而财务困难的阿七则因为对方是远藤口中的大哥，自然不疑有他，并开始到新川经营的酒店上班。

新川英吉无论如何都想把阿七占为己有，不断用各种方式搭讪，但阿七就是不予理会。不久之后，阿七听到一些关于新川英吉的传闻，以及他陷害远藤、搞垮远藤组织的真相。然而，那时候的阿七已经跟新川借了太多钱，加上他暗中搞鬼，欠债与日俱增，使得阿七无法到其他地方另谋生路。

阿七每天从晚上八点工作到凌晨三点，只有星期天可以休息，而那一天，正是他们母子俩共度的时间。因为平常无法见面的母亲会回来，所以星期天就成了阿九一个星期中最喜欢的一天。每天他都期待着星期天快点到来。

当阿七听阿九提到有个很像父亲的人在学校叫住他的事时，因为她已听勘六说过，所以并不惊讶。

"他还活着吗？"

阿九趁着即将入睡之际，像孩子般地提起过去从未说出口的疑问。阿七温柔地抱着阿九，装傻反问："谁呀？"阿九半闭着眼睛，将那天早晨的经过说给母亲听，包含偷偷拾起一小片扯烂的万元大钞，藏在口袋里的事。

"大家都说爸爸是流氓老大。他被关进监狱了吗？还是死掉了？"

"什么呀，那些都是胡说八道的谣言。赶快睡觉吧！"

阿七真的很不会装傻。

"流氓是什么意思？他们都说那是坏人的组织。爸爸是坏人的老大吗？"

"你爸爸不是坏人，他是好人哦！以前曾经挺身救过一只在平交道上快被电车撞上的小狗。结果小狗没事，你爸爸的一只脚却断了。坏人会为了这种事而奋不顾身吗？"

阿九微微张开了眼睛。阿七心想这时候要是让他醒来，肯定问个没完没了，于是故意半眯着眼睛，装出一副很困的样子。

"所以那个叔叔才会跛着一只腿吧？他长得并不凶狠，该怎么说呢？应该说是像漫画上会出现的那种好笑的脸。"

阿七再度抱着阿九说："好了好了，该睡觉了。"阿九则紧紧闭上眼睛，安静不动。正当阿七认为他已经睡着时，他又张开眼睛问："那他为什么要杀人？"

阿七本想回答"那是男人之间的约定"，但话到了嘴边，却还是硬生生地吞了回去。因为她改变心意，决定不过度美化黑道，教坏孩子。尤其不能让阿九对父亲产生憧憬，万一之后跟着踏入黑道怎么办？因此，只好故意装出很想睡的样子，喃喃说："好困呀！"并且一边抚摸阿九的头。

阿九一把抓住她的左手说："这是不干净的手耶！不可以碰我。"

阿七连忙换成右手，重新抚摸阿九的头。母子保持沉默，彼此在被窝中观察对方，过了一会儿才听见入睡的鼻息声。

隔天早晨，寺内茉莉和总一郎到门口找阿九时，他还没起床。阿九在梦中和那个戴着墨镜的秃头男人手抵着手、脚抵着脚玩游戏。尽管那张脸离理想父亲还很远，但不知不觉间，阿九已经喜欢上那个男人有趣的长相了。

看着母亲扫地的背影，阿九实在不敢继续昨晚没问完的疑问。父亲的话题是家里的禁忌。因为快迟到了,阿九直接冲出家门。早晨的忙乱让母子俩都松了一口气。

只有星期一的早上,祖父江九可以和寺内茉莉、总一郎一起从家里出发上学。上下学对茉莉和总一郎就像家常便饭一样,但是对阿九而言,则是一星期一次的祭典,也是一场大冒险。

总一郎察觉这一点,便提议三人每次都走不同路线。有时会故意经过盖着白色塑料布的工地,或是在社区内绕圈赛跑。经过草原时,不是到处追赶蚱蜢,就是下水抓小螯虾。

由于阿九睡晚了,比平常晚了十分钟出门,所以那一天只好走正常的路上学。看着学童们纷纷从不同的巷道聚集过来,对阿九反而是新鲜的画面。

"前进、前进、嘿呦嘿!"

阿九兴奋地挥着手,茉莉也跟着一起挥手,总一郎则是有些难为情地挥手。两人看到阿九高兴的样子,也打从心底为他高兴。总一郎受到祖父江七请托"请当阿九的朋友哦",正义感强烈的他便发誓应允。

来到校门口,阿九停下了脚步。

"怎么了吗?"总一郎问。

"我爸爸还活着。"原来阿九想起了那个站在电线杆后面的男人。

茉莉和总一郎露出紧张的表情。在学校盛传有关阿九父亲不好的谣言时,茉莉曾经问过父母有关祖父江家的事。"为什么阿九家没有爸爸呢?"两兄妹的父亲寺内新只敷衍说:"家家有本难念的经呀!"茉莉和总一郎也就不再继续追问下去。

"上次他就站在这里。"阿九指着电线杆,"可是他不像爸爸,脸长得好像红豆面包。"

"红豆面包?"茉莉反问。

"因为不像总哥的爸爸那么帅,害我有些失望。"

21

看到阿九笑,两个人也跟着笑。居然说是红豆面包脸!茉莉看着总一郎的脸说。

"不过当我知道自己也有爸爸,心里还是很高兴。就算是红豆面包脸,爸爸还是爸爸。他是我在世界上唯一的爸爸呀!"

兄妹俩停止了笑。刚好钟声响起,三人赶紧走进校门。阿九回过头看了一下,内心祈祷着那个人会躲在电线杆后面……

几乎所有的小孩都知道阿九的父亲以前是流氓老大。因为只要一回家,就会听见父母在讨论中洲黑道械斗的事,所以谣言一传再传。

阿九不知道那个黑道械斗事件的真相,好几次想跟外公、外婆问清楚,但都被含混带过。对幼小的阿九来说,为什么大家会那么害怕流氓?这仍是个谜。

有一天,阿九问总一郎:"父亲的意义是什么?"那是在玩"自杀式滑草"的游戏时。

"很难回答。"总一郎侧着头说。

"总哥,为什么我爸爸不在我身边呢?"

"阿九,你也一起躺下来。"总一郎躺在草地上。

阿九跟着躺下,原本在滑草的其他伙伴看到,也觉得他们这么做好像很舒服的样子,于是便和他们一起躺下,在高宫净水厂旁的陡坡草坪上躺成了大字。

"你看,太阳不是高高在上吗?"

蓝色的天空中,有着光辉灿烂的太阳。

"那就是阿九的爸爸。"

阿九听不懂总一郎这句话的意思。

"太阳吗?"

"太阳总是平等地照在每个人身上。天底下再也没有那么伟大的爸爸了。"

"可是总哥,太阳又不是人。"

"阿九,当你觉得寂寞的时候,就抬头看着太阳吧!相信阿九的爸爸思念阿九的时候,也一样会看着太阳的。世界上没有不爱、不思念自己小孩的父母。"

总一郎看着天空如此解释。阿九再度看着太阳。阳光刺眼,阿九的眼睛几乎快要睁不开了。不知道为什么,阿九似乎听懂了。世界上没有不爱、不思念自己小孩的父母。总一郎的话就像太阳一样,开始在阿九的心中发光发热。

抬头仰望太阳的时候,阿九不禁精神恍惚了起来。睡眼蒙眬中,那个秃头男人又出现了。藏在墨镜里面的眼睛有着温柔的线条,阿九喊了一声"爸爸",男人从口袋掏出一张万元大钞交给阿九。跛着脚慌张穿越马路的身影显得很滑稽,而且化成了悲伤而无奈的鲜明记忆。

阿九睁开眼时,身边的人却是总一郎。总一郎轻抚着正在睡觉的阿九的头,他的脸上残留着哭过的泪痕。阿九赶紧吸吸鼻子,露出难为情的笑容蒙混过去。

如果真像总一郎所说:"太阳对任何人就如同父亲一样的感觉。"那么对阿九而言,总一郎即是父亲的形象。

阿九能够在周遭充满好奇的眼光中安然生活,与其说是外公勘六和老师们的细心照料,倒不如说是得自总一郎的保护比较多。凭一己之力打败凡事想争第一的武市后,总一郎即使不愿意,也很自然地被推举为西高宫小学的领导人。总一郎并不想踩在任何人头上,也从来不会耀武扬威。然而只要有他在,西高宫小学就能维持平静。

总一郎在阿九八岁的时候,如此告诉他。

"阿九,你知道人类最愚蠢的是什么吗?"

阿九傻傻地摇摇头,身旁的茉莉则是大声回答:"犯同样的错误。"

总一郎轻轻敲了一下茉莉的头，微笑说："那是妈妈经常告诉我们的道理吧！"

"不对吗？"茉莉嘟着嘴巴。

"是复仇心。"总一郎抬头看着太阳轻声说道。

"复仇心"这三个字不是刚满八岁的茉莉和阿九所能理解的东西。

"简单来说，就是想要报复。"

"报复？"茉莉反问。

"比方说，有人被打了，心里一直恨着打他的人，然后有一天也打回去。像这样等待机会打回去，就叫做'复仇'。"

阿九还是不能理解总一郎说的话。

"可是总哥，那个人不是被打了吗？哪有男人被打了还闷不吭声，这样会毁了九州男子汉的名声耶！"

总一郎笑了，笑了一阵子后，又恢复认真的表情说："于是就要打回去，结果有一天又被对方打回来。整个社会就像是恶性循环一样，仇恨永远不断重复。"

茉莉和阿九叹了一口气。过了一会儿换茉莉反问："难道要一直挨打吗？"

阿九想起了新学会的成语"忍气吞声"，接着又听见总一郎以坚定的态度回答："没错！"茉莉听了立刻不平地说："我不懂，为什么要那样？"阿九则是拼命想理解总一郎所说的事。

过没多久，总一郎也实现了自己的承诺，跟武市和好了。起初，武市还怀着戒心，但看到总一郎不计前嫌地伸出友谊的手，也渐渐地打开心房，像个孩子一样，两人当起了朋友。阿九永远记得总一郎身体力行教导他"唯有能够理解痛苦的心，才能消弭复仇心"的身影。

总一郎的身边总是吹着奇妙的风，就连行为粗暴的武市也受到总一郎的影响，在升上高年级之后，蜕变成正义感强烈，且不输给总一郎的好男人。不单只有武市，对所有西高宫小学的学童而言，总一郎像是父亲，也像是品德高尚的人，简直就是众人的模范。

只有爱慕哥哥的茉莉，对总一郎受人欢迎的现象感到不服气。试图写情书给总一郎的女生络绎不绝。茉莉整天忙着赶走那些想要靠近总一郎、埋伏等待总一郎的女生，并且开始觉得不耐烦。

"好讨厌！讨厌死了，我绝对不喜欢这样！居然用那么恶心的表情看着哥哥！"

茉莉毫不掩饰心中的不满。茉莉的恋兄情结，看在暗恋她的阿九眼里，感觉十分复杂。毕竟情敌是总一郎的话，那就没得竞争了。

"茉莉你还有我呀！"

"什么？"茉莉一脸惊讶地看着阿九。

"我是说，茉莉你还有我呀！将来我一定会让你幸福的，不如就和我交往嘛！"

茉莉听了阿九的话，笑个不停。阿九皱着眉头纳闷："有什么好笑的啊？"茉莉则指着阿九的脸问说："你的头壳没问题吧？"并且继续不断笑着。那是阿九第一次对茉莉表达自己的心意。

阿九发现自己拥有与生俱来的特殊能力，是在即将满九岁的那年夏天结束前。当时他和外公、外婆正在一边看电视，一边吃饭。吃剩的咖喱饭上摆了外婆阿三亲手做的可乐饼。

电视上正播放着外国的特异人士用念力折弯汤匙的节目。平常勘六总是说吃饭不能看电视，但是那天的情况特殊，因为阿七偷偷跑去跟远藤匠见面，使得阿九无法跟母亲共度盼望了一个星期的星期天。为了纾解阿九郁闷的心情，外公、外婆难得答应他看电视。

"那个人要做什么？"阿九问阿三。

"这个叔叔要用魔法的力量把汤匙给折弯。"

"魔法？"

"外婆也不太明白呀！好像是超能力吧！说是只要心中想着折弯，就算不用力，汤匙也会自己折弯。"

镜头逐渐逼近满脸胡须的外国人。白种男人闭上眼睛，皱起眉头。透过电视画面，阿九也能感受到那股张力。大家都盯着男人的手。男人手中握着的汤匙，以特写镜头出现在电视画面上。勘六和阿三紧张地屏住呼吸，阿九也目不转睛地看着。

"好像没有折弯嘛！"主持人在一旁小声说。

"可是好像有一点动静……看吧，好像有一点弯曲了。"一名女性艺人来宾低喃。

由于阿九感觉手心发热，很自然地向下一看，当场吓得说不出话来。没想到他手中的汤匙竟然自己动了，好像有生命似的开始慢慢折弯。受到惊吓的阿九不由自主地丢出汤匙，"哐当！"坚硬的金属声惊动了专心看电视的外公和外婆。

"阿九！瞧你做的好事！"

勘六生气地捡起折弯的汤匙指责阿九。

"不是我，是汤匙自己折弯的。"

"不可以说谎！一定是你用力折弯的。"

"不是我，我在看电视，结果手心就突然开始发热……"

不管他怎么解释，外公、外婆就是不相信。阿三说："你这孩子，马上就受到电视影响……"并且试图将弯曲的汤匙扳回原状。

"看来今天是无法折弯了。"

主持人在电视中宣布。外国男人将稍微折弯的汤匙对着镜头解释："今天的超能力有些失灵。"

"孩儿他外公，这汤匙这么硬，他是怎么折弯的呀？"

勘六从阿三手上接过汤匙，用力扳回。但就算以勘六的力气，也无法让弯成"乁"字形的汤匙恢复原状。

　　阿九在午餐时间将汤匙折弯给茉莉看时，她全程目不转睛地注视着。起初，茉莉也和勘六、阿三一样坚持是阿九用力折弯的。可是单凭小孩的力量根本无法将汤匙恢复原状，反而扭曲得更不成样。

　　阿九是超能力者的传言立刻传遍整个学校，一到午餐时间，孩子们都挤来阿九身边。走廊上挤满了孩子，甚至还必须劳动总一郎和武市帮忙维持秩序。阿九模仿电视上超能力者的严肃表情，故意制造紧张气氛。汤匙一弯曲，阿九身边就响起鼓掌和欢呼声。

　　"阿九，你好厉害！"

　　听到总一郎的赞美，阿九很高兴。因为他压根也没想到自己尊敬的总一郎会称赞他！

　　然而，当时的阿九并不知道拥有这项能力竟会让自己的人生转变成悲苦的命运。关于这件讽刺的事，祖父江九临死前在未完成的思想书《祖父江九启示录》中回想："结果我却无法预知自己的人生。"

4 "天使的手"

　　"折弯汤匙的阿九"是大家给予祖父江九的外号。阿九当然很高兴，但总一郎却告诫他不可以得意忘形。

　　"阿九，你突然被大家捧在手掌心，但千万要记得不能高兴过头。你虽然可以折弯汤匙，却并非神明。任何人只要有心想折弯汤匙，也会有办法做到的。"

　　对于"任何人也有办法折弯汤匙"这句话，阿九感到很不高兴。于是便反驳说："如果每个人都办得到的话，电视节目就不会报道了。"

27

"有的人跑得特别快，有的人很会心算，有的人身体很柔软，有的人很会说话……每个人都有特殊的才能，不是吗？阿九只不过拥有折弯汤匙的能力而已。"

总一郎说话的语气让阿九很生气。眼前的总一郎已经不是曾经称赞他"好厉害"的那个人了。

"我才没有高兴过头。可是如果大家说要看，那我该怎么办？电视台的人也说想要拍我。"

班上同学的父亲在电视台服务，要求要到阿九家采访。外公勘六已经答应了，阿九因为能上电视而喜上眉梢。

"我觉得你最好不要太过炫耀。如果你想平静过日子，就应该少在外人面前表现超能力。"

"为什么？"

"上天给你那种超能力，并非让你在人前炫耀用的。神明赋予你那种能力，自有其深意。你应该在人生中好好探索真正意义在哪里。"

阿九无法直视总一郎的脸。突然间，他发觉自己双手用力握着拳头，而且也不知该如何发泄心中的不愉快。

"那你折弯汤匙给我看呀！"

这是有生以来，阿九头一次对总一郎挑衅。总一郎锐利的眼光盯着自以为是的阿九脸上，顿时阿九的自信开始动摇，因为无法承受他的视线而低下头。

"阿九，汤匙已经被我折弯了。"

总一郎平静地宣布。阿九一抬起头，总一郎便微笑地转身离去。阿九连忙从口袋掏出那根经常带在身上的汤匙，汤匙根本没有被折弯。

"哪有折弯嘛？"

总一郎回过头。

"你再看仔细些，汤匙已经被我折弯了。"

阿九仔细地检查汤匙，完全看不出哪里弯曲。阿九抗议说："根本就没弯。"总一郎只是轻轻摇摇头，静静地离开现场。

　　阿九在工友室里的书桌前，静静地盯着汤匙。不管经过多久，汤匙就是没有产生变化。阿三责怪他："你在干什么？还不快睡觉！"吓得他将汤匙滑落脚边，汤匙闪烁了一下。阿九赶紧抓住汤匙，看着圆形的部分。圆形凹槽里面映照出自己歪七扭八的脸，这时阿九才恍然大悟："原来不是汤匙被折弯，而是自己被扭曲了。"

　　隔天起，阿九有好一阵子都不敢面对总一郎。一看到总一郎，便立刻躲得远远的。尽管因为折弯汤匙的超能力让阿九成为名人，但现在的阿九早已对折弯汤匙感到无所谓。他只想像过去一样和总一郎玩，于是他不禁懊悔："早知道就不要有折弯汤匙的能力。"

　　有一天，总一郎对躲着他的阿九问道："阿九，要不要一起去滑草？"

　　阿九高兴得简直快哭出来了。眼前的总一郎还是跟以前一样没有变，扭曲的确实是自己。就这样，阿九毫不迟疑地丢下手中的汤匙，跟在总一郎身后。

　　电视台人员来到工友室的那天，阿九已经无法折弯汤匙。日前彩排时明明还可以，拍摄前也确认还办得到，偏偏实况转播的时候，汤匙就是纹丝不动。背负着学校众人期待的阿九，终究无法满足他们的期望。不久后，期望转变成失望，笑容很快从包围在阿九身边的人脸上消失。

　　"没有折弯嘛！"主持人说。

　　制作人赶紧指示进广告。

　　"看起来不像会成功。"制作人充满怒气地说。

　　阿三在一旁小声辩解："对不起，平常都能成功折弯的。"勘六则绷着一张脸看着窗外。到了广告结束之后,汤匙还是没有折弯,就这样直到整个转播结束。其他人一句话也没说,纷纷从阿九身边消失。

唯一留下来走到阿九面前的是总一郎。阿九一看到总一郎的脸,就控制不住紧绷的情绪,放声大哭。总一郎抱着阿九安慰说:"没事了,阿九。没什么好难过的,重要的不是把汤匙折弯。"

"可是,大家都失望地走了。"

"你应该得到了一个教训,那就是:不要老是想满足别人的期待。如果人生只是为了应付那种期待的话,你肯定会变成无聊的人。幸亏汤匙不能折弯,让你的人生不至于走岔,只要这么想,就会觉得今天是多么幸运的一天呀!"

阿九听了很高兴,并暗自发誓:"从此绝对不在别人面前表现折弯汤匙的能力。"同时,也很感谢总一郎没有弃他于不顾。

孩子们纷纷骑坐在纸箱碎片上,滑过净水厂旁的斜坡。那一带响起了孩子们特有的笑声。其中有十岁的祖父江九,以及十二岁的寺内总一郎。就像是美丽的宗教画,好一幅圣洁无瑕的光景。光线照射在斜坡上,孩子们天真无邪地从上面滑下来。已经没有人记得汤匙无法弯曲的事了。

翻倒在斜坡上的阿九,直接躺成"大"字形仰望晴空。总一郎走过来伸出手,蓝天中出现总一郎的脸。阿九握住总一郎的手,感觉就像是天使温暖的手。

一九七一年十月的某个黎明,祖父江九因为噩梦而惊醒。那真是一个可怕的梦,但无论阿九再怎么绞尽脑汁地想,也只是让头脑深处刺痛,想不出个所以然。只在内心深处里留下了难以抹去的恐怖印象。阿九害怕地钻进外婆的被窝里避难,他难得这么做,也让阿三不禁笑道:"你是睡糊涂了吗?"

"该不会是把你误认成他妈了吧?"旁边的勘六说。

"才不是呢!"阿九大声抗议,"我做了一个可怕的梦。"

"什么样的梦呢?"

听到阿九说记不得,两人同时笑了。

天渐渐放亮,距离开门的时间越来越近,但阿九就是不肯爬出被窝。勘六动怒说:"好了,闹够了吧?我看你只是想偷懒吧!"

勘六拉着阿九的脚,他这才心不甘情不愿地爬出被窝。阿三帮他脱去睡衣,从头套上制服,好不容易走出工友室,已经是七点半了。

"听着!再这么拖拖拉拉,就等着吃拳头!"勘六用力按着阿九的头说。

阿九揉揉惺忪的睡眼,轻轻点点头。

"好,那就先去帮忙开门吧!"

阿九被勘六一推,直接冲进了空气冰冷的校园里。照习惯绕了校园一周后,爬上体育馆旁边的石头阶梯前往北门。就在爬完阶梯时,阿九发现在体育馆旁边的紫藤棚上,悬挂着一个黑色物体。他心想:"会是什么呢?"径直到走到旁边,往棚上一看,才认出是熟人惨死扭曲的样子。

对一个十岁的少年来说,那样的光景未免冲击太大。一时之间,阿九不知道该如何是好,只得眼睁睁地看着总一郎惨死扭曲的脸。等到阿九好不容易放声尖叫时,他的神经已经崩溃了。

小孩子尖锐的尖叫声响彻了早晨寂静的校园,连有一段距离远的住宅区也能听见。

首先赶来的勘六用手遮住阿九的眼睛时,总一郎的死状早已深深地烙印在阿九的心中。阿九浑身痉挛,不断尖叫,逼得勘六不得不用手帕塞在他嘴里。接着赶来的值班老师立刻报警,几分钟后,警车的警笛声就响遍了整个平和町街头。

阿九在不断尖叫后昏厥，直接被救护车送进医院。因为处于极度恐惧的状态，所以警方根本无法问讯。本来在家里睡觉的祖父江七，被叫醒后急忙赶到医院，但阿九早已在施打完镇静剂后睡着了。或许是做噩梦的关系，使得阿九的神情显得有些痛苦。

阿九蒙眬的视野前方，多次浮现总一郎惨死的样子，嘴里说着语焉不详的句子。

在一连住了好几天的医院后，阿九并没有回到学校，反倒是先待在家里休养。在阿九住院期间，总一郎早已完成了密葬。表面上看来，两家人似乎已经恢复了以往的平静。知道经过的阿七担心儿子的状况，特地请了一个星期的假，从早到晚守在他身旁。

阿九的意识恢复了，但却像是动过开颅手术的病患一样，整天无所事事地安静休养。或许是因为吃了药效较强的药，使得他整天昏昏沉沉地，坐在房间角落里动也不动。

某天，寺内茉莉前来探望阿九，阿七正好到附近买东西不在家。一见到坐在角落发呆的阿九，茉莉便喊了声："阿九！"

听到茉莉的声音，受到惊吓的阿九反射性地逃往隔壁房间。

"慢点！"茉莉大声问，"为什么看到我要跑呢？"

阿九就像动物园里饱受惊吓的猴子，不停来来回回地从这个房间逃往另一个房间。因为他看见茉莉背后站着总一郎的尸体，所以才害怕地到处乱躲。他这么一躲，茉莉又带着总一郎追过来。

"慢点，阿九，告诉我哥哥死的时候是什么样子？"

阿九指了指茉莉身后，但因为太过害怕而说不出话来。总一郎的眼睛闪着阴森的青光，视线并非盯着阿九，而是徘徊在前面的低处，这让阿九更加觉得恐怖。

最后，阿九躲进厕所，并将门反锁。

"阿九，开门！"茉莉不放弃地猛敲门。

阿九用双手掩住耳朵,静静等待茉莉离去。他哭了,并且哭到睡着。

梦中,阿九又看到总一郎。总一郎悬挂在天花板下,因为太暗看不清楚脸部,似乎是上吊的样子。

"你为什么要自杀?"

阿九害怕地询问。

"就算我说了,你也无法理解的。"

总一郎的声音静静地在阿九心中响起。

"可是我还是想知道。"

明明没有起风,总一郎的尸体却轻轻摇晃。

"简单来说,我想死死看。本来想马上就复活,可是我办不到。死亡比我所想象的还要深奥。"

阿九完全无法理解。感觉梦中说话的总一郎,跟生前的他有些不太一样。就像有阴影的弦月一样,好像掉了什么重要东西,给人若有所失的印象。但也有可能梦中的总一郎其实是阿九根据自身愿望所创造出来的形象。

"复活?"

"没错。耶稣基督在各各他山丘被钉上十字架时,不是复活了吗?所以我也相信可以从死亡世界生还,结果实际上并不可行。"

"你为什么要那么做?"

阿九惊讶地反问,但没有听到回应。大概是总一郎也后悔了吧?从阿九的位置看不见总一郎的脸。他垂着头看着前面的低处,看起来像是真的后悔了。

"我自己也说不清楚,总之就是有好奇心。我绝对不是因为对这个世界绝望、要反抗父母或被人欺负等肤浅的理由而自杀。我想你可能不懂,但我只是想探索人类本质的问题,也就是说基于一种冒险心，用更艰涩一点的字眼来说，就是探究心。"

"探究心？"

"没错，就是探究心。听我这么一说，你大概会觉得我很狂妄。我可能比同年纪的小孩想知道得更多，也比他们更想挖掘世界和宇宙的真相。总之，我想知道人类为什么必须像今天这样存活着。我一向都比其他人更具行动力，做事不看后果，像大人一样。说难听一点，就是常干蠢事，不懂得害怕。普通人或许有跨越不过的阻碍，但我却能轻易跨过。可是我终究是个小孩，只能用自己的身体去尝试。

"阿九，当你在我面前展现折弯汤匙的能力时，我其实受到了很大的冲击。这说起来很丢脸，可是老实说，我当时真的觉得为什么阿九能，而我却不能？我告诉自己尽量不要有这种嫉妒的想法，但却怎么也办不到。这就是人性丑陋的一面。我涌现强烈的嫉妒心。我甚至心想，既然阿九可以折弯汤匙，那我肯定也可以死而复活。不过请不要误会，这不是你的错，是我自己在看到你的厉害表现后，受到了刺激。这只是一个导火线，在背后推了我一把，而我在受到刺激后，便冲了出去，进而付诸行动冒险。

"你千万别以为我跟世俗的人一样，因为觉得人生无常，而感到悲观厌世。应该说是看到阿九的能力，让我以为自己也可以。可以飞上天、可以扭曲玻璃、可以冲向未来、可以和神明对话……不，我是真的深深觉得自己可以办得到。在此，我必须澄清一下，我的上吊并非自杀。是一种更远大、更充满可能性、更具有本质性的美好作为。真要用言语说明，我只能说到这种程度。如今我已变成灵魂，从灵界过来跟阿九说话。希望你不要伤心，也不要害怕。我只是太急着想看看这个世界而已……"

"总哥……真的不是因为我的关系吗？"

"阿九，要我说几次都没关系。就算你没有折弯汤匙，我迟早还是会踏上旅程的。如今我身处在宽阔无比的心中，反而要感谢你。"

"总哥……我害怕。"

"阿九，你千万不能觉得死很可怕，死和生同样都是很美好的。可能是我最后的死状让你觉得死亡很可怕吧！其实，死亡的美好足以跟生存匹敌。从现在开始，我要到死亡的世界旅行，跳脱充满谎言的人世，到死亡的世界冒险。"

"那我也要跟你去！"

阿九被自己说出来的话吓了一跳。这意味着他也要上吊自杀。

"不行！我想自己一个人去旅行，抛开父母、朋友、学校、社会等所有牵绊，带着孤独的灵魂，独自出游。"

"但你大可不必这么心急，总有一天人都会死的呀！"

"我知道。当初我只是想偷瞄看看，以为死掉很快就可以复活，却没想到那么快就被送去火葬。"

"你胡说！"阿九大声抗议，"你骗人！你乱讲！总一郎是大骗子！哇……"

阿九在自己的哭声中惊醒。此时，刚回到家的阿七吓得赶紧跑来，用力敲厕所的门，"阿九，怎么了？你没事吧？"

阿九打开门，哭着抱住了阿七。在母亲怀里，感受到生命的温暖。

"总哥骗人！他说了让人伤心的事……"

阿七心想："这孩子的精神状态一直很不稳定。"于是，更加用力抱紧阿九，自己也一起哭了。

回到学校后，阿九的精神状态依然很不稳定。家人以为他恢复健康了，但周遭的人却不这么认为。因为只有阿九一个人可以看到死去的总一郎身影，所以每次只要阿九出现奇怪的言行，身旁的人就会觉得他怪怪的。不久之后,阿九能够和总一郎交谈的风声便传遍了整个学校。就连武市也说:"既然是人称'折弯汤匙的阿九',能和鬼魂说话也就不稀奇……"更间接增加了这个谣言的真实性。

"阿九真的能看见哥哥吗?"

有一次,茉莉在众人面前质问阿九,包括武市在内,大家都瞪大眼睛等待他的答复。

"嗯,我看得见。"

阿九实话实说,让现场引起了一阵骚动。

"你说看得见是什么意思?"茉莉仍穷追不舍。

"总哥一直都在这里。"

"你说这里,是哪里?"

武市缩起脖子问。

"现在就在茉莉的背后。"

所有人都惊声尖叫,从茉莉身旁逃开。

"不对,现在又移动到武市身边了。"

武市吓得转身逃往阿九后面,一边叫道:"现在他在哪里?"阿九东张西望,找寻着总一郎的身影,哭肿了双眼的茉莉用力甩了他一巴掌。清脆的声音接二连三地响起。

"不要把哥哥说成跟鬼怪一样!"

阿九一手抚着挨打的脸颊,闭上眼睛想:"或许茉莉说得没错,这也许就是一般人常说的幻觉吧?因为恐惧心理产生的幻象……"

"哥……"茉莉对着天空哭泣,"为什么只有阿九看得见?"

阿九在茉莉身边又看到了总一郎无助的神情。

5 "骑脖子"

总一郎自杀之后，阿九感觉整个世界像褪了色一样。

不管是呼吸、回头、张开双手、眺望夕阳、跑步、发呆伫立，还是和朋友嬉戏、欢笑，就是跟过去有些不一样。整个世界被过去所没有的无色空气所支配着。

一切都起了变化。好笑的事不再好笑，快乐的事不复快乐，原本稀松平常的事也变得不再普通，任何一点小事都会成为发端，演变成带有畏惧的意义或现实出现。总一郎已不存在于这个世界的事实，让阿九对人世间的结构、人类的行为、命运的规则、哲学等，产生了新的看法。

阿九手上有一张明信片。

那是出事之后，总一郎寄来的明信片。祖父江七看到那张明信片，是在阿九出院后的隔天，夹杂在许多的邮件之中，忙着看护、帮忙处理丧葬事宜的她，完全没有注意到是总一郎写来的明信片。也就是说，在没有确认寄信人是谁的情况下，阿七就这么把信直接放在阿九的书桌上。

精神状况稍微稳定、终于可以恢复上学的阿九，是在事件发生过后一个多月发现放在桌上的明信片的。一看到寄信人署名"总一郎"，阿九大叫出声。翻到背面，摇晃的笔迹只写着一行字：

再见了，后会有期。

自从总一郎走后，茉莉一直不太对劲。不肯跟任何人说话，总是看着窗外。

阿九有种总一郎将茉莉托付给自己的感觉，因此随时随地都留意着她。但阿九并不想常常走近茉莉身边安慰她，决定只做她的保护人。

有一天，阿九在校园角落发现茉莉动也不动、盯着体育馆看，因为下雨的关系，便拿着伞冲向她身边。雾雨淋湿操场，另一头是体育馆旁总一郎自缢身亡的紫藤棚，感觉只有那里弥漫着阴森幽暗的气氛。

风吹雾雨，形成好几十公尺的白色妖魔，在操场上蜿蜒移动。年幼的两人只能眯着眼睛，等待雾雨飘过。阿九担心地抓起茉莉的手，才惊觉她的手十分冰冷。红着脸的阿九像个小孩子般，充满正义感地颤抖着，心想："我是唯一能守护茉莉的人。"

"我好想哥哥。"茉莉吸吸鼻子后低喃。

然后转头对阿九说："我才不要依靠你！"

接着，双手往阿九的胸口一推，阿九当场愣住，来不及上前追赶离去的茉莉，直到狂风暴雨打在脸上才回过神来，但迷蒙的视线中，早已看不见茉莉瘦小的身影。

祖父江九在街头漫无目的地跑着，所到之处都残酷地留着总一郎的面容。

"茉莉、茉莉！"

雨势越来越大，阿九终于担心地哭了起来。

"茉莉、茉莉，你在哪里？"

在桥上发现茉莉时，她的一只脚已跨过了栏杆。阿九抛开手中的伞，冲到茉莉身边，只差了几秒钟，她便无声地离开阿九的视野。阿九忘我地拼命寻找，一股强烈的力量集中到脑海，当迟缓的目眩夺去意识后，阿九的肉体和精神便被吸纳进那道强光里。

烟雨迷蒙中，茉莉和阿九的肉体漂浮在河面上。一名垂钓的老人看见了，却只合十念了句"南无阿弥陀佛"便当场离去。

太阳下山后，昏迷的阿九和茉莉在堤防边的草丛里被人发现。老师和双方家长赶到时，因为没有目击者，加上又是小孩，所以大家便认定是不小心从堤防跌落水里的意外事故。

勘六、阿三和阿七商量过后，决定让阿九跟以前一样，从平和町的家里上下学。过去阿七外出工作的时候，都是由阿三负责照料阿九，但这种生活早已成为勘六的负担，原本就有腰痛毛病的身体，最近越来越不堪负荷了。更何况勘六不久后就要辞去长年服务的西高宫小学工友职务，到附近的停车场当管理员。

灿烂的阳光照进开始新生活的祖父江家，但阿九丝毫不敢大意。年幼的他，仍努力嗅出失去总一郎的世界所带来的意义。

阿九每天都和茉莉同一时间走出家门，并且小心翼翼地跟在她身后。唯有这样，才能让他想起和总一郎在一起的快乐时光。

茉莉停下脚步回头看阿九，阿九也停下脚步看着茉莉。茉莉做了鬼脸立刻跑开，阿九也跟着追上去。

有一回茉莉从汽车后面冲出来大叫："喂！阿九，告诉我，哥哥死的时候是什么样子？"

阿九一惊，大声回答："我忘记了。"

"怎么可能忘记？明明只有你看清楚了。"

"我不知道，我不知道啦！"

阿九一走开，茉莉也紧跟在后。

"人家想知道嘛！只有阿九看到哥哥最后的样子，告诉我当时哥哥的脸和身体是什么样子！"

"我不记得了。我不知道，我不知道啦！"

茉莉每天早上都会偷偷等着阿九，两人像总一郎在世时一样一起上学，但已经没有昔日的愉快气氛，彼此不发一语，形同陌生人。

阿九很关心茉莉的生活，也很想像从前一样看她跳舞，可惜茉莉已经决定从此不在阿九面前跳舞了。

事情告一段落后的某天，阿九又在校门口电线杆后发现那张看过的脸孔。男人一看到阿九便招手，阿九左顾右盼后才小跑上前。他知道这个高大的男人是自己的父亲，知道对方在中洲当黑道老大，也知道他之前因为杀人而入狱，知道他现在出狱了。阿九很清楚勘六曾再三告诫，看到父亲时不能跟对方说话，万一被同学或老师看到就糟了！

"阿九！"

男人身穿黑色的西装，跟上次一样戴着墨镜，依旧顶着秃头，跟平和的住宅区的居民格格不入。陆续走进校门的低年级学生都好奇地盯着这个大汉看，阿九心想："要是被班上同学看到，不知道又会被说成什么样！"于是便当机立断地说："在这里不太好，我们去那边。"

"啊，说得也是。"远藤匠听从阿九的提议。

就这样，阿九走进了住宅区，远藤匠则跛着一条腿乖乖跟在后面。阿九不时回过头来看看远藤，而远藤也对回过头的阿九展现笑容。阿九又慌张地转过头。

两人在筑肥线的平交道前停下脚步，因为栅栏放下来了。这时，阿九猛然想起阿七说过的往事。电车经过面前、呼啸而去，远藤匠站在阿九身边，义肢的金属声引起阿九的注意。

电车经过后，栅栏升起。阿九转头看着远藤问："你为了救狗，所以失去了那条腿，是真的吗？"

远藤难为情地笑说："已经是很久以前的事了。是你妈告诉你的吗？"

"嗯。"阿九像个乖巧的小孩一样点头。

"是吗？"远藤匠边说边伸出一只大手，轻抚阿九的头。

阿九感到有些惊讶，但仍为父亲那只手柔情、温暖的力道感到高兴。

"当时有只小狗跑上铁轨，结果那时还年轻的你母亲刚好经过，大喊：'来人呀！谁来救救小狗呀！'虽然那个时候我们还不认识，但她身边刚好只有我一人，等到回过神来，我已经冲上去了。"

提着菜篮的主妇们纷纷穿越平交道，阿九眼中看到的是，为了救小狗奋不顾身的勇敢父亲形象。

"会痛吗？"

"嗯，很痛，可是我还是拼命去救。冲上去的时候脑海中只有那么一个念头，电车马上就撞了上来。唉，虽然失去一条腿，还好性命保住了，只能说是老天爷帮忙吧！"

阿九抬头看着父亲的脸。墨镜后面的一双细眼，有着温柔的线条。远藤匠再次轻抚阿九的头，阿九微笑了，感觉父亲的手就像棒球手套一样大。阿九闻到一股汗味，也看见父亲的衬衫因为流汗而微微浸湿了。

"爸爸你好伟大！"

阿九如此低喃后，父亲抚摸他的手停住了。但仍能感受到父亲的手劲，就像是被用力按住一样。阿九偷偷向上瞄了一眼，看见泪水从墨镜后面流下来。

"你是我爸爸吧？"阿九问。

男人点头回答："嗯。"

"是妈妈告诉我的。"

"是吗？"

"长大以后我也要做个愿意救小狗的伟人！"

听到阿九的大声宣言，远藤点了点头，并拿下墨镜，细小高吊的眼睛不断涌出泪水。

"爸爸买糖果给你吧！你应该想吃糖果吧？什么都可以，想吃什么爸爸都买给你。店里面的糖果，爸爸都可以买给你，整间店买下来也没关系！"

"我不要整间店，我只要优格。"

"优格也好，巧克力也好，还是煎饼，要什么都可以。"

远藤牵着阿九的手。手心因为泪水而濡湿，然而那只温暖的手掌，却是阿九所认识的男人中最大的一只。

阳光超市里人很多。阿九在糖果点心的柜位挑选了巧克力、煎饼和优格点心。

"这些就够了吗？不用客气，再多拿一些呀！有爸爸在这里，什么都可以买给你的。来个罗德牌的口香糖怎么样？"

"不要，我吃不完。"

"吃不完的话就分给朋友吃呀！你可以跟他们炫耀说是爸爸买给你的。"

阿九低头说："不用了。"因为他不能跟同学炫耀，大家都知道他的父亲是流氓。之前因为总一郎的关系，其他人才没有说闲话，但不表示他们心中的戒心已经消除。

"哎呀，这不是阿九吗？"

父亲背后传来打招呼的声音，是同学的母亲。女人盯着远藤匠的脸猛看，一脸讶异地弯腰行礼。

"阿九承蒙你照顾了。"

远藤边说边深深一鞠躬，女人也跟着再次鞠躬行礼。

"是你朋友的妈妈吗？"远藤问。

阿九对着女人介绍："这是我爸爸。"

阿九和远藤都注意到女人的脸色迅速起了变化。"原来如此。"同学的母亲脸色铁青地回应。

"这些是我爸爸买给我的。"阿九举起双手环抱的糖果点心给女人看。

女人说了声："不错嘛！"并露出不自然的笑容。阿九虽然还是小孩，但心里也明白："明天学校肯定又会传出新的流言。"不过没关系，眼前这个高大的男人是自己在这世界上唯一的父亲。阿九耳边响起总一郎说过的话："世界上没有不爱、不思念自己小孩的父母。"

阿九想起男人流下的泪，于是紧紧握住父亲的手。

在阳光超市旁的儿童公园，阿九有生以来头一次跟自己的父亲玩耍。买来的糖果点心就丢在长椅上，阿九不断碰撞远藤匠巨大的身体，不管再怎么用力踢，远藤纹丝不动。

"阿九！你必须更用力踢，才能把爸爸给踢倒！"

阿九起步助跑冲撞父亲身体。父亲就像摔跤选手一样强壮，每一次阿九都被撂倒，但每一次从地上爬起来，他的脸上都充满笑容。

"我站在这里，你从更远的地方跑过来。"

阿九助跑更长的一段距离后飞冲上来，远藤匠一把抓住阿九，紧紧抱在怀里。

"好痛，好痛呀！"阿九被抱得无法动弹："爸爸，这样我很难受。"

男人将阿九倒吊起来。

"哇！干什么啦？"

远藤匠用力旋转倒吊的阿九，然后重新抱好，放在肩膀上。对阿九而言，这也是他有生以来头一次骑在爸爸的肩膀上。阿九高兴极了，总一郎死后，这是他头一次打从心里笑出来。昏眩的视线前方可以看见夕阳，这是从如巨人般的高度所看见的红色太阳。

"爸爸！"阿九抓着父亲光溜溜的头低喃。

"什么事？"

"爸爸一直都是从这么高的地方看世界吗？"

"嗯。"远藤匠点点头。

"我好想赶快变成跟爸爸一样。"儿子接着说。

远藤匠的脸再度扭曲。

"不用心急,很快的。阿九很快就会长大的。"

"我也能跟爸爸一样长得那么高大吗?"

"你是爸爸的儿子,当然也会长得一样高大强壮。"

"那这里也一样吗?"阿九拍拍远藤匠光秃秃的脑袋瓜问。

远藤笑了,边哭边笑。他用力抓住阿九的脚踝,少年细小的骨架在自己手中。远藤在心中祈祷:"快快长大吧!快快长大吧!"

隔天早上,阿九对着睡在身旁的阿七耳边低喃:"昨天我见到爸爸了。"

凌晨才刚回家的阿七一听到"爸爸"两个字,当场惊醒。

"咦?什么时候?"

"放学后,在校门口。"

阿七不知道远藤已经回到博多,几天前在电话中对方什么也没说。一个月前两人在熊本碰面时,远藤并没有提起会来博多。阿七心中有些不安。

"我们在公园玩了很久。爸爸还要我跟妈妈问好。"

"那真是太好了。"

"爸爸还让我骑脖子,一直到送我回家后才走。我有邀他进家里玩,可是他还是走了。我说爸爸睡觉的棉被可以借用我的,可是爸爸还是走了。为什么爸爸要走呢?他去哪里了?这里不是他的家吗?我好想跟爸爸一起生活哟!"

阿七用力抱住了阿九。

6 "超自然"

寺内总一郎死后,祖父江九的能力也产生了一些奇妙的变化。

尽管心里没有念着"折弯",但阿九只要手里握着汤匙,自然就能扭曲。甚至厉害到可以捏得像纸屑一样烂,让亲眼目睹的同学觉得心里很不舒服。

因为导师也实际见识过几次,知道阿九并非有意识地折弯汤匙。曾经在摄影机前无法折弯汤匙而被一度当作冒牌货的祖父江九,他的超能力已经更上一层楼了。

这在教学会议上也成为讨论的话题。许多老师在午餐时间观察阿九折弯汤匙的情形,也质问他本人。当听到阿九表示自己无法有意识地抑制该能力时,他们便要求在查明原因之前,请阿九先改用筷子。

电视台再度邀请"折弯汤匙的阿九"表演,但因为上回痛苦的经验,使得勘六不再应允。

阿九还有一项能力是"预知未来",也就是会做预知的梦。他曾经预先梦到总一郎的死,就是具有该能力的前兆。在跌倒的几秒钟前,他就已经有自己跌倒的感觉。此外,那些会带来重要结果的人物现身之前,阿九的脑海中也会浮现出他们的脸。

远藤匠刺杀新川英吉的那天早上,阿九在梦中看到自己父亲的脸沾满对方的血迹。惊醒之后,阿九立刻跟阿七报告梦境,而阿七也因为联络不上远藤而担心不已,只好抱着阿九让自己暂时恢复平静。但只要一想到这几天远藤不在和一些征兆,一颗心早已经七上八下。

某天傍晚,阿七正准备出门上班,店里的经理通知她新川被害。

大约一个月前,新川企图染指阿七而引发冲突。当时,远藤看到阿七身上到处都是大块淤血,不禁逼问原因。拼命想隐瞒真相的阿七,表情充满了寂寞和痛苦,最后竟放声大哭。当时远藤匠只轻轻说了一句:"都怪我不好。"

阿七接到远藤的电话已是深夜,他的态度平静,语气却十分哀伤。

"我杀了新川，他应该已经死了吧！从此你可以恢复自由，我也报了仇。"

"对不起，我不该让你做出这种无可挽回的事。"

"不是那样子的。我常常梦见那些被他害死的手下，也一直都为自己一个人苟活而感到懊悔。我很想为那些惨死的手下们复仇，所以这么做正好。从此中洲也能恢复平静，你和阿九也能过安定的日子。"

"对不起，都是为了我。"

"该道歉的人是我，好不容易熬过来了，从此我们一家三口幸福过活的梦又要破灭了。"

阿七哭了。

"你不要哭，请你不要哭。"远藤说着，自己也哭了。

阿九睡着了，但勘六和阿三则是假装睡着。勘六悄悄握着阿三的手，想象着祖父江家今后会面临什么样的命运。毫不知情的阿九在梦中和父亲玩着脚抵脚、手拉手的游戏。

新川组的弟兄们开始来找阿七闹事。出面应对的勘六被推倒在地，黑道弟兄动手破坏阿七精心整理的花园。直到寺内新从隔壁大声呵斥，那些男人才落荒而逃。看到被破坏得七零八落的花园，才知道现实生活的可怕，这让祖父江家的人变得惴惴不安。

寺内夫妇安慰阿七说："只要有事，我们会立刻报警。"但可以想见的是，这种骚扰要是持续下去，肯定会影响到邻居的生活。从此祖父江家已无法在平和町立足了。

地方上的报纸刊载了新川的死亡消息，标题写道："中洲产生新的势力冲突"。过去被新川势力所压制的几个组联手开始和新川组对抗，也有许多流氓从广岛、大阪入侵，博多再度陷入新的斗争时代。

阿九在摇晃的卡车行李后座醒来。行李后座盖上帆布，随着车身晃动，帆布也发出摩擦声响。阿九想了一下自己怎么会在这里？但因为摇摇晃晃的感觉很舒服，马上又睡着了。

接着，在帆布摩擦的声响中夹杂着女性娇喘的声音。阿九的耳朵对那种刻意压低的声音起了反应，每当那个声音发出一声"啊"，阿九的身体也跟着被声音拉扯过去。半梦半醒的阿九慢慢睁开了眼睛。

"阿九醒了。"男人的声音说。

帆布继续"沙沙"作响，车身也在晃动。女人断断续续发出"嗯嗯啊啊"的声音，或许是男人按住女人的嘴巴，声音变成低沉的呻吟，但还是清楚地打在阿九的耳膜上。

"你们在做什么？"阿九忍不住坐了起来，俯看着裸身相拥的父母。

"没事，你睡觉吧！"阿七躺在远藤下面回答。

"妈妈，你很难受吗？"

"我没事，你快睡觉。"母亲说。

听阿七这么一说，阿九反而坐直身体问："你们在做什么？妈妈，你觉得很重吗？"

裸体的远藤压在裸体的阿七身上。看在年幼的阿九眼中是很奇妙的光景，同时也觉得很有趣，自己也希望让父亲压在身上。阿九脱去身上的衣物，也不管远藤问"你要干什么？"便直接钻进父母之间。

"好舒服哟！"阿九故意开玩笑说，并模仿母亲发出"嗯嗯啊啊"的声音。面红耳赤的父母，下半身依旧结合在一起，只能静观其变。害羞的阿七摸摸阿九的头，远藤的手则和阿七、阿九的手交缠在一起，就像是热带树木一样。

直到阿九睡着为止，一家三口始终保持着如此奇妙的姿势。

筑后川下游有个沙洲，在种植小麦、蔬菜的田园角落，矗立着一

| 47

间茅草屋顶的老房子。驾驶卡车的是在这个渡船头当摆渡的银次,一个有点驼背的矮小男人。他年轻时是远藤的手下,在中洲的时代曾被远藤救过一命,从此视远藤为老大。

"银次,谢谢你。"

"老大,不用客气。你们一家三口就在这里生活吧!住在这里就能安心了,你们可以住到风平浪静再说。"

远藤抱着沉睡的阿九,对银次点头致意。

"明天我会带食物过来,今晚就请好好休息吧!"

银次语毕,便消失在黑暗之中。

茅草屋顶的旧农舍对暂时隐居的一家三口而言,已经够宽敞了。虽然没有电视,但周遭充满自然风情,让从小在都市长大的阿九感到新鲜有趣,简直是游玩的宝库。住在这里也不必担心和邻居相处的问题,因为隔壁就是银次家。原本银次的姐姐独自住在这里,但自从她在几年前过世后,房子就再也没有人使用了。

阿九有生以来第一次过着一家三口的生活,家里有母亲也有父亲。只要说声:"跟我玩!"温柔的父亲就会立即应允陪他嬉戏。偶尔母亲也会一起加入,一家三口常常在田园和附近的河堤玩到日落西山、浑身是泥才回家。远藤和阿七亲热时,银次则会帮忙照顾阿九。

"银次叔,为什么爸爸和妈妈要脱光光摔跤呢?"

有一次阿九睡在银次的驼背上问。

"这种事等阿九长大就会明白的。"

"为什么妈妈会发出那么难受的声音呢?我好担心哟!"

银次心中浮现画面,噘着嘴巴,按捺住个人的欲望。

"嗯,该怎么说呢?就跟夏天一到蝉会叫,秋天一到蟋蟀会叫是一样的道理,有时女人到了晚上就会想哭。因为月亮太漂亮,所以想哭;因为星星太漂亮,所以想哭;因为夜晚的气氛太感伤,所以想哭。她们偶尔还会像某些昆虫一样，因为感谢老天赐予她们这一生而哭。"

"你是说妈妈和蝉、蟋蟀一样吗？"

"就某方面来说是这样没错。"

"嗯……我不知道啦！但好像有那么一点懂了。"

那天夜里，阿九对着相拥的父母大叫："我知道了！你们是在感谢上天让你们相亲相爱。"两人还以为阿九已经睡着了，不禁吓一跳，差点忘记呼吸。阿九在梦中看到化成蝉的远藤和化成蟋蟀的阿七，在树根相拥的画面。

平和町的家只剩勘六和阿三守着。远藤原本邀他们同住，却被勘六当场拒绝。

"我不想让黑道分子左右我的人生！"

勘六顽固的态度，让阿三不得不说出这样的话："你们一家三口自己去住吧！我们还是守在这里等到风平浪静。"虽然他们还提议让阿九留在这里，但远藤因为担心阿九会遭到被绑架而反对，所以才决定将他一起带走。

中洲的帮派斗争日益激烈，甚至连警方都派出了机动部队。连日来的枪击事件不断有人死伤，原本保有势力的新川组，因为英吉的死而失去向心力，如今已成风中残烛。新的势力抬头，其中不乏想推举远藤匠担任新老大的人。不过这对被新川余党追杀又被警方通缉的远藤而言，继续留在博多已没有光明的未来可期。

"暂时留在这里生活还好，但这样并不能保证永远安全。如果真想一家三口一起过日子，只有两条路可选。"

"哪两条路？"阿七问。

"一是我去自首。这一次入狱恐怕会很长，搞不好不能活着出来。但如果你愿意等,我去自首也无所谓。"

"另一条路呢?"

"我们一家三口逃跑到更远的地方。"

"更远?"

"没错,像是北海道或冲绳,他们势力追赶不到的世界。"

阿七凝视着远藤的脸,心中早已做出决定。

某天夜里,阿九在梦中和总一郎相见。总一郎背上长出散发金色光芒的翅膀,灵活地摆动着,停留在阿九上方不远处。阿九也想跟他一起飘浮。正当他羡慕地看着总一郎时,总一郎不知从哪里拿出一副闪着金光的翅膀,并帮他套上后,翅膀便自己动了起来,身体也跟着慢慢飘浮。因为不知道如何掌握力道,一下子左倾,一下子右倒,每一次总一郎都出手相救。两人手牵着手进行飘浮练习。慢慢地往上飞,再慢慢地往下降。总一郎一下降,阿九就拼命拍动翅膀往上飞。阿九觉得很幸福,希望能永远像这样跟总一郎玩。但他心中多少也明白美梦终会醒,眼前不过是一场无常的梦境。

"我没有翅膀。"阿九对着睡着的阿七耳畔细语。

"有一天会长出来的,耐心等吧!"阿七在睡梦中如此告诉他。

阿九无奈地在远藤的耳畔说道:"我一醒来翅膀就消失了。"

和阿七亲热到天亮的远藤,同样也是在睡梦中抱着阿九回答:"爸爸会把整间店的翅膀都买给你。"到了吃早饭的时候,阿九不像往日一样,显得无精打采。阿七和远藤看着消沉的阿九。

"我好想茉莉哟……"

阿九为自己想都没想过便脱口而出的话感到惊讶。连夜被父母从福冈的家带到筑后川下游沙洲上的阿九,在这之前从未离开平和町这么久。起初因为有父母在,让他暂时忘了一切。时间一久,他才渐渐意识到这里既没有茉莉,也没有其他同学,就连勘六和阿三也不在身边。

"我想跟茉莉一起上学。"

于是,远藤匠跑去找银次商量,看有没有暂时排遣阿九寂寞的办法。只不过当时大家都没料到,这件事竟然会对阿九和家人的人生带来无法预期的变化。不对,虽然不是很理解,至少阿九在那戏剧性的日子前夕,早已经梦见了。

背着翅膀的少年和少女在舞台中央上上下下地飞舞,大人们知道那是因为腰上缠着钢丝的缘故,但从观众席抬头看的孩子们只觉得好像是天使在空中嬉戏。

阿九觉得那少年就是寺内总一郎,而少女则是寺内茉莉。

"总哥、茉莉。"

阿九张开嘴巴,抬头仰望着在空中嬉戏的两位天使。那是银次过去参加的马戏团在这沙洲田地上架设的特别会场,正在进行公演。

"叔叔以前在这里当过小丑。"

银次将阿九抱在膝上,得意地诉说当年种种。

"为什么不做了呢?看起来好好玩哦!"

银次笑着回答:"因为在福冈遇到你爸爸,他问我要不要当流氓。"接着,银次被人从背后打了一下,他赶紧道歉说:"对不起,老大。"阿九立刻回头看着远藤匠,远藤装出一副若无其事的样子,对着舞台上的少年、少女鼓掌。

"废话不要多说!"远藤压低声音告诫银次。

他那语音低沉的说话方式让阿九很感兴趣,立刻也跟着模仿说:"废话不要多说!"

"好想看银次扮小丑的样子呀!"阿七从银次手上接过阿九,放在腿上说。

"是呀!大嫂,团长也来劝我回去。反正我又不是做什么大事业,加上博多最近也成了是非之地,更让我想回去重操旧业。毕竟艺人的世界比较轻松,我应该现在就跟着回去比较好吧!"

"那很好呀!"远藤说。

阿九也马上学父亲压扁嗓子说:"那很好呀!"

头一次看到狮子、大象等精彩的动物表演,阿九已经完全入迷了。到了空中飞人的节目,更是令他目不转睛。

公演结束后,观众们三三两两离席,阿九在银次的带领下到马戏团的后台参观。银次牵着阿九的手,偷偷对远藤匠使眼色。远藤和阿七则先行回家,应该会趁阿九不在时好好温存一番。

只有架设在田地中央的帐篷周边灯火通明,简直就像是幽浮的秘密基地一样,飘浮在暗夜之中。

马戏团的团员们在后台准备晚餐,脸上浮现工作结束后的解放感。几个兽栏里关着珍奇动物,向阿九投以阴森的眼光。阿九挨近银次身边,看着这些动物们。年轻团员双手抱着满到快掉出来的餐具经过阿九面前,瞬间绊了一跤。银次正在跟身旁的团长赤沼强太寒暄,周围的人开始捡拾掉落满地的餐具。阿九也蹲下身,捡起脚边的汤匙,就在那一瞬间,手边如往常地开始发热。

"啊!"当他一发出叫声,闪着银色光芒的汤匙就在手中扭曲变形了,第一个看到的人是团长赤沼。在阿九手中,汤匙宛如毛毛虫般地扭曲。

"啊!这是怎么回事?太厉害了!"赤沼不禁叫出声来。

"怎么了?"银次瞪大了眼,高声惊叫。

团员们全都屏息静观。阿九明明什么也没做,汤匙却在他手中变形,然后就像拥有怪力的人倾全力作法般,卷曲成一团的汤匙就落在少年掌心。

隔天,赤沼团长便向远藤匠与阿七提议让阿九入团。他说,接下来要花一年的时间在全国巡回演出，但肯定会引起轰动。阿七说明之前在电视现场转播中无法折弯汤匙的痛苦往事，但团长并不退缩，想要相信自己亲眼见证的那股魄力。

"这孩子毕竟还小，需要父母陪伴。"远藤尽可能以平稳的口气对赤沼说。

赤沼则回答："那当然。"

"如果能让我和我太太同行，那就可以考虑看看。我正好失业，也许可以做照顾大象这类的工作。"

阿七担忧地看着远藤。当天晚上，远藤对阿七说："如果我们能混进马戏团生活，就能避人耳目。只要拜托朋友代为隐瞒，那我们就安全了。正好银次也要回马戏团，有他在，事情就更好办了。只要戴上眼镜和假发，就没人认得出我了。这一定是老天在帮我们忙啊！"

远藤微笑着，阿七总算松了口气。两个人重新发现光明的未来，然后激烈地做爱。毫不知情的阿九在他们身旁沉沉睡着，在梦中，阿九延续前一晚的课程，向总一郎学习飘浮术。

7 "命运"

阿九意外寄身的马戏团，名为"赤沼马戏团"。团长赤沼强太有着一头异于常人的刚硬毛发，且十分卷曲，像藤蔓一样从头部延伸到背后。阿九常常抓着团长的卷发玩。

赤沼为了让阿九能够稳定地发挥特殊能力，特别在工作结束之后，在帐篷里面放置一张桌子，订下特别训练的时间。阿九觉得简直就是他专属的一人学校嘛！桌上排列着几根崭新的汤匙，团员们假装观众轮流前来观看，并给予鼓掌和欢呼，好增加临场感。

"听清楚了，阿九。以后你必须在观众面前折弯汤匙，就跟这里的团员在空中荡秋千一样,你也要在客人面前接受折弯汤匙的喝彩!喝彩就是拍手,没错,拍手!"

在赤沼的一声令下,所有团员一起鼓掌。银次的脸充满了光彩,但阿九却吓了一跳,一脸茫然。

"要在客人面前表演吗?"

"阿九从明天起就会成为最受欢迎的小明星了。"

"很棒吧!"银次也跟着帮腔。祖父江七和远藤匠则是默默看着阿九。阿七脸上带着微笑,远藤匠因为紧张而绷紧了脸。就算和阿九眼光相对,也没有报以笑容。阿九一边听赤沼说话,一边期待远藤能对他微笑,所以才会偷偷看了父亲一眼。

"来吧!"赤沼说,"随便挑一样喜欢的,跟上次一样折弯它!"

赤沼的鼻子很大,一兴奋说话,鼻息就会喷到阿九的脸上。阿九对阿七做出征询的表情,只见她平静地闭上眼睛。阿九没办法,只好又看了看父亲的脸,远藤咽了一口口水后,努力挤出笑容回应。由于笑得实在是太不自然了,所以看起来像是生气一般。其实远藤很担心,万一阿九无法折弯汤匙,他们一家人又得回归逃亡的生活。

阿九死了心,拿起一根汤匙,像往常一样用拇指和食指触碰最细的部分。团员们的视线也跟着集中到那里,大家都在看着阿九的指尖,让他不禁有些得意。

"开始了!"

阿九低喃后的瞬间,汤匙如同枯萎的植物一样突然弯曲。因为太突然了,团员们还来不及发出赞叹声。弯曲的汤匙就掉落在桌子上,发出清脆的声响,团员们挤身向前想要观看弯成"乁"字形的汤匙,后面的人甚至已经推挤到前面的人。站在最前面的赤沼团长被年轻团员一挤,整个人向前倾,两手不得不撑在桌上。

"太厉害了!"

赤沼好不容易说出话，其他团员也跟着纷纷发出赞叹声。赤沼拿起折弯的汤匙，眯起眼睛仔细确认，同时试图用力扳回原状，但凭他一个大人的力量，却无法成功。

"阿九，你是怎么弄弯汤匙的？"赤沼问。

阿九避开赤沼浓烈的鼻息回答："不知道。"

"你是不是在心中用念力说'弯曲'之类的话呢？"赤沼继续追问，口吻已充满尊敬的语气。

"念力是什么？"阿九反问。

"该怎么说呢？就是不出声，在心中强烈表示弯曲的意愿。"银次补充说明。

"我没有说弯曲，我什么都没有说。"

"应该有说什么吧？不然难道你一抓着汤匙，它就自行弯曲了吗？"

阿九想了一下回答："嗯，汤匙自己会弯曲。不过弯曲之前，我会看到光。很漂亮的光。从手指头前面冒出光来，那是一种很柔和的光。"

"光"一词再度在团员之间引起骚动。听到"柔和"这样的形容词，甚至有人举手膜拜。远藤原本的担心已然淡去，却又发现新的问题。因为已经有团员开始说阿九是神的使者。

每当阿九在观众面前表演完弯曲汤匙后，年轻的团员就不断地跑来他身边。

团员中有抱有许多烦恼的，阿九在他们面前也并没有做什么特别的事。每当有团员称赞阿九："好厉害呀！"阿九便说："我一点都不厉害。只要有心，任何人都可以折弯汤匙。"

这不是阿九自己的话，而是总一郎生前当面对他说过的话。不知该如何表示谦逊的阿九，借用了总一郎的话。

"有的人擅长跑步，有的人心算很快，有的人身体很柔软，有的人很会说话，每个人都有他自己特殊的才能，不是吗？每个人都有属于自己的特殊才能，哥哥们应该也都有唯独自己办得到的事吧？我只不过是刚好会折弯汤匙而已。"

阿九在跟团员说话时，也想起了总一郎曾对自己说过的话。

——你如果想平静过日子，就应该少在外人面前表现出超能力。

那是阿九折弯汤匙成为话题，电视台前来采访时的事。

——上天给你那种超能力，并非让你在人前炫耀用的。神明赋予你那种能力，自有其深意。你应该在人生中好好探索真正意义在哪里。

阿九模仿总一郎的语气对团员说："上天赋予哥哥们现在的能力，一定具有更深的意义，你们应该在人生中好好探索真正意义在哪里。"

原本，他只是想起了总一郎的忠告，没想到团员们都误会了。他们在闭着眼睛说出一番哲理的小学生身上，看到了神明的存在。

于是，有人开始称呼阿九为"小耶稣"。可是，他不过是个小学生，很想回学校，也很想念寺内茉莉。总一郎死后，他和茉莉之间产生了一道湍急的河流，经过两地相隔的生活后，阿九有了新的想法，他相信那条河流总有一天会蒸发的。

"我好想念茉莉。"

阿九每晚都吵着想要回学校、想要跟茉莉见面，这让他的父母十分困扰。阿七心想，阿九不过是个小学五年级的学生，想念朋友是理所当然的。于是某天便趁着马戏团到长崎公演时，带着阿九到公共电话亭。当阿九得知能够听见茉莉的声音时固然高兴，但同时也感到孩子气的紧张与犹豫。

"喂，好久不见了，我是祖父江七……"母亲措词异常客气。阿九明明很开心，却忍不住想逃出电话亭。当茉莉接过电话，阿七将听筒贴在阿九耳朵上时，他突然全身僵硬。

"喂……喂！"阿九的声音低沉地连自己也觉得诧异。

茉莉的语气倒是很开朗，连珠炮似的质问："你还好吧？每天都在做什么呢？听说你和爸爸妈妈一起旅行，是真的吗？"

阿九只会"嗯"、"对"地回答，失去平常的活力。心中充满了想要和茉莉见面的念头，越是听到她的声音就越觉得难过。

"怎么了，阿九？你也说说话呀。"

"嗯。"阿九像是大人一样回应。一时之间要他说话，根本什么话也想不出来。他想聊聊马戏团的事，却又觉得很难用言语说明空中飞人、驯狮表演等节目内容。

于是阿九改说："以后我们两个人一起生活吧！"

这时阿九心中浮现两人和乐地睡在一起的画面，就像是平常爸妈脱光光玩摔跤那样。

"你在说些什么呀！我为什么要和阿九一起生活呢？"

"因为我们相爱呀！"

"相爱是要彼此都喜欢对方才能在一起的。"

"是吗？"

"那还用说吗？"

因为茉莉的语气变了，所以阿九抬头看了看阿七的脸。阿七没有开口，而是用表情暗示"接下来你得靠自己的力量加油"。阿九没办法，只好改说："我相信总有一天你会和我有同样的心情，虽然那是很久很久以后的事，但是我会等的。"

听见茉莉的笑声，阿九再度抬头看着母亲的脸，阿七也笑了。然后，阿七用力抱着紧抓着听筒的阿九，表示鼓励。阿九不知道还能怎么办，便将听筒塞回母亲耳畔。

"你不要自说自话！"

听筒传出茉莉生气且困扰的声音，阿九当场蹲在地上。

阿七连忙代替阿九说："喂，不好意思，茉莉，因为阿九很寂寞……"

"我才不会寂寞！"阿九赌气大喊，而且使出吃奶的力气大声宣布："茉莉，总有一天我要和爸爸、妈妈一样，和你脱光光玩摔跤的游戏！"

吓得阿七赶紧用力敲打阿九的头。

"好痛！"

阿九被这么一敲，缩着身体蹲在阿七脚边。

阿七牵着阿九的手走在夜晚的闹区。晚风轻柔地穿过两人之间，远方传来"砰砰砰"的声响，那是商店街燃放的烟火。阿七大叫："有烟火！"阿九则在母亲怀里眺望远方。路的前头，黑暗的宇宙中，绽放出光辉灿烂的美丽花朵。先是发出亮光，然后传来一声"砰"，一而再地重复着。阿七在阿九的耳畔说："你喜欢上茉莉了，对吧？"阿九将下巴靠在阿七肩上撒娇。在母亲怀抱中，顺势用母亲的肩头擦过自己的眼角。

在大帐篷表演的小学生折弯汤匙欠缺临场感，最大的问题点是观众看不清楚。因此，赤沼在北九州公演时，特别在主表演场的帐篷旁边架设了只能容纳五十名观众的小型帐篷，并在入口挂着"折弯汤匙的超能力少年"招牌。这一招果然奏效，立刻在会场内排起了长龙，并成功引爆话题，也为马戏团带来人潮。负责主持节目的小丑银次站在阿九身旁，因为赤沼认为只有阿九表演折弯汤匙不好玩，于是便安排银次搞笑暖场后，再让阿九出场表演折弯汤匙。汤匙折弯前先让每位观众拿在手上确认过，折弯后也会让每位观众确认。

由于顾虑到阿九会累，所以折弯汤匙的表演节目一天只表演两次，但光是这样每天也有一百名观众来看阿九的表演。在山口县的所有公演，阿九的表演全都客满，接着在广岛、鸟取等地的公演也大受好评。身材高大、装着义肢的远藤匠，除了负责打扫动物小屋外，偶尔也会扮成小丑，担任银次的助手。阿九看到心爱的爸爸打扮成小丑，觉得很高兴。不能上学、觉得有些寂寞的阿九，已逐渐适应了马戏团的生活。因为只要坐上巴士，就能前往下一个未知的地方，这样的生活让他觉得很有趣，尤其父母都在身边更是幸福。

阿九刚学会一个新名词叫做"命运"，那是几天前银次教他的。

"阿九，你知道命运是什么吗？就是人活着的时候，不管你希望或不希望，发生在你身上所有好的、坏的事情。有人说是因缘际会，总之无法靠自己左右的一切事情，就叫做'命运'。"

阿九心想，总一郎的死也是命运使然吧！如果说自己从小得在工友室长大是命运，长期以来不能和爸爸一起生活，也是命运的关系吧！如此一想，便觉得命运似乎不是什么好东西。

然而，像这样不抱任何期待地过日子，某天父亲却突然回来，一家三口加入马戏团，开始在全日本旅行，快乐地过日子，这应该也是命运的关系吧？银次常常让阿九骑在脖子上，周遭永远笑声不断，就某些意义来说，或许也是受到命运的影响。自己拥有折弯汤匙的能力，是否也是命运的关系呢？

想到这一点，又觉得命运似乎有些可怕。阿九问银次："我们可以违背命运吗？""不行！"银次当场回答。因为回答得太快，让阿九来不及反问："为什么？"却在心里暗自想着："或许总一郎就是因为想要违背命运，所以才会死吧！"

隔天，阿九站在岔路上，裹足不前。提着菜篮的阿七回头问："怎么了？"阿九回答："我想改变命运。"阿七听了先是一笑，但不急着催促阿九，她想等阿九顺着自己的心意做决定。

阿九想了一下，原本打算跟母亲沿着原路往左边回去，但才刚踏出一步，他的脚便停住了。他感觉到自己不过是因为意识到命运才向左走的，会不会这也是命运事先决定好的呢？于是，他的身体马上又转向右边，走没两步又停了下来。担心自己会中了命运的诡计，心想："不管我如何推测，结果还是逃不过命运的算计。"于是他动弹不得，一脸困惑地看着阿七。

"怎么了，我们走哪一条路好呢？"阿七温柔地询问。

"不管走哪一条路，感觉背后都有命运在左右，害我不知道该怎么行动！"

"你那么烦恼，就是因为命运的关系吗？"

"嗯！"阿九点点头，嘴巴微微张开。

"当你一心想要支配命运，其实就证明了早已经被命运支配。"

"那该怎么做才对？"

"跟命运当朋友，不就好了吗？"

"那是什么意思？"

"这个嘛……"阿七微微一笑，牵起阿九的手，没有往右而是踏上左边的路。阿九很想问为什么要选左边，但是他没有。留下满腹的疑问，回到搭着马戏团帐篷的空地。

阿九折弯第二根汤匙后，便一直看着那根汤匙。那是阿九的命运所留下的证据之一，他觉得"和命运当朋友"的想法不错，但要怎么做才能成为朋友呢……

突然听见有人大叫："骗子！"

观众席中央一名脸色涨红的男子，指着阿九大骂："亵渎神明！"银次跑到男子身边制止道："不要大声喧哗，会影响其他观众。"没想到男子却更大声地咆哮："这里面一定是有什么诡计，不要上当了。"于是，大家的视线都集中在阿九身上。一时之间，阿九不知道该如何是好，直到和坐在观众席后面的阿七目光对上，她丝毫没有动摇的样子。

这时，阿九看了看观众席，里面有一半的人相信他，另一半则对他心存怀疑。因为男子引发事端，才让原本毫无意见、安静欣赏节目的观众分成了两派。就在那名男子和银次争执不下的同时，赤沼也凑了上去，使得骚动更加扩大。

阿九将眼前的景象当成是盘子，盘子上面看起来是一分为二，但仔细再看就会发现原来是同一物。问题在于从什么角度去看。如果不是从原地，而是从高处来看这个突如其来的纷争，阿九看到的是被涂成两种颜色的整体。一种颜色代表相信，一种颜色代表怀疑。过去他以为必须选择一方才行，如今他已明白：其实两者本是同一物。为什么道路会分成两条？为什么母亲要走左边，而不是右边呢？阿九似乎找到了答案。所谓和命运当朋友，就是认真对待命运，不要想去改变、放弃和逃避。命运本身就是一条路，也是最终会到达的地点。

阿九朝着起争执的方向站起身来。

"你们吵完了吗？"

男子、观众、银次和赤沼都注视着阿九，瘦小的少年直立在舞台上。

"这位叔叔，你大可不必相信，虽然我希望你能相信。但不管相不相信其实都是一样的，两者都是放在同一个盘子上的食物，你可以选择喜欢的吃。"

阿九在明确地表达完意见后便走下舞台，奇妙的是，原本持疑的人们心中竟浮现汤匙折成"乁"字形的画面。

8 "悲伤的世界"

"爸爸的温柔是打哪来的？"阿九问正在打扫大象铁笼的远藤匠。

远藤抓抓头，苦笑着回答："你问我打哪来的，我也……大概是发自内心深处吧！"

赤沼马戏团在大阪湾周边的新生地上架设帐篷。离开福冈三个月了，动物们和远藤都很亲近，阿九跟着远藤照顾这些动物，也和动物们混得很熟。看来，他已在马戏团中找到自己的立身之处。

九官鸟九太因为叫声很像"九"字，所以阿九主动要求担任饲养的工作。阿九教会它许多词，第一个词是"命运"，接下来是"悲伤"，然后是"存在"。当然，这些也都是阿九特别感兴趣且刚学会的字眼。

最近学会的词则是"未来"和"真实"。

九官鸟九太对着观众席不断重复说着那些奇妙的话，起初观众都会用惊讶的表情看着九太，然后马上就笑了。有时祖父江九会觉得嘴里不断说着"悲伤"、"悲伤"的九太，简直就是自己的分身。

"下一次我要教九太说'温柔'这个词。"

阿九说完，远藤的脸部线条放松，安心地想："太好了！听到'温柔'的字眼，相信也能抚慰大家的心情。"于是微笑着说："你老是教它说一些奇怪的话，结果大家好像帮九太取了'哲学家'的绰号。"

"哲学家是什么意思？"阿九问正在清理大象粪便的父亲。

"所谓哲学家……"

远藤戴着塑胶手套抓起大象粪便，当场愣住了。阿九抬头直视着父亲的脸，眉间堆积着不应该出现在小孩脸上的皱纹。高大的男人心想："如果无法满足儿子的期待，岂不有失为人父亲的尊严？"

"换句话说，人生在世，会遇到许多不同的人事物，能够想清楚那些东西的意义，用理性去追求事物的本质，就可以称为'哲学家'。'理性'这个词你大概还不懂……该怎么说呢……就是有独特见解的人。啊！见解……你也不懂吧，也就是说……"

远藤说不下去了。

"也就是说……"

他看着手中的大象粪便，一双小眼睛突然睁大。

"就像是这个！我们会如何来看这个大便呢？在一般人眼中，就只是大象的粪便，可是哲学家却能看成不同的东西，而且用文字形容。所谓用文字形容，就好像是诗人，但还是不一样。哲学家可以找到各种不同的意义，来思考世界的本质是什么。比方说……"

远藤的视线从阿九充满期待的脸上移开。

"比方说……"说到这里，实在找不到接下去的话，"爸爸不是哲学家，没办法说清楚。"

"在我眼里，就像是大象眼泪的化石。"阿九语气坚定地说出孩子气的看法，"半夜大象会哭着想要从这里出来！于是眼泪和晨露结合后就会结成硬块。"

"大象眼泪的化石"这句话让远藤十分诧异。

"生活在笼子里的大象，上大号是最愉快的时光。吃过食物就会排放出来，这是生物的本能。只要食物足够就是一件好事，就算是幸福。可是，同时它也会因为怀念故乡的森林而悲伤。关在笼子里的它，所能被允许的幸福就是吃饭和睡觉。于是，当大家都安静入睡的时候，它就会偷偷地哭。因为想念遥远的故乡，想念分隔两地的朋友……就成了眼泪的化石。"

远藤的眼睛又睁大了，喃喃自语说："没错，这就是哲学家会说的话呀！"同时心里又想，"这像是一个小学生会说的话吗？"他看着眼前

63

这个不像一般孩子的儿子，不禁感到有些困惑。于是，他将粪便放进桶子后，对阿九说了声："不要把世界想得太复杂！"接着便开始自己的工作。因为身为父亲却不知道说什么才好，自然显得有些难为情。

阿九静静地看着父亲打扫大象铁笼的背影。一个高大的男人在帮比他更庞大的大象洗澡。尽管汗流浃背，仍然很认真地打扫铁笼。他是为了家人而做，也是为了大象而做。阿九从父亲弯曲的背影中，体会到温柔的意义。

祖父江九折弯汤匙的表演在中国[1]、四国各地公演后，在大阪也获得好评。大阪公演开始后的第三天，电视台前来采访。那天阿九觉得和平常有点不一样，抬头一看，发现架设在观众席后方的摄影机。

公演一结束，记者前来找阿九，递上麦克风问："太厉害了！真的是太精彩了！请问小朋友你是怎么办到的？"

赤沼一脸微笑地站在记者身后，还有银次。记者始终保持友善的微笑，很有耐性地等待阿九发言。阿九也露出微笑回答："没什么呀！"

"你说没什么，可是应该有什么吧？比方说念咒语要汤匙弯曲什么的。"

大家都问同样的问题。不过最近阿九已经逐渐明白他们想要的答案是什么，就是他们想要知道秘诀是什么。看来大家也想折弯汤匙，制造奇迹。赤沼的笑容带有恳求的意味，银次也拱手拜托阿九。阿九没办法只好回答："这是一种对哲学的挑战。"

听起来不像是小学生会说的话。记者当场接不下去，大人们全都错愕地俯看阿九。

"你所谓对哲学的挑战，究竟是什么意思呢？"记者好不容易才提出反问。

1　指日本本州西部冈山县等五县。

"你自己想呀!"阿九微笑以对。

"叔叔的脑筋不好,不明白阿九说话的意思。所以,你可不可以用更容易了解的方式说明其中意义呢?"

阿九递上弯曲的汤匙,回答:"这就是意义所在呀!我不能再加上其他的意义加以解释。因为这就是全部,用你们大人的说法:这就是现实。因为我不能将汤匙恢复原状,所以每次表演完后,心里都觉得很不舒服。这里面存在着无法用言语说明的意义,我也不知道究竟是什么。只知道应该不是哲学,我觉得自己做的应该是比哲学更真实的事情。我想你们或许无法理解也说不定。"

"虽然不知道他在说些什么,不过很有意思。"站在摄影机后面的制作人如此低吟。

就这样决定在当红电视节目"午间最爱"中演出,阿九于星期一下午前往摄影棚。祖父江七和远藤匠则担心自己会上镜头而留在家里,改由银次陪伴阿九。

这是他们头一次进入电视台,也是第一次在摄影棚内录像。当"话题人物"的单元一开始,打扮成小丑的银次便牵着阿九上场。主持人笑容满面地迎接,观众席也响起了热烈的掌声。已经习惯马戏团表演时出现在人前的阿九,看到电视台工作人员倒数计时忙进忙出的气氛,多少还是有些震撼。不过银次的手抖得很厉害,这也让阿九觉得很有趣。

"怎么了?"阿九问银次。

"头一次上电视,好紧张呀!"银次诚实以对。知道银次会紧张反而让阿九很开心。阿九又问:"你之所以那么紧张,是在期待些什么吗?"

"我才没有任何期待呢!"

"又没有人在看银次叔你。"阿九说。

"我当然知道。"满脸通红的银次瞪着阿九,没好气地说。

主持人介绍完阿九的特殊能力后,播放了一小段日前在马戏团拍摄的表演情景。现场观看的观众们开始起了骚动。这时,主持人从西装口袋中拿出一根汤匙,高举在镜头前面。

"请仔细地检查!"男主持人故意说得很夸张,"这是一根完完全全没有造假的汤匙。"并且拿给现场观众确认。几位主妇点了点头,宣布这是货真价实的汤匙。

音乐声响起,主持人将汤匙交给阿九。

"那么现在就请目前引爆热门话题的超能力少年将汤匙给折弯。"

阿九抬头看着银次,小声问:"我现在要折弯这根汤匙吗?"

"对呀!就像你平常做的那样。这么一来,大家都会很高兴,对马戏团来说也是很棒的宣传!"

"宣传?"

"就是会让很多人来马戏团看阿九表演呀!拜托你折弯汤匙吧!"

阿九不得已只好接过汤匙。音乐声改成神秘的旋律,心里虽然觉得很不耐烦,但还是忍住没有抱怨。他心想,不能让银次叔丢脸。于是集中精神,像往常一样握住汤匙最细的部分。

"要开始了!"

就在阿九说完话的瞬间,汤匙应声弯曲了。阿九放开汤匙,掉在桌上发出清脆的金属声。所有观众一起发出惊叹的叫声。主持人也兴奋地连呼:"好厉害!好厉害!"人们兴奋时的样子看起来真可笑!银次则是挺起胸膛,一脸骄傲地往镜头前面站。

"阿九小朋友,请问你是如何折弯汤匙的呢?"主持人问阿九。

阿九心想:"又来了!"但此时却不愿意像往常一样,回应同样的答案。他的耳边响起了总一郎说过的话:"上天赋予你那种能力不是用来炫耀的!"

"那是神明的力量。"阿九只简短回答这么一句话。

电节目视播放后的隔天,想要目睹阿九表演的人从全关西蜂拥而至,赤沼马戏团陷入混乱的局面。挤不进来的人们塞满了马路,吵吵闹闹,甚至还出动警车维持秩序。

报纸杂志也赶来采访,赤沼强太忙着应付媒体。阿九得利用公演的空当在后台接受杂志拍照,等到公演结束后,还要解决团员的人生烦恼。半夜十二点过后才能上床睡觉。阿九在舞台上折弯汤匙的时候,习惯一边表演,一边观察观众席里同年龄的孩子。其中有好几个孩子,当他们手上拿着阿九折弯的汤匙查看时,会彼此看着对方的脸,又叫又笑。阿九心想,他们好像很高兴的样子。

马戏团的生活固然有趣,但因为缺少同年纪的小孩,阿九不免也会浮现想跟小朋友一起玩耍的念头。

某个星期天的早上,从旅馆的窗外传来孩子们嬉戏的声音。阿九探出窗外一看,眼前是对着旅馆停车场的后山,少年们正在山坡上滑草。虽说是滑草,其实不过是从几公尺高的平缓坡地滑下来而已。

阿九兴奋得站也不是,坐也不是,只觉得总一郎和茉莉也在那群小朋友之中。

他没有吵醒还在睡觉的父母,悄悄地来到外面。穿越停车场,直接奔向后山。有个小孩子发现了抬头仰望的阿九,立刻通知其他伙伴。少年们俯瞰着阿九,阿九则爬上斜坡来到他们面前,开口问道:"你们在干什么?"

"你说什么?"一个身材高大的少年反问。

"你们在干什么?"阿九又重复一次。

少年们纷纷模仿阿九的博多腔调,每个人都在说:"你们在干什么?"

"你从哪里来的？"别的小孩问。

"博多。"阿九回答。

"博多在哪里呀？"另一个小孩问。

"就是九州的福冈啦！"

"九州我知道，以前旅行去过，是西边的城市。"其中一个小孩回答。

"让我也一起玩滑草吧！"阿九说。

"你以前有玩过吗？"对方问。

"我从最高的地方滑下来过。"阿九得意地回答。

"最高的地方？"所有人一边低喃，一边往山上看，上面有一段陡峭的斜坡。

阿九说了声"借我"后，便直接从其中一人手上抢走纸箱碎片，并且冲上山坡。边跑还边叫："我要爬到最上面，你们看着吧！"

比起在福冈电视塔旁的净水厂堤防玩"自杀式滑草"的游戏，在这里滑草简直就是小巫见大巫。阿九坐在纸板上，从斜坡滑下来。少年们一起发出"哇哇哇"的赞叹声。

阿九露出怀念的微笑。他看到了蓝天，感觉总一郎正陪着他一起滑草，茉莉也在一旁大声喊"加油"！

阿九瞬间从山上滑到山下，周遭响起一片喝彩。少年们都跑过来关心询问："你好厉害呀！一点都不害怕吗？"

阿九回答："一点都不害怕，我还可以从更高的地方滑下来！"大家都用尊敬的眼神看着他。

阿九难得可以这么尽兴，像个孩子一样天真地跟其他少年们玩耍，一直玩到银次来找他。

"明天见！"离开时，一名少年对阿九说。

"嗯，我知道了，再见。"

阿九挥挥手，一股和煦安详的空气包围着他。突然胸口紧紧收缩，他赶紧深呼吸，试图将曾经在总一郎生前有过的快乐回忆给吸进肺叶深处，然后回忆之中已掺杂了往者已矣的怀念。

——人生就像是'自杀式滑草'的游戏呀！

阿九握着银次的手心想。所谓的人生就像滑草一样，会突然在某个瞬间开始加快速度急起直下，问题是，等在前方的就只有死亡吗？

大阪公演博得了前所未有的好评，赤沼马戏团跃升为全国知名的表演团体，连日来媒体争相采访马戏团和阿九。有些记者会送上阿九最爱吃的点心，还只是孩子的他自然很高兴地收下。

公演前有人来采访，公演后也有人来采访。赤沼强太得意地出面应对，仿佛他是最早发掘神驹的伯乐。人们将阿九当成王子般对待，只要他一开口说想吃点心，就会有人送上蛋糕；他说想玩，就会有人陪他尽兴地玩。

阿九隐隐感觉有种迟缓的现象正在进行，而他的预知能力也在迟缓的现象中逐渐退化。

在电视台争相报道的热潮中，甚至还制作了特别节目。就连公共电视的新闻节目也报道此一现象，马戏团的表演节目也全程现场转播给全国观众收看。

有一天，寺内茉莉打电话到旅馆来。

"我看了电视哦。"茉莉说，"你现在是名人了。"

她的赞美让阿九高兴地飞上了天。

"我家这里的电视也有播出，昨天还稍微拍到了你爸爸和妈妈呢！"

阿九心中有了期待。

"下次见面的时候，你要表演折弯汤匙给我看哟！"茉莉雀跃的声音，充满了喜悦。

"茉莉……"

阿九知道机会难得，鼓起勇气告白。他心想，要表达心意就得趁现在。

"干吗？啊，等一下，现在要换人讲电话了。"

"我以前也跟你说过……"阿九连耳垂都红了。

茉莉将听筒交给了她爸爸。

"我喜欢你，茉莉。"

阿九的声音绷得紧紧的，像是快要噎住一样。

"我希望以后能和你一起生活。真的，我一直都有那种想法。以前我也说过，我的心意到现在都没有改变。"

鼓起勇气说到这里时，却听见话筒另一端传出男人的声音："阿九呀，好久不见了。知道我是谁吗？恭喜你呀，你现在很活跃哟！"

那是茉莉的父亲寺内新。阿九不由自主地将听筒移离耳朵。

当广告邀约上门时，那种精神的迟缓更在马戏团里蔓延开来。

戴着眼镜和假发的远藤匠在镜头前大谈阿九的种种，他的行为和态度也越来越露骨。当祖父江七提出警告时，他已经将赤沼强太推到一旁，声称自己才是阿九特殊能力的第一个发现者，同时也是阿九的亲生父亲，甚至还谎称自己的祖先是邪马台国卑弥呼的后裔。

有天早上，阿九因为剧烈的头痛而醒来。那是长达两个月的公演即将结束的周末。头痛引发呕吐，阿九难过得满地打滚。满身是血的远藤匠在他的梦中忽明忽灭，阿九因为太过害怕，躲在祖父江七的怀里不断发抖。阿七问他："怎么了？"但阿九却无法诉诸言语，症状就跟总一郎决定死去的那天早上完全一样。

"没办法，那我去好了。"

看到儿子不想起床，远藤匠只好代替阿九去喂九太。不久后听到激烈的枪声，九太不断大叫"悲伤，悲伤"。虽然没有人目击经过，但是远藤在陷入昏迷之前透露："我是被那帮人做掉的。"

9 "阿九的世界"

远藤匠的死亡，是在隔天黎明才被确定的。

赤沼马戏团度过了慌乱的一天。因为远藤被人枪杀，大批警方和媒体立刻赶到。当天的公演当然取消了，有关单位也要求在确定安全无虞的状态下才能继续公演。赤沼强太一方面忙着应付警方和媒体，一方面又要处理公演临时取消的退票事宜和思考今后对策。祖父江七和银次跟远藤一起到医院，阿九则一个人留在旅馆里。

表演空中飞人的姐姐帮忙照顾阿九。年轻女孩早已哭倒在一旁，和不哭不闹的阿九恰成对比。女孩说："阿九你好棒哟，真是坚强。"阿九没有回应，他静静地看着休息室窗外，右手心里紧握着一根汤匙。心中有着深深的懊悔与自责："要不是我有折弯汤匙的能力，爸爸就不会被枪杀了！"

——我可以从此都无法折弯汤匙，请老天救救我爸爸！

祖父江九对着天空祈祷。

蓝天是那么辽阔明净，完全无视于地上的喧嚣。阿九集中意识凝视着蓝天等待，结果始终没能传回好消息。

不知不觉中睡着了，醒来之前，梦中出现远藤匠的身影。

父亲一如往昔，但是看在阿九眼中感觉就是有哪里不太对劲儿。父亲的身体浮肿，突然间，关节和肌肉开始松垮，就像是积木堆成的一样，站姿显得很不安定。

明明近在眼前，却感觉彼此距离遥远。阿九害怕地呼唤着"爸爸"，而远藤的眼球则是试图寻找声音的方向，但因脖子的安定性不够，始终无法找到阿九。阿九大喊："我在这里！"远藤像是傀儡般举起食指做出"听到了"的手势，偏偏越想扭动脖子，身体就会不稳地倾斜。因为站立的姿势太不自然了，已开始融解的手臂竟然整个掉落。阿九惊声尖叫，害怕得不知所以。父亲的耳朵冒出白烟，所剩无几的头发纷纷脱落。光秃的头顶也开始冒烟，鼻子就像融化的奶油一样坍塌，不断有液体从裤管和袖口滴落。

阿九看着父亲如雪人般逐渐蒸发，自己却束手无策，内心很痛苦。眼前远藤匠的残骸宛若夏日消融的冰淇淋。

"阿九，我爱你。"残骸发出这样的声音。

阿九俯瞰着残骸。

"阿九，我很希望能多陪你一段时间。但即使身在远地，我也会随时保佑你的。妈妈就拜托你照料了。"

残骸完全蒸发时，阿九也跟着醒来。表演空中飞人的女孩正低头看着阿九哭泣。

短期间内，祖父江九身边两个无法取代的人——远藤匠和寺内总一郎相继死亡，生命未到终点就结束了。还是小学生的阿九，短时间内两次深切体会到死亡的可怕。总一郎的死至今仍清楚烙印在阿九的脑海之中，他永远无法忘记总一郎上吊时恐怖的模样。银次不忍让阿九看到浑身是血、被送上救护车的远藤匠，于是用双手遮住他的脸，然而他还是从指缝间看得一清二楚。

祖父江九在当时认识了人生中最可怕的出口，重新思考死亡的意义是什么。人类出生，然后走向死亡。所有的人都有死亡相随，都免不了一死。死亡总是自己前来，就像突然被蚊子叮到一样地来临。

祖父江九害怕死亡。日后在他所写的《祖父江九启示录》中有许多篇幅提到死亡，应该是受到童年这个时期的影响。

要让祖父江九不害怕死亡、驯服死亡、跟死亡和解、不再以为死亡是一种出口，还需要很长的岁月。往后祖父江九和死亡的和解，肯定是他人生中第一个也是最重要的开悟，并使他赢得人们疯狂的支持，被视为救世主。可是眼前的这段期间，死对他而言不过是让他畏惧人生、怀疑人生的哲学而已。

父亲的死，造成祖父江九很大的转变。

还未完全从总一郎的死亡冲击中走出来，又遭逢父亲的死。阿九太过悲伤，以至于流不出眼泪。表情从阿九的脸上消失，感情暂时麻痹了。因为太过伤痛，他的心自动和外界隔绝了。紧闭心扉的少年就像槁木死灰一样，停止悲伤的同时，也停止面对现实，毫无心绪地平淡度日。

丧失超能力是眼前唯一确知的现象。尽管手中握着汤匙，也不会产生任何变化。赤沼强太认为事态严重，但阿七却淡淡地表示"这很正常"。

火化远藤匠遗体的那天夜里，阿七抚摸着阿九的头，在旅馆房间里哭泣。抬起头，目光所及之处都是心爱丈夫的遗物。宽大的西装、墨镜、袜子、吊带、帽子、长裤、牙刷、毛巾、内衣裤、睡衣……

阿七静静凝视着睡着的阿九，她哭了，沿着脸颊滴落的泪水沾湿了阿九的脸庞。失去超能力的他微微睁开眼睛，睡眼迷蒙中心想："我一定要变得坚强才行！"

这个时候，外面刚好有人轻轻敲门，门一开，银次探头进来。

"现在方便吗？"

阿九继续装睡，偷听两人压低声音说话。

"大嫂，今后你打算怎么办？"

"唉……我也不知道该怎么办才好。"阿七神情茫然地回答。阿七从未遭受过比失去心爱丈夫更严重的打击，浑身无力，食不下咽，别人跟她说话，也有一搭没一搭地回应，完全失去平日的刚毅果决。远藤匠的死，对阿七来说，直接代表了人生的终点。她很想追随远藤的脚步离去，但又不能丢下阿九。眼睛一闭上，脑海就会浮现远藤又圆又大的脸，想到他的温柔关爱，坚强的阿七立刻又泪眼迷蒙。

"如果能回博多的话，当然是最好的，可是帮派斗争还没结束，恐怕不太安全吧！"

赤沼强太邀他们继续跟着马戏团巡回，因为他认为阿九不久就能恢复折弯汤匙的能力。然而阿七不答应，她想让阿九过正常的生活。

"大嫂，如果你愿意，不如一起到我的故乡吧？在博多恢复平静的这段期间，暂且躲起来比较好！大嫂也需要时间来忘记一切烦恼。我可以帮忙照顾阿九，大嫂也该好好治疗心理的伤痛。"

"可是银次，你好不容易找到这份工作，应该留下来比较好吧？"

"不，我希望留在大嫂和阿九身边。"

祖父江七的眼眶发热，低着头咬紧牙齿，似乎在隐忍着什么。

"大嫂！"银次轻唤，"我这条命是大哥救的。如今大哥不在了，我希望多少能帮得上大嫂和阿九的忙。"

银次此时还没有发觉内心深处对阿七的情愫已逐渐萌生，也不知道对阿七的同情即将转变为爱意。

"我一定会让大嫂和阿九幸福！"

银次在心中对死去大哥的灵魂发誓。

相隔多日之后，阿九和寺内茉莉重逢时，身边多了银次的陪伴。银次在福冈找到住处和工作之前，暂时先寄住在祖父江家。远藤被枪杀已经过了半年，阿七和阿九避居在银次的故乡，等待外面的世界恢复平静，等待中洲的帮派斗争告一段落，等待社会不再讨论远藤匠遇害事件和阿九折弯汤匙的能力。阿九冻结的心随着离开马戏团而融解，也在银次诚心诚意的努力下，逐渐恢复昔日的表情。

"啊,阿九!"

回头一看,寺内茉莉站在篱笆的另一边。阿九高兴地笑了,银次注意到阿九的态度变化,笑说:"瞧,你脸都红了!"茉莉看着阿九,同时又很在意旁边那位矮小而肤色黝黑的男人。银次比以前更跟在阿九身边了。这是因为银次拼命努力,想填补阿九失去远藤匠的寂寞。为了不让阿七和阿九感到寂寞,银次每天都在他们身边当开心果。

"你很难过吧?"

听到"难过"两个字,阿九的脑海中瞬间浮现父亲被枪杀的影像。

"我常在电视上看到你。"茉莉对着表情僵硬的阿九继续说,"你已经离开马戏团了吗?"

"嗯,不做了。"阿九回答。

茉莉长大了一些,身体开始有了女性线条,动作和态度也呈现过去所没有的女人味。

"记得要表演折弯汤匙给我看哟!"

阿九的脸色一沉,低头回答:"我已经没办法折弯了。"

一旁看着两人的银次赶紧摸摸阿九的头:"很快就能折弯的啦!"

"他是谁?"茉莉望着银次询问阿九。

"他是银次叔,在马戏团里扮演小丑。这是住在隔壁的茉莉。"

茉莉的脸顿时发亮,开口反问:"你是小丑呀?"

银次立刻做出小丑滑稽的动作转来转去,逗得茉莉面露微笑,眼中光芒闪烁。

阿九心想茉莉真可爱,突然胸口一阵紧缩,跟过去所感受的不同,肋骨里面有种被用力牵扯的心痛感。阿九不知道那是爱情的苦痛,还以为身体不适,不禁举起手抚摸胸口,同时睁大眼睛看看周遭。天空、地面、树木、花草都没有异状,但只要一见到微笑的茉莉，肋骨一带又紧紧抽痛。

"怎么了？"看到阿九抱着胸口弯身向前，银次关心询问："你好像不太对劲儿。"

阿九无法直视茉莉的脸，视线往地面游移。

"怎样不舒服呢？"银次继续问。

"不知道，就是胸口很闷，喘不过气来……"

"阿九，你还好吧？"茉莉看着阿九的脸。

"呜……"和茉莉的视线一相对，阿九突然感觉严重的头晕目眩，身体更向前倾倒，吓得银次赶紧伸出手扶住他。

"阿九，你怎么了？"

"我不知道。我只要一看见茉莉的眼睛，胸口就很难受，好像被什么东西牵扯一样。呼吸变得很困难，很不舒服。"

银次回头看看茉莉，然后又转过头来看着阿九。阿九拼命想避开茉莉的视线。银次再一次看着茉莉，又看看阿九。阿九的手遮住了脸，却透过指缝凝视着茉莉。

"哈！原来是爱的烦恼呀！你喜欢茉莉对吧？"

阿九抬头看着银次，嘴里重复着第一次听到的名词——"爱的烦恼"。

"爱的烦恼就是很喜欢一个人，症状跟你一模一样。"

"我觉得很痛苦……"

"那就表示你非常喜欢茉莉啰。"

担心阿九而靠过来察看的茉莉立刻起身，摆出一副臭脸。银次问她："阿九跟你告白过吗？"

"以前好像有过吧！"

"好像有过，那算什么？这种事要说清楚才行！"银次低喃。

阿九紧张得心脏都快跳出来了，"爱的烦恼"这个字眼不断在脑海中发出鲜明的回响。茉莉不发一语地俯看着阿九。阿九的视线变得模糊。"茉莉！"阿九好不容易叫出声音，赶紧吞了一下口水，又再喊了一声"茉莉"，结果声音往上飘，音调显得有些高亢。

"没错，就是这调调。男生就是要鼓起勇气才行！"

阿九试图站起来，没想到茉莉却说："我还有事。"然后便抛下阿九，转身就走。

"茉莉！"阿九想留住她而大喊，却只见茉莉头也不回地走了。阿九浑身无力地思索茉莉"砰"一声关上门的意义何在。他发现自己的心意已转变成更明确的爱慕，而非过去的淡淡情愫。这固然让他十分困惑，但多少也排遣了失去父亲的寂寞心情。

"为什么人会喜欢上别人呢？"那天夜里，阿九在棉被柜里问银次。

由于房间不够，银次只好睡在阿七和阿九房里的棉被柜里。阿三和勘六都反对让这个年轻的外来男子跟阿七睡在同一个房间里，可是看到伤心的阿九像是对待父亲一样敬爱银次，也只好睁一只眼闭一只眼。阿七也再三表示银次可以到客厅睡，但银次说"睡这里比较自在"，坚持不肯退让。一方面是因为隔着棉被柜纸门可以尽情想象对阿七的爱意，而且每晚关上纸门时听到阿七说"银次，晚安！"已成为他一天之中最幸福的瞬间。阿九也喜欢睡在棉被柜里，常常半夜偷偷钻出被窝跑来跟银次睡。

"因为寂寞，所以人才会希望有人陪。"

银次的声音在狭小的空间响着。阿九缩着膝盖，紧贴着银次温暖的身体。

"人与人相遇、相恋，因为相爱而建立家庭。"

"爸爸和妈妈也是相遇相恋，因为相爱才生下我的吗？"

银次点点头。

77

"那将来我也会和茉莉彼此相爱。"

阿九突然想起那年离开福冈的夜晚,他睡在盖着帆布的卡车上,爸妈在黑暗中裸身相拥的画面。

"总有一天我也会和茉莉脱光光玩摔跤。"

阿九说完,心头又是一阵紧缩,双手自然抱住胸口。银次咬牙忍着不笑出声。

"那可不一定,因为恋爱是男女互相爱对方,所以得要茉莉喜欢上阿九才行呀!"

"是吗?"

"如果是对方不喜欢,恋爱就不成立。不过……那也算是一种恋爱啦,叫做'单相思'。"

"单相思……"阿九轻声重复。

"你要加油呀!"

"要怎么做,茉莉才会喜欢我呢?"

"那得看时机、气氛、状况等各种因素的配合,没有一定可行的方法。不过诚实最重要,只要像个男人,始终一心一意爱着对方,总有一天爱情会开花结果的。"

阿九乖乖地点头,感觉银次的温暖就在自己的身旁。

"银次叔谈过恋爱吗?"

银次不禁皱起了眉头,不过在黑暗中阿九并不知道。

"有喜欢过谁吗?"

脑海中闪过祖父江七的脸庞,银次按着自己的胸口。

"有吗?"

"有喜欢的人吗?"

被阿九问起"心上人",银次赶紧用力甩头,暗自告诉自己:"别乱来了!我在乱想些什么!"

"没有！我没有喜欢过任何人。"

银次小心翼翼地双手抱着头，不让阿九发现。

10 "再一次的考验"

祖父江九一升上中学便开始喜欢读书。放学后便到市立图书馆，拿起动植物生态、天体运行、科学技术等专门书籍钻研。虽然内容太过专业、不容易理解，但不知道为什么，越困难的书就越容易让他心情平静。因为重要的人纷纷猝死，阿九才想到用面对困难的知识来麻痹心中的苦痛。

升上中学二年级，他开始对二十世纪的建筑家密斯·凡德罗、法兰克洛伊·莱特等人的设计产生兴趣，试图从创新风格的书本中找到人生的救赎。不久之后，阿九又转而涉猎《圣经》、佛经、古希腊哲学书和康德、尼采、黑格尔、海德格，甚至是马克思、列宁等世界各地的思想家作品。

他不偏重于某一派思想，如同欣赏风景般翻阅书页，如同抄写经书般描摹难解的文字排列，与其说是探究书中内容的本质，不如说是用大海吸纳百川的广大与宽容，静静地吸收先人们的各种想法。

其中，他最感兴趣的是传记。完全不对传记人物持有先入为主的意见与知识，一字一句从头开始展读。有圣女贞德、玛莉·安东妮、瓦伦施泰因、玛丽莲·梦露、耶稣、基督，几乎都是背负悲惨命运的人。阿九似乎只要一发现命运悲惨的字眼，眼睛就会发亮。仿佛只要将自己的苦难重叠上去，他就能找出书中人物的人生意义。

从图书馆回家的路上，阿九每星期有三天会去探视住院的外公勘六。勘六全身上下都是病，问他哪里不舒服，说了半天阿九还是搞不清楚。只见勘六的脸上已失去气力与神采，每一次阿九来探病都更加明白,眼前又是一个准备出发到另一个世界的人。

"你来了呀!"勘六望着天花板,有气无力地打招呼,"又去图书馆了吗?"

阿九点点头。勘六看到阿九手上的《希特勒传》大吃一惊,赶紧问是怎么一回事。

阿九回答:"跟图书馆借的。"

"你是因为事先知道希特勒这个人才借的吗?"

"不是,不过现在我已经知道他是什么样的人了。"

"那种东西没有读的必要。"

"我只想把图书馆里的书都读过一遍。"

"不行。"

"为什么?"

勘六叹了一口气说:"因为他杀害了许多无辜的犹太人,不管是老年人,还是小孩他都杀。所谓的纳粹,是一种很可怕的思想,不是你这种年纪应该碰的书!"

阿九为了让外公放心,表面上答应外公会拿去还,但其实他不想那么做。如果什么都不知道,就弄不清楚什么是对的、什么是错的。阿九决定正视与理解隐藏在远藤匠和总一郎死亡背后令人恐惧的模糊不安和精神黑暗面。他想用自己的力量去认识那些死亡的意义。因此,他希望能吸取更多的知识与经验,培养出看透人性本质的能力。他要看穿何者为真正的正义?何者是伪善?他要理解在那些自以为是政府高官的大人们高喊"伦理"、"平等"背后,究竟隐藏了哪些融解在黑暗中蠢蠢欲动的秘密?

"外公如果死了……"阿九知道很残酷,却还是忍不住问病弱的外公。

诧异的勘六连忙看着阿九的脸,注意到他眼眶逐渐泛红。心想孙子因为寺内总一郎和远藤匠的相继离世，苦于不知道如何面对死亡。为了阿九，自己必须活久一点儿，带给他希望才行。

"外公没事，还很健康呢！"祖父江勘六故意露出笑容，"马上就能出院的，你放心。"

阿九脸上也露出微笑。勘六祈祷："老天爷，为了这个孩子，我可千万不能在这个时候死去。拜托您，让我活久一点儿。"

此时，祖父江三买完东西回来，摸摸阿九的头说："你真乖呀！"

看到外婆的腰杆也日益弯曲，手上皱纹密布，脸上也到处浮现斑点，阿九心想："人总是会死的。"这一点是他从小和外公外婆在小学一起生活时所未曾发觉的。

所有的人都朝向死亡迈进。再过不久，心爱的外公、外婆或早或晚也将踏上前往另一个世界的旅途。阿九强忍着不哭出来。

"外公，为什么人都会死呢？死了以后要去哪里呢？"

"不是去哪里。"

阿九凝视着外公。

"是回去，回到神的身边。"

"那我也会回去吗？"

"嗯，总有一天会，但也有可能很快。每个人回去的时间早已注定。阿九你还没得到神明的允许，所以你在人世还有许多事要做！"

"光说不练的人到处都是呀！"阿三在一旁补充说，她也对阿九从图书馆借来的那些艰深的思想书抱持怀疑的眼光。

"当然也有好书，不过要小心才行呀！阿九越来越大了，努力吸收知识固然是好的，可是书里面所写的不见得都是正确的，不见得全部都是正义。"

"我知道啦！"阿九的语气有些不耐烦。

勘六赶紧劝诫阿三："孙子也大了，这些他应该知道。"

阿三一边剥橘子，一边叨念："你的人生还长得很呀，阿九。不要为了一些小事困惑，要做个成大器的人。"

"我知道。"阿九小声回答。

"很好。"勘六点头说，"男孩子就是要在烦恼中长大。"

外公的笑容让阿九的心情好转许多。祖父江勘六颤抖地竖起略微弯曲的食指告诉阿九："我房间柜子里的昆虫标本全都给你，从今天起它们就是你的了。那可是我花了一辈子搜集来的昆虫标本呀，你要好好保管。"

"不行！外公说这种话好像准备要死了一样。"

"不是的，我不是那个意思。那里面有世界少见的昆虫，也有珍贵的蝴蝶。我想让世人看到它们的美丽，所以才会希望还有未来的你好好保管，也希望你能因此喜欢昆虫。"

阿九想起在工友室生活的往事。还记得当时学童们都很喜欢听勘六说话，他说起昆虫的生态，简直比任何漫画、童书都还要生动有趣。举凡毛毛虫变身为蝴蝶的戏剧性瞬间、昆虫和人类共存的故事等，比起老师们受限于知识框架、冰冷无趣的上课内容，勘六的讲解让学童们受益的程度不知道多出几倍！

"你们知道吗？在森林中遇到蜂窝该怎么办？首先呢，眼睛不可以跟蜜蜂对上，也不可以跑，一跑反而会被叮，必须小心翼翼地走开。蜜蜂在巢穴附近会变得很有攻击性，万一有几只攻击过来了，又该怎么办呢？听好了，这个时候就只能什么都不想，使尽吃奶力气赶快跑！"勘六做出拔腿快跑的夸张动作，逗得孩子们哈哈大笑，那是全心信赖的笑容。"要是被蜜蜂叮到会怎么样呢？如果不处理的话，是会死人的。所以得赶快用刀割开被刺到的地方，吸出里面的血吐出来。"孩子们安静下来，凝视着做出"呸呸呸"吐血动作的勘六。阿九喜欢学童们看着外公时的眼神，里面包含了尊敬的光芒。阿九为自己的外公值得尊敬而感到骄傲,因为外公从不摆架子,才能赢得学童们的敬爱。

祖父江九也和同学一样十分尊敬外公。当外公说要将他心爱的标本给他时,他当然很高兴。然而,同时那也是外公的遗言。勘六从枕头下拿出一张纸交给阿九说:"上面是我朋友的住址。他是和我一起到日本各地旅行的昆虫研究者,今年暑假你可以去找他,我已经写信跟他提起过你的事。到时候勇三会代替不能走动的我,告诉你昆虫和大自然的神奇。"

"不要。"阿九说,"我要外公教我。"

"当然,如果我好了,也想慢慢教你。可是马上就是暑假了,你妈妈和银次都要忙着工作。阿九已经是中学生了,应该可以自己一个人搭电车到阿苏去。勇三一定能指引你一条康庄大道。"

阿九从勘六手上接过纸张,上面写着田崎勇三的名字。

阿九每天过着到图书馆、医院、回家,一成不变的日子。这段时期寺内茉莉给他取的外号是"苍白少年"。由于茉莉上的是私立女子中学,两人无法像过去一样常见面。有时候阿九会在家门口、车站前看到茉莉,但是总有可爱的男孩子们陪在茉莉身边。他们长得又瘦又高,散发着一股不良少年的味道。一看到茉莉,阿九就会不自主地吞口水。年纪越大越漂亮的茉莉……逐渐远去的茉莉……

阿九经常用梯子爬上屋顶。隔壁家的二楼窗户近在眼前,窗帘随风摇曳。阿九安静地注视着窗帘后茉莉移动的身影。

升上中学三年级,阿九最要好的朋友是同班的忠助。本名叫做小田原忠,因为长得鼠头鼠脸的,被大家称为"忠助"[1]。"苍白少年"和忠助就像青春期的年轻人一样,开始对女生感兴趣。阿九第一次射

---

[1] 日本知名民间故事《老鼠嫁女儿》中的老鼠名。

精也发生在这个时期。早晨从拥抱茉莉的梦中醒来，发现下体异常肿胀，蠢蠢欲动。突然又看见睡着的阿七从棉被伸出来的腿。视线停留在小腿和大腿之间时，阿九不由自主地射精了。射精的瞬间大叫一声，吵醒了阿七和银次。其实阿九早从朋友那里听说过这种事，赶紧谎称是做了噩梦，不让他们发现濡湿的下半身。但最让阿九感到震惊的是，自己居然是因为看到母亲的大腿而产生欲望。

"那种情形很平常呀，一点都不奇怪。不久之后你就会想要别的女生啦，不用担心。"找忠助商量后，忠助明快地回应。

忠助不会像其他男生一样取笑阿九。被茉莉形容为"苍白少年"的阿九，总是独来独往，一个人走在路上。简单来说，他在学校里是被欺负的对象。同学之中也有人会要求他表演超能力，但自从不上电视以来，多半还是被当成过时商品看待。而有些驼背的忠助，也因为外表的关系遭人嫌弃。两人如同一丘之貉，也是能够分担彼此痛苦的朋友。忠助用"同盟者"来形容两人的关系。

"与其一个人，两个人在一起比较好。"

由于阿九早就习惯自己一个人玩，所以不太会依赖忠助；但若要商量青春期的苦闷，忠助却是不二人选。因为只有忠助愿意跟他说话，如果时间允许的话，阿九也愿意跟他结为同盟。

"你想不想多认识一些关于女生的事？"有一天忠助说。

"认识女生"的说法让阿九有些害怕，于是反问，"为什么我得多认识一些关于女生的事呢？"

"笨蛋！你总不能老是看着你妈妈的睡姿射精吧！不觉得难为情吗？我要帮你成为一个真正的男人！"

忠助带着百般不情愿的阿九来到中洲。由于两人外表看来还是小孩，于是忠助便事先准备好发蜡，并在公共厕所换上忠助哥哥的夏威夷衫，然后抹上发蜡，用梳子梳整齐。将头发整个往后梳，反而让他们看起来更像小孩子,忠助只好拿出墨镜挂在阿九的鼻子上,是那种大到可以遮住脸的墨镜,也是远藤匠以前戴过的那种特大号墨镜。眼前世界突然变黑,也让阿九的心情轻松了一点儿。

"墨镜是扮成大人的小道具,戴上这个就能去土耳其了!"

"土耳其是什么?"

"土耳其就是女生会脱光光帮我们洗澡的地方,接下来才是好戏上场。"

"好戏?"

忠助露出上排牙齿猥琐地笑,可是阿九不懂他笑的意思,倒是脑海中却不断闪过父母以前经常做的裸身摔跤画面。

"你有带钱来吧?"

阿九存了一些压岁钱,本来打算今年冬天帮母亲买件外套和围巾。就阿九记忆所及,阿七年年都穿着同一件大衣。因为爱惜衣物,乍看之下还不算太寒酸,若再仔细看就会发现到处都有破损。

在忠助半威胁的拉扯下,阿九踏进了中洲的暗巷。虽然是大白天,道路两旁充斥着华丽的招牌,皮条客站在灯火闪烁的招牌旁招揽生意。两人怯生生地走在熙来攘往的大人之间。

"现在该怎么办?"阿九抓着忠助的背问。

忠助指着一家店说:"就去那一家吧!"

粉红的霓虹灯招牌上画着身穿可爱制服的少女,随同"充气娃娃Milk"的文字闪烁跳动。等待招呼的时间,阿九就因紧张而上了三次洗手间。服务生过来了,眼睛直盯着两人看,分明是怀疑的眼神,但为了做生意,两人还是被分别带进阴暗走廊上的不同房间。分手前忠助抛下一句话:"结束后到清流桥的正中间等吧!"

房间里亮着颜色怪异的灯光,其实不过是一间浴室罢了,浴缸里还装满了热水。原以为会是更香艳猥琐的场所,阿九不禁有些泄气。

看到浴缸前铺着软垫，心想："待会儿是要在上面脱光光摔跤吗？"想到这里，阿九的下半身已开始蠢蠢欲动。没多久，一个和阿七差不多年纪的女人走进来，阿九心想，阿七还比较漂亮。

"哎哟，你还是个小孩吧？怎么会让你进店里来呢？不行不行，你不该来这种地方的。"

女人问阿九几岁，阿九据实以报："十四岁。"女人听了缩起下巴说，"不行不行，还这么年轻。"

看到阿九不说话地一直看着她，女人只好说："没办法啦，那就陪你洗个澡好了。"同时迅速脱下身上穿着的浴袍。因为她里面只穿着内裤，让阿九想起母亲衣衫不整的睡姿，突然觉得鼻孔深处怪怪的，血液在脑子里乱窜，赶紧按住鼻子。裸体的女人开始帮全身僵硬的阿九脱衣服。阿九试图抵抗，但因太过兴奋，身体不听指挥。搞得墨镜从脸上滑落，涂抹发蜡的头发也乱掉了。

"哇，小伙子，好厉害呀！"女人一脸惊讶地看着阿九的阴茎。

"好大呀，这是怎么回事？我从来没看过十四岁的小鬼有这么大的货色。跟你玩上一次，难保不会上瘾。小伙子，你一定会出人头地的！"

阿九低头看着自己的下半身。早看习惯的阴茎软趴趴地垂在扯开的拉链之间。女人的手伸过来，小巧白皙的手指一抓住阿九如面包般柔软的阴茎，阿九的身体不禁往后弹跳，阴茎也同时开始变硬变大。看着阿九逐渐胀大的阳具，女人的神色也起了变化，红色的嘴唇跟着笑开了。

"好厉害呀！我从来没看过这么……"

眼看着女人的嘴巴即将含住阿九特大号的阴茎。

"啊！"

阿九的惊叫声也吓到了正在隔壁房间脱衣服的忠助。阿九推开女人，将特大号的阴茎收进裤子里，当然已无法完全收进去，他顾不了那么多，夺门而出，听到背后传来女人的怒吼："喂！搞什么呀！"

阿九拔腿就跑，没头没脑地快跑。越过了清流桥，越过了保龄球场，朝向位于那珂川旁的高宫公寓拼命地跑。他十万火急地穿过热闹的餐饮街，经过住吉神社时，胀大的阴茎已恢复原来大小。阿九快跑越过百年桥，越过筑肥线的铁轨，越过西高宫小学的操场。跑得他气喘如牛，几乎无法呼吸。女人鲜红的嘴唇就要含住自己的阴茎，这是超乎他想象的状况。

"好厉害呀！我从来没看过这么……"

女人的声音在脑壳内侧不断回响。没看过！没看过！

阿九不知道自己跑了多久。直到心跳的鼓动缓和了一些，心情稍微恢复平静，他才逐渐放慢速度，最后改用走的。当他从家家户户的屋顶后望见西日本广播的电视塔时，阿九才松了一口气。他回过头看了一下，然后又深呼吸一口气，调整好呼吸。

停在路边的汽车窗玻璃上映出自己的身影，穿着花哨的夏威夷衫。天色还早，阿九记得银次今天应该是住在工厂不会回家，阿三则是到医院照顾勘六，早上阿九谎称有棒球比赛而出门。这个时候的阿七应该睡得正香甜。阿九告诉自己："就这样直接回家洗澡，不会被发现的。"

阿九小心翼翼地不被寺内茉莉家的人看到，偷偷来到门前，拿出藏在门垫底下的钥匙，打开门。为了不吵醒阿七，阿九轻手轻脚踏上走廊。经过浴室前听到奇怪的声响，阿九心想大概是自己听错了吧。那声音就像是有人强忍压抑的哭泣声，但说是哭声，其中又含有湿润而甜美的欢愉。阿九转往哭声的方向，蹑手蹑脚地慢慢前进……

看来声音是从自己的房间发出来的。要说是母亲的梦呓，声音似乎显得过于高亢。阿九将耳朵贴在门上，听到的是女人的呻吟，其中又夹杂男人的喘息声。慢点！阿九心想，他以前听过这种和声，于是努力想要回想起来。他拉开门，偷窥里面。可是房间里面没有人在。我听错了吗？正当他这么想时，突然阿七更大声的呻吟从棉被柜里传了出来。一种像要穿破门板、低级如动物般的呜咽声……还有银次喊着"大嫂、大嫂"的呼唤。阿九感觉头晕目眩，眼前的纸门就像厚重的砖墙一样挡住了他。

阿九发现自己浑身抖个不停。他只能暗自祈祷这一切都不是真的，慢慢走近纸门，心慌意乱地用力拉开。

光线照进棉被柜里的同时，闪电也掠过阿九的脑海中。眼球像是被很大的力气给镇压住，灵魂像是被强力的旋涡拉扯，即将埋没在地底深处。

裸体的银次抱着裸体的阿七，银次的下半身埋进了她的下半身之中。阿七的双腿猥琐地张开，银次对着她双腿的中心点不断晃动腰身。

"啊，阿九，别看！"

阿九从来没有看过母亲如此哀求的表情。

11 "大自然的安排"

回过神时，头发因为抹了发蜡而僵直的阿九，站在西铁福冈站前的人群里。母亲双腿张开的淫荡身影，有如焊接的铁板般深深地烙印在脑海中。阿九闭上眼睛，一如舞狮般拼命摇头试图甩开那画面，画面却很清晰地残留在恍惚的脑壳内侧，而且随着时间经过，在想象力的添油加醋下，阿七被银次侵犯的表情就更加猥琐扭曲，造成阿九莫大的悲痛，带给他绝望的人生。

阿九半疯狂地不断甩头，行人纷纷上前关心："这位小哥，你还好吧?"阿九竟然发出"汪汪"的狗叫声,恫吓靠近他的人。自己的意识已经不属于自己,脑海中伦理的堤防已然溃决。

阿九就这样一路狂吠,徘徊在天神闹区,直到错乱的精神趋于平静前,根本无法冷静控制自己。涉世未深的阿九,还无法理解母亲的寂寞。在他灵魂深处,所谓的爱只有一种洁净的形式,就像花是美丽的、天空是蓝色的一样,只有一种固定形象。他哪里懂得大人的爱有着无法算计的黑暗、深远、沉重、曲折、扭曲、复杂、难以捉摸呢?

日落西山,耗尽体力的阿九蹲坐在岩田屋百货公司前的人行道上。周遭已经变暗了,赶着回家的人们踩着机械化的脚步。阿九头脑一片白浊,思绪暂时停顿。

阿九摸摸口袋,掏出几张万元大钞,那是他本来要用来洗土耳其浴的压岁钱。这时才想到自己竟然钱没付就冲了出来,留下忠助一个人在店里。不过比起撼动人生的新事件,似乎已犯不着烦恼这点小问题了。

一张写着名字和地址的纸片从万元钞票之中露出来,那是外公勘六要阿九暑假去找的朋友。阿九嘴里不断复诵着熊本县阿苏町的地名,不知不觉间觉得心情安定了一些,呕吐和头痛的症状也缓和许多。纸片上面写着"田崎勇三"的名字。

阿九抬头仰望西铁福冈车站的时刻表,想知道如何前往熊本。可是对从来没有一个人出门旅行过的阿九而言,看不懂的时刻表简直跟数学课本一样令人头痛。他想要问车站的人,但万一被当作离家出走的少年送去辅导就麻烦了。阿九既不想回家,也很犹疑是否该对外公说明这一切,毕竟外公有病在身,尽可能还是不要让他知道母亲伤风败德的行为。

对陷入绝望的阿九来说,手上这张写着阿苏的纸片明确地指出了一个方向。阿九差点悲伤混乱到想要一死了之,因此几乎可说是毫无选择的余地。既然自己害怕死亡，眼前只好走向现实的场所。

突然间，阿九发觉身边有个装扮奇特的男人也在看着时刻表。男人头戴黑色小头巾，身披麻衣，背着有四只脚的大藤箱。一只手挂着拐杖，腰间挂着一个长达四十公分的奇怪螺旋贝壳。

两人视线对上时，男人露出笑容。阿九顿时想到："这个人应该可以告诉我怎么去阿苏。"于是开口问："请问去阿苏要坐什么车？"

"嗯……"男人沉吟了一下，点点头指着时刻表说，"得先搭快车到大牟田，然后改搭鹿儿岛本线到熊本，最后再转乘丰肥本线。"

"我刚好也是要去阿苏山。"男人语调温和地补充。

虽然装扮奇特，但是他说话的语气充满了温暖。俗话说"出外靠朋友"，阿九立刻跟着男人一起上电车。男人在急行车厢里，没有坐下的打算。阿九的脑海中依然不断浮现阿七淫荡的影像，气愤、悲伤、欲望和绝望糅合在一起，让阿九每一次呼吸，叹气也跟着从嘴边泄出。男人很担心情绪不稳定、不像一般小孩的阿九，问道："你怎么了？"

阿九摇头回答："我没事。"同时反问对方的姓名和做此奇特装扮的理由。

"我叫阿圆，是个修行的人。"

阿九不知道什么是修行的人，还误以为是忍者，心想："原来是忍者，难怪会穿成这样。"他看着男人身上的贝壳问："这要怎么用？"

修行人阿圆将贝壳拿到嘴边说："像这样用力吹，就会发出很大的声音。这叫作'法螺'。"说完轻轻吹了一下，的确发出很大的声音，引来车厢内的人注目。男人露出黄板牙微笑，阿九也觉得很有趣，嘴角露出些许的笑意。心情稍微好转的阿九指着金刚杖问："这里面有藏刀子吗？"

修行人回答："这是爬险峻的阿苏山时所用的拐杖。"

接下来，阿九又注意到男人身上背的箱子，正盯着看时，男人抢先说明:"这叫作'笈箱',里面装有佛具、餐具和衣服。"

"叔叔是忍者吧?"

男人笑了,"嗯,以前也有修行人是忍者,但叔叔只是做修行而已。接下来要去窝在阿苏山上,提升自己的灵力。"

阿九听不懂男人的意思。纳闷地想:"要提升灵力,为什么要搭电车呢?既然是要上山,用双脚爬上去不是更能锻炼身体吗?"但是没有说出口。

两人在大牟田转乘鹿儿岛本线。阿圆从笈箱中取出饭团,递给阿九:"这是糙米饭团,要吃吗?"

阿九点点头,塞进了嘴巴。感觉跟平常阿七捏的白米饭团很不一样,没什么味道,又很硬。

"多嚼几下。"男人大声叮咛,又露出笑容,"你一个人出来旅行,发生什么事情了吗?"

阿圆眼光柔和地看着阿九,阿九摇摇头只回答说:"我也要去阿苏修行。"

到达熊本站已经很晚,没有开往阿苏的电车了。男人说:"打电话叫你家人来接你吧!"

阿九回答:"我没有家人。"

"离家出走吗?"男人问。

"不是。"阿九否认后反问,"叔叔,你的修行是什么?"

"佛教徒基本的修行有戒、定、慧三种,叫作三学。戒是保持正身,定是让心情安静,慧是破除迷惑、追求真实。我打算在山上隐居,面对自己的极限,完成这三学。透过肉体和精神的锻炼,超越俗世,更贴近佛的思想。"

一听到超越俗世这句话,阿九的脑海瞬间掠过上吊的总一郎的身影。

"那我也一样，我也要去阿苏超越俗世。"

男人听了一笑。阿九却一本正经地继续说："叔叔，我还这么年轻，却已经感到绝望。我绝望的是活在人世间的辛苦，不管再怎么辛苦，只要有希望，人就能活下去。绝望很可怕，搞不好还会带来死亡，但是孤独可以拯救绝望的人，人们应该更重视孤独。我没有选择死亡，而是选择旅行，就是想要跟孤独同行。用叔叔的说法就是要到孤独的山上修行，什么地点都无所谓，我只是刚好在阿苏有认识的人，就往那里去了。当然，那里可能会有预想不到的事情在等着我也说不定，不过我并不期待。其实修行早已经开始了，从出生起我就已经开始修行了。"

阿圆张开嘴巴愣住了。这时有名警察一脸狐疑地出现在两人面前。"你们是打哪来的？要去哪里？"听到对方质问，阿九用活泼轻快的口吻回答："我是来接出外修行的爸爸回家。"说完还做出敬礼的姿势。警察微笑说声："辛苦你了！"并向他回礼后才离去。

"从哪里来，要往哪里去。这是大家都在思考的问题，却又回答不出来。因为本来就没有众人所想要的答案。警察以为我们是父子，所以安心地离开了吧？那不过是他根据自己心中的常识判断，找到自己认同的答案。然而，老天一开始并没有为任何人准备好特定的场所呀！因为拘泥在某些地点，人们才会迷惘。其实一切都在心中，不是在其他地方，就是在这里呀！"

五月的晚风余威仍在。阿九和阿圆露宿在熊本车站后方空地的角落。阿圆已习惯露宿，很快就找到可以避开夜露的适当地点，并用报纸做出简单的床铺。阿圆身材高大，鼾声雷动，不禁让阿九想起了生前还很健康的远藤匠。仰望星空，心里想着父亲。万一在天有灵的父亲知道了母亲和银次的关系，他会怎么样呢？他会有多难过呢？或许他已经知道了，所以一个人默默在天上落泪。阿九无法原谅阿七，无法原谅背叛父亲的母亲，也无法原谅银次，他认定是银次唆使母亲犯错。阿九觉得父亲很可怜，因此决定为什么都不能做的父亲处罚他们。

"……睡不着吗？"修行人问，并伸出大手抱住阿九的肩膀。

就在那一瞬间，阿九隐忍许久的泪水湿润了眼眶。孩子突如其来的泪水，让阿圆惊讶地赶紧坐起来。刚才那些充满哲学意涵的发言不再，眼前只是一个害怕黑夜的普通小孩。阿圆轻轻抱着阿九安慰说："乖，没事了，安心睡吧！有叔叔在这里，什么都不用怕。"

阿九将头靠在男人的手臂上，想着父亲在远方的灵魂，在心中呼唤"爸爸"，感觉好像听见他回应"阿九"，便在修行人的怀中静静地睡着了。

隔天一早，两人搭乘丰肥本线前往阿苏。越接近阿苏，景色就越具有男性雄风，从车窗向外看，可以看见绵延高耸的山群。看到阿九兴味盎然地看着窗外，阿圆说："你头一次来阿苏吗？"

"嗯。"阿九点头回答。

"阿苏山是世界第一的复式火山。一个火山中拥有好几个小火山，外围是绵延一百二十公里的外轮山。位于火山口的阿苏五岳，分别是高岳、中岳、乌帽子岳、杵岛岳和根子岳，目前仍有明显的火山活动。自古以来就是各种宗教修行道场的热门地点，尤其是中岳的喷烟浓烈，被视为灵力最高。因此，叔叔打算到中岳周边，靠近山神视线所及的地方修行。"

两人在宫地站下车，走出车站后便分道扬镳。阿九把阿圆当作父亲的分身，分手固然觉得寂寞，但他告诉自己对方有修行的目的，不应该打扰。而且阿九也看到了在不久的将来，会和这个男人重逢的画面。

"叔叔，你要小心马，靠近马的时候，千万别站在马的后面。"

因为阿九突然说出奇怪的话，阿圆不禁好笑地回答："我知道了，我会的！"然后阔步离去。直到看不见阿圆的背影，阿九才从口袋掏出那张纸片，盯着上面所写的地址。既然都已经来到这里了，还是得去见见田崎勇三才行。

抵达田崎勇三经营的露营场已是午后。阿九花了一整个上午的时间，在宫地站前寻找愿意让他搭的便车。问题是阿九身穿夏威夷衫，原本抹了发蜡向后梳的发型，又因为昨晚露宿街头而凌乱不堪，再加上大家都对独自外出旅行的小孩有戒心，所以根本就没人敢靠近他。好不容易有一辆卡车愿意停下来，司机原本也不知该怎么办，但看阿九的样子实在太好笑了，于是答应载他一程。他让阿九在纸片上的地址附近下车，不过那里只有一片大草原，连一户人家都没有。

"你在这种地方下车，没问题吧？"卡车司机问。

"我没事的！"听到阿九开朗地回答，卡车司机便安心离开了。

阿九默默地走在辽阔无边的清新草原上，对自己要前往的方向毫无概念，并试图告诉自己："只要一直往前走，一定能到达某个地方。"持续往前走，也能疗愈心中的创痛。他缓缓地在广大的土地中移动，试图忘却现实人生如噩梦般的遭遇。迎面而来的风，让他感觉到众神的存在。各种灵来到他身边，静静地看着他，而阿九也一一向他们回礼，并报以微笑。

田崎勇三一开始看到阿九花哨的装扮，不禁感到有些困惑。不过，比起从东京来这里露营的嬉皮，阿九的样子根本是小巫见大巫，顶多只能让田崎勇三咧嘴一笑罢了。但因为这个自称是祖父江勘六外孙的少年，和自己所知道的顽固老友勘六形象相差太远，所以让他一时之间难以接受。但是，长年和昆虫相处的田崎勇三，同时也从阿九纯洁发亮的眼中，看到他那颗极其单纯的心。

就这样，祖父江九立刻被带去洗澡，换上田崎勇三年轻妻子李尾羽从露营场拿来的特制独创T恤，头发也恢复了原状。由于很难开口跟对方解释自己为何会做出那样的装扮，故事得从中洲的土耳其浴说起，还得提及阿七和银次的那一段，与其拉拉杂杂地说明，还不如保持沉默，一切顺其自然吧！因此，阿九当下做出判断后，只跟田崎勇三报告了外公病体的近况。

"勘六这个人就是不懂得妥协，太勉强自己，所以把身体给弄坏了。"田崎勇三对李尾羽说。

李尾羽听了只是静静地点头，然后说："跟你很像呀！你也该注意点，毕竟不年轻了。"

原本说好阿九暂时可以留在露营场帮忙，但到了当天吃晚饭的时候，阿九离家出走的事便穿帮了。勇三表示必须先打电话通知勘六才行，阿九点头接受。

"勘六要我别问理由，所以我也就不问了。他还拜托我让你住到想离开的时候为止。"田崎勇三说。

阿九想了一下。阿七担心始终没有回家的阿九，应该会立刻打电话跟勘六联络，因此当田崎勇三打电话过去时，勘六因为多少已经知道发生什么事了，所以才会要求让阿九住在那里。让身体状况不好的外公增添新的烦恼，阿九感到很难过。但一想到自己留在这里能让外公外婆安心，心情便好转许多。

露营场的一天开始得很早，准备早餐、打扫、洗衣服等，非做不可的工作多得不得了。阿九因为曾在小学工友室生活过，还有马戏团的经验，所以并不觉得辛苦。一早起床就能享受清新的空气和灿烂的阳光祝福，又有美味的早餐填饱肚子，每天只要默默完成该做的工作，这种生活充满了仿佛回到从前的喜乐。

田崎勇三让阿九看他长年以来花费精力搜集的昆虫标本，比起祖父江勘六的收藏，不仅有更多罕见的蝴蝶标本，而且色彩丰富。其中，最让阿九高兴的是独角仙和锹形虫的标本，甚至有身长超过十厘米的巨大独角仙。听到田崎勇三说明是来自中南美洲的海克利斯大独角仙，他年轻时千里迢迢专程出国去捕捉，其实还有更大的，阿九的眼睛也发亮了。

勇三接着说明："锹形虫有着锯齿般的角，勇猛又好看。这种叫作锯齿锹形虫，是我半夜在搜集栎树液时抓到的。"看完标本后，田崎勇三还带着阿九实地踏入森林，教他捕捉昆虫的方法。田崎勇三在树干下发现一只正在休息的锹形虫，便告诉阿九。这是阿九出生以来头一次抓到活的锹形虫。

"好大只！"阿九兴奋大叫，并小心翼翼地用手指抓起锹形虫。

虫脚就像机械玩具一样上下摆动，自然造物的奇妙与震撼，让阿九看得目不转睛。

从此，田崎勇三几乎每天都带着阿九到阿苏各处，教他大自然的伟大与奥妙。

某天，勇三在乌帽子岳山脚下的草千里草原上，教授阿九关于蜜蜂的生态。这片草地是乌帽子岳山麓广达直径一公里的草原，也是乌帽子岳侧火山的火口遗迹，随处可见放牧的牛只。那里是昆虫的乐园。田崎勇三指着草原上飞舞的蜜蜂解说。

"看清楚了，那是侦察蜂。"

"侦察蜂？"

"那些侦察蜂会先到处飞，一发现有蜜的花，就叫所谓的外勤工蜂来采集。之前它们是在蜂巢中打扫、育儿、做巢的内勤工蜂，经历过内勤经验后才能到外面当外勤工蜂。"

"哦……"阿九说。

"侦察蜂将花蜜吸进蜜胃，将花粉沾在后脚上带回蜂巢里。回去后会抖动全身，跳收获舞。通过舞蹈告诉伙伴花的方向和距离，很聪明吧？"

"那是谁教它们的？"

"这个嘛……我也不知道，不过这就是大自然的神奇之处。人类以为自己是上帝唯一的选民，只要不断观察大自然，就能明白那是错误的。"

田崎勇三伸直腰杆，看了一下远方，继续用充满力量的语气说："一只女王蜂有三万到四万只的工蜂跟随在后，繁殖季节还会有上千只的雄蜂加入，组成群居社会。很厉害吧？没有人教它们，却能形成那样的社会。女王蜂的个头不过两厘米大，一年大约可生产二十万个卵。除了产卵之外，没有其他工作。简直就是埃及艳后或卑弥呼女王嘛！"

田崎勇三说明的方式让阿九联想到祖父江勘六，令人百听不厌。

"至于雄蜂呢，大小介于女王蜂和工蜂之间。出现在繁殖季节，其中比较有勇气的，会跟刚羽化的新女王蜂进行空中婚礼。"

"空中婚礼？"

"就是在空中交配啦！不管是人类还是动物、昆虫都必须交配。因为蜜蜂有翅膀，所以在空中进行。这种事情也是没有人教，而是神明命令它们那么做，它们靠着本能就会知道。"

阿九想起了阿七和银次的身影。那是谁主导而开始的交配行为呢？还是本能导致两人变成野兽的呢？

"阿九，交配是很自然的行为。"

田崎勇三仿佛看穿了阿九的心思，如此温柔地晓谕他。

几天后，田崎勇三问阿九："想不想看罕见的蝴蝶？"于是，两人便来到外轮山脚下的白水村，那里有更广阔的原野。勇三一踏进原野，环视周遭，要阿九赶紧蹲下，说："那是很珍贵的蝴蝶，只有这个季节才有。"他指向那种被叫做苦参的草地上，有一只小巧美丽的蝴蝶飞舞着，身上的花色非常不可思议，既不像紫色，也不像蓝色。

"它叫作'大琉璃小灰蝶'，只有在这里的这个季节才会出现。"

"好漂亮！"

阿九从蝴蝶闪着琉璃色光彩的美丽翅膀，想起了寺内茉莉。想到不知何时才能够和茉莉进行交配行为，胸口就一阵心痛。"应该，不，肯定有很多人会跟茉莉交配吧！那是大自然的法则。"阿九突然明白。

"我该怎么办才好？"阿九在心中大叫。

"那种事情只有神明才知道！"田崎勇三的背部仿佛如此说。

12 "觉醒"

"阿九，交配是很自然的行为。"

田崎勇三说的话不停萦绕在阿九的耳畔。虽然他并没有原谅阿七和银次的行为，却也不得不承认阿七仍是只美丽的雌蝶。既然漂亮又年轻，雄蝶又怎能错过？这是大自然的安排，阿九只能对自己这么解释。

田崎勇三和阿九每天都带着勇三妻子李尾羽做的饭团，到阿苏高原采集昆虫。对幼年即屡遭不幸的阿九来说，和勇三共处的这段日子尽管很短暂，却已在心上留下幸福的记忆。

露营场有来自全国各地的年轻人，而且几乎每个人都穿着奇装异服。例如头发及肩的男子，身穿和平标志的上衣，配上牛仔喇叭裤，以及只有舞者才会穿的凉鞋。他们整天弹着吉他，在异常吵杂刺激的曲调中又唱又跳。

阿九跟他们颇合得来。因为他们不会对他有传统的道德要求，想法也极具弹性，看起来一派轻松自在。每次阿九在帮尾羽、勇三做杂活时，就会不时有人过来打招呼："阿九，今天过得好不好呀？"

这些温柔的大哥哥大姐姐总是陪阿九一起玩——拥抱他，拿些零食给他吃，搔他痒，全都是亲切开朗的人。

这群来自全国各地的稀奇古怪的年轻人，一到夜晚便围起营火饮酒作乐、弹奏吉他，唱腻了就围着熊熊的烈火高谈阔论。虽然政治、哲学、文化这些话题对阿九来说还太艰深，仍无法理解。可是他们那副自以为是、反对体制的幼稚模样，对人生的逞强、偏颇的思考方式，虽然让阿九觉得奇怪，也让他被那份纯真、感性所深深吸引。另一方面，这些大哥哥、大姐姐的意见、生活方式与对性的开放态度，也给了身为独生子的阿九许多刺激。他们经常在阿九面前大方接吻，让阿九想起阿七和银次做的事，以及田崎勇三所说的那句话："交配是很自然的行为。"

由于阿九正值成长期，除了长高之外，每到早上下体也显得活力充沛。如今梦遗已不再值得大惊小怪了，只是内裤就像尿床一样常常沾有湿滑的精液。

某天夜里，阿九目睹了年轻男女做爱的场景。因为睡不着觉，躺在牧草地看星星，回去时突然听到类似鸟叫的高亢声音。"啊……啊……啊……"阿九停下脚步侧耳倾听。从银色月光下的牧草地中，伸出一双女性的脚，两只脚宛如朝向天空生长般，又像在风中摇晃般地左右摆动。两只脚的正中央是一个不断蠢动的黑色身体。原来是两个年轻人正在做远藤匠和阿七做过的裸体相扑，阿七和银次也做过同样的事，阿九为了安抚愤愤不平的情绪，只得告诉自己说："交配是很自然的行为。"

阿九悄悄来到他们身旁，处于兴奋状态的两人完全没有发觉。他弯下身子仔细观察，男人的腰上下急促摆动，每动一次女人就高声尖叫。随着兴奋的程度，男人越动越快，女人的声音也跟着加大，甚至激动响亮到令人不禁担心是否整个露营场都会听见。

"啊啊啊啊！"

男人发出如野兽般的叫声，用力抱紧女人，两人仿佛死去一般动也不动。阿九也觉得兴奋，同时又感到害怕，不禁靠上前去。

"你们还好吧？发生什么事了？你们还活着吧？"

女人慌忙坐起来大喊："阿九，不准看！"

男人也回过头怒骂："不准看！小鬼。"

看到裸身的两人突然站起来，阿九吓得拔腿就跑。跑回自己的房间后，脑海始终浮现两人激烈的做爱画面，整夜煎熬着阿九。

那一夜，阿九有了人生第一次的自慰经验。

某天，田崎勇三带着阿九到宫地车站附近买完东西后，为了顺道让他看看阿苏中岳的喷火口，于是便将车子开上仙醉峡公路。横跨高岳山腰和楢尾岳之间的溪谷，完全染成一片粉红。

"爷爷，那些是什么？"

"阿九，那些是叫作深山雾岛的花，只有在这个时期会开花，整整有五万株。"

那是阿九从未见过的美妙光景。

阿九搭乘缆车到山顶，俯瞰草木不生、岩石嶙峋的喷火口。阿九直盯着冒烟的第一火口时，心想："原来地球也会兴奋呀！"

"地底深层有一种叫作岩浆的东西，就像是岩石熔化的状态，岩浆会随着地壳裂缝喷到地面上来。"

"好厉害哟！爷爷，地球里面是燃烧的状态吗？"

"地表下面有温度很高的岩浆，还有占了80%地球体积的地函层。我不是地质学家，没办法说清楚那些是什么东西。据说温度高达一千度以上,但实际上并没有人看过。总之,地球就像一颗燃烧的物体,还是活的。我们所生存的这个冷却的地表,其实不过只是地球整体的一小部分。"

"你是说地球是生物吗?"

"是呀,她还活着,所以我们必须心存感谢。不管是人类、动物还是昆虫,都应该在这个星球上和平共处。地球就像是母亲般的星球,虽说宇宙无限广大,但人类只能生存在这个星球上。所以,我们要好好爱护地球、珍惜地球才行。"

阿九认真地点点头。他很感谢田崎勇三为了安慰他而带他来这里。

"亲眼看到世界如此之大,就不应该再为小事烦恼,必须坚强活下去才行。"田崎勇三轻抚阿九的头,如此低喃。

十四岁的阿九已经不是小孩子了,可是又跟大人不一样。体内的岩浆火热滚动,为性的觉醒而闷闷不乐。但当他俯瞰阿苏火山的雄伟景色,便暗自决定要像田崎勇三说的一样:"坚强地活下去。"

这时他注意到一名沿着中岳山峰走来的男子。拄着杖,身披袈裟,头戴黑色头巾。阿九立刻认出那个人是阿圆。

"修行的叔叔!"

阿九突然放声大喊,吓了勇三一跳。修行人抬起头看到他,笑容便从满脸胡须中绽放开来。

"你认识?"田崎勇三在阿九耳边轻轻地问。

修行人慢慢走向两人。阿九说明当初就是阿圆将他从博多带来这里,还有路上发生的事情。

"阿九,你还好吗?"

修行人来到两人面前,先放下藤箱,然后擦去脸上的汗水。

"叔叔还在修行吧?"

"是呀，从那之后我一直都在修行呀！"

修行人对着田崎勇三打招呼："初次见面。"

勇三深深鞠躬回礼说："阿九承蒙照顾了。"

"哪里的话，受到关照的人应该是我才对。"

勇三侧着头表示不解。阿圆弯下腰看着阿九的脸说："因为阿九的关系，我捡回一条命。你有预知事情的能力吧？"

阿九立刻反问："马的后面很危险吧？"

"是呀，快要被踢之前突然想起你说的话，还好躲过了，却也跌倒扭伤了脚。要是被狠狠踢到，搞不好命都没了。那是发生在和你分手后不久。你有预知事情的能力吧？"

"嗯。"阿九笑容满面地点头。阿圆和田崎勇三也微笑以对。

那一晚阿圆留在田崎勇三的露营场过夜。为了感谢他照顾过阿九，勇三邀他共进晚餐。修行人双手合十轻声说："谢谢。"阿九也偷偷学着做，嘴里念着："谢谢。"感觉诚恳表达出感谢的心意后，心情也变得轻松许多。

趁修行人洗澡的时候，阿九帮忙田崎勇三起火。他在露营场正中央的营地，先用木柴起火后，再加入木炭。到了日暮黄昏的时分，包含来住宿的十多位年轻人在内，一群人热热闹闹地围着李尾羽烹煮的鸡肉火锅而坐。阿圆则先是低声言谢，之后才开始享用火锅。

餐后，修行人敌不过阿九的要求，表演了吹法螺。从贝壳发出的巨大声音响彻整片牧草地。从地面爬行而来的法螺声，直接贯穿了阿九的五脏六腑。

李尾羽说："就像是阿苏大明神健磐龙命[1]的打鼾声。"

其他年轻人也都听得如沐春风。阿九想起了父亲，想起了远藤匠

1　日本神话里的人物，是阿苏神社的主祭神。

温柔的笑容、骑脖子的互动，想起了那一段恍如做梦的短暂时光……

那天晚上，阿九因为口渴而醒来，看见远藤匠站在床前。

"阿九，可不可以原谅妈妈呢？"父亲这么说，面带微笑。他的身体是透明的，只有眼睛的部分发出蓝白色的光。

"顺便也一起原谅银次好吗？"

阿九坐直身体仔细再看，只见在空中的远藤匠，灵魂轻飘飘地上下不停移动，就像气球一样。

"爸爸！"阿九轻唤，泪水几乎要夺眶而出。

他越是拼命强忍，胸口就更容易噎住，悲伤寂寞的感觉即将溃堤奔泻。但他还是忍下来了。他很想跟父亲撒娇，硬是咬牙忍了下来。他想父亲难得出现，肯定是因为天国的状况不允许。他不能在难得出现的父亲面前表现出柔弱、永远长不大的样子。阿九张开嘴巴，用力将空气吸进胸腔深处，努力让心情平静下来。

"总有一天你会明白，人类这种生物是无法靠自己一个人生活的。在你妈妈心中，爸爸并没有消失。在银次心中，我也依然存在。甚至他们两人相爱，心里却是对我感到愧疚的。如果连你也怪罪他们，他们今后的人生将会过得多么黑暗、痛苦呢？那不是爸爸所希望的，而你也应该踏上成长的道路才行。"

"我知道了。"阿九泪眼迷蒙地看着远藤匠。

"长年以来，我让阿七非常孤独，那期间她始终等候着我。可是我已经死了，再继续让她忍耐未免太过分了。小狗在平交道快要被车撞上时，阿七大声喊：'谁快救救它呀！'当时我要救的其实是她，不是小狗。然而，我却没有办法让她幸福。阿七今后的人生还很长，我希望你能体谅我的心情，并且原谅她和银次，要比过去对他们更好，可以吗，阿九？"

一滴眼泪从阿九的眼睛滑落。阿九抬起下巴，吸了吸鼻子，不让泪水继续滑落。

"我知道了。"

远藤匠的灵魂点头说："太好了，这样子我就可以安心长眠了。太好了，阿九。我永远都会陪在你身边，因为我爱你。你有爸爸，爸爸也有你，这一点你千万不能忘记。不管再怎么难过，我每天都会祈祷你能过着幸福美满的人生。"

阿九已泪眼模糊，什么都看不见了。

"爸爸、爸爸！"阿九哭了，肆无忌惮地号啕大哭。

纸门被拉开，修行人阿圆探头进来问："怎么了，做噩梦了吗？"

阿圆上前拥抱阿九，阿九找到了远藤匠的肉体。

"爸爸。"

"嗯，我知道了。"

"爸爸。"

"乖孩子，没什么好怕的，好好休息吧！"

回到家后，阿九发现银次已经搬去中洲的朋友家，家里只剩阿七一个人。阿九从来没有看过如此憔悴消瘦的阿七，原来在阿九离家出走的这三个星期里，她完全不吃不喝。她泪眼红肿，静静地看着阿九，由于神情实在太过哀戚，使得阿九不禁低下头。

"妈，你一定很寂寞吧？你可以跟银次叔在一起的，没关系。"阿九好不容易说出这些话。

阿七听了直啜泣，只回答一句："对不起。"晚上银次也过来跟阿九低头认错，阿九只轻轻回答："以后还要跟我玩！"

到医院看外公勘六时，阿九拿出了和田崎勇三一起采集的昆虫标本。

"好大的锹形虫。"阿三也凑过来惊呼。

阿九开心得手足舞蹈，诉说着和田崎勇三一起抓昆虫的情景，勘六只是安静地微笑听着，一句话也没说。只有在阿九临走时低喃："你长大了。"

在回家的路上，阿九心中不断想着交配的事。他非常想知道那个让大人们神魂颠倒的交配，到底有多美妙？在马戏团期间，几乎每晚都听见爸妈激烈做爱的声音。阿九告诉自己：和相爱的人交配是很自然的行为。因为银次和阿七相爱，所以两人交配。因此，自己有一天也会和人相爱、交配吧？

在平尾的阳光超市前，阿九的视线停留在某处，他看见茉莉正要越过筑肥线的平交道。阿九连忙追上去，却犹豫着该不该开口叫住对方。他怕开口了，不知道接下来该说些什么。上中学以来，两人之间就耸立着一道看不见的高墙。顶多只能打打招呼，根本谈不上话。彼此像是活在不同的世界，茉莉对待他跟对待陌生人一样有距离。茉莉像个小大人似的，光彩耀眼，令阿九不敢随便上前说话。她已不再是从前那个跟在总一郎后面的小茉莉了。胸部和腰部浮现女性柔美的曲线，艳丽的秀发随风摇曳，即便站在一百公尺之远，似乎也能闻到她发际的清香。

阿九躲在电线杆后面，看着茉莉拿出钥匙，走进家门。然后，茉莉立刻拉开二楼房间的窗帘，脱去上衣。就只有一瞬间，阿九看到了她只穿内衣的身影。

阿九感觉心荡神驰，同时胯下隐隐作痛。按着逐渐变硬的男性象征，脑海中浮现和茉莉交配的画面。那个房间里面有着只穿内衣的茉莉。此时的阿九已失去理性。温柔、体温、爱情、欲望和性，全都交织在一起，撼动阿九正值青春期的思维。

阿九利用银次工作时开的箱型车顶爬上屋顶。从他家的平房屋顶可以看进茉莉的房间。阿九像小偷一样爬上屋顶，匍匐前进。阴暗的房间不见任何人影，只看到晃动的蕾丝窗帘。阿九睁大眼睛搜索着空无一人的房间。屋瓦因为日晒而发热，温热更加刺激着他的下体。

"茉莉！"阿九发出无奈的呼唤。

换完衣服的茉莉突然从窗口探脸仰望天空，吓得阿九不小心踩空，整个人开始慢慢往下滑，最后从屋顶掉下来，发出巨大声响。因为他刚好落在银次车子的引擎盖上，听见巨响的阿七连忙冲出来，"发生什么事了？"

阿九按着下体，没好气地回答："没什么事啦！"

"银次的车子都凹下去了。"

"我的心也凹下去了。"阿九大声吼回去。

阿九从阿苏回来后，固然已经原谅他们两人，但说话的语气还是会带刺。这时他已进入了反抗期。

那天夜里，阿九决定偷偷去找茉莉。

大概是天气热的关系，茉莉的窗户开着，桌上亮着一盏红色小灯。完全无法把持自己的阿九，在亢奋心情的驱动下，爬上屋顶匍匐前进。茉莉身穿内衣的画面始终在心头挥之不去，让阿九根本睡不着，即便自慰了也散不去高涨的情欲，于是阿九做出了这个决定。

"交配是很自然的行为。"

阿九在脑海中不断用田崎勇三的这句话作为自己行动的正当化理由。

13 "半夜偷溜进茉莉的房间"

屋瓦的余温已消，甚至还有些冰冷。带着温热的两个部分：一是心脏，一是下半身的突起。心脏必须用力将血液输送到全身，另一方面又被膨胀的阴茎快速夺去血液，所以匍匐前进途中，阿九几度快要因为贫血而晕过去。阿九有着微胖的中学生体格，但阴茎却是一般人的两倍大，勃起时还会膨胀到数倍大。对于自己下体的巨大，阿九很小就听父母、外公外婆说过，也曾经是中学同班同学之间的话题，但真正让他体认到这事实，则是因为中洲土耳其浴女郎的惊叹。阿九一边调整胯下物，一边继续前进。

眼前看得到的，正确来说并非茉莉的房间，而是总一郎的房间，不过阿九知道她常常会睡在这里。窗户开着，仿佛是要召唤总一郎的灵魂，随风摇晃的窗帘就像是在招手。茉莉就睡在里面，阿九心跳得很厉害。

"交配是很自然的行为。"

阿九太过兴奋，甚至无法判断擅自闯入别人家是犯罪行为。

心脏和阴茎如同独立的生物一样。阿九爬上隔壁的屋顶，从随风摆荡的窗帘缝隙向内窥探。身上盖着毛巾被的茉莉睡着了。她的睡姿蒙上一层淡淡的月光，浮现成熟美丽的身体轮廓。阿九的脑海中不断闪烁和茉莉结合的画面，但重点部位却是模糊的。

为了看清模糊部位，阿九决定跨进窗内。跨上去的双腿之间，胀大的阴茎将卡其裤撑得变形，就在碰上窗框的瞬间，仿佛一阵电流窜过，阿九痛得闭上眼睛，差点大叫出声。赶紧轻轻用手捧着突出的阴茎，深吸一口气后，才跨过窗户。房间里充满了总一郎的气息和茉莉的味道，却又有种置身洞窟中的清澄感。此时阿九的心脏简直要在胸腔内侧暴动了。

"接下来该怎么做呢？"阿九俯瞰睡着的茉莉问自己。

虽然看过许多次父母裸体玩摔跤的样子，但重点部位隐藏在四腿交缠之间，印象很模糊。其实阿九对女性重要部位的模样一无所知，只知道有个承接阴茎的洞口应该在两腿相交处，但他当然还没看过。

茉莉优美地睡在窗口照进来的月光中，嘴巴、鼻子和闭上的眼睛都活生生地诱惑着阿九。

"没问题啦！肯定自然就会做的。"阿九边说边爬上床，把身上衣服都脱去，耸立的阴茎就像是研杵一样。光是想到自己裸身站在茉莉前面，阿九已经兴奋得不知所以。

阿九弯下身嗅闻茉莉的气味，淡淡的肥皂甜香沁入鼻腔，他轻轻唤了一声"茉莉"，她的眼角动了一下。

阿九趴在茉莉身上。下体一触碰到她的下半身，顿时有触电的感觉。他必须闭上眼睛，静待触电的感觉消退。

既然要交配，茉莉也必须脱光衣服才可以。阿九找到了茉莉身上睡衣的纽扣，但手抖得太厉害，无法顺利解开。好不容易解开最上面的一颗扣子，露出锁骨间的凹陷。阿九开始解第二颗扣子，解开后，茉莉露出了三分之一的胸口。

"茉莉！"他忍不住喊了出来。

阿九不知道该怎么办，只好将炽热的眼光停留在茉莉的胸前，再一次喊出了声音："茉莉。"

"你要干什么？"醒来的茉莉似乎还在梦境中，一脸错愕地仰望阿九。

阿九赶紧放开正在解第三颗扣子的手，整个人稍微往后退。茉莉突然瞪视着他："阿九，你没穿衣服吗？"

尽管还不是很清醒，但茉莉的意识已经回归现实。

阿九对茉莉微笑说："我们一定办得到，这种事自然就会的。"

阿九一边解开第三颗扣子，同时也认为应该跟茉莉说明自己为什么会这么做。脑海中浮现出在阿苏高原所见锹形虫、蝴蝶的交配画面。

"那个……也就是说……那些昆虫……"

"够了！"茉莉坐直身体制止说，"快停下来！"

茉莉皱着眉头，一双黑眼睛用力瞪着阿九。阿九知道情况不对劲儿，但下半身就像是不同的生物一样还趴在茉莉的身上。

"够了，快停下来。你再不闪开，我会怕的。"

茉莉很认真地在抗议，阿九顿时浑身僵硬。

"快闪开，我会怕的。"

茉莉的脸像妖怪一样，刚才安详的睡容早已不见踪影。

"对不起，可是不对呀！"

"什么东西不对？"茉莉大声反问，像是甩了阿九一巴掌。

"到底是哪里不对了，阿九？"另一边脸颊也像是被掌掴一样。

不应该是这样子的！阿九愣住了，心脏几乎停止跳动。还以为茉莉应该会很高兴才对！冷静之后才发觉自己搞错了，这是对茉莉的一种侮辱。

"什么东西不对嘛？"

阿九吓得直发抖，拼命解释说："就是锹形虫呀、蝴蝶呀……"

根本是在胡言乱语，只好假装干咳，又继续解释："螳螂呀、蚱蜢呀……"

这下子茉莉恐怕永远都不会跟他说话了。而且还不止如此，茉莉很有可能跟她父亲和阿七告状。阿九这才惊觉这件事的严重性，吓得发起抖来。

"我这就回去，对不起。我马上就走，你不要大叫！"

阿九的苦苦哀求似乎奏效，茉莉不停地点头。两人的视线相对，在紧绷的气氛中都不敢动，静静地呼吸潮湿的空气。经过几秒后，看到茉莉的眼神恢复些许冷静，阿九安心地松了一口气。

"真的很对不起，我以后不会再这么做了！"阿九语气沉稳地低喃，并将身体从茉莉身上移开。

正准备起身离去时，照进来的一道月光刚好打在阿九的胯下。只见茉莉抬起来的脸部线条越来越僵硬,就像即将爆发的火山一样。阿九顺着茉莉的视线往下看,看到了自己依然勃起的研杵。

"讨厌……"茉莉一如火山爆发的尖叫声响遍了整间屋子。

阿九立刻回过神来,想都没想就开始捡拾脱下的衣服,从窗口跳出去。

茉莉的尖叫声大到恐怕整条街都听得见吧!阿九像爬下梯子般往下滑,再爬进自己房间的窗户后,耳朵里还回荡着茉莉的叫声。

阿九的阴茎早已恢复原来大小,心脏却还像敲钟般响个不停。他按住胸口,蹲坐在黑暗中。浑身颤抖地为自己的行为抱头懊悔时,突然有道蓝白色的光掠过。

"阿九。"好怀念的声音。

抬头一看,眼前浮现总一郎的身影。仔细再看,发现总一郎正轻声对自己说:"不用操之过急。"

阿九伸出手,只见总一郎点点头,微微一笑,便往墙的另一头消失。

阿九提心吊胆地等到隔天,却不见任何人来兴师问罪。可见得茉莉并没有将他夜半偷摸进来的事告诉任何人。

阿九摸不清楚茉莉的心意,只好偷偷摸摸过日子。出门时为了不和茉莉和她的父母碰面,总是小心翼翼地观望才出门。回家时也得前看后看,看清楚没人了才敢冲进家里。

到了夜里,心情更是苦闷。一闭上眼睛,就浮现茉莉的睡脸。几乎每天晚上都在纳闷为什么不成功?苦思自己为什么会被拒绝?百思不得其解。拼命思考的结果,阿九做出结论:"大概是因为昆虫没有类似人类的情感吧!"阿九领悟到如果没有爱这种隐形绳索将彼此的心绑在一起,就无法有进一步的肉体接触。那么男女之间的爱又是什么呢?思念父母、外公外婆的心情也是一种爱,但又好像不太一样。

为了探索爱的深奥难解，阿九再度到图书馆求助。不论古今中外，只要稍微提到爱的书，他都来者不拒。

结果阿九累积了许多爱的知识，却无法找到适合自己的爱。看来要想学习每个人不同形式的爱，阿九的经验还是不足。

阿九再次遇到茉莉是在一个月后。

茉莉和一名身材修长的斯文男子，手牵手走在中洲的清流桥上。男子的头发梳得油亮平整，衣领也烫得笔挺。对方的年纪或许跟自己差不多，却看起来成熟许多。茉莉陶醉地抬头仰望男子，柔顺的表情是阿九从未见过的。男子停下脚步，双手抓着栏杆，对着水面吐出口香糖。夕阳余晖照亮了男子的脸颊，茉莉的秀发也闪闪发光随风飘扬，一如飘动的丝质旗帜。阿九躲在河边的柳树后面偷看，看到男子突然伸出手揽着茉莉的腰，他不禁用力抱住了柳树干。

男子在大白天无视大桥上人来人往，居然想拥抱茉莉。阿九还以为茉莉会拒绝，看到她神情恍惚地接受男子的拥抱，受到了很大的打击。他不知道被拒绝的自己和没有被拒绝的男子，两人之间有何差别？

茉莉在男子的怀抱中安静不动，男子贴在茉莉耳边说完话后便放开她，直接往天神的方向离去，留在原地的茉莉则静静地目送着男子的背影。原本像是追着男子背影而伸出的手臂，如今交握在胸前，充满了少女的风情。

"茉莉。"阿九喃喃轻唤。

直到油头粉面的男子消失在桥的尽头，茉莉才转过身来。仿佛想保留住男子的体温，依然双手抱胸走路的茉莉，终于发现在站在柳树下无法动弹的阿九。

"阿九？"

茉莉的眼神一变，眉头皱了起来。胸前交握的手改成拳击手的姿势，握紧拳头。

"茉莉。上次……"

阿九想要道歉，但茉莉不予理会，当下走人。阿九连忙追上去大喊："别走！"

茉莉停下脚步，阿九绕到她前面站住说："我喜欢你。"

得到的却是茉莉冷冷的视线。

"所以才会做那种事。"

"这根本不是理由！"

看到茉莉要走，阿九赶紧抓住她的手。

"茉莉，我绝对要让你爱上我！就算要等，等上几十年，我也要让你爱上我！我要让你知道我的心意是真的。"

茉莉甩了阿九一巴掌，眼睛瞪着他，却没有回话。阿九一放手，茉莉便跑上河边的道路。阿九的脸颊和心都火辣刺痛。

直到夕阳西下，阿九始终望着茉莉离去的方向，忽然间，视线前方亮起了土耳其浴的霓虹灯招牌。

"这位客人，几岁了呀？"路边揽人的老妇问。

"十八。"阿九谎称。

"看起来也还像就是了。"老妇跟着附和。

"我不知道爱是什么。"阿九说。

"那就介绍一个可以好好教你怎么爱的女孩子吧！"老妇微笑说。

阿九在阴暗的房间等了一下，走进来一名身穿粉红色睡衣的女人。上次和小田原忠第一次来时，出来招呼阿九的是跟阿七几乎同年纪的女人，现在站在眼前的土耳其浴女郎则约二十出头。

"头一次来吧？看你还很年轻的样子。"

女郎边说边忙着做准备。阿九点点头，任凭女郎帮他褪去衣物。

年轻的土耳其浴女郎看到阿九的阴茎，露出惊讶的表情自言自语：

"这么大呀？不知道塞不塞得进去哩！"

阿九的阴茎毫无反应，依然软趴趴的。阿九看着女郎脱衣服，就算全身都脱光光了，下体还是毫无反应。因为茉莉被那个男子拥抱时的幸福表情，始终停留在脑海里。为什么茉莉不爱我？阿九觉得很伤心。看到阿九哭泣，土耳其浴女郎一脸冷静地询问："怎么了啊？"

"我被甩了。"

阿九浸泡在房间角落的浴缸里，简单说明前后经过。土耳其浴女郎听完，微笑说："那可不行！你要知道人类的女孩子是世界上最柔软的生物，不管是心还是身体都一样，想要用蛮力打开是不行的。所谓的爱是一种包容，是一种诚意呀！"

土耳其浴女郎的这番话，鼓舞了阿九。

"好吧，就让姐姐好好教你吧！"

在土耳其浴女郎的引导下，阿九躺在浴缸旁铺好的垫子上。年轻的土耳其浴女郎温柔地洗着阿九的身体。当她的手一开始洗到阿九的性器时，阴茎瞬间勃起了。

"哇！这是怎么回事？哎哟，我从来也没看过这种事呀！"女郎发出既非叹息也非呻吟的惊叫声。

阿九的阴茎继续胀大。土耳其浴女郎满脸通红，拼命吞口水。阿九不知道该怎么做，两人才会结为一体。一张开眼睛，肚子上面已经叠着女人的身体。

"茉莉！"最后阿九呼唤了茉莉的名字。

这是阿九有生以来的第一次性行为。不管射精多少次，阿九的精脉似乎永不枯竭。土耳其浴女郎不断大叫。一种透过自慰也得不到的快感贯穿全身，阿九的脑中一片混浊。这才明白："原来没有爱也能交配。"同时也理解到这种行为少了很重要的东西。

"这位客人，太棒了。你可以更有自信的，这位客人。"

阿九死命抱着土耳其浴女郎。尽管脑中一片空白，但在雾般迷蒙的深处有着茉莉伫立的背影。阿九的阴茎不停抽动，白色的泪水也不断奔流。

* * *

第一章 一之一

年幼时期的自己，是最鲜明、怀念、甜美，也最残酷地烙印在心上的记忆。在人生过半的现在，回首前尘，不禁感叹人生有如旋转木马。转呀转个不停，风景都一样。可是旋转的时候，或者应该说被旋转的时候，却是最快乐的。那种天真无邪的感觉说是人生，其实一点也不为过。就这样来到青春的末期，不知道为什么，竟发现那些不好的回忆也变成了可敬的回忆。因为是一种全新的惊奇，所以令人觉得很不可思议。尽管苦痛的遭遇接连发生，但有时候那些遭遇就像是支撑帕德嫩神殿、有着收分线的圆柱一样，也都成为奠定人生的支柱。人生之中没有毫无作用的经验。当年那一连串的愤怒、悲叹、烦恼、失落，不知为何如今都成了美好的记忆，活泼生动地在脑海的草原上开出花朵。

活过半世纪后，眼前自然会很清楚地看到死亡。先是恒齿必须拔除，接着开始掉头发、产生皱纹、弯腰驼背，终于我也可以明显望见人生的终点。一旦想到自己还能活几年，人类才开始要学习生命的意义时，我也开始站在这里，每天眺望着对岸，就像从右岸眺望左岸，思索上天赋予我的人生究竟有何意义。

这些年来，我读了许多跟宗教相关的书籍，却还是遇不到特定的神明。或许是因为我的伤风败德吧？我无法皈依宗教，但至少知道有个照看全世界、十分伟大的力量存在。为了惩罚我自己，只要有机会，不论走到哪里，只要看到任何宗教的神殿、佛塔、教会，我都会合十敬拜。在我心中没有邪教的字眼，也没有邪念。或者也可以说现在的我完全和邪恶脱离。我心中没有敌人的字眼，因此没有憎恨、嫉妒，甚至也不会愧悔。有的只是满心的感谢。能够像这样存活到现在，除了感谢，还是感谢。

我不知道自己究竟还能活多久，但我已做好出发的心理准备。我已经在这个世界上活得够久了。在抬头仰望天空、欣赏花草、追踪风的动向的同时，也静静等待那个时候的来临。我不知道这是否就是所谓的黄昏，但我已能毫无抗拒地接受所有事情的发生。仔细想想，这或许才是我最厉害的超能力吧？我将身为祖父江九活到今天的过往，写成这么厚的笔记，其实心里很明白根本没写出什么。我所经验过的都是无法用言语表达的事情，然而那就是活着，也是我在记录笔记时唯一自觉的事实。

用鼻子吸气，用嘴巴吐气，一天就这样过去了。早中晚各吃一餐。睡前和起床后各喝一杯水。我已经戒酒很长一段时间了，甜食方面，顶多也只有在疲倦的时候尝一小撮的砂糖。有时会想起弟子和人生中支持我的朋友，随时都能想起他们，就足以让我感到喜悦，这就是生命的意义。写的有些离题了，今天就到此为止吧！

（选自《祖父江九启示录》）

二 凌空飞起的招财猫

1 "父亲的眼泪"

十九岁的阿九站在中洲清流桥上，俯瞰着倒映初春景色的水面。因为是远藤匠的儿子，身高超过一百八十公分的他，身体的每一部分都显得特别大，毛发浓密，就连胸毛也长得很茂盛，完全是个魁梧雄壮的男人。头发虽然蓬松，额头却很宽广。阿九分别继承了美女阿七和并非俊男的远藤匠各具特色的部分，五官的确很有个性，但绝对不能用英俊来形容，总之是很有魄力。

水面反射的光线刺眼，川流不息，看在眼中是常见的河川，但其实已非同样的水。就像是日常生活一样，十九岁的阿九仍是阿九，但却和小时候的他不一样了。人生就像一条河，阿九边想边扶着栏杆，凝视着水流不断的河水。中学时期他在这里亲眼目睹了茉莉被一名斯文男子拥抱，那是在他半夜偷溜进她房间后发生的事，感觉就像是昨天才刚发生过一样。

最后看见茉莉已经是两年多前，是在年轻人聚集的亲不孝路上。她身边也有男人，但不是清流桥上的斯文男子，是不同的男性。茉莉的脸颊靠在男人肩上，相拥而行的样子只能用亲密二字形容。阿九和茉莉四目相交的瞬间，茉莉嘴角露出意味深长的笑容，丝毫不见友好的气氛，而是透露出挑衅、对抗心理的一种冷笑。感觉茉莉投射过来的笑容是在说:"什么嘛!阿九还是跟以前一样,一副长不大的孩子样!"

不久后,听到茉莉跟男人离家出走的消息,阿九才明白那个笑容是她在对自己表达诀别的心意。直到今天,阿九完全不知道茉莉人在哪里、过着什么样的生活。

茉莉离家出走后,她父亲寺内新变得十分失落,常常一脸苍白、茫然地伫立门口,是那么憔悴,完全看不出身为九州大学教授的尊严,就像是一个一直无法承认爱犬死亡的老人。

儿子总一郎因为太早熟而选择死亡,妻子喜代几年前留下忙碌的丈夫,毅然决然出国留学,再加上女儿茉莉的离家出走,他曾经是高宫最幸福家庭的男主人,如今那副失落的样子宛如哀伤的国王看着国土日益荒废、走向败亡,令人唏嘘。

"阿九,你长大了呀!"

显然阿新是想从阿九身上嗅出失去的儿子或离家女儿的气息。阿九也代替他们,每到星期天下午就会泡杯香浓的咖啡陪他喝,或是帮他清洗爱车、打扫几乎快要淹没庭院的大量落叶。这段时期,就只有阿九守护失去温暖的寺内家和失意的男主人。

去年春天,阿九自高中毕业,寺内新还特别请他喝酒。虽然阿九还不懂得喝酒的滋味,却很高兴有人代替父亲为自己祝贺。

"恭喜你考上大学,今后我可以和你一起去学校了。"

就读于九州大学文学院的阿九,心中其实很想早点休学,一方面是因为阿七刚开始与银次交往,他不想再增加她的负担,另一方面则是由于外公勘六在他高中时过世,所以他很想留在容易陷入低潮的外婆身边。然而这些借口,都不足以成为他真正想休学的动机,最主要的理由其实是他对教育的绝望。对读遍福冈市立图书馆藏书、比普通教师知识更为丰富、个性也更成熟的阿九而言,根本对填鸭式的现代教育不抱任何期待。他告诉自己现在需要的不是知识而是经验，因此成天都只想着如何能离开大学。

"我常常在想，如果总一郎还活着的话……"

寺内新平常并不多话，阿九看着他孤独的样子，不禁悲从中来。当年地痞流氓为了追杀远藤匠，在他家附近徘徊埋伏时，能够态度坚决地面对歹徒的，就是隔壁的这位大学教授。

"我也常常在想，如果爸爸还活着的话……"

寺内新湿了眼眶，轻轻地点点头。远藤匠死后，对阿九而言，取代父亲角色的人并非银次，而是阿新。阿新低着头喝冷酒，阿九也学他拿起玻璃杯一饮而尽。脑袋深处昏昏沉沉，有种头骨和脑子逐渐分离的奇妙感觉。

高中时期，阿九常跟寺内新借书。内容五花八门，而且几乎都不是寺内新专业的理科书籍，反倒是一些奇怪的、充满神秘色彩的书籍。例如探索太古时代巨石文明之谜的推理小说、二十世纪初期坠落在南美丛林巨大陨石的追踪调查记录，或是研究外太空生物和人类在太阳系可能相遇的概率等。当然，那些书并非真的是寺内新所喜欢的书，而是他认为阿九可能有兴趣，同时也是他企图吸引阿九注意所选择的书单。他之所以会这么做，无非是一个失去儿子的男人为了跟儿子年龄相仿的年轻人相处，所准备的小道具。

"我们再去一家吧！"阿新提议，脸上浮现幸福的笑容。

当两人从高宫的小酒馆移往天神时，阿新用父亲的口吻教导阿九说："这就叫作续摊，知道吗？"

岩田屋百货后面的居酒屋暗巷，有家不到五坪大的店，吧台里的老板娘是一名三十多岁的女性。和老板娘四目相接时，阿新使了一个眼色。即便是感觉迟钝的阿九，也立刻猜出两人的关系不一般。当然，两人的关系有多亲密，阿九不得而知。只觉得应该还不至于像阿七和银次那样躲在棉被柜里偷偷玩裸体摔跤的程度，而是给人更柏拉图式的印象，仿佛两颗撞击在一起的心有着彼此的存在，正因此，也是一种悲苦、无奈的关系。

或许是阿新想向阿九传达父子间那种男人的约定吧！而阿九也有种被海盗船长认可的男人的兴奋感。

"吃饭了没？"

看着老板娘询问的眼色，阿新只回答了一句："还没。"

老板娘似乎已完全理解，转过身开始准备。先是送上啤酒，不久之后，一道道热腾腾的菜肴便排满桌面。那是一种长年相伴的妻子才可能完全知道阿新的喜好，所展现出落落大方的态度和完美。阿九惊奇连连地观察两人的互动，他们没有彼此凝望，也没有用言语诉情，视线总是有所顾忌地偏向对方的手或肩膀，但两人心的视线的确存在着交会处。

"对了，老板娘。他就是住在我家隔壁的阿九。"

老板娘红着脸，开口就说："是吗？常听起你的事，今天能见到面真是荣幸。"

阿九惊讶地反问："听过我的什么事？"

老板娘扑哧一笑说："都是一些好事。"

女人名叫今西利江，阿新一向称呼她"老板娘"，今西利江则叫他"大教授"。

"阿九是我从小看到大的。"

就像介绍自己儿子一般，阿新引以为傲地说起许多有关阿九的回忆。有些阿九自己都忘得一干二净的童年旧事，居然沉睡在隔壁家男主人的记忆之中。从他的诉说中，阿九发现了阿新的父爱，以及同乡长辈的身影，甚至感动到差点哭出来。

两人喝到很晚，喝到阿新酩酊大醉，阿九不得不背他回去才行。老板娘一直陪到出租车来才回去。

"大教授真的很想念家人呀！"

老板娘临去前说的这句话，深深地刺痛了阿九的心，久久无法忘怀。

下定决心休学时，阿九没有跟阿七商量，而是先通知阿新。阿新认为这是一件大事，于是便约阿九到"海盗屋"聊聊。其实这家店真正的店名叫作"窗"，他们故意用"海盗屋"作为暗号。

阿新像个父亲一样，苦口婆心地不断要阿九再考虑看看。今西利江则像个母亲似的，露出"男人就是应该那样"的笑容，心满意足地听着两人说话。

"等很久了吗？"

回头一看，一名年轻女子站在清流桥头，色彩缤纷的洋装凸显了女子性感的身体线条，看起来行动力十足。那是阿九献出童贞的对象，名叫菊丸的土耳其浴女郎。从中学时代至今，阿九为了发泄情欲和排遣孤独，几次到中洲的店里都指名菊丸。不过，菊丸在两年前已经辞去土耳其浴的工作。

阿九和菊丸相约去看了部美国电影。阿九帮菊丸买了爆米花和可乐，电影是好莱坞的大手笔制作，内容很无趣，不过菊丸爽朗地笑得花枝乱颤。

对没有情人的阿九而言，菊丸是唯一愿意带他到外面世界的女性朋友。由于电影院里只有他们俩，没有其他观众，阿九闻着菊丸身上的香水味，想起了她的裸体。比阿九年长五岁的菊丸有个在中洲当流氓的丈夫，但夫妻俩目前正在进行离婚诉讼。

"这部电影好好笑哦！"

两人离开电影院后，走进天神的咖啡馆。阿九扯谎呼应："是呀，很好玩。"菊丸可能是想起了喜剧场面，天真地笑了起来。菊丸是她在当土耳其浴女郎时的花名，并非本名。除了本名，阿九连她的电话号码、地址也都不知道，每一次都是菊丸打电话过来。阿七曾经好奇地问过她是谁，阿九却反抗性地回答："是谁又有什么关系？"一方面希望让母亲关心，同时又害怕说出来对方身份会惹母亲难过，两样情交互牵扯着阿九的心。

"之后还有去店里吗？"菊丸问。

阿九摇摇头。

"那……那里都怎么解决的呢？"菊丸的视线往阿九的下半身移动，脸上带着微笑。阿九从来没在店以外的地方跟菊丸做爱。两人虽然经常约会，但在外面的时候连手都没有牵过。

"没做什么解决呀！"

"都撑着吗？还是觉得闷闷的？"

"每天晚上都觉得很闷，可是我已经不去那里了。"

"为什么？"菊丸继续追问。

"因为你不在了呀！"

菊丸听了露出微笑。但其实阿九另有理由，因为他总觉得继续那么做会有种背叛茉莉的内疚感。在菊丸体内发泄时，阿九会同时对茉莉和菊丸感到抱歉。

菊丸看着阿九的脸，起疑问道："你是不是有了喜欢的女孩？"

"没有！"阿九红着脸回答。

"是吗？"菊丸皱着眉头，露出怀疑的表情。"阿九如果想要的话，以后我们可以在别的地方做。"

菊丸充满挑逗的眼光，不禁让阿九认真思考。

"不用了。"阿九几经犹豫后拒绝。

菊丸又发出了爽朗的笑声。红色的嘴唇绽开，可以看见健康的白色牙齿和柔软的舌头。脑海中浮现女人活生生的肉体，阿九的阴茎悄悄地变硬了。

提出休学申请的那天晚上，阿九又被寺内新约去"海盗屋"。

"你要想清楚呀！居然放弃九大，实在太可惜了。"今西利江叨念阿九，完全像是为人母亲的口吻。

平常总是积极规劝阿九的阿新，这一回交给利江处理，自己绝不插手，而且表情严肃。他的沉默反而引起阿九的担心。

"阿九，不读大学后，你要干什么？"利江问。

寺内新在一旁默默地喝着酒。

"我还没有开始考虑。"

利江叹口气，又重复那句老话："实在太可惜了。"

"可是不一定只能在大学里学习吧！我打算到世界各地走走。我想要走到更广大的世界，让自己的身心都能学习。从书本中学习固然不错，过去的我已经一个人努力走过那段路了。"

阿九的心中有着总一郎的存在，那个年幼时出发到灵界旅行的兄长。不知道他现在在那里进行什么样的旅行？如今的阿九多少可以理解当年总一郎出发到灵界时内心的苦闷，他认为总一郎一定是想识破这个现实世界的谎言吧！

"出去旅行，难道不能等到大学毕业后再说吗？九大不是随便什么人想上就能上的。一旦毕了业，对以后的就业不是更有帮助吗？还有……还有也不用急于一时，反正这世界又不会跑掉。"

利江的意见虽然很有道理，但阿九无法点头称是。总一郎毅然决然舍弃这个世界时，阿九也有过同样的想法："何必那么急着走呢？"

然而，已经活到十九岁的阿九，逐渐能体会当时总一郎焦急的心情了。仿佛内心有人在发号施令说："已经没有时间了！世界不会等我们的，必须现在就出发！"

"老板娘，谢谢你这么为我担心，我真的很高兴。不过我已经下定决心了。"

阿九不再多说。阿新对着老板娘递上酒杯说："添酒。"

利江不是那种硬要发表个人意见的女人。她微微一笑，转身背对着阿九。不久便听见"咔啦咔啦"冰块碎裂的声音。

"阿九。"

阿九回头看着阿新，阿新也正面看着他。

"这是你自己决定的，我也不再反对。毕竟那也是一条道路。"

利江手握的冰锥尖端因为光线的反射，十分刺眼。

"失去总一郎后，我总是把阿九当成自己的儿子看待，所以只要想到今后可以一起进出同一所大学，内心就雀跃不已。不过在当今这个讲究学历的社会，能有你这种唤起问题的年轻人存在，也是很重要的。如果总一郎还活着，那孩子或许也会选择跟阿九一样的路吧！"

阿新的眼眶微微泛红。利江点点头，送上斟满酒的酒杯。阿新干了酒杯，就像要一口气干掉泪水一样。

"茉莉前不久回来了。"

阿新突然改变话题，阿九一时之间无法理解他要说什么。

"茉莉？"

"是呀，她回来了。"

"回来了"这句话始终无法在阿九的耳朵里落定，反倒是脑海中又响起那天夜里他偷溜进茉莉房里时她发出的尖叫声。

"不过她不是一个人，而是两个人一起回来。"

"两个人吗？"

阿新拿起酒杯喝了一口，叹了一口气。利江察觉阿新再度面临的家庭问题非同小可，于是闭紧嘴巴往后面移动，默默地准备下酒菜。

"为什么那孩子……"阿新话说到一半便哽住了。

接下来的"不是一个人"在阿九的心中回荡。阿九为了让心情平静，不得不喝光了玻璃杯中的酒。屏住呼吸，等了几秒，感觉到全身已布满醉意。

"对方是什么人？"

阿新闭上眼睛回答："一个男人。一个不知道打哪来的男人。像那样子突然回家，而且还带着男人，我实在是吓傻了，不知道怎么办才好。的确，这个世界并非只是靠学问在运转呀！"

阿新之所以神情僵硬，其实还有另一个理由，就是阿九的动摇。他不知道该用什么样的表情来应付这种情况，只好茫然地看着正前方。

"她回来了。"阿新又说了一次。

"那不是很好吗？"阿九好不容易如此回应。

阿新和利江都沉默不语。

阿九看到茉莉是在一个星期后，茉莉身边站着一个素未谋面的男人。两人在高宫车站前大方地手牵手散步。男人的穿着打扮流露出都会的洗练风格，阿九直觉判断对方是东京人。光是帅气的外貌就已经跟上次的斯文男子大不相同，再加上成熟稳重的感觉和知性优雅的气质，实在是阿九难望其项背的好青年。

那一夜，阿九难以成眠。走出庭院抬头仰望时，看见总一郎的房间灯亮着。阿九知道他们两人睡在里面，感觉十分气愤。茉莉居然让陌生人进神圣的总一郎房间！

"茉莉！"阿九在心中呐喊。

突然窗帘动了，有人探出头来。阿九连忙蹲下去，仔细观察。是茉莉。阿九正准备站起来开口打招呼时，旁边又多了一个男人的脸。两人一起仰望夜空，男人的手搭在茉莉的肩上。阿九不禁大叫一声，声音大得连自己也吓了一跳。两人惊讶地往下看，但阿九已迅速逃往自家后院。

2 "招财猫"

一天早上，阿九有个奇妙的经验。

精神恍惚中听到闹钟声响，昏昏沉沉的意识还停留在梦境中。阿九微微睁开眼睛看着桌上的闹钟，心想得按掉闹钟才行，偏偏身体很沉重，怎么也爬不起来。

阿九擅自退学，又整天窝在家里无所事事，每天睡到快中午才起床。为了让儿子振作，阿七便偷偷设定了闹钟。

吵死人的响声是这种旧式闹钟最大的特色，重点是响的时候桌子还会跟着震动，使声音顿时加大好几倍。但由于距离太远，就算伸手也碰不到闹钟，所以阿九只好用力瞪着闹钟，心中却闪过茉莉和东京男在总一郎房间窗边依偎的画面。

"吵死了！"

阿九大声一吼的瞬间，闹钟从桌上掉在地上，摔得粉身碎骨。

睡再多的觉也无法产生气力，想到茉莉就让阿九整天闷闷不乐。首先，茉莉和年轻男人在同一个屋檐下生活的事实，对阿九就是一大冲击，而且茉莉的父母也住在一起。既然阿新允许这种情况，或许表示两人在不久的将来会结婚……

阿九赴菊丸之约来到天神。看到阿九一脸无精打采，菊丸问："怎么了？"

苦于无人可倾诉心事的阿九，决定将心中的烦闷全部告诉菊丸。

"真是可爱！"听完后菊丸笑了。

"有什么好笑的吗？"阿九不高兴地反问。

两人在岩田屋百货的咖啡馆吃着水果圣代时，菊丸说："谁叫阿九那么单纯呢？要我说呢，阿九根本就还是个小孩！"

"随便你怎么说，可是菊丸姐自己不也一样还很年轻吗？"

"你敢瞧不起我！"菊丸用力拍了一下阿九的肩膀，笑容也越来越僵硬。

"对了……"菊丸嘟起嘴巴的瞬间，又转变成奇妙的神情。阿九被她一直看着，不禁将脸往后缩。

"阿九，我和那个叫茉莉的女生，你比较喜欢谁？"

"这个嘛……当然是茉莉。"

菊丸皱起了眉头怒斥："你说什么？"

"不是啦，应该说没得比较才对。茉莉是我从小就认识的，菊丸姐就好像我的姐姐一样。"

"啐！姐姐？不会想太美了吗？"

菊丸恢复笑容，继续吃着圣代。菊丸从未问过阿九的心意。之前阿九因为拒绝不了菊丸的再三邀约，两人有过几次的肉体关系，但从未把爱这种字眼挂在嘴上。阿九从未把对方当作恋人，菊丸也始终把阿九当成弟弟。

"如果我说喜欢你，你会怎么办？"菊丸直视着阿九，脸上已没有笑容。

阿九心想："她是在作弄我吧？"毕竟过去菊丸从没说过这种事，也没有类似的举动。

"不要开玩笑了。"

"真过分！"菊丸娇嗔地说，"阿九难道不懂女人心吗？"

"可是你以前从来都没有说过这种事！"

菊丸的嘴唇噘得更高了，眼睛往上吊，狠狠瞪着阿九。

"那是因为没有机会说呀！你也知道我现在正在打离婚的官司，我想等离婚成功了再向你表白。"

阿九吞咽下积存在嘴里的口水。

"或许说出来你不会相信，我在店里以外，除了阿九没有跟其他客人做过。不然你以为我为什么经常像这样约你出来呢？"

阿九侧着头显得不解。

菊丸叹了一口气说："就像阿九对茉莉的心意，我也开始对你有感觉了。"

话题发展到事先无法预知的方向，阿九只能沉默以对。这时菊丸放声大笑，然后说："我是开玩笑的啦！"

两人走出咖啡馆后，又到电影院看菊丸最喜欢的好莱坞片。看的时候菊丸一直握着阿九的手不放，而阿九也偷偷观察菊丸的侧脸。在银幕亮光的反射下，二十四岁的菊丸脸色忽红忽青忽白地变化，这让阿九觉得很有趣。

看到一半银幕上出现男女交缠的画面，菊丸的手往阿九的胯下摸，阿九赶紧望向菊丸，只见较年长的她挺直腰杆，表情平淡地继续看着电影。刺激让阿九的脑海起了波澜，菊丸白细的手在阿九的胯下游走，阿九哪里能专心看电影，只得闭上眼睛忍受刺激。

走出电影院，菊丸拉着阿九的手直接往中洲的宾馆走去。天早已经黑了，路上排列许多摊贩，挤满了逛街的人群。菊丸的脸上没有笑容，从出了电影院到进入宾馆房间，她始终一语不发。

他们已经来过这间宾馆许多次。房间里有个面对河川的小窗，看出去，对岸亮着霓虹灯，鲜明地映照在水面上。他们没有开灯，只凭着外面华丽的灯光拥抱在一起。房间的墙壁随着霓虹灯光一下子变成橘色，一下子变成粉红色，还有两人交缠的阴影不断晃动。

倒在床上后，阿九还是继续抗拒。因为茉莉已经回来了。两人之间没有言语也没有笑声，菊丸强行脱去阿九的衣服，拨弄底下的肌肤。为了让阿九的阴茎胀大，菊丸钻进被窝里把弄吹气。阿九不断抗拒，却也不是抗拒得很用力。一旦确认阿九的阴茎已勃起，菊丸便骑了上去。激烈的刺激摇晃着阿九的后脑勺，菊丸肆无忌惮地大叫出声。

等到最后一滴都被榨干后，阿九呈"大"字形躺着仰望天花板。菊丸的脸靠在阿九的胸口，不知所措的阿九，一双手迟缓地垂放在床上。隐约间，阿九感觉到有水滴从乳头往腋下滑落，就像涌泉般源源不绝，于是纳闷地仔细一看。

"怎么了？"

菊丸遮住脸，只听到她吸鼻子的声音。

祖父江九一个人走在万里晴空下。对于自己的人生，尽管想了又想，却依然没有目标。

看着学童们在西高宫小学操场上玩躲避球，脑海中浮现以前自己也曾和茉莉、总一郎在此嬉戏的画面。孩子们的笑声不断，动摇了阿九的回忆。那个时代有着千金不换的幸福，可是不管如何恳求，都再也难回往日时光。

阿九跨过栏杆跳进校园里。捡起滚过来的球，丢还给跑过来的小学生们。孩子们高声大喊："谢谢。"

环顾校舍时，突然发现左手边最里面就是十年前总一郎上吊身亡的地点。在那之后，阿九就无法再靠近那个地方。

当时的情景如今还深刻留在脑海里。阿九下定决心穿越校园，踏上体育馆旁的石阶。那一天，总一郎像虫蛹般垂挂在半空中。阳光穿透紫藤棚的枝叶，在体育馆的休憩场所洒下斑点。春风吹来，阿九眯起了眼睛，双手合十静静地祈祷。

总一郎的坟墓位在距离小学十分钟路程的平尾墓园里。阿九在花店买了菊花，来到墓地时发现已经有人早到一步。上前一看，才知道是茉莉和东京男。正当他不知道该转身就走，还是该出声打招呼的时候，茉莉已回过头来说："啊！阿九？你是阿九对吧？"

一眼就能看得出来东京男的年纪较长。他的发型不是街头流行的飞机头，倒像是即将生气的刺猬一样。服装也不是摇滚风格，或许是当今英国最流行的庞克风吧！阿九心想。只不过不像杂志上所看到都是铆钉的夸张服饰，而是完全符合"洗练"一词的帅气打扮。

阿九一边打量着东京男，一边看着茉莉。茉莉变得更漂亮了，比起土气的自己，两人身上仿佛笼罩着光芒。假如青年是詹姆士·狄恩，那么茉莉就是女主角娜妲丽·华，而自己就是普拉托，那个老是出错、成为不良帮派负担，完全靠不住的配角[1]。

茉莉面带微笑，阿九的表情却始终僵硬。

"阿九，你好吗？"

阿九甚至连眨一下眼睛都办不到。

"好怀念呀！没想到你已经变成这么魁梧的男人了。"

阿九看着茉莉身边的男人，男人露出微笑点头说："你好。"

茉莉一脸幸福地介绍说："这位是山边先生。"

"我是山边。"

"他是从小住在我家隔壁的祖父江九。就是我以前提起过的呀！小时候哥哥、阿九和我经常三个人玩在一起。"

将阿九介绍给东京男的茉莉，看起来就像是新婚不久的少妇。而

---

[1] 此处指的是电影《养子不教父之过》的情节，由詹姆士·狄恩和娜妲丽·华分饰男女主角。

且她说得一口标准的国语，更让阿九知道两人之间存在着一条看不见的河川。滔滔奔流的大河，带着满溢的河水流向大海……

阿九完全不知道在这种场合下该如何回应，继续沉默不说话时，竟听到东京男微笑说："关于你的事，我早就听说了。"

关于我的事？早就听说？阿九吓得赶紧望向茉莉的脸，茉莉也面带笑容。茉莉该不会把当年他半夜偷溜进她房间的事说给这个男人听吧？一想到这里，阿九羞红了脸，又想起那一夜茉莉的睡姿，身体变得更僵硬。

"能够在这里重逢，肯定是哥哥的引导。"

一想到半夜去找茉莉、爬行在屋顶上，跨过窗户踏进房间，脱光衣服，俯瞰茉莉睡姿时的种种兴奋心情，阿九全身开始痉挛。

"你怎么了？阿九？"

看到茉莉的脸凑上来，阿九不禁大喊："我喜欢你，一直到现在都还很喜欢。从小就决定要娶你当我的新娘，但如今看来我的愿望是无法实现了。你要跟那个人在一起吧？茉莉、茉莉……祝你幸福！"

白色菊花在空中飞舞。阿九哭肿眼睛跑过安静的墓园，留下不知该如何回应的茉莉。阿九真的很伤心，心想为什么这个世界总是不能如他所愿……

隔天，菊丸以"有急事"为由约阿九到中洲，赶到的阿九却看到一个陌生男人在等着他。对方额头宽广，眼睛凹陷，身材不高却显得很有气势，一看就知道是菊丸那个正在打离婚官司的流氓丈夫。菊丸被打得鼻青脸肿。

"对不起，阿九，我不知道事情会变成这样。"菊丸在男人背后拼命道歉。阿九还搞不清楚状况时，男人突然出手揍阿九的小腹。

一阵剧痛窜过全身，阿九不知所以地倒卧在地上。男人一把抓起阿九的衣领,边拖边说:"我们到这里来再说。"

被拖至暗巷里的阿九,又连续被打了好几拳。上前制止的菊丸也跟着挨揍。

"你知道这个女人是我的老婆,居然还敢跟她上床!"男人低头看着阿九怒吼,口水都喷到阿九脸上。

阿九只能乖乖地道歉说:"对不起。"

虽说菊丸正在打离婚官司,但阿九确实知道她有丈夫的事实。

男人将试图闪躲的阿九强行拉至大楼里面,招牌上写着"大岁组",组办公室里有一些年轻人。对他们而言,挨打的阿九不过是刚好用来打发午后无聊时光的玩具罢了。

菊丸的丈夫狠狠痛殴被绑在椅子上的阿九。

"你以为不花钱就能睡别人的老婆吗?听好了,明天给我带一百万过来!一百万未免太便宜你了!说,你们睡过几次了?一次得付一百万才行。"

"你不要胡说八道,都是我的错,跟他没有关系。"

菊丸一抗议,便招来男人飞踢,一脚被远远踹到地板上。男人看着菊丸的脸大骂:"妓女!"

其他年轻流氓在一旁窃笑看好戏,甚至还有人发出欢呼声。

菊丸的丈夫越来越兴奋,完全不想见好就收。再这样下去,菊丸肯定会被活活打死。阿九想救她,但身体被绑住,根本动弹不得。只听到"啪啪啪"连续甩耳光的声音,每一次都伴随着菊丸的哀号。

"我不是早跟你说过,不要跟拿不到钱的人上床吗?"

男人抓起菊丸的衣领,正要挥拳打下去的瞬间,阿九感觉前额发热,接着放在门边的招财猫突然飞了起来,直接打中菊丸丈夫的头,当场碎裂。菊丸吓得惊声尖叫,她的丈夫鲜血直流,倒卧在地。

"干吗?发生什么事了?"

几乎就在同时，门开了，一个可能是大岁组组长的人走进来。

"阿九！"有人喊阿九。

意识朦胧的阿九，抬起头看见银次站在疑似组长的男人身边。

醒过来时，阿九躺在大岁组组长房间里的沙发上。不知道发生了什么事，只记得招财猫突然打在菊丸丈夫的头上，接下来就完全空白。

"啊，你醒了。"银次上前看着他的脸。

"我只知道自己好像得救了，但我为什么会在这里呢？"阿九问。

银次笑说："这里是我年轻时待过的组事务所，组长要我有空来玩，没想到一来就看到你被绑着。哎呀！我才真的是吓了好大一跳。"

组长也看着阿九的脸说："远藤大哥以前救过我的命，可以说是我的恩人。你们居然敢如此对待恩人的儿子？可恶，还不过来赔罪！给我跪着好好赔罪，混账东西！"

最后一句是用吼的。菊丸和丈夫跪在门口，男人头上包着绷带，一和阿九的目光相对，立刻把额头贴在地上，用快要哭出来的声音赔罪说："对不起，我一点都不知道，真的是很失礼，我错了。"

菊丸则是将视线避开，始终低着头。身上被殴打的痕迹已经瘀青，脸也又红又肿，令人十分心痛。

3 "放生会"

茉莉和从东京带回来的男人山边，就睡在她的房间里。和丈夫离婚后的菊丸，几乎每天都打电话来找阿九。银次从大岁组组长那里得知菊丸的事，自然也跟阿七说了。从此，阿七只要一看到阿九，就酸溜溜地抱怨他的日常生活态度。凡事都让阿九很不顺心，于是暑假一到，他便找了一份供住宿的工作。

阿九在志贺岛的海边商店打工，服务前来海水浴场玩水的客人。

一整天下来，心里想的还是茉莉。思念的心情太强烈，暑假过后又无可奈何地回到家，回家后甚至无法静心待在房间里。

心情闷闷不乐的阿九，躲在电线杆后悄悄望着亮着灯的茉莉房间。有时会和站在窗边乘凉的东京男四目相对，彼此又不能大眼瞪小眼，也无法交换微笑，只好默默地对看，直到有一方将视线移开。

到了秋天，祖父江家和寺内家的庭院百花齐放，争奇斗艳。茉莉的母亲喜代在庭院整理花草，看到躲在电线杆后的阿九，便惊呼："哎呀！这不是阿九吗？怎么一个人站在那里？"

"阿姨，茉莉呢？"

"茉莉出去了。"

"去哪了？"

"因为今天有放生会呀！"

筥崎宫每年都会举办放生会，小时候外公外婆常常会带着阿九去参加。其实阿九是为了长达一公里的参道两侧的摊贩，所以才会黏着外公外婆一起去。到时候可以吵着要糖果、玩具，好不快乐。

"她有跟谁去吗？"

"有呀，跟朋友去的。"

肯定是那个男人。阿九立刻反问："是茉莉的未婚夫吗？"问的时候，他发觉自己的声音在颤抖。

喜代则伸伸懒腰，慢慢站了起来，一脸尴尬地回答："他们没有订婚。"

"可是他们不是睡在同一个屋檐下好几个月了吗？"

喜代又蹲了下去回答："那是因为没有其他房间，只好暂时将茉莉的房间借给他住而已。"

尽管喜代给人"不要再问下去"的感觉，但对阿九来说，得到的答案已让他心中浮现一丝光明。

阿九立刻换好衣服，准备前往笘崎宫。当在家无所事事的银次问他"去哪里"时，只见阿九爽快地回答："去哪都无所谓！"因为他认为茉莉和东京男既然各自睡在不同的房间，就表示自己还有希望。

阿九飞奔离家，冲下坡道时，迎面而来的是一张熟识的脸孔。等到他回过神来，认出对方是菊丸时，早已来不及闪躲，慌乱中手已被抓住。

"你为什么都不跟我联络？人家好不容易离婚，又有组长可以撑腰，从此我们可以光明正大见面了，不是吗？"

"对不起，我刚好有急事，下次再联络。"

菊丸更用力地抓着阿九的手。

"你要去哪里？"

"放生会。"说完发现不妙，但为时已晚。

菊丸的脸顿时一亮，立刻大喊："我也要去。"

阿九试图用力甩开菊丸的手，她反而更进一步，无视周遭的眼光，抱住了他。

"要是你把我丢在这里，我马上就去玄界滩跳海！"菊丸大叫。

路上行人回头观望，纷纷窃笑。

阿九只好死心说："唉，跟我走吧！"

不论是在公交车站等车，还是在开往笘崎宫的公交车上，阿九不断向菊丸表明自己的心意："我终于意识到，不管发生任何事，我就是要跟茉莉在一起。"

"你不应该那样子决定自己的人生。应该给自己更多弹性，好好面对人生。我也是因为上次的事，才发觉阿九对我而言有多么的重要。为了确定这点，所以才想用更多的时间和阿九谈谈。"

菊丸好像想起了什么，嫣然一笑说："阿九和我是天生的一对，不是吗？就连这里也是天生一对。"

菊丸伸手要抓阿九的裤裆，阿九连忙扭开身体怒斥："干什么啊？"

黄昏的筥崎宫参道上挤满了人，红色的夕阳染红了牌坊、神殿、摊贩的屋檐和人们的脸。

放眼望去，参道上挤满了成千上万的信徒与游客。热闹的吆喝声、音乐声此起彼落，杂耍艺人的摊位、各式各样的摊贩——水果叫卖、炸热狗、纸捞金鱼等，应有尽有。

阿九钻进人群中，想利用人群摆脱菊丸的纠缠。

菊丸紧抓着阿九的手不放。"要是被茉莉看到就糟了！"阿九小心翼翼地前进。

"你看！有卖强棒耶！"菊丸在卖当地人称"博多强棒"的玻璃吹笛摊位前大叫。

摊位前陈列着五颜六色的玻璃吹笛，阿九为了松懈菊丸的戒心，故意将手悄悄搭在她的肩上，温柔地附和："好可爱呀！"

"陪我一起挑嘛！"菊丸瞥了阿九一眼。

"有喜欢的就买吧！"

阿九有些内疚，却又想不出其他方法。已完全信任阿九的菊丸放开手，指着陈列的玻璃吹笛，天真无邪地问店家："可以试吹看看吗？"

上了年纪的店家说："可以呀，这位小姐你知道怎么吹吗？"

"我知道。"菊丸微笑回答。

菊丸完全被玻璃吹笛的美丽所吸引，愉快地忙着挑选。阿九心想，要逃跑就得趁现在，只要假装一起挑选，然后趁机混入人群就没事了。于是他静待时机，慢慢地扭转身体。接下来的瞬间，阿九的视线停了下来。

他看到茉莉的身影出现在对面的摊贩前，身旁是东京男。男人神情不悦地跟茉莉说话，看来两人正在吵架。

阿九在心中呐喊"茉莉",对茉莉的思念也跟着迅速胀大,在心中逐渐膨胀到自己的力量也无法压抑,几乎快爆炸了。

"茉莉!"

阿九迸出惊人的叫声,声音比庙会的嘈杂还要响亮,菊丸吃惊地回过头看他。

"茉莉!茉莉!"

茉莉也注意到阿九了,东京男也循着茉莉的视线看过来。菊丸紧紧抓着阿九的手臂,就像拉着溺水的人一样用力。阿九一把甩开菊丸,冲进参道里。阿九的眼中只有茉莉一个人。身材魁梧的他硬是比来来往往的人群高出了一个头。

"茉莉!和我交往吧!我从小就一直爱着你啊!"阿九使出吃奶的力气大叫。

结果发生了始料未及的状况,茉莉也冲进参道高声回应:"好呀!"茉莉爽快地答应了。

菊丸手拿着玻璃吹笛愣住不动。其他人也都停下脚步,在两人的周边制造出一个缺口。东京男和菊丸只能远远被隔在人墙外,难过地看着在缺口中心相互凝视的两人……

阿九继续往茉莉走近,茉莉也走向了阿九。

"可以吗?"阿九低喃。

茉莉点头说:"可以的,阿九。"

游客中的一人大喊:"好样的,你们两个!"引来一片笑声。可是阿九不受影响,很有男子气概地紧紧握住茉莉的手。

阿九拉着茉莉走在博多街头。脑中一片混乱,脚步轻飘飘的,只知道漫无目地继续往前走。

两人几乎没有交谈,只是一个劲儿地往前走。阿九的头脑一片空白,甚至无法思考。茉莉几度想跟阿九说话,但表情僵硬的阿九根本无暇他顾。

从懂事以来,阿九就喜欢上茉莉,如今终于如愿,而且是意外地美梦成真,他的理智和心情还处于无法理解发生什么事的状态。

回过神时,两人正伫立在春吉桥上。阿九的手紧握着茉莉,手心早已经汗湿了。阿九俯瞰着那珂川的水面,不断地吞咽口水。现在自己竟能握着长年以来思念的茉莉的手。

"接下来要做什么?"茉莉问。

那珂川水面因为岸边林立的宾馆霓虹灯而摇曳着红色灯影。众多宾馆之中,有一间是阿九和菊丸去过许多次的。

"交给我吧!"阿九立刻高声回答。

一九八〇年九月十五日,两人第一次接吻,在那珂川沿岸宾馆的阴暗房间里。阿九紧紧抱着茉莉,轻轻地凑上了嘴唇。比起接吻的本身,能和茉莉接吻的事实更让阿九感到兴奋。

阿九脑海中浮现在阿苏高原看到的锹形虫交配的画面。田崎勇三说过:"交配是很自然的行为。"当年他半夜去向茉莉求欢之所以会失败,都是因为没有确认茉莉的心情。但是现在不一样,茉莉也答应了。阿九充满信心,这是自然的行为。因为相爱而交配是很自然的行为……

然而,人生是很残酷的,总是爱造孽。那天晚上,阿九遇到了人生最大的考验。

他的阴茎实在太过巨大,苗壮英挺的他……阴茎当然也跟着惊人成长。

几度挑战,茉莉就是无法承受阿九的阴茎。光是这一点就已经是阿九的致命伤。大到无法进入!究竟是谁为阿九安排了如此受罪的人生呢?居然因为太大而无法进入。

剧痛袭击茉莉,让她只想躲开阿九。

"等一下,阿九,别急。"

结果两人努力到天明,却终究没能达成田崎勇三口中所谓自然行为的交配。

阿九可以感受到憧憬已久的茉莉的体温,却因为无法进一步而焦急、绝望。为什么跟菊丸可以,跟茉莉就不行呢?阿九在茉莉累得睡着后,拼命想找出答案。可是不管他如何思考,就是无法找到来自出口的亮光。

茉莉现在就睡在阿九的怀里,她沉睡的容颜是他所知自然界中最美、最尊贵的。

隔天早晨两人离开宾馆,不发一语地踏上回家的路。一路上两人没有牵手,也不知道该怎么办,好不容易才心意相通,但幸福的时间却是如此短暂。经过高宫车站时,茉莉突然说:"以前我们不是常玩滑草的游戏吗?"

顺着他们的行进方向,可以看见住宅区的后面竖立着电视塔的尖端。

"嗯。"阿九点头说。

"去看看吧!"茉莉提议。

阿九能做的就是轻轻点头。

通往净水厂的坡道和旁边陡立的悬崖仍一如往昔,由上而下长满了杂草。阿九牵着茉莉的手爬上陡坡。

"阿九!"

茉莉的语气带有一些困惑。

阿九没有回头,默默地继续往上爬。无法成功和茉莉做爱的懊恼与羞愧,让阿九的心变得顽固。阿九用力拉着茉莉往上爬,仿佛这样可以减缓内心的痛苦。

凉爽的风吹过，同时也唤醒怀念的记忆：将纸箱碎片垫在屁股下，沿着陡立的斜坡路往下滑的学童们，其中也有总一郎的身影，阿九和茉莉也在。大家都笑得天真无邪，尽情发出欢呼声。

一爬上顶端，茉莉就直接坐在草地上，阿九也坐在她旁边。地面传来"轰轰轰"的声响，接下来的瞬间，两人便被阴影给吞噬了。茉莉抬起头惊呼："哇，是飞机！"

一架大型喷气式客机飞过两人头上。一切都跟从前一样。视线前方是博多人家的屋顶，最尽头可以看见玄界滩蔚蓝的海平面。风穿越两人之间，呼啸而去。心中响起那个褪色的游戏名称——自杀式滑草。阿九闭上眼睛，静静地吸纳所有回忆。

"很怀念，对吧？"茉莉问。

"是呀，很怀念。"阿九回答，两人没有继续交谈下去。

沉默让阿九感到痛苦万分。茉莉神清气爽地眺望着远方，阿九却神情黯淡地萎缩在那里，只能抱着膝盖，完全无法动弹。因为他认定这段爱情已然结束。他感到很失落，没有办法交配，自己的东西无法跟茉莉交配。不管怎么想，对十九岁的阿九而言，这是令人绝望的事实。

"抱歉。"阿九对着茉莉的侧脸低语。

茉莉一脸诧异地转过头看着阿九。

"昨天没能好好引导你。"

阿九诚心道歉后，茉莉露出微笑，犹豫了几秒说："阿九，你真是惊人呢！"

如炸弹般的强烈冲击撕裂了阿九的心。阿九将茉莉的话解释成："因为你的阴茎太大，所以我们无法结为一体。"

阿九摇摇晃晃地站起来，走向绝望的断崖。

"阿九。"茉莉呼唤他时，他已经从斜坡上滚落。

世界不停地旋转，天空和地面交互出现。阿九感觉自己好像看到了正在滑草的总一郎、看到了喷射客机、看到了红白相间的电视塔、看到了茉莉美丽的裸体。

阿九想起了嘴唇柔软的触感。

4 "黄色老太婆"

一个星期后，祖父江三过世了。通知阿九死讯的人是银次。由于阿九满脑子想的都是茉莉，以至于无法用过去的预知能力看出阿三的死。因为阿三是住院时从病床摔落折断脖子的，所以阿九便问银次："怎么会从病床摔落呢？"

得到的答案竟是："因为有只紫色蝴蝶飞进了病房。"

听隔壁床的病患说："阿三想要让迷路进来的紫色蝴蝶飞出去，伸手够不到窗户，便不小心摔下床了。"一听到是紫色蝴蝶，阿九便了然于心，肯定是外公勘六前来召唤阿三的。

阿九并没有出席祖父江三的葬礼，陪在丧主阿七身旁的是银次，整体仪式比起祖父江勘六的葬礼要简单许多。寺庙住持诵经时，阿七问银次："阿九怎么没来？"

"哦，是这样子的……"

清晨银次看到阿九走出家门，便叫住他。没想到阿九却对银次说："我要去旅行，妈妈就拜托你了。"

"旅行？那葬礼怎么办？"

"我已经对外婆做过个人的告别了，所以我要先走了。"

阿九对银次点头致意后，便推门而出。

当阿九回过神来，才发现自己人已在冲绳机场。他来到冲绳本岛一个名为本部的地方，发现眼前的大海比从小就看惯的玄界滩还要美丽。简直可用祖母绿来比拟，海面风平浪静。一心只想到"最尽头"的他，便从机场搭公交车往北走。

平缓的波浪冲上岸又退回去。阿九朦胧地意识到死，但这地方对死来说似乎显得太悠闲。为什么自己会来到这个地方呢？一个令人不得不苦笑的穷乡僻壤。

尽管想死，阿九却没有仿效总一郎的举动。因为他知道死亡的行动其实比想象还要辛苦，想要一死和实际死亡之间有着极大的差距，所以他只能孤独地对自己愚蠢的想法苦笑。

阿九无所事事地伫立在海边，到了傍晚时分，一位老妇人突然出声叫他。阿九惊讶地回过头，看到一个满头卷发的黄脸老妇人，正抬头望着他。阿九完全没有察觉到老妇人的到来，仿佛她是突然出现一般。更奇妙的是，沙滩上并没有留下任何足迹。她因为斜视的关系，骨碌碌的眼睛一只看着天空，一只看着地面，却又好像还有第三只眼，用看不见的视线捕捉阿九的存在。

"你还不能死呀！"老妇人只说了这么一句话。

阿九乖乖地回答："是。"

老妇人并没有开口叫阿九跟她走，但他下意识觉得自己必须那么做，于是便跟在转身离去的老妇人后面。老妇人默默踏上通往海边丘陵的小路，路旁尽是高度及腰的灌木丛。

老妇人就像老牛般一步一步慢慢往上爬，爬完曲折的坡道后，前方出现一栋古老的平房。

"附近的人都叫我'黄色老太婆'。"

自称黄色老太婆的老妇人静静地从大门走入暗处。

从那天晚上起，阿九就像事先已预约好似的住进了黄色老太婆家。到处都有土生土长的木瓜等食物,吃的问题不用愁。黄色老太婆自己一个人住,常有村人跑来请她帮忙治病、看结婚吉日,或是请教如何供养祖先,请教人生问题等。后来,阿九得知黄色老太婆其实是冲绳一带人称"幽塔"的女巫。她没有亲人,不论是身形、长相、动作和背影都让阿九想起外婆阿三。没有出席阿三的葬礼,却来到冲绳的尽头,原来是为了这里有一个跟阿三很像的老妇人。阿九不知道这件事代表了什么意义,只能说这是一段命定的奇妙缘分。

黄色老太婆的屋顶上放着陶制的狮子,随时睁大眼瞪着入侵者。庭院的榕树下布置成简单的祈祷所,榕树树干上则围着一块红布,树底下有一座石头砌成的小庙。

"不可以随便靠近。"黄色老太婆对阿九提出忠告。

阿九决定在完全习惯这片土地之前,听从黄色老太婆的指示,不接近榕树。

住了一个星期后,一名濒死的小孩被送了过来,横放在小祠前的石座上。村人对阿九的存在有些疑心,黄色老太婆说明:"他将来会成为神明的使者。"

黄色老太婆连续两天两夜,几乎不眠不休地在包着毛毯的小孩前面唱诵咒文,到了第三天早上,小孩竟然坐直身体表示肚子饿,令众人惊奇不已。阿九将黄色老太婆抱回室内,让她睡在被窝里。村人送来鱼、蔬菜,请阿九转交给黄色老太婆。

就这样,奇妙的生活开始了。黄色老太婆什么都没有说,阿九只好根据自己的想法行动。准备三餐,打扫庭院,整理环境,一切都根据自己的意志进行。有时候,他也会想起茉莉,但随着时间慢慢流逝,失去茉莉的悲伤也逐渐疗愈。某天,他又可以折弯汤匙了。吃饭时,他手中不经意握住的汤匙弯曲了。黄色老太婆看了一眼说:"我就说嘛！不过阿九，你应该不止是那样。"

"你说不止是那样？究竟是什么意思？"

"你还拥有更厉害的能力。也就是因为那种力量，所以才会让你一直受苦，而且今后还会继续受苦下去。痛苦就是人生，重要的是如何从那样的人生学习和有所收获。"

阿九对已成定局的命运感到悲伤。

"过去我一直被这种能力摆布，还为再也使不出超能力而稍微松了一口气。"

黄色老太婆摇头说："你必须先让自己成为有资格使用那种力量的人才行，因此你的旅行还没结束，你会在旅途中遇到真理的。"

阿九每晚都想到茉莉。一开始是放生会的场景，茉莉和阿九在众目睽睽之下互诉爱意。阿九觉得很不可思议，为什么茉莉会当场应允自己的求爱呢？当时茉莉身边有东京男，阿九的身旁也有菊丸。难道那一瞬间茉莉肯接受自己的心意，不过是出于年轻的错误、年轻的误解、年轻的冲动而已？还没搞清楚这一点，就因为一次的失败，而感到绝望，甚至还逃离了茉莉，自己真是太懦弱了。的确，自己的东西进不去茉莉那里，无法符合大自然的安排，造成阿九很大的冲击。他可以跟菊丸做，却无法跟茉莉做。对十九岁的阿九来说，简直是等同死亡的悲剧。阿九从悬崖跌落的同时，也明白是神明在阻挠这份爱。阿九深深引以为耻，于是做出肤浅的结论："我不能爱茉莉！"十九岁的阿九太早下结论了！但他决定接受命运，离开福冈。只有旅行和时间是治疗他的唯一的药方。

春去，夏逝，秋走，冬天也过了。阿九在黄色老太婆家平静度日。黄色老太婆并没有特别教阿九什么，只教他祭祀祖先和与祖灵沟通，也就是通灵的方法。虽然什么都没有教，但阿九精神的恢复却也是事实。一如伤口平复,阿九疲惫的精神也回归正常。此时,他的特殊能力不但恢复了,甚至还比之前更厉害。黄色老太婆只是在一旁看着,有了她的守护,阿九潜在的力量日益增长。住在黄色老太婆家的期间,阿九重新复活的超能力就像枯井的水再度涌现,过去表现得不稳定的能力也更上一层楼。弯曲汤匙只是开头,他在黄色老太婆身边又开发了几项能力,其中一项便是靠意志力举起并移动东西。上次移动招财猫攻击菊丸丈夫,用的就是这种能力。不止汤匙,就连铁板、铁棒他也能弯曲。有一天,阿九还成功地折弯玻璃。看着弯曲的玻璃,黄色老太婆说:"时候到了。"

"什么时候?"

"你离开这里的时候。"

黄色老太婆不知从哪里带回一颗小石头,放在阿九手上说:"这是暗示石,我把它送给你。"

一颗没什么特色的灰色小石头,却在阿九的手掌中散发出强烈的存在感。

"这个有什么用处呢?"

"这颗石头会引导你,遇到不安、悲伤和危险的情况时,能够事先告诉你。有助于让你做好心理准备。还有,未来感到不安、不知该如何是好,或是想要救人的时候,都可以轻轻握住这石头。石头里面有我的意志,可以激发潜藏在你身体内部的力量。你就带着它上路吧!"

5 "新的河岸"

祖父江九伫立在恒河畔,回想这五年多的岁月,右手握着黄色老太婆给他的暗示石。

即将满二十五岁的他,眼中映照着辽阔似大海的河川。褐色的水流如移动的龙背拍浪朝向孟加拉湾迈进，头上直射的阳光照得水面闪闪发亮，十分刺眼。

阿九在上海学习中医和太极拳，之后沿着长江往西行，越过国境进入尼泊尔。在喜马拉雅山脉的加德满都稍事停留后，继续南下抵达孟加拉的港湾都市达卡，接着就踏入印度的恒河平原。

他的左手紧抓着一张纸，那是刚刚才写好要寄给寺内茉莉的信。对于住在日本的亲友而言，这信可说是来得很突然，却也是显示阿九还活着的唯一证据。

离开日本已经两年了，旅途中阿九不断写信给茉莉。不是情书，比较像是旅行日记，信里书写他与各地人们之间的交流、难得一见的景色等如诗般的文字。

无法为爱人做任何事的悲哀，让他成为流浪者。恒河的热风迎面吹来，阿九读着写给茉莉的信。他已经养成习惯，在寄出之前一定要先用心诵读一遍。

寺内茉莉小姐如晤：

我终于抵达恒河了。这是我所看过水流最猛的河川，十分神圣。人们在此洗衣服、沐浴，甚至还有尸体漂流其间。在长江流域我学到了气场的重要性，从孟加拉到印度之间的几个圣地，我学到了更多人性的本质。人类如同水流，体内也存在许多的流，血流、气流、精神的流等，任何一种流都不能遭到淤塞阻断，否则就像建设水坝一样，下游流域的生态也会被改变。我把皮带丢了，也不再戴手表。旅途中，我在加德满都的街上跟人交换了一个小型闹钟。

在这里，时间是水平流动的。对抗重力生存的人们也同时为了时间、阶级而受苦。一旦从重力的思想解放后，人类应当就能发觉平等生存的伟大。生物没有必要分上下，区分上下的标准实在很无聊。光并非投射下来的，光本来就存在。

我打算停留在加尔各答一两个星期，再过一个月后我要到这条大河的上游看看。

思念着你，我将越过这条大河。

祖父江九于加尔各答

阿九蹲在岸边石头做的栈桥中间，遥望着恒河的上游方向。如同海边的河岸挤满了成千成万的人，有人在洗衣服、有人在祈祷、有人在沐浴。人群沿着河岸绵延不绝。皮肤晒得黝黑发亮的阿九，眯着眼睛眺望长串的人群。

祖父江九站在加尔各答的大地上，黄色老太婆的影子常伴他的精神左右。眼前是外国资本经营的大饭店，周围集中了许多旅馆、B&B，阿九在人来人往的繁华大街上卖艺赚取生活费。

阿九到上海两个月后，便花光了旅费，从此他便用这种方式赚取每日所需。简单的魔术，没有任何秘密和机关，只是将汤匙排列在小台上，等到聚集了相当的人群后，再请观众将汤匙拿在手上确认是否造假。接着，用黄色老太婆帮他激发出来的能力表演折弯汤匙。阿九并没有接受特训或是修行，他只是听了黄色老太婆的忠告，将那些话谨记在心而生活。阿九天生的能力显然恢复得比以前更加鲜明、更加强而有力。

小台边只贴了一张用当地文字写的"超能力"纸张。不管在任何街头，阿九总能赢得人们的欢呼。也几乎在所有地方都必须躲着城管表演才行，因为曾在南京郊外被关进拘留所好几天。

由于每次几乎都是同样的时间出现在街头，于是有了固定来看阿九表演的人。其中有个叫作沙哈尼的人，他的身份是印度种姓制度中最下等的阶级。沙哈尼很贫穷，所以总是站在外围看表演。阿九认得他的脸后，彼此会相互打招呼，渐渐地他也会出手帮忙。从那时起，沙哈尼便开始帮忙招呼场子。

"日本最厉害的超能力者来了！快过来看呀！大家请停下脚步，过来看呀！"

对于懂得英文却不会说印度话的阿九来说，沙哈尼就像是最可靠的经纪人一样，如果那天赚了很多钱，也会分给沙哈尼一些。

沙哈尼常邀阿九到家里吃饭或住宿，虽然阿九知道他是个心地善良的人，但不知为什么对于去他家做客就是感到迟疑，总是有种会卷入麻烦的预感。

"你知道吗？阿九，旅途中会遇到各式各样的人，可是你要把它当作是修行。为了认识真实的力量、遇到真正的爱，你必须率先进入那些人群之间才行。"

这是黄色老太婆一有机会就经常挂在嘴边的话。但她不是用说教的口吻，而是不经意地说给阿九听，或是像唱歌一样教导阿九。正因如此，阿九才会牢牢记在心上。

沙哈尼的家在贫民窟。他住在养猪场旁边，土墙上开个洞口，屋内阴暗，不时有臭猪屎味随风飘送过来，实在很难用"家"来称呼他的住处。唯一比较显眼的东西，就是耸立在养猪场和他家之间的高大菩提树，让阿九想起了黄色老太婆家庭院的那棵榕树。

太阳即将落在贫民窟西侧。沙哈尼的父母出来迎接，然后兄弟姐妹们也出来了，人数多到令人纳闷：一个不怎么大的房子居然能容纳这么多人？最后出现的是名为雅蜜的少女。

雅蜜从暗处走出来的瞬间，阿九不禁身体向后退缩了一下。她跟沙哈尼一样都是褐色肌肤，年纪才十五岁左右，肉体却已经有了老化的征兆。重点是她的身上长满了肿瘤,有许多奇怪的突起物。

"神的使者来了!"沙哈尼对着家人大喊。

他的父亲上前跪在阿九的脚下,然后母亲也做出同样的举动。邻居们纷纷从家中探出头观望,不久沙哈尼家门口便挤满了人。人们的眼中充满好奇,每个人都对着阿九伸出求救的手。

沙哈尼的父母指着雅蜜,似乎在恳求什么。他的兄弟姐妹、邻居们也都看着雅蜜。沙哈尼一脸愧疚地走过来用蹩脚的英语说:"治不好的病。"

因为皮肤下隆起的瘤状突起物,雅蜜的身体几乎无法直立。还那么年轻,皮肤却已开始枯萎,一张脸就像老妇般起皱。

"雅蜜才十六岁,但却已无法行动,就连医生也放弃她了。"

沙哈尼死命地请求。

雅蜜的脸完全是等死的表情。明明是个十六岁的少女,似乎已经看破了自己悲惨的人生。

黄色老太婆曾说:"你知道吗?阿九,你应该想想为什么老天会赋予你那种能力,而且只要觉得办得到的,你都应该去尝试!"

阿九触摸雅蜜的身体,感觉到有种触碰不得、摸起来很不舒服的弹性——就好像在触碰一颗烂熟的水果,柔软的果肉中有着酪梨果核般大小的肿瘤。有某种原因不明的肿瘤,正侵蚀着雅蜜的身体。

其实那不是病。因为阿九看到了,他看到了雅蜜好几代前受苦而死的祖先的身影。阿九不知道对方是谁,也不知道他是为何而死。由于死得太过凄惨,因此含怨的幽灵就这样附在雅蜜身上。

阿九立刻知道对方不好应付,只好先将手收回来,伺机而动。他问自己:"有没有信心超度这个怨灵?"

阿九一整晚都俯瞰着躺着的雅蜜思考,不禁想起了黄色老太婆,她让躺在榕树下濒死的少年复活。烛光凸显了雅蜜脸部的轮廓,窗外传来嘈杂的虫鸣，除此之外，听不见其他声音。不管是猪还是人都很安静，整个贫民窟正在等待奇迹发生。

阿九拿出黄色老太婆给他的石头。旅行期间，这个石头解救过他太多的苦难。一握住石头，很奇妙地，勇气自然会涌现出来。

隔天早晨，阿九在菩提树下模仿黄色老太婆设置小祠和祭坛。虽然是临时搭建的，但因为沙哈尼做过切割石头的工作，所以便立刻找来符合阿九需求的小石块排列在菩提树下。阿九想起在黄色老太婆家经验过的修行，还有她教过的祭祀祖先亡魂方法、应尽事宜、正确面对灵魂的态度等。

漫长的治疗开始了。祭坛上躺着身裹毛毯的雅蜜，阿九双手合十，沉默而专注地开始祈祷。

不久，奇妙的景象发生了。脚边的小石头飞了起来，好像有生命一样，像是原本定住不动的蜜蜂突然又开始飞。第二天起，开始听到"啪锵啪锵"的敲击声。

阿九仿效黄色老太婆的除灵术，不停地认真祈祷。将芝麻磨碎的菁华液体洒在雅蜜身上，唱诵黄色老太婆教他的古代冲绳咒语。嘴里嚼着沙哈尼找来有提神作用的植物根部，阿九的肉体深深陷入恍惚状态。尽管有幻觉的干扰，阿九仍努力保持自我。终于，他的肉体和精神合为一体。

这是一场漫长的战斗，除灵仪式整整进行了两天。关心此事的村民们远远围观，幻觉更激烈地干扰阿九，虽然天空晴朗，但阿九的意识中却是狂风暴雨。只不过取代暴雨落下的是小石子，取代狂风飞舞的是箭矢，取代亮光的是简直快熔化脚底的地狱烈火。

阿九看到了。他看到形貌恐怖的恶魔正要扑向少女，脸却是朝着他龇牙咧嘴。阿九拼命地唱着咒语。意识朦胧中，听见了茉莉的声音："阿九，阿九，你在哪里？"

茉莉站在黑暗中。

"阿九，不要太勉强，要好好保重自己。"

第三天早晨，阿九终于倒下了。他不知道自己是如何失去意识的，醒来时，有人正低头俯视着他。

"茉莉……"

阿九认错人了。也难怪他会弄错，因为雅蜜已完全改头换面。

雅蜜在朝阳下的肌肤，恢复了光泽与弹性，呈现出惊人的年轻。肿瘤几乎消失殆尽，身体也挺得很直，已变回美丽的少女，跟初见时判若两人。

阿九战胜了怨恨的亡灵。

"谢谢你，我真不敢相信。真的很谢谢你。"

雅蜜哭着向阿九道谢。

"你一定是梵天转世。"沙哈尼说。

"没那回事，我只不过是个旅人。"

阿九轻轻摇头后，又再度失去意识。

阿九继续踏上旅程。一路上仍想着自己和茉莉的事，始终找不到结论。他想在这长途旅行中，肯定会找到答案的。每次发觉找到答案并不容易时，阿九就写信给茉莉。不同的信分别投进不同的邮筒，其中有几封的内容如下：

亲爱的茉莉：

沿着恒河而上的我，脑海中浮现总一郎的身影。总一郎在自杀不久后，曾出现在我的梦中，当时我质问他："你为什么要自杀？"总哥说："就算我对你说明，你也一定不能理解。"这条河让我想起死者。如今我的眼前就有尸体漂过，漂浮在晨雾覆盖的水面上，慢慢朝孟加拉湾流去，死者僵硬的手仿佛正在对我挥手道别。总一郎最后对我说："阿九，你千万不可以认为死很可怕。死和生同样都是很美好的事。因为我的关系让你觉得死亡很恐怖吧？不过，死亡是很棒的，足以与活着相匹敌。今后我将在死亡的国度旅行，逃离谎话连篇的现实世界，到死亡的世界冒险。"总一郎的确是这样告诉我的。当时我说要跟着他去，可是总哥拒绝说："不行，我想一个人旅行。我要抛开亲人、朋友、学校和社会等一切的牵绊，独自走上那旅程。"旭日东升，我将继续往西前进，不断地往西走，尽可能越远越好。总有一天，我们一定会再相见的。

望着恒河水面的祖父江九上

亲爱的茉莉：

我现在人在巴格达。天气很热，就算站着不动也会冒汗。我和一个名叫狄鲁的英国青年一起旅行。他是个聪明且充满活力的青年，每次看到他都会让我想到总一郎。但我所谓的联想，是指他给人的感觉，并非外观。因为是外国人，他长着一头金色卷发，眼睛也是蓝色的。额头十分宽广，脸上长满雀斑。至于到底是哪里像呢？应该是那份安心的感觉吧！不过，总一郎多了一些天真无邪就是了。总之，和他在一起就会感到莫名的安稳，但也可能是到目前为止，我不太有同年纪朋友的关系吧！和其他人一起旅行，刚开始多少有些困惑。直到越过底格里斯河以后，才开始愿意坦率地接纳其他人。我无法结交朋友的理由之一，说不定是受到总一郎自杀的影响。然而，经由这次的旅行，从狄鲁身上得到许多精神方面的影响。我想，我应该可以和他处得很好。

我常想，如果总一郎还在世，我们应该会一起旅行吧！我们会去世界的哪个地方呢？我们一定会天南地北聊个没完，包括政治、文化、宗教、恋爱和人生，任何话题我们都会讨论。为什么总一郎会那样毅然决然弃我们而去呢？他死后不久的那段期间，我和他的灵魂经常有交流。但是最近他几乎不太出现，顶多是幻影、如同无常的梦境一样，偶尔会露个脸而已。或许他的灵魂已远赴另一个旅程，即所谓的轮回。我虽然觉得寂寞，却也无可奈何。大概就是因为这样，我的人生里才有狄鲁来取代总一郎的存在吧！茉莉，在你的人生里应该也出现了新的人物吧？毕竟有好几十亿的人住在这个地球上，各种形式的相遇在所难免。我想狄鲁会出现在我面前，肯定有它的意义。相信在不久的将来我就能明了。我和茉莉的缘分是否因为上次的事而告终呢？悲观的想象让我彻夜难眠，心情也更加难过。

狄鲁的姐姐嫁到巴黎奥狄翁区的一家小餐馆，店名叫做"塞纳河畔"，他常吵着说要请我吃那里的蜗牛。俗话说"出外靠朋友"，因此我决定和他一起走到那里。接下来我们将经由约旦、沙特阿拉伯进入埃及，然后搭船进入希腊，经由捷克斯洛伐克，于明年初踏上巴黎。

祖父江九写于巴格达

茉莉：

我在土耳其共和国的卡帕多奇亚，在那之后经历过许多事，并在中东一带旅行。这里是海拔一千米的高地，因为火山爆发、风雨等自然的力量而创造出超乎想象的景观。

公元前一七〇〇年左右，这里的安纳托利亚是最早的统一国家，建立了西台王国。之后被波斯帝国统治，接着是亚历山大大帝入侵，然后由罗马帝国所支配。

感觉有种遥远而悠长的时间在此流动，这里是神的国度，或者可说是世界的尽头。人类的存在显得微不足道而虚幻不实……

昨天我在这里遇到了美丽的宗教画，是一些很精彩的蛋彩壁画，由四世纪时避难逃到这些高地洞窟的基督教修道士们留下来的。早期的基督教被罗马帝国视为异教，而遭到镇压。这里让人感受到一种信仰的强烈，他们所信以为真的是什么呢？至今仍处在迷惘的自己应该不可能知道答案。

其中甚至有壁画仍未褪色，传达了生动的光辉。面对这些从历史走来的壁画，我感觉到自己的渺小。

我打算继续旅行一阵子。至于旅行的意义何在？这趟旅行会将我引领到什么地方？我还摸不着头绪。找不到答案、彷徨徘徊就是我目前的状况。

远离祖国，几乎快失去你。不对，说不定现在的我早已经彻底失去了你吧，茉莉！只要一天离不开你的幻影，我就痛苦得什么事都无法做。我只是一时之间不知道今后该如何是好、要在哪里落脚、要做什么？卡帕多奇亚是连接东方和西方的要冲。不断遭受强国支配，所以也成了各种文化的交流之地。我似乎在这里做了一个决定，但不知道这决定是对是错，不过人生本来就会遇到类似的分歧点。再会了，我的朋友，我要继续往前走。

祖父江九上

6 "巴黎右岸"

一九八七年，阿九在巴黎右岸玛黑区的一幢旧公寓阁楼里迎接二十七岁的生日。在这个只有四坪大的公寓里还有两个室友,一个是立志成为品酒师的林田秀树,一个是有志成为设计师的中川龙二。阿九和秀树在耶路撒冷认识,彼此意气相投,便一起结伴到巴黎。中川龙二是秀树的大学同学,目前在巴黎学习服装设计。两人直接住进他租来的阁楼,开始奇妙的同居生活。

"怎么了?阿九。"

阁楼里有扇如画框般的小窗,阿九站在窗口望着竖立在正前方的教会尖塔。看到阿九长达好几十分钟一动也不动的样子,秀树又问了一次:"你怎么了?"

"今天是我诞生在这个世界上的日子。"

可惜的是,阿九的年纪越大,外貌也越来越像他父亲。身高不亚于法国人,肌肉发达,头发卷曲,额头突出,鹰钩鼻,眼睛凹陷,方正的下巴又尖又挺。与其说是日本人,莫如说更容易被认为是来自中南美的移民。申请签证时就常被警察盘问是否为偷渡客。

"所以今天是你的生日啰?这不是很棒吗?"在狭小的厨房煮东西的中川龙二大声说。

"这不是很棒吗"是龙二的口头禅。

"哎呀,我都不知道耶,太好了,阿九。"

秀树走来,一起从小窗向外眺望,教会的屋顶聚集了许多鸽子。

"人只要活着,就算不去管他,生日还是每年都会来。如果不好好感谢你的父母和祖先们,那是不对的!"

阿九突然说出生日的事,但心里想的根本是茉莉。阿九有些后悔地想:"当时仗着年轻气盛离开日本,但如果留在日本,或许已经和茉莉结婚了也说不定。"因为悲伤无法结为一体而太早下结论,但其实只要假以时日继续相爱,总有一天肯定能结为一体的。偏偏太过年轻的极端悲观,让自己成为旅人。这岂不是跟说要稍微看看外面的世界却上吊身亡的总一郎一样吗？

"那就帮阿九办个庆生派对吧？"

"这不是很棒吗？刚好是星期天，大家都能来，那就办吧！"

这群年龄相仿的年轻人虽然没钱没地位，却各自拥有自己的梦想。为了圆梦，大家才能撑过每一天。

龙二认识的女性朋友在歌剧院附近日本人区的酒店工作。那是一家以服务日本公司上班族为主的日式酒店，因此她算是手头十分宽裕，而且又对龙二有意思，因此常常请他吃饭。这一次也是假借生日的名义请大家吃大餐罢了。

喜欢中川龙二的千头真知子带来了也在同一家酒店工作、名叫娜娜·宫里的混血女子。五个年轻人在面向歌剧院路的咖啡馆举行生日派对。一瓶瓶红酒陆续见底，酒杯不断在空中舞动。他们不停喊着："恭喜你，生日快乐！"这是阿九无法预期的生日。

真知子固然很可爱，但娜娜更是一位五官突出的美少女，平常就互相比较谁最会泡马子的秀树和龙二当然不可能放过她。娜娜的个性温柔开朗，对任何人都一视同仁，却也洁身自爱，反而更引起两人的兴趣，积极探出身子想赢得她的好感。被冷落的真知子很不是滋味，看到龙二色眯眯地跟娜娜搭讪，不免闹别扭。

"阿九，我难道就这么没有魅力吗？我明明对龙二付出了那么多，不是吗？"

同样来自福冈的真知子只有对阿九会用博多腔说话。

"真知子，没那回事！你是个很可爱的女人。"

"哎呀，阿九，我真高兴。从今天起就让我来当阿九的女人吧！"

"好耶，你们两个！"秀树在一旁拍手。

阿九想起了菊丸。真知子虽然紧紧抱着自己的手，却只是对龙二的报复而已。

酒过三巡，深夜十二点过后，大家已经颇有醉意。喝得酩酊大醉的龙二强迫阿九做出二十七岁的告白。所有人都鼓掌起哄，阿九不得已开始诉说自己和茉莉的事。阿九反而觉得在这种情况下说出来，心情可以比较轻松。因此他把从相逢到分手，那些留存在记忆的重要画面都一一道出。

"阿九，你的真有那么大吗？"真知子问。

"嗯，所以不管怎么努力，就是无法结为一体，无法心想事成。"

"那又怎么样呢？我也有过法国人的男朋友，一开始也不成功，因为对方的那个太大了。不过奇妙的是，渐渐地我们还是可以顺利结合。"

阿九十分惊讶地问："真的吗？"

"是呀！阿九。只要花时间相爱，没有不成功的。女人的那里是可以配合男人的大小紧密结合的。"

"真的吗？"

"当然是真的。我不知道让他满足过多少次呢！"

"所以你的很松弛啰！"龙二小声说。

真知子直接将手上酒杯里的酒，往龙二头上淋下去。

"你这家伙干什么？"

"我不是家伙，龙二。我也是柔弱的少女，有些话可以说，有些话是不能说的呀！"

秀树从背后抓住准备扑过去的龙二说："算了啦，今天是为了庆祝阿九的生日，不要节外生枝，你们两个都是！"

真知子别头去，龙二脸上挂着笑容，娜娜因为无法加入话题而显得一脸茫然，阿九则因为能够一吐长年藏在心里的烦恼而感到轻松。如果真知子说的是真的，阿九为自己未经深思就逃离福冈的行动深感羞愧。

"现在应该还来得及吧?"真知子看着阿九的侧脸问。

"什么事?"

"我是说那个人还在等着阿九吗?"

"已经过了七年,应该很难吧!之前打电话回家请妈妈帮我寄申请签证的资料时,我问起那个女孩的近况,我妈说她好像过得很幸福。"

"你妈说的幸福,是哪种幸福呢?"娜娜插嘴问。

"我不知道,因为我不敢再问下去。不过女人的幸福,通常是指已经有对象,不是吗?"

所有人都认同这个想法。酒醉的龙二一脸茫然地咬着吸管,恨恨地说:"我就说女人那里很松吧!"

在真知子的介绍下,阿九也进入那间酒店工作。拜身材魁梧所赐,当起了围事。但由于只持有观光签证,算是非法就业,所以为了方便警察临检时,可立刻假装成客人,阿九将西装和公文包藏在吧台后面。

酒店"龙"的老板娘石根麻衣子年近四十,是个浓妆艳抹、身材高挑的女人。店内装潢令人很难联想到身在巴黎,反而充斥着银座的酒店风格。店里总是坐满了日本上班族,除了冲着最受欢迎的娜娜·宫里而来的上班族外,还有些喜欢日本女性的法国男客。

"阿九,听说你那里特别大呀?"

有一天,石根麻衣子突然来到忙着准备开店的阿九身旁问。因为时间还早,店里不见其他员工。

"是真知子说的吧?"

"没错,我是听真知子说的。"

麻衣子挡在阿九前面。阿九保持戒心,将手上的椅子放下来隔开彼此。

"那又怎么样呢？"

"事实上，有件事想拜托你。"

麻衣子靠上来，阿九退了一步。

"什么事？"

"有件秘密差事想拜托你，而且是一件不能跟任何人说的差事哦。"

麻衣子又挤身上前，阿九只能贴在墙壁上。

"我在日本有个有名无实的丈夫，他外面有情妇，两人也有孩子，而我也认了他们之间的关系。或许你不想听这种话，可是不全部说出来，我就没办法拜托，也害怕被你当成花痴看待，所以我一定要说清楚。

"我丈夫的那个跟一般人没两样，但我的那个却又深又广。别说是无法满足他，我自己也从来没有满足过。我之所以来法国，就是听说这里的男人很会追求女人，而且那方面又很厉害，但我却从来没遇见过这种人。你别误会哦，我可不是花痴，我只是想要被满足、想要治疗孤独而已。到目前为止，没有任何一个男人满足过我，我丈夫居然在做爱时，说他好像在太平洋里游泳一样。因为那句话而受伤的我，就这样来到法国，想要追求真正的爱情，可惜至今还没遇到，几乎想要放弃了。

"毕竟我年纪大了，也开始认真考虑，事到如今如果还想谈恋爱、结婚，恐怕有些困难。结果前一阵子听到真知子提起你因为那里太大，无法跟女人交往下去，所以我想拜托你跟我发生关系，只要能满足我的肉体和精神就好了，不必有其他多余的感情没关系。当然，我也愿意用钱答谢，而且如果你愿意的话，我还可以帮你申请工作签证。

"身为一个女人，我真的很想得到满足。不管别人怎么说，对我而言这是很实际的烦恼。一个月来我仔细观察过你，我知道你是个很诚实的青年。也就是因为这样，我才会拜托你，换做是其他人，我就不会提出来了。帮帮我吧，阿九。"

一时之间，阿九惊慌地想从直逼上前的麻衣子身边逃开。麻衣子抓住他的手制止说："慢点，请不要误会，再多听我解释一下。"

麻衣子用很认真的眼神抬头望着阿九。虽然浓妆艳抹，仍是个美人。

"女人的身体需要钥匙来开，那并不是谁都办得到的，而所谓的钥匙就是指那个东西。普通女人或许可以轻易找到拥有钥匙的男人，用那个东西来打开那里，也就是高潮。可是我的身体比较特别，拥有打开我身体钥匙的男人大概不多，所以我没有体会过真正的高潮。虽然我跟许多男人做过，但没有人能打开我肉体和心灵的那扇门。我应该也有快乐的权利吧？就算只有那么一次，我也想尝试看看。我想要了解活着的意义，想要体会身为女人的喜悦。拜托你，阿九，请跟我做爱。"

对于麻衣子的请托，阿九原本想说听过就算了。可是她的态度真的很认真，加上阿九自己也有过为相同烦恼痛苦的经验……金钱太虚幻，阿九不想要，于是要求对方帮忙取得工作签证。

石根麻衣子的公寓位于左岸的圣杰曼德佩教堂后面，一间可爱的咖啡餐馆楼上。两人先在餐馆吃过饭，之后才上楼。麻衣子的房间装饰得很女性化、很华丽，摆满了法国皇室风格的家具和绘画，显得有些俗艳。一张大床就摆在正中间，四周围着蕾丝布幔的华盖。

"阿九，把衣服脱了躺在床上，我先去冲个澡，马上过来。"

麻衣子在用餐的时候就好像已经陷入兴奋状态，不仅吃不太下，还不断发出叹息声。手也不停地颤抖，她的紧张连阿九也受到影响，好几次都想放弃算了。不过最后还是踏进了麻衣子的房门,因为阿九认为要想切断和茉莉的过去,就必须先弄脏自己的身体。唯有和其他女人发生性关系,才能够对茉莉产生内疚,说不定还可以因此忘记她。至少也能减缓这种痛苦吧!

阿九穿着内裤躺在床上等着,远远听见冲水的声音,心想一切都必须任凭水流才行。麻衣子出现了,她在阿九的脚边褪去睡袍,丰满的裸体一览无余,就像看着自己母亲的裸体一样。充满罪恶感的阿九闭上眼睛,决定完事之前都要闭着眼睛。

"阿九,可以吗?我可以上床吗?"

"可以。"

床铺晃动,麻衣子从脚边爬上来。阿九做好了心理准备。

"在发生关系之前,有件事我要先确认一下。"

"什么事?"

"关系只能发生一次,而且绝对不能跟别人提起我的事,不管是真知子还是任何人。"

"是的,那当然,我这个人口风很紧的。"

这时阿九的心中瞬间乌云密布,有种不好的预感,心想该不会是陷阱吧,可惜为时已晚。麻衣子抓着阿九的内裤,往下一扯。

"哇!真的耶!好壮观。"

麻衣子的声音抖得很厉害。

"讨厌,阿九,真的太壮观了。"

阿九紧紧闭着眼睛,咬着牙,在心中向茉莉道歉。麻衣子双手抓着阿九的下体,毫不怜惜地用力搓弄,只见阿九的阴茎越胀越大,越挺越高。阿九并非有所感觉,而是迫于形势不得不被弄硬。

"真不敢相信,好厉害呀,可以变多大呢?"

阿九这时觉得十分后悔,但已经太迟了。麻衣子一看到阿九的下体完全硬直挺立后，立刻含在口中。阿九惊讶得差点叫出声音，赶紧咬住嘴唇。麻衣子心急地想让阿九硬得更快，不断发出低级空洞的声音，双手更加用力搓揉他挺立的阴茎，等到完全勃起后，便立刻跨坐在上面，用力摇晃肩膀、呼吸急促地享受着，如惊涛骇浪般，阿九沉溺在麻衣子的身体之中。

"啊啊啊……"

阿九拼命紧闭着双眼。虽然不是白鹤报恩[1]，但自己身上有个不该看的东西，麻衣子像是变了一个人，仿佛被恶魔附身般在阿九的肚子上不停晃动。疯狂激动的样子令人不禁想问到底发生了什么事，也觉得很扫兴。起初只是发出"啊啊啊"的呻吟，接着开始大叫"好呀"，最后变成"嗯嗯嗯啊啊啊……"好像道路施工时随着激烈震动发出机械声。麻衣子肉体的门根本不需用钥匙就自然开启。相对地，阿九却激不起任何欲望，虽然有所感觉，却始终保持冷淡的心情。有道是一失足成千古恨，阿九后悔地用力抓着床铺边缘不放。

麻衣子紧抱着阿九，达到高潮，整个人在阿九腹部上方兴奋地抖动着，简直不像是正常人，而像是被渔船钓起来的鲑鱼或旗鱼。阿九始终紧闭着双眼，不肯张开。他告诉自己："这样我将无法再面对茉莉了。"并暗自发誓："从此就过着各自的人生吧！"

几天后，阿九和麻衣子上床的事也传到了龙二和秀树的耳中。

"你可是被要命的女人给抓住了！她在整个歌剧院一带宣称和你上过床。"

龙二不怀好意地笑说："你是积了多久没有宣泄呢？这不是很棒吗？跟那种没品的女人上床，还真惨啊！"

---

[1] 日本民间故事，讲述一只白鹤因报恩到老夫妇家织布，最后因老夫妇偷看而离开。

阿九的眼光涣散。

"我不知道她是怎么说服你的，那个女人几乎跟整个歌剧院一带的日本男人都睡过，而且有个外号叫作'蟒蛇'。"

"为什么是蟒蛇？"

秀树苦笑着说："那是一种热带地区的锦蛇，吃什么都是从头一口咬下去。"

"这不是很棒吗？被她抓到的猎物就绝对别想逃跑，我也被她吃过。"龙二补充说，"她专门找穷学生下手，而且手段很高超，很会找理由。当初她对我说，'想跟懂得艺术的你分享肉体，请把我当成画布，尽情挥洒。'结果根本就不是画布，感觉就像是在打泥仗。吵得要命，结束后竟然还睡着了，发出很大的鼾声，唉，我想你也是过来人，应该知道吧？"

"我该怎么办呢？"

"就当作是一场意外，以后不要再靠近她。有许多学生因为她落得学业未成返国。谁叫她是有名的歌剧院大蟒蛇呢！"

7 "歌剧院大蟒蛇"

不料阿九却和麻衣子继续维持关系，甚至还不听朋友的劝告，搬出龙二的阁楼，住进了麻衣子的公寓。事实上，龙二的小阁楼根本容纳不下这三个年轻人，而且他习惯在房间的小书桌上画设计图直到深夜，秀树逛酒庄买回来的红酒瓶则是堆积在墙角，连站的地方都没有。漫无目标的阿九成了他们的负担，搬家是为了不想造成他们的困扰。

"这不是很棒吗？阿九，你真是个不折不扣的大笨蛋！"龙二笑说。

"是呀，我大概是笨蛋吧！"阿九低下了头。

"阿九真的想清楚了吗？去那个人的地方住，小心连骨头都被啃光哦！"

"秀树，谢谢你的忠告。不过这只是暂时的啦！等我找到公寓可以自立的时候，就会马上搬离麻衣子的住处。"

"可是整个歌剧院区的人都会传说你是麻衣子的情夫，你不觉得很不入流吗？"

"不入流"也是龙二的口头禅。

"或许很不入流吧，可是这里是巴黎，我又不是只跟日本人来往。"

阿九再一次低下了头。

"总之，我不能继续赖在龙二的公寓，你们有自己的目标，我在这里只会妨碍你们。希望你能好好创作，早日成为一流的设计师。人高马大的我只会让狭小的房间感觉更小，而且我本来就是跟着秀树一起过来借住的人，算是寄居者的拖油瓶吧！让你百般照顾，我心里也过意不去。"

"你是笨蛋吗？大家都是年轻人，那些根本就不是问题！"

阿九觉得很高兴，他知道龙二只是嘴巴恶毒，其实依然很关心他，但他还是决定搬出去。麻衣子客厅的沙发成了阿九的床，几乎每天晚上麻衣子都会来偷袭已经睡着的阿九。睡过两三次后，彼此都开始了解对方的身体。起初会痛的性交，经过几次接触后，逐渐知道对方的穴位。透过麻衣子，阿九了解到从不同的角度进入女性会有什么样的感受。说是麻衣子教会阿九所有快乐的方法，其实一点也不为过。麻衣子没有菊丸引导阿九时的爱情，甚至多半时候把他当作奴隶。然而阿九还是在她身上找出了属于她的温柔，还有孤独……麻衣子在高潮结束后一定会哭泣。她坦承因为小时候被亲叔叔性虐待过，所以才会那么淫乱。她在东京真的有丈夫，而她的丈夫另外有情妇，还生了小孩,这也是事实。当阿九要戴保险套时,麻衣子则表示:"没关系,直接来,我已经装了避孕环。"阿九看得出来,麻衣子为自己的孤独感到痛苦不安,所以有时阿九会忍不住对她温柔,看到她哭,他也会紧紧地拥抱她。

"阿九,你虽然长得不怎么样,但是体格很好。我喜欢你的身体,你应常常做些仰卧起坐之类的运动,注意不要有赘肉上身。我喜欢男人的身体像雕像一样,最讨厌软趴趴像大白猪的男人,知道了吗?每天早上起来要做一千下的仰卧起坐哦!"

麻衣子简直是胡说八道,要求也很不合理。有时会要阿九连续做五次,结束后依然索求无度。

"什么嘛,没用的家伙。还这么年轻,为什么软趴趴的?这怎么可以,以后睡前也要做一千下仰卧起坐才行。"

阿九住在麻衣子家的条件,除了帮忙打扫房间、煮饭、买菜之外,到了夜晚就要像机器一样满足她的需求。他常常边睡边做,像在执行排泄义务一样,没有任何欢愉可言。不过在那严酷的行为沙漠中,还是有着海市蜃楼的美景,阿九可以远远望见茉莉的背影。当他无奈地射精的瞬间,总是会对海市蜃楼低头一拜,并在心中呐喊:"茉莉!"

趁着麻衣子外出和客人上米其林餐厅吃饭,店里只剩阿九、娜娜和真知子的时候,真知子开口表示关心。

"让你担心,真的很不好意思。"
"阿九,你的脸色越来越憔悴,也越来越苍白。"
"不会的,我还年轻。这点小事没什么啦!"
"你喜欢老板娘吗?"
"怎么可能嘛!"
"那你又何必呢?"

阿九重新思考这个问题,自己究竟是为了什么?

"大家都在说老板娘对你做出很过分的要求。"

"什么样的要求?"

"像是用皮鞭打你啦,还有要你喝她的尿。"

阿九微笑回说:"像这样乱传谣言的,不正是真知子吗?"

真知子撇撇嘴,一笑置之:"嘿嘿嘿!"

"阿九,如果你想找其他地方住,我有个同性恋的朋友住在玛黑区,正在找室友。"娜娜插进来说话。

"谢谢,不过我没关系的,反正只要忍耐到存到钱为止。"

阿九洗完碗,感觉比想象中还累。心想自己为什么要忍受这样的生活呢?是为了每晚可以从回忆中耀眼的茉莉幻影逃离开来……他始终认为只要把自己搞得污秽不堪,就可以让污秽剥夺那些对茉莉的美丽回忆。

那天晚上店里很热闹,除了星期五固定会有熟客聚集外,还有一群来自东京的客人,店里的每个女孩都必须同时服务好几名客人。十一点过后,突然传来一阵叫骂声,原来是娜娜接待的那群上班族突然闹起脾气,怒斥她的服务态度不好。麻衣子介入调停,其中一名上班族将她推开。他们是一群动作粗暴的客人,尽管穿着西装,但一进店门,阿九就感觉到他们和在中洲游荡的那群地痞流氓散发着同样的味道。此刻,身为围事的阿九立刻冲进他们当中。

"你是什么东西呀?"一名男子呛声。

"我是这里的员工。能不能请这几位客人安静一点?这样会造成其他客人的困扰。"

"可恶,问题是出在这个女人说话态度不对,叫她来跟我们下跪赔罪!"

"那可不行，我不会让你们碰这小姐一根手指的。不论是对我们店里也好、对包含我在内的大家也好，她可是很重要的。"

"耍什么酷呀！你算什么东西！"

阿九抱起倒卧在地上的麻衣子。麻衣子抓着阿九的手臂，双腿已经吓软了。阿九将麻衣子放在沙发上后，重新面对那群男人。因为阿九怒目相向，男人们也跟着目露凶光。其中一人手持冰锥，其他常客发现状况不妙，一动也不敢动。阿九抓着娜娜的手，将她藏在身后，远方的真知子喊着："阿九！"麻衣子则在一旁大叫："警察，快叫警察！"

眼前的男人对着麻衣子的肚子一踢，手持冰锥的男人也企图攻击阿九。阿九一把抓住冰锥的前端，眼中散发出亮眼的光芒。他一放手，冰锥便立刻被折弯。男人们都注意到这异常的现象，于是阿九干脆加强念力，只见眼前这群来势汹汹的男人突然倒地，剩下的三人则试图扶起倒下的人，但带头的男人竟然双腿一软，无法行动。

"可否请你们乖乖地离开呢？"阿九冷静地说。

"你做了什么？"其中一人问。

"合气道，我可是合气道高手。"阿九当场信口雌黄，但每个人都信以为真。

抓着弯曲成圆形冰锥的男人很不是滋味地开口说："我们走吧！"并将冰锥丢在桌上。宛如大型鱼钩的冰锥发出清脆的声响，其他人也各自撂下狠话，走出店门。常客之一的寿司店大厨和田保率先拍手，歌剧院一带的常客们也纷纷高声喝彩："好耶，干得好！"

阿九抱起麻衣子说："我先送老板娘去医院，店里就拜托你们了。"

正要出门时，娜娜跑来阿九身边。

"阿九！"

阿九才一回头，娜娜已吻上他的脸颊。

麻衣子身受重伤，断了两根肋骨，其中一根还刺进肺叶。她交代阿九，在她出院之前，店里的事情就交给他和真知子管理。虽然阿九增加了到医院探病和开店、关店的工作，但生活也因为麻衣子不在而突然变得轻松。麻衣子必须住院三个月，这段期间内也无法做爱了。

不消一个晚上，阿九的英勇事迹便传遍了歌剧院一带的日本人圈。有人说祖父江九是合气道高手，还有人绘声绘色地表示他根本没出手就将那群日本流氓打倒。搞得日本料理店、企业老板都纷纷前来拜会阿九，还有人拜托他教他们合气道。

"太厉害了，阿九。你居然可以用快到看不见的速度制伏对手。"

"没有的事，我有出手啦，只不过一瞬间，结果看起来像是男人自己跌倒了。"

拉面店老板语带兴奋地回味当时的画面。

"可是……那个冰锥呀……你是用手扳的吗？那个被折弯的冰锥还留着吧？现在在哪里？"

真知子拿出妥善收好的冰锥，放在众人面前，尖锐的金属部分弯成圆形，和田保试图扳回就是扳不动。

"好惊人的力道，你是怎么办到的？"

阿九困惑地回答："因为是合气道，所以不是用蛮力，而是气。"

"原来是气呀，好厉害！光是靠气居然能做到这种程度，实在了不起。阿九，你是合气道几段？"

阿九苦笑辩解："我是自成一派，没有分段。"

打烊后，阿九和打工下班的龙二、秀树会合，当然他们也听说了他的英勇事迹。一行人来到歌剧院旁的老地方，在秀树的推荐下开了一瓶红酒，娜娜和真知子也加入。

大家都醉了,不自觉地话也多了起来。话题集中在阿九的英勇事迹上,热热闹闹聊过一阵后,年轻人自然又开始诉说个人的梦想。

"好吧,虽然没看到,就当作阿九是合气道高手吧!对了,武功高手,你今后打算怎么办呢?"

龙二的穿着很奇特。是自己设计的新颖服饰,用鲜艳的原色布块拼凑而成。

"哪有什么打算,我得在麻衣子出院之前想清楚再行动。大概会先去租房子吧!"

"那样很好。再这么下去,我怕你会被麻衣子连根拔起!一辈子只能当她的保镖兼性奴隶!"

"那可就伤脑筋了。"

阿九的回答惹得所有人都笑了。突然间他和娜娜的眼光交会,娜娜脸上带着微笑,眼神却很认真。她干脆更用力地盯着阿九看。

"阿九的梦想是什么?"真知子问。

"梦想呀,没有耶!"

"龙二确定下个星期起要去爱马尼诺列·恩立凯的工作室上班了。"

"什么,真的吗?他不是世界知名的服装设计师吗?"

龙二满面春风地点头说:"我直接拿画好的作品到工作室给他看,算是毛遂自荐吧!结果他竟然叫我明天就去上班。"

"这不是很棒吗?"林田秀树学龙二的口头禅,逗得大家东倒西歪。

"秀树也是。你知道雷特洛·塔强恩的餐厅吗?三星级的。秀树好像可以去那里当Caviste(酒窖管理师)。"

"Caviste是什么?"娜娜问。

"就是管理地下酒窖的工作。那里的酒藏可是世界第一,共有五十万瓶葡萄酒耶!光是酒窖管理师就有三位,一听到上面指示就必须十万火急找到酒送去大厅。虽然还不算是正式的品酒师,但已经是迈向品酒师所跨出的第一步了。"

"不会吧,你们两个都好棒!"阿九发出赞叹。

龙二轻敲阿九的头说:"既然来到巴黎,就不要温温吞吞,犹豫不决。凡事要主动出击!当麻衣子的性奴隶未免太不入流了吧!现在马上就辞去别干了。丢男人的脸也该有个限度啊!"

"可是阿九当时真的好帅呀!"娜娜插嘴表达意见。

龙二、秀树和真知子一起回头看着娜娜·宫里。父亲是英国人,母亲来自冲绳的她,不但有着盎格鲁撒克逊血统,更散发出浓浓的异国风味。她直视着阿九,眼中充满了爱意,但神情却有些娇羞。

"怎么回事?这是怎么回事?故事居然已经发展成这样了吗?喂,娜娜,我将来可是巴黎时装的明日之星耶,你还是别跟这种性奴隶在一起的好呀!"

"就是说嘛!娜娜应该跟更有发展潜力的男人交往才对,比方说像我这种品酒师应该还不错吧?"

真知子笑说:"真是意外!看到这么可爱的女孩老是没有男朋友,我还以为娜娜是蕾丝边呢!因为在巴黎,同性恋才是王道!"

娜娜答道:"因为我感觉到了命运。只能这么说,否则我无法解释。感觉我要找的人就是他了!当阿九保护我的瞬间,我就感觉到了。"

"啐!"龙二咂了一下舌头,"居然说是命运,太不入流了吧?"

大家都笑了。

"可是遗憾的是,我也很喜欢娜娜呀!"

"喂,巴黎又诞生了一对新情侣,这样也不错呀!阿九,我说得对吧?"

"可是我……"

"什么嘛!人家这么可爱的女生都说感觉到命运了,你还有什么话好说吗?"

阿九瞥了娜娜一眼。

"可是我……还得跟麻衣子……"

娜娜的脸色顿时一暗。

"你要选择谁呢?该不会是麻衣子吧?赶快搬离开那里!就算你不管,那个女人也不会死在荒郊野外的。她要找男人还怕没有吗?"

"可是我心里还有忘不掉的人……"

阿九想跟大家说明自己还无法完全将茉莉的记忆从心头抹去。

"阿九,如果你愿意,可以搬来跟我住。"娜娜的态度坚决,不为所动。

秀树和龙二在一旁泼冷水:"哇,不得了了!"

真知子则是用力鼓掌。

"可是……"

看着娜娜认真的眼神,阿九突然也微微感觉到命运的存在,心想:"或许这个人真的可以解救我!"

"真的吗?……我可以搬过去住吗?"阿九反问。

娜娜微笑以对。

"是吗?那我也得辞去店里的工作才行。店里的事可以麻烦真知子照顾吗?"

真知子拍胸脯说:"交给我吧!"

"哇,谢谢你。那我也不做了,另外再找工作。"

"啐!我听不下去了。"龙二笑说。

秀树不知为何竟哭了出来:"我是真的喜欢娜娜呀!"

真知子抱着秀树的肩膀安慰说:"你还有我呀!"

8 "娜娜"

尽管近在眼前,阿九过去从未把娜娜视为恋爱的对象。对娜娜而言,从小都是男性主动搭讪,但这也让她觉得一般男生有点太过肤浅,所以总是避而远之。两人意外地配对,成了龙二口中的"美女与野兽",不过也因为这种意外性,让娜娜产生情愫。虽然阿九还没有完全忘怀茉莉,但经由麻衣子的洗涤,再透过娜娜的精神净化,他觉得现在的自己已经没有羁绊了。

阿九很快就收拾好行李,搬到娜娜位于奥狄翁区的公寓。从闹区踏入小巷,在一栋建筑物的五楼,一楼是一家面包店。娜娜的住处虽然比麻衣子的公寓小,但却给人一种安详舒适的感觉,打开窗户就能看见蓝天和圣杰鲁曼教堂高耸的尖塔。当阿九去探望麻衣子时,顺便宣布了自己决定辞职和搬家的心意。

"你这个薄情郎!"

麻衣子哭叫说:"过去我一直照顾你这个丑八怪,现在你居然忘恩负义,难道你那颗丑陋的心不会痛吗?我对你那么好,你还有什么好不满的呢?你不过是我的丑小鸭玩具,以后就算想我,我也不会理你!想吸我的奶,我也不会让你得逞的!这样你还是要走吗?"

麻衣子忍着胸口的伤痛,不断咆哮。听不懂她在说什么的法国护士,只是笑着冷眼看她在病床上翻滚怒吼。阿九深深一鞠躬后,走出了病房。

辞去工作的两人开始一边找工作,一边决定未来的事。尽管住在一起生活,两人却连手都没有牵过。阿九完全不知道娜娜究竟喜欢自己哪一点，但仍旧硬着头皮住进了她家。不过，连命运这种论调都说出口的娜娜，却不曾改变心意。不但如此，她还在阿九面前表现出意外明朗的气质，那是她不曾对外展现过的。对阿九来说，娜娜和茉莉、菊丸是完全不同类型的女人。

"我这个人有些怪，大家都这么说我。大概是因为我是B型的关系吧？"娜娜开朗地宣布，"一旦喜欢上了，我眼里就看不见其他东西，所以我现在满脑子想的都是你。你知道吗？"

"我有什么好的？一张国字脸棱棱角角的，体型庞大，动作笨拙，曾经是任凭麻衣子使唤的没用男人。"

娜娜一下子沉下脸来，但立刻又恢复笑脸，说出发人深省的话："没关系，我也有过迷失的时候。"

阿九从背包取出暗示石握在手上，并暗自祈祷："请赐予我力量，好让我能跟她相爱。"

"那是什么？"娜娜看着阿九的手问。

阿九试着让娜娜拿着石头，娜娜发出"哇"的惊叫声。

"怎么样？"

"嗯，有种视野突然开阔起来的奇妙感觉。"

"有感受到什么吗？"

"请等一下。"

说完，娜娜便闭上眼睛。

"嗯，我感受到了。很强烈的感觉。这是什么石头？"

"暗示石，这颗石头可以帮忙开拓未来。"

"那我们得许愿才行。请让我这一生都能陪在阿九身边。快呀！阿九，你也要许愿！"

阿九从娜娜手里接过暗示石。石头竟然增加了好几倍的重量，让阿九惊讶不已。

夜晚来临，阿九为自己将和娜娜做爱一事，感到有点不安。万一跟茉莉做时一样进不去的话，两人之间的关系又会如何呢？阿九有些踌躇。好不容易才离开麻衣子，展开新的生活，阿九感到很烦恼。吃完饭，两人小酌一番，彼此窥探，看这气氛，不上床便显得很不自然。娜娜始终紧紧躺在阿九身边。

"我有哪一点好呢？"阿九问。

"还问呀！"娜娜的语气显得有些不耐烦地回答，"全身上下都很好。"

"像你这样漂亮的人会这么喜欢我，让我觉得很不自在。"

"漂亮是你选择的标准吗？"

阿九笑了。

"我就是我，在你喜欢上真正的我之前，我会继续战斗。"

因为娜娜说法太有趣，阿九不禁大笑。

"我们要做吗？"阿九鼓起勇气问。

"做之前应该还有别的事吧？"说完娜娜面对阿九，闭上眼睛。

阿九和麻衣子维持性关系的时候，唯一不做的就是接吻。为了配合娜娜单纯的心意，阿九也闭上了眼睛。不料茉莉的脸突然浮现在眼帘内侧，阿九不禁往后退，大叫一声："啊！"

"阿九，你怎么了？"

"不，我没事。"

"真是的！"说完娜娜便扑向阿九，来势汹汹地深情一吻。

那是活着的人才有的柔软嘴唇。娜娜与生俱来的温暖和柔情，借由唇与唇的交叠传进了阿九的心。娜娜诚心诚意地接吻，她的心情感动了阿九。阿九心中孤立的冰山开始融解，顽强的心墙逐渐坍塌，还有他那容易趋于偏执的想法也开始走向正面思考。

"阿九!"

一时之间茉莉的残像在内心深处忽明忽灭,马上又消失不见。

"娜娜!"

"阿九!"

"娜娜。"

"阿……"

"娜……"

"丫……"

"嗯嗯嗯……"

"……"

"……"

两人就这样相拥做爱。阿九心中不再有非得跟女人上床的使命感,也没有不结为一体就不算爱情的悲观念头。对茉莉的责任感、罪恶感、羞愧感和歉意也通通消失了。身为雄性的阿九,终于可以好好跟身为雌性的娜娜做爱了。

娜娜张开双腿等待阿九。阿九悄悄进入娜娜细长的双腿间。卓然挺立的那东西抵着那里的入口,一下子进不去。娜娜红着一张脸,像是在生小孩,不断地吐气、吸气。

"你还好吧?"

"嗯,我没事。慢慢来!"

"怎么样?进去了吗?"

"进来了,一点一点地进来了。谢谢你,阿九,进来了。"

就这样经过一个小时的奋战,阿九终于进入娜娜的体内。两人紧紧相拥,一动也不动。

"我们就维持这样一直到天亮吧。"娜娜要求。

阿九点点头，亲吻着娜娜。

娜娜是个开朗的女孩，在店里从来没有显露出这种表情，现在却总是对阿九笑容满面。阿九心想，她是个不轻易展现真心给外人看的女孩。娜娜喜欢张大嘴巴，用整张脸笑，所以也带动阿九发自内心跟着大笑。仔细想想，阿九似乎穿越了总一郎、远藤匠、勘六、阿三等众多死亡的悲伤；亲眼目睹母亲和银次的交欢场面，让他的悲伤转为愤恨；接下来无法与茉莉结为一体，更让阿九陷入绝望。可是现在阿九有了娜娜，他终于可以从悲伤、愤恨和绝望中脱离了。

"你到底喜欢我哪一点嘛？"

"怎么你还要问呀！"

"因为我想知道嘛！"

"你的兴趣是怀疑别人吗？"

"谁叫我没有真的跟别人交往过！"

"你不是有个心爱的茉莉吗？"

放生会时，阿九对茉莉说："我喜欢你！"茉莉也回应阿九："我也喜欢你，阿九！"那是阿九回忆中最美好的瞬间。可是仔细想想，甜蜜的话语就只有那些。阿九觉得很烦恼，或许瞬间的心意相通就能称为情侣吧！但是他们之间，却不是一般人所谓的恋爱关系。

"该怎么说呢？我们应该不算情侣吧！"

"那麻衣子呢？你们可是打得火热呀！"

"那是不得已的，因为……你知道的。"

"好了，不用解释啦！反正我也不在意。"

"那你呢？有过情人吗？"

"有呀！"

那是想当然的答案。但阿九却因为窥探到娜娜不愿意提起的过去，而感到有些心惊。

"原来你有过呀！"

"有呀！"

"什么样的人？"

"不怎么样的人。"

阿九虽然面带微笑，嘴角却有些僵硬。

"什么样不怎么样的人呢？"

"别问了吧，都已经是过去的事了。"

"过去？"

"嗯，我想应该过去了……"

说到最后，娜娜的语气有些暧昧。阿九虽然在意，但决定不再追问。

辞掉石根麻衣子店里工作的两个星期后，祖父江九到"龙"常客和田保工作的"德川"寿司店里当学徒。亲眼目睹阿九击退流氓画面的和田保主动开口跟越南籍老板提议，临时决定采用毫无经验的阿九。

"先取得工作假期签证再说，之后再申请工作签证。为了娜娜，你可要好好地干！"

"谢谢师傅。"阿九鞠躬致谢。

打烊后，阿九每晚都跟着和田学习捏寿司的方法。

"听好了，阿九。要是在日本正式的寿司店，是不可能像这样马上让菜鸟捏寿司的。不过这里是巴黎，就算形状差一点，法国客人也分不出来。如果是日本常客上门，就由我来捏，法国客人就让你或欣哉捏吧！"

欣哉是之前就来和田底下工作的厨师，比阿九大十岁，原本想当西点师傅才来巴黎的，没想到竟成了寿司师傅。许多餐厅的服务生和厨师也一样，都是怀抱着理想前来、偏偏事与愿违的年轻人。

"听好了，在日本，小巧可爱的寿司才是主流，不过这里是巴黎，来的都是一些连饭团、寿司都搞不清楚的客人。当然，其中也有很厉害的日本通，看到那种人一坐下，立刻通知我，让我来捏，一般法国客人给他们吃像饭团的寿司就够了。还有，他们虽然喜欢山葵的味道，但太呛的又不行，所以要用唐人街买来的山葵。要是搞错的话，可就麻烦了。听清楚了吗？用不呛鼻的中国山葵捏寿司。另外，他们以为醋熘姜片是色拉，总是大口大口地吃，所以一开始只要拿出一点就好。一旦要求再加，就笑着再给一点。听清楚了吗？千万不可以一次给太多，他们可是会大口大口地吃个精光。"

阿九像个寿司师傅一样精神十足地回答："是！"

"这里没有经过日本海大风大浪考验、肉质紧实的鱼，附近的鱼几乎都是悠哉地生活在平静的地中海里，鱼肉吃起来跟橡胶没两样。唉，虽然还可以吃，可是跟日本的寿司就是天差地别！既然日本的叫做江户前寿司，那这里的就是巴黎前寿司啰，完全没得比！不过这也算是一种新的寿司吧！喂，我说的话你有在听吗？我的意思是说开发适合法国人口味的寿司，就是我们巴黎寿司师傅的工作，听懂了吗？阿九。"

"是！"

阿九的手用来捏寿司实在太大，捏出来的都跟普通的饭团一样大。

"唉，阿九。虽然我说捏成饭团也无所谓，可是你捏的这个不就等于跟真的饭团一样了吗？大约再小一半吧！"

"是！"

"还有你拿菜刀的方法，那是你要杀人时的拿法吧！看清楚了，要像这样。"

和田很仔细地传授阿九工作方法。学习固然辛苦，但对从来没有在正式场所工作过的阿九而言，这里就像是人生的修行道场。

"说实在的，巴黎的寿司师傅真正厉害的没几个，多半是像我这样稍微有经验的人。我呢，原本是佛朗明哥吉他乐手，一开始也去了西班牙，可惜到了大本营却无用武之地，辗转就来到这里。因为年轻时在日本餐厅有过捏寿司的经验，越南的有钱人问我想不想开间寿司店，就这样踏入这一行。还好没有其他更好的店，才能够存活到今天，要是在日本根本行不通呀！

"在歌剧院一带日本餐厅工作的日本人都一样，都曾经带着梦想来到巴黎，结果梦破山河在。他们原本的目标不是设计师、西点师、厨师，就是香颂歌手、模特儿、电影导演、画家等。所以说呢，大家文化水平算是很高的。法文流利，英语也可以，甚至还有哈佛、东大毕业的。只不过生活在巴黎的日本人怪胎很多，你也是其中一个。既然是合气道的高手，又何必窝在歌剧院这一带捏假寿司呢？"

"是！"

和田笑说："你只会说是吗？这个笨蛋。"

"是！"

阿九依然很努力地为了和娜娜生活而捏寿司，当他捏出像饭团的难看寿司时，心中不免起疑："为什么我会在这里？"接下来的瞬间，他又找到了认同的答案："或许这就是人生吧！"

阿九和娜娜每晚做爱，渐渐地，娜娜的那里也能正常地接受阿九。阿九紧紧地进入娜娜的身体里，完美地结合。起初，娜娜还有些放不开，随着次数的增多，紧密度越来越好，感觉也越来越舒服。阿九虽然只和菊丸、麻衣子有过经验，却觉得和娜娜的配合度最好。常常只要扭动一下腰杆，同样的刺激就会同时蹿上两人的脊椎。

"我们真是天造地设的一对，阿九。"娜娜眼神迷蒙地说。

"感觉好像脱离了肉体。"阿九沉浸在幸福的气氛中。

心爱的人如今就在怀里。仔细想想，这是他有生以来头一次可以平静地面对一个人。他感到相当满足，不论是精神还是肉体。不只是因为欲望，也不只是爱情，而是对彼此都好的关系和质量让他们结为一体。阿九和茉莉不仅无法结为一体，彼此也无法相爱，看来阿九大概真的可以从茉莉的束缚中摆脱了。

"阿九。"

"娜娜。"

两人一次又一次地相爱，直到天明。

同样的老面孔，难得一见地聚集在歌剧院旁的咖啡馆。打扮得争奇斗艳的年轻人，占据了这历史久远的咖啡馆面对马路的位置。窗玻璃外，是法国人和外国观光客来来往往，这群黄皮肤的年轻人围着桌子喝葡萄酒的样子颇引人注目。隔壁桌的男客人便用英语问说："你们是哪里来的？"

法文最溜的真知子用法文回答："我们不是观光客，我们是地道的Parisian（巴黎人）和Parisienne（巴黎女人）。"

"哦，真是对不起。"男人笑着问，"是日本人吗？"

"对，我们是日本人。不过不是普通日本人，是最新型的！"

所有人都笑了。男人又指着龙二奇妙的服装继续说："好有意思的衣服！"

周遭的法国人似乎也注意到了，纷纷往这里看。龙二立刻站起来，扭腰摆臀说："你们看，这是我的设计。我马上就会成为巴黎时装的明日之星了！"

有人拍手。秀树则是冷嘲一句："Bravo！（好样的）"

跟他们说话的法国人用英语说了一声"Nice"。

阿九十分佩服龙二和秀树毫无惧色的态度，他们是怀抱理想来到巴黎的，自己却什么目标都没有。

回家的路上，阿九和娜娜从新桥走下人行道，并肩坐在石墙上，凝视塞纳河悠缓的水流。阿九突然开口说："真羡慕他们人生有梦！"

"阿九想成为什么呢？"

"我想成为什么呢？"

"既然你是合气道的高手，不如往那个方向发展，你觉得呢？"

"哦……那个呀……"阿九一时语塞。

有太多的事必须告诉娜娜才行。可是除了茉莉的事情之外，阿九全都没有表白。不论是超能力的事，还是总一郎的自杀，父亲为了救狗而失去一条腿的温柔举动，母亲和银次的裸体摔跤，跟着黄色老太婆学习等许多事。可以的话，阿九想隐瞒折弯汤匙的超能力。如果可以不必解释自己的特殊能力，他希望就这样不说明地继续交往下去。

阿九凝视着河面。这颇具威严的河面跟早津江川的河面很不一样，长期以来静静看着欧洲权力斗争和人类革命历史。名为"Bateaux-mouches"的游览船载着观光客，在对岸灯光照射下驶过，灯光下的观光客们纷纷对着他们挥手，娜娜也天真无邪地举手回应。

一回到娜娜的住处，发现玄关的灯是亮着的。

"奇怪，是忘了关吗？"阿九说完，却看到娜娜一脸困惑地挡在他前面。

"怎么了？"

娜娜露出阿九从未见过的慌张神情，而阿九也立刻知道原因何在。因为有个男人从客厅探头出来。男人有这屋子的钥匙，就算反应迟钝的阿九也知道那代表什么意义。阿九张着嘴巴，抬头仰望眼前的中年男人。

"原来是这么一回事呀,娜娜……"那个男人说。

"近藤先生,对不起,请你离开这里。"

"可是这里是我的家呀!"

阿九必须理解男人说话的意思,但是娜娜抓着他的衬衫拉近自己。

"可不可以请你到外面一下?我们很快就会说完话的。"

"我们之间的事有那么简单说完吗?你是我的情妇,我付了这里的房租。因为那是你和我交往时的约定。我记得当初应该有说好不可以带其他男人过来吧?"

"近藤先生,可是我明明已经提过要和你结束我们之间的关系。"

阿九始终看着娜娜的背影,心想在这种情况该怎么做才好。阿九这才明白为什么娜娜可以对他和麻衣子的关系无动于衷了。

"那就请你离开这里!"

"我明天一早就走。"

"现在就给我走!"

"娜娜,我们走吧!没有留在这里的必要,你不是还有我吗?"阿九一说完,为自己说的话陶醉了一下。

推开男人,阿九开始整理自己的行李。

"来吧,赶快收拾你的东西。"

"可是阿九……"

"继续留在这里,我们也不会幸福的。"

男人突然抓住娜娜的手臂,阿九赶紧抓着男人的手。

"干什么,你想动粗吗?年轻人。"

"不,我不喜欢那种事。对付你这种人,我不用动手也能打倒你。不过暴力是行不通的,你还是乖乖出去吧!钥匙马上就会还给你的。"

"你知道她是什么样的女人吗？是用钱就能买到的妓女呀！她是在布洛涅森林招揽客人的时候被我捡回来的。"

阿九给了男人一巴掌。因为阿九面露凶相，男人吓得往后退。阿九体内流着远藤匠的血，因此也是一动怒就会额头浮现青筋。他双手用力地将怒气发泄在墙壁上，白色墙面留下他以拳头打过后的痕迹。

"你这家伙在干什么？"

没有人动衣帽架，衣帽架却自动往男人的脚边倒下。男人连忙跳开，捡起外套就夺门而出。

"阿九，对不起。我没有要瞒着你的意思，我的确是接受了那个人的援助，但我已经打算结束，偏偏让你遇上这种时机。"

"够了，不要再说了。"

阿九无法抑制自己的怒气，不断用拳头捶打墙壁，白色墙面上血迹斑斑。

隔天，两人决定暂时分开住。阿九回到龙二的阁楼，娜娜则跑去跟真知子住。

"怎么，你们吹了吗？"龙二对着闷不吭声的阿九问。

"那倒不是，只是找房子期间我先借住在这里。我们之间有很多问题。"

阿九才说完，龙二就模仿他的博多腔说："有很多问题？"

"龙二，别闹他了。大家都还年轻，难免会有很多问题。"

林田秀树的脸上贴着创可贴。

"秀树一去上班就被欺负了。他先是被人呛说：'日本人懂什么葡萄酒！'接着就被揍了！重点是葡萄酒的储藏室都在地底下，所以就算被整得七零八落，上面的也不知道。投诉无门呀！"

"我倒无所谓，既然要学葡萄酒的知识，这点小事我还能忍。"

"可是身为一个人，我可不想连人格都被看轻。毕竟我们是喜爱法国才来的呀！"

"龙二，这种事日本也会发生，去哪都会碰到。的确，黄皮肤的我们把人家葡萄酒的本国市场给搞得鸡飞狗跳，日本客人靠着金钱的力量开口就点59年份的Echezeaux，难怪他们心里不是滋味。"

"可是每一次这样就要挨揍，你的身体怎么受得了。"

"啐！"龙二气得咂舌，"不觉得很不入流吗？"

"算了，不入流又怎样？那里是我生存的世界，你们就别管吧！"

龙二笑了，秀树转过身不理人。阿九心中想着娜娜，而不是茉莉。

那天晚上，阿九写信给黄色老太婆，这时他离开日本已近四年。

老婆婆：

我现在在巴黎生活。有了朋友和情人，也找回了该有的人样。当然发生过许多事。真的有太多的事，让我无暇从事老婆婆交代的精神修行。您曾对我说"你负有使命"，我却不觉得如此。对不起，我的日文有些奇怪。我常常想起跟老婆婆一起生活的安详日子。如果不再好好琢磨，恐怕上天赐予我的特殊能力总有一天会消失吧？不过我也觉得无所谓。与其变成走偏了的人，我宁可平凡地活着。

祖父江九上

9 "阿九的青春"

星期天，龙二和秀树显得坐立难安。

"今天你会跟娜娜约会吧？"龙二问。

"不会，我们并没有特别约好今天要见面。倒是你们两个怎么怪怪的？"

因为情夫的出现，使得阿九和娜娜之间有些生疏。其实阿九并不以为意，反倒是娜娜的态度变得退缩，天真无邪的笑容也越来越少。明明是星期天，两个人却没有相约见面。就算要找工作，娜娜肯定也是请真知子帮忙介绍。

"怎么脸色那么差呀？一定是跟娜娜出了什么问题吧？该不会是她的姘头出现了吧？那么可爱的女孩，有钱的老头怎么会放过呢？"

他一语说中，阿九的脸色为之一暗。

"哎哟，被我说中了吗？未免太不入流了吧！"

"没错，她是有个情夫。"

"真的吗？那可就麻烦了。"秀树说。

"不过问题已经解决了，现在只剩下心情如何平复的问题。"

"有什么关系呢？有一两个男人算什么！何况你不也跟麻衣子有过一腿。"

阿九点点头，秀树笑着说："那就扯平了呀！干吗呀，都这把岁数了，没必要搞高中生的清纯吧？没事的，不要放在心上。"

龙二抓起阿九的衣领说："好了，重点是我们今天要去皮嘉尔区玩金丝猫，你有勇气一起来吗？"

"金丝猫吗？要是被娜娜知道了不太好吧？"

"这里是法国耶！有什么好怕的。安啦安啦！"

阿九这才明白两人一早醒来魂不守舍的原因。秀树笑嘻嘻地拍拍阿九的肩膀说："这种时候能够扯平，心里才会轻松。你只要心里想着：对不起，娜娜，我是为了我们的爱情，然后抱着金丝猫让心情舒坦就对了。"

龙二和秀树大笑。

"不危险吗？"

"怎么会危险呢？全世界的游客都会去那里朝圣，绝对是再安全也不过的地方了。交给我吧，我可是皮嘉尔区的国王呀！"

就这样，阿九被两人给说服了。那是一个气氛诡异的地区，主街道上连大白天也亮着闪烁的霓虹灯招牌。每一条小巷都站着皮条客，拍手喊着"sex、sex"。阿九心想："跟中洲一模一样。"

"龙二，你要去哪里呀？"

秀树一把抓着龙二的手说："我知道有家很棒的店，任何服务都肯做。我们去那里吧！阿九可以在大厅看脱衣舞表演，我们则是要跟金丝猫开房间享受去了。"

龙二对着秀树的耳朵吹气。秀树故意"啊啊啊"模仿娇喘的呻吟。

"金丝猫耶，阿九，毛金金哟！"

皮条客似乎认得龙二的脸，两人有说有笑勾肩搭背。一楼是情色录像带店，走下楼梯就是大厅，站着一名长相怪异的男人。龙二开始和男人交涉，店家送上来没有加冰块但加了威士忌的可乐，阿九喝了一口，觉得甜腻温热，搞得嘴里黏黏的很不舒服。不久就有女人翩然上场，站在房间角落的舞台上跳舞。"好耶！"秀树大叫。舞台上站的不是金丝猫，比较像是来自东方的移民，肤色微黑，胸脯很大的女人。龙二兴奋过度，竟冲上舞台跟女人一起跳了起来。

"你叫什么名字呀？"龙二用法文问。

"亚妮丝。"

"哦，亚妮丝，Very nice！"

亚妮丝笑了，秀树也跟着扭腰跳舞，阿九则是无聊地看着活蹦乱跳的龙二。女人虽然穿着比基尼，却没有意思脱光，老是抓着钢管转来转去，顶多偶尔稍微张开大腿给人看而已。阿九回想起博多的土耳其浴，感觉更情色。十分钟后音乐停止，女人留下继续舞动的龙二，急急忙忙冲下舞台，脸上连一丝微笑都没有。

"亚妮丝，Come back！"龙二挥手大叫。

结果，走回来的是刚才那名长相怪异的男子，以及另外两名身材高大的黑人。长相怪异的男子交给阿九一张纸片，上面写着大得离谱的金额。阿九拍拍秀树的背，给他看那张纸片。

"哇，简直是恐吓敛财嘛。这下糟了吧？"

秀树居然还有闲情逸致模仿龙二说话？龙二还在舞台上扭腰摆臀，等待亚妮丝回来。

"龙二，好贵的账单耶，有问题吧？"秀树对着龙二挥舞账单。

"好贵的账单？我来瞧瞧。"

龙二跑回来，途中还用法文对那些男人问好，对方没有回应。龙二看了账单后脸色铁青。

"这下糟了吧？"声音比平常还要小声，"糟了，对吧？这里不是以前来过的店吗？"

秀树边说边左顾右盼，龙二也跟着确认。

"难道是搞错了吗？也许不是常来的店……"

"可是龙二刚刚在门口不是跟皮条客很熟的样子吗？"

"我只是在问时间而已，那种人我根本不认识呀！"

龙二跟店家抗议金额不正确，不料身后的黑人拍拍他的肩膀，恫吓道："你们是哪里来的？"

"日本。我们是来学画的，没什么钱。家里没有寄生活费过来，因为母亲罹患癌症，反而要靠我在这里工作寄钱回去。我没有骗你们，这是真的。我还得买画布才行，因此付不起这些钱。Please！拜托！我父亲自杀了，还有十个弟弟要养，生活很困苦。你们在非洲也有家人，应当可以谅解吧？大家都是来自贫苦世界的人嘛……"

那些人开始翻掏龙二的口袋，不太会说法文的阿九终于知道事态严重。秀树在阿九耳边嘀咕："照这样下去的话，肯定会被榨干的。"

"榨干什么？"

"我们所有的钱呀！"

"那可不行，这些是我要租新房子的订金。"

黑人壮汉来到阿九面前，准备搜刮他的口袋。阿九心想：要怎么做才能从这种状况脱离？

"Attendez！（慢点！）"阿九喊出了刚学会的法文单字，然后跳上舞台，一把抓住舞娘转来转去所使用的钢管正中央。

"你要干什么？"龙二大叫。

秀树则是在一旁看傻了眼。

阿九努力集中精神，钢管约直径五公分。他抓住两个地方，感觉有股力量从右手窜到左手。阿九为自己打气："集中精神！加油，再加把劲儿！这比折弯汤匙还要更集中精神才行。这不是铁做的，我可是折弯过玻璃呀！"

阿九的脑海中浮现钢铁粒子的画面，想象着小圆粒相连的原子结构。钢铁粒子结构在脑海中逐渐有了动作。阿九在心中大喊："弯曲吧！像波浪般扭动吧！"

不久，眼睛深处开始有热度集中，眼帘内侧逐渐发白，阿九在心中继续发动念力。弯曲吧！弯曲吧！弯曲吧！钢管被他抓住的两个地方慢慢地开始扭曲了。

"喂，怎么回事？"龙二问。

其他看到的人也纷纷发出赞叹声。接下来的瞬间，钢管就像麦芽糖一样扭曲成藤蔓的奇妙造型。阿九手一放开，半空中出现的是一根呈波浪状的钢管。

店里的男人一一冲上舞台检查扭曲的钢管。趁着他们议论纷纷、搞不清楚状况时，阿九带着龙二和秀树跑了出去。

逃跑的同时，龙二难掩兴奋地问："你做了什么？"

"那也是合气道吗？"秀树大声问。

"嗯，没错。"阿九故意打马虎眼混过去。

* * *

第三章　四之三

关于超能力，我试着在这里说明。相对于人们的高度关心，打从一开始我自己就觉得没什么大不了。从结果论来说，这完全只是一种"相信的力量"。所以，可以确定无误的是：小孩子们比较可能具有超能力。遗憾的是，越是长大后，越成为必须靠着社会立场存活的人，比方说科学家、政治家、官僚等地位的人，就学不来这种能力。这里我用"学不来"的字眼，其实是错误的。不是靠学习，应该说是自觉吧！拿幼儿园的学童来说，就我所知，百分之百都能够轻易折弯汤匙。他们拥有所谓"头磁铁"的超能力，可以将汤匙贴附于额头上。只要对他们说："大家把自己的头想象成是磁铁。"所有的孩子们都能笑着将汤匙贴在额头上。因为他们根本就不懂得怀疑，所以才办得到。证据就是：其中甚至有额头上贴着铝汤匙满场乱跑的小朋友。

这样大家应该不难明白所谓的既定观念是如何地束缚人类，如何形式化，如何剥夺人类无限的能力！我今天心情不错，决定用图解说明看看。这么一来看得懂的人自然看得懂，看不懂的人还是丈二金刚摸不着头绪。

（注：奇妙的是，我的这些烂文章是以有人看为前提而写的。可是现在我既没有告诉任何人这本笔记的存在，今后也不打算说。那么我到底是为了谁这么认真解说呢……）

首先，画出我日常所窥视的宇宙。就是像这样：

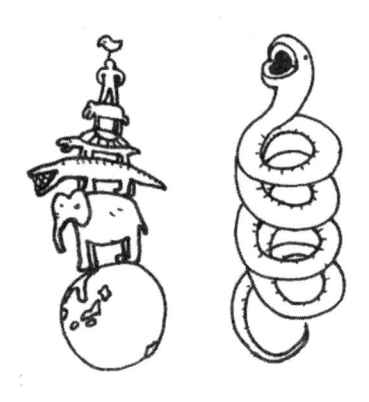

其次，我将折弯汤匙时脑海中所描绘的画面画出来。如果你们想折弯汤匙的话，就请在脑海中想象这个图案，应该可以作为参考。

我将整体超能力用图案表现出来。

顺带一提的是，我曾经看过所谓的爱。我和弟子们提起这点时，他

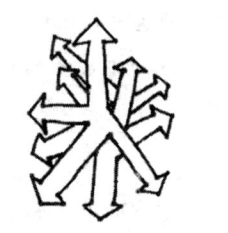

们非常想知道爱的形状。好吧，就让我在此画出爱，爱的形状如下：

附上一张照片，是我朋友的小孩在我的建议下将汤匙贴上额头的瞬间。没有秘密也没有机关，他只是个普通小孩。因为他是个乖巧柔顺的小孩，所以才能做到。

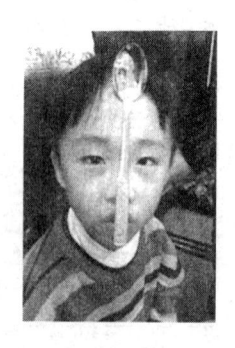

当然你们没有必要相信。不过这些看上去很愚蠢的图画和照片，对小孩子而言，却是能让他们发出会心微笑并且信以为真的世界。我想说的就只有这些而已。舍弃你们头脑里面硬邦邦的固有观念吧！那种东西一开始并不存在于任何人身上，且不论好坏对错，将它们放进我们身上的就是教育呀！

（选自《祖父江九启示录》）

三　新生命

1 "开始皆为陌路"

阿九才到"德川"工作没多久，就有一个男人来店里找他。男人毫不迟疑地坐在阿九面前，目不转睛地抬头看。当时店里面还很空，时间也还早，和田保在里面休息。

"要点什么呢？"阿九问。

得到的回答却是："你是祖父江九吧？"

阿九很诧异，起了戒心，反问："有什么事吗？"

"我是你的粉丝，事实上我一直在找寻你的下落。"

"粉丝？"

"当你以超能力者的身份活跃在舞台上时，我还是个大学生，正在学习超自然科学。我的毕业论文题目是：祖父江九是真的超能力者？抑或魔术师？"

阿九无法动弹。

"我分析了你演出的所有电视节目VCR，想要证明你的能力并非骗人的，也采访了你之前读过学校的学生和老师们，遗憾的是我的毕业论文不被认可，没有通过。不，这不是你的错，而是剖下我的教授们无法看穿真相而已。"

他的语气很客气，却充满了想不开、有些偏执的气氛。

"毕业后，我到美国继续进修，目前隶属于法国超自然科学研究所，以超自然为题目进行研究。说来真是巧合，前一阵子我在酒店'龙'看到了一个很像是你的人。那个人自称是合气道高手，成功击退了好几个闹事的流氓。因为那一天我已经喝醉，回到家后才想到，那个人会不会是祖父江九呢？就这样一直挂念着。几天后再去'龙'问时，你已经不在那里工作了，不过被你折弯的冰锥还在，一眼就能看得出来那不是靠蛮力就能办到的。接着，听到你的名字更让我大吃一惊。对于这样的缘分，难道你能说是纯粹的偶然吗？"

"不好意思！"

阿九以致歉作为开场白，接着说："我已经不在电视上或人前使用这种能力了。一旦公开，周围的人会用不同的眼光来看待我，结果只会打乱我的人生。当年只因为我上了电视，害得我父亲被杀死，所以我决定再也不要出现在媒体上。"

"那件事我很清楚，对你而言应该是很难过的经验吧！不过我不是媒体界的人，而是研究者。我只是想调查你拥有多大的能力，而且是基于单纯的理由对你提出请求。我们能像这样在巴黎相遇，也算是有缘，请你至少跟我聊一聊好吗？"

阿九摇摇头。和田保从里面走出来。

"欢迎光临！"

一看到客人紧盯着阿九的脸，和田问："喂，阿九，是认识的人吗？"

"不是，他是客人。"

"是吗，原来是客人呀，请问要点什么？"

男人点了寿司。因为是日本客人，所以由和田保来捏。阿九轻轻点头致意，便退到后面。

就算找到好的公寓，也迟迟不能签约。最大的问题在于签证。大部分的房屋中介都面有难色地表示："观光签证不能租房子。"阿九已经提出工作签证的申请，却始终没有核发下来，他也不能这样一直窝在龙二住的阁楼。某天，娜娜突然对阿九说有好的房子，两人一起去看过之后，才知道那是一间拥有好几间寝室的大型高级公寓。

"这是我父亲弟弟的房子。"

"既然如此，为什么你一开始不住在这里呢？"阿九不免起了疑心。

"不要用那种眼光看我！"

"可是既然有这种地方，你又何必接受那个中年男人的援助？"

"那不是援助。虽然那个人是那么说的，但我们真的是在交往。只是那个人已经有太太了……"

阿九的脸色一沉说："娜娜，我实在很不想说，但那就是所谓的'金屋藏娇'呀！"

娜娜一脸快哭出来的样子。阿九反省自己说的太过分了，赶紧温柔地抱着娜娜说："可是我不懂，为什么你一开始不住在这里呢？"

"叔叔说我可以用这房子，把钥匙交给了我。可是……"

那间房子位在玛黑区的正中央，面对孚日广场的高级地段。阿九有过多次和不动产中介看房子的经验，自然知道这栋高级公寓是什么样的身价。三百坪大的空间里，两间十分宽阔的大厅和五间寝室。两间厨房，三间大理石浴室和三间厕所。而且还是楼中楼，楼上有座可以眺望整个巴黎的宽广阳台。阿九看了赞叹连连。

"太可怕了！我没办法生活在这种地方。"

"看吧，没办法生活吧？所以我不想住在这里。"

"你叔叔怎么会有这种房子？"

"叔叔是英国的资产家，拥有许多公司。大概是以投资为目的……"

"是吗？你父亲是英国人吧？"

"不过，我的亲生父亲并不承认我是他女儿。只有这个爱德华叔叔对我很好……"

这和阿九成长的福冈简直是不同世界的故事。就算他试图想象，也毫无概念。阿九甚至连英国人和法国人到底有哪些基本差异都搞不清楚。

因为没有其他选择，两人决定暂时住进玛黑区的高级公寓。他们只使用楼上靠近阳台那间最小的寝室。说是最小，也有四十五坪大，对几乎没什么行李的两人来说太过足够了。这间高级公寓几乎拥有所有西洋文明的精品，墙上挂着拿破仑的画像，家具尽是金光闪闪、充满历史价值的古董。天花板垂挂着令人目眩神迷的水晶灯，最宽阔的大厅里摆着三角大钢琴。两人就像是生活在美术馆里，尽可能不碰任何东西，只用眼睛欣赏，小心翼翼地过日子。

"每个星期二和星期五会有女仆过来打扫、洗衣服。"

果然一到星期二和星期五，就有皮肤微黑的阿尔及利亚女仆前来默默打扫。管理员用流利的英语跟他们打招呼，年长的管理人用"老爷"称呼年轻的阿九。

"不赶快搬离开这里，我们会无法适应普通生活，最后变成没用的人。"阿九耸着肩膀如此说。

娜娜一脸歉意地微笑。

就这样生活了一两个星期，渐渐地也都习惯了。入夜后，阿九和娜娜习惯到阳台上眺望孚日广场的美景。橘红色的街灯为路树描上金边，石头回廊宛如装饰在高级艺廊里的画框。两人就像观光客一样，并肩眺望远着方。屋顶重叠交织而成的如画风光，是走在地面的人们所无法欣赏到的巴黎的另一种风貌。

"真是漂亮!"阿九兴奋地赞赏。

娜娜无邪地笑说:"漂亮得有些吓人!"

"的确,真的有些吓人……有的人只有半坪大的空间也能生存,有的人却能住在这么奢华的地方,重点是还空着不用!老天真的很不公平!"

娜娜抓住阿九的手臂,紧紧贴了上来,阿九突然感觉到她的体温。娜娜身上有一半英国血统,皮肤颜色透明白皙。所以明明有体温,却给人宛若大理石雕像般的印象。

"阿九……"

"嗯?"

"人家好喜欢你。"

阿九一笑,娜娜也跟着笑。

"我很高兴……谢谢你。"

"阿九,你知道吗?我一天有十次会觉得喜欢你喜欢得不得了!"

"有十次那么多吗?"

"对呀,每一次我都紧紧按着胸口忍耐,因为简直快要爆炸了!"

阿九又笑了,但是这一次娜娜没有跟着笑。

"像我这种人,有哪里值得你那么喜欢呢?"

"还要问吗?你怎么那么没有自信啊!"

"我怎么可能会有自信嘛!"

"啊,就是这个表情。我就是喜欢你这个可怜又可笑的表情。"

阿九想笑却笑不出来。

"还有阿九的博多口音。"

"博多口音吗?福冈出生的人都会有的呀!"

"不是那样子啦,人家喜欢的是阿九说的博多口音。"

"你真是奇怪。那我要是用关西腔说话,你就不喜欢了吗?"

娜娜抬头看着阿九,然后闭上眼睛。阿九吞了一下口水才开始接吻。这时阿九看见一颗柔弱的小流星划过巴黎的夜空,还没来得及许愿,流星就已经消失了。

阿九也很喜欢娜娜。虽然是不争的事实,但他却不清楚自己到底有多喜欢,因为脑海中的某个角落仍有茉莉的存在。阿九知道即使自己喜欢娜娜,也没有必要讨厌茉莉。茉莉和他青梅竹马,两人之间存在着就像河边小石头一样许许多多各式各样的回忆。就算现在对娜娜的爱意高过茉莉,但自己和茉莉之间仍将持续着无法切断的缘分。看着娜娜熟睡的容颜,阿九了然于胸:"原来竟是这么一回事呀!"他告诉自己:"这一生跟茉莉的关系肯定还会继续下去,但那也没有什么不好。"

娜娜的脚在找寻阿九。尽管睡着了,仍会下意识地探索阿九。阿九让娜娜的脚攀上自己的脚,只要他的脚背碰到娜娜的脚,她就会安心地不再乱动。每晚都是如此。

娜娜一钻进被窝,常常会聊起自己的身世、父母的过去和出生的秘密。尤其是在快睡着的那一刻,几乎是自言自语地诉说着。可是她也只有在床上才肯说这些。

"今天要说什么呢?"

"今晚呢……就说我的父母吧!你想听哪一个?"

"我都想。那就从你妈妈开始吧!"

"OK。她叫宫里志奈子,冲绳人。从东京的大学毕业后,先在日本的律师事务所工作,但是做得好像不是很顺利,于是便到英国的法律学校就读。二十五岁以后才开始研读英国法律的她,其实很会读书,头脑也很好。妈妈的父亲,也就是我的外公是台湾人,因此我的体内其实流的并非只有日本人的血,还有中国人和英国人的。不过,我父亲的祖先也混有日耳曼人的血统,所以乱七八糟的,我到底是哪一国人呢?"

娜娜微笑着将脸贴在阿九厚实的胸膛上。

"妈妈二十五岁那年去英国留学,认识了我父亲。其实妈妈一开始喜欢的是我父亲的弟弟,也就是这房子的主人……听说我出生的时候,叔叔比亲生父亲还要疼爱我。不过当时父亲已经有家室了,换句话说,妈妈是他的情妇。我其实不想用这么难听的字眼,可是社会的眼光就是如此。于是,在生产前夕闹得沸沸扬扬的,说要由当时还单身的弟弟出面收养我,结果妈妈还是决定独自抚养……我在伦敦出生,有段时期在叔叔的庇护下成长,妈妈在我念高中时发现罹患子宫癌,临终守护着她的不是父亲,而是爱德华叔叔。"

娜娜将耳朵贴在阿九的胸膛上,好像是在倾听他的心脏跳动。娜娜说的是悲伤的往事,但因为如同唱摇篮曲一样,用着安详的嗓音轻轻诉说,常常听得阿九昏昏欲睡。

"你父亲现在在做什么?"

"不知道,应该活得好好的吧!"

"你们没有见面吗?"

"嗯,我也不想跟他见面。对方应该也不打算跟我见面吧!对我来说,剩下唯一的亲人是爱德华叔叔。因为妈妈虽然是冲绳人,但我却未见过她的家人。好几次我都想去找他们,结果在巴黎定居之后,就始终没能成行……"

"那里有认识的人吗?"

"我没见过对方,但我知道妈妈的阿姨还在那里。住在冲绳的motobu……"

"你说的motobu,就是那个本部吗?"

"你知道那个地方？你去过吗？"

阿九想起了黄色老太婆。

"那是个什么样的地方呢？"

"那里有漂亮的海洋。人们一早起来就唱歌、喝酒。住在那里，灵魂也会跟着温柔地震动……还有美丽的沙滩，和南国特有的奇妙树木。我常在那些树下睡午觉。"

"奇妙的树木是什么样的树呢？我好想看哟！"娜娜说，"阿九在那里做什么？"

"算是修行吧，人生的修行……"

"修行？好厉害呀，有老师吗？"

"老师吗？嗯，没错，是有个像大师一样的人，叫作黄色老太婆。她是我的恩人，我的这条命就像是被她救活的。"

娜娜沉默不语。阿九心想："搞不好黄色老太婆就是那个人。"但是他没有将自己的想象诉诸言语。

"我们找一天一起去看看吧！"阿九微笑提议。

"真的吗？阿九。你要跟我一起去找姨婆？"

娜娜抱着阿九，阿九也温柔地以身体包覆着她。一时之间，阿九脑海中掠过本部蓝色海洋的画面，想起了那里温热的海风、海水的气息、三味线奇妙的音阶、形状怪异的树木，还有老婆婆骨碌碌的眼睛。

"爱德华叔叔爱过我妈妈，所以才会把这个房子借给我。叔叔家没有小孩，常常问我要不要当他的养女，就连现在也常常写信来问。他太太也是很好的人。不过我最后还是选择一个人生活。"

"你已经不是一个人了。"

"阿九，真的吗？我可以当真吗？"

"娜娜，所谓家人，其实一开始皆是陌路呀！"

"什么意思？"

"家人的最小单位是夫妻,而夫妻本来都是陌生人。"

"啊,没错!"

娜娜亲吻阿九。阿九觉得娜娜就像拼命摇着尾巴的小狗一样可爱,不禁告诉自己:"我一定要振作起来,成为娜娜的支柱。"

麻衣子出院、恢复了健康,回到店里工作,这消息也传进了阿九的耳里。同样都是位于歌剧院区的店,麻衣子不可能没听说阿九在"德川"工作的事,可是出院以来始终没有联络。

不料,就在入冬的某一天,麻衣子突然来到"德川",坐在阿九面前。这里没有人不知道麻衣子和阿九的关系,之后他和娜娜交往的事,当然也传遍了歌剧院区的日本人圈。和田保推开阿九,对麻衣子堆起笑脸问:"好久不见了,要点什么吗?"

和田保拍拍阿九的屁股,让他躲进里面。可是麻衣子却表情严厉地说:"保师傅,我想让阿九帮我捏寿司,请你不要插手。"

阿九做好心理准备回答:"是,要点什么吗?"

"你就捏吧!"

"要点什么吗?"

"你捏呀!"

"………"

"你捏呀!"

麻衣子直视着阿九。

"那就让我为你搭配食材。"

阿九开始捏寿司。店里弥漫着紧张的空气,其他员工都躲在后面观察两人的情况。阿九将捏好的寿司放在麻衣子面前,还是跟饭团一样大的寿司,上面排列着比目鱼、鲔鱼、花枝、鲭鱼、鲑鱼、海胆等食材。麻衣子伸手取食,嚼着特大号的寿司。和田保注意到麻衣子的眼中含着泪水。

"买单。"吃完后，麻衣子大喊。

结账的年轻店员赶紧冲向收款机，带着账单和热茶走过来。麻衣子放下超额的现金说："不必找零。"之后便站了起来，就这样一直看着阿九。阿九对着她轻轻一鞠躬，问说："身体已经没事了吗？"

"嗯，托你的福，我已经恢复健康了。"

"是吗？太好了。天气变冷了，请多保重。"

"阿九！"麻衣子用几乎快哭出来的声音说。

阿九低着头继续手上的工作。

"阿九你……"

阿九依然低着头。

"我还会来，我还会来看你，你不要那么冷淡。"麻衣子说完走出店门。

门一关上，和田保一边用手肘碰阿九，一边低喃："像你这样的男人有哪一点好？我真是不明白！"

2 "孕育"

龙二的设计被采用了，不是一两件，而是占爱马尼诺列·恩立凯春夏新品的大部分。五个人聚集到老地方的咖啡馆，坐在面对马路的窗边位置举杯庆祝。阿九当成是自己的事一样高兴，引以为傲地看着比平常更加爱招摇的龙二。五个年轻人不断地高举酒杯畅饮。

"恭喜你，龙二，太好了。"

真知子就像是称赞儿子的母亲一样。看到她那个样子，阿九和娜娜也都笑开怀。不料一个小时后，龙二竟邀一名金发女子加入庆贺，真知子的脸色顿时一沉。

"这位是模特儿史蒂芬妮小姐,她是保加利亚人,还不会说法文,请大家用英语说话。"

"龙二,她是谁?"

"当然是我女朋友啰!"龙二边笑边回答。

"哦,原来如此,那不是很好吗?"秀树醉眼迷蒙地说。

原本瘦削的秀树自从开始工作后就突然发胖,现在一张脸圆滚滚,还留着胡须,简直是酒神的翻版。

"阿九,很厉害吧?这可是货真价实的金丝猫呀!而且还很迷恋我。对吧,史蒂芬妮?"

真知子喝到一半便走了,娜娜放心不下,便追了出去。

"龙二,得意忘形是会坏事的,你可要注意呀!"

"你在鬼扯些什么?明年的春夏新品可都是我的设计耶!虽然是以爱马尼诺列·恩立凯的名字推出,但原始创意都来自于我,是我耶!是我这个时装界如彗星般登场的年轻天才中川龙二先生!我得要求加薪才行!"

"在那之前应该先搬家吧!你应该从那个挤死人的阁楼搬到更大的地方才对!"

"我已经找好房子了,在蒙太尼大道的巷子里,就在雅典娜广场后面。新房子可以看得到埃菲尔铁塔。不过秀树,不好意思,以后我要和史蒂芬妮一起生活,你也该搬出去了吧?"

秀树尴尬地笑说:"我知道了。毕竟我也领有薪水,是该搬出去住了。"

史蒂芬妮凝视着龙二的侧脸,将自己纤细的手缠绕在龙二粗壮的手臂上,将他拉了过来。龙二以温柔的眼神报以微笑。

"你喜欢龙二哪一点?"阿九用英语问史蒂芬妮,对方没有回应。

"老实说,英语她也不行!"

"那你们是如何沟通的呢？"秀树问。

"不就是男人和女人吗？当然是用身体语言啰！"龙二无邪地笑着回答。

秀树和阿九听了也大笑。让不太喝酒的史蒂芬妮坐在中间，三人尽情喝酒，葡萄酒一瓶接着一瓶见底。到了黎明，喝醉的阿九将他们带回高级公寓。换上睡衣的娜娜一直在等着他，却发现阿九背后还站着史蒂芬妮、龙二和秀树。

"我把他们带过来了。"

一看到娜娜僵硬的表情，阿九顿时醉意全消。看到一边大声欢呼一边随便走进大厅的恶友丑态，阿九不知道该说些什么。

"不会吧！为什么你们能住在这种地方？"

"这是怎么回事？这么高级的公寓……骗人的吧！"

阿九拼命对臭着脸的娜娜赔罪。

"算了，我去拿酒来。"

娜娜爬上楼梯。

"什么！还有楼上呀！哎呀，太棒了，这下每天晚上都可以在这里开宴会了！"

龙二抱住阿九起哄，嘴里还吐着烟臭味。

隔天早上门铃大作，几乎快把所有人都给吵醒。娜娜跑进来说："糟了！"

阿九睡在沙发上，坐起来环顾周遭。地板上躺着秀树，看不见龙二和史蒂芬妮的身影。

"怎么了？"

阿九头痛欲裂，桌上摆着好几个空酒瓶。

"叔叔的秘书过来这里查看。"

"为什么?"

"不知道,可能是刚好来巴黎出差,顺道过来吧!"

阿九想要站起来,两只脚却打结了。酒意还未完全从身上消退。就在娜娜试图摇醒秀树时,叔叔的女秘书探头进大厅。阿九居然对着英国人用法文道早安。秀树盘腿坐在地板上,又是搔头又是呻吟。娜娜一开始用英语解释时,只穿一条内裤的龙二冒了出来,害得阿九和娜娜顿时哑口无言。龙二的后面紧跟着史蒂芬妮,虽然不是光着身子,却也只披着男人的衬衫,底下空无一物。看来他们是在隔壁客房睡觉。秘书在娜娜耳畔说话,然后轻轻一点头便走出了房间。

"她说什么?"阿九低头问娜娜。

"她要我检点一些,因为……"娜娜的语气显得很沮丧。

娜娜喜欢阿九喜欢得不得了。所以常常不管时间地点合不合适,就对他连续大喊:"我爱你。"整天从早到晚都跟在阿九后面。要是阿九问她:"你喜欢我哪一点?"她就会回答:"全部都喜欢。"偶尔还会跑到店里查看阿九有没有偷吃。娜娜直来直往的爱情表现常常让阿九感到困惑,有时甚至还会让他觉得自己好像养了一条嫉妒心很重的小狗。像茉莉是不管怎么追,她就是不理你,所以让阿九如此着迷。娜娜刚好相反,成天追着他团团转。阿九不知道娜娜挂在嘴里的爱情究竟有多深,有时候会因为说得太过频繁,反而感到十分肤浅。

"……嗯,娜娜。"

娜娜紧黏着阿九睡觉,两人钻进被窝已经过了半小时了。

"干吗?"

"我很高兴你这么爱我,但以前你也都是这样子吗?"

"以前?我是那种一旦爱上就死心塌地的类型。不过这次和过去不一样,我对你比较特别。"

"可是从早到晚黏在一起，会让我感觉好像没有明天，很可怕的。"

"难道你不喜欢被爱吗？"

"不是的，我觉得很高兴，可是又觉得太沉重。该怎么说呢？我从你的话感受不到真实的东西。"

突然，娜娜坐了起来大叫："为什么呢？我这么样的爱着你，为什么你会感受不到？"

"不是啦，我不是那个意思。我当然感受到了，可是你的表现、态度和所有的一切，会不会有点过了头……"

"哪会过了头，我还觉得根本不够哩！我还想更爱你，更靠近你，甚至想把你的皮肤、血肉、骨头都啃干净，我希望我们能融合成一体。因为我没有兄弟姐妹，妈妈又因病早逝……所以我才会那么想黏着别人，好好地活下去。我是那么的单纯、那么的认真、那么的一心一意、那么的深情！这样会造成你的困扰吗？"

"怎么会？我父亲也是很早就过世……我的家庭环境也很复杂，所以能够理解你的心情。我也一样想要有完整的家庭。"

"那不就结了吗？用再多的言语表达，又有什么关系？我还觉得说得不够，我想说得更多哩！拜托你，可以吗？"

阿九认输了，娜娜紧紧抱着他。

"我们生小孩吧！阿九，我们生小孩吧！"

"小孩？"

"阿九那么有父性，一定会是个好爸爸。我们马上来做人吧？"

"慢点，我们还没有那种能力吧！也还没有做好心理准备。就连养儿育女的钱都没有呀！"

娜娜跳到阿九身上，给他来个倒剪双臂。

"哪里需要心理准备，只要孩子生出来，自然就做好了心理准备。钱的事不用担心，我也会出去工作，也可以找叔叔帮忙。"

"真是乱来！"

"我才没有乱来！我只是想趁着爱情正热的时候，先建立理想的家庭形式。凡事越快越好，在你退缩、想太多之前，结为一家人。越早出发，不是能相处得越长久吗？我们做人吧！现在就来做爱。"娜娜在黑暗中笑了。

阿九心想："娜娜真是可爱。"

"真是拿你没办法。不过请等一下，我必须整理心情。"

阿九静静抱着想要做爱的娜娜。对于结婚生子，阿九没有自信。他害怕生出一个和自己一样的人。对上天赋予自己的这些能力的恐惧，阻碍了他的意愿。

等到吵着要生小孩的娜娜睡着后，房间里突然陷入一片静谧。熟睡的娜娜双手紧紧抱住阿九不放，为了不吵醒她，他小心翼翼地扳开她像藤蔓缠绕的手，走下床铺，手里握着暗示石来到阳台。正前方有月亮，月光照亮了阿九的心。感觉自己好像被看穿了一样，也感觉月亮好像在指责自己："被那么可爱的人爱上，有什么好不满的呢？"阿九在心中喃喃自语："我不是不满。我只是害怕呀！幸福会让我感到害怕。"

月亮边缘看起来忽而膨胀，忽而缩小，原来月亮在笑。阿九握着暗示石闭上眼睛。突然间，握着暗示石的手心开始发热，然后心中浮现一个可爱的小男孩对着他微笑。阿九连忙睁开眼睛，低喃："怎么会？"石头在暗示什么，他当然了然于心。照理说应该高兴的，阿九却无法发自内心一笑。

茉莉，你好：

好长一段时间无法写信给你。几度想提笔，却还是作罢，对不起。最近我对彼此的关系多少有些看透，也开始觉得这样也不错。过去我总在期待你的回信，也始终事与愿违。近来才发现期待回信是我的不对，也能接受这种想法。因此，就让这些成为我写给你的单向信吧！只要你愿意过目，我就很满足了。好不容易领悟到这点，我也才能继续提笔写信给你。

上次连同信一起寄给你的名片——"德川"寿司店位在香榭大道附近的时尚区。我在那里担任厨师。虽然还不能捏出像样的寿司，但我最重要的工作是当那些思乡情重外派人员的谈话对象。我不太有机会捏寿司，顶多算是大厨的助手吧！

如果你有机会来巴黎一游，请到店里走走。届时我将亲手捏寿司，虽然我捏的寿司被大家取笑是像饭团一样大的寿司，不过分量十足，最适合肚子饿时享用。相当受年轻的法国上班族欢迎，相反地，服务于日系企业的大叔们就不怎么喜欢了。

我常常会想起茉莉。我已经二十八岁了，虽然不知道你现在人在哪里、过着什么样的生活，却殷切盼望你拥有幸福的人生。或许你已经结婚生子了吧？对了，我说不定也即将为人父呢！

祖父江九上

过了九点，"德川"寿司店吧台前便坐满了客人，其中有七成是在巴黎生活的日本人，也有每晚必上门的常客。指压师仙波弘子的店就开在第六区。

"阿九，今天我店里来了凯瑟琳·丹妮芙。你知道她吗？人家可是法国的大明星呀！女明星的工作果然不轻松，肩膀容易酸痛。大概是因为随时都得意识到外在的眼光吧？硬邦邦的。所以我拼命地帮她按摩，搞得我自己也腰酸背痛了。"

其他客人听了都哄堂大笑。阿九也点头称是，展现礼貌性的笑容。

"你的手不错嘛，那么大。应该很适合当指压师吧？怎么样？我给你两倍的薪水，要不要来我店里上班？当我的助手，绝对比起整天被保师傅碎碎念要轻松得多！"

仙波弘子才说完，在航空公司服务的男子立刻抗议："照你这么说，谁知道他乱按会按到哪里，还是不要吧！"

其他客人听了大笑，惹得坐在吧台角落的法国客人频频皱眉。

阿九在仙波的指名下捏出来的寿司，更惹得大家爆笑不止。

"什么呀！阿九，这些寿司每个大小都不一样，而且醋饭还比食材要大坨！"

"有什么关系？我就是喜欢阿九捏的寿司，你们废话少说！"仙波弘子笑着拥护阿九。

阿九连忙低头道歉："对不起。"

和田保和中西欣哉分别站在吧台左右两侧帮客人捏寿司，阿九则守在中间随时支援他们两人，偶尔也帮像仙波一样指名他的客人捏寿司。保师傅总是会叮咛他："千万不要让客人吃完后觉得不想付钱哟！"

某天晚上娜娜来到店里，因为和田跟阿九说："偶尔也叫你女朋友过来，我请客！"所以阿九让她在快打烊前过来。常客都离开后，店里面只剩下少数几位法国客人坐在角落吃寿喜烧火锅。

"阿九，这是你的练习对象！"

"是！"阿九跟往常一样大声回答。

娜娜觉得他说话的方式很有趣，不禁笑了出来。这是她头一次这么近距离看到阿九工作的样子。

"好帅哟，阿九。"

和田冷冷一笑，取笑说："小姐，这家伙还只是半吊子，哪有什么帅气可言！我说得对吧，阿九？"

"是！"阿九用丹田的力量回答。娜娜也学他说："是！"

欣哉在一旁笑说："喂，阿九，为什么像你这样的木头人能有这么可爱的女朋友呢？这世界简直反了！"

"是！"阿九笑着低下了头。

"他的帅气只有我懂，所以我们才会是情侣呀！"娜娜挺起胸膛宣称。

"你这句话说得好！"和田保抬起头来看着娜娜称赞说。

"难道对一个人来说，重要的是外表吗？的确，阿九的身材魁梧得吓人，做事也不够灵巧，看起来笨拙了点。可是他的心很漂亮，就像是南方小岛的海岸线一样。"

"是！"阿九摸摸自己的脖子点头回答。

和田保有些难为情地笑说："什么呀，居然得意起来了！好吧，不管是海胆、鲔鱼、鲑鱼子，什么都可以！看这个为爱而活的小姐想吃什么就捏给她吃。"

没想到娜娜却挺直腰杆说："我要小黄瓜卷。"

"小姐，难得大厨有这番好意，你应该点海胆、鲔鱼才对呀！"欣哉插进来说话。

"不，请给我小黄瓜卷。我将成为阿九的妻子，应该懂得礼貌才行。"

和田赞叹说："真是了不起，这年头居然还有这么懂事的女孩。小姐你看起来不像是日本人，是混血儿吗？"

"我父亲是英国人，母亲是冲绳人。"

"原来如此，难怪很有异国风味，原来是盎格鲁-撒克逊的长相呀！跟长得像草履虫的阿九实在不配，那叫作美女跟什么来着呀？"

"野兽。"欣哉笑着回答。

娜娜也跟着微笑，洋溢着幸福的光彩。阿九想起暗示石让他看见的未来的小孩的脸，感觉那张脸和娜娜很像。

"真好呀，阿九有女朋友……为什么我就没有？我明明比他还英俊。"欣哉看着努力包小黄瓜卷的阿九喃喃抱怨。

对阿九来说，娜娜·宫里是他有生以来第一个情人。虽然他一直爱慕着茉莉，可是和茉莉之间，不论是心意或肉体都无法合而为一。在性方面，他曾受年长的菊丸调教，但她不能算是情人。阿九和娜娜一起生活，相亲相拥、低语诉说爱情。关于诉说爱情，固然是娜娜单方面的行动，但阿九偶尔还是会感动心疼，然后无意识地从喉咙深处冲出"我爱你"的话语。娜娜比谁都尊敬阿九，总是为阿九担心、奉献一切。

"阿九，"娜娜故意说给和田保听，"我必须去英国一趟，下次有长假的时候可不可以陪我去呢？你的签证也快到期了吧？可不可以顺便一起去办呢？"

由于工作签证仍在申请当中，因此在这个时间点，阿九还是持有观光签证，说穿了就是非法就业的身份。为了更新签证，每三个月得离开法国一次才行。在这之前，他去了荷兰、瑞士、西班牙等国家。

"妈妈的东西还寄放在叔叔那里，我必须去整理才行，大概半天就够了，之后就去伦敦逛逛吧！"

阿九包的小黄瓜卷跟大海苔卷一样粗，欣哉看到放在娜娜面前的一大团黑色东西，不禁耸耸肩膀苦笑。

"马上就是圣诞节了，我在想是不是可以在伦敦过啊？"

娜娜偷偷瞄着和田保的脸说话。和田保一边做事，一边露出笑容。

"那得先得到大厨的许可才行。"

阿九说完，娜娜立刻站起来，对着和田保深深一鞠躬。

"大厨，可否放这个学艺不精的寿司助手两天假呢？因为我们马上就要结婚，这件事必须先跟亲戚报告一声才行。"

和田保停下手上的工作，"真的假的？"

欣哉大叫："喂，阿九！你要结婚了吗？"

和田保露出惊讶的表情，其他听见的员工也都从里面探出头来。

"没有啦，还没完全确定。"

"不是已经说好了吗？"娜娜大叫。

"哪有啊？"

"快点像个男人做决定呀，阿九！"

所有人都为娜娜的强势态度笑了出来，阿九不得已，只好低着头答应说："好吧！"

娜娜吃完小黄瓜卷时，秋本和人带着一名法国女子走进店里。正要收起门帘的店员表示"打烊了"，两人还是硬要进来。秋本和人拿出一张名片放在阿九面前，娜娜和欣哉都凑上去看。

"超自然科学研究所？"欣哉将上面的文字翻成日文。

"我们可以谈谈吗？"

和田保从里面走出来说："不好意思，我们已经打烊了，你们找他有什么事吗？"

秋本和人一鞠躬说："你们在忙，真是不好意思。因为我和同事提起祖父江先生的事，大家都很感兴趣。因此今天请珊德琳·巴谢高级委员一同前来，想请求协助我们的研究。"

看着桌上的名片，和田保声音略略高亢地反问："什么样的研究呢？"

对方态度谨慎地小声回答："是的……"

阿九开始收拾厨具。

"简单来说，就是有关超能力的研究。"

欣哉插嘴问："像是超能力者之类的吗？"

"没错！事实上我也多少可以折弯汤匙，近几年来已经证实折弯汤匙本身并非什么特殊能力，但我们推测，站在这里的祖父江九先生应该有更上一层的能力才对。"

中西欣哉笑了出来，他看看阿九，又看着秋本的脸嘲讽说："折弯汤匙？不好意思，你是说这个连寿司都捏不好的男人吗？"

"就是说嘛，既然他是那么厉害的超能力者，当然没有必要跟其他人一样捏寿司啰！只要一开始就使用超能力，不就结了！"和田保也跟着嘲讽。

娜娜用认真的眼神看着低头继续做事的阿九。

"大约距今十六七年吧！九州出现一位不得了的超能力少年。这个隶属马戏团的少年在电视机前表演过多次折弯汤匙的能力，造成很大的轰动。结果有一天他突然销声匿迹了，至今没有人知道他的下落。那个少年的名字是祖父江九。"

和田和中西疑惑地回头看着阿九，娜娜甚至连眼睛都不敢眨一下。阿九低头看着自己的手说："不好意思，请不要再说了。"

秋本和人仍继续说："当时我对超能力的存在很有兴趣，刚开始把它当作学问开始研究，只不过日本的科学界视之为异端邪说，因此我只好出国。在法国、苏联还有美国，都是有国家预算在进行超能力的相关研究，我就是这样进入了法国的研究所。"

"是哦！"和田保低吟说："那上次，就是阿九击退那群流氓，用的根本不是合气道，而是超能力吗？"

"没错。"秋本表示同意。

"当时我也在场，也吓了一跳。心想，不可能是我看错！当年的那个超能力少年已经长大成人，特征还是跟小时候一样……"

所有人都回头看着阿九,他依然默默做着手上的事。

"原来如此。阿九的体格和长相的确很有特色。"欣哉插嘴说。

"我还带了保存已久的祖父江九的相关报道和录像带过来。已经看过好几百遍了,绝对不可能看错。马戏团也把被你折弯的汤匙让给了我们,叫什么名字来着?对了,就是赤沼马戏团……"

和田保大喊:"啊!我听说过。"

"哇,简直快要起鸡皮疙瘩了。"欣哉也跟着大叫。

于是,原本躲在后面偷听的员工们纷纷挤到餐厅前面。

"我将马戏团团长让给我的汤匙带到研究所,使用各种机器检查。那不是普通被折弯的状态,每一根都像是被机器瞬间压缩一样,扭曲得很厉害。我看过被弯成两截的汤匙,前面我也说过自己多少也能折弯汤匙。不对,应该说人类只要经过训练,人人都有可能折弯汤匙。可是扭成麻花状、卷成一团的汤匙,我还是第一次看到。"

"什么啊!怎么越说越恐怖了。"和田保说。

"喂,当场表演一下吧!"欣哉将汤匙送到阿九面前。

所有员工都聚集在吧台前,兴趣盎然地看着阿九的脸。娜娜也睁大眼睛想要看清自己爱人的真面目。

"……都已经过去了。那是我小时候的事,现在我已经办不到了。"阿九脸上浮现苦笑,对秋本和人说,"马上要打烊了,如果客人不用餐,就请回吧。"

旁边的女子开始用并不抑扬顿挫的法文说:"世界目前充满诸多问题。不只是军事问题,还有这个适合人居住的地球,今后是否还能发挥功能等问题。而我们所研究的超自然科学,无非是想找出人类的新可能性和这个星球的未来。我们绝对不是诡异的研究机构。祖父江先生,可不可以让我们调查你的能力呢?这不仅有助于建立有效防止世界贫穷、疾病、饥饿、战争等问题,就连与地球外生物的接触、今后的地球生态等议题也是研究的项目之一。"

阿九虽然不是听得很懂，但能看得出来法国女子十分严肃认真。

"我希望能在你身旁见证那些真实的力量。不只是以研究者的身份，还要身为一个着迷于超能力现象的平凡人，认真地向你提出请求。"秋本和人低着头恳求。

珊德琳·巴谢静静地看着阿九。她的嘴唇紧闭，声音却以日文在阿九的耳边响起："祖父江九，我们要借助你的能力。请让我们调查你潜在的能力。"

阿九惊讶地抬起头，只见珊德琳·巴谢嘴角浮现意味深长的微笑。

"阿九，刚才说的那些事都是真的吗？"

娜娜躺在床上，看着秋本和人给阿九的名片问道。

阿九换好睡衣，钻进被窝，背对娜娜睡下。

"所以说是真的啰？那你为什么之前都没说？"

"那种事又不值得夸耀。"

"可是我们将成为夫妻耶！我当然想知道你所有的事！"

"成为夫妻的事又还没有确定。"

"已经确定了！"娜娜用博多口音呛回去。

阿九坐起来，凝视着娜娜的脸。他的眼神很认真，娜娜不禁缩起下巴，吞了一下口水。

"因为这些能力让许多人变得不幸。可以的话，我不想再使用了。"

"虽然我不知道发生了什么事。没关系呀，既然你不想用就不要用吧！我只要阿九还是原来的阿九就好了。可是我希望我们之间不要有任何的谎言与秘密。"

"既然这样,那我要说了。我是超能力者。"

阿九说的标准语太有趣,娜娜忍不住大笑。

娜娜模仿说"我是超能力者",阿九听了也跟着微笑起来。

"你好像是在跟我告白:'其实我是超人!'实在太帅了。"娜娜流露出柔媚的眼神。

阿九心想:"我不能让她不幸。"同时也害怕:"我如果又开始使出超能力,不知道又会招致什么样的灾难!"

"我不想展现自己的超能力,可以吗?"

"你没有必要展现。不过如果有机会的话,我倒是很想看看。"

"有一天吧!"

"嗯,有一天……"

娜娜无可奈何地回答,其实她现在就很想看阿九如何折弯汤匙。

阿九抱着娜娜,亲吻她的额头。娜娜闭上眼睛,想象着阿九迎风飞舞,在天空飞来飞去的超人形象,脸上露出了微笑。

3 "看见光"

圣诞节前一天,阿九和娜娜飞往英国。将行李安置在柯芬园的便宜旅馆后,两人便外出逛街。街头装点着圣诞节饰品,仿佛迷途踏进了美丽的童话世界。阿九和娜娜手牵手走着,看着人们幸福的表情,心情也跟着温馨起来。

坐在可爱的茶馆靠窗座位,等着所点的红茶和松饼送上来时,阿九看到窗户对面有一个熟悉的脸孔经过。是茉莉的母亲喜代。她正和一名个子不高但身材结实、看似英国人的男人手牵手走路,俨然是情侣。两人走进茶馆,坐在柱子后面的位置。寺内喜代和男人对坐,两人的手在桌上依然十指紧握。

"那是谁？认识的人吗？"

"嗯……"

"阿九，你的表情显得很惊讶，你们是什么关系呢？"

阿九很犹豫，最后还是决定诚实以告。

"她是茉莉的母亲喜代女士……"

娜娜也很吃惊，但不动声色说："原来如此。也真是太凑巧了，是不是该打声招呼比较好呢？"

"那怎么可以！"

"为什么？"

"因为……"阿九沉吟后，用下巴指着后面的座位说，"和喜代女士一起进来的不是她先生。"

"是吗？怎么看他们两人都像是情侣关系。"

"所以不能让她发现我在这里，见了面只会令对方觉得尴尬。"

娜娜低下头，阿九压低声音微笑问："你没事吧？"

"在偶然来到的伦敦，偶然遇见阿九喜欢的人的母亲，这会只是凑巧吗……还是有什么特别意义呢？我不禁担心阿九会不会还忘不了那个人，因此特意把那个人叫来这里……"

阿九的脸上带着笑容，嘴角却是僵硬的。

阿九和娜娜欣赏完充满圣诞气氛的伦敦市区，为了整理娜娜母亲生前的遗物，而前往她出生的地方，也就是位于郊外的爱德华·卡尔家。从车子开进大门到抵达房子的玄关前，足足花了五分钟。这是一幢有着广大庭院的豪宅……

"原来你是在这么棒的地方长大的呀？这里是城堡吗？"阿九抬头仰望颇具有历史感的建筑，惊叹不已。

"严格说来不算城堡，应该算是豪宅吧……这里不是我的家，我只是在这里长大。高中毕业后就没有接受他们任何支援，我是一边打工一边赚取学费把大学读完的。"

石阶上站着一位高大的男人，从他的笑脸和风貌不难看出他就是娜娜的叔叔，感觉和她有点像。绅士走下阶梯拥抱娜娜，露出温和的笑脸。接着应该是叔叔的太太也走出来迎向娜娜，亲吻她。

"这是我的未婚夫。"娜娜将阿九介绍给他们认识。

阿九和他们握手，四个人脸上始终带着笑容。

晚上他们邀请阿九和娜娜共进晚餐。主要话题竟是秘书在巴黎公寓看到的裸体日本男人，也就是龙二。阿九觉得很难为情，娜娜的叔叔则是承认学生时代的自己在宿舍也曾有过类似的荒唐行径，引起大家莞尔一笑。阿九心想："他们跟我的父母完全不一样。"要是远藤匠和阿七也在此，不知道会是怎样？想着想着阿九露出了苦笑。娜娜的表情有着前所未见的安详，传递出十分幸福、十分满足的讯息，让阿九也很为她高兴。

整理遗物没有花太多时间，剩下的就请叔叔夫妻暂时放进仓库保管。停留期间完全没有提到娜娜的父亲，没有人提起，娜娜自己也不主动开口问。

"我打算要卖掉你们现在住的公寓，不过经济这么不景气，不太可能太快脱手。所以你们还可以再住一阵子，直到结婚为止。但那个地方当作新居好像有点太夸张了。"离开时，爱德华·卡尔对娜娜和阿九说。

"谢谢你，叔叔。不过我们一找到房子就会搬走。如果不住在适合自己能力的地方，恐怕也无法在这个世界上生存吧！"娜娜微笑说。

"没错。"卡尔夫人一边点头，一边握着娜娜的手说，"你就是那么脚踏实地、直来直往、不虚伪。今后也要照着你的想法好好生活。有我们可以帮忙的，尽量说没关系。遇到困难时，不要忘记你还有我们。不要认输,娜娜。"

娜娜忍住泪水和卡尔夫妻拥抱话别。阿九觉得自己俨然已经是娜娜的丈夫,内心深处很想立刻拥抱爱妻。该如何形容这种心情呢?在那瞬间,阿九很认真地思考:"一定要让娜娜过得比谁都幸福!"

爱德华·卡尔说:"不管有再多的金钱还是荣誉,我们就是少了一样东西,那就是小孩。娜娜是满足我们缺憾的一道光芒,今后我们也会代替你的父母为你加油打气!有时也要来依靠我们一下,我要说的只有这些。"

阿九抱着娜娜的肩膀,心中充满怜爱之情。感觉自己突然间变成大人,充满了责任感。

"我要和他结婚,而且在不久的将来,真的是不久的将来会生小孩。到时候可以请你们来巴黎看看孙子吗?"

听到娜娜这么说,两人脸上都绽放笑容。爱德华·卡尔对阿九说:"娜娜就拜托你了。"

阿九不由得收起下巴,用力点头。

娜娜说要出去买个东西,中午过后便自己一个人出门。因为下起雨来,阿九有些担心,可是娜娜没有交代要去哪里。阿九躺在旅馆的床上,隔着窗玻璃眺望伦敦模糊的街景。雨水猛烈地敲打玻璃,时而会发出干燥的声音。

早餐的托盘还放在窗边,上面摆着喝茶用的小汤匙,在室内的灯光照射下微微发亮。阿九想起了有生以来第一次折弯汤匙时,那种奇妙无法言喻的怀念触感。在手中扭曲的汤匙……对了,那就是一切的开端……

阿九瞪着汤匙,整理意识,集中精神。在心中发出指令后,额头中央便开始逐渐发热。阿九继续在脑海中描绘出汤匙飘浮的画面,集中精神操控自己的意识。感觉看不见的意识的手抓住汤匙,就在那一瞬间听见"咚"一声,汤匙在托盘里面移动了约一公分,遇到托盘边缘停了下来。

阿九心想:"这一次要让汤匙直立。"眉间用力,不是用意识直接和汤匙接触,而是像要穿透头顶一般,不停往上顶。不久之后,汤匙的柄开始往上移动,慢慢地就好像靠着自己的意志站起来一样,汤匙直立了。

阿九思考:"不知道我从何时开始居然拥有这种能力。"汤匙飘浮到窗玻璃中央后停止不动。圆形的部分在光线照射下闪闪发亮,看起来如同从天花板吊在半空中一般。阿九让汤匙停在那里,继续尝试举起边桌上的烟灰缸。当烟灰缸开始飘浮时,汤匙也同时下降,意识必须顾及两边。最后汤匙和烟灰缸停留在几乎同样的高度静止不动。

阿九接着尝试移动娜娜放在门边的高跟鞋。高跟鞋也和汤匙、烟灰缸一样慢慢飘浮。阿九一一让房间里的东西都飘浮起来,玻璃杯、笔、喝了一半的矿泉水宝特瓶、伦敦地图、钢笔,还有椅子……

椅子不像其他小东西那么容易移动。阿九在眉间用力,更加集中精神、集中意识。椅子就像被看不到的细绳吊起来,阿九感觉头脑里有些沉重。

房间里的东西几乎都飘浮在半空中,阿九必须将意识平均分配在每样浮游物上。突然听见敲门声,紧绷的意识顿时被牵扯,就像所有的线同时被剪断一样,飘浮的东西一起落地。房门被打开,娜娜探头进来问:"那是什么声音?发生什么事了?为什么房间这么乱?"

阿九无法说明,只好耸耸肩膀。原子笔还在地上滚动,碰到墙壁才停了下来。

"倒是你去了那里?"

"我去医院后,顺道去买了香槟和蛋糕。"娜娜面有喜色地说。

"医院？"

娜娜脱掉外套和鞋子，上床躺下。然后张开双手，露出愉快的笑容大叫："快过来呀！"

阿九不得已只好抱住娜娜，两人甜蜜地接吻。那是令人印象深刻的热情接吻，阿九的那里立刻有了反应。忍不住想要继续下一步时，娜娜回应一声："不行！"

过去一向是娜娜主动靠上来，今天她却面带微笑地说："不行啦，你知道为什么吗？"

"为什么呢？"

阿九哀求的眼光看着娜娜，娜娜娇羞地回答："我可能有了。"

阿九惊讶地叫了一声"啊"，整个人无法动弹。

"我去医院检查，虽然还不能完全确定，我却有预感……"

"怀孕？"

"对呀，应该是吧！"

阿九不知道该说些什么。的确，两人之间常常忘了做避孕措施。他总是相信娜娜"今天没问题"的说法，没有用保险套。可是实际听到有了，还是觉得很震惊。阿九还没做好心理准备。

"如果有的话，你也会很高兴吧？"

娜娜将自己的额头贴在阿九的额头上问。

"高兴呀……怎么会不高兴。但实在是太过突然了……"

"既然这样，那有许多事得慢慢开始做出决定。"

娜娜说完，跳到阿九身上，给他深情一吻。

回到巴黎后，娜娜去找信任的医生诊断，确定是怀孕没错。在娜娜的催促下，阿九首先打电话跟九州家里报告喜讯。离开日本后，只有在需要某些文件时才打电话回家，而且怕浪费电话费，每次都长话短说，其余都用信件联络。

"你现在人在哪里？还活着就好。"阿七显得很兴奋。

阿九不知道该从何说起，等到阿七的情绪稳定些，才开门见山说："我有小孩了。"

娜娜站在稍远的地方，神情紧张地看着阿九打电话。她不知道阿九的母亲是什么样的人。阿九稍稍背对着娜娜讲电话，娜娜担心得不得了，睁大眼睛直盯着他的背部。

"突然打电话回家说有了小孩，你这个不孝子！"

阿七流着泪大骂。

"那对方呢？对方是什么样的女孩？"

"她叫娜娜，是个好女孩。"

"好女孩就好。这么说来，茉莉也当妈妈了呢！"

阿九想象茉莉为人母亲的样子。心想，茉莉应该很幸福吧！也想起两人在中洲的宾馆无法结为一体时的憾恨。

"时间过得真快。"阿九说。

"是呀，好快。"阿七回应。

阿九没有说出在伦敦看见茉莉母亲喜代的事，那是另一个时间的流动，也是别人的问题。

"结婚了吗？"

"还没有。"

阿九瞥了娜娜一眼，娜娜的视线紧盯着阿九。

"你们会结吧？"

"应该会。"

阿七兴奋地问："对方应该不是日本人吧？毕竟那里是法国。对方是哪里人呢？"

阿九简单说明了娜娜的身份。

"娜娜·宫里？"阿七低喃后笑说："怎么好像艺人的名字。"

儿子难得打电话回来，阿七已经忘记生气，完全是过去那个慈祥的母亲。

"我可以和银次去找你玩吗？"

听到银次的名字，阿九的心中激起一道涟漪，不过心中的湖面马上又水过无痕。尽管早就原谅他们了，却还有些无法忘怀的芥蒂。

"……好呀！"

阿七兴奋地表示："那我们马上就去，到时候要介绍那个女孩给我们认识。"

阿九一挂上电话，娜娜就站起来问："怎么样？"

"嗯，我妈很高兴。"

娜娜的脸上顿时明亮了起来。

一个寒冷的冬天早晨，娜娜还躺在床上，起来上厕所的阿九看见边桌上有东西闪着微微的红光。一种不祥的预感窜遍全身。上前一看，竟是黄色老太婆给他的暗示石。

阿九伸手要拿暗示石，一股类似静电的强烈刺激从手指蹿上来。阿九感觉自己被强烈拒绝，连忙收回手，静静看着石头。一种来路不明的东西让石头发出红光，仿佛有生命一样，忽明忽灭地不断闪烁，像是在发出某种警告……

"会有什么事要发生吗？"阿九问。

石头依旧沉默。

秋本和人所属的法国超自然科学研究所，设在巴黎左岸第十五区的住宅区里。一幢平凡无奇的旧建筑门口只挂上"FSL"的广告牌，一般人根本搞不清楚这是什么机构。前来迎接的是秋本和人和巴谢女士，阿九走在长廊上，看着他们的背影。为了面对自我，阿九决定参加这项研究。

首先，阿九在一群研究员面前表演折弯汤匙，接二连三折弯的汤匙看得他们瞠目结舌。不到三十分钟，事前准备的十五根汤匙便都折弯了，有的甚至还扭曲得像蕨类植物一样。研究员们都很兴奋，房间里显得闹哄哄的。阿九的超能力演出全被拍摄下来，然后透过各种机器进行科学的检测。

"太好了，有了超乎想象的成果。"实验过后，秋本和人说。

"想动用超能力的时候，你会如何发动念力？"巴谢女士提了一些问题。

阿九尽可能诚实回答他们的提问，因为他也想透过参与研究来解开自身的谜。

"会看见光，引导的光……"

珊德琳·巴谢要求阿九继续参与今后的实验，阿九表示工作繁忙无法常来。于是对方提出几个交换条件，除了答应请法国政府核发阿九新的签证外，也愿意支付些许研究费作为报酬，金额远远超过阿九在"德川"领取的薪资。

"一个星期来我们这里一两次，几个钟头的时间就好。参与研究的期间，我们提供所有保障。和田先生那里会有政府的人跟他说明，你请放心。"

阿九无法拒绝对方的邀约。反正自己又不想成为寿司师傅，不如就顺其自然吧！

阿九的身上处处都装有电极，每当阿九折弯汤匙时，信息就输入计算机。实验内容是肉体哪一部分涌出何种能量、是否能折弯汤匙。

"感觉怎么样？汤匙扭曲的瞬间，你在想些什么？"珊德琳的声音从扩音器传出来。

阿九试图回想自己的感觉。

"那么，下一次扭曲的瞬间，请告诉我你心中看到了什么？"珊德琳用容易理解的法文说明。

阿九在折弯汤匙的瞬间，会回想起童年时期看到的各种光景。和总一郎滑草时的光景、茉莉在庭院天真无邪地跳着舞的剪影、在电视塔上空回旋的喷射客机影像、在西高宫小学操场兴奋玩着躲避球的同学们、在工友室喝茶的外公外婆、上课时看见校园吹起的风沙、放学撑着黄色雨伞回家的学童们、在阿苏山的高原上看到的紫色蝴蝶等。

"折弯汤匙的瞬间，该怎么说呢？我会回想起怀念的记忆。"

"什么样的记忆？"

"该怎么说呢？好像海市蜃楼般的记忆，逐渐地远去。可是那些童年时的记忆就像闪光灯一样，瞬间会在脑海中发出闪光又消失。"

阿九说的是法文而不是博多方言，所以明明是自己，却又有种自己不在现场的奇妙感觉。

"累了吗？你现在会累吗？"

"嗯，还好！不过，也许累了吧……"

"今天已经折弯五十根以上的汤匙了，应该累了吧？"

"也许是吧，我不知道。因为平常没有折弯这么多。不过，我大概是累了吧！"

秋本和人推开门走进来。

"今天就到此为止，娜娜小姐来了。"

秋本帮忙拆下阿九身上的电极。娜娜从门另一边的房间看着里面。自从到实验室参与研究以来，这是娜娜第一次来。因为她看起来很担心，就像个怕生的小孩，阿九投以微笑，她才微微放松嘴角的线条。

4 "巴黎观光"

娜娜捡起掉在地板上的汤匙,轻轻放在桌上。兴奋地对阿九说:"阿九,再让我看一次!"

阿九点头,往窗边走几步,皱起眉间,集中精神。娜娜收起下巴仔细观看。不久之后,汤匙的前端动了,柄朝上,以一定的速度慢慢开始飘浮。娜娜发出惊叹:"好厉害!"汤匙静止在两人眼睛的高度,不停地旋转。在光线照射下闪闪发亮。

"你是怎么办到的?"

"不知道,我只是试看看,自然就成功了……"

阿九像在伦敦的旅馆一样,让房间里的所有东西都飘浮起来。桌上的法文辞典、盘子、原子笔、电视遥控器一一都飘浮在半空中。

娜娜想起了在电视上看到的宇宙站影像。仿佛天花板上垂挂着看不见的绳线,将东西一一绑住。她抓起一根汤匙仔细观察,前看后看,翻来覆去,又放回原处松开手。汤匙落在桌面上,发出清脆的声响和回声,然后掉落到地板上。

"亲眼目睹这种事,会觉得过去所经验过的世界看起来都不一样了呢!"娜娜回过头对阿九说,"就像是超越惊奇,硬被贴上一种新的价值观。该怎么说呢?好像有一种革命在我心中发生,让我同时感受到冲击和惊奇!"

汤匙再度腾空,停留在娜娜眼睛的高度。吉他、椅子、闹钟、布娃娃、椅垫等一如前来呼应般,也跟着腾空。娜娜环视周遭,为这奇妙的景象看傻了眼,不停发出赞叹。

"这是现实人生还是梦境?"

娜娜的眼睛充满光辉。

"明明令人无法置信，可是不知道为什么我完全能相信……"

阿九也不禁微笑起来。

"我有生以来第一次折弯汤匙是在读小学的时候。"

娜娜躺在阿九的怀里，两人在床上紧紧相拥，望着在白色墙壁上摇曳的烛火光影交谈。

"当时我和外公外婆一起住在小学工友室里生活。"

"工友室？"

"嗯，外公是西高宫小学的工友，我是那里的学生，同时也要帮忙他们两位老人家。早上要帮忙开学校的门，傍晚要确认所有人都放学回家了。所以那个时候的我整天都待在学校里。"

"哦。"娜娜边听边点头。

"我们祖孙三人一起吃饭、看电视。有个超能力者正准备折弯汤匙，结果那个人没成功，反倒是我手上的汤匙弯曲了，好像枯萎的花朵一样……"

"枯萎的花朵……"娜娜闭着眼睛重复，阿九从背后温柔地抱着她。

"每一次我折弯汤匙，勘六外公就很生气。大骂你在干什么？汤匙是吃饭要用的重要工具呀！后来一旦知道我的能力是真的后，大家都很惊讶，消息也立刻传开了。"

"很辛苦吗？"

"发生了很多事，真的是发生了很多事……但奇妙的是，我总觉得自己的命运好像事先被谁决定了一样……"

"我懂。"娜娜说，声音很细微。

"质疑自己拥有的力量究竟是什么……"

阿九轻轻将毛毯盖在娜娜肩膀上。

"之后就上电视,还在马戏团连续好几天演出折弯汤匙秀。到了那个时候,我就不再怀疑自己的能力了。"

娜娜始终静静听着,慢慢就睡着了。阿九的脑海中再度浮现许多记忆,折弯汤匙的瞬间所浮现的记忆片段如走马灯般流过。究竟自己要迈向何方呢?阿九轻抚娜娜的腹部,那里孕育着一个新生命。阿九将脸贴在她的背部,不久也进入梦乡。

总一郎出现在梦中,还是昔日孩童模样的他说:"好久不见了。"

阿九因为太过怀念而哭了起来,总一郎笑笑说:"我也即将踏入下一个阶段,转移到灵界以外的地方。"

"下一个阶段?"

"没错,下一个阶段,所以我来跟你道别。我在黄泉的冒险几乎都结束了,也看透了死和生这两个现象,现在对任何事情都已了然于心。因此要迈向全新的出发,但不会跑太远,希望你好好注意观察这个世界。重生的我,也就是获得新肉体的我,一定会来到你身边。"

"什么意思?要我好好注意观察这个世界,到底是什么意思?"

"后会有期了……"

总一郎的眼睛闪闪发光,阿九几乎快要被他蓝白色亮光的眼睛吸过去。

"总哥!"

"阿九,你一定要好好注意看这个世界!"

总一郎像燃尽的烛火一样,瞬间消失无踪。

阿七和银次抵达巴黎,是在二月底一个寒冬已告段落、预告春天即将来临的丽日午后。阿九和娜娜到戴高乐机场出关闸口接机。阿七依然美丽,只是比起最后见面的印象多了几分憔悴。银次则变胖了,背也显得更驼了，但却更添威严。阿七看到阿九，一时之间无言以对，只能红肿着一双眼睛站着不动。倒是银次还能用诙谐的语气打圆场说："好久不见，都长得这么高大挺拔了。"

阿九藏起心中芥蒂，点头致意说："好久不见了。"

站在阿九身边的娜娜则是一个人猛微笑。

两人一走进阿九和娜娜居住的高级公寓，便惊讶得说不出话来，呆立在玄关前，抬头仰望金碧辉煌的水晶灯，甚至忘了眨眼。阿九说明这幢公寓是娜娜叔叔所有，基于好意暂时让他们使用。说明的时候，阿七和银次毫无反应，大约过了五分钟，银次才冒出一句："真是吓人呀！"阿七一边偷瞄忙着打开窗户帮客房注入新鲜空气的娜娜，一边走向阿九，附在耳边问："阿九，没问题吧？这女孩住在这种地方，到底是怎么回事？她该不会是贵族，或是某个有钱人家的千金小姐吧？有没有因为门不当户不对让你受委屈？"

"没有那种事啦！娜娜不是贵族，也不是有钱人。"

惊奇连连的阿七根本听不进任何解释，银次则说："那样很好呀！人家说这样人生就可少奋斗三十年！干得好呀，阿九。最好一辈子都能住在这里，这么一来每年夏天我们都可以来巴黎玩了。"

"阿九，我准备好啰！"娜娜的声音传来。

阿九一副累坏了的表情，将行李箱搬进客房。房内装潢统一以白色为基调，天花板上描绘着可爱的天使装饰画，充满威严的大型暖炉嵌在墙壁正中央，阿七大叫："哇，好漂亮的房间呀！简直跟体育馆一样大。我们可以睡在这里吗？"

银次一边摸着床铺华盖的雪纺帘幕，一边说出类似龙二说过的话："骗人的吧！感觉好像变成了国王一样！"

安置好行李，四人便前往面对孚日广场的西餐厅，坐在可以眺望整个广场的阳台席位上。街头音乐家优美的小提琴乐音,在回廊中缭绕,柔和地传入四人的耳中。

银次黝黑且泛着油光的额头上,不知从何时起增加了三道像是用雕刻刀画出的深刻皱纹,阿九因此感觉到岁月的痕迹。阿七虽然还保有昔日的美丽,却也难掩眼角日益增加的鱼尾纹。娜娜在耳边赞叹:"阿九的妈妈好漂亮!"听在阿九耳中有些痒。小时候阿九对这样的称赞感到骄傲,但是现在不一样,总觉得有些难为情。

阿七不太吃东西,一直看着阿九。银次则是狼吞虎咽,大刺刺自以为是父亲般的表情坐在阿七身旁,让阿九心里很不舒服。阿九心情复杂地看着他们两人,无法不想起自己的父亲远藤匠。

"娜娜小姐,预产期是什么时候呢?"阿七温和地笑着问。

娜娜先是看了阿九一眼才回答:"十月。"

"那快了嘛!"银次说,"你喜欢女孩还是男孩呢?"

"阿九应该会想要男孩吧?不过我都喜欢。"

"是吗,男孩女孩都好,只要健康平安,男孩女孩都好。是吧,阿九?"银次笑着问阿九。

阿九低头不作答,心里一直挂念着变成红色的暗示石。

娜娜摊开巴黎市区地图,在想带阿七他们去的地点标上记号。

"埃菲尔铁塔一定要去吧!还有要搭双层的市区观光巴士。去香榭大道买完东西,晚上搭船游览塞纳河。"

"一天能看那么多地方吗?"

"难得来了,当然全部都要看看啰!我来当导游。"

"可是妈妈他们又不是来观光,是来看你和我的。"

"我知道,可是整天大眼瞪小眼也不是办法,彼此没有话说,也会很难受吧?但是只要出去观光,就会有沟通心意的机会。比方说,登上埃菲尔铁塔、眺望巴黎的风光时,心胸自然就会敞开,彼此相通。好像可以超越时间和距离……你懂我说的意思吧?"

"嗯。"阿九微笑以对。

"我们结婚后,你妈妈就是我妈妈。我希望能利用这个机会,好好跟妈妈交心。"

四人从埃菲尔铁塔的展望台上眺望巴黎街景。银次像个小孩子一样兴奋地说:"真是太棒了!这就是全世界都向往的巴黎呀!"

阿七也高声说:"太漂亮了!对了,你们家在哪个方向?"

阿九指向东北方。由于早上下了一点雨,有风也有点飘云,不过从中午起便开始放晴。天空中还残留一些云层,太阳若隐若现。阳光从云层缝隙中露脸时,塞纳河的水面便闪闪发光。他们上午去了美术馆,下午看到晴空,便改变计划爬上埃菲尔铁塔。风吹在身上有些凉意,却也紧紧拉拢了四人的心。

"对了,你现在在做什么?"银次问。

阿九这才想到自己完全没有提过工作的事。

"我还没跟你们说过吗?我在捏寿司。"

"不会吧,捏寿司?我们阿九?"

阿九说在歌剧院区工作,娜娜指出方向说:"就是那一带。"

阿七说:"好想吃阿九捏的寿司呀!"

娜娜忍住笑,劝说:"最好还是不要。"

"那是什么意思?"银次问。

"吃了就知道。"

隔天晚上,娜娜带着阿七和银次来到"德川"。常客仙波弘子上前迎接:"哎呀,大老远来,欢迎欢迎。"

吧台前的客人们稍微挪动，让出了三人的座位。阿七和银次坐在阿九的正对面。

"阿九，怎么样呀？你母亲他们应该肚子也饿了，刚好不是吗？就你来捏吧！"和田保故意取笑阿九。

仙波弘子也补充说："阿九捏的寿司叫做饭团寿司，在这一带很受到年轻的日本驻外人员和当地人喜欢呢！"

引起常客们哄堂大笑。

"我可以开始捏了吗？"

阿九开始捏寿司。表情有着前所未有的严肃，中西欣哉与和田保也都停止嘲笑，静静地看着。只有银次一个人喜上眉梢的样子，其他常客也都目不转睛看着阿九，甚至还有人伸长脖子或站起来。欣哉使眼色制止蠢蠢欲动想要插手管闲事的仙波弘子。阿九将捏好的寿司一一摆在阿七和银次面前。

"哎哟，什么呀！阿九，你明明会捏的嘛！所以说你平常根本是留一手啰？"坐在角落的客人大叫。

和田保盘起手臂，静静看着阿九的侧脸。银次拿起一个寿司放进嘴里。

"嗯，好吃！"

接下来换阿七品尝。阿七的表情越来越明亮。一字排开在叶兰上的各色寿司争奇斗艳，散发出美味可口的光辉。

"难道是超能力吗？"仙波弘子插嘴说。

所有人的脸上都浮现好奇的神色。他们私底下早已对阿九是否是日本脍炙人口的超能力少年一事议论纷纷。一名喝醉的客人终于发端问说："这位大姊，阿九真的是上过电视折弯汤匙的少年吗？"

有人试图阻止，根本来不及。所有视线集中在阿七身上。阿九继续默默捏着寿司。阿七直视着阿九的脸回答："他要是超能力者，我们家的生活就应该更好过,不是吗?"

众人发出一阵安静的笑声。

阿七和银次站在艺术桥中央,凝望着塞纳河畔。阿九和娜娜走过来时,先是银次发觉,对他们微笑。在阿九的记忆中,浮现出小时候经常陪他玩,那个温馨和蔼的银次叔身影,想要原谅他和无法原谅他的心情依然在心中并存。

四个人坐在卢浮宫内利用回廊设置的咖啡馆角落,只见观光客不停进出,阿七赞叹:"人好多呀!"

"是呀,全世界的人都集中到这里,肯定很赚钱吧!"银次笑说。

服务生送来餐前酒和装有面包的篮子。银次一看便说:"阿九,你妈妈说了好笑的话。"

"不行,不准说!"

阿七试图塞住银次的嘴,结果手肘撞上桌脚,发出尖锐的声音。

"她没吃过法国面包,结果放进嘴里一咬……"

"慢点,银次,不准说!"

两人就像年轻情侣般打情骂俏。那样子让阿九的心再度激起扭曲的波澜。自己并没有原谅他们。亲眼目睹两人裸身相拥画面的记忆,就如旧伤口般还残留在阿九的心上。

"她居然跟服务生抗议说这面包过期了。"

娜娜听不懂,露出疑惑的表情。

"是这样子的,在日本,不对,应该说像妈妈这种年纪的日本人对法国面包不是很熟悉。所谓的面包就是白面包,自然而然会联想到英国式的柔软口味。妈妈看到法国面包的皮很硬,就以为是过期的。"阿九对娜娜说明。

娜娜总算明白后,大家又一起大笑。

"而且她吃了也不觉得法国面包好吃，真是乡下来的土包子，没救了。"

"可恶，银次，还不住嘴！"阿七怒斥。

银次吐舌头说："是，大嫂。"

一听到"大嫂"，阿九整个人又僵硬了起来。银次以前总是称呼阿七为大嫂。

"你们会结婚吧？"阿七问。

娜娜赶紧坐直了身体。

"当然，我们有结婚的打算。"阿九回答。

"是吗，那就好。这种事一定要按规矩来。毕竟都有了小孩，尽可能还是照规矩来比较好。"

阿九不喜欢阿七强制性的说法，心中反唇相讥："那你们又该怎么说？"努力咽下即将爆发的愤怒。最后只好吐出一句："我知道。"

"什么时候结婚呢？得在孩子出生前结吧？所以应该是春天啰？应该会举行结婚仪式吧？那是要在这里吗？娜娜小姐的叔叔和婶婶也会出席吧？还是要在伦敦办？他们是住在城堡的人吧？我们是平民，这样没关系吗？不会因为家庭背景差太多而遭到反对吗？"银次提出连珠炮般的疑问。

在娜娜的轻推下，阿九才回答："一切都还没决定，现在才开始要准备，确定后会通知你们。我们不会做出让妈担心的事。如果要举行结婚仪式的话，一定会跟你们说的，就等我们通知吧！"

阿七微笑地接纳说："很好，谁叫你是个冒失鬼，一跑出去好几年没联络，像个孩子一样，妈当然会担心。"

点的东西——送上桌来。银次大喊："咦？不对。喂，服务生！"

银次是用日文叫住服务生。

"怎么了吗？"娜娜看着银次的脸问。

"我点的是三明治，怎么又送来过期的面包？"

"银次叔，在法国，这个就是三明治。"

听到娜娜的说明，这一次换作阿七大笑。阿九用法文对呆立不动的服务生说："没事，这里没有问题。"

"什么！这东西是三明治？"

"没错，只是跟英国式的三明治很不一样。"

"怎么会这样？太说不过去了！"银次愤愤不平。

阿七笑得东倒西歪。

"可是银次叔，这个也很好吃的。"娜娜说。

"真是乡下来的土包子，没救了。"旁边的阿七反唇相讥，引起大家一阵爆笑。

银次拿起三明治啃，咀嚼了一阵子后，突然抬起头说："真的耶，这东西还蛮好吃的。原来这就是真正法国的味道，感觉好像会吃上瘾呀！"

阿九偷偷瞄了一眼笑得天真无邪的阿七。

用完餐，大家正准备起身离席时，阿七突然说出了始料未及的话。

"你们还是要结婚才好。"

原本微笑的娜娜表情僵住了。阿七直视着阿九的脸说："事实上，几年前我们之间已经做了了断。"

"了断？"阿九反问。

阿七的视线移向银次，银次抬头望着卢浮宫的蓝天。

"虽然只是形式，但我们还是规规矩矩做了了断。我相信你爸爸也会原谅我们的。我只是想跟你说一声。"

娜娜回头看着阿九。阿九始终看着阿七的眼睛。

5 "不祥的预感"

夏日尾声，娜娜的肚子越来越大，任谁都能一眼看出她是孕妇。关于结婚的方式，两人的意见有分歧。娜娜坚持将所有人都找来巴黎，包下塞纳河的游览船举行仪式。阿九则希望借用市政府大厅，尽可能越朴素越好。两人为此几乎每晚都吵，就是无法统合彼此的意见。渐渐地，娜娜开始不安地说："搞不好孩子会先生出来！"结果，两人决定先生下孩子，结婚仪式以后再说，总之先办好户籍登记。

阿九心中的不安并没有完全消除，只是已经开始有为人父的自觉，也积极地面对人生。娜娜很高兴已经入籍，开始专心待产。每天送阿九出门后，就忙着打扫房子、买菜、帮小孩打毛衣。然而，随着预产期越来越接近，一种莫名的不安就会影响她的心情。有时看到镜中自己的容颜、倒映在路上拉长的阴影，或是感觉胎动、烛火突然消灭、窗边出现从未见过的黑鸟、关门的同时挂在墙上的画框应声掉落时，都会让娜娜心情无法平静。偏偏阿九经常晚归，更让她疑心。明明怀孕初期充满了喜悦的兴奋，一旦兴奋降温，心情恢复冷静后，又开始为自己即将当母亲而感到害怕。她希望有人陪伴身边，但阿九却迟迟没有回来。真知子在电话中说她这是"产前忧郁"，问题是她没有任何构成忧郁的理由。真知子说她是因为太幸福而害怕，这句话反而让娜娜更加不安。

什么？那是什么意思？那会发生什么状况呢？

不安又擅自带来更多不安，娜娜突然想到，即将出生的小孩该不会夭折吧？她不知道自己为什么会这么想。她看见床头桌上那颗阿九称为暗示石的石头，可是颜色变得殷红，像是涂上鲜血。娜娜吃惊地仔细观看，心想："以前就是这种颜色吗？"感觉很不舒服。伫立在安静无声的宽阔室内，娜娜仿佛看见恶灵般感到惊恐与害怕。

"没事的。那是因为你头一次怀孕，情绪比较高亢。"阿九每晚都如此安慰娜娜。

"我做了很可怕的噩梦！梦见小孩被偷走。刚生下来的瞬间就被黑色装扮的盗贼给偷走了⋯⋯"

阿九诧异地看着娜娜说："你不可以胡思乱想，没事的，我就在你身边。"

娜娜慢慢地深呼吸。

"阿九，我真的不知道为什么会这么不安。这不是产前忧郁，而是身为女人的直觉，我有种不祥的预感⋯⋯"

阿九抱着恐惧不安的娜娜说："今后我会比以前更照顾你，我绝对不会再说没有信心当好父亲之类的话了。"

阿九的话让娜娜感到安心，她拭去额头的汗珠，轻轻点点头。

秋意渐浓的十月，阿九和娜娜坐在孚日广场上的长椅上仰望蓝天。阿九一下班便立刻回家陪在待产的娜娜身边。

"孩子出生那天起，我可以请两个星期的假。"阿九轻抚着娜娜的肚子说。

"真的可以请那么久的假吗？"

"是呀，保师傅说我不在他还比较好做事，也不知道他是开玩笑还是说真话。"

娜娜轻轻一笑，又低下了头。她听见孩子的笑声，看见一个刚学会走路的小孩放开母亲的手跑远了。

"我会生下健康的小孩吗？"

"当然会。"阿九回答。

奔跑的小孩在两人面前跌倒。阿九站起来抱起小孩。小孩的眼睛充满阳光,嘴唇抿成一条线,忍住不哭出来。孩子的母亲跑上前,从阿九手上接过小孩。

"Merci.(谢谢)"

"De rien.(不客气)"

娜娜抬头看着阿九说:"你哪里都不会去吧?"

强风吹过广场,掀起枯叶飞舞。枯叶在阳光的波浪中游泳。

"我会一直陪在你身边。和小孩三个人一起生活,就是我现在的梦想!"

"……谢谢你。"

阿九轻柔地抱着娜娜的身体,她的眼眶泛红。

"你不能忘记这个瞬间,就是现在这个瞬间!"

"我不会忘的。"

"你一定要牢牢记住这个瞬间,记住现在这个幸福得吓人的瞬间。"

阿九凝视着娜娜的眼睛,她黑色的眼眸似乎拼命地想诉说什么。娜娜伸出手挽着阿九的脖子拉向自己,深情一吻。阿九想起了和娜娜初相遇的情景。

"不要忘记,这一生都不要忘记这一瞬间!"

"娜娜,我绝对不会忘的,你放心。"

"我不是那个意思,你不用安慰我,不是那样子的。我说的是你要在心中永远记住这个瞬间,这么一来,我就能存活在里面。"

阿九不想理解娜娜这句话的意义,但其实心里已经明白。不要忘记!不要忘记现在的这个瞬间……娜娜的声音始终萦绕在耳边。阿九心中也蒙上了一层不安的阴影。

"我现在就要眨眼,下一个瞬间将永远烙印在你的心里。"

下一个瞬间,娜娜眨了一下眼睛。仿佛时空产生错乱,晃动的时光涟漪横扫过阿九的视野。明明没有接吻，阿九的嘴唇却能感受到娜娜嘴唇的触觉。孚日广场的阳光、飘散的枯叶、冷风，还有娜娜的眼睛、嘴唇、存在……

"记住了吗？"

"嗯，记住了。"

"就算有一天我不在这个人世，我还是会一直陪在你身边的。如果你在哪里听见了我的声音，就想起现在烙印在心中的我……"

在厨房进行前置作业时，听见有人叫道："阿九，电话！"走到外面，接电话的小姐说是娜娜打来的。中西欣哉从吧台探出身子问："该不会是要生了吧？"

阿九拿起话筒贴近耳朵。

"……阿九，我好像要生了。"

"我马上回去。"阿九说完立刻挂上电话。

所有员工都笑脸相向。从"德川"到地铁的路上，阿九几乎是跑着推开前面的人群。跑的时候，心中浮现父亲远藤匠的笑容。还有外公勘六、外婆阿三的脸……感觉他们三人的灵魂正从高处在看着自己。

跳上地铁，呼吸急促。抹去汗水后，凝视着映照在窗玻璃上自己的脸。发现自己已经完全是个大人了，便对着窗玻璃说："我要当爸爸了。"

突然和坐在隔壁的老太太眼光相对，于是想起了黄色老太婆。

"我要当爸爸了！我的小孩即将出生了！"阿九兴奋地宣布，老太太却将视线移开。

反倒是站在后面的中年男子满脸笑容地祝福阿九："Flicitations！（恭喜你！）"

一到圣保罗站下车，阿九便冲上阶梯。避开路上车子、行人，十万火急地奔向前。

"我的孩子要出生了！我要当爸爸了！"阿九边喊边马力十足地穿越玛黑区。

在那一瞬间，阿九的肉体和精神成为巴黎市区里的一道光。恐怕那也是在他人生中最充满行动力的瞬间吧！

那天，娜娜在玛黑区的一家妇产科医院生下男婴，那是个头发浓密的健康男婴。娜娜担心的事情没有发生，母亲也平安无事。医生宣布没有任何问题。

"看吧！我说得没错吧？什么问题都没有！"阿九在娜娜耳畔低语。

娜娜说了一声"太好了"，温柔地抱紧肚子上的小孩。

6 "命名"

祖父江九思索着该为儿子取什么名字。

"祖父江二十五怎么样？日文发音是'Nijugo'，法文就是'Vingt et cinq'吧？"阿九很认真地提议。

娜娜听了却激烈反对："你是说数字的二十五吗？为什么？"

"养育我长大的外公名字是勘六，外婆是阿三。就是数字的六和三。我母亲叫阿七，我是阿九。所有的数字加起来就二十五。这个名字不错，人生每二十五年算是一个段落。二十五岁、五十岁、七十五岁、一百岁，每到一个阶段就能好好回顾走过的人生。"

"不行，Vingt et还可以，我绝对不能接受Vingt et cinq，太可笑了。我真不敢相信，你是真心的吗？"

阿九只好放弃二十五这个名字。

"那欧洲号这个名字怎么样？我特别跟欧洲扯上关系。"

娜娜听了猛摇头叹气说："又不是小狗。"

"那就干脆叫作耶稣吧！"

娜娜急得满脸通红抗议："不可以，那样太不懂得敬畏了！取名耶稣的人无法在这地球上生存的，这种事稍微想一想就能明白的，不是吗？阿九，拜托你认真考虑好不好？"

阿九自以为是经过认真考虑的提案。就在他左思右想世界唯一的名字之际，婴儿出生了。

"你想好了吗？"从出生那天起，第二天、第三天娜娜都在追问阿九。

这段期间，婴儿的名牌上只写着"祖父江家的小孩"。

"三天之内必须将出生证明送到到市政府！赶快帮这个没有名字的男婴取个适合的名字！"

阿九好不容易想出来的几个名字，都被娜娜给否决了。很快地，三天过了，登记的时间即将截止。阿九到市政府窗口填写表格。

"请将名字写在这里。"男性的窗口人员指着空白栏位说明。

阿九抓着原子笔，显得很烦恼。

男人问："你怎么了？"

阿九闭着眼睛回答："没事，我没有问题。"

就像折弯汤匙一样抓住笔，心中发动念力。结果手自己动了起来，睁开眼睛一看，栏位里已写上了文字。

窗口人员看着文字，念出"Kami"。

阿九也看着文字。

"是Kami[1]没错吧？"男人又问了一次。

阿九心想："不太好吧！"

"很可爱的名字嘛！这是日本的名字吗？"窗口人员语气温和地

---

[1] 跟日文"神"的发音一样，所以阿九感觉不安。

询问。

"嗯……是的。"阿九回答，心中还是认为不妥。于是跟男人要求订正："对不起，我写错了，多了一个字。"

阿九拿了一张新表格。如果将开头的K拿掉，那就是法文的"朋友"。

"Ami？"

"Qui！（对！）"阿九用力点头。

"就是朋友的Ami吗？"

娜娜说完后笑了。

"可是还要去日本大使馆登记日文名字吧？汉字要怎么写呢？"

阿九露出苦笑解释："我还没有时间想到那里。"

"阿弥陀佛的'阿弥'如何？"

娜娜低喃："听起来还不错。"

阿九不放心问："耶稣不行，那阿弥陀佛就可以吗？"

"因为法国是天主教国家，耶稣绝对不行。不过阿弥陀佛就没关系，还带有亚洲色彩，很棒哩！而且阿弥的发音很好听，很可爱，日本人也会觉得很亲切吧？我当然赞成。"

这一次换阿九不能认同，他不觉得日本人会觉得阿弥这个名字亲切，可是娜娜喜欢，他也没办法。

"祖父江阿弥，就这么决定了！"娜娜满意地微笑。

婴儿虽然取了一个比较女性化的名字，却是个肤色微黑、五官分明的强壮男孩。

一个星期后，婴儿和娜娜出院返家。小婴儿常常会做出深思的表情，让年轻父母十分诧异。

娜娜睡觉的时候，就由阿九照顾阿弥。阿弥不太哭，眼睛总是看着一个地方,就像路边的地藏王菩萨一样。祖父江九俯视着自己的儿子,想到儿子身上有自己的遗传因子,就觉得很不可思议。

"阿弥!"阿九在阿弥的耳边呢喃,"小阿弥,你好吗?"

婴儿动了,眼皮微张,眼球与其说是黑色,更像是墨绿色,宛如沉睡在森林深处的神秘湖泊一般深邃。阿九心想他长得像谁呢?凑上前仔细端详。像谁呢……像父亲远藤匠吗?还是母亲阿七呢?不,都不是,应该是别人。到底像谁呢……

阿九想不出来,心情有些烦躁。平静的心中逐渐涌现乌云。如此不安是为了什么?低头看着儿子的脸,阿九不断问自己。

娜娜身体恢复、可以正常行动时,阿九便带着她和阿弥到"德川"露面。

开店前的餐厅成了庆祝阿弥诞生的临时会场。阿弥安详地睡在和田保送的婴儿车里。员工们看着婴儿,各自发表感想。有的说像娜娜,有的说像阿九,不过觉得两边都不像的人居多。

"对呀,听大家这么一说,的确是两边都不像。"中西欣哉说。

"我觉得眼睛像阿九,不过嘴巴像娜娜。"有人说。但马上就有别人反驳:"是吗?我倒是觉得眼睛像娜娜,不过要说不像,也好像两边都不像。"

娜娜微笑回应:"两边都不像也没关系,我只要这孩子四肢健全、平安长大就好。"

"太好了,阿九。我就像是自己家的喜事一样高兴,好像自己有了孙子呀!"和田保说。

然而阿九的心情却有些郁闷,因为他渐渐发觉阿弥像谁了。

阿九一家在"德川"正式露完面后,又转移场地到老地方的咖啡馆和死党们见面。

"太好了,这下阿九成了爸爸啦!"龙二一口喝光手上的香槟说。

其他还有史蒂芬妮、秀树和真知子,每个人的脸上都带着微笑。众人围在婴儿身旁品尝幸福的感觉,让年轻夫妇十分喜悦。

"我马上就要结婚了。"祝贺的喧腾气氛告一段落时,真知子突然当众宣布。

"真的吗?太棒了,恭喜。"龙二笑着高高举起酒杯祝贺。

"我已经和秀树一起生活了。"像是专门说给龙二听,真知子边说还抓住秀树的手。

"真的吗?"娜娜笑着反问。

"嗯,是那样没错。"秀树苦笑回答。

"什么嘛?什么叫作'是那样没错',感觉好像很不情愿。你们真的要结婚吗?"龙二调侃地问道。

"要呀,而且也将跟上娜娜的脚步,我快当妈妈了!"

秀树露出困惑的表情。

"你们只是不小心有了吧?秀树。"龙二挑衅说。

秀树用笑声掩饰。

"才不是,我们是真心相爱的。"

"骗人,这家伙根本是为了省下房租才跑去跟你住的。"

"不是那样子吧?秀树。"

"不是。"秀树低着头回答。

"秀树,我们会结婚吧?我们会吧?"

"会。"秀树依然低头看着地上。

龙二大笑说:"你是笨蛋吗?"

"他才不是笨蛋。龙二,你不要瞧不起我们秀树!"

因为真知子突然大吼,吓哭了婴儿。秀树连忙安抚婴儿:"乖、乖，不哭。"

这时，阿九凝视自己的儿子，心想像谁呢？接下来的瞬间，他发现儿子像的是总一郎！

隔年一月，配合庆祝阿弥百日的初食仪式，祖父江七和银次再度从日本前来巴黎。两人带来了真空包装的新鲜鲷鱼和红豆饭，那可是一只身长五十公分的大鲷鱼。

"在日本叫做初食，是为了庆祝小孩出生满一百天。你们看，这是初食用的碗。"阿七从旅行箱里拿出漆器碗给娜娜看，碗上描绘着龟鹤的图案。娜娜捧着碗赞叹："好漂亮。"

"我来为小婴儿煎这条鱼！"银次抱着鱼消失在厨房。

"阿弥还是婴儿，还不会吃啦！"娜娜对着银次的背影大叫。

阿七微笑说："不是啦！说是要给婴儿吃，其实只是装个样子。每个地方的做法不同，像我们乡下就要准备一只连头带尾的鲷鱼，还有红豆饭、炖菜、酱菜和汤，摆在桌上假装给婴儿吃。"

"是哦！"娜娜点头附和。

"只要满百日做过初食仪式，一辈子就不怕没得吃哦！"

这一次换成阿九惊呼："是吗？我都不知道耶！"

"糟糕！"阿七突然一边翻找皮包一边说。

"怎么了？"银次也一起看着皮包问。

"我忘了小石头。"

"什么？我专程去捡来的石头，你居然给忘了？"

"谁叫石头那么小，自然就给忘了嘛！"

娜娜问："初食仪式需要用到小石头吗？"

阿七说明："只是假装给婴儿吃啦！为了祝福牙齿能像石头一样坚固，所以才放上小石头的。"

244

阿九听了，又大声惊呼："是哦！"

声音吓哭了阿弥，娜娜连忙安抚。

"啊，有了。正好这里就有一颗。"

银次说的是放在床头边桌的暗示石，他拿起石头问："这个石头是干什么用的？"

就像把玩棒球一样，银次一次又一次将石头抛在手上。

娜娜回答："那是阿九的。"

"可以借用吗？"银次问。

阿九轻轻点头。

阿七突然低喃："话又说回来，阿弥到底长得像谁呢？"

阿九吓得不敢动弹。

"像谁呢？"银次也漫不经心地反问。

"我一下子想不起来像谁，应该是认识的人吧！"

银次抛来抛去的石头没接好，直接落在地上，滚到了阿九脚边。阿九伸出手，却无法拿起那颗小石头。

"像谁呢？应该是像我认识的人。"阿七还在喃喃自语。

阿九不断用力，就是拿不动那颗石头。

祖父江阿弥平安成长。过了三个月，体重已超过七公斤。常哭也常笑，很能吃也很能拉。娜娜从早到晚忙着照顾阿弥。

阿九努力工作。只要想到要养活妻小，自然就涌现气力。捏的寿司也越来越像样，仙波弘子还称赞说："瞧你越来越有架势了！有了孩子后，你整个人都变了。"

"谢谢。"

客人们吵着要看阿弥的长相，阿九拿出随时带在身上的照片给他们看。

245

"你一定是疼爱得不得了吧？"仙波说。

"是呀，阿弥是全世界最可爱的小孩了。"

听到阿九骄傲的说法，笑声传遍了整个餐厅。

"天下父母心就是这样傻！都以为自己的孩子是世界上最可爱的。"

仙波弘子如此说，却不见平日的戏谑语气。

"我也有过儿子，但是一出生就夭折了。"

阿九举起来的手停住了。

"已经是三十年前的事了。留在日本就会想起孩子，所以我才会到巴黎来。"

仙波弘子的眼中泛出泪水。虽然带着笑容，心情却是回到三十年前充满绝望的悲伤。

7 *"错觉般的重逢"*

祖父江九一早就觉得不太舒服，浑身发软，正当昏昏沉沉赖在床上时，被阿弥的哭声给吵醒。娜娜走进寝室，将阿弥从婴儿床中抱起来。

"对不起，吵醒你了！不过该起床了，不然上班要迟到了。"

"嗯……"阿九回答。

"怎么了！身体不舒服吗？"

娜娜看着盘腿坐在床上、一脸浮肿的阿九。阿九用手擦擦脸说："不，没事，不是那样子。我想应该是做梦了吧！只是想不出来做了什么梦。"

阿弥和阿九一对望，马上就停止不哭，笑了。

"这孩子真的是喜欢爸爸耶，哭的时候一看到爸爸就笑了。看呀！阿弥，那是爸爸！阿弥最喜欢的爸爸！"

阿九伸出食指让阿弥握着，阿弥顿时笑容满面。阿九微笑看着阿弥，还是很在意刚刚的梦，感觉印象深刻，却又记不起究竟是什么内容。

"早餐准备好了，有时间吃吗？"

阿九点点头，起床换衣服。娜娜开始喂阿弥吃奶。阿九不禁眼眶涌出泪水，他不知道自己为什么会哭。他不明白自己是因为悲伤而哭，还是因为幸福而哭？各种情感交杂着记忆，他的心混乱极了。阿九问自己："这是什么样的心情呢？"看着微微弓着背哺乳的娜娜、细心呵护婴儿的娜娜、用充满关爱的眼光看着婴儿的娜娜……那是多么惹人怜爱又悲伤的画面。

阿九赶紧进浴室洗脸。悲伤如溃堤般不断溢出。他只好压低声音饮泣，不让娜娜听见。可是他不知道自己为什么会如此悲伤。肯定是那个梦的关系，那个想不起来的梦境。究竟是什么样的梦呢？阿九看着镜中自己的脸，努力探索着记忆。

前往"德川"途中，阿九仍不停地想。好像快想出来了，快要抓住的梦的记忆却又像海市蜃楼消失于无形。只在脑海中留下色彩残像，但又说不出具体的颜色为何。是红色吗？还是蓝色、绿色……

他目睹了香榭大道上的车祸。横冲直撞的车子撞倒了正要过斑马线的女子，管理交通的警察也因为车祸太过惨烈而当场愣住，一时之间不知道该如何处理。女子被汽车撞飞后跌落路上，开车的人没抓好方向盘，撞上了号志灯。现场只剩下女子手推的婴儿车还停留在路中间，路人纷纷聚集过来，引擎盖冒出了白烟。

婴儿车被撞得变形，阿九心惊胆战地走上前。对了，梦中看到的就是这个景象，绿色的婴儿车，还有蓝天。女子身上流的血是红色的……

阿九探视婴儿车,和婴儿的视线相对,婴儿一看到他的脸便开始微笑。有人上来抱走婴儿,是一对身材高大的男女。阿九问他们要把婴儿带去哪里,男人回答带去安全的地方。因为流泪的关系,阿九看不清楚男人的长相,只记得阳光为那对男女的轮廓镶上了金边,就像日环食一样。

午餐时间的寿司餐厅"德川"门庭若市,客人一个接着一个上门。

"今天怎么好像特别忙呀?"中西欣哉边捏寿司边说。

因为送菜的服务生同时请假,阿九必须吧台里里外外地跑。

"阿九,小孩还好吧?"

阿九将盖饭放在餐桌区的男性客人面前。

"很好,越长越大了。"

"下次带照片来给我看吧!"

阿九笑着准备收回碗盖时,背后又听见中西欣哉的吆喝声:"欢迎光临!"一阵和风吹进店里,同时……

阿九也感觉到视线。回头一看,门口站着一位女子,身材不高,身形窈窕,剪着一头像男生的短发。

"你好!"

古老的记忆开始震动,阿九还来不及思考,声音已经自喉咙迸出:"茉莉?"

女子的服装和发型跟阿九记忆中不同,但确实是茉莉没错。

"茉莉?"

然后阿九就无话可说了。茉莉站在那里,脸上依然带着笑意。

"你怎么来了?一个人?什么时候来的?"

阿九拿着托盘往茉莉那里走过去,茉莉像是恶作剧的孩子般不说话，只微笑地上下盯着他的厨师装扮猛看。因为事出突然，阿九不知道该说些什么，只好指着吧台中间的位置说："请坐。"心里面则是惊讶地大叫："这是怎么回事？"心脏也快跳了出来。

"是阿姨告诉我阿九在这里的……"

和田保问："你朋友吗？"

阿九说明："青梅竹马的朋友。"

"欢迎欢迎。"

回到吧台里面的阿九递给茉莉湿毛巾。茉莉泰然自若地环顾整个餐厅，嘴角带着微笑，似乎想说些什么，她的心中也充满了许多回忆。阿九突然觉得有些难为情。茉莉的视线回到穿着厨师制服的阿九身上，再次露出优美的微笑。

"生意很好嘛！"

茉莉并没有特意对着谁说，倒是中西欣哉代替阿九回答："大家都是冲着阿九的寿司而来。"

语气还是惯常的戏谑。

"没想到阿九会捏寿司，真叫人不敢相信！"

坐在旁边的常客立刻调侃说："他可是捏出像饭团一样大的寿司而有名的阿九呀！"

吧台席的人全都大笑。阿九很在意茉莉，偏偏是在最忙碌的时间点，根本无暇面对面细谈。才想要跟她说说话，一下子不是有人点餐，就是客人离去，阿九必须探出身子收拾桌面。

阿九问茉莉想点什么，她回应："在这么忙的时候，不知道还能不能品尝到阿九捏的寿司呢？"

和田保开玩笑说："看来肚子是真的很饿吧！"

常客们又是一阵喧腾，甚至有人拍手。

阿九为茉莉捏寿司。他想捏出像样的寿司，却太过使劲。看到成品,他自己也很失望。

"哎呀!"茉莉满脸是忍不住的笑意。

"哎呀哎呀哎呀!"常客们也都看着寿司窃笑。

"你真的会捏耶!"眼睛始终盯着寿司的茉莉,声音有些颤抖。

站在旁边的和田保附在阿九耳边说:"这才是你的实力呀!"

阿九有太多想跟茉莉说的话。想说的话那么多,客人却一个接着一个上门。

"你怎么会来巴黎呢?"阿九来到茉莉面前,抓住那一瞬间丢出一个问题。

"有个画家找我当模特儿。"

"画家?模特儿?"

接下来的瞬间,和田保的指示飞来:"本田先生点炸比目鱼。"

阿九赶紧退到后面准备。将做好的菜送到坐在茉莉左边的男性客人后,迅速问了一句:"叫什么名字的画家呢?"

"青山志津夫。"

"怎么写?"

"青色的山,立志的志,三重县津市的津,丈夫的夫。"

中西欣哉大声指示:"好的,客人要鲔鱼香葱饭。"

茉莉就坐在眼前,阿九却忙得不可开交。

"真是不好意思,挑这么忙的时候来。那位画家要求我得先把头发剪短。"

"很适合你呀!"

"谢谢。因为比预定时间还早结束,突然就想起了阿九,而且刚好有跟阿姨拿地址,所以就顺道过来了。不过,我完全我没想到你真的会在这么棒的地方捏寿司。"

阿九动作迅速地在茉莉面前放下醋熘海带、蛋豆腐和卤青菜等小菜,并说:"这是招待的。"

"啊,谢谢,可是我已经吃饱了。"

阿九一边收拾茉莉右边的桌面,一边问:"听说你有小孩了?现在在日本吗?"

茉莉摇摇头说:"没有,带来了。算是母女俩的旅行。"

阿九很担心低着头的茉莉,但不知道内情如何,不敢随便乱问。

"你女儿几岁了?"

"她今年四岁。"

"我还记得茉莉四岁时的样子呢!"

茉莉慢慢抬起头,脸色不再黯淡,嘴角的线条也自然放松了。两人的视线相对。阿九总算能直视茉莉的脸,茉莉也不再将眼光避开。

"阿九呢?听阿姨说你生了一个男孩。"

"嗯,去年十月出生的。"

茉莉的眼睛是这种颜色吗?阿九探索着记忆。看起来是墨绿色,也许是灯光的关系吧!眼睛闪闪发亮。阿九脑海中浮现小时候和茉莉一起游玩的画面,还有深夜摸入茉莉房间那段略带苦涩的经验……阿九的脸不禁红了起来。

"你父亲……新叔,现在怎么样?"

"他很好呀!"

接着,阿九又想起了寺内新。两人在中洲的小酒馆喝酒,像父子般聊着人生种种,那时寺内新的温情……

"爸爸年纪大了,还在大学教书,明年会退休。"

阿九没有怀念往事的空闲。

"阿九,你来捏吧!后面桌的客人。"

难得获得许可,阿九先在茉莉面前放下一碟小菜后,才开始捏寿司。茉莉一直看着阿九工作的样子。阿九的技术还没有熟练到可以边捏寿司边聊天，茉莉或许知道这点，所以也不主动攀谈。阿九感觉到茉莉温暖的视线，虽然有些害羞，久了也就习惯了。不对，应该说是阿九想起了茉莉的视线是那么的温柔、有种神秘的坚韧和愁苦……

"我吃饱了。"等到阿九工作告一段落，茉莉才开口宣布。

趁着阿九在捏寿司之际，茉莉已买单。

"你这是在干什么？不用付钱的。"

"不可以的，因为阿九还在学艺。"

茉莉说完，常客们又哈哈大笑。

"很好吃，很高兴能见到阿九，今后还要请大家多多关照阿九。"

茉莉以妹妹的口吻说完，便对着和田及中西深深一鞠躬后，起身准备离去。

"不好意思，请给我一点时间。"

阿九取得和田保的许可，从吧台出来送茉莉到门口。其他客人在一旁取笑："好个大帅哥呀！"

来到店外的茉莉稍微挺直了腰，低语："巴黎真是漂亮！漂亮、耀眼，也很热。"

茉莉的语气一如以往，让阿九不禁觉得有些好笑。

"最近天气变好了。"

茉莉眺望着巴黎的晴空，可是她的视线中似乎隐藏着哀愁。

"你住在哪里呢？"

阿九其实想问的是，在茉莉停留期间是否还能够多见几次面，或是住宿地方的电话号码等。但一看到她落寞的神情，便开不了口。

"就在对面。"

茉莉指着左岸的方向。

"我不记得住址，是一幢三层楼公寓的三楼。那是画家的住处，就在卢森堡公园旁边，附近有家面包店。"

"你记得路名吗?"

茉莉耸耸肩。

"你还是没变。"

"我才不怕哩!既然能来,就有办法回去。"

"嗯,也是。"阿九点点头,"巴黎不大,走一走就会到的。"

茉莉猛然回头,脸上带着笑容。阿九想问怎么联络却说不出口,反倒脱口而出:"我们还能见面吗?"

然而在那瞬间,茉莉已经迈开步伐。

想说的话太多。比方说在世界各地的见闻、在伦敦看见茉莉的母亲一事等,但其实阿九最想问的还是:"你女儿的父亲是谁?"

茉莉突如其来的造访,反而成了一场恰似错觉的重逢。

阿九重新对娜娜提起茉莉的事,她看着似乎很想聊这个话题的他。

"她是什么样的人呢?"

"我说不清楚,不知道怎么说才对,应该算是心灵相系的人吧?"

"心灵伴侣?"

阿九觉得娜娜说出来的名词很特别,不禁笑了出来。

"心灵伴侣是什么?"

"就是从天地创始开始,就已经和自己命定的人。"

"心灵伴侣吗?那我和娜娜也是一样。"

"是吗,或许是吧!"娜娜感觉很不是滋味地回答。

"你该不会是吃醋了吧?"

"不会,我没有。"

阿九将一脸不高兴转过头去的娜娜拉过来紧紧抱住,隔壁房间传来阿弥的哭声。

"讨厌，都怪你讲话太大声了！"

两人竖起耳朵，阿弥又再度入睡了。阿九压低了声音继续说："我想我以前应该说过，过去我很喜欢她，但现在人家已经有小孩了，我也有心爱的家人。我已经没有那种想法了，请你放心。"

"嗯……"

阿九后悔自己说了不该说的话。

"因为你们是心灵伴侣？"

阿九苦笑地耸耸肩膀，娜娜的嘴巴抿成一条线。

那天晚上娜娜不肯跟阿九说话。尽管阿九轻声呢喃"娜娜"，她就是不回应。阿九原想说出目击车祸的事，无奈错过了时机，只好上床睡觉。结果那天夜里又梦见了车祸。

夜半醒来，身边不见娜娜的身影。

"娜娜……"叫唤她的名字也没有回答。

阿九连忙起床走出寝室，娜娜在黑暗的客厅角落喂婴儿吃奶。看到起床的阿九，娜娜笑容满面地问："哎呀，吵醒你了？"

"我吓了一跳，你不在床上。"

"因为这孩子吵着要吃奶呀！"

娜娜抱着已睡着的婴儿回到寝室。婴儿在自己的小床上安然入睡。

"每隔三个小时一次，好辛苦呀！"

"没办法，他还是婴儿嘛！"娜娜说完抱着阿九，她的手在他身上游走。

"阿九！"

甜美的语调……求爱的口吻……

"抱我，我们好久没做了。"

阿九有些犹豫："可以吗？你的身体……"

"没事的，又不是生病，我们做吧！"

"可是不会塞住吗?"

"怎么可能塞住,本来就是开的呀。"

娜娜笑了出来,然后直接跟阿九索吻。阿九总觉得自己的母亲阿七存在于生过小孩的娜娜体内,所以引不起性欲。

"怎么了,累了吗?"

"嗯,有点。"

娜娜将阿九拉到沙发椅上,居高临下的她微笑对阿九说:"那我来帮你按摩吧!"

娜娜边说边脱下身上的睡衣,骑在阿九背上,开始指压的动作。起初很认真地指压,渐渐地整个人抱了上去,丰满的胸部触感温暖了阿九的背部。

"我爱你。"娜娜说。

"嗯。"阿九只能敷衍地回答。

8 "再遇麻衣子"

祖父江九一整天都在想着茉莉。工作时,偶尔会望着吧台旁茉莉坐过的位置,回想她说过的话、动作和表情。

他有太多话想跟茉莉说。她突如其来的造访,刚好又碰上最忙的午餐时间,慌乱的阿九根本没办法好好说话。最大的失败就是没问联络方法,至少也该问个电话号码才对。阿九懊悔极了,却又心想,既然茉莉说暂时会待在巴黎,应该不用着急,两人还会见面吧!娜娜和阿弥的身影掠过心头,阿九心怀悔意继续工作。每当店门打开,阿九就会抬头确认是不是茉莉来了……

过了一个星期,茉莉还是没有消息。为了寻找茉莉,阿九故意在假日一早到左岸第六区一带散步。还记得那天,阿九问茉莉住在哪里，她遥指着远处说："就在对面。"

一幢三层楼公寓的三楼。那是画家的住处，就在卢森堡公园旁边，附近有家面包店……

如果是小公园就算了，偏偏又是广阔的卢森堡公园，就连面包店也到处都是。倒是三层楼的公寓不多见，大部分都是六七楼层的建筑。如果她说的三层楼是真的，则会是很好的目标。阿九只要走遍卢森堡公园一带，找到三层楼建筑后，再看看附近有无面包店即可。想到这里，阿九不禁浮现微笑。

他从索邦大学周边开始，一路往北走到奥狄翁剧院、圣叙比斯大教堂一带，沿着巴吉哈路往西前进。于黎哈斯贝大道的十字路南下，继续寻找该地区后，转往蒙帕斯那斯办公大楼一带搜索，还是没有看到可能的房子。阿九甚至走到第十五区和第十四区的边缘，最后又沿着公园东侧回到万神庙周边仔细再找，就是看不到三层楼的建筑。阿九这才惊觉地回过头看着走过的道路，心想茉莉所说的三层楼该不会是法国式的三层楼，也就是四层楼的建筑才对……阿九不由得叹起气来。

买了三明治走进公园。公园里到处都是外国观光客、来此日光浴的附近上班族和学生们。阿九啃着面包，看着悠闲的人们，凝眼望去，觉得说不定茉莉会在人群里。他想："茉莉为什么这个时候会出现在我眼前？为什么不说一声就突然跑来呢？"

阳光刺眼，阿九闭上眼睛，安静地保持不动。几分钟后，听到有人叫"阿九"，不像是现实世界的声音，而是来自遥远记忆的深渊。

"阿九！"这一次声音在很近的地方响起，强而有力，十分真实。

祖父江九感觉如梦初醒，慢慢地睁开眼睛。

"阿九！"

阿九在强光中眯着眼睛，辨认站在眼前的人长相。身影后面就是太阳，直到习惯光线后，站在眼前的人才逐渐显现轮廓，是麻衣子。

阿九站起来，看着欺身上前的麻衣子，大姐头麻衣子则一副"看你往哪逃"的表情瞪着阿九。

"为什么都不跟我联络？我一直相信你会回到我身边的。"

阿九低头道歉："对不起。"

"不行，我不能原谅你。听说你和娜娜结婚，还生了小孩。她是在我店里工作的小姐耶！叫我面子往哪里摆？"

麻衣子抱住阿九。阿九想要逃跑，却被紧紧夹住，动弹不得。麻衣子将脸贴在阿九胸前，他急得不得了，万一这种场面被茉莉看到了该如何是好？

"别走，我有件事想拜托你！"

"什么事？"

"我好不容易才把你忘记，可是这里却办不到。"

麻衣子抓着阿九的手放在自己的私处，他吓得抽回手。

"都怪阿九啦！现在只要不是跟你做，我根本一点感觉都没有。人家想要你的那个，我不会告诉娜娜的，我们继续以前的关系吧！"

"那样我会很困扰。"

"困扰的人是我吧！把我的身体搞成这样，就是你阿九呀！你得负起责任才行。"

"请不要胡说八道！"

"可是……"

麻衣子身体扭动了一下，挤出娇柔的声音说："人家想要阿九的那个嘛！"

"不行！"

"放心好了，我们维持秘密关系吧！我会给你零用钱的。为了养孩子，你应该也需要用钱吧？"

"请不要乱说话。"

"我哪有乱说！"

"总之我拒绝。"

"真无情呀，还是那个死样子。人家都说要给你钱了。"

阿九试图甩开麻衣子的手。

"我不要钱。我希望对麻衣子抱持好感，请让我永远对你抱有好感，我是真的很喜欢你。"

"喜欢我？蠢蛋，少在那里骗我了！"麻衣子的怒吼声响彻周遭。

麻衣子皱着眉，恶狠狠地瞪着阿九。直接将手绕到阿九的背后，将当场愣住的他拉过来接吻。阿九想躲开，却被对方牢牢缠住。麻衣子的舌头伸进了他嘴里。

"我喜欢你！"

阿九用力摆脱掉麻衣子的手，转身就跑。

"阿九，我不会放弃的！我一定要把你给抢回来，你给我记住！你这个九太郎！"

阿九边擦嘴唇边跑。无视于红灯而穿越马路，和行驶在大马路上的公交车并行。嘴里因为被麻衣子的舌头搅过，感觉湿滑难耐。阿九边吐口水边跑，因为感觉身体右侧有异，转过头一看，竟发现茉莉就站在公交车门口处。茉莉侧对着阿九，没有看见他。

"茉莉！"阿九忍不住大叫，"茉莉，快来救我呀！茉莉。"

尽管大声呼唤，但公交车刚好加速度冲过了十字路口。

"茉莉……你要去哪？我在这里呀，茉莉！"

阳光照在公交车玻璃窗上反射成亮光。茉莉往记忆远方离去。站在她身旁的黑人男性笑着对阿九招手。阿九指着茉莉，黑人却会错意抛回一个媚眼。

"不对不对，不是你，是旁边的日本人啦！我要找茉莉呀！"

阿九在十字路口差点被车撞上。他跳上汽车的引擎盖，路上行人纷纷躲开，并诧异地看着他。汽车也猛按喇叭。

"茉莉，我一直很想跟你见面！其实直到现在我还是很喜欢你。可是已经来不及了，我已经当了爸爸，而且还爱着娜娜。然而……茉莉！茉莉！茉莉！我没有忘记你，也无法忘记你。我一直、一直都很喜欢你啊！我不知道该怎么办才好。"

阿九跌倒了。因为刚好路边堆有许多纸箱，他虽然失去平衡，但还能用手撑在地上，所以没有受伤。只不过跌落的地方有一堆狗屎，搞得阿九满脸狗屎。

9　"永远的别离"

"你的旧情人还在巴黎吗？"

娜娜的醋意一天比一天严重。

"你够了没？真的很无聊。我每天工作累得要死回家，还要面对你的臭脸，我哪里受得了！"

"她有去店里吃你捏的寿司吧？"

"没有。"

"你说谎！上次我已经打电话问过中西哥了。说什么吃阿九捏的寿司吃得津津有味。中西哥可以作证！"

"你居然为了那种事还专程打电话过去问？"

娜娜盘起手臂瞪着阿九。

"真是受不了你！"

"我才受不了你！"

阿弥放声大哭。

"看吧，把小孩弄哭了。"

"弄哭小孩的人是你！都已经有家室了，还跟旧情人幽会。我们

| 259

刚出生的阿弥真是可怜哟！重点是，还带着一脸狗屎回家，真叫人不敢相信！阿弥，你爸爸为了女人连家庭都不顾了，已经变成没心肝的爸爸，没救了！"

每天阿九下班回家，娜娜都对他埋怨。

"她的确是来过店里一次，就那么一次。"

娜娜听了气冲冲地问："所以你到了假日便丢下我们到处去找那个女人吗？"

阿九没有反驳的气力，因为那也是事实，所以更没有反驳的立场。每天都像这样吵架，两人一起争执，阿弥就哭个不停。

工作早点结束的日子，阿九习惯先到卢森堡公园附近绕一圈才回家，结果又因太晚回家，引来娜娜的抱怨。

阿九对娜娜感到很内疚，心中还留有一小部分对茉莉存有的依恋和后悔。当然，事到如今他并不想再跟茉莉发展出任何关系，只是想到茉莉在身边，心情就难以平静。偏偏被娜娜紧咬住这一点，阿九就反抗得更厉害。

"阿九，你变了。阿弥出生之前的你是那么的温柔。"

阿九叹了一口气说："你真是无聊！"

"我一点都不幸福。"

"你不要那么说，我会难过的。"

"可是我是那么地爱着你，太不公平了。你心里竟然有别人的影子，我不能忍受这种事，假如我们的立场对调，你会怎么想？"

阿九只能将视线移开。

"所谓忙得天翻地覆，指的就是这种情形！"看着忙乱的餐厅，和田保嘟嚷着。

阿九一边捏寿司，一边茫然地想着茉莉。冷不防脑海中突然浮现娜娜生气的脸，让他一不小心加重了手劲。

"喂，阿九，你在干吗？哎呀！"

和田保用下巴指着阿九的手上。

"我还以为你会成材，对你抱着很大的期望……看看你现在捏的是什么东西嘛！我这里什么时候变成包子店了？就算再不识货的法国人，端出那种东西给他们吃也太失礼了吧！给我重新捏过！"和田保生气大骂。

常客们在一旁偷笑，阿九赶紧低头说："对不起。"

盛暑的巴黎没什么人，显得很安静。大部分的巴黎市民都到乡下或国外度假。"德川"寿司店不时兴放暑假，因为巴黎市内的知名餐厅没有营业，这段期间正是抢观光客生意的绝佳机会，所以店里的员工们只好轮流休假。到了八月底，阿九总算也轮到放几天假。

难得的休假，阿九和娜娜推着婴儿车出去散步，一家三口在巴士底附近的咖啡馆用餐，然后到孚日广场休息。坐在马栗树下的长椅上，年轻父母凝视着在婴儿车里安然入睡的宝宝。

"接下来要去哪里？要不要去卢森堡公园寻找某人呢？"

娜娜的这句话，让阿九不禁怒斥："你到底有完没完？每天每天这样指责我，我也会受不了的。好吧，既然你要那么说，不如我们分手。我回日本去，你带着阿弥回英国好了！"

娜娜睁大眼睛，嘴唇颤抖，泪水从她的大眼睛中涌出。阿九心想糟了，但已太迟。

"好过分！不要，我才不要那样。"娜娜的声音颤动，阿弥睁大眼睛，仰望着哭泣的娜娜。"不要，我绝对不要。我要一直留在你身边，就算死了也要留在你身边。"

"就算死了也要留在你身边……"这句话让阿九不禁悲从中来。

"就算死了吗……"

"没错。就算失去生命，我也要一直留在你身边。难道你不懂吗？我会永远永远留在你身边。"

阿九回答"我懂"，不知道为什么，他就是明白这一点。

"你永远会留在我身边……"

阿九在树下的光影中拥抱娜娜。

"就算我死了，你也不要找其他爱人。在你有生之年，我会永远为你吃醋。就算没有了肉体，我也会陪在你身边，不让你跟奇怪的人搞在一起。可以吧？"

阿九点点头。

"娜娜……"

"干吗？"

"你到底喜欢我哪一点啊？"

"你还问呀！"娜娜恢复了笑容。

"我不会爱上娜娜以外的其他人，这一点我和你一样。"

娜娜看着阿九的脸微笑问："真的？"

阿九轻轻点头。

某天早上，阿九一起床就感觉身体不太对劲。他做了一个奇怪的梦，但无论怎么想，都想不起梦里的内容。他依稀记得有一对成年男女抱着阿弥，问题是他根本不知道他们是谁？是好人还是坏人？

"阿九，不知道为什么今天一早起就觉得心里好寂寞好难过，就像是心中破了一个洞似的……感觉你好像会离我远去，我想是因为做了我们分开的噩梦吧！"

阿九在玄关拥抱娜娜，她怀里抱着阿弥，阿弥抓他的头发玩。

"不要胡思乱想，我不是答应过你会永远陪在你身边吗？"

阿九亲吻娜娜。这时觉得嘴巴里面好像含了铅块，有种不快的触感。他不知道理由何在，就是有强烈的异物感。不禁推开娜娜，整个人往后退……娜娜的眼中立刻浮出泪水。

"别哭！"阿九低喃。

娜娜轻轻点头，还好有阿弥的笑容化解了尴尬的气氛。

"你今天要做什么？"阿九为了改变话题和气氛，开口问。

"要带阿弥去医院检查……"

"路上小心点，那我该出门了。"

"嗯，你也是，路上小心点……"

娜娜一副还想说些什么的表情，阿九心里明白，直接扭头离开家门。

一到"德川"，中西欣哉就叫住阿九。欣哉一边换上厨师制服一边说："昨天那位小姐又来了。"

"哪位小姐？"阿九反问。

"就是你的青梅竹马呀……大约三个月前吧，她不是一个人突然跑来吗？"

"你是说茉莉吗？"

"我又没问她名字，不知道。"欣哉回答，"她说明天要回日本。"

"明天？"

由于阿九用力抓着欣哉的手，欣哉惊讶地问："干什么呀？"并用力将阿九的手甩开。

"你可不要做出让娜娜伤心的事。那孩子是真的爱着你，很为你担心。"

"我知道。倒是茉莉还有没有说什么？"

欣哉摇摇头说："没有，她吃了寿司付完账就走了。"

"一个人吗？"

"大概是一个人吧,因为是最忙的时候,我没有仔细看。"

阿九追上准备离开的欣哉,继续问:"她说的明天就是今天吗?有没有说是几点的飞机呢?"

欣哉回答:"她是怎么说的呢……好像是说搭下午的班机回去吧!"

阿九无心工作,回过神来,发现自己正在打电话给在旅行社服务的常客。由于飞往日本的班机通常集中在傍晚,所以当和田保来上班时,阿九便以身体不适为理由要求早退。中西欣哉瞪着阿九。

"既然你那么不舒服,那就没办法啰……"和田保说。

事实上阿九的确冷汗直流,也有点头晕和头痛。尤其是心情十分不安,不安到几乎无法呼吸的地步。

阿九冲出店门,直接赶往戴高乐机场。一心只觉得今天见不到茉莉,以后就永远见不到她了。在前往机场的公交车上,阿九产生强烈的恶心感。快靠近机场时,头也开始剧烈疼痛。脑海中不断闪烁着娜娜抱着阿弥的身影,还有被弃置在马路中央的婴儿车……

娜娜喊着:"阿九!"

"阿九!救我……"

阿九甩甩头,企图甩开娜娜的幻影,不断在心中说:"我马上就会回去的……"

"阿九……阿……"

"你怎么了?"

由于阿九神色痛苦地靠在扶手杆上,前面的男人立刻让座给他。在公交车抵达机场前,他始终蜷缩着身体坐着。期间也不断听见娜娜的声音:"阿九!"

阿九检查过出境大厅、登机柜台和排队前往通关的人群,就是没有看到茉莉的身影,便前往其他航站。

"……阿九!"

感觉好像又听到娜娜的声音，阿九立刻停下脚步四下张望。娜娜不可能在这里的，他苦笑后继续往前跑。在日本航空公司的报到队伍中，他看到了熟悉的女子身影。阿九直视着目标，靠近上前。

"阿九！"娜娜的声音再度响起，阿九停住脚步。

阿九想起了在孚日广场的灿烂阳光下，娜娜说："你不能忘记这个瞬间，就是现在这个瞬间！"那时娜娜的脸庞，还有她闪烁如美丽水晶的眼睛。

"阿九！救我……"

茉莉牵着一个小女孩的手，她的身旁站着一个笑容和煦的日本男人。三人就像一家人似的。男人抱起了小女孩，茉莉幸福地微笑着，阿九实在没有勇气闯入他们的圈子。而且他总是会把茉莉和娜娜的影像重叠，将日本男人抱在手上的女孩和阿弥的影像重叠，就像看到自己的家庭一样……

茉莉发现了阿九，嘴角的微笑消失，眼光直视着阿九。阿九上前几步，有些踌躇，又停了下来。因为看到日本男人循着茉莉的视线回过头，阿九立刻转身跑走。他不能破坏茉莉的幸福。

茉莉微笑的容颜残存在阿九的脑海里。既然已经看到笑脸也就够了，不是吗……

"好了，回去吧！回去自己的家。回去爱妻和儿子等待的家……"当开往巴黎市区的公交车进站时，阿九这样告诉自己。

回到公寓，感觉整个房子和庭院的气氛和平常不太一样。脸色铁青的管理员挡在他面前，他完全无法理解管理员在说些什么。只看到对方嘴巴不断张阖，宛如探头到海面上呼吸的鱼。

——发生什么事了？

阿九在内心自问："到底发生什么事了？"

中西欣哉在医院等候，一看到阿九便哭了出来。
"车子撞飞娜娜，听说当场死亡。"
阿九抱住躺着的娜娜。碰到她那已经无法动弹的身体的瞬间，阿九回归现实，这才理解刚刚管理员、欣哉说的话是什么意思。悲伤如溃堤般涌现，肉体深处发出呐喊。梦境一而再地提出警告，暗示石变成红色，怪罪他的行动。有那么多的预感，为什么就是没发觉呢？阿九懊悔至极。脑海中掠过总一郎死时的情景，亲眼目睹他上吊的那种恐惧又复苏了。阿九咒骂自己，明明可以预知最爱的人死亡，却无法防范。他在停尸间里痛苦呐喊，不断呼唤娜娜的名字。那时，她一个人站在迈向死亡世界的河岸边，不断地呼喊着阿九……一直找寻着阿九……

——就算失去生命，我也要一直留在你身边。难道你不懂吗？我会永远永远留在你身边。
那不是梦。阿九痛殴自己，无法原谅自己。嘴里喊着："这一定是做梦！"不断痛殴自己。医生指示护士拿镇静剂过来，中西欣哉和医生合力按住阿九，但阿九用力推开医生，出拳殴打中西欣哉。就在这时，娜娜的身体飘浮起来。医生因为惊恐而全身痉挛，不住往后退，阿九瞪着浮在半空中的娜娜，发动念力。
"复活吧！娜娜，我用生命交换，要让你复活！"
阿九的头发竖立，青筋浮凸，皮肤肿胀。安置尸体的柜子铁门慢慢开了，接着所有的门也一一开启，又猛然关上，停尸间里不断响着"砰砰砰"的声音。
"阿九，快住手，阿九！"中西欣哉大叫。
娜娜掉落在阿九脚边。阿九抱起已无法醒来的娜娜，保全人员赶过来试图制止他,并拖开娜娜,他狂乱地大吼大叫。保全人员受到看不到的力量牵引,开始撞墙。阿九脚步蹒跚地走出医院,精神极度混乱地冲上街头。

——都是我害死了娜娜!都是因为我……

外面天色已暗,同时下着小雨。阿九什么都听不见,也什么都看不见。一个人踉踉跄跄地走在濡湿的地面,毫无感觉。他对着逐渐靠近的刺眼亮光张开双手,直接冲进快速前进的亮光之中。"砰"一声巨响,阿九的身体在空中飞舞,他已看不见任何光。掉落在地面的瞬间,阿九喃喃自语:"娜娜,我爱你。"

*　*　*

三之二附记

娜娜!

……

娜娜!

我在这里。

而今你在何方?

……

然而我还能想着你。

即便你已不在。

(选自《祖父江九启示录》)

四　爱的森林

1　"大孩子"

祖父江九试图想出那个好像快抓住却又消失的某种茫然记忆。手里拿着浇花器，站在被称为森林的树林中，望着天使造型的小型喷水池……当记忆快要成形时，头脑窜过些许疼痛。天使的小鸟冒出涓涓细流，水花打在记忆的水面上，激起的涟漪很快就消失不见。

"阿九。"声音将阿九拉回现实。

回头一望，铺着碎石子的小路中间，站着一位美丽的女性。阿九心想："又是这个人！"但是并没有说出口来。

"这里几乎快变成漂亮的植物园了。"女人用温柔的声音赞美。

阿九报以微笑后，女人便毫不犹豫地走上前。阿九不知道该怎么办，十分紧张。女人站在阿九面前，微微一笑说："刚刚我在下面遇到银次叔，他在宾馆的停车场帮忙引导车子。在那种地方碰面感觉很不自在，也没能好好打招呼。"

女人将手伸进喷出的水柱下沾湿手指。

"和一对情侣一起搭电梯，也让我觉得很尴尬。他们一直看着我，好像很纳闷我为什么是一个人来。"

阿九不知道该说些什么才好，只好帮刚种下的石松浇水，女人环视周遭的花草树木。

"阿九。"女人又叫了一次阿九的名字。

阿九纳闷："为什么这个人好像跟我很熟，可以这样直呼我的名字。她也跟阿七和银次很熟。虽然想不起来是谁，大概是什么远房亲戚吧！"

女人指着一棵树问："这个叫什么名字？"

阿九回答："麒麟杜鹃。"

女人又指着旁边的树问："那这个呢？"

"山毛榉。"

由于女人浮现满脸笑容，阿九不由得害怕地将视线避开。直接开始帮脚边叶片鲜艳的植物浇水，女人又问那是什么。

"硃砂根。"阿九反射性地回答。

"阿九，其实你已经恢复正常了吧？既然能够正确地说出植物的名字，那么其他的事情应该也都记得吧？"

阿九瞪着女人。

"你明明知道，却装做不知道的样子。"女人靠上来逼问，"为什么你不认得我？其实你认得，只是故意装做不认识吧？"

又来了，这个人怎么老是怀疑我？阿九抱着浇花器，踏上铺有碎石子的小路。

"阿九！"女人的声音在背后响起。

阿九没有回头，而是走到小路尽头，逃进盖在围栏旁边的小木屋里，锁上了门。女人追上来敲门说："快开门！我是骗你的啦，我刚刚都是乱说的。对不起，我以后不会再说那种话了，你快出来！"

阿九想了一下之后打开门。女人站在亮光之中，美丽的大眼睛里藏着耀眼的光芒，闪闪生辉。阿九心想："好漂亮呀！"但是没有说出口。

"对不起哦。"

阿九被女人看得有些不好意思，赶紧摇摇头。女人卷曲的头发像圣诞饰品般华丽，风一吹便轻轻摇曳，散发出香气。不同于植物的香气，而是一种更积极、更充满生命力的味道。

"你一个人住在这里吗？"女人看着小屋里面说。

阿九走到外面。

"你可以跟你妈妈一起住呀！"

为什么这个人那么爱管闲事呢？或许真的是亲戚吧？

"因……因为家里有银……银次在。"阿九说完又走回种着硃砂根的地方，女人从远处挑衅问："有银次叔在不行吗？"

阿九回头瞪着女人，女人慢慢走过来。

"不……不行。"

"为什么？"

"因……因为……"

阿九说到一半便闭上嘴巴。他担心女人不是好人，万一跑去跟银次说就糟糕了。这房子是银次的，自己只是借住在此。阿九假装帮种在硃砂根旁的厚叶石斑木浇水，偷偷观察着女人。

"因为什么？"

阿九低着头，女人的影子叠在阿九的影子上面。

"你放心好了，我不会打小报告的。"

阿九慢慢抬起头，看着女人美丽的眼睛后说："因……因为那个男的从我爸爸那里抢走了妈妈。"

阿九说完后就后悔了，满脸通红地低下了头。

"阿九！"

女人将手搭在阿九肩上，一如她的发香那般积极。阿九吃惊地连退好几步，也把浇花器给掉落在地上，水珠四溅。女人慢慢蹲下身捡起浇花器，大腿从裙子之间露了出来。

"给你！"女人将浇花器还给阿九。

阿九伸出了手，却不知道该不该接下。趁着女人眯着眼仰望天空之际，阿九的嘴抿成一直线，几乎是用抢的方式拿回浇花器。

"银……银次趁爸爸死后抢走妈妈。太……太过分了。亏我爸爸那……那么照顾他。"

阿九用力吸一口气，等待呼吸恢复平静。一口气说那么多话，感觉有点头晕，想不出来正确的字眼，所以不断地舔嘴唇。

"可是那都已经是二十年前的事了。"

阿九无法理解二十年是多长的时间，有些动摇，不禁往后退。

"二……二十年？"

"没错，那个时候的阿九和我都还是小孩子啊。"

祖父江七也来到屋顶上。阿七一看到女人便露出笑脸说："茉莉，你来了呀？"

阿九放下浇花器，像只胆小的猫冲向母亲，并躲在母亲背后。他大声说："不……不是，这……这个人才不是茉莉。"

"看来他还是不认得我。"女人说。

"医生说只能时间到了自然就会好。"

"自……自然？"

阿七回头看着阿九，轻抚他的头说："会好的，一定会好的。"

阿九开始为黄杨、铃儿花浇水，两人静静地看着阿九的背影。来自玄界滩的海风穿梭在屋顶上的树木间。

"你要在福冈待多久？"

"这次大约待一个星期。"

阿九远离那两个女人的交谈，专心看着树木。有太多事他不知道，为了探索不知道的源头，才会引发头痛。所以最近他不再想太困难的事或不复记忆的事。

"可是我担心阿九……"

由于浇花器没水了，阿九到喷水池装水。阿九偷偷观察阿七身旁的女人，为什么大家都叫她茉莉呢？女人看了阿九一眼，阿九不得不赶紧将视线移开。

"因为车祸的关系……"

"他想完全忘记一切吗？"

"身体是大人，心却跟小学生一样。医生说是可能有不想回忆的事情，所以心把那一部分给切割开了……"

"因为他太太和宝宝的事吗？"

一只小鸟飞来停在麒麟杜鹃的枝头上，阿九的注意力被吸引住。小鸟的嘴里衔着小虫，警戒地环顾周遭，头很快地动了一下，两口就把小虫给吞进肚里。

"你爸爸还好吧？"阿七改变话题。

女人只轻轻点点头，没有继续那个话题。

小鸟飞走了。阿九追了上去，却被围栏给挡住。眼前是宽阔的博多街景。小鸟往下掠过那珂川的河面飞行后，降落在对岸的中洲。两岸是成排相连的摊贩，红色门帘迎风招展。

"那你回东京前，大家一起吃个饭吧？"

女人很有活力地大声回答："好。"

"阿九，已经说好下次跟茉莉一起吃饭了，你很高兴吧？"阿七的声音响彻森林。

阿九低声抗议："她才不是茉莉！"但两人并没有听见。

"阿九，妈要下去工作了，有什么需要的，打电话给我。"

阿九轻轻点头，再度将视线移回中洲。

"……大孩子。"祖父江七微微一笑，喃喃自语。然后捡起地上的浇花器，放在喷水池底座。

"宾馆从这个时候起开始要忙了。"阿七看着阿九的背影，继续低喃。

两个女人就这样凝视着将脸贴在围栏上俯瞰地面的阿九背影良久。

"茉莉,我先失陪了。你可以再多陪阿九一下吗?只要是你来的日子,他的心情总是特别好呀。"阿七说完便下楼去了。

"我真是佩服你!不过才四年就种出这么漂亮的植物园。"女人的口吻就像是在赞美小孩一般。

阿九扁着嘴巴抗议:"这才……才不是植物园,是……是森林才对。"

这是出于阿七的想法,在银次经营的宾馆"La Fort Dmour(爱的森林)"屋顶上运来大量的泥土。因为回到日本的阿九整天除了吃饭无所事事,阿七知道他只对植物毫无戒心,便提议在宾馆屋顶上造林。阿七教导阿九造林的方法。起初为了保护地面,先种些苔藓类和小型花草,如麦门冬、红菽草等。接着种植毛毡筋骨草、石松、玉龙草、硃砂根等,高于三十厘米的灌木。花了四年的岁月,森林逐渐成形。最后再种上两公尺长的各种小树,让这幢五层楼高的房子屋顶有了蓊郁的树林。有些树木高度甚至超过一般人的身高,从中洲或春吉桥上也能远远看见阿九培育的森林。

就河边的宾馆而言,这片森林的存在刚好跟店名"爱的森林"相符,自然也就带来了不可思议的宣传效果。

女人站在阿九身边说:"阿九,上次你给我看的那个,你还记得吗?可以的话,我想再看一遍。"

"上次?"阿九在心中默念,马上就想起女人说的是什么东西。于是反问:"啊,是那个吗?"

"没错,就是那个。"

阿九看了看周遭,视线停留在喷水池底座上的浇花器,然后抓起女人的手,退到离喷水池约十米的地方。阿九脸上浮现微笑,像个天真的小孩子一样拍拍手,女人则始终保持严肃的表情。

阿九身体微微前倾,闭上一只眼睛。他其实想把两只眼睛都闭上,但因为车祸的关系,另外一只眼睛已无法完全闭上,睡觉的时候还得用自己的手像拉铁卷门一样把眼睛阖上才行。

他可以感觉到能量往额前叶集中,额头开始产生热度,且逐渐温热。阿九在脑海中描绘浇花器的画面,不久就听到"咔啦咔啦"的声响,他慢慢睁开眼睛。

"啊,快动了吧!"女人说。

阿九更集中精神。放在喷水池底座的浇花器仿佛被吊起来似的,慢慢地飘浮在半空中。

"真叫人不敢相信!"女人屏息静气地说。

这和折弯汤匙没有太大差别,或许让东西飘起来还更简单也说不定。女人赞叹:"好厉害!"阿九听了也很高兴。奇妙的是,阿九这种连亲生母亲都没看过的能力,为何只有在这个女人面前可以毫不迟疑地展现呢?

阿九眉头一用力,只见飘浮在半空中的浇花器倾斜,水柱如降雨般从管口喷洒而出。

女人慢慢地走向飘浮的浇花器。

"为什么你可以办得到呢?"

阿九看着女人的侧脸心想:"好漂亮的人呀!为什么她要来看我呢?不过我也不是不喜欢她,也不讨厌她来看我。"

女人伸出手,就在抓住浇花器的瞬间,阿九放松了眉头。女人凝视着自己手中的塑胶浇花器,在宾馆屋顶森林中的喷水池前……

2 "转瞬即逝"

这天,阿九从在旧床垫铺着被单的简易床上醒来。他听见鸟叫声,透过窗板缝隙就可看得见石松,似乎来了客人。

阿九觉得口渴,额头上也冒汗。似乎是做了噩梦,却又想不起来梦的内容。

他脱去睡衣,擦拭身上的汗,胸前有一道很长的缝合伤痕,从肩胛骨一路延伸到胸口,几乎绕了身体半圈。缝合得很粗糙,可见得手术当时有多么紧急。不过阿九对于自己动过什么样的手术,一样毫无印象,只是每天早上都会像这样用手指摸着身上的伤痕。

阿九烧了热水冲泡绿茶。因为肚子有点饿了,他从冰箱上的饼干罐取出煎饼。饼干罐是那个叫茉莉的女人带来的礼物,里面的饼干吃了几天便告空。之后阿七会帮他填满新的煎饼或饼干。

小屋旁边有块约一坪半大的草地,阿九称之为"外面的客厅"。上面摆了两张白铁制的椅子和桌子。每天早晨,阿九习惯在那里喝茶。一边喝着热茶,一边试着回想黎明时分的梦境,每一次探索记忆,都会让阿九头痛欲裂。

太阳还没完全升起,小屋挡住了朝阳。阿九所在的位置正好迎向来自玄界滩、微微带着海水味道的风。阿九很喜欢早晨这段清新的时光。吃着代替早餐的煎饼,自然引来许多小鸟啄食掉落在脚边的碎屑。一只云雀夹杂在麻雀之间,身型比麻雀大些,黄褐色的背部有黑色斑点。看到云雀啄退麻雀,阿九干脆将手上的煎饼捏碎分撒给所有小鸟。

阿九喝完茶,站起来伸伸懒腰。左半身虽然无法随心所欲地动作,但还不至于影响日常生活。左脚有些跛,也无碍于森林的工

275

作——这是他和阿七之间的说法。

阿九穿越森林小道来到阳光明媚的东侧，从那里可以隔着铁丝网眺望博多街景。朝阳下的街头闪着银色光辉，眼前宽阔的那珂川，尤其是春吉那边的河面上有强烈的反射光。一到夜里就亮起摊贩灯火的河岸，此时不见人影，一整排的摊贩都盖上了布幔。

远方可看见西日本电视塔，阿九想起了和茉莉、总一郎滑草的往事。记忆如同昨日般鲜明，但阿九不确定是什么时候的过去。那个自称是茉莉的漂亮女人坚持说是二十几前的事，让阿九很困惑。为什么那个人要胡说八道呢？

因为听到围栏上的铁丝网有摇动的声音，阿九吃惊地做出防卫的姿势。一回到发出声音的小路上时，就看见森林南侧的人影。一般人除了从建筑外墙上的逃生梯爬上来外，是无法进出屋顶的。为了不让住宿的客人随便上来，屋顶的门总是锁着的。银次和阿七都各有一把钥匙。白天门是开着的，从晚上到隔天清晨肯定都会上锁。阿九也有钥匙，但他从来没用过。

有时候会有人企图翻越铁丝网进入森林。

"喂，你……你不可以进来！"阿九对着年轻男子大声呵斥。

正在爬铁丝网的年轻人堆起讨好的笑容说："里面不能进去吗？"

女人拉着男人的脚说："我们回去啦！"

"这……这里不是任何人都可以进来的。"

"可是这家宾馆叫作'爱的森林'，不是吗？这个森林就像是广告塔一样。既然有这么漂亮的植物园，让客人进去看看又有什么关系？好嘛！就让我们稍微看一下嘛！"

阿九怒斥："不行！"

女人说："我们走了啦！这个人的眼神好可怕哟！"

"可是这位大哥,你们拿了房钱却不给客人看,未免太奇怪了吧?我们可是确实付了房钱呀!给人家看一下森林也不行吗?"

阿九拿起身旁的竹扫帚,作势威胁。

"喂,你要干什么?"

男人跳进女人所在的楼梯间里。

"你这是对待客人的态度吗?既然不给看,就不要让人家可以上来嘛!因为可以轻易爬上来,我们自然就会想要看呀,结果居然用竹扫帚赶人!"

女人抓着情绪激动的男人的手往后退。阿九抛开竹扫帚,仿佛快想起所有不想回忆的过去,整个头开始刺痛。他用双手按住太阳穴,大声喊叫:"哇!"吓得年轻情侣赶紧逃离楼梯。

在日正当中之前,阿九忙着照顾树木花草。种植在屋顶上的森林也有其生态系,必须拔除种不活或长太多的植物。然而,看到它们努力存活的样子,阿九便无法轻易伸手拔除,而是花一整天鼓励那些枯萎的植物。

"你好吗?要……要加加油哟!"

植物虽然不说话,但只要温柔以对,就能获得同样温柔的反馈。阿九闭上眼睛便能感受到植物所散发出来的能量流。

森林守护着阿九,树木花草扮演着类似阿九的神经和触觉的功能。阿九潜藏在它们之中,和植物化为一体而生存。

接近中午时,阿七会送来午餐。宾馆忙的时候会让阿九跟员工一样吃外送的盖饭,但多半时候还是吃阿七亲手做的便当。阿七也会陪阿九一起在"外面的客厅"吃午餐。

"你……你不跟银次一起吃,没关系吗?"

"没关系,我和银次一起吃过早餐了呀!"

阿七做的便当里一定会有阿九爱吃的煎蛋和维也纳香肠，白饭上面也会洒海苔屑。

两人坐在小屋旁的铁制椅子上吃便当。因为小鸟聚集，阿九刻意留下一些饭粒。

"对了，阿……阿三外婆和勘……勘六外公，他们还好吧？"

阿九突如其来问起外公外婆的事，让阿七一时之间无言以对。

"我没告诉过你吗？"

"没有呀！"阿九回答。

"他们两人都去天国了。"

阿九停止手上的动作。看着阿七的脸问："你是说他……他们两人都死了吗？"

阿七一边拨弄便当盒里的饭，一边点头回答："是啊。"

阿九没有继续问下去，因为努力探索不懂的原因，最后一定会引发头痛；而且就算不懂，也不会影响日常生活。一如身上缝合的伤痕，一如自称是茉莉的漂亮女人，阿九身边到处充满了谜团。每当脑筋混乱，阿九就习惯抬头看着天空深呼吸。

"待会儿我要去买东西，有需要什么吗？"阿七改变话题。

阿九回答："没有。"

阿七开始收拾便当盒。

"我要去阳光超市，你要不要一起去？有时到外面散散心也不错呀！"

阿九将饭粒一一排列在桌上。为了不让小鸟们争食，故意保持间隔排列。加盖的小屋屋顶上停着一整排的雀鸟，只要阿九一离开，就是它们的用餐时间了。

阿七回去工作后，阿九就继续照顾树木和花草，仔细地检查所有树木有没有长虫、叶片枯萎与否。时间静静地流动,不论天晴天雨,春来冬至,在阿九的森林里,流动的是专属于阿九森林的时间。

忙完森林的工作,阿九坐在椅子上喝茶时,银次上来通知他有客人。阿九回头一望,寺内新站在银次身后,银次对阿新点头致意后,又回去工作了。

"阿九,看你还不错的样子嘛!"阿新满脸笑容地打招呼。

阿九站起来请对方坐,阿新则将带来的点心盒放在桌子上,脱去外衣、毛毡帽后才坐下。

"这是阿九爱吃的小鸡饼,不过只有一些而已。"

那是做成小鸡形状、名为"小鸡饼"的点心。

阿九回到小屋里泡茶。阿新常常会来陪阿九聊约一个小时,和他在一起会让阿九感到心安,整天的心情都很好。

"没关系,你不用招呼我。"阿新温和地说。

看到阿新,就会让阿九想起父亲远藤匠。阿九悄悄看着阿新的脸,发现他的白发十分醒目。

"今天学校已经下……下……下课了吗?"

"什么嘛!上次不是跟你说过了吗?我已经退休,不用去大学教书了,现在闲得很。"

阿九点点头,心想自己是头一次听说。又觉得或许之前听过吧,但是想不起来。同样的情形也常发生在他和阿七、银次的对话中。

"茉……茉莉呢?"他战战兢兢地问。

"哦,茉莉呀!前一阵子有回来,已经回东京了。咦?她不是有来看你吗?"

她有来这里?阿九的表情顿时变得僵硬。

"我就是听她提到你的情况不错,才来看看的。"

阿九脸上浮现微笑,内心却很混乱。那个来这里的是假茉莉,不是我所知道的茉莉。因为头又开始刺痛，阿九用力深呼吸，停止继续思考。

"话说回来，你的森林越来越漂亮了。大概没有人会想到要在大楼屋顶上造林吧？"

寺内新站起来环顾整个树林。阿九不时会点点头、笑一笑，又低下头。阿新闲聊了约一个小时，便站起来说："对了，阿九……"

寺内新一边戴上毛毡帽一边说："你还记得'窗'的老板娘今西利江女士吗？"

阿九摇摇头回答："不记得。"

"就是那家小酒馆的老板娘呀，你忘记了吗？你去旅行前，不是跟我去过好几次吗？她很喜欢你的呀，不是吗？"

阿九在嘴里喃喃自语："去旅行前？"

"老板娘要我带你去店里坐坐。不用太久，只要有空的时候去看看她，她会很高兴。老板娘最近精神不太好，搞坏了身体，又发生了很多事。"

阿九听不懂是怎么一回事，还是跟平常一样拼命点头。寺内新微笑地说声："那我下次再来！"接着便转身离去。

天黑之前，阿九还会再浇一次水，然后阿七会将晚餐送上来。晚餐是阿七做给宾馆员工的伙食，菜色很简单，但做给阿九的总是会多添一道菜。

"刚好有一条看起来不错的鲷鱼，我抹了盐巴煎的。"

阿七常说这时候宾馆的生意最好，入夜之后总是忙得不可开交。

阿九看着夜幕低垂的博多街景，一个人吃晚餐，用味噌汤把白饭送进胃里。"去旅行前"是什么意思呢？我去了哪里？做了什么样的旅行呢？

吃完饭，阿九洗完餐具，放在逃生梯的楼梯间。晚一点银次会来收，并将铁丝网的门锁上。

阿九喜欢在吃过晚饭后眺望中洲的街景。摊贩亮着红灯笼，许多观光客游走在摊贩周边。这种像是看庙会一样的乐趣，多少排遣了阿九的寂寞。手里拿着寺内新给他的小鸡饼，阿九隔着铁丝网俯瞰博多的夜景。

对岸传来笑声、喇叭声和音乐声，仰头一看，耸立在前方的巨大购物城是正在兴建的运河城，一轮明月高挂其上。一颗又圆又大、颜色偏黄的满月。

"我为什么会活着呢？"

阿九对着月亮发问："我为什么会活在这里呢？"

月亮表面看起来很像人的脸。阿九一口咬下小鸡饼的头部。然后轻声惊呼："啊！"

因为小时候的茉莉出现在记忆的荧幕上，她对着阿九大叫："不行啦，阿九，你好残忍哟！居然从头吃掉小鸡饼。"

阿九笑着回想起过去。那是他们三人一起吃小鸡饼的往事。

看到总一郎从屁股开始吃起。茉莉就大叫："啊！哥，你好色哟，从屁股开始吃起。"

阿九突然觉得胸口发疼。

"大家都去哪里了呢？"阿九对着月亮质问。

月亮快要被飘过来的乌云给遮住了。

"茉莉！"阿九将脸贴在铁丝网上大叫。

"总哥！"他又放声大喊。

月亮从云中露出诡异的光芒。

3 "外面的人"

祖父江九称那些闯入屋顶森林的人为"外面的人"。除了在森林里生活的阿九以外，所有人都是"外面的人"，就连祖父江七和寺内新也不例外。

这几年来，阿九没有踏出过森林半步，甚至没有到楼下的宾馆看一眼。维持森林所需的肥料等必需品，则是由阿七认识的业者定期送来。

偶尔会从逃生梯闯入的宾馆住宿客人，对阿九而言正是名副其实的"外面的人"。他们总是态度粗野、低俗、言语猥琐。阿九最害怕的是他们侵入森林，因为他们会破坏他精心照料的花草树木。曾有情侣半夜从逃生梯旁的小叶青冈树爬进来，躺在草地上吸烟，最后还破坏了北侧的花圃，并偷摘了刚开花的蔷薇后逃走。

屋顶森林的最外侧，为了防风种有高达三公尺的白蜡树、月桂树、小叶青冈树等常绿树。由于树根在屋顶上无法吃土，很有可能被风吹倒，所以阿九便在树与树之间绑上直径约五公分的竹子，并用棕榈绳固定，让它们不容易被风吹倒。

防风树的内侧种植乌桕、野茉莉、四照花等落叶树。秋天的红叶十分美丽，阿九每年都满心期待。

两条交叉的小路正好将屋顶分为四等分，中心点就是小型喷水池。北侧角落盖有阿九居住的小屋，南侧有通往外界的逃生梯。喷水池周边种着草坪，落叶树的内侧则种有蓝莓、金橘、柚子等中型树木，或是用来当作圣诞树的针叶类植物。

初夏的风摇晃着森林。阿九眯起眼睛，用关爱的眼光眺望这一片心爱的森林。

春天到夏天这一段清新的时期是最忙的季节。从太阳升起到落下，阿九必须一刻也不得闲地工作才行。

夏天不可以在白天浇水，因为受到阳光直射，水的温度会升高。而因应之道就是利用早晨和傍晚各洒一次水，然后再用长水管将一片片被废气污染的树叶清洗干净。

放任不管，树木就会越长越茂密，得用剪刀修剪。修剪的秘诀在于去除旧枝，让新枝得以伸展。树木长得太高就容易倾倒，必须不时修齐剪前端，让枝叶往横向发展。肥料是业者送来的，一个月施肥一次。因为只有一个人要帮所有植物施肥，那一天便成为每个月最忙碌的一天。

由于这里不太有蜜蜂、蝴蝶，所以果实类的蓝莓、柚子、金橘等必须通过人工授粉让花的雄蕊与雌蕊接触。阿九从阿七那里学会人工授粉的技术，但还是搞不清楚为什么要那么做才能有更多的果实可收成。不过在授粉的作业中，阿九一定会想起一句话。

那一天，阿九也一边让雄蕊与雌蕊接触，一边想起那句话："阿九，交配是很自然的行为。"

阿九停止手上的工作，眺望远方的天空。记忆中出现草原、放牧在原野上的牛，还有耸立在远处的群山。有个人指着满天飞舞的蜜蜂说："侦察蜂将花蜜吸进蜂胃，将花粉粘在后脚上带回蜂巢里。回去后会抖动全身，跳收获舞。通过舞蹈告诉伙伴花的方向和距离，很聪明吧？"

阿九反问："那是谁教它们的？"

那个人的轮廓逐渐清晰了起来。

"这个嘛……我也不知道，这就是大自然的神奇。"

阿九想起来了。那个人是外公勘六的好朋友田崎勇三。阿九也想起了自己留在田崎的牧场，学习自然生态的那些日子……

阿九让雄蕊与雌蕊接触，内心深处也同时涌现温暖的情感。

"不知道那个人现在怎么样了？"阿九喃喃自语。

可是没有人能回答他，于是他又回到原来的工作上。

到了中午，阿七带来亲手做的便当，今天银次也一块上来了。银次后面站着一个素未谋面的老人，阿九看到外面的人立刻心生警戒。

"怎么样，今天做得还顺利吗？"

银次说话的口吻俨然是他父亲，阿九故意不看银次，话中带刺地回应："你不会用眼睛看吗？"

阿七拿出椅子说："田崎叔，请坐。"

一听到田崎的名字，阿九十分惊讶。这位弯腰驼背的老人来到阿九面前，点头打招招呼说："哎呀，真是好久不见了。"

被称为田崎的老人低声说："那个时候的你应该才只有十四岁吧？"

阿九点点头，鞠躬行礼说："那个时候承蒙您照顾了。"

阿七问："你还记得吗？"

阿九回答："当然，他是田崎勇三爷爷吧？"

田崎勇三从包包里拿出大型标本箱说："这是给你的礼物！"并将它放在桌上。里面有好几只大型锹形虫。

银次表示，既然自己那么讨人厌，不如早点下去，便先行告辞。看着他离去的背影，田崎勇三低喃："都已经是二十年前的事了。"

阿九听不懂田崎说这话的意思。

三人分食着阿七带来的便当。田崎慢慢嚼着饭粒说："勘六过世十七年的忌日快到了吧？所以我才会专程跑来博多的。"

阿七偷偷看了阿九一眼，阿九没有点头也没有提出疑问，只是静静地望着老人的脸。

"这真是很漂亮的森林呀！没想到都市里也能有这么棒的森林。阿九，这些都是你一个人做的吗？"

阿九点头说："是的。"脑海中鲜明地浮现和田崎勇三一起走过的阿苏草原景象。他看着手上的锹形虫标本说："对……对了，你还带我去看过难得一见的蝴蝶，一种说不上来是紫色还是蓝色的漂亮蝴蝶，叫作什么名字来着？"

"你说的是大琉璃小灰蝶吧？"老人回答。

"只有在阿苏那一带才看得到，而且只出现在春天到夏天的时间。说得也是，我的确是和阿九一起去看过蓝灰蝶，我完全都忘记了这回事。毕竟都已经是二十年前的往事了！"

阿九凝视着田崎勇三的脸，他脸上皱纹密布，头发几乎已经掉得差不多了，残留的几根白发显得弱不禁风。阿九尤其纳闷的是，老人在说些什么？什么二十年前的往事？

三个人静静喝着阿七泡的茶。小鸟飞来啄食黏在便当盒上的饭粒。

"应该很困难吧？"田崎问起维持这座森林的辛劳。

阿九慢慢站起来说："在……在这个被局限的小天地里，所有植物必须相互协调才能存活下去。不可以强出头，必须懂得尊重，整个世界才能维持运行。而人类做不到的事，这些植物却办得到。而我……我的工作就是让它们可以一直共存、和平相处。让果树可以多结果、让草木可以多开花，到了秋天有美丽的红叶。守护这种自然的循环就是我的任务，虽然困难，可是我做得很有成就感。"

"很好。"田崎勇三只轻轻地赞叹一句。抬起头时，眼睛有些红肿。

三个人默默地眺望森林。阿九有很多问题想问老人，比方说大家为什么都不见了，可是又开不了口。

"我该回去工作了。"

阿七才说完,田崎勇三也站起来表示该告辞了。

"阿九,我还会再来。你可不要累坏了身体。"老人最后留下这一句话。

目送着田崎勇三离去的背影,阿九的眼眶自然温热了起来。

下午阿九一边做事,心中不断重复老人好几次提到的"二十年前"。明明只是去年发生的事,为什么那个人要说是二十年前呢?阿九做出结论——大概是他年纪太大,有些老糊涂了吧?

年纪太大?

突然飞来一只蜜蜂,停在阿九视线前方的蔷薇上面。

"雄蜂出现在繁殖季节,其中比较有勇气的会跟刚羽化的新女王蜂进行空中婚礼。"

"空中婚礼?"

"就是在空中交配啦!不管是人类还是动物、昆虫都必须交配。因为蜜蜂有翅膀,所以在空中进行。这种事情也是没有人教,而是上帝命令它们那么做,它们靠着本能就会知道。"

阿九突然想起了银次和阿七激情相拥的画面,不禁露出吃到苦涩果实的表情。田崎勇三说的话再度在脑海中响起。

"阿九,交配是很自然的行为。"

阿九做到太阳下山才停止。他用剪刀将草地修整齐。为了维持森林而劳动真的是快乐的事,流着汗水活动身体,就能忘记烦人讨厌的事情,就连阿七和银次交配的画面也能立刻忘却。阿九自得其乐地做事,同时自言自语:"人类其实不需掌握超出必要的知识。"

现在的阿九,因为拥有维持这片森林所需的智慧而觉得很满足。只要能够和这片森林一起生活,人生夫复何求。阿九才不关心任何往事。

下午三点半，阿九在喷水池旁的草地上休息。躺着仰望天空，宽阔的蓝天在森林的上方开展，阿九觉得很心安，他告诉自己还要继续留在森林中生活才行。他要躲在这个局限的小天地里，生存下去。

这时，突然有东西阻挡了他的视线，头上掠过一架喷射客机。只有一瞬间太阳被遮去，阿九被喷射客机的机影给覆盖住。

阿九心中的荧幕又浮现出怀念的影像——他和总一郎、茉莉一起躺在电视塔旁净水厂的草地上，对着客机大声喝彩的童年记忆。

阿九立刻有种总一郎和茉莉似乎在他身边的感觉。

"好大呀！"

"好大呀！"

阿九对着喷射客机挥手。

"她今后的人生，也不见得都有我陪在身边吧！"

阿九听见说话声，慌张地左顾右盼。

"阿九，你看！天空中也有道路。"

是总一郎。的确，那天总一郎说了那些话。

"我想说的是，任何地方都有出路。"

总一郎的笑声始终回荡在阿九的心中，无法散去。

那天晚上，阿九梦见和父亲远藤匠一起荡千秋。他不知道该跟爸爸说些什么，只好沉默以对。远藤匠也不发一语地荡着千秋。爸爸马上就要离他而去，阿九因为知道这点，所以哭了出来。心里越是想不可以哭，泪水越是不断涌出……

一旦秋千停了下来，爸爸就要离开了，所以阿九才会那么拼命地摆荡。然而当他回过神来，隔壁的秋千不知从何时起已经停止摆动，远藤匠显得垂头丧气。阿九不断大叫："不要走！不要走！"

远藤匠从秋千下来，便回头对着阿九说："很高兴见到你。我知道你一直都很听我说的话，我很高兴。我还会来看你。阿九，妈妈就拜托你了。"

阿九大哭，却无法让荡得高高的秋千停下来。他弯着腰大叫："爸爸！"

但远藤匠的身体已经消失了一半。

"爸爸，你要去哪里？"

阿九声嘶力竭地大叫，远藤匠的身影已消失在黑暗中。

满头大汗的阿九在惊吓中醒来，被窝上有翻滚过的痕迹。一时之间还无法有回归现实的感觉，精神恍惚。凝视着窗口射进来的阳光，阿九叹了一口气。

听见等待喂食的雀鸟发出"啾啾"、"啾啾"的叫声。

阿九用手抹了抹脸，脱掉身上的运动衫，静静地起床，并斥责自己："有什么好难过的！"

打开门让户外的空气流入房间，眼前展开的是不变的世界。森林绝对不会背叛阿九。远处有野茉莉和乌臼，对面则是蓊郁的小叶青冈和月桂树。阿九对着树木深深一鞠躬道早安。看来今天的气温会很高，这是九州初夏干燥的气候。

阿九烧开水泡茶，带着饼干罐坐在小屋外的椅子上。小鸟们站在屋顶觊觎着煎饼。

"还不能给你们！得先……先等我吃过，然……然后再分给你们吃。请等一下。"

阿九自言自语地啜饮着热茶，视线停留在流理台旁小型餐具柜上的一颗圆形石头上，石头虽小，却有着漂亮的圆形。阿九拿起了石头，大小刚好可以完整包覆在他的大手掌里。不知道为什么，心情不平静的时候，握着石头自然就能感到心安。阿九常常将石头放进口袋，然后才去整理森林或吃饭。睡不着的夜晚，也会放在额头上帮助入眠。

玄界滩的海风从小屋的两旁穿过。阿九问自己："刚才好像做了悲伤的梦……究竟是什么样的内容呢？"

一只小鸟等不及了，直接飞落在铁制的桌上，小心翼翼地接近阿九的煎饼。阿九轻轻一挥说："不行，不可以偷跑。得平均分配给大家才行。"

小鸟鼓动翅膀，其他小鸟们也跟着一起飞舞。阿九的视线追着鸟群移动，看见前方也有一条天空的道路。

4 "另一个茉莉"

天气暑热难耐。阿九没有食欲，留下半个阿七亲手做的便当，躲在树荫下睡午觉，森林中有恰到好处的树荫。微风就像毛巾被，草地宛如羽绒垫。

"阿九。"

梦中，阿九被一群人围绕着。

"阿九。"

朦胧的意识中，阿九定睛一看，从围观的人群中发现了熟悉的脸孔。才一开口："是你？"当场便惊醒了。

"你认得我？"女人反问。

阿九点点头。

"你认得我？你知道我是什么人吗？"

"你……你不是都说自己就是寺……寺内茉莉吗？"阿九边起身边说。

女人听了大笑说："什么嘛！看来还是不行。"

从太阳的位置判断，时间应该已经过了三点，阿九睡了一个好长的午觉。

"你……你是怎么进来的？"

"银次叔让我进来的呀！"

阿九拍掉裤子上的泥土站了起来。伸懒腰的同时也打了一个大哈欠，甚至忍不住大喊："嗯……好舒服呀！"

阿九无视于女人的存在，开始割草，但女人似乎无意离开的样子。

"好……好奇怪的梦。"阿九一边回想梦境，一边不经意地说出了口。

女人趁机顺着他的话追问："什么样的梦呢？"

"我……我不知道。那是我经常做的梦，可是我一点都搞不清楚是什么样的梦。只是觉得很难过，每……每一次都在浑身大汗中醒来。"

"告诉我梦的内容。"

阿九握着剪刀，凝视遥远的天空。

"感……感觉好像看到一场车祸。有人在大马路上被车撞飞了，很多人围观，我凑上前去一看，竟看到浑身是血的自己。明明我是要上前去看的，不知道怎么会变成大家围观的目标。我拼命想站起来，身体就是不听使唤。不远的地方有一辆婴儿车，我一心只想赶到婴儿车旁边，但身体就是动不了。又站不起来，又浑身是血，好奇怪呀！我怎么老是做那种奇怪的梦呢？"

女人沉默不语。难道她知道什么吗？阿九走进了小屋，抓起放在餐具柜上那颗能解除心情烦闷的小石头。

"阿九。"女人的语气显得跟他很熟似的。

阿九将石头放进口袋后，又走出室外继续割草。偶尔会偷偷瞄一下女人，女人始终都坐在喷水池旁，眼光吓人地瞪着阿九。

阿九割完北侧的草后，移往南侧。

"爸爸常来看你吧？"

因为女人突然大声问，再加上"爸爸"二字的发音，让阿九不禁停止动作。

"我是指寺内新啦！"

阿九眯起眼睛、抬高下巴，偷偷看着女人。

"你还记得那个叫作'窗'的小酒馆吗？"

阿九听过那家店的名字。

"以前爸爸带你去过吧？那是由名叫今西利江的女士开的一家很小的餐馆。"

阿九不由得点点头。那个自称是茉莉的成年女人立刻追问："所以你记得啰？"

阿九大吃一惊，支支吾吾地想要掩饰："我是记得，可是记不清楚。可是为什么你会知道这件事？"

"听爸爸说的呀！不过重点是阿九还记得'窗'吧？"

"你……你是说海盗馆吧？"

女人的脸色顿时亮了起来。

"太棒了，你还记得十五年前的事。"

"你想说的是什么？"阿九瞪着女人，因为觉得被怀疑，不禁有点生气。

自称是茉莉的女人堆起了笑脸，阿九感觉好像被指责说谎，只好心虚地低下头。

"下一次我们和爸爸三个人一起去那家店吧！"

阿九背对着女人继续手上的工作。

"今西女士的身体状况不太好。"

为什么这个女人会知道今西利江和阿新的事呢?

自称茉莉的女人坐在喷水池边看着阿九。安静的时间缓缓流动,阿九意识到女人的存在,但无法主动开口跟对方说话。

"哥哥过世到今年已经是第二十四年了,你知道吗?"女人低喃。"昨天我去扫了总一郎的坟,就在平尾墓园。"

"总一郎"这三个字掠过阿九的脑海。

"我洗了墓碑,还供上一些鲜花。"

女人仰望着森林上方的天空,语气充满了怀念之情。

"有件事一直想问你。"女人的声音混合了风声。

"是有关哥哥的临终,到底是什么情况?"

阿九的头脑深处有东西在闪烁。

"好,那就先去帮忙开门吧!"

"听着!再这么拖拖拉拉,就等着吃拳头!"

模糊的声音浮现脑海。

"好,那就先去帮忙开门吧!"

推阿九出门的是勘六,当时的触感依然鲜明。那天早上因为阿九磨磨蹭蹭,挨了外公一顿骂。

阿九想起了那天早晨冰冷的小学校园。他睁大眼睛探索着昔日的记忆。绕了校园一周后,爬上体育馆旁边的石头阶梯,前往北门。阿九发现在正前方的紫藤棚上悬挂着一个黑色物体。阿九还能回想起当时的情景,仿佛昨天才刚发生。

"阿九。"

女人站了起来。突然,太阳被云遮住了,森林顿时有些阴暗。阿九的眼睛睁得更大,徘徊在记忆之中。

绳子陷进总一郎的脖子里,伸长的脖子比平常要多出一倍。不知道是因为才上吊没多久,还是重量的关系,总一郎的身体慢慢地摇晃着。阿九只稍微看到他的脸,已充血变成紫红色的眼睛微微张开,看着说不出来是哪里的前方。

那真是十分恐怖的光景!阿九吓得呆立在原地动弹不得,只能放声尖叫。赶过来的外公抱起全身痉挛的阿九,用手遮住他的眼睛。嘴里被塞住手帕后,阿九便失去了意识。

"喂!你为什么看到我就要跑呢?"

记忆中的茉莉对着阿九大叫,地点是在他家的客厅。

"慢点,阿九,告诉我哥哥死的时候是什么样子?"

当时总一郎就站在茉莉的背后,他过世之后,还是继续留在阿九和茉莉身边。

"你为什么要自杀?"

阿九质问阴魂不散的总一郎。

"就算我说了,你也无法理解的。"

因为阿九一口气回想起太多往事,头又开始痛了。

"简单来说,我想死死看。本来想马上就复活,可是我办不到。死亡比我所想象的还要深奥。"

每一句话都鲜明地在阿九的脑海中复苏。

"阿九。"

女人的声音响起。

"你还好吧?阿九,你怎么了?"

回过神来,眼前站着自称茉莉的女人。阿九心想:"哪里像呢?她跟小时候的茉莉是有点像。说不定茉莉长大了就会变成跟她一样吧?"

"我……我那个时候看……看到了……"

阿九的嘴巴很干。

"总哥的最后。"

女人点点头，对阿九提出长年来心中的疑问："哥哥是怎么死的？"

"总哥是上吊死的。好……好可怕的情景。"

躲在乌云里的太阳露脸了，森林再度笼罩在亮光下。自称是茉莉的女人轻声说："原来如此。"并从皮包里拿出了洋伞撑开。

阿九和女人一起坐在喷水池边。风一吹来，树木沙沙作响。森林像天堂乐园般熠熠生辉，耀眼得令人几乎无法张开眼睛。

自称茉莉的女人轻声说："我该走了。"并收起洋伞站起身来。阿九心想："这个人是茉莉吗？她干吗说自己是茉莉呢？为什么要说这种一眼就被看穿的谎言？"可是自己却不讨厌跟她在一起，反而觉得心安，就好像那颗小石头一样。

阿九连忙从口袋里拿出那颗石头握紧。他不知道为什么，只要握住这颗石头，心情就会很平静。也想不起来这颗石头是从什么时候开始就在自己身边。

"怎么了？"女人看着阿九抬起来的眼睛问。

"没……没……没什么。"

"是吗？那就好。"女人说，"咦，那是什么？"

女人留意到阿九握在手中的石头。阿九也不知道该如何说明，只好将石头放在手掌上，摊在女人面前。女人感兴趣地端详了一下，阿九感觉石头似乎联系了自己和这个女人。

"茉莉！"阿九自己称呼对方是茉莉。叫完后，不禁用手掩住自己的嘴巴。

女人微微一笑说："你总算想起我是谁了吗？"

阿九重新握紧石头，连忙摇头否认："不……不是那样子。我不是想起来的，只……只是觉得跟你在一起，感……感觉很怀念，而且跟你在一起感觉很好。"

"很好吗?"

"嗯,很舒服的感觉。"

女人的嘴角有光线反射,十分刺眼。阿九受到影响也跟着微笑。他虽然搞不清楚有什么不一样,只觉得不安逐渐远去,心情很舒服。

"我下次再来。"女人说。

"那今……今天不用吗?"阿九对着转身离去的女人询问。

女人停下脚步,静静地回头看着阿九问:"不用什么?"

"今天不用看超……超能力吗?"

女人一边按住随风飘扬的秀发,一边说:"你肯让我看吗?"

"嗯。"

阿九站起来,环视了一下四周。因为还想见到这个人,所以必须让她感动。想到这里,气力就自然涌现。

阿九在眉头用力,微微下腰发动念力。自称是茉莉的女人直视着阿九。风停了,首先是落在两人面前的园艺剪飘浮了起来,到达三公尺的高度后戛然静止。

"好棒!"

接着是竹扫帚飘上半空,然后是铲子、浇花器,甚至连梯子也飘浮在半空中。

"还没结束哟!"

阿九说完,小屋前的水管立刻像大蛇般扭动,并开始移动位置。

"好厉害,这是怎么回事?"女人大声惊呼。

园艺剪和水管以喷水池为中心,像旋转木马般开始打转。

阿九笑了,他为能够取悦女人而高兴。

"茉莉,你还会来吗?"

女人点点头,看到现实世界的眼前呈现出如此非现实的精彩表演，她惊讶得说不出话来。

夜里，阿九无法成眠。

一想到自称茉莉的女人，不知道为什么心头就隐隐作痛。小时候的茉莉和长大成人的茉莉是否为同一人？虽然阿九还无法做出结论，但女人偶尔来访共度的午后短暂时光，却能让阿九不安的心趋于平静。一种新的情感包裹住阿九的心，那是不同于和阿七共处时的安心感。

阿九在心中呼唤茉莉的名字。每呼唤一次，身体就感觉火热。

昏昏沉沉之际，听见有类似猫叫的莺声燕语传进耳朵。阿九心想会是什么呢？走到门口，小心翼翼地开锁，轻轻推开门，尽量不发出声音地蹑手蹑脚走出去一看，发现在喷水池旁的草地上有东西在动。看来又是"外面的人"闯进来了。

阿九匍匐在草地上前进，躲在灌木丛中仔细查看。

草地上有对一丝不挂的年轻男女紧紧相拥。男人高举女人的双脚，腰部和女人的下体结合在一起。男人的下半身激烈摆动，女人也配合动作高声淫叫。阿九想起了裸身相拥的银次和阿七，阿七脸部扭曲，紧紧贴在银次身上。

年轻女人在上，男人双手搓揉女人的胸部。女人摆荡着自己的身体，发出娇喘。阿九的阴茎自行僵硬了起来，吓得他猛吞口水。因为阴茎逐渐胀大，使得他必须拱起身体。阿九完全不知道发生了什么事，难过地将阴茎压在草地上。可是阴茎依然继续胀大变硬，跟千斤顶一样顶起他的身体。于是阿九的腹部必须又更用力往下压，突然间下体变得很舒服，有种奇妙的感觉。脑海中重新浮现阿七被银次侵犯时扭曲的神情。阿九发出一声："啊！"回过神来发现自己的腰部不停摆动，几乎快要在草地上顶出一个洞了。

"啊啊啊！"

射精的瞬间，阿九大叫出声。声音大到连自己也吓了一跳。

那对相拥的男女，先是女方吓到，尖叫一声："哎呀！"接着男方也开始大喊："快死了、快死了！谁来救我呀！"男人想从女人的身上移开，可是办不到。

阿九不知道发生了什么事，怒斥："你们闹够了没？"

但男人还是继续哀叫，阿九担心地从灌木丛里询问："喂，你们怎么了？"

男人听见立刻大叫："她的阴道痉挛了呀！"

阿九按着下半身回到小屋，按下平常绝对不用的紧急通话钮。

银次用还没睡醒的声音生气地问："干什么？都这么晚了。"

阿九拼命解释说："发……发生麻烦的事了，一对年轻男女快要死了。总……总之你快来救救他们。"

5 "大冒险"

阿九一早起来就无法专心做事。好几次手里抓着水管，便径自发起呆来。等到回过神来，脚底下都已经泡在水里。

不管做什么事，脑海中总是会闪过那对男女裸身交缠的画面，总是会听见女人妖娆的呻吟。而且每次阴茎就会有所反应，逐渐胀大。就好像地面上突然冒出芽的植物一样从裤裆蹿上来，推开衬衫下摆，前端抵达胸前。就算松开腰带，身体还是会因勃起的阴茎重量而失去平衡，整个人趴倒在草地上，仿佛那里生出了第三只脚似的。

无法和寺内茉莉在宾馆房间结为一体的痛苦回忆掠过心头。心一痛，不由得抓住阴茎。一股刺激直冲脑门。

"茉莉！"

"外面的人"裸身相拥的画面，最后总是会变成自己和茉莉。

"啊，茉莉！"

呼吸变得急促，抓住阴茎的手也大胆地动了起来。强烈的刺激不断蹿升到脊椎，让阿九的身体也跟着一次又一次弓起反弹。

"啊，阿九！"听见茉莉娇柔的声音。

"阿九。"

"茉莉。"

"阿九！"

"啊，茉莉！"

"你在干什么？"

"茉莉，我忍不住了。"

"阿九！"

"嗯？"

回过神来，发现蒙眬的视线前方站的是阿七。

"你哪里不舒服吗？"

阿九仓皇地想将阴茎藏起来，可是巨大的阴茎根本塞不进裤子里。走上前来的阿七看见阿九挺立的阴茎，不禁睁大了眼睛。阿九企图趴下，但受到阴茎的阻挡无法如愿。不得已只好抱着膝盖坐在那里，就好像抱着阴茎一样。

"阿九。"阿七试图隐藏内心的动摇，轻声呼唤阿九。

"不……不可以看我。"

阿七不知道该怎么办，只好将手上的便当盒放在草地上，往后退几步。

"不……不可以看我啦！"

"……其实没什么好害羞的。"

"可……可……可是我就是觉得丢脸嘛！"

阿七身体往前倾，看着阿九说："男人会变硬，那是很自然的呀！"

阿九侧着头，悄悄抬头看着阿七。

"让妈看看。"

"不要。"

"我们是母子，有什么关系？"

"我都说不要了！"

阿七微微一笑说："跟你爸爸一模一样。"

阿九听了反而更加难为情，身体缩得更紧。

"你走开！走开啦！"

因为阿九闹得太凶，阿七没办法只好离开。临走之际留下一句："阿九，对男人而言，想要跟女人亲热是很自然的事。"

"自然"这两个字听得阿九如雷贯耳。

阿九呈"大"字形躺在没有其他人的屋顶上，耸立的阴茎前端没入蓝空之中。

无法成眠的夜晚，阿九决定走出小屋，打开逃生梯门口的锁，踏进外面的人的世界，眼前出现的是博多明亮的街灯。长年以来，阿九过着和外界无缘的生活，他甚至已经不记得最后一次出来是什么时候。

"你知道自己现在在做什么吗？"

阿九问自己，慢慢一步一步走下楼梯。来自玄界滩的温热海风轻拂脸颊。有时阿九会抓住蠢蠢欲动的胯下，让自己的心情平静下来。

霓虹灯光将墙壁染成粉红色。灯光每一次明灭闪烁，就更加煽动阿九的欲望，他一步一步踩着楼梯往下走。

"我知道了。我要好好检验一下重复发生在这间宾馆里人类的爱的行为。交配真的是很自然的事吗？我有必要调查清楚才对。"

阿九在宾馆最顶楼的铁门前停了下来。门的另一边是一道长廊，两旁有许多客房相连。阿九用力深呼吸，然后握住门把扭转。门发出一声"叽",沉重地开了。阿九知道只有最上面的这扇铁门为了火灾时的逃生之用没有上锁,也因此常有外面的人会闯到屋顶。

当初屋顶要造林时,必须利用电梯运送东西,阿九就已经多次走过这道长廊。现在看到的和当时的印象相去甚远,到处弥漫着潮湿的空气,灯光也很阴暗。走廊左右两边都有门,每个房间里面都在上演爱的行为。

竖起耳朵,放亮眼睛。阿九的呼吸急促,肺部发出喘息。走廊的尽头是电梯间,已无路可逃。想到万一在这里遇到任何人,阿九就不禁打起冷战。可是他已无退路可走了。

阿九拿着手电筒,像个门神一样站在走廊正中央,环顾周遭。女人的呻吟从四面八方传来。"嗯嗯啊啊"的叫声是撩拨欲望的魔音。想起昨天所目睹外面的人的行为,气血便直冲脑门。

"啊啊……啊啊……啊啊啊啊啊啊!"

是要逃回去还是继续往前走?阿九进退维谷,原地打转。

"啊啊……就是那里……啊啊啊啊啊啊!"

阿九转身,然后又转了回去。声音从左右两边同时传入耳朵。到处都有男女埋首于爱的游戏之中。

阿九无法抑制心中的欲望,将耳朵贴在一扇门上。

"对,就是那里,就是那里!"

女人高亢的叫声更为阿九的欲望之火增添燃油。阿九的手伸向胯下,火热的阴茎渐渐硬了起来。心跳像撞钟般激烈,阿九已经兴奋得不知所以。

"啊,我不行了,快来,快点来呀!"

这时,身后的门开了,走出一对男女。阿九的嘴角立刻往上扬,点头说:"晚……晚安。"

并装出走错房间的样子,确认房间号码。

"咦，奇怪了？到底是哪一间呢？"

他伸手扭转隔壁房间的门把。正当陷入绝境之际，幸运的是那扇门居然没上锁，一转就开了。

走进房内关上门的同时，阿九吓得差点晕眩。双手扶着墙壁，小心翼翼地往阴暗的房间内部移动。大概是刚打扫完吧！室内仿佛还残留着有人待过的感觉和余热。中央是一张圆形大床，白色的床单十分醒目。

阿九坐在床缘慢慢地深呼吸，好让心情恢复平静。

这时传来钥匙插进门把的声音。几乎就在门被推开的同时，阿九躲进了厕所。

"搞什么呀？门居然没锁。"男人的声音说。

"讨厌，课长。"接着是女人的笑声，"门锁上不是比较好吗？"

"算了，又不会有人来。"

两人一进来便拥抱亲吻。看来已经喝了不少酒，女人的脚步蹒跚。

"关上灯吧！"

"又没有其他人看见。"

"不行，课长会看到呀！"

"拜托，不要再叫我课长，叫我太司吧！我们不过才差五岁。"

"等一下，课长，我可不是那种女人哦！"

阿九从门缝观察外面的人的行动。女人尽管嘴里那么说，却没有抗拒之意，甚至还自己脱起了衣服。

"明美、明美……明美。"

那对男女与其说是激情相拥，更像是交缠在一起。看到女人裸着身子，男人也跟着脱衣服。阿九褪下拉链，从里面掏出了阴茎。

"不是叫你关掉灯吗？"

"有什么关系,这样我更容易兴奋嘛!"

"不行,拜托你关掉!啊!你干什么……"

男人突然将脸埋进女人的胯下,女人发出惊叫声。阿九情欲贲张,只好猛吞口水。

"啊啊啊啊……啊啊啊……啊啊啊啊啊!"

阿九的阴茎开始膨胀。一看到男人骑在女人身上用力抽动腰部,兴奋和刺激便轮流冲击阿九的脑部,让他的神志变得模糊。眼前一片空白,耳朵也失去知觉,意识逐渐远去。阿九握着阴茎的根部上下摩擦,越是摩擦就有更大的刺激直击脑门。

"课长。"

"明美。"

"课长。"

"啊啊啊啊,明美。"

接下来的瞬间,女人大叫一声。

"怎么了啊?"

"讨厌,慢点!课长,那里有人!"

阿九勃起的阴茎撞开了门。男人和女人同时抬头看着阿九,两人都张开嘴巴,停止了动作。

"对……对不起,我搞……搞错房间了。因为门没上锁,我一不小心就……"阿九边解释边用手托着如长枪挺立的阴茎,飞奔而出。

撑着阴茎跑步是件很辛苦的事,感觉就像袋鼠一样奇怪。阿九冲进楼梯间,直接爬上阶梯,好不容易逃回屋顶上的森林。赶紧关上小屋的门,钻进被窝,一颗心脏早已经跟即将爆炸的气球一样。

到处都有警车的鸣笛声传来,不过很快都又呼啸远去。一整个晚上紧张到无法成眠的阿九,都抱着胀痛的阴茎警戒等待。直到天空开始发白，欲望才渐渐停止，在坠落般的感觉中迅速入睡。

第二天阿七带着便当上来时说："昨天出现了偷窥狂呢！"

阿九装出一副事不关己的样子，只敷衍了一句："哦，是吗？"

阿七偷偷观察故作镇定夹菜食用的阿九的脸说："根据目击的客人指出，那个偷窥的男人下面很大。"

"很大？"

阿七微微一笑说："是呀，就跟大象的鼻子一样。"

阿九连忙将视线避开，回问一句："这……这是在怀疑我吗？"

"我没有怀疑你呀！"

"那就不要用那种眼光看着我。"

"我没有怀疑你，而是确信犯人就是你！不过你放心好了。那些客人都是来搞婚外情的，要求我们不要去报警，所以没有报警。"

阿九正要放进嘴里的炸鸡块，一不小心掉在地上。

"哈，我就说吧！"

"奇……奇怪，怎么一早起来身体就不太舒服。"

阿七提议说："偷窥是犯罪，对岸有好几间洗土耳其浴的店，要不叫银次带你去解决需求，畅快一下？"

阿九恼羞成怒，瞪着母亲说："这……这算什么嘛！哪……哪有当人家妈妈的，居然鼓励儿子去买春！"

"土耳其浴也是正当的行业。毕竟靠警察是无法解决像你这种充满情欲的男人，得要土耳其浴才行吧？为了防止性犯罪，自然有必要承认那种行业的存在。"

"随你怎么说吧！"

阿九放下便当站了起来。

"不吃了吗？"

"我……我肚子不饿。"

303

阿九抓起水管开始往树木的上方洒水，喷出来的水帘和天空之间形成一道彩虹。虽然不长，却是很美的一道彩虹。

两人沉默了一阵子，阿七又说："你还记得以前当土耳其浴女郎的菊丸小姐吗？"

仿佛又是一扇仓库厚重的门缓缓被打开。阿九回头看着阿七，嘴里重复着"菊丸"二字。

"菊丸小姐一直很想跟你见面，她发生过许多事，几年前生下一个小孩后，在银次的介绍下，当了酒店的妈妈桑。提起你的事，她表示很怀念。"

"你……你怎么会知道菊丸呢？"

阿七站起来，捶了捶腰部说："这个世界本来就很小呀！"

那天晚上银次带菊丸上来屋顶。眼前出现的人的确是菊丸，却又有些不太一样。阿九的头又开始抽痛，因为眼前的人不是二十多岁的年轻菊丸，而是不复青春的另一个菊丸……

"阿九，哎呀！真的是阿九呀，你都变成一个大男人了！"

菊丸的声音有些沙哑，身材也中年发福，她不再是过去那个淘气的女孩，浑身散发着呼应"妈妈桑"身份的气势。她用成熟圆润的声音问："怎么了？"

原来阿九始终都在盯着菊丸的脸看，连一根皱纹也不肯放过。

"别像见到鬼一样看着我嘛！我呀……你看……就像这样活得好好的！"

为什么大家都突然变老了呢？阿九仿佛变成浦岛太郎一样，感到很不可思议。而且只要一思考这件事，头脑中心又会开始作痛。

"菊……菊丸小姐，你为什么会变得那……那么老呢？"

"为什么？真是不好意思呀，我已经成了欧巴桑了。可是阿九你自己不也变成了大叔吗？日子过久了，每个人都会变老的呀！"

"大叔？我……我是大……大叔吗？日……日子过久了……"

阿九看了银次一眼。银次干咳一声，留下一句："我得回去工作，你请慢坐！"之后便下去了。

"没错，在那之后都已经过了十五年了，不是吗？"

阿九眨眨眼睛，嘴里重复说着"十五年"这个字眼。

6 *"爱的岩浆"*

就这样，菊丸经常来找阿九。

"开店之前顺道过来看看。"

菊丸总是带着甜点、冰淇淋或植物图鉴等礼物，在阿九工作告一段落的傍晚时分出现。后来次数越来越频繁，到了夏天即将结束之际，几乎已经是每天都来，甚至还像是阿九的老婆一样，洗衣、打扫样样都帮忙。

"你……你不用做那些事。"

"没关系的，你不用介意，我喜欢做。"

菊丸轻薄的洋装上系着阿七的围裙，动作熟练地洗着餐具。每一次阿九的视线移向菊丸的臀部，胯下就隐隐作痛。他当年无法和茉莉结为一体，和菊丸却做得到，那种酸酸甜甜的感觉至今还残留在心中一角。

"啊，这么说起来，茉莉小姐应该常常会来吧？"

由于菊丸突然转过身，阿九盯着她屁股看的视线连忙闪躲开了。

"以前我见过她一次还是两次吧！最后一次我记得是在十五前的放生会上。之后听阿七婶说了很多，说阿九擅自在我的身上制造出那个人的形象，她是阿九的青梅竹马吧？"

"哦……嗯。"阿九赶紧点头承认，心中却有一点不解。假如那个女人真的是长大后的茉莉，为什么记忆无法和他对菊丸的一样，感觉是不一致的？为什么自己无法想起那段失去的时间？头脑中心部位又开始跟往常一样地抽痛。

"我……我想不起来。越是努力要想出来，头就会越痛。"

菊丸没有停止洗碗的动作，大声地说："你不是出过车祸吗？所以记忆才会有些迟缓。这是阿七婶告诉我的。可是你还是能够记得我是谁，我觉得很高兴。"

"车祸……"阿九喃喃自语。

菊丸转过身来，露出"完蛋了"的表情。

"你……你说车祸，是什么样的车祸？"

菊丸困惑地看着阿九，然后才关掉水龙头，用围裙擦干手，一脸严肃地说："阿九，有些事情不要想起来会比较好的。"

阿九的视线恍惚看着前方，漫无目标。

"咦？那是什么？刚刚那颗石头好像变成红色的耶……"

菊丸的视线对着放在餐具柜上的小石头，正伸手要碰，阿九赶紧大声怒斥："不行，那是我很宝贝的石头。"

"哦，跟着阿九一起从巴黎带回来的就是这个呀！"

"巴黎？"

"你不记得了吗？"

"嗯，你可……可不可以告诉我？"

菊丸很有可能知道些什么，这也许是解开所有谜团的机会。

"你真的……真的想知道吗？"

阿九用力点头。菊丸犹豫了几秒钟，重新闭紧嘴巴后，仿佛自言自语地说："应该没关系吧？"

"你在巴黎出了车祸，被车子撞飞到好几米外。那是一场很严重的车祸，不过你大难不死保住了性命。这颗石头是你回日本时，在行李中发现的，混在书本、衣服里面。阿七婶说你只留下这颗石头，把其他东西都扔了。大概是对这颗石头有什么特别的回忆吧？"

头脑深处好像有什么东西在闪烁，一如在黑暗中明灭的救护车警示灯，朦胧的影像消失在疼痛的另一方，然后又出现。

"总之，因为那场车祸的关系，你丧失了记忆。不过，不知为什么只留下了童年的记忆。"

"为……为什么我……我会在国外发生车祸呢？"

菊丸摇摇头说："那我就不知道了。"

从她慌张的样子来看，显然是隐瞒了什么。

"你听着，阿九，一次要想起所有的记忆会很痛苦吧？所以一点一点地自然想起不是很好吗？我想你也会比较舒服些。反正你一定想得起来的，就一点一点慢慢恢复记忆，那样比较好。"

阿九想起了最近常做的梦，是在冲绳岛上偏远的小村庄生活的记忆。那里有个老婆婆，阿九受到老婆婆许多照顾。最近老婆婆出现在梦中的次数增加了，她叫阿九回去。当阿九告诉菊丸这件事后，菊丸说："看来应该是阿九出去旅行前的记忆吧！如果阿九想去找那个人的话，我可以陪你一起去。"

阿九摇头说："我……我知道冲……冲绳这地方，但我不知道她在冲绳的哪里。"

"那等你想出来再去看看吧！"

"再去看看吧！"这句话轻柔地触碰了阿九的内心，让他不禁想哭，嘴唇抿成了一直线。因为失落的记忆常常让他感到不安，内心总是十分孤独。菊丸的温柔动摇了阿九的心。

"怎么了吗？"

"不……不知道。"阿九说，"感……感觉突然很想哭。"

"没事的,你不用担心啦!凡事有我在,你身边有我在,绝对不是一个人。"

泪水浮现在眼角,阿九边用手背拭泪边哭诉:"我什么都想不出来,也不知道为什么会这么伤心。"

菊丸默默抱着阿九。在女性温柔触感的环抱下,阿九的肉体自然起了紧张的反应。

"没关系,没什么好担心的。你就安心吧!只要你有需要,我就会在你身边。"

菊丸的颈项一带散发出甜美的香气,阿九的胯下逐渐开始胀大。

"哎呀,阿九!"

菊丸红着脸看着低着头的阿九。

"原来你还是有情欲的呀?"

"我……我不知道。"

"太好了。看来阿九的那里还是生龙活虎的,要做吗?"

菊丸的大眼睛在邀约着。阿九反问:"嗯?"

菊丸亲吻着阿九的嘴唇。因为事出突然,阿九根本来不及拒绝。菊丸的嘴唇像是慈母般的关爱,却又很激烈地不断地贴上来。她用丰厚柔软的嘴唇吸吮着阿九的嘴唇,手拨乱了他的头发。阿九紧张的身体逐渐放松,突然间脚步不稳,当场差点跌倒。

"阿九……"菊丸不断呼唤。

"慢……慢点,菊……菊丸,等一下。我知道情欲无法压抑,可是不要……菊丸……"

由于菊丸的体重压在阿九身上,两人失去平衡,直接倒在地板上。菊丸紧紧抱住阿九,房门是开着的。阿九惊慌地想:"万一这样子被阿七或银次、甚至是那个自称是茉莉的女人看到了,那该怎么办?"

菊丸跨坐在阿九身上说:"没关系啦,做吧!"

阿九拒绝说:"这样我很困扰。"

但其实欲望已经熊熊燃起,只是内心深处还有块地方继续抗拒着。菊丸用挑逗的眼光俯瞰着阿九,他只能像个小孩一样不断摇头,嘴里喊着:"不要。"

"可是阿九你这里都硬了,你看!"

阿九的下体硬邦邦地勃起,都已经穿出裤头抵到腹部了。菊丸轻轻抚摸阿九突出于腰带下方的阴茎说:"好棒呀!你的阴茎还是跟以前一样巨大,依然健在。这世界就只有阿九才拥有这么棒的东西!"

菊丸迅速解下围裙,开始褪去洋装。

"等一下!"阿九抓住菊丸的手,却无法让她的动作停下来。

"在……在这里万一被别人看到了,该……该怎么办?"

菊丸倏然起身将门关上并锁好,然后双手往后绕,解开内衣扣环。两颗乳房就像是无法塞进袋子里的水果一样掉了出来,在她胸前轻柔地晃来晃去。

"这些日子以来,我始终都没有办法忘记你。"

"你……你这么说,我很困扰。"

"也许在你心中已经把我给淡忘了,但我从来都没有忘记过你呢!虽然和店里认识的男人顺理成章地有了小孩,不过很快也分手了,现在是自己一个人。我觉得这些都是上天的安排,我肯定是你所需要的人。我一直都认为能够带给阿九在黑暗中一盏明灯的人就只有我而已,所以当阿七婶愿意让我跟你见面时,我就知道上天已接受了我。"

菊丸脱去内裤,跪在阿九身旁。明明是个中年妇女,眼中却充满了如少女般的光辉。阿九可以想起他和菊丸共度的青春岁月。

菊丸将脸靠近躺在地上的阿九。

"阿九,你需要我吗?我会好好珍惜你的。就让我们两人共度余生吧!"

阿九感到困惑。心思在几秒钟之间一下子变成小孩又变回大人，头脑早已经混乱，也开始作痛。

"啊哇哇……啊哇哇……"阿九发出不成言语的声音试图抗拒，不知道该怎么办才好。

菊丸松开阿九的腰带，整个抽掉，扯开裤子的拉链后，阿九恢复自由的阴茎昂然挺立。看到这景象的菊丸立刻发出赞叹声。

"就算拼了老命，我也要好好爱你！"

菊丸不断用脸颊轻柔地磨蹭阿九的那里。刺激蹿入阿九的脑门，耳边听见有人说："交配是很自然的行为。"菊丸跨坐在阿九身上，一如包裹着情欲，她也开始吞噬他。一下子无法全部进去，只能一点一点慢慢地吞噬，就像吞下大象的蟒蛇一样。

"阿九！"

菊丸掀开阿九的衬衫，将脸贴在裸露的肌肤上磨蹭。阿九终于受不了而抱住了菊丸。

"啊，阿九。"

菊丸的脸部线条因为幸福而扭曲。她一边摆腰扭臀，一边发出娇喘声。

"好……好……好舒服哟！"阿九好不容易迸出一句话。

"阿九，这就是爱呀！"菊丸边说边放慢摆腰的速度。

"爱……爱？这……这个吗？"

"嗯，因为感觉很舒服吧？有种好像要飘起来的感觉吧？这就是爱呀！"

从披散的发丝之间，不时能看见菊丸扭曲和妖艳的脸。记忆中的菊丸妆一向化得很淡，但眼前的菊丸却是浓妆艳抹。红色的唇膏因为不断亲吻的关系，已经晕开到唇线轮廓之外。

"我当了很久的土耳其浴女郎，工作的时候从来没有对客人敞开心房过。因为我已经抱定了这是工作，必须和私情切割开来，所以我一直都很向往心灵和肉体能达到一致的境界，现在就是那种感觉。"

菊丸的声音逐渐远去，阿九在记忆中和别的女人相拥而眠。那个女人长得有点像菊丸，但不是菊丸，也不是茉莉。是一个拥有白色肌肤、充满活力的女人。那个人透过菊丸的肉体在和阿九对话。

"阿九，我爱你。"

菊丸的声音和那个人的声音重叠，菊丸的轮廓也和那个人的轮廓重叠。阿九在兴奋中追寻那个女人的幻影。她是谁呢？眼泪夺眶而出。

"爱呀，这就是爱呀！"

是谁在说话？阿九不知道。只是觉得心酸却又很幸福。吉光片羽的影像如走马灯般在脑海中掠过，偏偏又都没有明确的形体。

"阿九！"

有人在叫他。阿九用力抱住那个声音，他感觉到有一个异于菊丸的存在就在那里。阿九伸出手，拼命想要探索那个幻影，感觉很怀念又很悲伤，然而那里也确实存在着爱。不知道为什么，阿九就是知道自己曾经生活在那份爱情中。唯一记得的是那是一份很强烈、强烈到无法计量的爱情。

"阿九，阿九。"

菊丸的声音从迷雾的那一头传来。幻影消失在雾中。阿九连忙将手伸进雾里，几乎快要抓到了，却还是抓不到任何东西。幻影般的女人逃回阿九无法触及的世界了。

"阿九，你有感觉到吗？我的感觉很强烈。感觉这才像是活着！"

菊丸的声音驱散了浓雾，将阿九的意识拉回现实世界。眼前出现的是菊丸的脸，她丰满的肉体如水球般晃动不已。

"啊啊！"

突然间，阿九的肚子感觉有股力道蹿起。一种无法形容的力量从阿九身体里如蒸气冒出般冲了上来。

"没关系的,你可以射出来。"

"可……可……可是我……我……会怕……"

"没事的,不要想太多。阿九,来跟我一起。"

"菊丸,好……好……好奇怪哟!怎么会……有种奇……奇怪的东西喷出来?"

"没关系的。抱住我,一切都交给我,你只要紧紧抱着我就好了。"

阿九完全不知道菊丸在说些什么。陷入一种无法判别是非好坏的状态。只觉得气喘如牛,脑中一片空白。

"射吧!你射吧!"

阿九可以感受到背后是地球的弧度,意识深处有坚硬的地面,再往下方是蠢蠢欲动的岩浆。岩浆试图穿越阿九而出。阿九紧紧抱住菊丸,闭上双眼。他觉得自己已经不是自己了,而是任凭激烈震动的菊丸挖土机处理的大地。阿九内部的岩浆即将爆发,菊丸的腰继续不断挖掘地面,已触碰到岩浆层。火热的岩浆迅速冲出地面,穿过狭小的管道,朝向天空喷洒出红色的火柱。

7 "静静地变化"

阿九今天也是一早起来就整天跟植物相处,庭院里每天都有许多容易被忽略的细微变化在发生着。例如昨天行将枯萎的叶片今天已恢复生气,相反地,原本灿烂绽放的花朵却突然凋谢了。

抑制快速成长的植物,为发育缓慢的植物增添养分,考虑到整个森林的生态平衡,让植物们能够平均生长,这就是阿九每天重要的工作。

巡视过庭院后,阿九隔着铁丝网眺望中洲。天气大概要变热了,远方的天空显得雾蒙蒙的。没有风，热气不断逼上来。小鸟们很自然都集中在屋顶上排成一列，对着阿九的背影吵着要食物。

土耳其浴的霓虹灯招牌前，可以看见许多来来去去的男人们，其中还夹杂了几个老太婆的身影。阿九知道她们是负责拉客的，因为他曾经在其中一间土耳其浴房认识了菊丸。

眯起眼睛，凝视着水面上跳跃的亮光，头脑深处又开始隐隐作痛。阿九忍着痛探索记忆。第一次和菊丸结为一体的朦胧感触在脑海中复苏，接着又和昨天历历在目的结合画面重叠。年轻的菊丸和已不复年轻的菊丸交互在脑海中出现，两个人都是菊丸没错，问题是阿九丧失了其中的记忆。硬要将两者联结在一起时，头脑深处又跟往常一样产生剧痛。

阿九用力甩头，甚至将前额压在铁丝网上。

——你不是出过车祸吗？

菊丸的声音在耳边响起。

车祸？印象中好像是要穿越某个地方的马路，也看得见冲过来的车子，但又记得不是很清楚。阿九不知道那是在哪里，在什么情况下发生的事，就像海市蜃楼一样，只是很模糊的记忆。想要抓住，立刻就会消失不见。阿九再度用额头撞击铁丝网，喃喃自语："我不知道，什么都不知道……"这时，刚好有人叫他的名字。他不是真的听见，而是在头脑里面传出的声音。明亮闪耀的中洲景色瞬间和某个笼罩在浓浓秋色的广场影像重叠。经过人工修剪成美丽形状的高雅树木，叶片已开始泛红，在风中摇曳。

那幅心灵景象仿佛随着神明的眨眼瞬间消失又清楚浮现，深深映入阿九的眼帘。

"你不能忘记这个瞬间！就是现在这个瞬间！"

阿九听见说话的声音，应该是记忆中的声音。

"我不会忘的。"

"你一定要牢牢记住这个瞬间，记住现在这个幸福得吓人的瞬间。"

阿九凝视着某个人的眼睛，那双黑色的眼睛似乎在拼命诉说些什么。阿九感觉有人突然亲吻了他，一种很轻柔的嘴唇触感……绝非菊丸的厚唇，而是很薄、很柔软……

"不要忘记，这一生永远都不要忘记这一瞬间！"

"……我绝对不会忘的，你放心。"

"我不是那个意思，你不用安慰我，不是那样子的。我说的是你要在心中永远记住这个瞬间，这么一来，我就能存活在里面。"

因为是很怀念的声音，让阿九的眼眶开始湿润。

"我现在就要眨眼，下一个瞬间将永远烙印在你的心里。"

世界又眨了一下眼睛。眼前展开的中洲风景，又和美丽如同明信片的广场秋色重叠在一起。一种像是时空错乱产生的扭曲，或是时光波澜造成的晃动，掠过阿九的视野。明明没有接吻，阿九的唇上却有明显而温柔的嘴唇触感。美丽广场上的光线、飘舞的落叶、冷风，还有不是菊丸的其他女性的眼睛、嘴唇，存在……

"记住了吗？"

"嗯，记住了。"

"就算有一天我不在这个人世，我还是会一直陪在你身边的。如果你在那里听见了我的声音，就想起现在烙印在心中的我……"

回过神时，怀念的记忆就像海市蜃楼一样消失无踪。眼前只剩下熟悉的中洲风景。

上午一洒完水后，阿七带着便当上来。

"菊丸小姐好像每天都会来嘛！"阿七一副心知肚明的神情。

阿九拿起筷子开始吃阿七做的亲子盖饭。

"她这样子就好像是你的媳妇一样,连打扫、洗衣服都帮你做了,这样不是很好吗?"

阿九狼吞虎咽地大口扒饭。

"阿九觉得她怎么样?娶来当老婆好吗?与其一个人过日子,两个人生活应该比较安心吧?"

阿九粗鲁地放下盖碗,声音响遍周遭。

阿七听到立刻皱起眉头怒斥:"怎么,不满意吗?那么漂亮的人喜欢你,身为男人还有什么不满足?人家配你算是委屈了。"

阿九睁大眼睛,看着阿七反问:"你……你是说像我这种男人配不上她吗?"

阿七吓了一跳,移开视线。

"出……出车祸的事,我虽然不记得,但菊丸都告诉我了。你为什么要隐瞒呢?我到底发生过什么事?"

阿七惊慌地拿起筷子,动手食用眼前的盖饭。

"我……我说话这么慢,动作也像是穿了潜水服一样,感觉很沉重,都……都是因为车祸的关系吧?"

阿七放下碗,起身默默地眺望着中洲景色,过了一会儿,只留下一句:"我待会儿再上来收碗筷。"之后便离开屋顶。她的背影已不是阿九记忆中的年轻母亲,而是对人生感到疲惫的老妇身影……

傍晚时分,菊丸出现了。一看到阿九便飞扑过来,用力抱住他索吻,表现得非常亲昵。阿九推开她说:"你……你要干什么?"

菊丸的嘴唇触感让阿九清晰回想起昨晚结合的兴奋,甜美而刺激的香水味环绕着他。

"不管你怎么说,事到如今总不会说昨天的事没发生过吧?已经太迟了。"

"太迟了？那是什……什么意思？"

"你不用考虑太多，我什么都会帮你做好的。不管是家里的事还是未来，我都会处理的。"

"你都……都会处理？"

"没错，我会全都打点得好好的，不让你操心，包括那一方面的事，我也会好好照顾你的需求。"

"那一方面？"

"那一方面就是指那件事呀。讨厌，还跟我装傻！"

菊丸边笑边走进小屋里。

"哎哟，搞什么呀？怎么昨天才打扫过，今天又这么乱了。"

小屋中传来菊丸的斥责声。她虽然生气，语气却显得很高兴。马上又传来哼歌的声音。

阿九的胯下深处又在隐隐作痛。昨天明明做过，欲望的水库又已经涨满了。阿九用手掌摩擦脸，呈"大"字形躺在草地上。蓝天近在咫尺，仿佛伸手便可触及。鼻孔吸进新鲜的空气，膨胀肺叶，然后又慢慢呼出。阿九一次又一次重复吸气呼气的动作，试图将自己体内的欲念、嫉妒、愤怒和悲伤等精神的污浊，全部一吐为快。

用力将空气吸进肺叶的每一个角落，可以感受到肋骨全然开展。胸腔里堆积了许多空气，屏住气直到忍不住才整个一口吐出。眼前顿时发暗，陷入贫血的状态。感觉体内好像产生了新陈代谢，旧的肌肤剥落，新的皮肤再生。阿九很想帮自己的内在重新换过，用新的自己交换旧的自己。一闭上眼睛，眼睑内侧是鲜红色的。他在心中喃喃自语："是血的颜色。"

一次又一次不断深呼吸，阿九不是用嘴巴，而是透过鼻孔吸进空气，感觉身体内部开始了某种循环。那些不知道收藏在哪里的记忆，不是很具体、却又很怀念的记忆片段，出现在脑海里，就像不成形体或影像的闪烁光影一样。

——阿九。

耳边有人在叫他。阿九想不出来是谁的声音，只觉得很熟悉。感觉那个声音一直都在支持着自己。

——阿九，我在你身边。

阿九不禁将积存在肺里的空气释出。意识的脑海中，阿九呼出的空气充满了气泡，无数的气泡在记忆的海洋中缓缓升起。

——阿九。

声音不是从外侧传来，而是发自内侧。

——阿九。

感觉好温暖的声音，阿九慢慢地吸气。

"阿九，阿九。"

睁开眼睛一看，阿九置身在蓝天之中。

"阿九，阿九，你怎么了？"

跟刚才的声音不一样，是菊丸的声音。那个声音跑哪去了？阿九东张西望寻找。

"阿九，你在飘浮，你飘浮在空中耶！"

阿九想要坐起来，这才发现自己飘浮在半空中。就像是被空气做的被窝包裹着，感觉很奇妙。阿九先弯曲身体，然后直立起来，但脚却踩不到地。阿九想了一下："跟刚刚有什么不一样呢？"菊丸就站在下方的不远处。阿九摊开手来，感觉不到重力，整个人也不会往下坠落。硬要形容的话，应该像是漂浮在水中吧！不，那也不对，阿九很明显就是飘浮在半空中。

"阿九，发生什么事了？"菊丸的语气很紧张。

"不……不用担心，常……常常会有这种事的。不……不过整个人飘浮起来还是第一次,感觉很舒服。"阿九不由得高兴地笑了。

他伸出手,直接往后划动。身体慢慢地旋转,就像在太空漫游一样。能够摆脱沉重的肉体,感觉好轻松,仿佛重生般自由自在。

"你说经常会这样,那是什么意思?"

"不……不知道,我一点也不知道为什么发生这种事。"

自己是飘浮在空中还是在飞翔呢?世界在旋转,屋顶的森林一下子在上面,一下子又在下面。玄界滩变成在上面,流动的云在下面。

"阿九!"菊丸大叫,因为极度困惑已变成了哭声。

刚刚在耳边听到的声音,究竟是谁的声音呢?

"好……好漂亮呀!"阿九兴奋得大叫,"好漂亮呀!"

"阿九,我会怕,你快下来!"

"我……我不知道该怎么做才能回到原来的地方。我什么都没办法做,我什么都办不到呀!"

阿九也想回到草地上,但不知道有什么方法。身体飘浮在半空中不动。

"你下不来吗?"

"嗯,我不知道该怎么办,我无法用自己的力量回到那里。"

菊丸情绪激动地看着四周,但也束手无策。

"那你等一下,我马上叫银次叔过来。"说完便跑了下去。

远方可看见玄界滩,天气晴朗却蒙上一股水气。

阿九在菊丸找来的银次和两名年轻员工帮助下回到地面。银次用梯子爬到阿九身边,在他脚上绑绳子,然后叫员工拉着。因为阿九的身体就像气球一样继续往上飘浮,所以必须将他拴在喷水池边。

"发生什么事了,阿九?"阿七气急败坏地追问。

"没什么事啦,只是变得可以在空中飞而已。"阿九笑着回答,心情显得很愉快。

银次严格要求员工保密，但谣言还是立刻传开来了。

就这样，来宾馆投宿的客人突然暴增，过了一个月，从早上就开始客满。客人办完事后，都会兴趣盎然地爬上逃生梯，想要一睹屋顶那位超能力者的真面目。但由于实在太多人跑到顶楼的楼梯间偷看，不得已只好将楼梯上锁，不让任何人上去。

接着地方上的报纸杂志、电视台也来采访，阿七谢绝了所有媒体的邀约。但不久之后还是有八卦周刊刊登了报道和照片。根据推断，应该是从对面正在兴建的大楼上，用长镜头偷拍的。甚至连阿九少年时期上电视表演折弯汤匙的照片都一并附上了。

报道的标题是"折弯汤匙少年的二十五年后"。

"阿九，好厉害哟！上了周刊的报道耶！"菊丸拿杂志给阿九看。

那是一张阿九正在帮树木浇水的照片，十分模糊，看不清楚是否为本人。让阿九震惊的是附在隔壁页的儿时照片，少年天真无邪的脸和记忆中自己的面貌一样，重点是对着镜头折弯汤匙的自己，身旁还站着亡父远藤匠和年轻时的阿七。阿九凝视着照片，双眼溢出了泪水。

"阿九，我想你还是不要再看了吧？"看到阿九动也不动的样子，菊丸不禁担心。

"都经……经过了二十五年的时间，我……我却没有这之间的记忆。"

"阿九……"菊丸对阿九说，"对不起，我不应该拿这种东西给你看的。阿九，对不起。"

"我……我丢掉的是自……自己的历史……"

菊丸一把抢走那本周刊。阿九一边拭去泪水，一边难得一见地慌乱地哭道："我……我该怎么办才好？"

菊丸紧紧抱住阿九说："我在这里，没事的。我会一直守护着你。"

起风了。叶片摩擦的声音刺激着阿九的耳膜,菊丸一边整理被风吹乱的头发,一边看着阿九。

夏天即将结束。天气固然还很炎热,但在吹来的风中已经能预先感受到秋天的凉意。

"你真……真……真的会陪在我身边吗?"

"嗯,我会一直陪在你身边的。"

"一直……一直,直到永远吗?"

菊丸用力点头说:"嗯,一直到永远。"

阿九将菊丸拉近自己。他害怕继续存活下去,一旦想到放手,自己就不再成为自己,只好拼命抱住菊丸。

8 "超能力再现"

早晨,阿九正要准备浇水时,阿七和银次带着寺内茉莉上来。阿九脑海中闪过菊丸的影像,像是做了亏心事一样,有些仓皇不安。

"事情变得不得了!"茉莉说话的语气有些兴奋。

阿九低着头,含混回应:"嗯,是呀!"

"阿九的事常常会被杂志拿来当作话题耶!"

"又是说这件事!"阿九当场扭头,拖着缠在水龙头上的长水管就走。

阿七斥责他:"阿九,茉莉是担心你才过来的,你摆出一副臭脸,是怎么回事?"

银次也插嘴说:"你不是也让茉莉看过东西飘浮在半空中吗?"

"我不知道那个人是不是我所认识的茉莉。"

扭开水龙头,水管前端喷出水柱。阿七帮忙解开缠绕的水管边说:

"这个人和你记忆中的茉莉是同一个人。因为已经变老了，所以你看不出来。毕竟都经过了二十年的岁月，改变也是应该的。"

茉莉对正在帮草地浇水的阿九致歉："对不起，我没办法常来看你。"

阿九一想到这时菊丸说不定会过来，就紧张了起来。

"果然是有！"银次脸靠在铁丝网上大叫，"拿着摄影机躲在马路对面电线杆后的家伙，应该是哪家电视台的摄像师吧？"

阿九放下手上的水管，嘟囔着："烦死人了！"赶紧躲进小屋里，然后对着关上门的大喊："不……不好意思，你们回去吧！——……一切都跟我没有关系。"

因为实况转播造成的紧张，阿九想起了无法折弯汤匙时的情景。一种无法满足期待的焦躁和危机感油然而生。有一架摄像机对准阿九的手，阿九遭到众人责备，骂声不绝。

"阿九！"他听见阿七叫他的声音。

阿九躺在地上静静闭上眼睛。

"阿九！阿九！"

不知不觉间，阿九睡着了。身体很容易疲倦，谁叫他总是感觉好像穿着潜水衣一样沉重呢？想到大概是来自车祸的后遗症吧，连带的心情也跟着变得沉重。

"阿九！你出来。"

脖子就像睡姿不良一样疼痛，难道也是后遗症的关系吗？话说不清楚、动不动就心情不好，全部都是因为后遗症的关系？

"阿九！"

阿九在梦中裸奔，地点是在草原上。没有任何阻碍，天空万里无云，阳光直接洒下来。阿九摊开双手，大笑着奔跑，那是只属于他的心灵草原。

321

突然间，出现一扇木门。阿九停止奔跑，小心翼翼地走上前去。因为那扇门位在必经的路上。阿九很紧张，心惊胆战地伸手去碰门把手，犹豫了很久才决定用力拉开门。只见一辆卡车冲撞过来，车前灯刺眼的光线让他自然闭上了双眼。门板被撞得粉碎，阿九整个人也被撞飞了。

阿九醒来后，脑海中还残留一些梦的碎片，卡车冲撞过来的地点好像是在医院前面。大概自己正要穿越马路吧，地面是湿的。阿九想起了开开关关的铁门，看见了某个人的脚底板，从像是冰柜般的小箱子中窜出的许多脚底板。眼前浮现出一样东西，上面覆盖着床单，好像是个人。感觉像是在看魔术表演一样，眼前是奇妙又令人悲伤的光景。

阿九用手掌擦擦脸，硬逼自己站起来。确认自己还在小屋里之后，才慢慢走向门口。伸出手触碰门把手时犹豫了一下，因为脑海中突然浮现那个冲撞过来的大卡车画面。

阿九痛苦得难以呼吸，但仍咬紧牙关排除迷惘，一鼓作气打开房门。

眼前看见的是茉莉拄着双颊坐在阳光下的椅子上，她一看到阿九便挺直腰发出一声："啊！"

"你……你还没走呀！"

"嗯。"茉莉轻柔地回答后，露出了笑脸。

"不过我马上就得走，已经跟别人有约了。"茉莉边说边站起来。

"阿九，下次再一起去滑草吧！但是我应该会很害怕，没办法像以前滑得那么好了。小时候什么都不怕，做什么都没问题。"

茉莉的笑容瞬间蒙上阴影。太阳躲进了云层里，风吹乱了茉莉的头发。

"你……你发生了什么事吗？"阿九温柔地问。

"看得出来吗？"

"不……不是啦，不过我好像可以感觉得到。"

茉莉嘴角挤出笑容说："人活在世上总是会有许多事的。我下次再来看你。啊，对了……"

茉莉停下脚步，有些慌张地转头说："阿九，你不可以太在意周遭的事。大家或许很想一探究竟，你不必理会他们。只要想说那些跟你毫无关系，做好自己，好好生活就对了。"

茉莉交代完后离去。阿九看着茉莉消失在森林小路的前方，想着那失去的二十年。

不安的夜晚，阿九握着小圆石入睡。因为这样他才可以安稳成眠。感觉自己不是一个人，身边随时有人陪着自己……握着石头睡觉，会产生怀念的心情，做怀念的梦。可以感觉到蓝色的大海。阿九一个人站在无人的沙滩上，接着出现了一位老婆婆。阿九静静地看着那个人，一股轻柔的风抚慰了他的心。他听见奇妙乐器弹奏的旋律。老婆婆两只眼睛直视着阿九，眼光锐利，视线充满坚定的意志。

阿九开始练习在空中飞翔。折弯汤匙的时候，额前叶会微微发热；但运用空中飞翔术时，发热的则是后脑勺。收起下巴，心中念着："飞吧！"身体马上就会向上飘浮。虽说是飞翔，但其实不能像超人一样在空中迅速移动，只能像气球般飘浮。

最大的问题在于落地，一旦飘浮上去就无法靠自己的力量下来。刚开始的时候，甚至有一个多小时的时间飘浮在半空中不上不下。重点是要想象出自己十分享受飘浮的乐趣和安全落地的画面，当心中呈现一个完整的影像时，就像折弯汤匙、让东西飘浮一样，阿九也能在空中飞翔。

起初的飘浮和落地，生疏笨拙一如启动旧式计算机。但经过多次训练后，脑海中很快就能浮现影像，起飞和降落也就变得随心所欲。

八卦周刊又开始刊登阿九飘浮在空中的照片，过去对此话题漠不关心的人也开始谈论起阿九，媒体又纷纷要求采访。阿七担心地劝告阿九不要太常练习飞翔，可是他根本不在乎外面的世界如何说。反正他既没有离开森林的打算，也无意和社会对抗。

有一天，直升机飞来"爱的森林"宾馆上空盘旋。上面坐着电视台的人员，拍下了阿九飘浮空中的影片。电视台的综艺节目连日来都在报道阿九的话题，企图解开谜团的各界专家，如魔术师、物理学者、超能力研究者齐聚一堂，不断讨论。

——背后应该设有什么机关才对。

有的电视节目还试着要破除机关之谜，但结果都无法提出科学上的证明，反而正面宣传了阿九的超能力。当事者则是完全远离尘世的骚动，每天专心练习空中飞翔术。宾馆周遭聚集了比以前更多的民众，附近道路就像是庙会一样挤满了人。结果宾馆的生意一落千丈，毕竟除非是好事之徒，否则谁敢在众目睽睽之下出入宾馆呢？

于是，银次使出了绝招——让媒体相关人士住宿。不管是想一睹阿九奇迹的人，或是喜欢探索超自然现象的人，通通都可以住进来。宾馆门口、停车场、走廊常有拿着摄影机或相机四处徘徊的人们，迫使银次必须负起巡逻的任务。

就这样，阿九成了时代宠儿。他可以以祖父江九的名字在社会上立足。

银次又心生一计。接受媒体采访的同时，也要求对方支付协助采访费用。因为他们过去极力拒绝，使得第一次拿到杂志给付的报酬金额，竟然高达宾馆半个月的毛利。阿七虽然反对，但银次仍主张今后的经营方针必须转变。

"听着，反正总是要被报道的，宾馆生意也不知道还能做多久。

我这算是没柴只好烧菩萨呀!"

结果,银次将宾馆的名字改成"奇迹旅馆·爱的森林"。同时请认识的业者花了一晚将霓虹灯招牌换新,并且将大厅漆成纯白色,制造洁净的气氛。停车场上设有贩卖部,一爬上逃生梯,从楼梯间就能窥探森林内部。另外,还在铁丝网前安排警卫人员,不让客人擅自翻越铁丝网。阿七感叹说:"这么一来,岂不是把阿九当成商品展览了?"

银次意气风发地回答:"我要把这里变成博多最热门的观光景点!"

由于这里禁止拍照,人们只能远远看着阿九,其中有人会大叫:"不好意思,阿九大师,可不可以在我们面前飞一下呢?"

阿九每天会帮铁丝网边的树木浇一次水,并且出现在观众面前。

"拜托你飞一下嘛,我可是专程从远地赶来的。"也有客人会提出如此无理的要求。

甚至还有人很不客气地提问:"不好意思,请问要如何才能在天空上飞呢?"

阿九没有回答,只是默默工作。有些八卦杂志的摄影师会混在人群中,利用警卫不注意的空当偷拍照片刊登在杂志上。阿七为此和银次闹得更不愉快。

菊丸以阿九的情人自居,经常上媒体接受访问。周刊以"前土耳其浴女郎支持超能力者阿九的日子"为题作为头条大肆报道。菊丸也肆无忌惮地宣称自己就是阿九私底下的老婆,媒体更是大加渲染。菊丸热烈诉说自己亲眼目睹阿九飞上天空的瞬间情景,也让她有机会上电视节目。她甚至还在荧幕前对怀疑阿九作假的评论家大声抗议:"他绝对没有骗人!"电视台着眼于菊丸毫无掩饰的说话态度,也故意将她塑造成收视笑点。

阿九没有忽略到好久没来的菊丸眼神起了某些变化,里面充满了自己为他牺牲奉献的神色和俨然是红粉知己的骄傲。

"菊……菊丸,你最近好像常上电视,这……这是银次叔说的,是真的吗?"

看着挤满小桌的丰盛菜肴,阿九悄悄地问。

"你不必操心这种事,我会好好守护你,不让社会用冷漠的眼光看你的!"

阿九无奈地点点头。担心之余,看到菊丸明朗的神情又觉得获得解脱。

"阿九。"菊丸凝视着阿九说话。

阿九停止动筷,抬头看着菊丸。

"你要振作起来才行!等社会乱象安定了,我们可以好好生活的时候,你一定要振作起来!"

阿九再度点头答应,却不知道自己要振作什么。

有一天,阿九对着铁丝网前群聚的民众这么说:"在……在天空飞翔,其实一点都不特别。"

群众因为阿九突然开口说话而惊奇不已。

"让东……东西飘浮或是折……折弯东西,一点也不特别。只有在展示那种能力时,才会让那种事情显得特别。"

阿九说完便离去,隔天的综艺节目立刻介绍了他的这番话,称他为"现代的救世主"。

阿九继续他的飘浮训练。虽然聚集在楼梯间的观众无法看见,但整个过程都被架设在对面大楼工地的望远镜头给拍摄下来。

大楼工地的一角俨然已规划成媒体区,各种研究团体和科学家纷纷提出请求,希望调查阿九的能力,其中也包含来自法国的研究团体。某天,银次带来两名男女,阿九对他们毫无印象,但对方却好像认识阿九。

"好久不见了,我是法国超自然科学研究所的秋本和人,旁边这位是我的同事珊德琳·巴谢高级委员。"

自称秋本的男人眼眶泛红,名叫珊德琳的女人则站在秋本背后,静静观察着阿九。他们的视线之中有着旁人所没有的特殊力量。

"我……我们以前见……见过吗?"阿九问。

秋本微微点头说:"是的,我们曾经和你一起研究过超能力。"

秋本和人态度温和地说完后,从公文包里拿出一小本相簿,摊开给阿九看。里面贴有照片,拍的是似曾相识的人。

"他……他是谁?"

"就是你。"

阿九仔细再看,照片中的人身上被接了许多电极,其中有几张照片拍摄了被折弯或飘浮在空中的汤匙。

"看……看来我似乎是跟你……你们一起从事过研究。"

秋本听了点点头。阿九颇在意站在秋本背后的女人视线。偷偷瞄向对方时,那个女人会对他微微一笑。

"阿九先生,辛苦了。我们一直都在祈祷你能早日恢复健康。"

女人嘴巴闭着,阿九却能听见她的说话声音。

"刚……刚才是你的声音吗?"阿九问珊德琳。

经过秋本翻译后,珊德琳用法文回答:"没错。"

"这是心电感应,珊德琳也拥有特殊能力。她感受到你和她的境遇十分相似,因此她知道你发生车祸后便十分担心。把你送回日本时,全靠珊德琳帮忙和政府交涉,听到你复原的消息,最高兴的也是她。"

阿九点头表示感谢,一时之间似乎感受到珊德琳也微笑以对。

"阿九先生,媒体正为了你的事而喧腾一时,这正是我们所担心的,我们很担心你的能力会被恶势力所利用。可以的话,我们希望再度保护你,请你跟我们继续一起研究。因此,任何我们能做到的事,都愿意配合,就算不是现在也没关系。任何时候只要你想起我们,请跟我们联络。即便没有想起我们,需要帮忙的时候也请跟我们联络,我们会尽可能提供援助的。"

秋本和人拿出一张印有手机号码的名片给阿九,并且告诉他,当初因为银次有他们协助,所以阿九车祸之后才能迅速回日本疗养,而他们也会暂时留在他身边一段日子。

"我们想将你的力量用在维护世界和平。"

阿九又听到那个声音,珊德琳正静静地看着阿九。

9 "落合先生"

有一天,一个老妇人对着正在帮树木浇水的阿九大叫:"阿九先生,拜托你!我因为生病已经活不久了。"

阿九看了老妇人一眼。她的眼眶含泪,双手伸出了铁丝网。

"可是我很怕死,请让我看见奇迹!还有请告诉我,离开人世之后,还有另一个幸福的世界在等着我。"

警卫从背后抓住老妇人,试图将她从铁丝网上拉开。

"我只剩下几个月的寿命。阿九先生,请给我奇迹……"

阿九静静地俯视着老妇人。警卫费尽力气想要驱离她,老妇人紧抓着铁丝网不放的手看起来似乎很疼痛。于是阿九发动念力,两脚悄悄地飞离了地面。

就在那一瞬间,在场的所有人都目睹了阿九飘浮在空中的景象,其中也包含了秋本和人和珊德琳。

几天后,坊间捏造老妇人绝症已治愈的消息给媒体,引来更多想亲眼目睹奇迹或是请求治病的人们大举拥入宾馆。秋本和人用小型摄影机拍下了所有场面，尽管阿九并没有恢复记忆，但还是愿意只让他们看见一切。

　　阿九，你好吗？我很好。春天到了啊。前一阵子我去搭地铁时，那明明是地铁，却有一段跑到地面上来。电车开出地面时，窗外突然出现开满樱花的河堤，正当我看得目瞪口呆时，电车又开进了地底下。好漂亮的画面，我有点吓了一跳。

　　日前早纪念的小学举办了音乐发表会，早纪负责的乐器是铜钹。会发出很大的一声"铛"。不过她不太有表现的机会，当其他同学在演奏手风琴、笛子、铁琴的时候，早纪就臭着一张脸一直站在旁边。那样子真的很有趣，看得我和朋友都笑了。

　　这位朋友是和我在同一家店工作的男同事。这件事请不要跟我爸爸说，其实他现在几乎都住在我这里。他是个温柔体贴、成熟稳重的人，即便我们很亲密了，他还是奇妙地彬彬有礼，是个相当有趣的人。

　　由于上述的种种，现在我每天都过得很热闹。也很高兴白天变长了，因为我是晚上工作，上午通常在睡觉，起床后就打扫房间、去上舞蹈课，一转眼天就黑了，总觉得很空虚。住在那幢大楼的屋顶森林，和朝阳一起起床生活的阿九，一定无法想象这种空虚吧。

　　下星期，在法国很关照我的画家难得要回国了。他会在东京待一阵子，我们约好要一起吃饭。我好期待哦。希望有一天也能介绍给你认识。

　　那就先写到这里。请多保重。

茉莉上

阿九把"空虚"读成了"空白"。因为有许多字不会念，所以便跟银次借了字典，一个字一个字查，遇到还是无法理解的地方，就只好跳过。

读信的时候，阿九心中并非浮现长大成人的茉莉影像。话说回来，孩提时代的茉莉似乎也跟这封信的内容不太搭调。因为信中提到"这件事请不要跟我爸爸说，其实他现在几乎都住在我这里""在法国很关照我的画家难得要回国了，他会在东京待一阵子"等段落，实在很难跟小时候的茉莉联系在一起。因此，阿九只能茫然地认定这是茉莉的来信，心中却没有特定时期的茉莉影像。

"那明明是地铁，却有一段跑到地面上来"这句话激发了阿九的想象力。他擅自在心中描绘出"电车开出地面时，窗外突然出现开满樱花的河堤"，不禁发出赞叹。反复阅读"正当我看得目瞪口呆时，电车又开进了地底下。好漂亮的画面，我有点吓了一跳"这一段，脸上露出微笑。

阿九俯瞰着乌烟瘴气的博多街头，喃喃自语："看来东京是很悠闲又很棒的地方呀！"

他也很想见见名叫早纪的女孩，并想象"臭着一张脸一直站在旁边"会是什么样的表情？阿九在心中描绘了许多早纪的脸，他真的很想看看这个敲着大铜钹、臭着一张脸的少女。

茉莉来访时，阿九也不询问信的内容。他其实很想多知道一些关于名叫早纪的少女和冒出地面的电车等事情，却按捺了下来。阿九告诉自己："这个长大的茉莉和我心中的茉莉是不同的人。"

阿九想要回信，但写不出来。没办法只好在明信片上画了小时候和茉莉、总一郎一起和乐嬉戏的场面。

银次带了一名没见过的男人到屋顶上来。

"这是负责屋顶保全的落合先生。"

躺在草地上的阿九站起来问:"屋顶保全是什么意思?"

银次搔着头说:"因为你实在太受欢迎了,再加上菊丸小姐最近忙着上广播节目,无法像过去一样常来看你,所以我决定除了警卫之外,另外派专人来管理。简单地说,就是照顾你的人。"

阿九盯着落合猛看。落合态度恭谨地鞠躬致意,看起来不是坏人。

"你有什么事情都可以交代他,他就像是助理或经纪人。他本来是在东京开出租车的,你也知道现在不景气嘛,所以他就回到了博多。"

"东京"这两个字引起了阿九的注意。落合开口一笑,几乎有一半的牙齿是金牙。

"当然,他不会打扰你。我会在铁丝网的内侧,也就是森林的入口放张椅子。基本上,他会坐在那里。秋本先生他们也会在,大家一起保护你的隐私。我偶尔还会请落合先生巡逻森林,管理你的健康状况。不过,这些都只有白天而已,傍晚他就离开了。另外,我会给落合先生一台无线对讲机,你如果有需要,例如肚子饿或买东西,可以透过对讲机拜托他做任何事。"

落合再度鞠躬致意说:"请多多指教"。

银次说明无线对讲机的使用方法时,落合始终面带笑容。阿九心想:"我才不要什么助理,不过有这个人在身边倒也不错。"

隔天,阿九练习空中飘浮时,落合走过来惊叹:"大师,你真的好厉害呀!"

秋本和人和珊德琳就在不远处摄影。他们不会靠近阿九,因此他可以随心所欲地继续练习。

阿九说:"落……落合先生,我……我现在不会马上下……下去的。"

"没……没关系,请继续练习。我能在这里看大师练习,真……真是太……太感谢了,大师,谢谢!"落合大叫。

阿九心中嘟囔:"这下难搞了!"便开始下降。

"之前我就听说过,不过看了还是很惊奇。"落合难掩兴奋地说,"到底我们一般人要怎么做,才能像那样飘浮在空中呢?"

"我……我也不知道。"阿九边回答边用脚尖慢慢着地。

"说得倒也是,要是阿猫阿狗都能在天上飞的话,哪里还需要神明呢?不过我真是吓了一跳,这种事居然会发生在现实世界里。"

落合尽管惊奇,还是很快地接受了现实。等到阿九一回到地面,他就像看完马戏表演的观众一样鼓掌。

"宾馆前面有多人都想见大师一面,我能够成为大师的助手,真是幸福。能够在这么伟大的人身边工作,我真的很幸福。有什么要我做的,请尽管吩咐。"

落合不是那种很会察言观色、耍小聪明、好管闲事、喜欢强出头的人,所以阿九跟他在一起感觉很自在。而且,落合每天都会在固定的时间出现,代替忙碌的阿七送便当过来,并检查铁丝网外的状况,认真守护着森林和阿九。

"我喜欢这里,感觉心情真的很平静。大师种的这些植物好像有人性一样,每一棵都长得欣欣向荣。我也很喜欢植物,以前还可以跟植物说话,最近可就完全不行了。"

阿九相信落合所说的话,而落合有时也会自在地面对树木长达一个多小时。

阿九趁着落合茫然伫立望着树木时悄悄问:"东京是什么样的地方?"

落合大声地说了声"哦",脸上虽然堆满了笑容,但却没有立刻回答。他应该是在回想东京的种种吧！嘴巴嗫嚅着，似乎不断在琢磨该如何跟阿九说明。

"东……东京的电车会跟笔头菜一样冒出地面吗？"

听到阿九这么一问，落合露出诧异的表情，但马上又笑着回应："是。"然后将视线移开，问道，"大师没有去过东京吗？"

"没……没有。"阿九回答得很干脆。

"东京是大都市，很难用一句话说明。或许那里的电车会跟笔头菜一样冒出地面，因为我也没有看过那种情形。"

"落……落合先生，你喜欢东……东京吗？"

落合微微侧着头想了一下，没有说话。直到当天回去前，他才回答："不怎么喜欢。"但没有说明任何理由。

到了隔天，甚至第三天，落合总是神态安详地过来问阿九有没有需要帮忙的事？阿九将扫帚交给他，他道谢后便从喷水池一带开始打扫。其实地面并不脏，但是当落合一开始打扫时，周遭的树木便跟着安然晃动，仿佛高兴地笑了一样。

从此，落合每天早上不需阿九指示便自动打扫森林。他细心清扫草地和碎石小路的工作姿态，和森林显得十分搭调。

某天，阿九给落合看茉莉的来信。落合发出声音读信，阿九觉得奇妙的是，给不同的人读，似乎信的内容也会不太一样。此时，他才知道原来"空虚"不念做"空白"。

落合读完称赞说："真是一封好信。"

阿九也高兴地点头说："嗯。"

"不过，为什么这个人会这么寂寞呢？"落合微侧着头说，"从信的文字可以感受到这个人心中有着很深的寂寞呀！"

阿九把信纸抢回来重看，却一点也感受不到哪里透露出寂寞。电车从地面探出头、看到盛开的樱花而惊喜、早纪似乎也很有精神地大声敲响铜钹；茉莉虽然晚上工作，但还要抽空去跳舞学校，日子过得很忙，到底落合说的寂寞感觉是指哪里？阿九百思不得其解。

"大概是因为东京那地方的关系吧！"

落合最后这句话，一直萦绕在阿九心头。

秋本和人和珊德琳·巴谢要回法国了，他们在短暂停留期间录制的录像带高达数十卷。

"我们要带回法国进行分析。"

秋本说："分析一结束就会回来。希望这段期间你不要接受其他人的邀约，整个世界都在觊觎你的能力。因为你的力量和心灵尚未恢复平衡，任凭别人摆布会出问题的。"

"出问题"这三个字听起来很刺耳，阿九问："会……会出什……什么样的问题呢？"

秋本没有回答，阿九听到的是珊德琳的声音。

"肯定会出现想利用你的力量破坏世界的人，请你不要助纣为虐，同时也希望你能将那些力量用在和平的目的上。"

珊德琳直视着阿九，而他只能微微地点头。

有一天，阿九正在帮植物浇水时，落合停止打扫的动作说："大师，其实你很想离开这里，对不对？"

阿九手里抓着水管，仰望天空，一朵白云飘浮在蓝天的正中央。落合并不急着听到阿九的回答。阿九回头看着森林，想了很久。风吹来，森林跟着摇晃，青绿的叶片相互摩擦沙沙作响。

"不对，我哪……哪里也不去。我……我要是离开这里，这些孩子会死掉的。我……我必须守护着这座森林才行。"

落合站在阿九旁边用力点头。森林很安静，丝毫不受周遭的喧嚣影响。

"大师，晚餐放在小屋的桌子上，今天难得是阿七夫人亲手做的便当，我今天就先告辞了。"落合微微鞠躬致意。

阿九回应："你辛苦了。"

"大师应该不觉得寂寞吧？"

落合的表情祥和，阿九反射性地点点头。

"那就好。虽然像大师这么伟大的人应该不可能会寂寞，但我还是有些担心。有什么问题都可以跟我说，就算跟工作没关系，可以的话我都愿意帮忙。"

落合看着天空说话，阿九也一起抬头仰望天空。太阳开始西沉，世界从上方逐渐褪去了色彩。

"明天灌木类的肥料会送来，新的园艺剪也会送到。等东西到齐后，我立刻会拿过来。"落合说完，转身就走。

森林中只剩阿九一人，他茫然伫立了一会儿。由于吹起了凉风，他收拾好脚边的工具，走进小屋里，泡了壶热茶，享用阿七为他准备的晚餐。今晚的菜色有煎蛋卷、煎鲑鱼、马铃薯炖肉。阿九专心地吃饭，他吃饭时绝不想事情。吃完后，将便当拿到流理台清洗。猛一抬头，发现餐具柜上的石头仿佛有生命般地发红，从内侧透出光线……阿九惊讶地伸手去拿，置于掌中。石头不断闪烁着红光，他心想，大概是在预告即将有危险发生吧！

10 "阿九帮"

一九九八年春天，阿九年满三十七岁又五个月。

超能力者阿九对日本人来说并不算稀奇。九七年出现了一个自称是"阿九帮"的年轻团体，奉祖父江九为新时代的神明。光是调查阿九的过去，并将这些内容发表在网站上，已无法满足他们。这些人甚至还攻击批判阿九的评论家和媒体，以及攻击企图独占阿九的菊丸，种种疯狂迷信的事件，已经造成了社会问题。菊丸被送进医院接受治疗，伤重到需要一个月才能痊愈。出院之后，内心的创伤依然无法平复，只好尽量少去找阿九。当银次和阿七不和的消息传出，两人便收到威胁信，吓得银次随时都必须有保镖跟着。

另一方面，阿七好比圣母玛丽亚一样，受到众人的尊敬，而她在各处提到关于阿九的回忆，也被阿九帮的成员集结成为圣经。然而阿九完全没有听说这些情况，因为他身边有落合陪着。落合总是很尽责地不让他和第三者接触，把森林维持得像是只有花香鸟语的和平乐园。

阿九的生活一成不变。虽然很想去东京，但却迟迟没有实现。在落合的协助下，这两年阿九仍旧整天忙着照顾植物。去年刚种植的樱树开出小花。当初园艺业者认为树木的根无法在屋顶向下伸展，应该种不好，没想到瘦弱的樱树竟奇迹般地开花了。

有一天，阿九帮的成员闯进了森林。早晨阿九跟平常一样走出小屋时，两名年轻人从阴暗的树丛中冲出来，挡在他面前。大胆付诸行动的两人因为太过紧张，一时之间竟说不出话来，当场愣在那里。

"你……你们是怎么进来的？"阿九问。

两个年轻人这才回过神，顺从地点头说："大师，我们绝对不是坏人，只是因为有事情要问大师才过来的。"

这两个年轻人的穿着打扮都很普通——球鞋和牛仔裤。其中一人身穿印有盆栽、设计奇特的T恤，戴着眼镜；另一人则穿着短袖毛衣。两人的长相都没有明显特征，也算是唯一的共通之处。

"为什么大师不走出这个森林呢？"穿T恤的年轻人问。

阿九凝视着年轻人的脸回答："这里包含了一切，没有出去的必要。"

"那大师为什么会想要在这里建造森林呢？"接着换穿毛衣的年轻人发问。听他一口标准的国语发音，显然不是博多当地的人。

"在……在这里建造森林，是因为我……我看到了。"

"是预知能力吗？"

阿九回望穿毛衣的年轻人，因为他不明白"预知能力"是什么意思。

"那么大师可以看到未来吗？这个纷争和饥饿不断的世界将何去何从呢？人类是否可以获得永久的和平呢？"

阿九完全听不懂年轻人在说些什么，于是他看着森林回答："水分给太多，森林是会枯死的。"

两名年轻人很快地互看一眼，发出赞叹的声音。

"水吗？"穿毛衣的年轻人反问。

阿九再一次点头说："没……没错，必须一点一滴全部都浇到才行，浇太多或是不浇水都不行。爱……爱情也是一样，必须给每一棵树同样的爱情，太多或太少都不行。而且每天都要一样，不可以太过自信或太过谦虚。偷懒的话，森林就长不好。耐……耐性是最重要的。"

"哦！"两个年轻人发出颤抖的声音。

"大师，人类为什么会受苦，而且会死呢？人活在这个世界的意义是什么？为什么人类会如此憎恨对方，会这么愚蠢幼稚呢？"穿毛衣的年轻人语气显得有些兴奋。

"还有，请告诉我们爱是什么？我不懂得爱的意义。因为不知道爱是什么，所以感到很痛苦。"穿T恤的年轻人问。

他们接二连三地将疑问抛向阿九。

阿九只当是马耳东风般听着他们说话,同时背对着他们准备浇水的工作。他抓起水管,打开水龙头,水柱从水管前端猛然冒出。

对着万里晴空洒水时,一道弧形彩虹浮现在半空中。

"很……很漂亮的彩虹吧?"

阿九尽可能将水柱喷到最高,好扩大彩虹的长度。

"森林就是森林。"

穿T恤的年轻人迅速看了穿毛衣的年轻人一眼。

"这……这片森……森林里,大大小小的植物都很和乐地相处吧?"

穿毛衣的年轻人回答:"是的。"

"大家都要和乐相处才行。"阿九一脸祥和地说。

两名年轻人低头说:"谢谢大师指点。"

阿九不再理会他们,按照平常的顺序开始照顾植物的工作。

两名年轻人只能静静地在一旁看着阿九,不久,落合出现了。看到阿九被两名不认识的青年围着,落合立刻气急败坏地冲过来怒斥:"你们是怎么闯进来的?"

两名年轻人跪在阿九面前。穿毛衣的年轻人抬起头大声说:"大师,我们还有最后一个请求。"

"请让我们见识一下奇迹!"穿T恤的年轻人接着大喊。

落合抓住跪坐在地上两人的手臂,想要将他们拖走,但因为他们极力抵抗,不得已只好叫人支援,暂时先折回楼梯口。

"奇……奇迹?你……你们想要看奇迹?"

阿九看着喷出去的水柱,嘴里不断重复"奇迹"二字。

"是的,我们想见识奇迹。什么都可以,任何奇迹都好,请让我们见识奇迹!"

两人逼近阿九。落合带着两名警卫过来,一把抓住年轻人的手臂。他们用力抗拒，嘴里不断喊着："大师，请让我们见识。"

阿九抬头望着森林，静静地说："你们看，这……这座森林就是奇迹吧？你……你们自己不也是奇迹之一吗？"

阿九再度将水管对着整座森林浇水，屋顶的上空明显浮现出一大道彩虹。阿九接着说："你……你们所看到的这一切，全部都是奇迹吧！"

T恤和毛衣青年立刻将阿九的话记录在网站上，盛赞阿九用森林作比喻，解决了他们的疑惑。

樱花盛开的日子，菊丸来探望阿九。

阿九很久没有享用过菊丸亲手做的便当了，菊丸右脸颊上还微微留下一些瘀青，不仔细看也看不出来。事情都过了一年，瘀青还是没有消退。阿九一边静静地看着那些瘀青，一边咀嚼食物。他知道菊丸被暴徒攻击受伤的事，但不知道犯人是阿九帮的成员。当然，他也不知道有个自称阿九帮的年轻团体存在。菊丸清洗阿九吃完的便当，她的左手上臂也有瘀青。

"你身……身体好了吗？"

"嗯，手臂已经可以动，脚也可以走路了。"菊丸回答，"不过已经无法像以前一样轻松自在地出门，总是担心还会不会被攻击，尤其害怕我儿子万一出事该怎么办……"

说着说着便哭了起来。

"我的手和背部都还留有瘀青，每次看到瘀青，就回想起当时的恐惧。我什么都不能做，电台的工作停止了，也不敢上媒体接受访问，尽可能待在家里不敢出门，提心吊胆地活着。值得庆幸的是，头脑没有被打伤。我一定是遭到天谴，因为我丢下你一个人跑去上广播电台的节目。我跟大家说了太多有关你的事！"

菊丸将手擦干后,开始解开身上洋装背后的钩环。

"你看,就是这样。"

菊丸脱去洋装,背上明显残留着伤痕。

"左手有段时间不能动,现在已经好了。可是就算这些瘀青能消,我心头的伤痕恐怕一辈子都消不掉吧!我想,今后我一定还是会害怕得大哭吧!"

菊丸直接将肉体呈现在阿九面前,然后抱住他说:"我好害怕,阿九,你快紧紧抱着我!"

菊丸柔软的肉体刺激着阿九,已经远去的欲望瞬间又被点燃了。菊丸用双手捧着阿九的脸颊,亲吻他的嘴唇。

"阿九,我好害怕。同时我也发现到,我只剩下你了,我要一直留在你身边。"

菊丸脱下内裤,完全赤裸,丰满的肉体看得阿九目眩神迷。菊丸接着帮阿九褪去衣物,巨大的阴茎像是从长眠中醒来、开始胀大。菊丸剥光阿九后,直接躺在床上,并将他拉过来,张开双脚迎接阿九,巨大的阴茎也顺利地塞入菊丸体内。

"阿九,让我留在这里。我可以暂时跟你一起在这里生活吗?"

阿九的头脑因为欲望开始发白。每一次扭腰摆臀,头脑也跟着被漂白。菊丸的脸颊到脖子之间还留有一道淡淡的伤痕,泪水慢慢顺着伤痕流过,阿九静静地俯视这一切。

"孩子我会放在亲戚那里。所以,请让我留在这里……让我留在你身边。"

菊丸跨坐在上面。阿九呈"大"字形躺着,往上看着剧烈摇动腰部的菊丸。刺激麻痹了大脑,身体虽然感觉舒服,脑部深处却隐隐作痛。每一次感觉到痛楚,脑海中就会亮出一些影像。随着欲望气喘如牛的同时,阿九企图捕捉那些瞬间的影像。

"啊……阿九，我好有感觉哟，再用力点……"

仿佛从一道很长的溜滑梯滑下一样，急遽滑落的前方可以看见像是出口的亮光。

"啊……阿九，我要来了。"

脑海中的白色迷雾散去，一如从蓝空中向下俯视，出现了一个女人的脸。阿九不禁惊叫出声，怀里还抱着菊丸，一个女人的脸明显地在阿九的脑海中复苏。

"娜娜！"

阿九脱口而出的是已经过世的沉睡在记忆深处的妻子的名字。

11 "青山志津夫"

阿九无法拒绝菊丸的要求。然而一旦开始在森林里生活，菊丸便先示弱投降了。住进来第三天的下午，菊丸便说："阿九，对不起，我没办法继续了。这对我来说实在太困难了。"

"什……什么意思？"阿九反问。

"就是和你一起生活呀！"菊丸垂头丧气地说，"你不要误会，我很想待在你身边，可是我做不到。一想到要在这个屋顶过上好几个月，甚至是好几年，我就觉得实在太不适合自己了。阿九，我可以问你吗？"

阿九看着森林回答："好呀！"

"为什么你可以一个人在这里呢？为什么可以好几年都不踏出这里一步呢？不觉得喘不过气来吗？难道从来都没有想要到街上走走、打个柏青哥什么的，或是看看海吗？"

阿九哀伤地凝视着菊丸。

"那就是你和一般人不一样的地方吧？不过我是没办法的。没有霓红灯，没有酒店，没有五光十色、热闹嘈杂的生活，我无法忍受。这里只有风、阳光和植物，无聊得我都快不能呼吸了。阿九，难道你不想去别的地方吗？"

阿九想了一下回答："想呀！"

"想去哪里？"菊丸探出身子问。

"总有一天，不一定是现在，我想去东京看看。"

"那很好呀！如果是东京的话，我也想去。"

菊丸笑得很天真。但是阿九只想自己一个人独处，有菊丸在心情就无法平静。阿九可以感觉到菊丸不喜欢植物的心情，因为菊丸走路从不看地上，有时还会踩到花圃里的花。森林也知道菊丸对森林毫无兴趣，所以不会对她敞开心胸。阿九认为那是没办法的事，因为森林只会对关心自己的人展现出真实的姿态。

夏天才刚开始，森林就有客人上门。那是好久不见的茉莉。这一次，阿九对她不再有过去那种拒她于千里之外的反应。因为他突然觉得小时候的茉莉和长大成人的茉莉，形象是一致的。

茉莉身边站着一个男人。虽然是头一次见面，但却有种似曾相识的感觉。阿九看不出他的年纪，相对于肤色健康的茉莉，男人显得苍白消瘦，而且还戴着一副老掉牙的圆眼镜，留着香菇头的发型。尽管修剪整齐，却有一半以上都已发白。不过脸上倒是没什么皱纹，感觉很光滑。苍白光滑的肌肤，给人一种考生的感觉。

"阿九，看来真是不得了呀！底下的道路简直挤得水泄不通。"

"嗯。"阿九边回答边瞪着茉莉身旁的男人。

"看到那种奇迹，也难怪大家会好奇嘛！"

男人的眼神散发着年轻的光彩。温柔的眼角、细挺的鼻梁，都让阿九产生亲切而怀念的感觉。

"这是一直很照顾我的画家青山志津夫先生。我跟他提起阿九的事，他说他知道，也很想跟你见面，于是我就带他来了，真是不好意思。"

男人直视着阿九说："你好，初次见面，我是青山。"

温和的声音直接打动了阿九的心。阿九心想这个人可以理解森林，于是笑着环顾屋顶，轻轻点头问："你喜欢森……森林吗？"

面对阿九唐突的问题，青山毫不讶异地回答："嗯，我很喜欢。"

站在青山志津夫后面的落合也面带微笑。阿九看了茉莉一眼后，凝视着青山志津夫说："这座森林就是我的心。"

志津夫再一次环顾整座森林后说："原来如此，感觉很平静。"

阿九听了很高兴："没……没错，这里的……的确很平静。"

茉莉已不再微笑，而是很认真地看着阿九，因为阿九很难得会像这样努力向外人传达自己的看法。

阿九走到喷水池前，举起右手指着前方说："这是最近种植的樱……樱树，很神……神奇地活了下来。不……不对，在这……这里什么事情都可能发生，奇……奇迹是很普……普通的。"

青山来到阿九身边，点头说："嗯。"

阿九有些兴奋地指着另一边说："这附近的树木是最早种的，都长大了。只……只要有它们在，我就不寂寞。"

青山志津夫不停地点头称是，并走到阿九所指的树木下方打招呼说："你们好。"

阿九睁大眼睛看着这名举止奇特的男人。

"阿九可以让各种东西飘浮起来。"茉莉凝视着阿九的侧脸说。

人们的期待总是大同小异。当期待从他们的口中说出来时，阿九只会觉得失望。

"比方说扫帚啦，或是浇花器。"

茉莉对着青山志津夫说。

"突然这么说，青山先生可能不相信。不过那是真的，绝对不是故弄玄虚或是暗地动了手脚。"

阿九只有在和茉莉独处的时候才会表现出超能力。站在这个第一次见面的男人面前，阿九担心自己会被当成魔术师看待。

"没关系，不用看我也能明白。应该是真的超能力吧！何况也要考虑到阿九先生的情形，下次有机会再说吧！今天能够像这样见到面，我已经觉得很荣幸了。只要站在他身边，就能感受到什么。我们虽然只是第一次见面，但我有种很怀念的感觉。"

青山志津夫微微点头，他祥和的态度打动了阿九的心。阿九心想，眼前的这两个人，他都喜欢。

"那……那就请看那个。"

阿九手指着靠在小屋墙边的梯子，一个老旧的木制梯子。接下来的瞬间，梯子就飘浮在众人的眼前。因为太过突然，甚至没有人发出惊叫声。

"看吧，很厉害吧！不管看过几次，每一次都让我很惊讶。"

过了一会儿，茉莉才说出这些话来，但是她表情僵硬，不过是客套话罢了。

随即，木制的椅子也跟着飘浮在半空中的梯子旁边，接着是水管、铲子等工具。青山志津夫小心翼翼地走到飘浮的梯子旁边，分别从下方、旁边仔细观察。

"这真是太厉害了！不，实在是棒透了！"

话一说完，他便站在飘浮的各种工具下面，伸手抓住飘浮在眼前的铲子。结果铲子就像断了线的傀儡一样，在青山志津夫的手中恢复重力。

"人家说亲眼看到超乎理解的现象，就会改变现有的价值观，我总算可以明白了。还以为人类已经不行了,可是只要看到这些奇迹,就觉得地球上还有许多无限的可能性。"他看着铲子说。

"承蒙你让我有这种经验,但我却无法用言语表达心中的感动,真是不好意思。"

阿九十分在意青山志津夫的感受。

"我现在很想画画。阿九先生,如果可以的话,请接受我所画出来的作品。"

阿九很自然地点头。

"不,不是那样子的。阿九先生,我想要画你。我很想画身在这座森林里的你。我是画家,就算不能清楚用言语说明,但可以透过绘画表达。我想把你画成一幅画送你。"

"谢……谢谢你,可……可以的。请你随时都可以过来,帮……帮我画画。"

茉莉和青山志津夫回去后,阿九难得地产生寂寞的感觉。等到落合也回去时,他一个人动也不动地发呆伫立在无人的森林里。

"请帮……帮我画画。"阿九对着森林发声说话。

"请帮……帮我画画。"

森林随风摇曳。

几天后,青山志津夫带着大幅的画布和画架再度来到森林。落合帮他搬东西上来,倒是不见茉莉陪在身边。

"我一个人来,专程来画画。"

阿九为青山移动桌子、搬开椅子,空出作画的地方。青山志津夫说话的语气还是那么平稳。

"阿九先生,你可以站在那里吗?"

阿九站在喷水池前的草地中央。

"再往前一点,对,就是那里。"

没想到青山会这么快实现约定,阿九感到很兴奋。

"啊,青山先生,我该用什么表情站在这里呢?"

"麻烦用最普通的表情就好了。"

"最……最……最普通是什么样子,我不知道。"

"就是你平常的表情呀!比方说,看着天空或森林时的表情。如果做不出平常的样子,任何表情都可以。只要能让你感觉放松、舒服,任何表情都OK。"

青山温和的语气紧紧抓住了阿九的心,圆形镜框因为反射阳光而发亮,眼睛在镜片后眯成直线。阿九认为跟他在一起可以抚慰心灵,想到能让他帮自己作画,心情就雀跃不已。

"你也可以在心里想着某个人,任何人都可以。即使不是特别的人也无所谓。可以是你在意的人,或是最近突然想起的老朋友……"

阿九听了志津夫的话立即有反应。

"怎么了?是不是想起了什么?现在的表情很好哦!"

阿九咽下积存在嘴里的口水,刻意压低声音不让青山志津夫听见,偷偷念着娜娜的名字。和菊丸相拥做爱时,冷不防脱口而出的这个名字,虽然阿九不是很确定,但他知道应该是他以前爱过的女人。

"嗯,很好,就是这个表情。不过我们不是在拍照,你可以不用始终保持同一个表情。累了的话,在附近稍微走动一下也没关系。现在有云还好,如果阳光太强烈,就请躲进树荫里。需要的时候,我会叫你。我不只是要画你,也要把你创造的这座森林一起画下来。"

阿九听了感到比较宽心,觉得自己可以在画布前想着那个名叫娜娜的女人。看来在青山志津夫面前,他可以很自然地想起来。

"可……可是你为什么想要画我呢?"

"这个嘛……"青山志津夫想了一下,微笑说,"大概是因为看到了东西飘浮的瞬间,还有因为这座森林的关系吧!或许还有其他原因打动了我也说不定。总之我觉得身为一个画家,我必须画你才行。"

"那……那很好呀!"

青山志津夫也点点头,模仿阿九的口吻说:"的确很好。"

一整个上午,青山都以阿九为模特儿作画。太阳一从云层中露脸,阿九便躲进树荫里休息。阿九休息的时候,志津夫仍不停作画。中午过后,他拿块布盖住了画。

"我明天再来。"

"明……明天吗?"

"是的,明天再继续画。还有,我会持续画一段时间,可以吗?"

阿九回答:"我知道了!"并在心中暗自为明天还能见面而感到高兴。阿九心想:"这幅画要是画不完就好了……"

"不过我有一个要求,就是这幅画……"青山志津夫看着阿九的脸说,"在完成之前,绝对不要先看,暂时就像这样用布盖着。下雨的话,再请你帮我移到小屋里。完成之后一定会让你看的,在那之前请保持这个样子,可以吗?"

阿九不自觉地用力点头。接下来的瞬间,便看见青山志津夫浮现满脸笑容。那双眼睛在圆形镜片后面眯得更细了。

12 *"出发去旅行"*

"在完成之前,绝对不要先看。"青山志津夫这样叮咛。

一般人在听到这样的要求时,应该会更想看吧!阿九一个人的时候会稍微掀开布,但又立刻收手。就像是背着父母恶作剧的小孩一样，不断地在画布附近徘徊，结果还是不敢偷看画的内容。

志津夫每天都会固定花一个小时来画阿九，不时还会叮咛他："请做出普通的样子。"其他则不再多说。渐渐地，阿九也习惯被画，不知不觉间便打起了瞌睡。

一旦睡魔来袭时，眼睑的内侧会出现许多光点。阿九心想自己正在做梦，就是无法醒来。充满初夏气息的海风和油彩的味道，在阿九的鼻孔中轻柔地混合。光点逐渐变化成一个风景，是大海。虽然是很怀念的海边风景，可是阿九想不出来是在哪里看过的景色。阿九意识自己正面对翡翠绿的广大海洋，远远可听见熟悉的弦乐器演奏出奇妙的旋律。顺着乐声回头一看，志津夫就站在海边，身旁有一名矮小的老妇人。阿九想要走上前，却发现自己的膝盖以下浸泡在海水中。两脚踏在波光粼粼的海水中，不怕人的小鱼穿梭其间。

"阿九先生！"

呼唤的声音把阿九拉回现实的世界。他在屋顶上，志津夫正面对着画布。

"阿九先生，有你的信。刚刚落合先生送过来的，好像是很特别的信。"

阿九发现自己流口水了，连忙用手背拭去，然后才走向志津夫。突然听见双脚在水中移动的声音，不禁看着脚下。果然看到自己的脚仍在海水中，还有色彩鲜艳的小鱼穿梭两脚之间。

"啊！"阿九惊叫出声。

志津夫纳闷地站起来问："怎么了？"

"海水里面……"

阿九才一开口，海水和小鱼都消失不见了。

阿九抬起的一只脚，脚下是青翠欲滴的草地。

阿九：

连我这里都知道你大获好评的事。在那之后已经经过多久的时间呢？我也搞不清楚了。感觉好像是昨天，又好像是好几十年前的往事。不过，你果然如同我所看到的，拥有特别的天赋。请千万留意别让你的力量误用在不好的事情。同时，你也应该开始面对这个世界了。

事实上，我受到恶灵的侵蚀，即将死去。寿命将至，这也是无可奈何的。但很希望能在离开人世之前，再和你见上一面，于是我写了这封信。我甚至怀疑你是否还记得我，如果还记得，请来看我。我应该还能留在这个世上几天，不，几个星期才对。

老太婆上

阿九读完信，抬起头来，然后看着志津夫说："我不去冲……冲绳不行。"

与其说是他自己说话，莫如说是有人要他这么说的。阿九说完后不禁将舌头缩进嘴里。

"冲绳？"志津夫从画布后面探出头来反问。

阿九将那封信递向志津夫，志津夫站起来接过信后先确认住址。

"你要去找这个署名老太婆的人吗？"

阿九点头说："我没……没办法清楚想出来那个人是谁，可是应该是跟我很熟的人，而且也是我很想看到的人才对……不管怎么样，我都得去看她才行。"

志津夫静静地看着阿九。

"可……可是我不知道该怎么去，因为这几年我从来没有离开过这里。青……青……山先生，你知道怎么去冲绳吗？如果你知道，可不可以陪我去呢？"阿九拜托志津夫。

"要去那里很简单，问题是你有办法离开这里吗？而且你不在的话，谁来守护这座森林呢？"

"森……森林可以交给落……落合先生照顾。"

"原来如此。"志津夫点头说，"那就只剩下你如何走出这里了啰？"

"走……走出这里有那么困难吗？"

志津夫摘下眼镜，用手指按摩两眼之间。连续眨了几下眼睛后，又将圆眼镜戴上。

"全日本的人都知道你，万一事情闹大了，他们恐怕会跟到冲绳去。"

志津夫走到铁栏杆前，将身体探出去往下看。小船飘荡在那珂川闪烁的水面上，志津夫抬起头望着对岸，河岸上有许多阶梯。

"如果能搭上那条船，就可以不用从宾馆大门离开……"

阿九来到志津夫身边，一起往下看。

"这……这种高度的话，我可以跳下去。"

志津夫惊讶地回过头问："你刚刚说什么？"

阿九望着小船重复说："我可以跳下去。"

志津夫逐渐露出喜色。

"那太好了，我们就朝这个方向进行。剩下来由我和落合先生来商量对策。"

阿九抬起上身看着志津夫。看到志津夫的笑脸，阿九也高兴地微笑以对。

"对了，完成了。"志津夫保持笑脸，和蔼地宣布。

"完成？"

"那幅画画好了。"

阿九表情惊讶地看着志津夫的嘴。志津夫手指着那幅画,阿九回头一看,只觉得画布上像是对着他开了一扇门,里面还有另一个自己,和最喜欢的森林一起被呈现在画布上。可是自己身边还站了一个人,阿九小心翼翼地上前观看,背景的森林和阿九已融为一体,他不是站在森林前面,而是整个人融入了森林之中。阿九和森林之间没有界线,完美地融合在一起。至于画在阿九身旁的那个人,好像影子、魂魄或幽灵,没有明确的形体,似乎对阿九怀有强烈的情感。淡彩不断重复涂抹,在他身旁形成朦胧的身影。

"这是什么?"

"哪里?"

"就是我旁边的这一团像雾一样的东西。"

"啊,是什么呢?阿九先生应该比我更清楚,不是吗?"

画中的阿九虽然没有微笑,却也不会显得僵硬,只是眼神很忧郁,静静地看着远方,很可能正在凝望天空。原来志津夫所说的"普通的表情"就是这个意思。然而说是普通,却又很不寻常。那是一种欣然接受一切的表情。而那个紧靠在阿九身边如幽灵般的阴影,则像是包裹住他的身体一样浮游在周遭。

阿九口中喃喃自语,然后将脸一下子贴近画布又离开,眼神充满了好奇与惊喜。

"怎么样呢?"志津夫问。

"太好……"

阿九说到一半停了下来,接着又继续说:"太好了,真的。我不会寂寞了。"

两天后的黎明前夕,阿九将小石头放进口袋,趁着黑暗从屋顶上慢慢让身体飘浮起来。他一点都不害怕,去见老太婆这件事成了他最大的动力。阿九觉得现在无论如何都要去见她,尽管想不起来老太婆是何许人物,和自己的过去又有什么关联。

阿九的肉体一跨越大楼,马上就开始缓缓下降,仿佛旧式的电梯一样,速度很慢。阿九静悄悄地降落在小船上,一身黑色打扮的银次和落合已在那里等待。

"不陪你去,真的没关系吗?"银次直率地询问。

阿九也很直率地回答:"不用。"

落合开始划动小船。街头的天空挂着半边月亮,幽微的月光将三人的身影淡淡投射在河面上。

"落合先生,森林的事就麻烦你了。"阿九回头看着划船的落合交代。

落合大声回答:"没问题,大师偶尔呼吸一下外面的空气会比较好!冲绳应该是最适合的地方。请去看看蓝色的大海,休息一阵子再回来。我落合会尽全力照顾森林的。"

银次说:"你母亲在二楼的窗口为你送行。"

阿九抬头一看,果然看见窗边有人影。阿七正在挥着手,阿九举起右手轻轻挥舞。接着仰望宾馆大楼,建筑就像人的脸,屋顶上的森林恰似一顶宽大的帽子。

小船一划到对岸,三人便爬上水泥护岸的阶梯。上面猛然冒出一个黑影,青山志津夫伸出手来,阿九毫不犹豫地握住他的手。志津夫的手很温暖,超乎想象的大且结实。

志津夫开车过来,阿九抱着一个小旅行包坐进副驾驶座。落合将脸靠近车窗旁边,无声地动着嘴巴说:"路上慢走。"阿九也学他无声地告别:"我们走了。"银次站在落合背后默默地凝视着阿九。虽然他不是阿九真正的父亲,站在那里却也像另一位父亲。阿九一时之间心情混乱,为了掩饰,故意将视线移向对岸。"爱的森林"宾馆和屋顶森林的轮廓在逐渐发白的天空中,线条一如影戏般清晰。志津夫发动引擎,慢慢滑动车子。阿九一直凝视着自己的归处,直到看不见森林为止。

两人坐在停车场,等待机场的柜台开始受理登机手续。阿九一口气喝光志津夫买给他的罐装咖啡,志津夫始终没有说话,觉得无聊时才打开收音机,让车内充满音乐声。唱的是不知道的国家语言,但阿九却能够理解歌词的意义。

"好……好奇怪哟,我……我听得懂意思耶!"

"那是因为你以前住在法国,所以听得懂呀!"

"这……这是法文吗?"

志津夫点头说:"这是名叫查尔·阿兹纳弗的歌手所唱的歌。"

那是一首分手的情歌,优美的旋律和不太相衬的悲伤歌词,让阿九为之动容。他按着眼尾,好像想起了什么,仿佛某个难忘的身影,掠过心头。

"我好像跟一个名叫娜娜的女人一起生活过。"

这件事阿九以前从来没提过。

"可……可是好像出了很严重的车祸,结果就把那个人的事,还有在法国的生活,全部都给忘记了。"

"原来如此。"志津夫说。

"听说还有小孩,我想应该是跟娜娜生的吧!我有时很想记起这一切,但另一方面却又觉得忘记比较轻松。"

青山志津夫喝光手上的罐装咖啡。

"我也没有那个自称是老太婆的人的记忆。不过我知道她是引……引导我的人,所以我现在很想跟她见面。"

"引导?"志津夫反问。

阿九抬头望着已经变亮的天空说:

"你知道吗？阿九，你应该想想为什么老天会赋予你那种能力，而且只要觉得办得到的，你都应该去尝试……"

志津夫睁大了眼睛。

"读信的时候，我想起了这些话。大……大概是以前老太婆对……对我说的话吧！"

"原来如此。"志津夫将视线从阿九身上移开，"也就是说，那个人看出了你的能力，对吧？"

阿九戴上事先准备的鸭舌帽，登上前往那霸的班机。置身于总是飞过森林上空的巨大喷射客机中，身旁坐着青山志津夫，不禁有种跟总一郎在一起的怀念感觉。

13　"沙达卡乌马力"

青山志津夫和阿九向那霸机场旁的车行租车，一路开往本部町。

晴空万里，迎面吹来的南风让阿九的心情雀跃。或许是因为这些年都窝在屋顶上的森林度日的关系，看到的任何事物都让他感到新鲜有趣。比方说，白色石墙的房子，难得一见的亚热带植物等。

"阿九，肚子饿不饿？"开了约两个小时的车后，志津夫问。

"肚……肚子饿了。"

"那就吃午饭吧！"

两人将车子停在国道旁的餐厅前。餐厅拉门半开着，里面有些阴暗，而且安静无声。志津夫探头进去询问："请问有开店吗？"

从里面传来冲绳口音的回答："有开店呀！"

店里不见其他客人，只见一名微胖的女服务生从暗处中拿着菜单递给阿九。用片假名写的菜色都是头一次看到的东西，无法判断内容是什么。

"强……强普鲁是什么呀,志津夫先生?"

"哦。"青山志津夫回答:"就是把各种食材混在一起炒的菜。例如:面麸强普鲁是面筋炒青菜,素面强普鲁是辣炒面线,勾芽强普鲁则是用名叫勾芽的苦瓜炒豆腐。每一样都很好吃,不过勾芽会苦,看人吃得习惯不习惯。"

阿九好像学生一样认真听着志津夫的说明。

"上面有一道菜叫做素棋面。是不是写错了啊?应该是象棋才对吧!素棋是什么?"

志津夫笑了出来:"素棋就是排骨肉。冲绳人习惯放很多肉在面上面。这里的面也不太一样,比较接近手工拉面。对了,应该说是比较有咬劲儿,跟炒面很像,很好吃的。"

阿九赞叹说:"你什么都知道嘛!"

"那是因为我曾经在学生时代搭便车走遍冲绳,留下美好的经验和回忆。关于这些往事,以后有空再慢慢告诉你,总之先点东西来吃吧,我肚子也饿了。"

阿九让志津夫点菜。志津夫听从服务生的推荐点了每日特餐,可以挑选一道喜欢的强普鲁,并搭配名叫拉福帖的卤猪肉等几道小菜和一小碗的素棋面。志津夫看到送上来的特餐份量,不免担心是否吃得完。

倒是阿九筷子动个不停,不发一语地大快朵颐。对于老是吃阿七做的便当和外卖盖饭的阿九而言,每一道南国菜色都让他感到新奇又可口。填饱肚子后,阿九在行驶的车上呼呼大睡,同时还做了奇妙的梦。

阿九站在一棵老树旁。树的形状怪异,许多类似根部的须朝向地面垂挂着。也或许是藤蔓缠着树干想要往上生长也说不定,看起来很像长毛象,也很像是喜马拉雅山的大雪怪。正当阿九看得入神时,突然出现三名男女。因为逆光,看不清楚他们的长相。其中一名男性体格壮硕,戴着墨镜,没有头发。他身边有个年幼稚嫩的少年,手插进

355

口袋，微微侧着头站着。少年旁边紧跟着一位苗条且身材曼妙的年轻女性。

"阿九！"

阿九听见沙哑的女人说话声音。他不知道是他们三人谁发出来的，感觉声音是从上方传下来。

"他们三人想要见你。他们比谁都要关心你的人生，你绝对不可以忘记他们。他们随时都会在你身边，守护着你。只要你还记得他们，他们就会在看不见的地方成为你的助力。他们拥有引导你从困难的人生走向光明方向的力量。听清楚了，千万不可以忘记。"

光线越来越强。三人的身影开始淡薄，仿佛融入刺眼的亮光，或是被亮光给吞噬了……

"阿九，看来你过得挺不错的嘛！"戴着墨镜、身形魁梧的男人说。

阿九仔细观看，想要看清男人的长相。可惜光线太刺眼，看不清楚。

"阿九，好想再跟你一起玩哟！"男人身旁的少年说。

声音很熟悉。阿九赶紧揉揉眼睛，注视着少年即将跟亮光融为一体的脸。

"阿九，我好想你。"最后是年轻的女人说话。

阿九已经睁不开眼睛了。拼命对着三人的方向伸出手，却连碰也碰不到。

三人转身开始离去，阿九不禁大喊："慢点，你们还不要走！"

"你们很快还会见面的，你千万不要忘记他们！"沙哑的声音再度降临。

阿九眯着眼睛，追赶逐渐远去的三人身影。

"慢点，不要走……"

三人走在往大海延伸的下坡路上。阿九连忙追赶上去，却不断跌跌撞撞。

"等等我呀！"

任凭阿九再怎么呼喊，三人已渐行渐远。阿九经过了跟他身高一样高的甘蔗田，踏上白砂的丘陵地带，好不容易来到海边时，三人已经在海水之中。那是个不见其他人影的寂寞海岸，白色沙滩仿佛被漂白过，海水则蓝得很恐怖。三人推开汹涌的波浪，不断往海中前进。阿九在水际线停下脚步，身材魁梧的男人首先消失在海中，接着是少年，最后是女人。他们变成了海豚。蓝得像是化开水彩的大海令人联想到死者，阿九无法再继续追赶。过了一会儿，三只海豚一起在海平面上跳跃。阿九伫立在海边，注视着继续往前游的三只海豚。

"谢谢……"阿九在心中说，"谢谢你们一直守护着我。"

醒来时，车子开在沿海的县道上。阿九转头看着开车的志津夫，这才发觉自己不知不觉间睡着了。

"醒了呀，马上就到了。你看看外面吧！"

顺着志津夫手指的外面一看，海洋就紧接在道路的旁边。不是阿九梦中所见那种可怕的蓝色，而是闪烁着翡翠绿光辉，南国特有的平静大海。

"哇！"阿九忍不住大喊。

一打开车窗，风便灌进来，整个车厢充满了海水的气息。阿九张开嘴巴，尽情享受海风。

此时，他突然注意到海平面上有三只海豚在游泳，它们跟着车子并行，阿九从窗户探出头挥手，只见三只海豚很快就消失在光辉闪烁的海水中。

车子停在本部半岛尖端附近的农业道路上，因为迷路了，青山志津夫拿出地图，和信封上所写的地址进行比对。然而人家与人家之间绵延的是田地和亚热带树林，就算有住址，也无法像都市一样容易找到。阿九拿出放在口袋里的石头，用力握紧。石头就像心脏一样鼓动着，而且脉动的速度很快。

正当一筹莫展时，一名骑脚踏车的中年男子刚好经过，志津夫赶紧打开车窗叫住他。对方大概是刚从田里忙完要回家，行李架上堆放耕作用的工具。

"请问这附近有没有一位叫老太婆的人呢？"志津夫客气地询问。

男子回答："老太婆？光是老太婆三个字，我怎么可能知道？"

青山志津夫回头看着阿九问："你可不可以想出名字或是任何线索呢？"

阿九摇摇头回答："我想不出来。"

"这附近到处都是老太婆呀！"男子说完大笑。

前方开过来一辆箱型车停住，男子跟他们介绍开车的女性："这是我老婆。"

"他们说要找老太婆。"

听到男子那么说，女人皱起了眉头。

"老太婆，什么样的老太婆？没有特征的话，根本无从找起。"说的话跟她丈夫如出一辙。

青山志津夫取得阿九同意，将老太婆的来信拿给那对夫妻看，两人异口同声说："啊，原来是卡民丘呀！"

"卡民丘？"青山志津夫反问。

"卡民丘就是女巫啦！你们知道女巫吧？可以占卜人的前世和未来。"男子说。

"原来是女巫呀，应该是吧！我想就是那个人没错。"青山志津夫似乎弄懂了，如此回应。

"既然这样，就跟我来吧。我刚好要把采收的西红柿送去给黄色老太婆。"

阿九听到女人说出"黄色老太婆"立刻有所反应。

"黄色老太婆……"

他不断在嘴里重复念着，脑海中好像有某些记忆恢复了，却又无法清楚成形。

"我还是想不起来。"阿九垂头丧气地说。

志津夫安慰说："不要紧的。到了那里，应该就能记起来。"

跟在女人车子后面行驶约五分钟，来到一间被甘蔗田环绕的平房前。那是一栋很有东南亚风风情的古老建筑，屋顶上放着陶制的动物。阿九随着志津夫下车，感觉有种很强烈的似曾相识感。每踏出一步，记忆就激烈地晃动。

庭院耸立着一棵高约二十公尺的老树，就像梦中所见，树根如同藤蔓覆盖住整棵老树。树干下有个小祠，前面供有酒和甜点等各式贡品。

带他们来的中年妇女先行走进屋内大喊："黄色老太婆，有客人找呀！"

青山志津夫在房子的周遭来回走动，发现门上挂着一块写着"判示"的广告牌。志津夫侧着头思考。阿九看着握在手上的石头，石头稍微变白了，但不再有脉动。阿九知道石头从未有过这种安定的状态。

有人从房子里面走出来。阿九听到声音回头一看，竟看到梦中出现的三人。他惊讶得说不出话来，只能张开嘴巴瞪着三人。站在最右边、身材高大的光头男人先开口："欢迎光临，黄色老太婆已经等你很久了。"

阿九想起了死去的父亲远藤匠。

"这个人就是阿九吗？"男人身边的少年问。

少年的容貌和气质跟死前的寺内总一郎似乎有些相像。接着，少年伸出手抓着站在他身旁的女性的手，阿九将视线移向那名女性。

"没错，这位就是黄色老太婆常提起的祖父江九先生。"女人看着阿九回答。

一时之间，阿九无法判断究竟发生了什么事。头脑突然像是快裂开，他不禁抱着头，当场坐倒。

"怎么了吗？"长得很像远藤匠的男人看着阿九的脸问。

青山志津夫也冲过来问："阿九，你还好吧？"

阿九的头脑里面有东西在动，头骨内侧有种被向上拉扯的剧痛。因为阿九想起了生命中重要的女人。

"娜娜……"阿九喊出女人的名字。

"娜娜……娜娜……"他一次又一次地呼喊……

"阿九，有办法走进屋子里面吗？"青山志津夫搀着阿九问。

有人大喊："老太婆来了！"

另外一个人说："黄色老太婆，这个人突然抱住头坐在地上！"

人们让开一条路，一个矮小的老妇人从那一头出现。在朦胧的意识中，阿九使尽力气想要看清楚。模糊的视线前方，是一个有些印象的老婆婆。

老婆婆对他说："你总算来了。"

看来似乎跟梦中说话的声音是同一个人。

"没事的，你只要把力气放开，心情保持轻松。你是沙达卡乌马力[1]，自然得担负这种程度的命运。"

老婆婆将手放在阿九的头上说："你和我一样都是卡民丘。你只要接受你的命运，敞开心房，一切都会很轻松的。"

阿九顺着老婆婆的声音指引，看见两个甚至三个老婆婆的脸。

---

1 指被神指派为通灵的人士。

"阿九，你从大老远的地方来看我。请接受我，让你自己变轻松吧！"

老婆婆像是要赶走什么东西似的，将伸出来的手迅速收回。于是阿九的意识当场被切断，声音消失了、杂念消失了、视野变暗了。

14 "阿九和老太婆"

阿九在被窝中醒来时，首先映入眼帘的是老太婆从上俯视他的蜡黄脸孔。

"黄……黄……黄色老太婆……"阿九的口中自然说出这名字。

"嗯，你醒了呀！"老婆婆说。

"阿九，你认得了吗？你想起了老太婆的事吗？"是青山志津夫的声音。

阿九仔细一看，看到回廊那里有些人影。

"嗯，我记起来了。"阿九一边慢慢坐起来，一边回答。

老婆婆的背后是明亮开阔的中庭。除了志津夫之外，还有别的人影。

"以前我想死的时候，是老婆婆救了我的命。然后我就留在这里修行……我在老婆婆的身边从事卡民丘的修行。"

那颗石头在黄色老太婆的手中。

"那这是什么呢？"老婆婆微笑问。

"暗示石。"答案很自然从阿九的口中说出。这时，他的视线停留在走廊上的一名女子身上。

"娜娜……"

"她是彬子，跟我住在一起。"

名叫彬子的女人走进屋里，坐在老婆婆身后。

"她很像我的太太。"

阿九的视线始终没有离开过彬子身上。

"不过她已经过世了。"

彬子的眼睛蒙上一层阴影。

"你恢复记忆了吗?"青山志津夫上前插嘴说。

突然,阿九像个孩子一样放声大哭,因为在他理解真相之前,悲伤就先涌上心头;在认清事实之前,已先热泪盈眶。

"啊,阿弥,我的阿弥在哪里?"

记忆恢复了,同时悲恸也一起苏醒。

彬子有个小孩,名叫敏彦,让阿九想起总一郎。那个很像年轻时的远藤匠的男人叫做园分铜,曾经当过大学教授和企业家,自从听了老婆婆的建议挽回一命后,便成为老婆婆的弟子。他们和老婆婆一起生活,帮忙做事和照顾她的病体。老太婆几乎整天都躺在后面的房间里,并没有请医生来看。

阿九住在怀念的老婆婆家里,尽管每一次看到彬子都会想起娜娜,但已经不再有头疼的现象。

他和青山志津夫到附近的海边散步。

"我不知道记……记忆恢复是好事还是坏事。"阿九眺望海洋,说道。

志津夫轻轻点头回应:"不过那些事情不应该被遗忘,何况你还有一个下落不明的儿子。"

"阿弥……"

青山志津夫看着阿九的脸。

"我儿……儿子的名字叫做祖父江阿弥。"

"你儿子肯定还活在世界的某个地方吧!如果没有记忆就无法重

逢,也许很痛苦,但能恢复总是好事。"

志津夫温柔的声音再度让阿九泪流满面,他轻轻抱着阿九的肩膀说:"你发生了许多事,但是千万不可以认输!"

阿九像是自我勉励一样大声回答:"是。"

平静的海浪冲上岸,溅湿阿九的脚。

"我可以想起所……所有关于茉……茉莉的事,长大成人的茉莉和儿时的茉莉终于在我心中合而为一了,我……我很喜欢她。"

志津夫点头说:"人生还很长,你们以后还会有很多见面的机会。"

阿九也点点头,却无法发自内心真正的微笑。

敏彦从甘蔗田那头跑过来。

"可以吃饭了!"

"阿九,我们吃饭吧!你得吃饭并且赶快振作起来!"

青山志津夫拉起阿九的手。

餐厅有一张大桌子,园分铜坐在旁边,阿九和志津夫找空位坐下。彬子将紫米饭盛给大家,敏彦帮忙递送。吃饭的时候,总是坐在老位子的老婆婆却没有出席。彬子悲伤地表示,老婆婆这几天都没有进食。

"她只喝鱼腥草茶,说是为了直接前往来世,需要清净身体才行……"

桌上摆着用当地捕捉的小鱼腌渍的菜、花生豆腐、炒茄子等料理。

"阿九,包括我在内,在这里生活的人都是老婆婆的弟子。每个人都有不堪回首的过去,所以才会逃来这里隐居。请把我们当成你的家人看待吧!"

园分铜一本正经地说完后,敏彦故意开玩笑说:"那阿九先生要当我爸爸吗？"

阿九听了一脸困惑，志津夫代为反问："敏彦几岁？"

"九岁。"

"九岁呀，那还是小学生啰？"

"嗯，我在附近的小学上学。"

敏彦是个活泼的孩子，很有精神地一边吃饭一边回答志津夫的提问。

阿九想起了总一郎。如果他还在世，会过着什么样的人生呢？会变成什么样的大人？会说些什么样的话呢？

"敏彦也具有一些能力哦！"园分铜说话的语气平静、口音标准。

"我可以折弯汤匙，就跟阿九先生一样。"

敏彦说完，随手拿出一根汤匙，举到大家眼睛的高度，显示完全没有事先动过手脚。

"不行，敏彦。这样汤匙又要报销了。"

"彬子，没有关系的，毕竟这也算是他的一种学习嘛！"分铜说。

"你们看我！"话一说完，敏彦便开始发动念力。

"大家请继续吃饭吧！这个把戏很花时间，大概要三十分钟……不对，有时还会花一个钟头。"

听到彬子这么说，原本充满期待的青山志津夫立刻放松肩膀。

"是哦，要一个钟头呀！"

"敏彦，你还是先吃饭再表演吧？"园分铜说。

但敏彦一心只想展现自己的能力，哪里肯听。

阿九从园分铜的笑容背后，看到了父亲远藤匠。在儿童公园骑着爸爸脖子的记忆历历在目，年幼的阿九扶着爸爸的光头，笑得天真无邪。如果远藤匠还活着的话，现在也已六十五岁了，他会是什么样的父亲呢？一定很温柔才对。真想跟他多说说话。

"这附近的人们都知道阿九先生的事。几乎每天都有电视或杂志会报道。"彬子说。

园分铜也看着阿九的脸接着问:"请原谅我的失礼,听说阿九先生可以飘浮在空中,是真的吗?"

阿九轻轻点头。青山志津夫代为回答说:"我亲眼目睹过好几次,真的是很厉害。他甚至还可以从大楼屋顶飞下去。"

"从大楼屋顶吗?"园分铜难掩惊讶地反问。

原本该集中精神折弯汤匙的敏彦也惊叫:"什么,会飞吗?"

"敏彦!你这样子是折不弯汤匙的。"彬子怒斥。

敏彦只好再度皱起眉头瞪着汤匙。

"其……其实那一点也不特别。只要想做,任何人都办得到。"

"我也可以吗?"园分铜探出身体问。

敏彦也一直看阿九。

"可以的,就……就像折弯汤匙一样,本来就没有人类做不到的。"

阿九一说完,分铜立刻问:"阿九,你可以让我们见识一下吗?"

天真的敏彦也插嘴问:"我也可以飞吗?"

"可……可以,当然可以,每个人都行。"

"好棒哟,我想飞、我想飞!"

分铜的眼睛因为好奇而睁得又圆又大,彬子警告他们两人:"那种能力不是这样用来现的!"

阿九看着彬子的侧脸,想起了娜娜,还有他们在巴黎那间小公寓共度的幸福时光。阿九吃不下饭,放下碗,泪水夺眶而出。

几天后,阿九开始练习空中飘浮术。最早发现阿九在中庭练习的人是敏彦,他被派来扫地,拿着扫帚一踏进庭院,就看见飘浮在空中的阿九。敏彦吓得腿软,当场大叫出声。阿九听到惊叫声,赶紧看着下方，这时园分铜和彬子也走到回廊，愣在那里看着飘浮的阿九，敏彦则手指着阿九跌坐在地上。

夜里睡不着醒来时，发现放在枕边的那颗暗示石变成红色。阿九诧异地爬起来抓着石头，石头带有热度，从内侧散发出光芒。阿九有种不祥的预感。

背后感觉有人，回头一看，是老婆婆站在回廊上。

"怎么还没睡呀？"

阿九回答："睡不着。"

他想跟老婆婆说石头的事而伸出手，可是暗示石不知从什么时候起又变回普通的样子。

"你要承受那些痛苦，很难受吧？"老婆婆坐在阿九旁边说。

黑暗的夜色包围着两人，黑暗上方闪烁着数不清的星星，数量之多，是屋顶森林的天空所无法比拟的。阿九这才明白人类所处的地球，不过只是飘浮在广大宇宙中的一颗小星星。

"可是接受本身就很痛苦。"阿九回应。

老婆婆仰望星空，点点头说："命运是无情的，不过生命只能在那样的无情中孕育。有人出生，有人死亡，这个世界就只是生与死的不断重复，也是悲与喜的不断重复。"

"可是那样子未免太痛苦了！"

"痛苦才是基调。这世上完全没有能以幸福为基调的人呀！因为人到了最后终归一死。悲伤总是平均分配在每一个人身上，即使你是国王也不例外。永远存活的人并不存在，因此才会有生存的价值。人们受苦是很自然的事，悲伤是人生的基调，没有人可以逃离寂寞痛苦。基本上，要想逃离痛苦是不可能的。或大或小，大家都有自己的苦要承担。这就是作为生物的根本呀！"

"所以我现在才会这么痛苦吗？"

老婆婆点点头，并说："我不会对你说船到桥头自然直那种话。我也从来没有教过你：凡事只要朝着希望看。我只说过痛苦就是人生，也因此才会有幸福，幸福才会有意义。正因为有些东西无法得手，人们才会想要追求幸福！"

老婆婆轻轻呼出一口气。她每说一句话，就喘个不停。咽下嘴里的口水后又继续说："不过到了最后的最后，你还是会得到幸福，虽然只是很小的幸福，小到你可能会错过。然而在最后你会有所领悟，终于理解人生长远的历史意义。于是你会认为或许可以将人生的终点称为幸福。"

阿九默默地听着，试图理解这番话的深奥意义。

"世界是痛苦的集合体。就算文明如此发达，世界还是充满了不合理。每天有许多人在不合理中死去，有无数的动植物毫无意义地被杀死！只为了一小部分幸福的人们。在这个无可救药的世界里，唯一该做的就是找到有限的幸福，并且生存下去！"

"你是说我不应该为心爱的人死去而悲伤吗？"

老婆婆静静看着阿九。阿九的眼中流出泪水，他不知道该如何接受总一郎的死，远藤匠的死，还有娜娜的死。

"你认为我是那样说的吗？"

"不是的。"阿九用力摇头。

"难道要我说一堆好听话来安慰你吗？"

阿九睁大了眼睛。

"阿九呀！"

老婆婆仰望夜空，继续说下去："你的人生今后还会有许多事情降临。我可以很清楚地看到你的未来，你今后的人生还会更加不幸，而且会发生许多更痛苦的事。"

阿九的心情沉重。抬头仰望天空，叹了一口气。

"还会比现在更加痛苦吗？我亲眼看到了朋友总一郎的死，然后是父亲的死，心爱的女人娜娜的死。我都已经这么不幸了，今后还会有更不幸的事情发生吗？"

老婆婆轻声回答："嗯，我的死期即将到来，你也必须亲眼目睹我的死亡。"

阿九惊讶地回头看着老婆婆。

"我的寿命即将走到尽头。人生虽然有好事，但苦难也很多。不过阿九呀，遇见你是我一生之中最快乐的时期。像这样到了最后还能再见到最爱的弟子一面，还能有什么比这个更幸福的呢？今后我会在那颗星星的高处守护着你，看着你在烦恼痛苦中逐渐成长。"

阿九反问："你说人生快到尽头，那是什么时候？"

"正确说来，应该是后天。那天将是我的寿命告终的日子。不过呢，你也看到了，我一切都已经准备就绪，剩下的就交给彬子和你处理。"

"突……突然那样交代给我，我……"

"不，其实你早有心理准备。"

老婆婆站起来说："晚安。死并不可怕。死就像叹气，死是休息，也是众人的哲学。死就像是打瞌睡，死也是一种连续。死在你之中，死也是一个入口。为了不要慌张，应该好好观察死亡，跟死亡打好关系。这么一来，你就能迈向更高的世界。"

老婆婆转过身，再度消失在黑暗之中。阿九手中握着的石头几乎呈现出前所未见的鲜红色。

两天后，黄色老太婆一如自己的预言，撒手人寰。意识朦胧中，她握着阿九的手开始说些奇妙的话。

"阿九呀,你最爱的女人是我姐姐的外孙女。"

阿九想起了娜娜曾经提到过"本部"这地方。阿九想起了一切,所有事情都环环相扣,从开始到结束都相互联系。

"我要到你心爱的人们那里去了,所以你不必悲伤。总有一天,你也会来跟我们会合的。不过你的时间还没到,你还必须负起引导彬子、分铜和敏彦的任务。而且你的子孙也必须存活,好守护这个世界。"

"老婆婆……"

泪水模糊了视线,只能感受到老婆婆的手冰冷的触感。

"阿九呀,你只要坚持活得像你自己就好。你所担负的罪与罚,也等于是人类所担负的罪与罚。你千万不要觉得自己担负那些是不合理的,总有一天你也会有安详的时刻。在那之前,请你静静等待。"

老婆婆的握力逐渐消失。人生又翻过了一页。

* * *

第三章 一之六

折弯玻璃的方法:

首先,就像折弯汤匙一样,用拇指和食指指腹夹住适当大小的玻璃片。

接着,在脑海中想象折弯玻璃片的画面。要注意的是玻璃不同于铁,弯曲玻璃不可加热。

然后,还要继续加强想象。必须从玻璃的组成要素:石英、碳酸钠、石灰石等成分的组成开始想象。尤其是关于石英的颗粒状、块状等集合体有加强想象的必要。画面形成后,便将意识投注在构成矿物的分子之中。必须静静地深入,慢慢将意识的前端伸进分子森林的内

部深处。

玻璃的原料是石英等物质，经由高温加热熔解，冷却后制成。因为重点在于想象相反的过程。质地坚硬脆弱又透明的玻璃，比起单纯的铁需要更复杂的想象力才行。

一味光靠弯曲汤匙的想象力是不容易折弯玻璃的，应该想着要如何移动玻璃的分子。想象着一点又一点推动每一颗分子，摇动玻璃的物质使其发生变化。

如此一来，玻璃就会开始变形，不过它的速度不会像汤匙那么快。为了要让难以数计的分子慢慢让出原有场所地移动，移动两三厘米的玻璃便需要花上一个小时的时间。

而且与其说是明显的折弯，为了维持玻璃的脆度，还必须被要求在极限的弯曲角度里。超过这些限制的想象会使得玻璃产生强力反弹，无法发挥如铁一般的柔软度，而造成碎裂的现象，就好像人的心一样。

（选自《祖父江九启示录》）

五 赤沼马戏团

1 "红色帐篷"

阿九和落合一起视察五楼地板的状况。因为树木的根部已突破五〇二室的天花板，像怪物一样到处乱窜。而且从粗大的根部又长出无数细小的根须，有一部分甚至在地板上呈现网状的延伸。

"就算铲除掉，还是会立刻长出来。就像打地鼠一样，打完这边，那里又冒出来了。照这样子下去，几年以后一楼也会遭殃的。"

阿九伸手触碰满是裂缝的走廊墙壁，墙的后面有一枝粗根已开始往楼下窜伸，很快就会到达四楼。

"虽然还能继续营业，但也只是早晚的问题，因为电梯马上就不能用了。根据业者的说法，以目前这种状态，绝对不是小工程可以恢复原状的。银次老板也很头痛，不知道该如何是好。"

就在这时，银次也过来了。看着天花板时，眉头自然皱了起来。

"看来时候到了。"银次不像是在对谁说话。

落合看着他的脸问："什么意思？"

"宾馆该收了。"

阿九和银次四目相对。他看到银次佝偻的背，浮肿的脸，以及目光锐利的眼睛。

"那这里会变成怎样？"落合问。

"留下来当作圣地吧！"银次说完便走出房间。

"滚出去，滚出去！祖父江九滚出去！"

远远传来扩音器的声音。彬子望着在中洲对岸吵闹的人群，一些不喜欢阿九存在的人们联合附近商家，发起了要求阿九搬走的抗争活动。相关的纷纷扰扰层出不穷，甚至最近号称是阿九帮的激进青年还放火烧了抗争据点的商店。尽管祖父江七立即发表谴责阿九帮的声明，却反而引起附近居民们的反弹。阿九帮一而再的暴力行为，为阿九的名声蒙上阴影，舆论也因此分为两派。有周刊杂志落井下石报道阿九的超能力是假的，只会蛊惑人心。

阿九从小屋走出来，瞥了一眼对岸的骚动，说："我什么都没做，这世界真是莫名其妙！"

阿九转往森林的方向走去。

彬子说："我总觉得森林好像生气了，似乎是在抗议社会的骚动。"

阿九停下脚步说："以前我不知道，但现在我觉得这座森林好像受到某种意志的支配在行动。"

"的确好像会发生什么事。"

两人望着遮住天空的翁郁森林。位于森林中央的喷水池已爬满青苔，上面还覆盖着茂密的枝叶。通往逃生梯的小路也变成了绿色隧道，只有小屋周遭的空间还维持原样，但一半以上的草地因为隆起的树根而凹凸不平。

"下星期我要回本部一趟，敏彦快开学了……因为也已经正式见过你母亲了，这件事我想到老婆婆的坟前报告给她老人家知道。"

阿九看着彬子说："我……我也想陪在敏彦身边，不过在那之前，我想先去巴黎看看，毕竟身体已经开始可以活动了。"

阿九说完，彬子的嘴角用力抿成一直线，点点头。

"这么说来，老婆婆似乎还陪在我……我们身边呀！"

"是呀，我可以强烈地感觉到她的存在。虽然肉体不在了，反而是失去肉体后，更能感受到她的意志！"

"都已……已经整整三年了……"

"时间过得好快。"

阿九再度仰望森林。

"老婆婆说过，要我们凡事小心。大概不久后，这个世……世界会发生重大的变化吧！"

"重大变化？"彬子反问。

"我也不是很清楚，应该是会影响人类未来的重大事件吧！得先做好准备……"

"重大天灾吗？"

"不是，是人为的……例如没有前线的战争……昨天我又做了那个梦。"

彬子问："是高楼大厦被摧毁的梦吗？"

起风了。蓊郁的森林开始倾倒，树叶发出好像人们交头接耳的声音一样沙沙作响。

那天夜里，两架客机撞上了纽约世贸大楼。当时没睡正在看电视的彬子连忙摇醒阿九，电视画面上正在播映连日来他所做的梦境。

隔天一早，银次和阿七上来屋顶，坐在小屋外的桌前。彬子送茶水过来时，阿七说："方便的话，彬子也一起坐下来吧？"

"可以吗？"

阿九拉张椅子催促她坐下。

"秋本和人先生跟我们联络了，说他们一直很拼命地寻找阿弥的下落，可是还是没有找到。'德川'寿司店的人也认为希望渺茫。"祖父江七断断续续地说。

"他们也有和警方合作去找，一样没有线索。毕竟时间已经过了太久呀！"银次接着说明。

阿九垂头丧气地表示："我想我应……应该再去一次车祸现场……"

对于阿九的意见，没有人有反应。令人气闷的沉默包围着四个人。就算再去车祸现场，也不可能找到任何线索。当场弥漫着绝望的气氛，阿七吸了吸鼻子，四个人的视线没有交集，就好像背对背站立般，彼此只看着自己的脚尖。

"这间经营多年的宾馆，这个月底就要关了。"银次改变话题，"因为抗争活动仍在持续，和附近居民的关系也没有改善的迹象，再加上放火事件。我想在出事之前，还是先关掉宾馆比较好。阿七主持的'和祖父江七一起为地球的明天设想会'也开始要积极活动，换句话说，又有别的事情好忙了。"

阿七顺着银次的话说明："我虽然不太清楚，只是觉得必须制止环境继续遭受破坏。我也知道这么做是利用了身为祖父江九母亲的立场，但已经没有时间了。再让大国随便乱搞下去，地球就要完蛋了。"

阿九沉默不语，彬子看着阿九的侧脸。

"反正不是宗教啦，我们的运动……不过就是支持阿七的使命感和那种精神的一个团体，就像是爱与和平的草根运动吧！但也是因为阿九的关系，阿七才发现到自己的使命。阿七想和其他支持者一起为建立和平的地球未来继续运动，和社会进行沟通。我也想把剩下的人生交付在这个团体上面。"

"很好呀！"阿九立刻表示同意，"不过这座森林怎么办？"

"阿九，这里会留下来当作圣地。就把这当作支持者的心灵寄托之处,你随时都可以回来,我也会请落合留下来帮忙维持森林的。"

阿九将视线移向阿七身上。

"我……我不会出席妈妈主持的这个会,甚……甚至还希望世人赶紧忘了我。我也不会再公开表演折弯汤匙或空中飘浮等能力。"

"那很好呀!"阿七点头轻声说,"这一点你不必担心,这个团体完全是根据我个人的想法才开始做的。我只是担心再这样子下去地球会完蛋,同时也发现再不有所行动是不行的。正确说来,我是听到了上天的指示,好像有人告诉我:'由你来做吧!'我有种很强烈的使命感。我已经有了许多的支持者,我们要一起奋战!"

阿九绷紧了嘴角。

"我……我和彬子有一天会结婚,我打算成为敏彦的父亲,在本部过安静的生活。"

"你也过了一段很不幸的人生,是该稍微休息了。如果有一天你能理解我们的行动,到时候再过来帮忙吧!"

阿七和银次起身离去。看着两人离开后,彬子问:"这样好吗?"

阿九点头说:"嗯,没问题的。我……我妈是那种一旦说出口,就会展现比……比我还要坚强的意志力去执行到底的人。她一定能以真正的正义感发起行动,银次只是想利用我妈的声望而已,但他不是坏人。一开始是利用我妈,我相信他最后还是会跟她站在同一阵线的。他那个人心中有善有恶,正因为同时有恶念和正义感,所以才……才能活得像个人样。"

阿九再次站起来仰望森林。

阿九在车祸后首度回到巴黎。原本在香榭大道附近的"德川"寿司店已经变成中国人经营的泰国餐厅,就连歌剧院一带也没有任何记忆中的店家。都已经过了十多年的岁月了,倒也难怪。不过麻衣子经营的酒店还在，只是老板换成了越南人，里面的小姐都是亚洲人，仔细询问过，没有人知道麻衣子的下落。眼前虽然是巴黎，但已经不是那个时代的巴黎了。

和娜娜住过的公寓已转卖给了别人。阿九想起了娜娜的叔叔爱德华·卡尔，可惜通过各种方式，就是联络不到对方。

他和秋本和人约好在车祸现场碰面，那个地方位于交通流量很大的巴士底十字路口，秋本根据警方提供的资料说明当时的情况。推着婴儿车走路的娜娜被一辆疾驶的车撞上，司机肇事逃逸，事后也没被逮捕。而在婴儿车里的阿弥则被路人给移往安全的人行道，几分钟后，当警察赶来现场时，早已被不知名的人带走了。阿九集中精神，试图用超能力观看当时的情景，但浮现心头的只有被车撞飞的娜娜身影，完全看不到阿弥的画面。

"阿九……"

不知从哪里传来娜娜的声音，就像听不清楚的收音机一样，充满了噪声。阿九努力澄清自己的意识。

"阿九，我在这里。"

娜娜被埋葬在郊外的坟场，阿九到访时荒芜得很厉害。管理员说坟墓的主人是英国的企业团体，这几年都没有缴管理费。秋本询问出了什么问题，管理员通过事务所查知英国的公司已经破产。

阿九和秋本一起扫墓。洗刷掉墓碑上的青苔后，又听见娜娜的声音。阿九泪流不止，不断涌现的泪水模糊了他的视线。最后，他抱着墓碑放声痛哭。怀里不再是娜娜柔软、美丽、白皙的肉体，而是覆满深绿色苔痕的、又硬又冰冷的石头。不管如何深情拥抱，不管如何祈祷，石头的坚硬与冰冷传递了娜娜不会再苏醒的讯息。

阿九感到心慌意乱。记忆越是恢复，精神就越受刺激，根本无法保持平静。一想到失去的爱妻与儿子,几乎就快站不直身体。因为身体状况不好,阿九只好退掉饭店,在秋本安排下住进超自然科学研究所内设的病房,那里的医生帮阿九打了镇静剂。每一次眨眼,恐怖的记忆就像闪光灯一样亮起,让他痛苦不堪。想起行踪不明的爱子,阿九几乎连呼吸都有困难。想起一边向他求救,一边死去的娜娜,浑身上下的神经宛如遭人用钳子拔除般剧痛不已。

"饭店退掉了,你的行李也已经拿来这里。请你暂时留在这里静养,医生会负责照顾你的健康,而我们也会陪在你身边……"

秋本和人照料着阿九。

"我……我没事的,只是很担心阿弥现在人在哪里、过着什么样的人生?"

"你的心情我很了解。警方还在继续搜索中,我们也会一起帮忙搜集信息。相信总有一天,你们父子会再相见的。因此为了那一天,你要保重才行。"

阿九睡着了,他实在没有四处奔走找寻阿弥的精神和体力!

阿九的精神徘徊在分不清现实还是梦境的地狱之中。

"阿九,今天下班后你又要去找旧情人吗?你又要丢下我和阿弥不管,去找你的旧情人,对吧?"

"娜娜……"

阿九望着出现在天花板上的娜娜幻影哭泣,不管再怎么后悔,也无法治愈这痛苦的心情。

"我希望你直接回家,偏偏你又跑去哪里鬼混了?就是因为这样我才会出车祸,阿弥才会被绑架了……"

"娜娜,对不起……"

"我是那么地爱你,难道你不知道吗?"

"啊啊啊……"

"你知道我现在徘徊在多么痛苦的世界吗？我就算死了也死得不干脆。只能不断在巴黎阴暗墙壁中移动，追寻当年那些幸福的时光……"

阿九泪如泉涌，无声的呜咽从喉咙逸出。

"我失去了你，失去了阿弥，也失去了我的人生、美梦和生命。我的灵魂从那瞬间起便不断在巴黎的阴沟中、墙缝里、电线之中、人们的阴影底下钻来钻去，只能在那些阴暗的地方不断挣扎。我成了厉鬼，不停诅咒自己的不幸。阿九，你能想象我的心情是多么无奈吗？"

"对不起，娜娜，对不起……"

"阿九。"

娜娜哭了。阿九知道娜娜的灵魂就藏在天花板或墙壁里面，因为只有那些地方会凸出来、波动和变色。可是阿九没有办法将娜娜从那些地方拉回现实的世界。

"阿九，我好寂寞哟！"

"娜娜……"

阿九的身体像是被鬼压身一样动弹不得。他大喊大叫，却连自己的声音也听不见。因为头痛，他认不清所有东西，眼前一片白浊，声音和感觉逐渐远去。

"阿九，我好伤心呀！我好想你哟，好希望被阿九拥抱，也好想抱抱阿弥。呜……我的阿弥呀……阿弥……你在哪里……"

阿九悲伤到失去了意识。被摇醒时，眼前站的人是珊德琳·巴谢和秋本和人，还有身着白袍、手拿针筒的医生。

"阿九先生，我是珊德琳。我能理解你自责的心情，可是如果你再这样继续逼自己，只会让你无法在这里生存下去。请好好考虑一下,你的孩子还活在这个世上,万一你死了,你儿子就完全会失去真正的亲人。就算再怎么痛苦,想到那孩子,你现在应该振作,好好活下去!请鼓起坚强的意志,向悲惨的命运挑战!这么一来,相信你一定能和分开的儿子再度相逢的!如今你最需要的就是坚强的意志力,请你一心一意想着存活下去,同时不断想着总有一天会跟儿子重逢,相信神也会保佑你的。"

秋本和人带了阿九怀念的老朋友到病房来。是龙二和秀树。两人如今功成名就的模样今非昔比,秀树穿着西装,打着领带;龙二则是一副设计师派头的新潮打扮。

"阿九,好久不见了。"龙二说。

阿九又流泪了。和老朋友重逢理应高兴才对,自己却是未语泪先流。脑海中不断掠过当年和娜娜、真知子、龙二、秀树年轻荒唐的身影。在咖啡馆喧闹的画面、昂首阔步在街头的画面、笑脸、哭脸、各种的记忆……那些回忆太过光辉灿烂,让阿九不禁眯起了眼睛。

"啊啊啊……"感情如潮水急涌,让阿九不得不张开嘴巴呼吸。满溢的思念让他说不出话来,只能不断点头。秀树和龙二也只能默默地点头。秀树的眼眶红了,龙二始终低头看着阿九。

"我……我……我好想你们。"阿九好不容易说出话来,两人赶紧用力点头。

"阿九,你辛苦了。总算努力撑过来了呀!"秀树说。

龙二依然默默不语,秀树流下泪水。

"大家都在帮忙找阿弥,就是没有线索,今后还会继续找下去的。所以你不要失望,要好好活下去。一定找得到的,他一定还好好活在某个地方的。我们也都会继续找下去。"秀树温柔地劝慰阿九。

龙二也握着他的手说:"只要在路上看到亚洲人小孩,我们一定都会确认是不是阿弥。你不要担心，一定会找到的，所以你一定要长命百岁才行。"

他们的温情安抚了阿九受创的精神。阿九闭上眼睛，试图忍住悲痛，可是记忆不断袭上心头，让他痛苦难耐。悲伤如溃堤般溢出，他拼命想忍住，眼前龙二和秀树的脸却又偏偏将他拉回过去。

"啊啊啊啊啊……"阿九突然大叫。

在一旁待命的医生立刻说："今天就到此为止吧！"

阿九的身体被装上电极。病房里运来许多机器，把病床周遭围成跟摩天大楼一样。因为药的作用，他的神志模糊，完全不知道发生了什么事。只是偶尔会感觉肉体不受意志控制，飘浮在空中。而且不单是自己的肉体，床边的机器也会跟着飘浮。阿九知道秋本和人在小窗的另一头观察这一切，经常也会有医生过来巡视病房，有护士记录机器上的数值。他们全都默默无语，很明显是在专心研究。阿九在意识朦胧中做出结论：他们之所以那么亲切，是因为自己是超能力者的关系。在日常对话中，也会夹杂有关超能力的询问。就连主治医生的询问中也不例外。阿九知道他们没有恶意，可是现在的他并不想成为研究的对象，只希望能静静面对过去。为了不让他们靠近自己，他故意让病床和机器飘浮，让病床移动，让东西砸在他们身上。

阿九的意识类似裸露在外的脑部，就像是神经少了骨骼、皮肤的保护，直接暴露在外……当他察觉到什么状况的时候，神经就会敏感地膨胀收缩，反复地胀大缩小，宛如散发几百万度自由电子的日冕一样，也像是散发六千度光热的太阳表面。阿九悲伤的能量吸收了愤怒的能量而增生，不断激烈地膨胀又激烈地收缩。病房成了他能量的内部，秋本和人、珊德琳·巴谢、医生和护士们都无法再踏进病房了。

那天晚上，阿九以明确的意志摧毁了门，化成块状的能量冲出病房。保全人员试图阻止他，却被超自然的力量给摔向墙壁。

阿九一个人漫无目的走在巴黎的暗巷，寻找娜娜的灵魂和失去的爱子。

他在长椅上醒来，又在长椅上睡着。心想再这样下去，自己将成为废人……皮夹里有回日本的机票，他朝着机场的方向移动，整整花了一天，才走到戴高乐机场。站在柜台前画位时，他想起了茉莉牵着女儿的画面。大概就是从那瞬间起，娜娜就已不存在这个世上了吧！

2 "飘浮的跑车"

阿九静静眺望着本部的大海。平静的波浪冲上岸，又平静地退回去，温和的海风轻柔地包裹着阿九受伤的心。

对于毫无预警回来的阿九，彬子他们只能静静地在一旁守护着，只能等待他在黄色老太婆的家让饱受刺激的精神回归平静。经过了几个星期，阿九断绝跟外界的一切联系，把自己的心像贝壳一样紧紧封锁起来。还好有彬子的尽心照料，一点一滴治愈了阿九受创的精神。阿九很难在过去和现在之间取得平衡，只有分铜、彬子和敏彦毫无算计的温情和淡淡流逝的时间，能够成为治疗他心灵伤痛的良药。

布置完老婆婆坟前的祭祀装饰后，傍晚时分四个人坐着分铜开的车到附近镇上买东西。他们在国道旁的超市买食物，回车上的途中，敏彦突然伫立在停车场边缘，眺望着架设在空地一角的红色帐篷。

"妈，那是马戏团吗？"他指着帐篷问。

帐篷入口竖立着画有动物图案的招牌，分铜从背后抱起了敏彦。

"好像是吧，不过就马戏团来说，好像有些寒酸呢……帐篷有些老旧肮脏,根本看不出来有没有在营业嘛!"

彬子已移步走向车子,分铜背着敏彦催促说:

"阿九,走吧!"

阿九没有移动脚步。彬子停下来回头问:

"怎么了吗?"

敏彦和分铜也都回过头来。阿九看着招牌上的字念出声音:

"赤沼马戏团……"

走进帐篷观望,里面尽是怀念的光景。中间是铺满泥沙的圆形舞台,外面围着铁制的椅子。动物们表演把戏时所需各种形状的底座、道具等,散置在舞台中央。小丑脸像、赤沼马戏团的文字、杂耍师、各种动物的图案等,将入口装饰得缤纷绚丽。

起初,阿九觉得场地好小,后来才想到大概是因为自己长大了,才会产生这种错觉。探索过往的记忆后,发现其实一如从前,舞台后面可以看见团员正在为开演做准备。

"阿九,怎么了?"彬子从背后悄声问。

阿九回头一看,彬子身旁的分铜和背上的敏彦也都一脸担心地望着他。

"以……以前我……我曾经在这个马戏团表演过折弯汤匙。"

分铜顿时脸色一亮说:"啊,我知道。就是你被媒体封为'折弯汤匙的天才少年'那段时期吧?"

阿九点点头,再度将视线移回舞台。怀念的记忆浮现脑海,那里有年轻时的阿七,旁边是父亲远藤匠。在父母身边共度的欢乐岁月……对阿九来说,那是他一生中最值得珍惜的回忆,也是他唯一能够享受安详时光的地方。

"那时我好……好快乐,每天都很幸……幸福,我……我的身边有爸爸和妈妈。对了,还有一个人,总是很温暖地守护着我……"

阿九说到一半停了下来,从圆形舞台的另一头走来一位老人。

"不好意思,我们还在准备中,今晚的公演是六点半开始。"声音虽然沙哑,却是从丹田发出的浑厚嗓音。

阿九的记忆起了更大的波澜。

——阿九,你在干什么?还不快准备,等一下来不及表演了!

阿九常被这个男人斥责。尽管经过长久的岁月,男人的威严和态度还是跟当年一样。只是有些驼背,头发也稀疏许多,皱纹明显增加了,但是眼睛的光辉、声音的浑厚都不减他身为团长的魅力。

老人站在阿九面前,露出怀疑的表情。然后两人对峙了几秒钟,阿九的嘴角慢慢浮现微笑,老人喃喃问:"难道你是……"

"我是阿九,赤沼团长。我是祖……祖……祖父江九,好久不见了。"

阿九深深一鞠躬后,赤沼强太更是惊讶地张大了嘴。

"阿九,你怎么会在这里……你……真的是那个阿九吗?我有看到你的消息,到处都很轰动。你是阿九吗?哎呀,真的是阿九呀!可是你怎么会在这里……"

阿九走向赤沼强太,用力抱住了老人。阿九的眼角噙着泪水,因为他感受到父亲远藤匠就在身边。

红色帐篷后面停了几辆马戏团的车子。赤沼在露营车前摆放桌椅,招待阿九他们用茶。阿九和赤沼愉快地聊着往事。

敏彦兴奋地站在大象围栏前。马戏团的年轻团员正在喂食大象,只要大象一有动作,敏彦就高兴地大叫。

"是吗?人生真是多变呀!"赤沼强太听了阿九的故事,不断点头,"我呢……就像现在这样,三十年来没有变化,一直都在日本跑来跑去。不过因为不景气，我也上了年纪，真不知道还能继续多久。又没有人肯接手，只有贷款有增无减。哎，只要活着还有一口气在，我就打算继续做下去。未来究竟会变成什么样？一想到团员们的将来，我就觉得很苦恼，毕竟他们就像是我的家人一样。"

阿九环视忙着工作的团员们说："这……这么说来，他们也是我……我的家人。我也是这里出身的一分子呀！"

赤沼强太说："每一次媒体拿你当作话题时，我就会骄傲地跟团员们说，'是我最先发掘你的能力的'。大家都是你的粉丝呀，是我发掘你的！"

"没……没错，因为有你，那段时间我才能在这里过着快乐安稳的日子。"

"是呀！"赤沼强太回应，脸色却蒙上一层阴影。"但也发生了不幸的事情。你父亲就是在这里送命的，那真是令人难过的事。"

阿九微微点头，但嘴角没有停止微笑。

"现在还是全日本到处巡回吗？"

"当然，冲绳到下个星期就结束，之后要去四国一个月，然后冬天还有下雪的北海道巡回表演等着哩！"

阿九看着彬子和分铜，眼中的光辉让他们两人有些诧异。阿九想传达什么讯息呢？他的眼神就像是发现好玩事物的小孩一样，看着两人对老人说："赤沼团长。"

分铜和彬子也顺着阿九的视线看着赤沼。

"可不可以像以前一样让我在这里表演呢？"

"在这里？你吗？怎么可能？"

"不，当然不用祖……祖父江九的名义。要……要是那么做，一定会造成混乱，马戏团就经营不下去了。所以不……不是那样，而是让我在这里表演类似魔……魔术的东西。"

"魔术？变戏法吗？"

"就是让汽……汽车飘浮，用我后来的超……超能力。但不要强调是超能力表演，只当作是魔术就好了……"

"这个有意思。"分铜当场赞成这个意见，彬子则是用冷静的表情听着。

阿九看了大家一眼后继续说："我想到日本各地旅行，可是无法公开行动，所以想加入马戏团，一边工作一边旅行。只要稍微变装一下，就能成为另一个人，表演魔术。不，也许我不要亲自表演比较好，让分铜先生代替我上舞台，我站在一旁进行远距离操作，这样一定会很成功的。只要有客人上门，赚到的钱就能还清贷款，也能培育新人，让马戏团继续经营下去。"

"好主意！"分铜显得十分兴奋。

"可是……"赤沼强太皱起了眉头说，"这对我们当然很好，可是说来丢脸，对已经成名的你，我实在付不出该有的报酬呀！"

"我……我不需要钱啦！只要能让我……我们在这里生活就好了，我们刚好也在烦恼今后该怎么办。"

赤沼抬起头看着分铜和彬子。

"彬子、分铜先生和敏彦是我……我现在的家人，他们可以当我的助手。"

"敏彦的学校怎么办？"分铜插嘴问。

阿九则是看着彬子。

"我想，阿九想要到日本各地走走的心情比较重要，就让你决定要怎么做吧！在可行的范围内，我们愿意跟你一起行动。关于敏彦的学校，应该可以找到解决的办法才对。大家一起集思广益吧！"

听到彬子这么说，分铜立刻回应："我有堂弟在东京开设私立学校，必要时敏彦可以上那所学校，之后呢，就跟过去一样，由我来教

385

敏彦功课。我原本是大学里的老师，教书是我的专长呀！"

"大学吗？"阿九反问。

"我在美国的大学研究量子物理学有十年之久，所以英文、数学、化学和物理，我都可以教。学生时代也在补习班教过，应付大学联考也没问题。不过现在说这些好像都太早了！"

大家听了都笑了。阿九看着站在大象围栏前动也不动的敏彦说："只要敏……敏彦愿意，我也想带着他一起走。的确，有很多方法的。"

隔天起日子变得很忙碌。彬子忙着收拾房子，分铜得跟东京的堂弟联络有关敏彦转学的事宜，阿九则是开始设计魔术表演的内容。

十一月底，赤沼马戏团在北海道札幌市架设帐篷，接下来有长达一个半月的长期公演。敏彦已进入分铜堂弟经营的私立小学就读，十二月初请了长假，和彬子他们一起来到札幌。

魔术师由分铜假扮。因为长相广为人知的阿九是不可能踏上舞台的，所以他躲在幕后，配合分铜的动作发动念力。赤沼强太帮分铜取了"诡异赤沼"的名号。

"天才幻象大师诡异赤沼的飘浮跑车秀"。

第一天入场的观众不到一半，多半不像是有所期待而来，而是过来打发时间走走的一家大小而已。分铜上场时，得到的掌声也稀稀落落。可是一旦看到分铜真的让鲜红色的跑车飘浮到半空中时，观众的反应立刻转变。跑车上面坐着随机挑选的观众，待分铜做出夸张的动作后，跑车便开始慢慢地上升，然后开始缓慢旋转。

这时，拿着长竹竿的小丑进场，动作夸张地用竹竿扫来扫去，以证明飘浮的跑车并非用看不见的钢索吊着。接着，又将竹竿交给坐在车上的观众仔细确认，底下的观众都很惊奇，掌声不绝于耳。阿九继续发动更强的念力，将跑车移往观众席旁边，观众都因眼前移动的鲜红色跑车而受到震撼，引起一阵骚动。

表演精彩的传言从隔天起吸引了更多的观众前来。随着一点一滴的口耳相传，到了圣诞节前夕，已经座无虚席。

"好厉害呀，就好像真的是分铜伯伯变出来的一样！"敏彦站在舞台角落说。

彬子赶紧用手遮住他的嘴巴说："嘘，不可以！怎么可以那么大声。"

原本预定一个半月的札幌公演，因为天才幻象大师诡异赤沼大受欢迎，又延长了半个月。地方电视台等媒体前来采访，旭川和带广等地也相继邀约公演。

"因为阿九的关系，原先没预定的城镇也提出了公演的邀约。我得好好调整今后的表演计划，尽可能多跑一些地方。"

赤沼强太看起来很高兴。

"简直就像是回到从前一样，那个时候许多观众都想来看一眼折弯汤匙的表演。阿九的表演造成连续多日的客满。不对，应该说是从那时候客满以来，现在这次是相隔了三十年呀！"

"三十年了吗？"分铜低喃一句，引得周遭的人微微苦笑。

团员们都很质朴和年轻。受到阿九的影响，大家都增添了自信，也为赤沼马戏团带来好久不见的热情与活力。

"不过真的太棒了，能和阿九先生一起工作。"听到年轻的驯象师这么说，分铜用舞台上夸张的手势指着他大喊："喂，那位年轻人，你可不要搞错了！那个表演可是我诡异赤沼一个人完成的呀！"

彬子忍不住大笑出声。

"不，这可不是好笑的事。就算是谣言，也不能让外人知道祖父江九在这里的事实。要是泄露出去，他就不能跟大家一起工作了。就算是自己亲人或是朋友，如果不能做到完全保密就糟了。因为到时候会引来大批媒体找上阿九，事情就会一发不可收拾了。"

团员们都很认真地听着分铜的忠告。

"说得没错，为了咱们赤沼马戏团好，请大家一定要保守秘密。"赤沼强太在一旁补充叮咛。

表演空中飞人的年轻女孩立刻反驳："这样的话，最危险的人就是团长了。团长只要外出喝酒，醉了就会随便乱说的！"

说完又是引来哄堂大笑。

赤沼强太耸耸肩膀，一边苦笑一边搔头说："看来我还真是没什么信用！"

3 "再度出航"

二月的一个早晨，祖父江九在旭川市内的民宿房间里醒来，感觉身体很沉重，无法马上爬起来。赤沼马戏团已成功结束在札幌的公演，转往旭川市。由于在札幌大受好评，预售情况顺利，赤沼强太的脸上始终挂着笑容。

阿九盘腿坐在被窝上，看了还躺着睡觉的分铜一眼后，用手搓揉脸并站了起来。茫然地在脑海中回顾过往的人生，同时往窗边移动。和父亲远藤匠共同生活的短暂岁月，和娜娜在巴黎共享的生活，阿九仅有那些片段的幸福。人生是一连串的苦难，和最爱的儿子阿弥还相隔两地。阿九不禁从喉咙发出声音问自己："我到底是为了什么而活？"

赤沼马戏团一行人所借住的民宿有个小中庭。阿九穿着木屐踏进埋在白雪之中的庭院，天空澄净，冬日的阳光洒下来。看着刺眼的亮光，阿九察觉不祥的阴影即将逼近这世界。

那一天，敏彦和彬子即将回东京。吃完早餐，团员开车送他们去旭川机场。敏彦很高兴地坐在前座，彬子微笑地看着敏彦。虽然是一幅幸福的画面，阿九的心境却开朗不起来。

"不好意思，又要留下你一个人了。我可能会视状况利用周末回来吧！下次能够长时间在一起，应该要到夏天了。很遗憾不能在身边照顾你。"彬子担心地说。

"学……学校和工作方面都没问题吧？"阿九反问。

彬子轻轻点头说："敏彦似乎很喜欢东京的学校……工作方面，多亏分铜先生的帮忙，找到一间气氛不错的餐厅。"

彬子看着神情有异的阿九问："怎么了吗？"

"没……没什么啦！"阿九连忙摇头否认。

关于彬子的过去，阿九从没有深入探究过。当初将彬子介绍给阿七认识时，阿九只说她是将来可能一起成家的对象。事实上，两人之间连男女关系都还没有发生。阿九只告诉彬子顺其自然，彬子似乎对如何因应他的要求还有些疑虑。

"你是不是在担心什么事情？"

"没有呀，哪有什么事情好担心的呢？"

彬子假装点头接受，其实还是很担心阿九。送走他们母子后，阿九深深叹了一口气。因为他害怕会变得幸福，就像和总一郎、远藤匠还有娜娜在一起时的情况，每当幸福的时候，突然间他生命中重要的人就会死去。阿九担心万一喜欢上彬子，又会失去她。只要彬子越对他有好感，他就害怕彬子和敏彦会发生什么意外。

旭川公演的首日，扮演诡异赤沼的分铜在舞台边对着阿九露出笑容说："旭川的人们因为度过长久严冬，个个都面露喜色，相信待会儿他们看到飘浮空中的跑车，肯定会吓到腿软吧！"

阿九听了微微一笑，但笑容马上就消失无踪。电子琴一开始演奏，扮演诡异赤沼的分铜立刻跳上舞台，充满期待的观众们所发出欢呼声也传进阿九的耳里。

分铜用夸张的动作将随机挑选的观众们一一请进跑车里坐好。当车上坐满四个人后，分铜立刻变成幻象大师，站在舞台中央摆出漂亮的姿势。阿九一如平常专心注视着分铜的一举一动，同时发动念力。红色跑车一开始飘浮，观众席立刻又爆出更大的欢呼声。

赤沼强太看到旭川公演可望成功，特地招待阿九和分铜到市区内的高级餐厅吃饭。

"何必那么浪费呢？"阿九拒绝。

"有什么关系呢？偶尔也该吃些好吃的。"赤沼坚持说，"都是托阿九的福。本来我都已经想把马戏团给收了，人生真是不能轻言放弃呀！照这样子继续努力的话，很有可能进军好久没能去的东京市场呀！"

赤沼笑容满面，不断重复说："原来活得久也是有好事的。"

分铜也笑着回应："那是当然的。"

只有阿九的表情始终不太明朗。

"这么说起来，昨天札幌电视台的人说想邀请诡异赤沼上信息节目。当然我很慎重地拒绝了。要是背后有阿九的超能力在操作的事被知道了，不就赔了夫人又折兵吗？不过已经造成话题也是不争的事实呀！"

赤沼强太笑得很大声，分铜也跟着大笑。只有阿九依然绷着脸。

"光是今天就有四五个人说想入团，感觉好像回到从前，好像看到黄金时期的赤沼马戏团一样，我真是太高兴了。这些全都是托阿九的福。阿九，真的很谢谢你！让我又再一次尝到人生胜利的滋味。"

阿九只能露出苦笑，然后心想："怎么可以让赤沼团长变得不幸呢？"

"哎呀，我也是。"分铜受到赤沼的兴奋影响，有些得意地接着说,"在札幌一举成为明星。假日我不是上街买东西吗?结果到处有民众对我说看了我的表演。我拼命告诉自己不行,那不是我自己的本事,都是靠阿九的帮忙。可是没办法,只能说是自己的修行不够,终于还是虚荣了起来。"

赤沼强太拍拍分铜的肩膀说:"不,你的演技也很棒呀,你是真正的明星。"

阿九轻轻叹了一口气,慎选言词规劝说:"请你们一定要注意,我只想安……安静地过日子,人一有了欲望就会完蛋。今后或许会有各种的邀约前来,请不要被诱惑,我们脚踏实地做吧!"

赤沼收起笑脸,语气坚定地表示:"那是当然。"

分铜则是一边苦笑,一边搔头。

然而,旭川公演才刚开始不久,赤沼强太却突然咳血了。都是因为这几个月的忙碌,让肺部长年的老毛病急遽恶化。赤沼被紧急送医住院治疗,年轻团员们难掩心中的不安。

住院之前,赤沼交代千万不能停止公演,因此团员们像往日一样进行准备工作。只是少了中心的存在,错误便接二连三发生。真是屋漏偏逢连阴雨,甚至还发生大象在兽笼里闹脾气的状况。

"不好了,大象不听指挥了!"

分铜前来叫阿九帮忙。因为光靠年轻团员的力量,无法制伏出状况的大象。平常很乖的大象,此时不安地在笼子里走来走去,不时还会用身体撞击栏杆,发出很大的声响。驯象师大声命令大象坐下,反而更让大象的精神亢奋。

"喂,再这样子下去,就只能暂停公演了啊!"分铜对着团员们大叫。

所有人都回头看着阿九。表演空中飞人的年轻人开口说:"阿九先生，能不能请你帮忙呢？"

阿九紧闭着嘴巴，走进兽笼里。分铜担心阿九出事，立即紧跟在后。阿九走到正中央，摊开双手做出拥抱大象的姿势，然后开始发动念力，只见走来走去的大象动作逐渐变得缓慢，不久便停住不动。

阿九伸出手，大象也伸出鼻子触碰阿九的手。阿九举起另一只手轻轻抚摸象鼻说："它……它也会不安呀，不过没事了，你们放心吧！"

大象变乖了，团员间传来安心的叹息声，大象也开始享用早就准备好的饲料。

那天晚上，赤沼马戏团在没有团长的领导下强行公演，这是成团以来破天荒的事。阿九代替赤沼站在舞台边守护着大家。

隔天，阿九一个人去医院探望赤沼强太。在跟赤沼见面之前，主治医生告诉阿九，赤沼的病是长年积劳成疾的结果，再硬撑下去恐怕性命不保，同时限制只能见面三十分钟。

"真是不好意思，变成这副德性。"赤沼有气无力地说，"人老了不中用，要是能再年轻个十岁就好了。"

"哪里的话，还要让你多干几年的活呢！"

赤沼静静地摇摇头。前不久还看到他笑容满面的样子，如今却是插上鼻管，躺在病床上。阿九想到该不会又是自己的关系，害得幸福的人陷入不幸，不禁悲从中来。

"其实我有事要跟你商量。"赤沼强太开口说，"我早有心理准备，知道会有这么一天。就某种意义而言，或许算是美丽的落幕吧！昨天我很绝望地想要把马戏团给收了，不过今天早上我做出了决定——就算没有我，你们一样能成功地完成公演。团员们都很相信阿九，就算再有经验，要想领导整个马戏团也不是件容易的事。真不愧是阿九呀！因此我要商量的是，干脆趁此机会让我从一线退下，将马戏团交给你带领，可以吗？"

阿九十分吃惊。

"我的病已经没救了吧？我总是自己骗自己，把身体拖成了大病。医生也说过，我能够活到现在，已经很不可思议了。照这样下去，死期也不远了。可以在这个时候遇到你，应该是神明的指引吧！不管怎么说，我是没办法再回去工作了。毕竟我的年纪大了，只能死心，那也是没办法呀！不过，团员和动物们可不一样。没有了马戏团，他们的未来就到此为止。北海道公演之后还有带广、根室、函馆等地，到今年夏天为止行程满档。照这样，只要诡异赤沼还受欢迎，赤沼马戏团就不会有问题。所以千万不能到此为止呀！"

赤沼强太突然开始咳嗽，阿九赶紧帮他拍背。

"怎么样呢？"

赤沼一边摸着胸口一边说："你就当作上了贼船，暂时代替我接下团长的职位吧？"

沉默隔在两人之间，护士走进来说："时间到了。"

阿九静静地起身，用力握住赤沼的手说："我当不了团长。"

赤沼的脸上蒙上一层阴影。但阿九嘴角浮现笑意说："不过要是副……副团长，我倒是可以接受。团长始终都是赤……赤沼先生，我……我只是在赤沼团长恢复健康回来前的临时副团长而已。如果这样可以的话，我乐于接受。"

赤沼的脸色又重现光彩。

"阿九，谢谢你。我会记得你的恩情。"赤沼的眼眶含泪。

阿九点头说："小……小时候，我真的很受赤沼团长的照顾，如果这样算是报恩，我觉得很高兴。你要变得比以前健康，早日回来工作才行。"

祖父江九率领的新生赤沼马戏团总共有二十人，顺利完成了旭川公演，接着前往下一个表演地点——带广。

赤沼强太转往分铜东京友人经营的医院接受治疗。由于他缺乏体力动手术，只好用其他拖延疗法。阿九告诉自己为了鼓励赤沼强太，必须将马戏团带出成绩才行！

阿九集合团员宣布："在赤沼强太团长回来之前，大家要团结一致，维持并发展赤沼马戏团的阵容。"又说，"虽然我……我不知道自己能做什么，不过我希望能和大家一起，把赤沼马戏团的优点介绍给全日本的观众。"

团员们纷纷鼓掌庆祝新生赤沼马戏团的正式起航。

阿九特地改变装扮。他的胡须一向不浓，但还是努力留长。马戏团的服装管理人员也费心帮他变装，绝对不让外人认出他是祖父江九。为此帮他设计古早的英国绅士造型，甚至还准备了高礼帽，不过却引来大家的笑声。

"虽然变装成这样，大家的确看不出来是阿九先生，但这样不是反而更显眼吗？"

阿九不能再像过去一样只有在诡异赤沼表演时出现在后台，而必须全场跑，巡视马戏团整体的运作，有时也必须出现在人前。燕尾服、约翰·蓝侬式的圆眼镜和绅士帽装扮，除了十分显眼的缺点外，确实可以完全掩饰阿九的真实面貌。

阿九觉得夫复何求。很高兴可以丢掉祖父江九的包袱，创造出一个全新的自己。就连说话时，他都会故意用不同的音色表现。所以，这不仅是赤沼马戏团的新的航程，对祖父江九而言，也是新时代的开始。

4 "春日意象"

随着怡人的春风,赤沼马戏团也翩然入驻带广市。帐篷搭设地点位于铃兰公园的角落,那里还残留着冬日的余雪。铲除余雪虽然花费工夫,但在全体团员的通力合作下,一天之内帐篷便耸立在空地上。

祖父江九戴着道具眼镜与绅士帽,身穿燕尾服,亲自出面和业主们打交道。阿九一现身,所有人的脸上都绽放笑容。

门票预售的情况不错,团员之间也表现出坚强的团结气氛,充满光明的愿景,活力十足地忙着准备工作和练习。

接近公演首日的某个夜晚,阿九带领团员去吃位在西二条路上的蒙古烤肉。他们一行人包下最里面的大包厢,围着烤盘大快朵颐。

年轻驯象师阿让、空中女飞人樱子,以及扮演小丑的小伙子勇太等三人,是赤沼强太不在马戏团时阿九颇得力的左右手。同时也是分铜以外,阿九最信赖的年轻团员。

阿让压低声音说话不让餐厅的人听见,同时拿出一根汤匙。

"我带来了这个。"勇太将一个装满汤匙的小纸箱放在桌上说。

团员们立刻伸手拿取,坐在纸门边的人则关好门,所有人都笑着望向阿九。

"阿九先生之前不是说过任何人都可以折弯汤匙吗?今天无论如何请你一定要教我们!"

分铜告诫说:"什么阿九先生,应该叫副团长吧!"

"副团长,这辈子只要一次就够了,我想折弯汤匙。"樱子趴在阿九面前恳求。

阿九耸耸肩膀,从身边的勇太手上接过汤匙说:"的……的确是任何人都可以轻易折弯汤匙。你们之中大……大概也有一两个人今晚就可以学会那种方法吧!"

由于阿九的表情严肃,年轻人顿时收敛起笑容。

"不过我要先说清楚,重……重要的不是折弯汤匙,而是只要有心,任何人都办得到。上天早就把那种能力赐给众人,可是为什么大家却无法折弯汤匙呢?那是因为人们在头脑里面已经认定那种事绝对不可能办得到呀!"

阿九看着樱子说:"想想你第一次在空中翻飞成功时的情景,应该不断地对自己说过我一定办得到、我一定办得到吧?一心认为办不到的人,最……最后肯定一事无成。当人们开始相信办得到时,就会发挥无法解释的力量。"

分铜一脸认真地跟着点头。

"重要的是想象力,而不是折……折弯汤匙呀,知道吗?"

阿九将汤匙拿到众人视线的高度说:"我将要折弯这根汤匙。"

团员们都盯着汤匙看。

"怎么样,你们可……可以想象出折弯的画面吗?"

团员们都集中精神睁大眼睛,不久汤匙产生了变化。闪着雾光的汤匙从汤匙柄的位置开始扭曲,有人发出惊叫声。阿九面不改色地继续折弯汤匙,汤匙前端一如枯干的植物逐渐萎缩。

阿九将汤匙交给勇太,勇太用力想扳回原状,但汤匙就是不听使唤,他呻吟了一声。

"可以吗?你们看到汤匙折弯的事实,相信意识也起了变化。接下来,就看你们如何将改变的意识化为自己的力量去用出来了。这……这并不困难!方法很简单。只要看着汤匙,同时在脑海中想象汤匙折弯的画面。当脑海中浮现折弯扭曲的汤匙样子,就只差一步了。最后,再跟眼前的实体联结在一起就OK了。很简单吧?只要思考如何联结就好了。当两者联结的瞬间,汤匙自然已经被折弯了。所以头脑要尽量放轻松,只要学小……小孩子一样,不可能做不到的。"

阿九从勇太手上拿回汤匙放在掌心。

"不可能做不到的。人类的能力大部分都未经开发,只不过是因为文明发达的关系,使得人类把这些原本具有的能力给封闭了。所以你们都听好了,没有什么事情是不可能达成的!"

阿九闭上眼睛集中意识,然后放松气力,摊开手让大家看。手中出现的是恢复原状的汤匙,再度让众人惊讶不已。

"好了,换……换你们试试看吧!一定办得到的。"

团员们各自将汤匙举至眼睛的高度后发动念力,阿九则是轮流看着每一个年轻人的脸,没有一个人的眼睛是污浊的。阿九心想:"他们处于这样喧嚣的时代却能保有纯净,肯定是受到赤沼强太的影响。"

过了五分钟,突然有人发出惊叫声。樱子的汤匙成功折弯了。

"哇!好像做梦耶,居然折弯了。"樱子的声音颤抖。

接着,她对面的年轻团员也折弯了汤匙。

"啊,我的也……"

大约十分钟内,就有三个人的汤匙起了变化。阿九看着所有人说:"就算没折弯,也不用心急,只要抱着总……总有一天会成功的念头。这种事情没有输赢对错,就跟人活着会死,不论快慢大家都一样。当自己心中有所体会的瞬间,变化就开始了。我确信大家在不久的将来都能折弯汤匙,而我也看到那种景象了。"

樱子在一旁猛点头。

"听清楚了,最重要的就是想象画面。其实人类的想象力就是那么厉害,我说过很多次了,折弯汤匙本身并不厉害,厉害的是想象画面呀!"

"啊,老师,我成功了。"又有一个团员大叫出声。

阿九边点头边微笑说:"我……我……我不是老师,我是副团长啦！"

引起全场大笑。

"像这样折弯的画面在脑海中完成的瞬间，汤匙就会折弯。说得更简单一点，就是折弯汤匙也有诀窍。只要随时都能轻易在脑海中形成折弯汤匙的画面，那么不……不管处于任何情况，你们都能成功折弯汤匙。因此，千万不要再说这是一种超能力，在……在我看来，不过就是一种能力，跟倒立、翻跟斗没什么两样！"

分铜看着自己始终折不弯的汤匙低喃说："大概是我的邪念太重了吧！"

又引来一阵哄堂大笑。

首演日的早晨，驯象师阿让跑来正在巡视的阿九跟前说："副团长，昨天我总算能成功折弯汤匙了。"

"很好，表示你的意识也打开了。"阿九说。

阿让用力点头说："很奇妙的，我和大象之间的关系也起了变化，感觉好像可以比以前更加自然地相处。自从折弯汤匙后，该怎么说呢？好像我们之间已经没有大象和人的区别，而是从很久以前就心意互通的老朋友一样。"

阿九微笑聆听。

樱子走过来宣布自己比以前更加有自信了。团员们也都露出和过去不同的神情，积极面对工作。

分铜躲在工具车后面，继续跟汤匙奋战。他专心地瞪着汤匙，就连阿九走近身边也没有察觉。

"哎呀，还是不行吗？"

听到阿九这么说，慌张的分铜脸上露出苦笑，高举着汤匙给阿九看。

"不行呀，完全不听我的指挥。看来我的邪念真的很重。"

阿九摇头说："应该不是那样吧！而是分铜比其他团员的年纪要长，因此和社会之间的既定观念也比较根深蒂固。不过……那没什么，每……每个人都有那种既定观念，一点都不是问题。你知道人的智慧总是会突然开窍的吧？"

分铜点点头。

"你试着想象开窍的瞬间。就像好几天都无法开窍的智慧，在那一瞬间轻易开启的感觉。这种想象力对于折弯汤匙也很有效的。不然我来助你一臂之力吧！"

阿九将手搭在分铜的肩上。

"怎么样，感觉有些不同吧？"

阿九将手收回。分铜先是一副摸不着头绪的表情，重新看着手中紧握的汤匙，接下来的瞬间，汤匙的头居然垂下去了。

赤沼马戏团弥漫着前所未有的活力。带广的首演十分成功，观众报以震耳欲聋的热情掌声。团员们兴奋地将阿九拉上舞台，也不断接受观众的安可喝彩。诡异赤沼也打从心底笑了出来，因为巨大的成就感改变了他。或者应该说是阿九的一臂之力改变了分铜，他满面春风地对着观众不停挥手。

那天夜里，阿九写了一封长信给寺内茉莉。听到观众热烈的回响，他想起了少年时代的往事。被媒体称为"折弯汤匙的阿九"的时代，和那段青春期的淡淡初恋……

阿九好久没有像这样迫切想告诉茉莉自己的心情了。

茉莉，你好吗？

我常在想，不知道茉莉现在过得怎样？丧失记忆的时候，我不是让你操了许多心吗？

不过，从前不久开始我阶段性地恢复了记忆，现在也已经恢复得差不多了。

和茉莉之间的记忆也很鲜明。不管是小时候、总哥，还是我父亲，所有好的坏的记忆我都能回想起来。

其中，对茉莉暗恋的回忆就像是许多悲伤痛苦的往事中，保存下来唯一甜美的记忆。

还记得我们一起滑草的情景吗？

在净水厂旁的山坡上，总哥和其他人跟我们一起玩那个叫作"自杀式滑草"的游戏……那个时候真的很快乐！我甚至觉得当时是我人生最精彩的时刻。

之后，我的人生仿佛搭乘云霄飞车一样，一路往下滑，开始变得莫名其妙且残酷无比。

我遇到了许多人，同时也经历了痛苦分离。

相信茉莉应该也有着我无法想象的人生吧？但无论好与坏，我想这就是人生吧！因为世界上有多少人存活，就有多少个不同的故事正在上演……就这样，恢复记忆的我也开始了新的人生，继续存活下去。

我现在在北海道的带广写这封信。

因为出了一些事情，所以我逃离了博多。而且，我也对超能力者祖父江九的身份感到害怕和疲倦。

失去记忆的时候还好，如今恢复记忆，我才惊觉自己所处的立场有多么疯狂，因而逃了出来。

我无法变成神，我想茉莉应该知道。我是个胆小鬼，我还是那个笨手笨脚的阿九。

我一点都不希望受到众人的推崇，不希望整天被媒体追着跑。

因为某个机缘，我又加入了以前待过的马戏团，目前正在全日本巡回演出。你应该还记得吧？就是那个赤沼马戏团。

当年，我在那里被称为"折弯汤匙的少年"，并且备受媒体宠爱。如今，我在那里担任副团长的职务。（当然，我不但隐姓埋名，而且外表也经过乔装打扮。）

重点是，身边有一群年轻的团员包围着，我过得很幸福。好像回到从前一样，每天都充满了刺激，很快乐。假如你能前来观看表演，我会很高兴的。

对了，因为我不知道该将这封信寄到哪里，所以只好寄给你父亲。但我想，信应该会平安寄达你手中吧？

由于马戏团经常在日本各地跑来跑去，所以我无法收到你的回信。但我们的心意是相通的，我相信肯定会有意想不到的奇迹发生，让我们再次重逢。

茉莉既不是我的情人，也不是我的妻子，然而仔细想想，你总是长存在我心里某个角落。

真不可思议。

只要想象你在天涯某处幸福生活的画面，我也会觉得幸福。

真的很不可思议。

相信我们还会有再见的一天，且让我们安然度过今天。

祖父江九上

5 "灵魂的目的"

扮演小丑的青年勇太本名是田村丰，带广出身。

最后一天公演结束后，勇太的家人——父母、妹妹、弟弟和祖父田村一得到后台来看他。阿九和其他团员一起和勇太家人打招呼时，一得对着阿九惊呼："啊，你……"正当阿九担心被人发现的同时，只见一得以洪亮的声音说："站在你身后的两位显得很模糊，还有另外一位已经快要消失了。"

阿九连忙回过头，但没有看到任何人。勇太一脸尴尬地制止："不要这样，爷爷。"

"我父亲年轻时就有严重的弱视，就像现在你所看到的，他常常会突然说看见我们所看不到的东西。"勇太的父亲解释。

田村一得茫然地看着某个定点，坚持说："不，我真的看得到。"

阿九不禁燃起兴趣问："他们是什么样的人呢？"

团员们也都充满好奇地注视着一得。

一得皱着眉头表示："一个是表情很严肃却又有些可爱，且身材高大的男人。副团长，他长得跟你很像，不过穿着有些奇怪，就好像黑道电影中出现的黑衣人。"

所有人听了窃窃私笑。勇太赶紧抓着一得的手说："拜托啦，不要再说了。"

阿九问："那另一个人呢？"

"另外一个是女人，很害羞的样子，不过她深爱着你。活着的时候应该背负着悲伤的命运吧！十分凄美与悲伤，她就是那样的人。"

阿九直视着老人，表情严肃得让所有团员都收起了笑容。

"快要消失的那个人呢？他是不是一个少年？"

一得重新将嘴巴闭紧后才点头说:"可是我好像看得到却又看不见,真要我说的话,的确很像个少年,但他的形体就像蝉蜕下的壳一样,只是残留在那里的影像。"

"残留的影像?"

"没错,曾经有过,嗯……但现在已不在那里了,也就是不在你的背后了吧!"

阿九反问:"那是怎么回事?"

"为什么现在不在,我是不知道。可能是投胎转世了吧……"

老人略带歉意地耸耸肩膀。

那天夜里,阿九在自己的房间探索父亲远藤匠和妻子娜娜的灵魂。不管如何呼唤,就是得不到回应。尽管阿九可以折弯汤匙、在空中飞翔、预知未来,却无法看穿身旁那些对自己很重要的灵魂。

几天后,阿九利用没有公演的空当,随着勇太回家去见田村一得。田村家住在距离市区约四十分钟车程的地方,从事酪农业。一个古老的筒仓耸立在牧场入口,牛只放养在宽阔的牧场上,感觉十分悠闲。不论是气氛还是光线,都跟阿九成长的九州大不相同。阿九说不出到底差别在哪里,环视周遭,心想:"如果真有天堂,应该就是这种感觉吧!"

"谢谢你专程来我们这种乡下地方。"勇太的父母出来迎接。

阿九低头致意说:"你们在忙,真是不好意思。"

勇太前去呼唤一得,阿九被带至客厅。他看到大型电视荧幕上映照出自己的身影,感觉自己的装扮和这里很不搭调。摘下高礼帽,底下现出蓬松的头发。阿九赶紧用手指当梳子整理,并用指尖沾口水抚平眉毛。正当他不知道该不该取下眼镜时,一得进来了,身旁没有勇太和其他家人陪着。

"哎呀,欢迎各位大驾光临。"一得深深一鞠躬。

阿九一边很在意背后,一边致歉说:"突然来造访,真是不好意思。"

感觉背后的远藤匠和娜娜的灵魂也跟着一起低下了头。

一得连忙挥手,坐在阿九正对面,口中说着:"各位,这个时节铃兰开得正美,千万要看过再回去。"

阿九轻轻点头,露出了微笑。

"啊,今天又多出了一位呀!"一得做出嗅闻的动作,看看周遭后如此说。

阿九吃惊地反问:"谁呢?"

"是一个老人家,我常常会看到这个人的灵魂。如果活着的时候遇到,这个老太婆肯定会把我当成怪人看待!"

阿九说:"那是黄色老婆婆。"

"黄色老婆婆,初次见面请多指教。你也很关心这个人,坐立难安,所以专程前来查看的吧?"

一得对着房间角落说话,就像老婆婆也在跟他对话一样,下巴不时会上下移动作出点头的样子……

"副团长,你的人生一直都有这些背后灵在守护着。每一个背后灵都比你自己还要关心着你呀!"

"背后灵吗?"阿九反问。

"是的,就是背后灵。基本上每个人都有守护灵和背后灵。"

阿九探出身子问:"两者有什么不同吗?"

"就本质而言,我认为两者截然不同。守护灵是跟着灵魂的一种灵,其目的可能是为了监督或指导灵魂,而且从一开始就是守护灵。而背后灵简单来说是一种有所欲的灵,因为想要更接近你的真实生活或是留在你身边,不管好坏,会影响你的人生与命运的一种灵。它们多半都是后来才附身的，但也会流动。时而会消失或附上来，捉摸不定。"

老人的口吻清晰、语气坚定。阿九有种突然眼界大开的感觉，惊呼之余又问："关于守……守护灵是什么样的东西，你可不可说清楚些？"

一得点头说："我在想应该是知道你前世因缘的人们吧！守护灵被认为一开始就知道自己所守护的灵魂的出生地点、父母和时间等信息。人在一出生的瞬间就会忘记前世的记忆和过程，但守护灵都知道，并会引导人的灵魂。有时守护灵会恶作剧，让人遇到前世有缘的事项。所谓的缘分乃是因为守护灵的引导而发生的，绝对不是偶然的产物。"

阿九不禁点头称是。

"守护灵既是教练也是裁判。最常见的守护灵模式是前世有因缘的人的灵，或是拥有相同血统的祖先。"

"要……要是坏的守护灵不善于引导，岂……岂不是糟了？"

"不会的，不会那样的。"

一得赶紧摇头说："基本上根本没有好守护灵和坏守护灵的区别，重点是如何引导其所守护的人如何完成他出生的目的。唯一的差别是不同的守护灵，用的方法和引导手段不一样吧！也因此就会有守护灵的力量，或者说是程度上的差别产生。有趣的是，就连已经忘记出生目的的活人们，似乎透过努力过生活，或者是修炼灵魂，反而也能提升守护着我们的守护灵程度呢！就好像柔道社的成员透过练习增加实力，然后赢得了全日本选手大赛的优胜，指导他的教练也同时跃升为名教练一样。固然教练因为个人的指导能力，使得柔道社成为日本第一是事实，但同时也是能力未臻成熟的成员努力配合，反而让教练成为日本第一的名教练。这之间有一种相互的关系。守护灵和人之间的关系很类似，刚才我说过守护灵既是教练也是裁判，如果再补充一点，守护灵也可说是导游。"

阿九发出惊叹，一时之间不知道该说些什么才好。想了一下后，好不容易才说："原来如此。"

老人点点头又说："嗯，不知道是否该说你很幸运，看来你的前半生过得十分精彩，超乎我们的想象。就某种意义来说，你的人生应该很受到周遭人们的关爱吧？这些对你而言，都可说是好的背后灵。我已经很久没有遇到能被这么良善的灵守护的人了。你的守护灵也真的很棒。"

"你也看得到守护灵吗？"

一得凝视着某个方向说："请等一下。"

沉默了几十秒后，一得才大声回答："嗯，与其说是看得见，莫如说感觉得到。看来你的守护灵和你没有血缘关系，但应该和你的前世有因缘吧！"

"前世，什么样的因缘？"

"这个嘛……"一得皱起眉头，然后是很长的一段沉默。

这时，勇太突然走过来对着祖父说："啊，原来你在这里，我到处找你。"

阿九伸出手，做出要他安静的手势。勇太轻轻点头，坐在房间的角落。

"你的守护灵呀，"

田村一得说："是大约两百年前在信越地方的僧侣。他的手和脚都很大，虽然身材矮胖，外貌却具有佛陀的意象，很受到当地农民的爱戴。当时庙里来了一个男孩，父亲是流放的罪人，一直都无法融入当地的风土，最后因为受不了差别待遇而病死，母亲把孩子托给寺庙后便行踪不明。僧侣视那个孩子如同己出，却无法抹除孩子心中的恨意。虽然也让孩子接受僧侣修行，但小和尚始终无法敞开心房，只要一有机会就逃出寺庙，到处作恶后再回来。因为从小就受到差别待遇，男孩心中累积了太多的憎恨，在他快成人之前，居然偷了庙里的钱，还放火烧了寺庙。男孩似乎打算前去江户，后来怎么样就不得而知了。僧侣为了无法引导孩子走上正途而自责，痛心疾首，卧病在床，留下了几首父母担心子女心情的诗词歌咏，至今仍被该地区传唱。他就是你的守护灵，你的前世则是那个一心前往江户的男孩。"

自己的前世突然被提起。虽然是头一次听到，但只要一想起僧侣，阿九的眼眶就自然发热，涌出泪水。

"那间寺庙还在吗？"等到心情恢复平静，阿九才开口问。

田村一得点头说："好像还在吧！"

"你怎么会知道呢？"

"是那个人自己说的。那间寺庙叫作悲慕福幸寺，在长野县靠近山梨县的地方，僧侣法号悲慕大师。因为这个守护灵的力量，总有一天你会前去造访吧！要找到他的坟墓应该不太困难，你就前去在他坟前合十祭拜一番。这么一来，你的人生也会变得明朗一些。"

阿九静静地点头，感觉自己人生的秘密就隐藏在那里。

"谢谢你，真是不可思议。我完全可以相信一得先生说的话。"

一得张开嘴，停顿了一下才接着说："关于你与生俱来的各种能力，那是老天的赐予，而守护灵悲慕大师的任务就是好好监督你。你们是伙伴，在你出生之前就已经背负重大的使命。前世的失败和经验对你的今生造成影响虽是不争的事实，但你必须把超越那些当作磨炼自己的功课，好好活下去。这是守护灵说的。"

阿九点点头。

"你好好把这些话放在心上，继续去旅行吧！"

祖父江九带着一得交代的话，回到赤沼马戏团。

工作时，脑海中也一直惦记着守护灵悲慕大师的事。自己从出生到现在，原来都受到如此尊贵的存在守护着。心想，从此实在有必要知道自己生而为人的目的，也为了不浪费剩余的人生……

一年后，阿九意外从东京的经纪人那里接到在长野县富士见町短期公演的邀约。刚好那段时期马戏团也有两个星期的空当，阿九调查了一下，发现果然有个叫作悲慕福幸寺的庙，就在离富士见町不远的山林中，一个叫作"机"的地方。

6　"九度救人"

茉莉：

距离上一封信，又经过了一段时间。

你还好吗？我现在人在长野县富士见町。从下个星期起，赤沼马戏团要在这里进行为期两个星期的表演。

公演在各地都深获好评，我的副团长职务也还算胜任愉快。当然，出现在人前的时候，我都会先变装一番。眼镜加上高礼帽的造型，很可惜不能让你看到。

去年在北海道带广遇到可以观看前世的老人家，他告诉了我许多有关我的守护灵的事，没想到我的守护灵竟是一名和尚。说起来真是奇妙的缘分，他曾经住持的庙，如今就在距离这里车程约十分钟的地方，我打算明天前去造访。

突然听到这些，你一定觉得很莫名其妙吧？根据那位可以看到前世的老人家说法，每个人这辈子都受到守护灵的指引和守护。茉莉是否也相信这种事呢？

此刻的我，刚好也想深入探究人活着的意义何在，因此很认真地听进了他所说的话。

为什么我能折弯汤匙？今后我该迈向何方……

我开始想追寻围绕在自己身边的许多谜底，而且我觉得今后的人生应该还会遇见什么。人活着的时候，其实就是一连串的探索吧！

茉莉，你的周边是否也有奇妙、不可思议的事呢？

在我的身边，不可思议已逐渐变成普通。此时所谓的普通反倒显得比较不可思议哩！

祖父江九上

初夏周末，赤沼马戏团在长野县富士见町架设帐篷，彬子和敏彦也从东京过来会合。祖父江九在他们母子俩和园分铜的陪伴下，造访悲慕福幸寺。寺庙幽静地盖在小山丘的树林中。

找到寺庙并不困难。一如田村一得所言，阿九的守护灵悲慕大师至今在该地区仍受到虔诚的信奉，村民都很敬重他，几乎所有居民都知道他的名号。庙里还有刻着悲慕大师诗句的石碑。

"思我迷途子，负罪踏雪行。"敏彦大声念出悲慕大师的诗句，阿九不断抚摸雕刻在石碑上的文字。

彬子一边看着阿九的脸，一边看着石碑问："真的有耶，你有没有感受到什么呢？"

"不，我不知道。不……不过……"

阿九说到一半停住了，为了让心情平静，慢慢吸了一口气："不过我感觉到接下来——一定会遇到什么。"

阿九伸长脖子环顾四周。寺庙坐落在高大的杉树林中，风一吹起，树叶就沙沙作响。四个人暂时留在那里倾听树叶的歌声，不久之后出现一名僧侣，直接朝向他们的位置走来。分铜回头看着阿九，阿九则是注视着僧侣。高大的僧侣站立在四人面前。

"有什么事吗?"僧侣询问的语气祥和。

分铜代替阿九回答:"我们是来参拜悲慕大师的坟墓,请问该往哪里走?"

僧侣转身看着正后面的大殿说:"坟墓就在大殿后面。"

然后慢慢地看着四个人的脸问说:"各位施主打哪来?东京吗?"

"我们是明天起在富士见町公演两个星期的马戏团,来此祈求公演能够顺利成功。"阿九回答。

"原来如此。"这位年约五十多岁的僧侣点头说,"我来带路吧!不过难得有人会来参拜悲慕大师的坟墓,偶尔会有人来,但要祈求公演成功的更是少见了。"

"因为听说在当地很有名。"

"是呀,本地大概没有人不晓得吧!"

由于僧侣面带微笑,阿九也微笑以对。

"在参拜悲慕大师的坟墓之前,可否先跟这里供奉的本尊法像打声招呼呢?"

阿九点头,跟在僧侣后面。

虽说是初夏,大殿里十分阴凉安静。潮湿的烧香味弥漫在殿内,每走一步就附着在身上。

"好厉害哟,这么高的天花板!"敏彦惊呼。

"大约两百年前,这里曾完全被烧毁。"僧侣说明,"这个大殿是重建的,以前应该比较小。因为悲慕大师希望留下的比失去更多,因此法像都是请当时京都最有名的雕刻师前来重新制作。"

"一得先生说得没错。"分铜靠在阿九的耳畔低语。

接下来的瞬间,阿九感觉到大殿后面的暗处有异,好像有什么东西窜了过去,不禁睁大眼睛观看。

"发生什么事了吗?"分铜问。

阿九眨了眨眼睛后,按着眼头低声回答:"不……不……没什么。"

阿九一跪在佛像前,便烧香膜拜。其他三人也跪在阿九后面双手合十。烧完香,四个人站起来,又跟在僧侣后面。

"施主好像不是头一次来这里吧?"经过穿廊时,僧侣对着阿九问。

"不,我是第一次造访。"

"是吗?不好意思,因为大殿内的空气难得会这么不平静。"

分铜和彬子彼此对看了一眼。敏彦也回头一看,看见一只黑色小猫。敏彦停下脚步,等待小猫上前。小猫走来一把跳进敏彦伸出的手中。老年僧侣动也不动地看着阿九的脸,起初阿九为了避开他的视线而东张西望,不久也回看着僧侣。僧侣的身高和阿九差不多,阿九心想:"好个高大的男人。"因为僧侣始终盯着阿九看,让分铜和彬子也担心了起来。

"请问……"僧侣终于开口了,阿九的视线仍停留在他脸上。

"啊!"在僧侣说话之前,阿九先开口惊呼:"该……该不会你是修……修行人阿圆叔吧?"

"果然我们之前在哪见过。我虽然想不起来,但隐隐约约有些印象。如果你知道我修行时代的事情,那就应该是很久以前的朋友了。"

"在……在我还……还小的时候,我们在阿……阿苏山……"

"啊,我想起来了,你是阿九。"

"哇!你还记得我的名字吗?"

"当然,因为你的预言救了我一命呀。就是马呀!"

"对,马。"

两人大笑。分铜他们则不知所以然,凝视着阿九和阿圆。阿九仔细观察修行人阿圆的脸。由于当年相遇时阿圆长发披散,头上盖着兜巾，因此对他脸型轮廓的印象模糊，只对眼睛有记忆。那是一双有力、清澄、漂亮的眼睛。

"在那之后经过多少年了呢？"僧侣笑问。

"无……无法计算呀！我……我都已经变成欧吉桑了。"阿九也笑着回答。

阿圆似乎并不知道祖父江九是超能力者，他拍着长大成人的阿九肩膀说："后来发生了很多事，最后我来到这间寺庙安定了下来。大概是要我在这里完成使命吧！"

"真是奇妙的缘分，我可以理……理解的。"

"一切都是佛陀的指引吧！来，我们走吧！"

悲慕大师的坟墓位在大殿后广大墓园中的一角，坐落于一棵高大的树下，阳光透过枝叶的缝隙洒落。阿圆鞠躬行礼之后便要离去，阿九叫住了他。

"请问……"

"什么事？"

僧侣的嘴角浮现高雅的笑容。

"火灾的原因是什么？"

"是小和尚放的火。大师把那个小和尚当成自己的孩子一样关爱，所以十分伤心。火灾之后，大师还留下了几首父母思念子女的诗句。因此会来这里的，多半是担心小孩离家出走后安危的父母，或是小孩变坏而出事身亡的父母。"

"原来如此。"分铜低喃。

"那个小和尚后来怎么样了？"

阿圆嘴唇紧闭，摇摇头后回答："传说之一是悲慕大师圆寂后大约二十年，在这附近发生战争。其中有一名勇敢的武士，以一敌十，救了许多人。后来他来到这间寺庙,对着坟墓供花祭拜。我不知道是真是假,但大家都在说那个人应该就是九救吧!"

"九救?"分铜发出声音重复这名字。彬子看着阿九的脸。

"九度救人,这是悲慕大师帮小和尚取的法号。"

"那是什么意思呢?"阿九问。

"意思是说到了第十次,自己也会得到救赎。我不知道对着坟墓供花祭拜的人是否是九救,不过据说那位武士在这里祭拜很久,而且哭了。我认为那个人大概就是九救本人吧!"

阿圆的视线停留在敏彦怀里的小猫。

"咦?这只猫是打哪来的呢?"

"刚才从大殿一路跟上来的。"

僧侣静静看着猫咪说:"我们这里没有养猫,应该是迷路了走来这里的吧?感觉好像拥有奇妙的力量。"

"你不是这里的猫吗?"敏彦对着猫问。小猫在敏彦怀里闭上眼睛。

阿九一行人对着悲慕大师的坟墓供花,合十祭拜。阿九闭上眼睛默默地祈祷,眼睑内侧感觉到光,微风轻抚脸颊。他不是意识到什么,只是有所感觉。不久之后,泪水便清然而下。阿九并不觉得悲伤,但泪水却接连滑落脸颊。他心想:"是我的灵魂在哭泣吧!"

结束长时间的祈祷后,彬子拿出手帕递给阿九。

"谢……谢谢你,泪水不听使唤就流出来了。看来我……我在前世带给悲慕大师很多困扰,我……我的灵魂一定觉得很后悔。"

彬子点点头。站在一旁的分铜指着墓碑说:"你们看!"

透过树叶缝隙洒下的光影在墓碑上摇动,刚才那只小黑猫就坐在墓碑上,静静地看着阿九,眼神像是在诉说着什么。

"你怎么可以爬到那里！"敏彦伸出手斥责。

小猫站起来，叫了一声"喵"。分铜将猫抱下来。

"要怎么处理呢？"

"应该是没人要的野猫吧！不过就像阿圆和尚说的，我感觉它好像拥有奇妙的力量。"

"而且也很有缘分。"

阿九点点头，决定将小猫带回住处。

那天夜里，阿九做了悲伤的梦。梦中阿九偷偷进入漆黑的大殿，到处洒油并偷走香油钱后，在佛像脚边放火。火势熊熊包围整座佛像，他赶紧躲进暗处，带着窃笑观看僧侣们慌张逃窜的样子。他将偷来的香油钱塞进袋子，正要走出庭院时，悲慕大师就站在他面前。悲慕大师静静地看着阿九，阿九想要逃跑，却被大师抓住手臂。悲慕大师哭了，阿九痛苦地奋力挣扎，就是无法从他手中挣脱。

阿九在喘不过气来的痛苦中醒来时，发现一只黑猫竟坐在自己的胸口，就是那只小猫。月光洒在小猫身上，它直直俯视着阿九。阿九将小猫抱离胸口，自己也坐起来。他不知道小猫是如何进来房间，房门关得好好的，虽然窗户微开，但这里是五楼呀！

"阿九！"突然有人叫他。

阿九吃惊地看着小猫。小猫好端端地坐在床上，正是它在叫他。

"阿九，你不用惊讶！我是悲慕大师。因为你看不到我的身影，我只好暂时借用这只小猫的肉体。"

阿九连忙站起来，一边睁大眼睛俯瞰小猫，一边用手指甲捏自己的手背说："我在做梦吧！"可是他能感受到痛。小猫笑了，嘴巴变化成人的唇形。

"你的人生充满曲折，灾难不断。之所以还会有亲朋好友过世，都是因前世的作为所致。"

阿九端坐在地板上，眼睛的高度正对着小猫的眼睛，小猫的眼睛闪着蓝光。

"悲……悲慕大师，我……我很害怕。身边的人们因……因为我的关系——遭遇不幸……重要的人们纷纷在我身边死去。如果能为他们的死负起责任，我也就不会这么痛苦了。"

"阿九。"小猫说，"剩下的人生，你要为别人而活。你只要救人九度即可！如此一来，你在第十次就会得到救赎。"

"九度吗？"

小猫点点头。

"不要贪心，就用剩余的人生九度解救受苦的人们。我会引导你，帮你做出判断，因为这也是我的使命。我在前世因为无法引导你留下了遗憾，现在我一定要好好引导你。"

"谢谢大师。"阿九低下了头。

"活在今生的你并没有责任，可是人并非只有今生而已，前世的作为会被带到今生。今生有时是为了清算前世，结果又制造了下一个来世。因此，你必须在今生清偿前世的罪过。我也有责任，所以我才会以这种形式出现在你面前。你来找我，这件事做得很好！"

小猫站起来，跳下床，站在窗口射进来的月光中，叫了一声"喵"后，又变回了原来的猫嘴。

7 "第一次造访东京"

"九度救人"是悲慕大师假借猫的肉体所说的话。从那一天起，阿九便开始烦恼该如何救人。究竟像自己这种人能够如何救人呢？

什么样的事才是真正的救赎？救人说起来简单，做起来可不简单。

"你有什么烦恼吗?"彬子对着阿九朝向天空发呆的背影询问。

阿九回过神来说:"哦,没事啦!我没什……什么烦恼。"

"是吗?没有就好。我只是有点担心。"

阿九笑了,想用开朗的笑声让彬子放心。

"倒是东京那里怎……怎么样呢?你的工……工作啦,还有敏彦的学校。"

"敏彦的学校没有问题……"说到这里彬子便停住了。

"那么是你……你……你出了什么问题吗?"

"没有,还不到出问题那么严重啦!"

分铜背着敏彦走过来。

"你们看!"敏彦大叫。

阿九和彬子都微笑看着他。分铜嘴里不断喊着:"哎呀,好重呀!"脚步也显得有些踉跄。阿九害怕敏彦摔下来,赶紧伸出了手。

"明年我就背不动了吧!敏彦长大了,不久的将来要换成你背我了。"

分铜小心翼翼地放下敏彦。敏彦一边抓着彬子的手,一边兴奋地说:"我们绕了帐篷一圈。"

阿九偷偷观察面带微笑的彬子,耳边响起悲慕大师说的"九度救人"。

晚上在住处吃完晚餐后,阿九对彬子说:"我很在意白天的事,你是不是有什么烦恼?"

彬子轻轻点头。为了制造两人单独说话的机会,阿九约彬子出去散步。彬子边走边不断道歉:"对不起。"

阿九摇头说:"你不……不必跟我道歉,有什么事就说吧!"

"谢谢你,事实上店里有位客人跟我求婚,那个人也和敏彦见过几次面。"

阿九听了猛点头。彬子低着头不知道接下来该说些什么才好。于是阿九先开口："这种事没什么好烦恼的呀！"

"可是这关系到我和你之间……"

阿九有种记忆被搅乱的惊慌感，皱着眉头心想："这是怎么回事？"

彬子直视着阿九，重复说："我和你之间的关系。"

"不，你不……不用在意我。啊，我是说我从没有要束缚你的意思。重……重要的是你的心意和想法，那才是最重要的。"

彬子一脸错愕地看着阿九。

"可是你已经将我介绍给你母亲认识过了，我们有一天会成为一家人……"

"啊，你是说那个，可……可是那是因为……"

阿九怕引起误会，态度变得很慎重。

"我……我们是因为老太婆才有了像家人一样亲密的关系，但我现……现在只希望你能幸福。"

"我们的确是像家人般亲密，可是我一直以为和你会成为夫妻，所以当客人跟我求婚时，我有种愧疚的感觉。"

"是吗？我……我们有过那种约定吗？那你不必在……在意我呀！诚实跟随自己的心意去追求爱情吧！"

彬子听了沉默不语。隔天要回东京的时候也不愿意看着阿九的眼睛，而是低着头说声"请保重身体"便转身离去。

公演结束后，分铜叫住阿九询问："彬子的样子有些不太对劲儿。"阿九耸耸肩膀，说了昨晚的情况。分铜笑笑说："哎呀，阿九，你这个人真是不懂女人心呀！彬子因为你们的之间的关系始终没有进展，所以才故意那样试探你啊！"

417

阿九一时之间无法理解分铜说这些话的意思。

"彬……彬……彬子是为了试探我的心意？"

"应该是吧！当然在东京有人向她求婚也是事实，因为之前她有提起过，显得相当烦恼的样子。不过，她是为了阿九始终没有付诸行动才着急的。你不是已经将彬子介绍你母亲了吗？彬子很认真地看待这件事。可是你既没有对她甜言蜜语过，甚至连牵手都没有过，为此彬子曾跟我诉说她的烦恼。当时我是这么安慰她的：'因为你不是一般人，所以才用那种方式表达爱情吧！'"

阿九深深地叹了口气，这才惊觉自己做了什么事，犯了多大的错。

"原……原来是这么一回事呀……"

还谈什么救人，分明已经伤了人家的心。失去娜娜之后，或者说在发生车祸丧失记忆的期间，阿九就无法再燃起恋爱的情愫。恢复记忆之后，虽然能够理解广义的人类大爱，但个人的恋爱感情则是依然保持空白。唯有对茉莉还存着一些无奈的情感，在心中隐隐作痛，但那绝对不是恋爱。他和彬子之间没有世俗的男女关系，却有着如同家人一般可以一起生活下去的错觉。

夜晚在枕边有人呼唤"阿九"。阿九睁开眼睛坐起来，看见黑猫就坐在床边，嘴巴又变成人的唇形。

"阿九呀！"黑猫说。

阿九正襟危坐，点头应是。

"救人很困难呀！自以为是好事，有时却跟救人扯不上边。首先，只要你还抱着救人的高傲心态，现实生活中就不可能救人。你根据自己方便的角度来解释彬子的情意，所以就算彬子感觉不幸，你也会误以为她很幸福。像这样只做表面观察是无法救人的，你必须更深入观察世人，探索人性本质，负起解脱人类迷思的任务。"

阿九小声回答："是。"

"连身边的一个女子都引导不了的人，又如何能救人呢？"

黑猫跳下床，瞬间消失无踪。

"谢……谢谢大师。"

阿九对着黑暗道谢，然后再次沉入梦乡。

阿九决定等到富士见町的公演一结束，便只身前往东京。赤沼马戏团的下一个公演地点是京都，到首演日之前约有十天的空当。阿九不在的期间，由园分铜帮忙带领团员行动。

"你一个人去真的没问题吗？"分铜担心地问。

"什么话？没……没问题的。我不能丢下彬子不管，必……必须跟她面对面，好好谈一谈才行。"

分铜点点头。

"我……我不在的期间，赤沼马戏团和黑猫就拜托你了。"

阿九说完便搭上快车离开。行李中装着几天的换洗衣物和暗示石，一路迈向首度造访的城市——东京。阿九褪去了高礼帽和假胡须，因为头发长得够长，已经不需要夸张的变装，只留下圆形眼镜。

阿九站在新宿车站看着人来人往，并对东京人走路的速度感到惊讶不已。偶尔会听到人们交谈的内容，但就像是听外国人说话一样完全无法理解。阿九不禁睁大眼睛质疑："这就是我所向往的东京吗？和茉莉信上所描写的世界相差太大了吧！"

阿九感觉头晕，赶紧扶着柱子。眼前所有的东西都流动得又快又急，一如泛滥的浊流。不管去哪里都必须保持穿越浊流的紧张感。阿九排在出租车招呼站的人龙后面，感觉自己就像沙漏的沙一般顺着人流，等着上车。好不容易轮到自己，一上车就觉得冷气太强，或许是受到这个巨大城市的魔力震撼，总之身体抖个不停。

阿九将写有彬子住址的纸张拿给司机看，司机一言不发地开动车子。不久车子便陷入塞车的状况动弹不得，只有引擎的振动不断从底下传上来。阿九一边用双手抱着自己的肩膀，一边观察东京这个城市。人行道上挤满行人，大家都在赶路，没有人会停下来跟别人打招呼，也没有人会抬头看蔚蓝的天空，就连小孩子也几乎是用跑的。脚踏车飞快地穿越在人群缝隙中，阿九心想，自己根本没办法走在东京的街头。

出租车从新宿车站出发开了约一个小时，总算来到彬子和敏彦居住的公寓前。公寓在隅田川沿岸杂乱的一角。这里不像新宿那么热闹，人也没那么多。卖酒的店铺一家挨着一家，看来到了晚上应该会很热闹。出租车停下来，阿九付了车资走下车。确认过住址没错，爬上阶梯。原本想先打电话通知的，却被新宿的人潮给吓到，一时之间便忘记了。阿九连续按了几下门铃，听到屋内有动静。不久门内传来说话和取下门链的声音。

"你要来，通知一声我就会去接你的呀！"

一看到彬子的脸，阿九这才安心地喘了一口气。

"对不起，本……本来是要先打电话的，可是一看到东……东京这么大就吓傻了，忘记要打。"

阿九几乎是被彬子拉进屋里。

"我马上就得出去上班了。"彬子说，"五点必须出门才行。不过太好了，彼此没有错过。我一下班就会赶回来，你今晚可以住在这里吧？"

阿九说他根本还无暇想到预约饭店的事。

"你在说什么啊？没有必要住饭店，虽然很小，就住在这里吧！敏彦马上就会回来。对了，晚餐我只准备了敏彦的份。可以的话，你们两人到附近的餐厅随便吃吃好吗？转角就有一家日式餐厅。"

"突……突然间跑来,真是不好意思。你不必招呼我,我自己看着办。"

"那怎么行?难得你专程来。打算在东京待到什么时候?"

"最晚星……星期六要跟马戏团会合。"

彬子手脚利落地行动,先帮阿九送上热茶。

"得先去买明天早餐的菜才行。"彬子一边检查冰箱里的存货一边自言自语。

"彬子,你别忙了。我真……真的自己可以看着办。"

"不行,既然你是专程来的,我当然得好好招待才行。"

自从到了新宿车站后就持续的紧张已经消失,阿九摘下圆眼镜,用彬子递给他的毛巾擦脸。深呼吸之后,才拿起那杯茶喝。终于有了血液重新流动的感觉。

"不过,你居然会来这里,我觉得很高兴。"

看到彬子的笑脸,阿九有种获救的心情。想起和娜娜一起生活时的安稳岁月,脸上便浮现微笑。

"哎呀,时间到了。真是讨厌,每天到了这个时候就像是在打仗一样。好怀念住在冲绳的日子呀!"

"嗯。"阿九也表示同意。

彬子的脸上恢复了笑容。

"阿九,我最晚半夜十二点就会回来。有什么需要的,请跟敏彦说。"

阿九点点头说:"路……路上慢走。"

化妆后的彬子更加漂亮。和娜娜很像,也跟阿七有点像。阿九心想,住在这里三天,好好跟彬子谈,应该能让她了解自己的心意的。

"那我出门了。请把这里当作自己的家,放轻松吧!浴室虽然不大,热水倒是没问题的……"

阿九笑了，因为彬子的说法很奇怪。彬子羞红着脸消失在大门的另一头。阿九盘坐在附有小型厨房的四坪大榻榻米和室正中央，等待敏彦放学回家。

8 "原子核"

时间还早，敏彦和阿九一起到附近的餐厅享用晚餐。身材圆滚滚的餐厅老板娘误以为阿九是敏彦的爸爸。

"哎呀，难得今天跟爸爸一起来呀！"

"才不是呢！"敏彦低着头小声否认。

"哦，不是吗？"老板娘说完，瘪了一下嘴巴，"可是你们长得好像耶？"

阿九微微笑，轻轻点头致意说："因为我们也算是亲戚啦！"

一回到公寓，敏彦便拿出家中所有汤匙央求阿九教他："快教我！你很久以前不是答应要教我吗？还记得吧？"

敏彦乖乖坐好，直视着阿九。

"敏……敏彦不是已经会折弯汤匙了吗？"

"嗯，算是吧！可是到折弯为止得花上一个小时耶！说是会，其实也只是稍微倾斜的程度而已。我要像阿九叔一样能在几秒钟之内让汤匙整个折弯。"

"可是你学会折弯汤……汤匙，要做什么呢？"阿九反问。

敏彦挺起胸膛回答："我要像阿九叔一样当个对社会有用的人！"

阿九重新将嘴唇闭紧，心想自己从不觉得自己是个有用的人。曾经因为超能力而引起社会骚动，但实际上却没有做出任何贡献，甚至还引来批判。

"我……我不是神。我没有老太婆那样的德望和指导力，也无法感……感动别人,让别人高兴。没错,我对马戏团是有些帮助,可是我连让一个人幸福都办不到呀!"

阿九指的是彬子。阿九无法承受敏彦直视的眼光,也不忍心让他失望。

"才不会呢!包括我在内,对某些人来说,阿九叔就像神一样的存在。至少我和妈妈都是因为你而得救了呀!"

"得救"这字眼牵动了阿九的心。

"得救?"

"嗯,我们因为阿九叔而得救,所以才有现在。"

敏彦用力闭上嘴巴,然后仿佛下定决心地宣布:"我要成为阿九叔的得意弟子,我要以阿九叔为目标,变成超人一样帮助大家。我这种想法不可以吗?"

阿九感到很困惑。不知道如果悲慕大师在场,会用什么样的说法说服少年呢?他一定能用精确的话好好引导他,可是自己却无言以对。阿九在心中低喃:"我只不过是拥有特殊能力而已。"

"不然你当初为什么答应我?说有一天会教我。都是因为阿九叔说过,我才能努力撑到现在。"

阿九只好点头说:"嗯,我知道了。有件事你也要答应我才行。就算学会折……折弯汤匙,也不可以对外炫耀。这种能力一旦拿出来炫耀就完了,千……千万不可以对外人自傲,而且这种能力要用在对社会有益的地方才行,可以吗?"

敏彦大声回答:"嗯!"并用力点头。阿九拿起一根已经准备好的汤匙说:"像这样抓着。"

敏彦学他用拇指和食指掐住汤匙柄的上方。

"不可以用力。听清楚了,没有必要用力。"

敏彦眼光认真地盯着汤匙柄。阿九决定用不同于指导赤沼马戏团

423

员的方式来教敏彦。

"想象着有一股爱的电流,流过手指和手指之间。汤匙柄就在电流之间。"

"爱?"

"万物根源的最极致要……要素是什么呢?"

敏彦摇头说:"我不知道。"

"是元素。而且要在不失元素特性的前提下,回溯成最小的粒子,也就是原……原子。原子和电子可构成原子核,原子核算是构成原子核心的粒子吧!假如可以将原子核一切为二,你猜里面会是什么?"

"嗯?"突然被这么一问,敏彦一脸错愕地大叫,"我哪里会知道?"

"就是爱……"阿九面露微笑。

"真的吗?"

"当……当……当然是真的,不过课本上没有写就是了。我……我……我用超能力曾经看到过好多次。只要用比折弯汤匙多几倍的集中力,就能看到原子核里面。我就是在那……那里找到了爱。"

敏彦的脸上也充满了笑容。

"可见得所……所……所有的原子都是由爱所构成。你……你的爱透过指尖传达到原子核,只……只要爱够丰富,原子核就会产生反应,变得柔软。我认为之所以能够办到这些,不过只是爱的力量。换……换句话说,所谓的超能力也可说是爱的力量。这种力量只能够用在以和……和平为目的的事情上。知道吗?"

阿九闭上眼睛,嘴里念念有词:"我爱敏彦和彬子就像家人一样。"

接下来的瞬间,汤匙仿佛有意志的植物一样动了起来。惊人的是,敏彦手中的汤匙也发生同样状况。敏彦不禁兴奋地大叫:"哇,好厉害哟!"

过了十二点,彬子带着一盒寿司回来。她有些微醺,脸颊淡淡地泛红。

"还好吧?有吃晚饭吗?"

"我和敏……敏彦一起吃了烤……烤鱼定食,味道很不错。"

已经睡觉的敏彦突然睁开眼睛,坐了起来。指着餐盒问:"妈,那是什么?"

"我上班的地方隔壁有间好吃的寿司店,所以我特地买回来给阿九吃。我马上准备酒。"

彬子愉快地忙东忙西。附有厨房的公寓房子,小巧到一眼就能看遍每个角落。彬子动作迅速地将寿司装盘,连同酒瓶一起送上桌。

"我要吃鲑鱼卵寿司。"敏彦说。

"不行,这些是买来给阿九叔吃的。"彬子说。

"没关系,想吃什么就拿去吃吧!"阿九的口吻像个父亲,心想:"有这样的家庭倒也不错。"

幸福的入口俨然近在眼前。

远藤匠还活着的时候,也是像这样和阿九、阿七三人围着餐桌吃饭。那些记忆至今仍是鲜明留存在心中最幸福的片段。一回想起来,眼眶就会发热。为了忍住泪水,不禁用力咬着牙根。

关上电灯,三人排成川字躺下,敏彦睡在正中间。两人尽管有许多要说的话、未道尽的心思,却始终开不了口。听着敏彦睡着的鼻息,睁大眼瞪着天花板,迟迟无法入睡。

"阿九,你睡了吗?"彬子压低声音问,声音在屋内回响。

"没有,我……我还醒着。"

"我们可以聊一下吗?好不容易心情才平静下来。"

"哦。"阿九对着天花板回答，并伸手从枕边的旅行袋中取出暗示石，那是一种下意识的行为。

"你还记得以前在你母亲面前宣布要和我结婚，当敏彦的爸爸，三人一起在本部安静生活的事吗？"

阿九完全想起来了。

"嗯，我是说过那些话。"

"当时我好高兴。所以上次事情发展成不同的方向时，我觉得很难过……"

听到这些话的瞬间，阿九不知道该如何回应。沉默不语。同时，彬子仿佛自言自语地继续说下去："不过已经经过一段时间了，这中间也发生很多事。我一直在等着，突然间发觉自己是否妨碍了你呢？我希望成为你的助力，这也是我答应老太婆的事，所以我不愿意变成你的负担。与其成为你的妻子，我甘愿一生支持你的活动。在敏彦毕业之前，我只能用这种方式帮助你；等敏彦出了社会，我就能全心全意奉献给你。相信这么一来，老太婆也会感到欣慰的。"

阿九在心中复诵悲慕大师的晓谕："只要你还抱着救人的高傲心态，就不可能救人。"

"彬子，我……我很害怕。我身边的幸……幸福总是会遭到破坏，我所爱的人们都会悲惨地死去。之前我突然很担心万一你们母子出了什么事，绝对都是我的错……"

"阿九！"彬子呼唤，"没关系的，就算会变成那样也不是你的错，那是命运带来的结果，你不需要将责任揽在身上。老太婆也说过，我们任何人都无法违抗命运，所以只能想着如何和命运共处。"

黑暗中，阿九轻轻点头。

"就算我不能和你结为夫妻，也希望能永远陪在你身边。我已经决定了。我将奉献身心，为你而活。哪怕会遭遇任何不幸，我也要留在你身边继续支持你。"

"谢……谢谢你。"

阿九闭上眼睛。手中的石头开始发热,这表示又有事情要发生了。可是阿九无法说出那份不安,甚至石头分明已经变成了红色,他也没有力气确认。

隔天早晨,敏彦从信箱拿报纸进来时,注意到一则报道。阿九反复读了好几遍,一时之间想不起来银次的姓是浅田,思绪拼命回溯遥远的记忆。

> 喧腾一时的超能力者祖父江九,其母亲祖父江七(六十九岁)所主持的"和祖父江七一起为地球的明天设想会"办公室遭暴徒入侵,办公室主任浅田银次(六十七岁)被刺杀。凶嫌的供词前后不一致,警方仍慎重继续进行调查整个事件的背后因素。

读完报道,彬子也吓得说不出话来,只能看着阿九的脸。敏彦害怕地问:"出了什么事吗?"

阿九只简单回说:"没事的,这不过是命运而已。"

彬子立刻前往辖区的警察局。光是为了表明关系,就必须得先跟好几个人谈过。好不容易和阿七本人联络上,已经是将近中午的时间。彬子打电话过去,是阿七接的。阿九用平静的语气喊了一声"妈",立刻听见阿七啜泣的声音。

祖父江七和银次在世田谷区的下马租了一间公寓,当作住家兼办公室。出事当时,阿七刚好在支持者的陪同下到养老院演讲。凶手来到办公室时,接见他的是银次。正当银次要赶这个语无伦次的男人走时,对方突然拿出长约二十厘米的生鱼片菜刀攻击。银次被刺中心脏，当场猝死。阿七见到银次是在警察局的停尸间，之前办公室并没有受到威胁和骚扰。凶手表示，自己这么做是为了帮阿七和阿九承担一部分的不幸。警方从凶手家找出许多有关祖父江九的书和剪报，由此可知他是阿九疯狂的崇拜者。

警方了解内情后，在媒体不知情的情况下安排阿九母子会面。阿九从警察局后门进入，只见阿七的眼睛红肿，但在彬子的陪伴下已经不再哭泣了。她看到自己的儿子，也没有起身，只是轻轻点了一下头。
"我不能因为这种事就认输！"
这是阿七开口说的第一句话，但之后说话语气渐显不安，气势也相对减弱。
"可是失去了银次，我大概无法像过去一样活动吧？我该怎么办才好？我得好好想想今后该怎么办呢！"
"对不起，都是我……我的关系才会害死银次叔。"
"不，他已经走完了他的人生。银次真的是为了我而活呀！到了最后的最后，他也放弃赚钱，割舍欲望，决定为社会而活。他很清楚今后剩下的人生该做些什么，我只为他这一点感到遗憾呀！"
阿七按着眼角，努力忍住即将盈眶的泪水。沉默在他们之间持续着，阿九心想："妈，你可以大声哭喊呀！"
"我现在没有力气再想其他事情。难得见到你，我连问候你近况的力气都没有，真的很对不起。让我先休息一下吧！我马上就能恢复体力，重新迈向希望的。"
阿七静静地一鞠躬，站起来，准备从他们面前离去时，阿九连忙也站起来制止说："慢点！"
阿七回过头看着他。
"今晚不能在一起吗？要不然妈到彬子的住处休息吧？"

"不用。"阿七当场拒绝。

"要是你的出现被别人知道，会出问题吧？而且我也有值得信赖的伙伴和工作同人，所以你们不必担心。"

阿七说完转过身去。

"如果妈的心意有变，就让我们一起生活吧！"阿九对着母亲的背影说。

彬子则将写有自己住址的纸张交给阿七。

"我……我现在跟以前一样，身为马戏团的一员在日本各地旅行。就是以前照顾过我……我的赤沼马戏团。那是唯一我和爸爸、妈妈可以一起幸福过日子的地方。妈还记得吧？因为有缘，现在我是马戏团的副团长。"

"哦。"阿七眼泪盈眶，不停地点头说，"那很好呀，你就在那里跟彬子他们幸福过日子吧！"

阿七说完便走出房间。彬子在心中低喃："命运真的是太残酷了……"

所有媒体都持续不断报道银次被杀害的事件，园分铜也来电关心。阿九说明完状况后，表示自己还必须留在东京一阵子。调查结果确定凶手是祖父江九疯狂的崇拜者，到处可见阿七在记者包围下，宣布绝对不屈服于任何暴力的照片和影像。在支持者簇拥下，慷慨致词的阿七跟阿九所知道的母亲有些不太一样。重点是，无论是哪一种媒体，都会在画面或报道一角附上阿九飘浮在空中的照片。

"为了不让银次的死白费，今后我仍要继续从事有助于环境问题与世界和平的活动。"阿七的斗志恢复了。

"阿九叔的妈妈好厉害哟！"敏彦一边看电视，一边赞叹。

"是呀！"阿九回应。可是他却不觉得骄傲，反而涌现强烈的悲伤。

"你妈妈一定也知道构成这个世界的要素是爱吧？所以才会说出这么棒的话，对不对？"

听到敏彦说出这番话，阿九回头一看，看见少年手上抓着汤匙……而且汤匙已经折弯了。

9 "过去的男人"

敏彦上学后，阿九喝着彬子泡的茶心想："今天的心情比昨天还要难过。"并说道，"昨天因为很担心妈妈，所以没有心情顾及银次的死。可是我梦见他了，我梦见银次让我骑在肩膀上。小时候他常常陪我玩，过去的回忆全都是快乐的。"

彬子的视线朝下，点头说："是呀！"

"我父……父亲过世之后，银次和妈妈在一起，那是我无法接受的事。假如妈妈再婚的对象是别人，我……我应该会乐见其成。但我就是不能认同银次，因为他很尊敬我父亲，又是父亲的手下，他这么做只会让我觉得他好像小偷一样。我尤其不能忍受他对我摆出父亲的嘴脸。"

彬子绕到阿九背后，温柔地帮他按摩肩膀。

"哎呀，硬邦邦的。你不要太自责了，这不是你的错，而且事情都已经过去了。"

阿九可以感受到彬子手心的温暖，同时自己的眼眶也开始发热。为了不让彬子发现，他闭上眼睛。

下午因为彬子要去买菜，阿九便陪她出门。在超市旁的西餐厅用过简餐后，两人在宽阔的卖场里选购肉和蔬菜等食材。

提着超市购物袋走在回家路上时，彬子突然抢走阿九手上的塑料袋。

"不要这样,这些东西我……我来拿就好。"阿九伸出手想拿回袋子。

彬子故意举高让阿九拿不到,取而代之握住了他的手。阿九再度感受她手心的温暖。

"你别钻牛角尖想太多,眉头都起了好多皱纹!"

"东……东西让我拿。"

"不要,人家想这么做嘛!现在不好好握住你的手,以后不知道又会飞去哪里了……"

因为彬子说出少女般的傻话,让阿九有些难为情,赶紧移开视线。在彬子的牵引下,两人又继续走路。温煦的风轻轻吹过商店街。

"我会等到你喜欢上我的。"彬子的语气柔和,却充满了坚强的决心。

阿九点点头,却不敢看彬子的脸,只敢望着商店街上头万里无云的晴空。

在出门上班前的有限时间里,彬子忙着做晚餐。阿九茫然看着她喜不自胜地为自己和敏彦做汉堡的背影,感觉潜藏在内心的晦暗、不安、彷徨、疲倦、迷惘逐渐淡去。彬子将做好的菜盛盘,包上保鲜膜,整齐地摆放在餐桌上。

"饭在电锅里,味噌汤喝的时候热一下。今天应该可以早点下班,我会立刻赶回来的。"彬子说完后出门。

阿九打开电视,看看事件有无后续的报道。转换频道之间,并没有找到类似的节目,不得已只好躺在榻榻米上无所事事。就快要打起瞌睡的时候,听见门铃声响起。

尽管彬子说过不需要应门,但因为电铃响个不停,阿九忍不住在屋内大声问："哪位？"结果听见门外有男人的声音说："咦？这里不是进藤女士的家吗？"

看来是彬子的男性友人。阿九打开门，只见一名三十五岁上下、身材矮小的文雅男子站在门口。

"彬……彬子现在出门上班了。请……请问是哪位？有事的话我可以帮忙转达。"

阿九很客气地说完后，男人自以为是地说句："是这样吗？"然后瞪着阿九。

"我是敏彦的爸爸，彬子带着敏彦离家出走了。三年前我们协议离婚，法律上我们已经分开了。不过不好意思，我可不承认！敏彦是我儿子的事实不会改变，我也还很需要彬子。"

男人上前往阿九走近一步，用不屑的眼光慢慢抬起头看着他说："有段时间彬子不知道听谁的介绍，跑到冲绳某个奇怪的祈祷师家中躲藏。我去找过，对方不让我见他们，之后就是不断打官司、上法院。啐！可恶的女人。不过现在总算知道原因了，我就说不太对劲儿嘛，果然是有了男人，既然这样，我的态度也不一样了！"

男人大放厥词后，不客气地问阿九："你是彬子的什么人？"

"我……我……我是……"

阿九吞回说到一半的话，俯视着男人宣布："我是即将成为敏彦父亲的人。"

"哈！"对方笑说："那我跟你没话说，我要留在这里等彬子回来。"

说完便准备自行进屋里。阿九一把抓住男人的手臂，用力一推。男人抗议说："好痛呀，你干什么？"

"麻烦请留下联络方式，我……我会帮你通知彬子的。假如她觉得有必要，自然会用电话或其他方式跟你联络吧！"

"可恶！"男人丢下这句话之后，便生气地离开了。

上学前说好下课直接回家的敏彦，到了六点也不见人影。阿九心想，可能是被埋伏的男人拐走了。可是对方是敏彦的父亲，说拐走又似乎不太对，于是阿九改变了想法，决定出去看看。天色开始变黑，心情也越来越不安。几经犹豫，还是决定打电话通知彬子一声比较好。阿九拨了彬子给他的公司电话，还好彬子还没有进客房服务，听阿九说明完状况后，她二话不说回答："我立刻赶回去！"不到三十分钟，就穿着和服制服回到家。

"可是他怎么会知道这里的地址呢？我没有跟任何人说过呀！"彬子不解地侧着头。

"那个人一直在骚扰我们母子，所以跟他有关系的人、我们共同的朋友，我都没有透露住址。大概是雇用征信社的人调查吧！"

突然间，大门门把发出转动的声音，接着门被推开。阿九和彬子都反射性地发出一声惊叹。敏彦一派轻松地问彬子："咦？你不用上班吗？"

"什么嘛！你跑去哪里了？我们会担心呀！"

"我在车站遇到爸爸，他请我吃冰。因为很久没见面，有很多话想说，自然就留下来聊了很久。"

彬子表情复杂地瞪着敏彦。阿九叹了一口气，为自己的误会苦笑不已。

"太好了，没事就好。"

敏彦一下看着阿九，又看着彬子反问："为什么？会有什么事吗？"

阿九只好抓抓头装傻。彬子说："我要回去上班了！"立刻转身就走。阿九不得已，只能在不引起敏彦误会的范围内说明经过。敏彦听了大笑说："我爸爸不是那种会诱拐小孩的人啦！"

"因为他是你父亲嘛！"阿九也同意说，同时偷偷观察敏彦的表情，报以微笑。

"嗯，对我而言，他是这个世界上唯一的爸爸。虽然他和妈妈处不好，可是遇到了，我还是有很多话想跟他说，他好像也是一样。"

阿九安心地点点头。

"妈妈和爸爸离婚了。当初自己的姓改变，我也觉得很难过，可是我不想再看到两人争吵的样子了。请不要误会，我爸爸绝对不是坏人，黄色老太婆也说过他不是坏人。"

"真……真的吗？"

"嗯，她说过。老太婆说爸爸那种人只是浑蛋，对妈妈来说是坏人，但对我而言仍是个父亲。就算不是很有出息，他是我爸爸的事实也不会改变。父子关系不是用喜欢不喜欢来决定的，不是吗？"

"嗯，你说得没错，我……我父亲在博多也是有名的坏人。可是他是这个世界上我唯一的父亲，我们的感情真的很好。"

"那很棒呀，我好羡慕哟！"

"对呀，我真的很幸福。不过有一天，我……我的父亲被人杀死了，就在我们家人眼前，我受到很大的冲击。"

敏彦皱起眉头问了一句"真的？"就不再说话。

阿九耸耸肩膀，补充说："当时我们一家三口在赤沼马戏团工作，我父亲就是那个时候被杀的，事……事情闹得很大，媒体都有报道。我……我爸爸人高马大，脸上总是戴着墨镜，大家都很怕他，但实际上他人很好。因为不能常常见面，所以小……小时候我觉得很寂寞。一家三口在赤沼马戏团工作的时期，每天真的好像做梦一样。"

"好可怜。"敏彦低喃，眼中浮现泪水。阿九用力抱住了敏彦。

"不过今天听到你和爸爸好久没见、能够在一起聊天，我也觉得像是自己的事情一样为你感到高兴。"

"而且我也没有被拐跑。"

"是呀!"阿九又是想哭又是好笑。因为想起了远藤匠温柔的笑容,还有银次陪他玩耍的昔日……

"爸爸说……"敏彦说道,"以后不会再打妈妈了,要我说服妈妈,以后三人再一起生活。"

阿九嘴唇紧闭了一下才问:"敏彦也希望那样吗?"

敏彦低着头,想了一下回答:"可是妈妈想和阿九叔在一起,你应该也知道吧?"

阿九嘴唇紧闭,耸耸肩膀。

"不对,应该说妈妈很喜欢阿九叔,看也知道。所以她是不可能再跟爸爸和好的了。我也觉得那是当然的,毕竟他们过去的种种,我不可以插嘴。那是他们两人一路走来的结果,对不对?"

"嗯,你说得没错。"

"只要阿九叔愿意,我也希望你和妈妈在一起。我觉得那是再好也不过了。"

"可是那么一来你不会难过吗?"

"不会呀,因为我很喜欢阿九叔。比起爸爸,我更尊敬你……而且我也很关心妈妈的幸福。再过几年我就要出社会了,爸爸他还年轻,只要做好了断,他可以重新来过。所以阿九叔,你怎么想呢?妈妈对你真的是很认真,你不能跟她在一起吗?还是因为我的关系?如果我会妨碍你们,我也可以跟爸爸一起住的。"

阿九再次用力抱住敏彦,泪水几乎夺眶而出。他想起了自己的童年,当时有太多需要忍耐的事,没有一天不想起死去的父亲。小时候的自己和眼前的敏彦影像重叠了。

"敏彦,谢谢你。不过这是我和你妈妈之间的问题,我……我们还有很多事情必须讨论才能决定。这样可以吗？"

敏彦露出笑容说："当然。"

阿九摸摸敏彦的头。

深夜彬子回家时，敏彦已经睡了。彬子洗完澡后恢复白天的表情。她肯定很在意今天前夫的出现。两人有一搭没一搭地聊了不到一个小时，便隔着敏彦各自躺进被窝。

"今天我和敏……敏彦聊了很多……"

阿九对着黑暗说："他希望我……我们能对彼此的未来好好谈谈。"

"嗯。"彬子只如此回答，大概是哭了吧！不久之后，夹杂着敏彦的鼻息，传来啜泣的声音。

那天夜里，娜娜出现在枕畔。阿九感觉有异，起身一看，看见娜娜的幽魂从窗口俯瞰自己，也同时俯瞰着睡着的彬子和敏彦。

"阿九……"

阿九听见怀念的声音，心思立刻被拉回过去。眼前浮现怀念的巴黎玛黑区景色，孚日广场如明信片般美丽的风光……

"阿九……"

娜娜近在眼前。

"我的阿九。"

娜娜的声音像风一样吹进阿九心中。阿九想起了抱着婴儿满脸笑容的娜娜、无邪嬉闹的娜娜、像小狗般撒娇的娜娜、整天喊着阿九的名字如同小狗追着自己跑的娜娜……

"我一直都在阿九的身边。"

娜娜的声音在阿九心中回荡："我一直都跟阿九在一起哦。"

"娜娜……"阿九好不容易挤出声音。

阿九从身边的旅行包中掏出暗示石紧握，就像握着念珠一样，边按石头边在心中默念："娜娜，你快瞑目成佛吧！"

"我好想你，我要你紧紧紧抱住我……这里又黑又冷，阿九，我想再跟你一起生活……我要你哄我，我们一起吃饭睡觉、一起起床，还有我们可爱的孩子阿弥，一家三口幸福地过日子。"

娜娜的声音扰乱了阿九的心情。呼吸变得困难，心绪紊乱。泪水不停地涌现，胸口苦闷，难以喘息。手中的石头开始发热，阿九担心若不紧抓着石头，自己就会跟着娜娜走。

"阿九，我的阿九，你哪里都不能去，你只能是我的阿九。"

"娜娜……"

"阿九，你要永远跟娜娜在一起。娜娜随时都在你身边……阿九，你不要跟别人结婚……你不可以爱上其他人……我只要你爱我一个人。"

"娜娜，那是当然。娜娜，我们会永远在一起。"

"阿九，你在哪里……为什么我的手碰不到你？"

娜娜对着莫名其妙的方向伸出手，她一定是看不到这个现实的世界。就像盲人伸出手探路一样，她拼命地伸长了手，脸上充满悲伤，眉尾下垂地哭着。

"我没有忘记你，娜娜，你快瞑目成佛吧！"

"不要，我才不要成佛。我要一直留在阿九身边。"

娜娜放声大哭，表情因为悲伤而扭曲，黑色的泪水不断从眼尾流出。

"娜娜……"

"阿九，阿……"

阿九站起来想要抓住娜娜的手，可是娜娜的手就像幻影一样，只要阿九一抓住立刻就消失。

"你要去哪里?"

"我不知道要去哪里。阿弥在哪里?你在哪里?阿九,我好寂寞哟,我好伤心,好痛苦哟……我要跟你一起活着,我要活在你身边……我爱你,我永远都爱着你。啊……呜……阿九……你在哪里?"

"娜娜!"

阿九对着娜娜即将消失的幻影大喊。悲伤如溃堤般涌现,泪水模糊了视线。

"啊,你要去哪里?"

"阿九……"

"娜娜!娜娜!"

"阿九,你怎么了?"

灯光亮了。阿九对着窗口站着,已看不见娜娜的身影。回头一看,彬子和敏彦正一脸诧异地抬头望着他。

10 "写给茉莉的长信之一"

茉莉:

我单方面地一直写信给你,很关心收到信的你如今人在哪里?过着什么样的生活?拜我与生俱来的奇妙能力所赐,我唯一能够看到的,或者说是感觉到的,是你虽然辛苦却很坚强地活着。

今天这封信可能会很长吧!现在是半夜十一点五十分,公演结束了,我回到住处。平常这个时候我会先洗澡,然后钻进被窝。但因为明天马戏团休息,只要下午再去帐篷看看就好,所以我想好久没有像这样跟你谈心了。

这封信肯定会写得很琐碎、冗长且毫无重点吧!不过,大概就只有茉莉一个人,让我能够像这样毫不隐瞒地将心事全盘说出了！当然，周遭也有很多能够理解我、像家人般的真心好友，可是该怎么说呢？因为不想被其他人看到自己的软弱，不想被其他人知道一些不能说的秘密，所以不知不觉间便累积了许多话⋯⋯

就从悲伤的消息说起，因为媒体都有报道，我想茉莉应该也有耳闻才对。首先，必须提起银次的死。我一向不擅长描述事件，所以这部分就省略。只是他那种死法，真的让我很遗憾。我还没修补与他之间的关系，就这样分别了。回想起来，年轻时我对银次和妈妈在一起的事的确反弹很大。当时我实在无法原谅他，可是如今他猝然逝去，我又懊悔不已。为什么不早点跟他和解呢？现在的环境和年纪，明明可以做到，但我却不愿意，害得我终究不能救赎银次。

我也很担心剩下一个人过日子的妈妈。她和银次所组的环保和平团体聚集了许多很有正义感的人，妈妈被推举为核心人物，出来领导大家。上次银次被杀之后，我立刻赶到警察局跟她见面时，妈大概也受到这件事影响吧，几乎已经变成不同的人了。我除了觉得她的态度变得更勇敢、更坚强之外，但同时也很害怕，担心再这样下去，妈妈会被带到我所不知道的遥远宇宙去⋯⋯这一切大概都是我的错吧？只因为我与生俱来的超能力，就改变了周遭所有重要人们的人生。天底下还有什么比这个更不堪的悲剧呢？

我们，我指的是你、总哥和我。我们从小就不是一般小孩。尤其是总一郎，他不仅仅是你的哥哥而已，他的存在具有更大的意义。我觉得亲眼目睹总哥死状的我，肯定在那瞬间也承接了他原本该担负的使命。那一天的记忆深深印在我的脑海中，就像是雕刻在石头上的文字一样。

说来残酷，那是一种暗示性的光景。悬吊在紫藤棚上的总哥，看起来阴森吓人，同时又散发出一种坚决的意志、美的意识和人性光辉，是一种超越人类智慧的压倒性存在。似乎自从目睹那冲击性的画面以来，我便舍弃了原来的我，变成了人生的旅者。

那是我头一次经历身边的人死亡。比起之后父亲的死、外公外婆的死都更具有强大的力量。从那一天起，我的人生便开始脱轨，我意识到自己是个超能力者，也决定承接总哥的遗志，出外旅行看遍世界。

这么说来，总哥死后曾化为灵魂多次出现在我面前。当时我一跟你提起这事，你马上就会很自然地变得歇斯底里。然而，变成灵魂的总哥的确是在我面前出现过。虽然他的心情在完成目的的成就感和无法生还的后悔中徘徊，但也立刻准备开始全新的出发。几年前他又出现在我面前，说了一些意见、教训和感想，之后就杳无踪影。大概他已经踏上新的旅程吧！我觉得总哥一如其人，潇洒地挥别过去，已奔向充满好奇心的大海。

之后过了很长的时间。现在总哥说不定已经重生，不会再出现在我和你的身边了。如此一来，很有可能我们曾经在某处，和转世投胎的总哥擦身而过也说不定呀！或者不久之后，甚至马上他就会出现！

到时候，我们一定会心生超乎常理的怀念之情吧！明明是第一次见到的人，却有种难以言喻的熟稔感觉……

相信总哥也一定会出现在你的眼前。意外从某处走来，用怀念的眼神凝视你。而且因为是他，搞不好他还会开口说"嗨"。我很期待这种只有他才会表现的魔法！不对，应该说是他创造出来的奇迹。因为他总是那么具有探究心,制造惊喜给我们,对他而言有如家常便饭嘛!

话又说回来,人生真是既残酷又有趣。回顾自己的人生时,首先我会叹气,接着苦笑,最后感叹我居然还能活下来。我所爱的人们一个个死去,还有我那个生离的儿子,一想到他不知道在哪里过生活就很难过,只好将这事埋藏在内心深处。

不过最近我开始可以每晚为那孩子祈祷了。也觉得只要还活着,我们父子肯定能再次相见。我决定尽自己一切力量找到他,我想那应该是我最后的任务吧!

到底人生是什么呢?

身为马戏团的副团长、依然还是超能力者、银次被杀害、妈妈率领奇妙的团体为世界和平奉献(?)等,这些事情没有一样是我们在出生时所曾预料得到的。可是事到如今,却也不得不认同,这就是我的人生。真是不可思议呀!可以叹息、苦笑着回忆悲伤的过去,同时又心有余力地眺望未来,说人生还很漫长。人类这种生物该说是大胆呢,还是强韧到可怕的程度呢?

茉莉,你有着什么样的人生和宿命呢?我曾经在某处读到:"宿命无法改变,命运则不然。"这种看似玩弄文字游戏的说法,刚读到时,我甚至笑了出来。现在觉得命运可以改变,听起来也很不错,像是对光辉人生的歌颂。我不知道自己还剩下多少日子,但近来终于开始想要好好面对自己的命运。

对了,新叔还好吗?最后一次看到他应该是在银次经营的宾馆楼上那座"森林"里。当时我因为车祸的后遗症很严重,头脑里充满了污浊的气体,根本无法完全认出茉莉和新叔。所以留存在我记忆中鲜明的新叔印象,是我离开日本前两人在博多的小酒馆小酌时,一如父子关系的温馨画面。最近我很想念他,有一种不快点见他就不行的焦躁感。

何时才能和茉莉重逢呢?等这次京都公演结束后,我们年底将又回到九州巡回演出。到时候如果你人在博多,就能见面吧?青山先生还好吗?自从和他在冲绳分别以来,我们就没有再见。在我丧失记忆期间能够遇见他,对我来说意义重大。我想青山先生也可说是我的恩人之一吧!不管他从哪里来,随着你的带领,在我人生最痛苦的时期,仿佛老朋友一样出现,给予我支持,让我和这个世界又重新联结上,那就是所谓的缘分。

对了,茉莉现在还在跟谁恋爱吗?因为你的恋情不断,随时总得跟人谈恋爱才行。我想现在你身边一定有很棒的人陪着吧?年轻时候的我常为这点吃醋,我总是强烈地嫉妒那些带着你到处跑,充满洋味的时髦帅哥。

相信你现在为止还是很有男人缘吧?每一段恋情也都带给你许多快乐与悲伤。到目前为止,我还没有看过其他人像你这样活在爱情里。

我呢,当然也发生了许多事。例如我有了考虑结婚的对象,她叫作彬子,有一个念国中的儿子,名叫敏彦。之前我第一次去东京时,在那里见到了敏彦的生父。突然说起这件事,你可能会觉得莫名其妙吧!但当被敏彦的生父说些有的没的时,我真的很生气,甚至还想说应该跟彬子结为夫妇才对,而且敏彦也希望我那么做。

然而,我心里却一直有个疑问,那就是:自己是否真的喜欢彬子？听起来好像很不负责任，但那是因为她长得很像我死去的妻子娜娜，当然她不可能是娜娜转世。对了，就像是双胞胎一样，但个性完全不同。说得也是，光是外表很像，不可能连内在都一样。不过因为外表的关系，更引起我对她的好奇也是事实……

娜娜因为一起离奇的车祸而丧命。我无法接受她的意外身故，后来也发生车祸丧失记忆。当记忆恢复时，眼前出现和娜娜长得一模一样的女性，我当然会有种命运使然的错觉。但又很怕是自己想太多或是会错意……就这样迟迟不敢踏出结婚那一步。我当然很想好好珍惜彬子，可是有时又会怀疑这是否只是对娜娜的旧情……

前不久，娜娜出现在我枕边，要求我永远留在她身旁。原来娜娜还活在我的心中，我还是深爱着她。我终于又想起这一点。更何况我还得寻找我和她所生下的儿子，这也许是我最后的任务……

彬子的好无人能比。她是个温柔乖巧的女人。我当然知道自己希望给她幸福的心情，除了爱别无他物，也十分清楚自己不能带给她不幸。虽然心中明白……可是我这种男人的想法真的是很自私呀！连我都很讨厌我自己。

不谈彬子了。究竟我和茉莉之间又是什么样的关系呢？朋友？儿时玩伴？像是兄妹一般？心灵伴侣？命中注定的人？我从没认真想过这问题。茉莉就是茉莉，大概直到最后，你还是我心目中那个小时候的茉莉吧！

想起这些，我笑了出来。不管怎么说，我们之间美好的关系是不会变的。我们之间没有分别、对立、为了小事而争吵等关系，对吧？我想到死应该都可以这样认定吧？那真是太棒了！

但是，搞不好在临死之前，我们之间可能发生无法想象的戏剧性事件也说不定。到底会是什么样的戏剧性事件呢？写到这里，我自己也觉得很奇妙。啊，请不要笑我！我可是超能力者，说得可准的呢！你不妨也好好想想……

对了，前天我和落合先生通过电话。还记得他吗？就是银次雇用帮忙照顾屋顶森林的管理员，你们应该也见过几次面。目前他正在管理我所创造的森林，正确说来，应该是在管理原来是宾馆的那栋大楼。我和银次、妈妈离开后，他一个人守护着那栋老旧的建筑。还记得在我离开之前，树根就已经穿透大楼的天花板了。但最近听他抱怨说，树根已经破坏了电梯的马达，所以只能爬楼梯上上下下，十分辛苦。

另外，他也跟我说了妈妈的近况。听说妈妈因为身体不适，住进了东京的医院，还好没什么大碍，只是失去银次后，内心积劳所致。必须通过第三者知道这些事，让我感到很悲哀。为什么妈妈什么都不肯跟我说呢？我知道她是不想造成我的困扰与担心，但也太见外了，我是她世上唯一的儿子，她是我母亲，我们彼此应该相互关照才对呀……感觉上，她把一切托付给环保团体的成员，完全没有我出面的余地。或许妈妈已经踏入我力量所无法触及的次元吧？我虽然担心，却不知道如何是好。大概也只能接受这就是命运吧？

去年在北海道遇见可以看见前世的老人。关于这一点，我在上一封信有稍微提到过。因为他，我得以和前世有缘的悲慕大师灵魂接触。他的灵魂没有进入轮回，依然留在今生照看人们的人生。我想他应该是灵界中位阶较高的人吧!

他假借猫的肉体出现在我面前,要我"九度救人"。

看来我能做的和必须做的,并非像妈妈所从事的那种顶着远大目标的社会活动,而是要面对发生在身边的琐事、向周遭的人们伸出援手。因此,我常在思索自己能做些什么呢?然而,我一直以为救人是一件很困难的事情,所以每天都在为这件事情感到困扰。想到我用一生为了补偿前世的罪孽、为了成就今生,或是作为承接后世的桥梁,而必须用尽所有力量九度救人……就觉得好难!

上天赋予我超能力,我该如何做才能对社会、世界,乃至于宇宙做出贡献?我想那是我人生的一大考验。但老实说,整天想着这些只会让我更加头疼,因为大多数时候,我都只想要逃离超能力的束缚。

抱歉,写着写着竟然写成一封抱怨信啦!

越写越冗长。天快亮了,我也该睡了。明天又将面对新的观众,今后仍将和团员们团结一心,继续演出小而美的马戏,一如我站在背后支援他们小小的人生一样。

告诉你这些心事,我感觉舒坦许多。相信今后我们的人生还会有许多事情降临。加油吧,彼此都加油!

如果你需要我,请随时来赤沼马戏团。我应该会身穿燕尾服、戴着圆眼镜、高礼帽站在红色帐篷旁边。希望在最后的最后,我能报答你的恩情。

那就保重了。我还会写信给你。

祖父江九写于京都

11 "写给茉莉的长信之二"

茉莉，收信平安。最近好吗？

我们之间又经过了一段时日，人类力量所无可奈何的东西之一就是时间。当我们睡觉休息时，时间总是毫不留情地继续流动。

上一封或是上上一封信，我曾提到我妈身体不适的事，之后又发生了一些状况，结果必须动手术才行。经过不断地检查，最近才找到长期以来都没被发现的病因。尽管医生要求我妈静养，但她却刚出院不久又开始四处演讲、办活动。照这样下去，就算是治得好的病，也治不好呀！她那么坚持投入活动，简直让人怀疑她是否选择以这种方式自杀呢？

对于人生的终点，我妈似乎已经做好了心理准备。为了阻止她，我甚至还去了她出院后的第一个街头演讲地点。看到她激动的模样，我想她已经不是我和茉莉心目中那个温和、喜欢种花莳草的妈妈了。的确，地球持续暖化，太平洋上的某些小岛也逐渐消失，战争和饥饿不但不减，贫富差距日益扩大，世界各地因为宗教对立而争战不休等都是事实……可是她那种威胁式的口吻仿佛"不洗心革面就不能上天堂"的说法，却让我觉得路上的行人应该很难听从她的威胁而洗心革面。我很尊敬她的高尚志向，但听到那种无可救药的语言，实在很难过。当然我妈说得没错，所有的人都应该为地球做些什么。可是，这件事情并没有那么简单，因为现实生活中的人，早已为了自己的生活而忙得焦头烂额。因此，我个人认为必须让人们从周遭事物产生关爱之心，然后再慢慢扩大范围，如此一来才能够解救世界，不是吗？

话又说回来，我妈为什么会突然醒悟，积极地参与这些活动呢？人类真的是一种很奇妙的生物。有些许久未联络的朋友，只要一阵子没见，就会产生惊人的变化，完全变了个人似的。这是因为在彼此没有联络的这几年中，各自经历了不同人生的缘故呀！

人生和人生之间有条河。我总是站在这头，茉莉则是生活在彼岸，我们无法看到彼此的人生。尽管起点相同，河川随着时间往下流会越变越宽广，且远离我们而去。这就是所谓的人生，我在右岸生活，你在左岸过日子。虽然同样都存在于地球之上，我却无法得知左岸发生的事情。全世界有多少人就有多少岸边，所以我才会经常站在岸边想着你，见不到的家人和朋友们。

之后我们母子见过几次面，但她已经是不同世界的人了。表面上看似微笑听着我的忠告和意见，但其实早已用水泥塞住耳朵，不管我说什么，总是淡淡地回说："你只要考虑自己的幸福就好……"于是我很认真地思索："我必须解救我妈才行。"但是，就连这么简单的事情我都办不到。她所处的岸边离我好远，宽广的河面根本无法渡过。

人的一生真是无法理解啊！回头想想我妈的人生，不禁让我觉得很悲伤。然而，那是她所选择的人生，或许我也无可奈何吧……

一九六〇年十月，我出生在这个世界上。父亲是好心的流氓，母亲因为亲眼目睹他为了救一只小狗被电车撞断一条腿而萌生爱意。尽管父亲当时已有妻室，但两人却依然有了我。我在命运的恶作剧下，暂时被寄养在外公外婆生活的西高宫小学工友室里。同一段时期，我发现自己拥有折弯汤匙的特殊能力，那也是经常上电视、备受媒体报道的时期。开始对茉莉产生强烈关心也是在那个时期。曾经在我家庭院目睹茉莉半裸跳舞的情景，大概是在那一瞬间，我恋爱了。毋庸置疑，那是我的初恋。之后遭遇大幅震撼人生的事件——总哥的死……从那一天起，我窥见了自己的人生竟是如此的复杂，我开始想要逃往更复杂的宇宙……

之后和父母在赤沼马戏团生活，或许那是我最幸福的时光吧！那段一家三口和乐过日子的时光，成为我永志难忘的宝贵记忆。在马戏团工作的父亲被敌对的流氓杀死后，我的人生直到今天，都是以极快的速度冲向命运的下坡。虽然也有快乐的时候，但几乎都是一连串的苦痛。在巴黎结婚的妻子娜娜死于车祸，儿子也下落不明。娜娜过世后，我也遭遇车祸、丧失记忆，因此没有人知道儿子是如何消失不见的。银次死后，母亲抱着无法治愈的病，继续诉求世界和平。如今回顾过往，不禁为自己凄惨的半生而叹息。

我因为车祸的关系暂时失去记忆，至今仍有后遗症，常常会引发偏头痛。最近偏头痛更严重了，一天会有好几次突然抱着头蹲在地上。想到今后还会有什么样的人生等着自己就害怕，周遭重要的人相继死去，但最令我惊讶的是，自己竟然已经习惯了这种情形。

以上是我简单整理自己过往的人生，今天我将迈入四十四岁，我在这个地球上居然也活过四十四年的漫长岁月。虽然不知道还能活多久，但我觉得已经足够了。现在我活在公元二〇〇四年，但愿能有更平静的幸福到来……

我所要表达的并非"人生就是如此悲观"这样的观念。相反,我想要通过我的例子来鼓励人。因为我和我母亲的想法有着很大的落差,因为我始终相信人类还有希望。只要有希望,人类肯定能超越困境,创造新的未来。

重点是,我并不觉得人类有我妈说的那么愚蠢。虽然偶尔会犯错、会做蠢事,但在最后,人类却总是懂得挽回,迈向美好的终点……至少我是如此认为。重要的是,不要放弃希望。我不希望我妈只是一味地批评人类的愚行,只会说教。正因为她是祖父江七,所以我希望她能将赌注下在人类仅有的可能性上。

虽然称不上是希望,但我也有我的小小的一盏灯火。在之前的信中曾跟你提过一个叫作彬子的女人,我们决定等到她的儿子敏彦上了高中之后再办理入籍。因为敏彦学业的关系,所以他们母子俩目前正住在东京,每个月会固定到马戏团跟我会合。我们已经做好成为一家人的准备,尤其是彬子全心全意地照顾我,帮我处理大大小小的事。她就像我的得意门生,所以我们之间的关系也不会因为结婚而变得平等,而是像老师与学生一样。虽然我对她很难产生强烈的爱意,但因为她真的很尽心照顾我,所以除了感谢之外,也让我有了家的温暖……敏彦也常常会喊我爸爸,在那一瞬间,我几乎把他当成生离的亲生儿子看待。我总觉得有些内疚,担心自己是否只是为了求得心安才和他们成为家人?

我心头总有挥之不去的不安,连我自己都搞不清楚那是什么,所以我才会像这样写信给茉莉。人活着就会遇到各式各样的问题,有时只能烦恼,根本束手无策。我现在正处于那种年龄,四十四岁刚好是在人生的转折点上。转折点吗？也就是说我会活到八十八岁啰？不，那又太长寿了……不是吗？

先把我个人的不安丢到一边，赤沼马戏团的演出很成功，连日来都挂出"鸣谢客满"的牌子，也经常接受东京的报社采访。过去马戏团是以动物表演为主，近年来最后欢迎的节目是"飘浮的跑车"。一开始还会让观众坐上跑车，但最近则干脆在表演最后让跑车整个消失。这也算是近来的流行，像这种大型魔术表演被称为"幻象艺术"。我们则取名为"赤沼幻象"，下个月起将进军东京，这是身为副团长的我第一次推出的东京公演。我们已经找好电视台的赞助，而对方也保证成功后会积极为我们做宣传。虽然有些担心，但一想到团员的生活可以获得保障，自然也很为这种合作关系感到开心。

事实上这个魔术表演，背后完全没有任何机关设计。关于这一点，之前的信中应该有说过吧？我有个徒弟叫园分铜，负责扮演幻象大师站上舞台，摆出适当的动作姿势，嘴里念着咒语，让跑车在观众面前飘浮和消失。实际上，都是我在背后运用超能力操作的……我们每次的演出比魔术更加精彩。说起来人也真是奇怪，因为心中认定是魔术，所以才能安心地感动。万一发现是超能力所致，他们就会十分紧张，企图找出神迹，而无法尽兴观赏节目吧！我觉得这就是祖父江九身为超能力者的悲哀。

因为是自己的事可以开玩笑。我有时不禁担心真的这么简单就能成功吗？但也因为这样马戏团才能卖座……只有这个瞬间我会感激超能力。

很期待茉莉能来看我们的表演。因为我们会在全国各地演出,任何时间、地点,只要你有空,欢迎莅临指教。

我打算在东京公演期间多去看看我妈,这是为人子所必须做的。我没有能力延长她的寿命,只能在最后带给她幸福的光芒。这和让跑车消失不一样,而是用充满爱情的一句话就能完成的奇迹吧!

但,我是否能解救我妈呢?

这才是今天这封信的主题。事实上,我有件事想拜托你。银次过世的时候,过去他所经营的宾馆是登记在他和我妈的名下。那里的产权原本就是属于银次的,但不知道为什么,他居然在过世前不久,仿佛早已预知自己的死期将近,突然改为和我妈共同持有……

日前,我妈要帮忙管理的落合先生转告我:"持有那栋大楼会有许多问题,我打算趁此机会卖掉。因为常有人假借各种名义以那里为圣地聚众滋事,所以对你很过意不去,请让妈连森林也一起处理掉。"再加上又有遗产税的问题,所以看来是非卖不可了。

另一方面,我妈还想保留高宫的旧家。在我刚出生的时候,高宫的家算是很摩登的建筑,经过将近半世纪,老旧毁坏的程度相当严重,而我妈非常希望能够重建。卖掉宾馆、缴完税金,多少还有剩余,她想是否可以连同茉莉的家也一起改建,因而提出恳求。毕竟,那两栋房子就像双胞胎一样,总不能只有一栋变新、变漂亮吧?落合先生说新叔可能还住在那里,是这样子吗?有关改建的方式,落合先生会跟你们联络,请考虑看看。看来我妈是真的很不想放弃那个家……

接下来是我个人的请求。因为我和我妈目前都有各自的生活，暂时没有回到福冈老家的打算。老家的钥匙一直以来都是交给新叔帮忙保管，可以的话，是否可以请你们搬到我们家去住？因为房子没有人住就容易毁坏。不管是当作新叔的工作室，或是你的别墅都可以……你不是有个女儿吗？如果她愿意住，就再好不过了。

又写成了一封长信……包含我妈的事，我不知道今后将发生什么事。但这些在流动时间中发生的事，肯定会沿着时间河流慢慢得到解决，最后抵达某个岸边。信中所提的许多事，请考虑看看，凡事拜托了。

祝福你今后能更加如意。今天且就此搁笔。

祖父江九写于高松

*　　*　　*

第三章　八之三

当时我站在悬崖边缘，完全无法理解自己要做什么，但回神一看，却发现自己站在那里，准备纵身一跳。眼前是阴霾的天空，下面是苍茫的大海，水平线在远方。几步之外就不是地面，微微可听见波浪拍打岩壁的声音。当时我人就站在那里，有时候我会站在那里。如今回想，应该时空遥远的地点，那个瞬间却是很明确的所在。我知道自己人在那里，也知道自己即将要做什么事，可是我却制止了在场的自己。那个在场的自己乃是透过那个地方存在于和该地点相通的广大世界。我之所以没有踏出那一步，是因为广大的世界经由我所在的地点阻止了我。自己现在人在该处的想法创造了人的本质,人在该处即代表存在的意义,也就是人的价值吧?不对,应该说是必要性吧?其实并不然,不过只是将意义定位那里而已。意识到这一点,在某种意义上我便得到了救赎。所以当时我没能踏出那一步,因为我自觉到自己人在那里。尽管身处在距离当时十分遥远的现在的那个地点,奇妙的是,我当时却能认得那个地点。可以瞬间意识到自己站立的场所,造成了我这个人可以和这个世界紧紧相连的结果。

我要说的是,其实你现在站的地方,根本可说是所谓的世界吧!我希望你能在内心强力念着那个地方,这样你就能重新体会到你和背后的广大世界联结的事实。当时我站在悬崖边缘,可是下一个瞬间我重新体悟到自己就在那里,于是我没有踏出那一步,而是用新的心情转身回到和自己相关的原来世界。只因为我在那里的事实救了我的命,给了我下一个可能性的提示。我只不过是自己发现自己人在那里而已。可是我能像这样迎接今天,也都是拜当时我强烈意识到那一点所赐。我意识到脚下这个字不单只有重力的影响,同时也具有反重力的影响。世界就在你的脚下。

(选自《祖父江九启示录》)

六　失而复得

1　"活在我心中的母亲"

"啊，这个……我要怎么做？"听见彬子微微颤抖的说话声。

从阿九的位置无法看到彬子惊讶的表情。

"怎……怎么了吗？"阿九不禁反问，其实心中略知大概。

"哇，越变越大了呀！"

灯关着，只亮着床头的读书灯。阿九用手肘稍微撑起上半身，看着自己的下半身。除了阴暗的关系，加上阿九耸立的阴茎挡着，所以看不到彬子的脸。

"对不起，我是不是做错了什么？"

"不，这不是你……你的错。"

阿九的阴茎昂然挺立。彬子手握着他的阴茎不敢乱动。

"接下来该怎么做呢……对不起。"

"我知道的，请您……您不要那么在意。"

阿九为自己不小心说出敬语而吓了一跳，只好闭上眼睛。其实他跟彬子一样没有信心，不知道接下来应该怎么做。

看到阿九不知所措的样子，彬子主动用脸颊摩搓他的那里。窗外射进来的月光照亮彬子侧脸的轮廓，刺激唤醒了阿九的记忆。

"啊，我感觉到了……娜娜。"阿九不自觉地叫错了名字。

彬子的手瞬间停了下来。阿九可以感受到她抗议的强烈视线，心想得蒙混过去才行。彬子抓着阿九的阴茎，纳闷地侧着头。阿九赶紧将她拉近自己，两人之间夹着一根肉棍。阿九抓着彬子的肩膀转过来，让自己变成在上面。

"刚刚你说的娜娜……"彬子问。

"来……来吧，彬子。"阿九抢着说话，一不小心肉棍抵着彬子的腹部。他赶紧抽身，抓住颤巍巍的肉棍根部稳住。阿九因为彬子娇羞地撑开双腿等待而感到兴奋，又为了找不到安置肉棍的地方而焦急。左支右绌之际，彬子干脆伸出手帮忙抓住阿九的阴茎，四只手支撑的阴茎就像是敲击梵钟的撞钟锤。一阵手忙脚乱，好不容易才放进彬子的入口。

"还……还好吗？哦，彬子，真的没……没问题吧？"

"嗯，只是我有点害怕。"

"万一真的不行，你要马上说呀！"

"啊！"彬子突然大叫出声。

阿九担心被隔壁房间的团员听见丢脸，连忙用手塞住彬子的嘴巴。

"嘘，不可以那么大声，你要忍……忍耐嘛！"

"对……对不起，一下子……突然……忍不住嘛！"

嘴巴被塞住的彬子只好闭上眼睛忍受痛楚、快感和惊讶的袭来。阿九很兴奋，同时又觉得过意不去，但又没有其他办法，只能努力往前顶。

好不容易前头已经塞进去了，剩下的大半部不管怎么挤，却依然停留在外面。两人的腹部之间造成很大的空隙，很想彼此贴近，但就是无法达成。

经过一段时间的奋斗，终于结束了和彬子的第一次结合。相对于筋疲力尽的阿九，彬子则是露出幸福的笑容，安详地睡在他的臂弯。从决定结婚后，已过了将近一年的时间，要是从相遇的时候算起就更长远了。对于不断等待的彬子而言，这也是她放下肩头重担的瞬间。

那一夜阿九一直无法入睡。照理说应该要觉得很幸福才行，但此刻一股莫名的不安却涌上心头。阿九很怕爱上彬子就会害她像娜娜一样死去。才刚要入睡，身体内部就产生奇妙刺痛，让他马上清醒。有种灵魂硬被剥离肉体、心情错乱无法平静的感觉。阿九赶紧拿出暗示石，握在手中。

"阿九……"

果然娜娜又站在床头。阿九的臂弯中躺着彬子。娜娜用悲伤的眼神俯视着阿九，他感觉很难受，先将熟睡的彬子从手臂上移开，然后坐在床上。

"阿九……"

面对娜娜如泣如诉的蓝色视线，阿九想不出解释的理由。

"阿九和她是不能结为一体的。"

娜娜的声音宛如冷风。

"因为我会破坏你们。对不起，你将永远是一个人，直到死去为止。"

阿九心中喃喃自语："那倒是无所谓。因为我并不想找个人爱，也不是寂寞难耐，而是想回应彬子的情意罢了。"

"娜娜会一直在这里等着阿九，在这里等待阿九使命结束的那一天。所以拜托你，请不要爱上其他人。"

阿九点点头。娜娜的眼中盈满泪水。不管是真是假，阿九只想让她的灵魂得到安息。

"娜娜。"阿九低喃。

这时彬子突然抱住了他问："睡不着吗？"

回头一看，她又睡了。只有手臂还紧紧抱着阿九。因为阿九沉默不答，彬子便悄悄起身，大概还没完全清醒，眼睛是闭着的。

"上厕所……"彬子说完跳下床。

床头已不见娜娜的影像，阿九手中握的暗示石则变成鲜红色。石头就像快速奔跑的人心跳一样激烈鼓动。石头发出强烈的警告，阿九的手也跟着颤动不已。

隔天，阿九坐上团员开的小车离开饭店。从静冈车站前到架设帐篷的郊外公园为止，距离约有三十分钟车程。

彬子坐在阿九旁边，这一次敏彦没有跟来，一个人留在东京。

"敏……敏彦还好吧？高中生活还适应吗？"

"嗯，适应得很好。"

"是吗？那太好了。"

阿九和彬子相视而笑。或许是想起昨夜的交合，彬子脸颊微微泛红，用很女人的眼光看着阿九。阿九想起了娜娜，不得已只好将视线移向窗外。

"好快呀，真不敢相信他上了高中，已经可以一个人看家了……今后我应该能多留点时间给你了。"

"不，像现在这样就够了。过……过去真的很谢谢你。"

"哪里，该说谢谢的人是我。"

车子停在十字路口。阿九感觉身体的左半部怪怪的，好像左边有什么东西。抬头一看心想："应该是那个吧，一定是角落那间葬仪社的招牌吧！"

阿九轻轻由上握着彬子的手，她也回握过来。既然已做好心理准备，便再度看向左方，却看不到葬仪社的招牌，而是一条斜巷。从停车的位置刚好被房子挡到，看不见巷子里面有什么。不过阿九心中的预感依然没有消失，心情一样很乱。

"回去之后，我还会去医院看妈的。"

"啊？嗯，那太……太好了。"

"上个月去看她时，感觉很有精神。应该已经没问题了。"

号志灯变了，车子慢慢地开动。阿九注意看着左边的小巷，小巷往住宅区深入，就在中央的位置立着一块大得不协调的葬仪社招牌。

一个月前起，阿九便开始留意到路边的葬仪社招牌。他经常在无意间看到，连续好几次后不禁心觉有异，甚至有时会要求开车的团员改道行驶。然而即便走不同的路，还是会遇到葬仪社的招牌。

那天晚上是赤沼马戏团在静冈为期两星期公演的结束日。舞台上园分铜卖力演出，阿九就躲在厚重的红布幕后面。"飘浮的跑车"上面坐着一群小朋友，为了证明车子没有用看不见的钢丝吊着，园分铜将木棒交给小朋友们，好让他们在飘浮的过程中，不断地用木棒在空中挥舞。观众的掌声久久未歇。

阿九像平常一样注视着移动的跑车。此刻，视野的角落看见熟悉的面孔。阿七就坐在最前面的观众席上，目不转睛地看着阿九的方向。因为突如其来的惊吓，打断了集中的念力，使得跑车差点坠落，观众席中起了一阵骚动。阿九连忙集中意志，将几乎快接触地面的跑车又拉回空中再度飘浮。观众还以为是演出效果，立刻报以如雷的掌声，分铜虽然也很紧张，却面不改色做出更夸张的手势，让自己脱离困境。

等到跑车平安降回地面后，观众席又是一阵欢声雷动。阿九从布幕后探出头注视着观众席，但已经找不到阿七的身影。节目已完全结束，观众们纷纷离席，阿九仍仔细看着观众席的每一个角落。

"怎么了？"分铜上前过来问。

"没有，刚刚我……我妈就坐在最前面。"

"你母亲？可是她不是正在住院吗？"

阿九内心纷乱，无言以对。分铜能够体谅他的心情，于是便默默离开。团员们开始整理场地，直到最后一个客人离去后，在出口帮忙整理的彬子才来到阿九身边问："你还好吧？刚刚分铜先生跟我说了……"

"没……没什么啦！"

这时阿七的身影又出现在圆形舞台的砂地上，感觉像是浮现在忙着整理场地的团员之间。身穿睡衣，而且光着脚丫。没有化妆，身形消瘦。彬子和其他忙着收拾场地的团员似乎都看不见她。

"……阿九，我是来跟你道别的。"阿七面带微笑说话，嘴唇却没有动。

"妈！"

因为阿九突然大声喊叫，吓得彬子用力抓住他的手臂，团员们也都回过头来看着他。

"你要好好活下去，谢谢你能生为我的儿子，和你一起共度的人生很快乐。虽然还有很多事没有做完，但人生就是这样呀！"

阿七边点头边微笑，慢慢消失。

"到了那里，有你爸爸在，还有银次，所以不必为我担心。我们三人会在天上守护着你的。"

"妈！"

消失了。

"啊！"阿九当场跪在地上。

"阿九先生，振作点！你怎么了？"彬子抱住阿九的肩膀，支撑他的身体。

"啊……妈！"

阿九感觉耳膜被紧紧拉扯，所有声音都被吞进耳朵深处。一时之间，他停止了思考。

回到饭店后，有一位自称帮阿七代理主持团体的女性来通知阿七骤逝的消息。尽管阿九已经有心理准备，但还是无法冷静接受事实。坐上团员开的车直奔东京，到了医院后，在园分铜和彬子的陪伴下立刻冲向太平间。阿七静静地躺在太平间的病床上，脸上虽然有些倦容，看起来还是像活着一样。阿九没有流泪，从总一郎的死开始，仿佛活在世上就是和亲友一连串死别。

代理阿七主持团体的女性走到阿九身边，交给他一份阿七生前认定的遗嘱。

"读过之后，你就能明了。上面要求葬礼采用密葬。而且我们也接到指示，密葬由我们负责执行。因为阿七女士在过世之前，还很担心会让媒体知道阿九先生的行踪。这样可以吗？"

"怎么可以这样？"分铜提出抗议。

但阿九无意抗争。既然是母亲的遗愿，他只能接受。于是便制止了分铜，只向对方说了一句："那就麻烦你们了。"

离开医院后，分铜又发表意见："那样子真的可以吗？阿九难道不应该以丧家的名义，好好送你母亲一程吗？"

彬子则是默默地等待阿九的回答。

"所谓的丧礼，就算是密葬，也应该是为今后需要我妈的人们而举办的。相信坟墓的意义也是一样吧，是为活着的人而存在的。可是我并不打算将来和我妈葬在同一个坟里。就算是密葬，我也不想跟其他人一起悼念她的死去。关于我妈的死，我个人会有所处理，而且……"

阿九停住了，分铜和彬子等着听下文，但阿九就是没有说下去。阿九想说的是："我妈还活在我的心中，而且会永远地活着。"

2 "可怕的未来"

悲伤如余震般袭击阿九。尽管他告诉自己："上天是公平的，每个人都会与亲人死别。"然而尽管心里明白，却还是很不容易看开。

还记得失去父亲的那段时期，阿七的目光随时随地都停留在阿九身上。在那强烈而温柔的视线支持下，阿九长大成人。从折弯汤匙的小学生时代起，观众席的最后肯定会有阿七的身影。所有成长的过程中，都少不了母亲关爱的眼神。

失去父母的现在，阿九就像灯光突然熄灭般心生不安。就像迷途的小孩一样，他手足无措，每天只能握着暗示石忍耐度日。

在阿七过世的一个星期后，阿九前去分铜朋友开设的安宁疗养院探望死期将至的赤沼强太。赤沼强太凭着强韧的精神力量和病魔奋战，结果还是没有战胜，几个月前开始住进这间安宁疗养院。看到阿九来访，赤沼满面笑容说："昨天勇太打电话通知说你要来，我高兴得睡不着呀！"

阿九也报以笑容，却不知道该说些什么。看样子，团员们已经将阿七的死讯告诉赤沼，所以阿九觉得没有必要再跟虚弱的赤沼重提此事。

"好……好久没来看你了。"

阿九打完招呼，坐在赤沼床头的折叠椅上。

"虽然常在电话中聊天,不过面对面看到,感觉还是不太一样。真是令人感慨万千呀,不免觉得时间真的过得好快!"赤沼说。

阿九为自己无法常来而道歉。

"哎呀,别那么说,那是应该的。管理马戏团本来就不是一件容易的事,这一点我是再清楚不过了。你放心好了,好消息我都会听到。我有看到报章杂志、电视新闻的好评。而且我也在努力说服医生,让我出院去看你们的表演。"

赤沼露出天真的笑容。

"不过你们真的推出很棒的节目,赤沼幻象秀。我就办不到呀!"

阿九难为情地抓抓头。疗养院的医生之前已经偷偷告诉他赤沼有限的生命概况。看到赤沼高兴说话的神情,阿九在心中告诉自己:"这也许是他人生的最后吧!连赤沼也即将告别这个世界出外旅行了。"

"是呀,请好好期待吧,我们一定会推出很棒的节目让你观赏的!"

彬子也一起来了。因为她已经察觉到刚失去阿七的阿九,会用什么样的心情来面对赤沼。彬子心想,阿九因为不能陪在阿七身旁直到最后的罪恶感使然,所以才会专程过来。

阿九完全不想离开赤沼身边。在病房里,东扯西扯待了将近两个小时才离开。从头到尾,他始终抓着赤沼的手不放,尽管脸上带着笑容,但眼中却充满了悔恨,嘴角的线条也显得严肃紧绷,离去时还不小心哭了出来。这是彬子头一次看到阿九哭。双唇紧闭的赤沼强太也只能一语不发地凝视着他。

最早发现阿九有异状的人是彬子。因为母亲的死,让阿九的心中开了一个洞,而且大到连他自己都没有察觉。在彬子隅田川旁的公寓里,阿九几乎没什么食欲,整天懒散地躺在榻榻米上无所事事。就算马戏团方面有事情要联络，他的应对回答也已经失去了霸气。

"彬子，我……我心中有个难忘的人。"

其实事到如今根本就不必再提起此事，但阿九却突然不怀好意地说出这番话，让彬子感到十分痛苦。

"我知道，是娜娜吧！你以前的太太。"

"她的灵魂还在我身边，一直守……守护着我。"

彬子叹了一口气。

"她有……有时候会站在床头说些怨言。"

"我不会认输的。可是如果你认输了，那我也没有办法继续跟她对抗。"

"这跟输赢没有关系，而是我好痛苦呀！"

彬子不忍看见阿九示弱，只好留下他出去买菜。她一走出家门，强忍的情绪立刻溃堤，趴在电线杆上放声大哭。

"下一次的公演地点是新潟吧？"

吃晚餐时，敏彦对着躺在榻榻米上的阿九问。

彬子担心地问："阿九先生，你整天这样没事做好吗？我知道你心里难过，但你是副团长呀！"

阿九原想回应一声"哦"，却发不出声音。

"刚刚分铜先生来电，他也很担心你。团里的人都在等你回去，离第一天公演只剩三天，你是不是该出发去新潟了呢？我也会跟你一起去，敏彦可以自己照顾自己了。"

"出了什么事吗？"敏彦问彬子。

彬子咬紧嘴唇低头看着阿九。

"阿九叔，你还好吧？"

阿九眨了一下眼睛，视线有些模糊。

"我觉得使不上力,感觉自己好像不是自己。"

"这样一点都不像你!"敏彦说。

阿九不得已坐了起来,试图盘腿。可是脑中一片混沌,就是提不起精神。基本上他能理解阿七的死,偏偏身体不听指挥。他一边叹气,一边拍打脸颊好提起精神。

敏彦突然露出灵机一动的表情开口说:"对了,有个东西我一定要让阿九叔看!"

阿九缓缓地抬起头。敏彦看了一下屋内,将视线停留在桌上,嘴角微微绽放出笑容说:"看着那个!"

阿九和彬子循着敏彦的视线凝视着杯子,里面装有水。

"我要让杯子里的水浮起来。"敏彦说完,眉头开始用力。

彬子扑哧一笑说:"怎么突然说这个呀?"阿九则默默看着杯子。

不久之后,水面开始震动,水像气球般从杯子里浮上来,然后又像一颗大泡沫飘浮在房间里。

"好棒呀!这不是阿九先生帮忙,而是敏彦自己办到的吗?"彬子难掩兴奋地问。

敏彦表情认真地注视着水球。水球在三人眼前移动,来到流理台上方,然后随着突如其来的重力,"啪"的一声发出巨响,坠落在水槽里。

"怎么样,阿九叔?很厉害吧?"敏彦得意地问。

"你什么时候会的?"彬子问。

"什么时候呢?大概是一个月前吧!我一直瞪着铅笔,心中念着飘起来吧,结果就成功了。后来我又偷偷练习,不断地训练。"

彬子回头看着阿九,阿九则是看着敏彦说:"敏……敏……敏彦……"

"阿九叔,什么事?"敏彦一脸得意。

"那种能力不可以随便展现给别人看，否则会像我……我一样变得不幸。"

敏彦脸上立刻失去笑容。阿九移开视线，眺望窗外的夕阳。

阿七出现在阿九梦中，一副欲言又止的样子，结果什么都没有说。她的背后站了一大群人，虽然很暗看不清楚，但是站在阿七右边的高大身影肯定是父亲远藤匠，至于左边有些驼背的男人应该是银次吧！还有外公勘六和外婆阿三。在他们后面还有许多人影，都是曾经在这个世界活过的人们。究竟过去有多少人从这个世界死去呢？照理说人世间有多少人出生就会有多少的死者，总有一天，自己也会加入他们的行列。

阿七转过身去，其他死者也跟着转过身去，然后一起走向黑暗之中。

"妈！"阿九不禁大叫。

阿九在惊叫声中醒来。拭去汗水坐在床上，看着睡在旁边的彬子和敏彦。眼前是活着的人安稳的睡容，他心想："我不可能永远都和他们在一起的。"

突然感觉脚边有动静，仔细一看，不知从哪里跑来一只黑猫坐在昏暗的被窝上。那是悲慕大师在这个人世的化身，黑猫舔了舔脚说："阿九，你忘记了吗？"

阿九反问："忘……忘记什么？"

"九度救人……"

"哦。"阿九沉吟一声，想了起来。

"在那之后，你救了多少人呢？"

"悲……悲慕大师，不行呀，我……我真的办不到。我实在无法救人。因为太忙，还让母亲一个人孤单过世。又因为太悲……悲伤的关系，身体疲软到连自己都需要求助于别人。"

黑猫躺在被窝上，做出用背部推挤棉被的动作，然后又猛然站起来用前脚抓头。

"人要救人诚然很困难。可是阿九你还有时间，这时候你应该好好想想自己能做什么！"

"我实……实在没办法九度救人呀！"

"不用心急，自以为是的人是无法救人的。你必须舍弃一切欲望面对自我，这么一来，总有一天你才能救别人也救自己。"

新潟公演的第一天，红色跑车上坐着四个年轻人，不管分铜如何大声地念咒语，极其夸张地做动作，跑车就是飘浮不起来。跟平常一样躲在布幕后面的阿九发动念力，却连一公分也无法让红色跑车飘离地面。全场只有急促的小鼓声不停地回荡着，团员们一发现异状，便立刻聚集在幕后。驯象师勇太和空中女飞人樱子在一旁守护着阿九，阿九整个人像雕像一样僵直，额头不停冒着汗水。他很努力想集中意志，终于还是无法让跑车飘浮起来。

五分钟过后，观众席内开始鼓躁时，分铜赶紧夸张地抱着头倒在地上。当然他是在演戏，但是冲上来的团员们不知道。勇太对着继续演出痛苦表情的分铜大喊："你还好吗？"

分铜一把抓住勇太的手说："笨蛋，问题不在我，我没事！而是阿九先生怎么了？出了什么事？"

吃惊的勇太连忙看了一下周遭，才压低声音说："我也不知道呀！"

"总之，先跟观众说我病倒了，拿担架过来将我抬进去。"

勇太立即跑开。在担架被送上舞台前，观众之间一阵哗然。阿让握着麦克风宣布公演暂停。阿九身体依然僵直，彬子和分铜上前叫他,他连眼睛都不眨一下,只是茫然地瞪着前方。

"你还好吗?"

彬子抓住阿九的手臂撑着他的身体。阿九这才回过神来,大大呼出一口气,一副做噩梦的神情,当场跌坐在地上。

"副团长!"团员们一拥而上。

阿九抬头看着大家,声音颤抖地说:"我突然不知道该怎……怎么做了,我想不出来到……到底过去是怎……怎么让跑车飘浮的?"

团员们飞快地面面相觑,似乎大家都看到了马戏团即将面临的可怕未来……

3 "收手时刻"

一旦阿九无法运用超能力举起跑车,以此为卖点的马戏团便很难继续公演,因为观众的目的就是看飘浮的跑车。事到如今,总不能恢复成旧有的马戏团节目。于是,赤沼马戏团以诡异赤沼生病为由,取消了新潟的所有公演,并接受退票,而且还必须对赞助的企业、自治团体、支援演出的当地居民说明诡异赤沼的假病情。彬子代替阿九带着年轻团员到处出面低头赔罪,由于取消公演产生的损失多半是产物保险所不能理赔的,因此增加了马戏团不少负担。

距离东京公演还有一个月的缓冲时间,阿九的超能力是否能够恢复也还是个未知数。万一公演再度取消,马戏团肯定难以存续。深感责任重大的阿九在团员的守护下,不断在没有观众的场地里,以跑车为对象进行练习。可是不管他再怎么努力,跑车就是飘不起来。

园分铜建议阿九:"应该是太累了,或许应该先休息一阵子再说。"

阿九轻轻摇头回说:"可……可……可是东京公演已经确定了。到时会有大批媒体过来,票也几乎都卖光了,要是这么大的舞台开天窗,马戏团肯定会倒的。我怎么对得起和病魔努力奋战的赤沼团长呢！"

那天晚上，阿九在梦中遇到小时候的自己。还是个小孩子的他，正面对着电视台的摄影机。那是梦，也是他在追忆九岁时的实际经验。西高宫小学工友室挤满了人，大型摄影机正在拍摄阿九的手，可是阿九无法折弯汤匙。之前的彩排还很顺利，偏偏到了实况转播时，汤匙却不听指挥，完全不产生变化。阿九肩负着全校师生的期待，结果无法满足他们的期待。人们的期待立刻变为失望，微笑从包围着阿九的人们脸上消失。

"好像没有折弯耶！"主持人说。

导播指示先上广告。

"看起来不像是会成功。"

导播的口吻充满怒气。

阿三在一旁小声辩解说："对不起，那孩子平常都能折弯的。"勘六则是绷着一张脸看着窗外。结果到了广告结束之后，汤匙还是没有折弯，就这样直到整个转播结束。其他人一句话也没说，纷纷从阿九身边消失。

唯一留下来走到阿九面前的是总一郎。阿九一看到他的脸，就控制不住紧绷的情绪放声大哭。他抱着阿九安慰说："没事了，阿九。没什么好难过的，重要的不是把汤匙折弯。"

"可是，大家都失望地走了。"

"你应该得到了一个教训，那就是：不要老是想满足别人的期待。如果人生只是为了应付那种期待的话，你肯定会变成无聊的人。幸亏汤匙不能折弯，让你的人生不至于走岔。只要这么想，就会觉得今天是多么幸运的一天呀！"

阿九在半夜中醒来，眼角已然濡湿。为什么当时没有听总一郎的忠告呢？只因为自己无视他的忠告，才会遭受这么多的悲伤打击。阿九坐在床上，用双手摩擦自己的脸，一次又一次地用泪水擦洗濡湿的脸。

赤沼马戏团以木更津山中的一座牧场为据点，建有动物的牢笼、仓库和帐篷式的训练场。原本在新潟公演结束后，马戏团预定放一个星期的假，但在状况发生后便临时改到牧场休息。

取消公演带给团员们精神上的冲击不小，他们只能等待阿九恢复正常，而阿九也来到训练场，整天面对着跑车发动念力。

"可是已经出现征兆了，不是吗？稍微可以飘浮起来了，又不是完全没有希望。"驯象师阿让安慰阿九。

"不行，只是那种程度，观众怎么可能接受？大部分的观众以为这是魔术，不是只要能飘浮就过关的！"

阿九无力的声音引起团员叹息连连。

"不要急，慢慢来吧！只要恢复健康，自然会成功的。"勇太也插嘴安慰。

阿九拍拍勇太的肩膀，离开了训练场。

由于牧场里的动物是采行放养的方式，因此平常关在笼子里的动物们，终于可以在这片广大的草原上尽情地跑跑跳跳。阿九看着它们，对比自己的人生。和风吹过牧场，阿九转动脖子，疏松僵硬的肩膀筋骨。伸伸懒腰后，又做了几次深呼吸。他想起了昆虫研究家田崎勇三在阿苏山麓经营的露营场，和那群嬉皮青年、修行人共度的日子。距今已经有三十年的岁月流逝。当时的记忆还历历在目，每一件都是遥远的往事。时代改变了，每一天世界也在进行些许的变动。活着的人相继死去，也随时随地都会有新的人出生。

或许自己是有些累了吧？阿九不禁苦笑。自以为自己不虚伪、很努力地活着，但人生却是一连串的难以预测。随波逐流之际，才发现已被冲到陌生的海岸边。

周末，彬子难得带着敏彦来看阿九。阿九让敏彦骑马，起初有些害怕的敏彦，在逐渐和马熟悉之后，马竟然主动亲近他，而他也愉快地骑着马逛牧场一大圈。远藤匠还活着的时候，阿九也曾像这样在赤沼马戏团让父亲教他骑马。阿九嘴角露出微笑，脑海中浮现牵着马的父亲影像，也看见了骑在马上的年幼自己。接下来的瞬间，阿九又绷紧了嘴角，因为他想起了生离的亲生儿子阿弥。

不管再怎么忙，阿九每天都会想起阿弥一次。因为这么做只会让自己伤心难过，所以阿九尽可能不去多想。一旦死心认定今生无法再见，就会有一股椎心刺骨的悲恸涌上胸口。阿九将阿弥的影像和骑着马的敏彦重叠在一起，眼眶立刻充满了泪水。

为了敏彦的到来，大家决定午餐在户外烤肉。团员们也想趁机提振阿九的心情，个个都热心地帮忙准备。他们烤了附近采收的玉米和当地居民制作的香肠，敏彦则兴奋地大叫："这是我第一次吃到户外烤肉！"看到他的天真无邪，沉闷许久的团员们脸上也恢复了昔日的光彩。

"你将来要做什么？"年轻团员问敏彦。

"我呀……嗯……还没想过。不过……对了，我也想在马戏团里工作。"

所有人都笑了。

"因为我喜欢动物，而且我也很喜欢像这样在外面吃饭。你们一向都是像这样快乐地用餐吗？"

"怎么可能每天都吃烤肉嘛！"

敏彦边抓头边笑。

"以后请让我到赤沼马戏团工作！我从以前就很有兴趣，不用马上也没关系。我想先从学徒开始，不管是帮忙照顾动物或是架设帐篷都可以，之后我还想跟阿九叔学习表演超能力秀。"

所有人的脸上都失去笑容。

"不行吗？"

"也不是不行啦……"年轻团员考虑到敏彦的心情说。

阿九慢慢站起来当场离开。大家都能感受到阿九的焦躁不安，只好都低着头不说话。

分铜开口说："敏彦，现在时机不太对，这件事以后再说吧！"

"我听妈说过，假如是跑车的事，一定不会有问题的。因为我有预感。"

彬子跟在阿九身后，直到大树下才追上了他。两人并肩站着眺望牧草地。

"对……对不起，事情变成这样。"

"你为什么要跟我道歉？"

"可……可是多出这些负担，连你……你也跟着受苦。"

"怎么会是负担呢？我是你的妻子，所以请你不要连我都在意。有苦大家一起分担吧！"

阿九沉默地将视线移开。彬子皱着眉头问："这样不行吗？"

阿九闭上眼睛。

"阿九先生，难道我就不行吗？"

"对不起。"

"阿九先生。"

阿九张开眼睛看着远方。

"除了……我以外，应该会有跟你更匹配的人吧？"

"……你又要重提这个话题吗？"

阿九背对着彬子，那是一个虚弱而疲惫的背影。

"那我就去找别人啰!"

阿九点点头。

"可以吗?"

"我昨天做了一个梦。"

彬子的表情僵硬。

"什么样的梦?"

放养的马跑向牧草地的另一边。阿九的视线追着马说:"我梦见自己突然使不出超能力。我已……已经无法折弯汤匙,我……我……我成了普通人。"

在梦中不管如何发动念力,就是折不弯汤匙。

"只……只能说是随……随着年龄增长,超能力减退了。最……最近这些日子,力……力量渐渐减弱了。"

阿九看着身旁的彬子。

彬子微笑地说:"那不是很好吗?变回普通人很好呀!而且不管你是超能力者也好,还是普通人也好,对我来说,你就只是一个男人。"

阿九有些难为情地露出苦笑。

"我不知道今后会遇到什么样的问题,我只希望能够一起生活。因此我们需要的不是超能力,而是爱呀!"

"是……是吗?"

"嗯,没错。你的存在本身就是个奇迹。我们能够像这样相遇也是奇迹。人生苦短,谁都不知道我们还能在一起多久,就算只有一天能够过得长久、安静而丰富也足够了。我这么说你可能会误会。你常常口中说是为了世界和平、为了人类,悲慕大师晓谕的九度救人,我也觉得很伟大。然而,我并不觉得你有必要做到那些事。前世的罪过必须用今生来偿还,真的有那种必要吗?我反而认为人们应该先振作好心情,从善待身边的人做起就够了。只要身边的人幸福,那种幸福感扩充到世界，结果也就对世界和平做出了贡献，不是吗？"

彬子的话，说中了阿九的心声。

"请你不要想太多。不行就算了，有什么关系呢？如今回想起来，或许你用特殊能力从事那种夸张的表演根本毫无必要。毕竟团员们还年轻，一定可以东山再起的！这也许是个把马戏团规模改为适合他们能耐的大好机会吧！就算因为经营困难而倒了，那也是没办法的事。我一直都觉得你实在没有必要那么勉强自己。所以就某种意义来说，或许是该收手的时候了。"

彬子的话在阿九心中激起回响，也或许那些正是自己内心深处所思考过的意见。两人重新面对面站好，正当阿九要说出感谢的话时，分铜突然冲了过来。

"不……不得了了！"

分铜的声音划破了牧场安静的空气。彬子慢慢回头，只见分铜一边挥舞着手又大喊了一声："不得了了！"

"又有事了？这次又是出了什么事呢？"彬子叹息说。

分铜一跑过来便指着练习场的方向，催促说："快……快来，你们快过去看看！"

阿九和彬子随着分铜一起来到练习场时，团员们的视线都集中在飘浮的红色跑车上。那真是一幅奇妙的光景。倾斜的车身在宽阔的半空中，不稳定地摇晃着，团员们都惊讶得说不出话来，目不转睛地看着眼前发生的奇迹。而敏彦就站在那辆跑车正下方，双手握拳，两脚张开与肩同宽，脸部向上瞪着飘浮的跑车。不久之后，跑车开始绕练习场转了一圈。

"敏彦！"彬子大喊。

敏彦受到惊吓，回头去看。于是跑车就像被切断悬挂地钢琴线一样，突然直直往地面坠落。附近的团员们连忙闪开。有些女团员跌倒在地，还好没有人成为肉垫。

"妈，我只是试看看就成功了。"敏彦边笑边说。

4 "两人三脚"

敏彦可以让跑车飘浮起来，至于让跑车在空中移动，则需要靠站在旁边的阿九偷偷帮忙。借用敏彦之力，阿九也可以自在地操纵跑车。只要两人合作，就有可能让"飘浮的跑车"继续演出。

敏彦表示自己很想帮忙，可是阿九觉得很烦恼。一旦让敏彦站上舞台，他的人生将无可避免地产生重大的变化。人们会用特殊的眼光看他吧！就算敏彦是很优异的超能力者，毕竟心智还未完全成熟，仍会有误入歧途的风险。正确指导超能力者，比教他念书还要困难多了。可是如今能够解救陷入困境的马戏团的，就只有敏彦了。

"你很担心敏……敏彦吧？"

"嗯，不过那孩子没问题的，应该可以胜任吧！"

阿九看着彬子的脸说："你担……担心的应该是以后的事吧？已经自觉是超……超能力者的他，今后会步上什么样的道路呢？为人父母当然不希望他和踏上和我一样的人生呀！"

"阿九先生，你拥有正确使用那些能力的观念和方法，可是敏彦的年纪还不知道什么是正确的，我担心他拥有超能力，却对人生有了误解或是走错路，那可该怎么办才好呀？"

"那也是我所害……害怕的。"

"他很得意地让家里的东西——飘浮起来，对我说：'妈，你看，我很棒吧？'他的确进步得很快，但这让我反而更加担心。我担心他的能力和心思没有同步成长。"

"最……最初当我被媒体拱出来的时候,只能够折弯汤匙而已,让东西飘浮起来是以后才有的能力,可是敏彦竟然一下子就能让跑车飘浮。小……小时候他在我身边,和我近距离接触,我想大概就是因为这样才让他潜在的能力迅速开发吧!"

"嗯,大概是吧!"

"而且他的能力可能会超越我。实际上,敏彦的超能力根本无法预测。现在他只是能让东西飘浮,移动空间的能力和透视能力还没有完全具备,但那资质已在他心中滋长。实……实在无法想象今后他还会表现出什么样的超能力!"

"那我们该怎么办才好呢?"

"他已经发现自己的能力,事到如今也不可能回到从前,接下来只能指导他成为正当的超能力者。这是我……我的责任,我考虑收他为正式弟子,指导他成为正当的超能力者。"

"啊,那太好了。只要你愿意,我相信敏彦也一定做得来。"

"我需要你的协助。"

"那是当然,我马上就跟敏彦说。"

阿九用力点头,彬子的脸上恢复了笑容。

敏彦很高兴能成为阿九的弟子。他本来就是个乖孩子,一旦阿九开始正式指导,他也就顺从地听从指示。

"听好了,不可以在外人面前随便展现超能力,就算在学校想要赢得某人好感,也不可以展现超能力来达到目的,要学着像电视上的超人一样。"

"超人?"

"嗯,平……平常是一个报社记者,过着普通的生活,有必要时才会出动。还有,必须像他一样谦虚才行。总之,你要跟超人好好学习！"

"我会学习超人的。"

阿九摸摸敏彦的头。因为他知道敏彦心中的正义感，也是自己过去所拥有过的。

"如果你随便展现自己的才能，很快就会成为大家瞩目的焦点。于是很奇……奇妙的是，大家在你面……面前都只会说好话。可是我……我们的任务是看穿万恶，因此我们必须隐身在普通的世界，像超……超人一样过着普通的生活。下次我们一起看超人的电影吧！"

敏彦顺从地点头。

"有些人误会我……我的能力，变成疯狂的信徒，害我唯一一次的人生从此被打乱。就像你知道的，我必须变装才能出门。敏……敏彦你还年轻，总不可能让你像我一样躲躲藏藏地过日子吧！要是真的这样，你将无法上学，也不能谈恋爱。超人因为不想让人用异样的眼光看自己，隐藏了自己的真面目。那样不是比较酷吗？与其到处展现能力，愿意偷偷贡献给社会的人，我才肯承认是我的弟子。"

"是，阿九叔！不对，应该是师父！我知道了，我会默默学习的。"

阿九和敏彦开始训练的课程。敏彦的超能力很强，但不稳定的地方也很多，所以让飘浮的跑车移动，就成了阿九最主要的任务。奇妙的是，只要敏彦在身边，阿九的能力就会恢复。只要练习过一次，彼此就能够相互配合。什么都不必说，对方就能够理解。要是一方有不足的地方，另一方自然会出手相助。

"敏……敏彦拥有的能力波长，和我……我的波长简直一模一样，我们就像亲生父子一样搭配得天衣无缝。"

"师父，谢谢你。很高兴能听到师父这么说。"

园分铜和彬子也重拾过去的开朗。每当跑车在帐篷内飘浮旋转时，团员之间便笑声不断。因为阿九把敏彦当作失踪的儿子，投注真正的亲子之情，敏彦也很顺从地接受，认真思考自己被赋予超能力的使命。

"师父，我将来应该成为什么样的超能力者比较好呢？"

"听好了，敏彦。这种能力是神明赐予的礼物，并不是每……每个人都有的。神明希望通过赋予一些人这种能力，让他们尽可能代替自己带给地球和平。至于要怎么使用，是你的自由。神明一定会在天上好好看着你的，万一你……你……你做错了，你的能力就会被收回去。所以当你在行动的时候，一定要想着举头三尺有神明。就算会遇到种种诱惑与欲望的纠缠，也要想着自己随时被神明看着、被神明期待着才能行动。虽然很辛……辛苦，但这也是被赋予超……超能力的人应有的使命。"

"好酷哟，我会努力的。我绝对不会把这种能力用在不好的地方，也不会为了自己的野心或是满足自己的欲望而乱用。我会用在帮助别人，帮助有困难的人们身上。"

少年纯洁的心意与话语让阿九感受到心灵被洗涤般的清新。接下来，只要随时留意不要让坏人靠近敏彦就可以了。阿九召集团员们，指示大家团结起来保护敏彦。

东京公演盛大地开幕了。第一天大家都很紧张，反而是初生之犊的敏彦提振了阿九和团员们的士气。跑车轻松地飘浮在空中，观众席欢声雷动。大批媒体涌入，隔天的报纸也大幅报道！

奇迹般的幻象大师诡异赤沼所率领的赤沼马戏团，演出成功！

连日来都客满，舞台上充满热烈的回应和活力，很快地便决定要追加演出。

阿九和敏彦站在舞台边一起发动念力，丝毫没有问题。观众们也能安心地观赏演出。

"安可！"

"安可！"

在舞台中央努力表演的园分铜赢得了观众们热烈的掌声。

所有的节目表演结束，观众们都回去后，阿九一个人在帐篷里，坐在椅子上看着星星。狭小的东京夜空上，有着可爱的星星微微地绽放光芒。阿九心想，能够这样顺利渡过难关，应该感谢谁呢？周遭有太多需要感谢的人了，阿九一个一个想着他们的脸，在心中默念："谢谢。"

在教导敏彦如何做好超能力者的同时，阿九也意识到自己必须重新学习。他似乎终于能理解悲慕大师意在言外的晓谕了。所谓的救人，或许当心存救人的邪念时，是无法完成的。而是在拼命想要被救的同时，不知不觉间人才能够救人。这个世界肯定也是在人与人的相互支持下才能运转的。

而他也体会到，所谓的九度救人跟次数无关，应该是指要经常地感谢他人吧！阿九望着闪烁的星星发现，唯有保持谦虚的心，才能面对他人，也才能救人。

"谢谢。"阿九对着天空再一次地道谢。

结果听到"彼此彼此"的回应。

连忙寻找声音的方向，看见彬子站在那里，还有敏彦。阿九站起以笑脸相对。

"这孩子说要像超人一样默默地努力。"彬子说。

敏彦微笑回应："因为我和师父说好了嘛！我可是师父排名第一的得意弟子呀！"

阿九将手放在敏彦头上说："你是我最信赖的弟子。不过听好了，敏……敏彦。不管是第一或第二都不重要，如果你只在乎名次胜负，就无法成为真正的超人了！"

"是。"

"今后还会有很多地方需要借助敏彦的力量。我对……对你的期待很高，所以明天你要全力发挥自己的能力，今天就早点回去好好休息。白天还要上学，现在这个时候去睡觉，就是你最重要的工作！"

"嗯，我知道了。明天一放学，我就会立刻赶过来。"

"谢谢，我由衷感谢你们两人。"

"我们也是。阿九先生，请不要太勉强你自己。那我们就先告辞了。"

彬子和敏彦一边挥手一边踏上归途。在门口传来年轻团员充满活力的笑声，大概是敏彦离开前跟他们说了些什么话吧！想象着他们和乐的画面，阿九不由得心生感谢之意。他们的笑声中已经不再夹杂不安和恐惧，只有灿烂的未来无限开展着。

"太好了！"阿九默默地对着天空低喃。

5　"不速之客"

马戏团的东京公演在盛况中闭幕了。公演中，敏彦的超能力以惊人的形式灿烂开花，最后甚至不用阿九帮忙，也能一个人自由自在地操纵跑车。

另一方面，阿九的能力则明显地快速衰退。阿九为自己即将结束的任务感到难过，而且必须用酒精来排遣内心的寂寞。

"你最近似乎喝了不少酒。"彬子担心地询问。

"一……一不小心就会拿起来喝。"

"下个月有名古屋公演，你可要好好管理自己的健康。对马戏团而言，阿九是很重要的存在呀！"

阿九冷冷一哼说："我……我已经没用了，我连汤匙都无法折弯了。"

"才不是那样，你只是累了。而且我得提醒你一句，普通人本来就折不弯汤匙的。"

阿九苦笑说："那倒也是。"

尽管心里想着那种事根本无所谓，却还是很在意。

"我也不知道为什么，只是觉得帮不上大家的忙，有些难过。"

"所以敏彦才会代替你出来呀！"彬子说完后心知不妙。

阿九一时之间表情紧绷，但立刻又掩饰地发出一声"哦"，却无法继续说下去。

"敏彦是你的弟子，弟子帮师父分担工作是天经地义的嘛！"

阿九轻轻点头，好不容易才恢复微笑。

那天晚上，祖父江九又做了噩梦。他想使用超能力救人，却想不出使用方法，结果眼看着那个人无法获救。醒来时，浑身冷汗。敏彦和彬子就睡在旁边。阿九用手掌擦拭自己的脸，仿佛自己的人生已走到了尽头，连皮肤的感觉也变得迟钝了。用手掌擦拭脸的时候，完全感受不到皮下的温暖和精气。

"阿九。"有人在叫他。

阿九坐起身子，看见脚边的黑猫。

"悲慕大师……"

"特别的能力开始消失，会逐渐变回普通人。你现在的心情怎么样呢？"

阿九端正姿势坐好。

"我不知道。好像有些难过，又好像放下肩头重担，心情很复杂。想到今后自己会变成怎么样，就觉得不安。"

"重要的是，"黑猫说，"接受事实。"

"接受吗？"

"而且还要深究。"

"深究什么？"

"就是要更让自己安心。"

阿九无言以对。

"对了，我所说的九度救人，你有做到吗？"

"没有，救人的事哪有那么简单。我连要救的对象都没找到，拖拖拉拉之际，时间就错过了。如今又像这样，我的特殊能力也开始消退了。"

"没有特殊能力就不能救人了吗？"

阿九这才发觉自己一向都是仰赖那些能力活着。

"现在你更应该思考那句话的重要性！"

"是。"阿九回答，但其实完全不知道该怎么做。

"今后你还会遇到许多的试炼，但不管任何时候都要用平常心去面对！听清楚了，平常心是道。"

阿九在心中复诵："平常心是道。"

"就算遇到再怎么悲惨的场面，也要找出其中人生的意义和值得感谢之处。这么一来，对于今后的人生才会有不同的见解。"

黑猫抬起头，向招财猫一样举起右前脚对空挥舞。黑猫一拱起身体，立刻就不见踪影。阿九再一次在心中默念："接受，深究，安心。"

"平常心是道……"

茉莉：

　　这封信又隔了一段时间。这么一想，每次写信给你几乎都是我心情低落的时候。看来当我心情不稳定、失落沮丧、老是怀念过去的时候，就会开始写信。对不起，也很谢谢你愿意听我唠叨。

　　我现在身边有不是家人却跟家人一样的人们陪伴。之前我也提起过，他们是当我不需工作时，和我一起生活的女性和小孩，他们两人有血缘关系，但是和我则没有。两人都是很好的人，和他们在一起，我的心情就能得到安抚。只是，每当我们一起外出逛街时，经常会被误认为真正的一家人。这让我感到既高兴又难过，感觉很复杂，因为这会使我想起如今已不在人世的娜娜和行踪不明的儿子。无法抹掉的过去，会在突然的瞬间想起失去的东西，变得支离破碎。

　　我越是幸福，就越觉得对不起他们，同时也对彬子和敏彦感到过意不去。换句话说，我对他们双方都有罪恶感。更糟糕的是，这种心情彬子也能感受到。我只顾着留恋昔日的光彩，想必她的内心应该很不好受吧！我很烦恼，不知道该如何是好，我无法像爱娜娜一样面对彬子。或许跟彬子长得跟娜娜有些像的关系吧！虽然我曾答应过彬子要跟她结为夫妻，但是却受到过去的影响，而迟迟无法履行约定。

　　日子变得很难过，每天都很煎熬。我和她之间有着一道看不见的河川，水面不宽但水流很急，无法轻易渡过。两人各自站在几乎伸手可及的岸边，但却因为没有桥，水流又湍急，而使得我们无法渡河……照这样下去，我们肯定无法获得幸福，而我也不能给她任何幸福。我很烦恼这件事，感到很愧疚。我不知道该怎么办。因为不知道，只好每天假装视而不见，无条件地接受她的温柔。可是有一点我很清楚，我绝对不会忘记娜娜。大概就算和彬子在一起，那些和娜娜生活的回忆也会侵蚀我们的现在吧！因为我已看到结果，所以迟迟不敢踏出脚步。人生中有许多河川，你现在眺望的是什么样的水面呢……

我的岸边还没有开花，看来春天到来还需要很长的一段时间，又或许根本就不会来了吧！

祖父江九上

阿九和彬子等敏彦放学回家后，三人便一起前往千叶的马戏团训练场和有仓库的牧场，那里有马戏团的训练场和仓库。坐在电车上，右手边是海洋。过了河后，在山里改搭巴士。从敏彦兴味十足眺望窗外的侧脸，可以看到孩童欢喜远足的天真无邪。

"马上就到了。"敏彦的口气雀跃不已。

"是呀，该准备下车了。"彬子说。

三人一走进帐篷，园分铜就冲上来大喊："不得了了！"

"又来了，这次又是什么事呢？"彬子低喃。

"听说名古屋公演的票一天就卖光了！"

"哎呀，这真是太棒了！"彬子说。

敏彦微笑地看着在场每一个大人的脸，只有阿九没有笑容。

"是吗，那就要追加公演啰？"

"一个星期之内，同样的场地可以追加公演。"

敏彦跑去找年轻的团员们。远远传来谈笑声。看来，他已经和团员们混得很熟了。马戏团里应该没什么称得上是问题的问题，阿九在心中低喃。除了已失去超能力的自己……

"要求采访的有五件，电视台和报社，还有电视台旗下的唱片公司问我们想不想发行DVD，标题是'幻象大师诡异赤沼的世界'。"

彬子又惊呼一声："真的吗？好棒呀！"

"过度密集的采访不太好吧？可能会让运用超能力的事曝光。"阿九冷静地提出意见。

"我会让敏彦坐在观众席偷偷操控，这么一来应该就不会被发现。"

分铜的这番话反而更让阿九的心情低落。因为他很清楚地说到敏彦的名字。

"说得也是。没……没错，照你说的那么做，应该没问题……"

阿九怕被看穿自己的心思，赶紧回答。他其实也很讨厌心情低落的自己。

这时，背后传来年轻团员们的叫声。阿九和彬子、分铜连忙转过头去。只见飘浮在空中的跑车就像陀螺一样开始旋转，速度很快。所有团员纷纷转头眺望眼前这个比平常更加脱离现实的奇妙光景。敏彦的能力显然比自己所拥有过的力量高出好几倍，阿九已经不知道该如何指导他。同时，一想到失去超能力的自己今后该如何带领马戏团走下去，就觉得头晕目眩。

彬子向他告别，是在名古屋公演结束日的早晨。即使她没有明说，但是从她认真的眼神中，阿九知道那是最后通牒。

"我不喜欢说结论，可是我想我已经等不下去了。虽然我曾跟老太婆发誓要帮助你，看来我是办不到了。我只是一个弱女子，既然得不到你确切的爱，这样生活也只是徒增痛苦。"

"我了解。"阿九表示同意。

"你太伟大了，而我又太过无力。对我来说，你永远是大师、是副团长、是我尊敬的阿九先生。我无法像娜娜那样和你平起平坐，甚至表现得稍微亲昵些。这样的我，终究是无法爱你的。"

阿九可以感受到彬子的失望，所以保持沉默。

"我决定离开你，也离开马戏团，但敏彦则会继续留在这里。"

泪水涌上阿九的眼角，他什么都不能做。因为阿九明白放开彬子，对她而言将是一条通往幸福的路。自己无法再绑住彬子，必须还给她自由。

"彬……彬子，你一定会找到适合你的人。"

彬子突然放声痛哭，哭声大到几乎快震穿阿九的耳膜。阿九头一次看到感情如此迷乱激动的彬子。

"不……不要找像我这样无可救药的人，我……我无法忘记死去的妻子，请你去找打从心底爱你的人。跟你说这……这种话，我很过意不去，但我没有被你爱的资格。这几年来，你为我……我尽心尽力，我真的由衷感谢。"

彬子趴在地上痛哭不已。

6 "时间"

时间继续流动，阿九逐渐被世人所遗忘。不变的是他手中依然握着暗示石，而石头已经好几年都没有改变颜色。

因为不做事光吃的关系，阿九变胖了，燕尾服底下根本不需要塞毛巾跟海绵。脸部因为喝太多酒而浮肿，一头及肩的白发让他再也不需要戴假发了。加上视力衰退，脸上戴的已不是平光眼镜，而是名副其实的厚重黑框眼镜。

彬子和一名企业家再婚，生了一个小孩。赤沼强太过世后，马戏团的所有权转让给阿九。阿九虽然成为赤沼马戏团的老板，但实际上只挂名，经营仍交由园分铜掌管，由他来带领年轻团员和管理马戏团。敏彦则取代了完全失去超能力的阿九,表现得十分活跃。

目前马戏团来到了大阪。

在大阪公演期间,阿九虽然来到了会场,但却像半退休的小丑一样,只负责引导走失的小孩或帮忙发发传单。他绝大多数的时间都待在帐篷,从白天就开始喝酒,无所事事地躺在长椅上打发时间。悲伤的回忆如海浪般不断席卷而来,使得他不得不靠酒精麻醉自己,每天都活在幻觉之中,常常需要团员的搀扶才能回到住处,不时还会跟团员和酒馆的客人起冲突。担心他的园分铜不时会提出忠告,却换来阿九恶言相向:"你现在倒是变得很伟大了!"

不了解情况的新进团员中,甚至有人暗地叫阿九是"没用的小丑"。

受到厌世心情的支配,做什么事都提不起劲,阿九每天都过着自暴自弃的生活。心想上天已经放弃自己,一口喝光酒瓶里的酒精时,突然感觉视线前方闪着一道蓝白色的光。会是什么呢?阿九仔细再看,原来是暗示石。一如在黑暗中找寻掉落的钱币,阿九爬向石头所在的桌边,用双手捧起暗示石放在掌心。平常是一颗灰色的小石头,发出不好的预兆时会变成红色;然而暗示石现在却是由内侧散发蓝白色光芒。阿九心想,即将发生什么事呢?石头又在暗示他了。顿时酒意全消,他将意识往头上集中,试图看清未来。

隔天开演前,分铜走过来通知阿九:"有位名叫寺内早纪的小姐想见你,你认识她吗?"

阿九立刻明白暗示石的蓝色代表什么意思。不久之后,分铜带来一对年轻男女。茉莉的女儿跟她长得很像,阿九差点还以为来的是茉莉本人。旁边站着一位似曾相识的青年,但阿九想不出对方是谁。

只是从他站立的姿势、长相，不免有种怀念的感觉。因为急着从椅子上站起来，阿九的脚步有些踉跄，还好有分铜帮忙撑着才站稳。

女孩自称是"早纪"，温柔地看着阿九微笑。身旁的青年则是用生硬、片段的日语自我介绍：

"我叫Ami，我很想见你。"

记忆在一时之间无法轻易联结上。一方面是因为岁月无情流逝的关系，也因为酒精导致双眼蒙眬。眼前看到的是双重影像，思考也变得迟钝。

"早纪和Ami……早纪和Ami……"

阿九像是咀嚼般不断在口中重复这两个名字。

"我母亲要我们务必跟您联络上。"茉莉的女儿口齿伶俐地说明。

奇妙的是，比起跟茉莉本人亲自见面，她的女儿更给阿九接近茉莉、怀念茉莉的感觉。因为她身上充满许多茉莉的童年印象、味道和记忆。儿时幸福的回忆在脑海中回荡，终于使得阿九眼泪夺眶而出。

分铜抱着阿九的肩膀说："这样不好看，快别哭了。人家专程从大老远过来看你。"

"是这样子的。"

早纪插嘴说："Ami的父亲是日本人。关于阿九先生家里的情况，我听我母亲稍微提过。请原谅我的失礼，首先想请问您儿子的大名是？"

阿九反射性地回答："……阿弥。"

站在早纪旁边的青年脸色立刻大变。

分铜问："这是怎么回事？"

早纪看了旁边的青年一眼后开始说明："某天，抚养Ami的父母告诉他说，他们并非Ami的亲生父母。在Ami的质问下，他们才回答说'是上帝将你赐给了我们'，并且表示Ami来到他们家时，手腕上缠着一个刻有'AMI'的皮革手环。"

阿九听了十分震惊,因为他知道眼前的年轻人身上流有自己的血液……然而事出突然,实在令人难以置信。

"抚养他长大的父母,大约在二十年前目睹一场车祸。现场很凄惨,被车撞的女子当场死亡。当时一辆载着婴儿的婴儿车跑来他们面前,两人自然伸出手抱起了婴儿。虽然有罪恶感,但是没有子嗣的他们决定抚养那名婴儿。他们从报纸上得知车祸身亡的女子是日本人,婴儿的眼珠和头发的颜色、肤色等,也都有很明显的亚洲人血统。一对白人夫妇抚养亚洲小孩,周遭的人很快地就知道那个小孩不是他们亲生的。于是,几年前Ami的养父母决定对他说出真相,这也让他开始想要认识更多关于日本的事情。就在这个时候,他刚好遇到当时正在法国留学的我。我鼓励Ami到九州大学念书,刚好老家隔壁就是阿九先生以前住过的空屋,代管钥匙的妈妈就把房子借给Ami住。没想到发生了许多事,许多无法用言语说明的现象,比方说突然听见什么、看到什么、感觉到什么,不断有超自然的现象发生,让Ami越来越相信那里是和自己有缘的地方。"

阿九试图将现在和过去联结在一起,突然引起心悸,心脏疼痛地让他当场抱着胸口蹲在地上。

"你还好吧?"分铜支撑着阿九问。

"嗯,我还好。只是有点呼吸困难。"

早纪说的应该都是真的,听起来很合理。阿九尽管可以理解,心情却很混乱。太多的想法在脑海中交错纠缠,超越了心灵和肉体的负荷,终于使他不支倒地。

醒来时,阿九躺在医院的病床上,眼前出现的是单调的白色墙壁,墙上还挂着一幅色彩淡柔的画,还有以这些为背景站立在眼前的分铜。

"阿弥……"阿九像是梦呓般地呼唤。

分铜微微点头说:"你已经睡了三天呀!"

他虽然面带微笑,但嘴角的线条有些紧绷。

"三……三天吗?"

"医生说是因为酒精过量,不过没事了,只要安静休养就能恢复。"

"那……那两个孩子呢?阿……阿……阿弥呢?"

"从你倒下去那天起,阿弥就守在病床边……"

"那他现在呢?"

"因为还有约,得先去东京一趟,不过他还会回来。反正留学期间都会在日本,只要想见面随时都能见的。真是太好了,可以见到下落不明的儿子,可得老天并没有放弃你呀!"

分铜帮阿九重新盖好被子后,轻轻叹了一口气说:"听说没有进行过DNA鉴定就不能确定是否是亲生父子。不过你们长得很像,应该错不了的。不然的话,也不会出现奇迹,让他住进了阿九的老家,这都是老天的指引呀!"

"老天吗……"

"我该回去了,彩排的时间快到了。团员们都说要来看你。"

阿九好不容易才能点点头。分铜离开后,只剩他一人在病房里。阿九想起了突然出现的儿子的脸。说像的确是很像,青年的眼睛跟娜娜一模一样。不知道之前那孩子过着什么样的人生呢?是什么样的命运让我们父子分隔两地?今后我们又该如何面对彼此呢?阿九不断地叹息,并在心中不停地自问。

"阿九呀……"有人在叫他。

阿九连忙探索声音的方向,看到窗边的桌上坐着一只黑猫。黑猫望着某个方向说:"人生有许多遭遇,但这就是赋予你的命运呀!你要烂醉死在酒精里也好,或是和相隔二十年才出现的儿子一起生活也好,为了剩下的人生,你必须做出许多选择,不要再拖拖拉拉了!"

"悲慕大师……"

"我不准你再继续蔑视人生,要重视缘分,好好过完今后的余生!"

"谢……谢谢大师。"

阿九一道谢,黑猫便从窗缝跳到外面。阿九闭上眼睛,远处传来摇篮曲,是阿九小时候阿七常唱给他听的。风吹进房间里,吹动了窗帘。阿九的手上浮现鸡皮疙瘩。忽然从乳白色的墙壁里面无声无息飘出阿七的灵魂,直往阿九身边逼近。旁边还有父亲远藤匠的灵魂,后面则跟着驼背的银次和娜娜。

"妈,怎么没看见总哥?"

阿九一问,阿七便点头说:"因为那孩子投胎转世了。"

"变成谁了?"

阿七停顿了一下回答:"阿弥。"

"哦!"阿九惊叫一声。就在那一瞬间也一切了然于心……原来如此,难怪从那个时候起,总一郎的灵魂就不再出现。阿九总算明白是怎么回事了。

"……这是你的人生,你要好好想想如何度过最后的人生。"

阿七说完便转身消失在墙壁里。

"阿九,你要保重自己,不要再受任何人的支配。"

父亲远藤匠带着笑脸,也同样消失在墙壁里。

银次什么都没有说,只在没入墙壁之前回过头来轻轻点了一下头。

"阿九,太好了,还可以见到阿弥……"最后剩下的娜娜说。

娜娜抬起头看着远方，欣慰的表情仿佛正在眺望着阿弥的未来。尽管在窗外射进来的阳光中若隐若现，她仍拼命想留在原地。

"……阿九，你要好好度过剩下来的一点人生，用剩下的时间指引阿弥。"

娜娜依依不舍地转身，垂头丧气地逐渐消失。在完全消失的瞬间，娜娜给了阿九一个微笑。阿九对自己说："这样就好了。"阿九心想："这样我就准备好了。"

7 "回到高宫"

阿九还不到五十岁，外貌却已显得老态龙钟。他的双脚虚弱，无法走太快，常常稍微一动，便呼吸困难，容易疲倦。虽然团员们都对他很好，但他们越是对自己好，越让阿九觉得无法继续留在马戏团里。每一次出错，阿九就自问："是否到了该离去的时候？"

阿弥经常会来看阿九，有时早纪也一起来，但渐渐地就只有阿弥一个人过来。一开始有些生疏的父子关系，随着阿弥的经常到访，逐渐填补了时间造成的空白。

只要时间允许，阿九会尽可能诉说关于娜娜的回忆。阿弥总是默默听着，在心中描绘母亲的形象。对阿九而言，这些父子共处的时间是他心情最放松的片刻。

"今……今天又是一个人来吗？"阿九用法文问。

阿弥则是用片段的日文回答："嗯，因为不好意思每次都叫早纪陪，而且这里是广岛，离福冈不远。"

阿九终于可以扮演父亲的角色，这种时候心中一定会想起自己的父亲远藤匠。想起曾经骑在父亲脖子上玩耍的幸福时光……

"还习惯日本吗?"

"嗯,习惯。"

"喜欢日本吗?"

"嗯,喜欢吧!总觉得很熟悉。"

"那你要把日文学好!"

"我的日文很奇怪吗?"

"这么短的时间里,我觉得你进步很多。只是语调有些奇怪,不过听得懂啦!"

"你觉得我可以在日本过下去吗?"

"嗯,只要你继续努力就没问题。"

"我想以后跟早纪结婚,一起在日本生活。"

阿九惊讶地反问:"跟早纪吗?"

"嗯,不过我还没有跟她告白。跟她在一起,我觉得很'橡皮擦'(KE.SI.GO.MU)。"

"KE.SI.GO.MU?"

阿弥大笑说:"我说错了,不是橡皮擦啦,该怎么说呢?我最近才学会这个字,就是心情很轻松的意思,不是有一个字吗?啊,我想起来了,应该是NA.GO.MU……"

父子俩一起笑了。

"我要说的是和早纪在一起,心情就会变得很安静祥和。"

阿九听了点点头。

"你的工作怎么样呢?"

"为了生活,我暂时打算先做翻译的工作,但以后我想试着写小说。题材很多,比方说爸妈的故事,还有我的身世……My personal history."

"那很好呀!"

阿九接着问："你要留在日本多久？"

阿弥耸耸肩回答："我会先回巴黎一趟，在那里的大学研究所再学习一些专业，然后再跟早纪提未来的事。搞不好我会被她甩了，这么一来，在日本生活的梦想就得暂时搁置。"

阿九直觉相信这孩子一定办得到的。一如过去的平安无事，今后他也能好好活下去。毕竟自己什么都没有帮他做到，这孩子却依然能够顺顺利利地长大，简直太不可思议了。虽然也曾恨过带走阿弥的那对夫妇，但现在觉得必须原谅他们才行。

"爸，你今后有何打算？"

不知从何时起，阿弥口中自然用"爸爸"来称呼阿九。一开始有些不适应，不久阿九便欣然接受。只要想起阿弥刚出生时一家三口的幸福岁月，眼眶就不禁泛红，泪水滴下脸颊。只有泪水不受到年龄增长的影响，永远都是新鲜的。

"老爸我要干什么呢？"不知道为什么，阿九想起了娜娜。

"我该做什么好呢……"沉吟之后，单眼对阿弥眨了一下。

公演结束后，阿九带着阿弥出席庆功宴，马戏团将小酒馆的房间给包了下来。敏彦坐在阿弥旁边，由于两人年龄相近，很快就混熟了，敏彦便开始表演折弯汤匙给阿弥看。

"好厉害的魔术呀！"阿弥难掩惊讶地赞叹。

"这可不是魔术，我是用超能力折弯的。"

"超能力？那是真有其事吗？你是怎么办到这么厉害的事呢？"

阿九抓起眼前的汤匙。

"以前你父亲也会。阿九叔是我的师父，你知道吗？我们是搭档。"

"搭档？那爸爸也会吗？"

阿九将汤匙递给阿弥。敏彦抓着新的汤匙，得意地高举："阿弥，要像这样拿着，拇指和食指握住汤匙柄最细的地方，然后将意识集中在指腹……"

阿弥跟着照做。

"指腹……你是说手指前面柔软的部分吗，这样子对不对？"

"OK，你不必去想要折弯它，而是想象汤匙被折弯，也就是已经折弯的画面。只要心中想象出汤匙软趴趴的样子就好。当脑海中完全呈现出那个画面的瞬间，汤匙也就被折弯了。"

"软趴趴？"阿弥跟着说，引起所有人哄堂大笑。

阿九心情复杂地看着儿子努力在脑海中想象那画面的模样。万一汤匙能够折弯，是否他的人生也会在那瞬间开始被扭曲呢？阿九不希望让阿弥踏上自己走过的人生路。这时，眼光刚好和坐在斜对面的园分铜对上，分铜紧闭着双唇，对他轻轻点了点头。在座的所有人都注视着拥有阿九血统的阿弥。接下来的瞬间，阿弥脸色一亮说："我想象出来了！"

话还没说完，汤匙已经被折弯了。大吃一惊的阿弥不由得将手放开，掉落在桌上的汤匙发出清脆声响，形状则像是蜷曲的软虫。

"哇，太厉害了！"年轻团员们大叫。

敏彦对着阿九笑，可是阿九却没有笑容。阿弥则是一直盯着卷成一团的汤匙看。

"太厉害了，汤匙居然卷成跟发条一样。"

坐在隔壁桌的勇太捡起那团汤匙放在自己的手掌上，团员们的视线都集中在他手上。

"真不愧是阿九先生的儿子。拥有这么厉害的能力！"分铜兴奋地说。

"怎么样？要不要一起来马戏团工作呢？"敏彦问。

不料阿弥当场摇摇头回答:"不,那可不行。"

所有人的脸上顿时失去笑容,团员们都用严肃的眼光看着阿弥。

"这个奇迹的确很棒!不过我现在还有很多必须完成的事得去做。不管超能力有多棒,用超能力来读书是不对的。我认为应该靠自己的力量,脚踏实地发挥能力。"阿弥很努力地用日文说明。

阿九很满意儿子的回答。分铜笑了出来,因为笑声太大,吸引了所有人的目光。

敏彦拍拍阿弥的肩膀说:"的确是要那样做才对。"

敏彦说完也放声大笑,其他团员们也跟着笑开了。只有阿弥依然低头看着自己折弯的汤匙。

隔年春天,阿弥因为接到东京的大学入学通知,而延后了回法国的计划。阿九也开始收拾行李,只有事先对园分铜透露自己将离开马戏团的决定。

"什么时候?"

"还不一定,我想再过一阵子就走。"

"离开这里后,要去哪里呢?"

"我在福……福冈有间房子,暂时会先住在那里。我父母的坟墓需要有人照料,回福冈应该是最好的。隔壁就住着儿时玩伴,有事情也有人可以商量。而且将……将来阿弥也会回到那里,我想和儿子一起在博多过完余生。"

"那样很好呀!但我可就寂寞了,而且敏彦也一直把你当爸爸看待。"

"是呀,不过只要想见面,我们随时还是可以见面的呀!而……而且马戏团来的时候,我也一定会去看你们。"

分铜点点头。阿九也露出笑脸,感觉心情十分舒畅。自己必须要静静回顾过往的人生，现在也到了该认真思考剩余人生的时期了。

阿九的身体每况愈下。常常会觉得到处疼痛，也因此有时候无法自由行动。天冷的早晨，光是拿张椅子或是拿本杂志等重物，就会有一股剧痛从后脑勺窜到背部。去医院检查也找不到病因，医生说可能是什么的后遗症吧！提不出具体治疗的方法，只给了止痛药。后来虽然也去做了针灸，到知名的温泉泡汤，也都毫无成效。

一听到阿弥入大学就读，阿九便向马戏团提出辞呈。当时还举办了热闹的欢送餐会，可是阿九吃到一半就逃跑了。分铜一行人到处找，却不知道阿九蹲在阴暗的小巷中哭泣。

"阿九先生！阿九先生！"

分铜的叫声渐行渐远。阿九想起了和父母一起生活的童年、和马戏团创始人赤沼强太的相遇、和团员的情谊，还有和彬子之间充满心酸的日子……许多关于赤沼马戏团的难忘回忆，渐渐地涌上了心头。而今那些回忆开始变得朦胧，化成淡淡的光在意识的回廊中旋转。

阿九将行李收拾成一个小旅行箱，搭上电车前往福冈。他还是留着满脸的胡须，戴着眼镜，但已不再穿戴高礼帽和燕尾服。阿九换上年轻团员们送他的红色毛衣和牛仔裤，穿着耐吉球鞋踏上旅程。

二〇一一年春天。阿九在博多车站下了电车，然后搭乘公交车前往出生的故乡——高宫。

8 "别走"

浑身疼痛沉重，无法动弹。明知道门铃响个不停，阿九仍缩在被窝里，微微睁开眼睛看着照射进屋内的阳光。想不起来自己做了什么梦，又好像还身在梦境中，精神恍惚。阿九心想，人的一生就像活在不会醒来的梦中。门铃依然响个不停，间隔短暂的铃声持续不断。大概是邮差或快递人员吧？真是不死心。

阿九睡在阿七的房间里，门的旁边是棉被柜。银次和阿七在棉被柜里相拥而眠，都已经是将近四十年前的往事了。这栋房子在当时算是摩登建筑，如今已十分老旧。银次还活着的时候，只进行过一次简单的翻修，但如今天花板都已经东翻西翘，地板也凹凸不平。看着屋内，阿九不胜唏嘘地感慨自己也上了年纪呀！

门铃又再次响起，阿九只好叹口气起床，披上毛衣走向玄关。胃的下方有些疼痛。长年以来腰部一带总是有些痛楚，最近移转到前方了。从上面按，疼痛之处总是固定的。茉莉所介绍的和平町医院，他去看过一次，医生说了一大堆病名，还好不是癌症。正想放下心中大石时，医生却说："还不能安心。虽然今天或明天不会有事，可是病情确实越来越严重。如果缺乏想治好的心，只会让病情更加恶化。"

医生的年事已高，抓着病历表的手微微颤抖。他是茉莉前不久才过世的父亲阿新从前看的医生。阿新死后，解剖发现患有生前没有查出的胰脏癌。葬礼时，医生向茉莉道歉。但茉莉表示一切都是命运，并没有责怪医生的意思。

大门一开，门口站着的是满脸笑容的茉莉。

"你果然还在睡觉，都已经中午了。"

茉莉端着小锅子，飘散出引人食指大动的香味。茉莉常来这里，带来食物或高级红葡萄酒。

"我煮了蟹肉稀饭，很好消化的。"

"谢谢，常……常常麻烦你。"

"别这么说，反正我也是一个人，做一人份还是两人份，没什么差别。"

阿九接过锅子。有时茉莉会上来一起吃，阿九也会受邀到茉莉家，不过两人并没有住在一起，就只是保持着这样的关系。经营葡萄酒酒吧的茉莉一向晚归，而阿九就像小孩子一样，天色一暗就想睡觉。

"没事吧？有没有什么问题？需要什么吗？有没有乖乖去看金山医生呢？"

"嗯，谢谢你介绍医生给我，多了一个说话的好对象。"

"他年纪虽然大了，可是有他在总是比较放心吧？"

阿九露出微笑。在眼前的是从以前就很熟悉的茉莉，让他感到很高兴。周围的许多平房都已经拆掉，改建成高级公寓大楼。原本安详的住宅区景观为之一变，只有寺内家和祖父江家还保持昔日旧貌，残留在原地。时间无情地流逝，如今只剩下阿九和茉莉两人。想诉说的回忆堆积如山，但害怕增添难过，阿九不敢提起往事。

"今天要做什么？"

尽管长久以来分隔两地，茉莉却像是一直生活在一起的家人一样。对待阿九的方式亲切自然，让他很高兴。她就像是阿九的妹妹，也像是母亲或妻子。茉莉只是阿九的儿时玩伴，两人并不相爱，而是存在着一种强烈的羁绊。每当人生的关头，阿九会在无意识间，透过写信的方式，确认彼此的关系。

"今天我还没有任何计划，因为一天才刚开始嘛！不过我应该会先打扫庭院吧！都已经荒芜了，没办法轻易恢复成从前的样子。我想做出我妈以前栽种的花坛，不过必须先从耕土做起，然后播种。"

"应该很花时间吧！"

"反正时间多的是呀！"

两人相视而笑。

"我下午得出门一趟，不过傍晚就会回来。我会简单做些晚饭，你可以等我吗？"

"茉莉，你很忙吧？不……不用勉强，我自……自己的事，自己可以处理。"

"没关系，你不用在意。"茉莉边说边走出去。

看着关上的大门，泪水涌上眼角。阿九吸吸鼻子，端着锅子往餐厅移动，墙壁上贴着应该是阿弥贴的汉字表，肯定是早纪陪他一起做的。汉字写得很漂亮，一眼就能看得出来不是阿弥写的。汉字下面标有罗马拼音，想必阿弥是坐在餐桌前，一边喝咖啡，一边看着这张表吧！现在则是阿九坐在同样的地点，一边吃着茉莉煮的蟹肉稀饭，一边想念阿弥。清淡的调味又引起阿九眼泪汪汪，人只要上了年纪，就会变得容易流泪。

下午阿九打扫了家里。他擦了地，拂去墙上的灰尘，在不勉强自己的情况下，一天做一点。一看到勾起回忆的东西，自然会停下手，怀念地盯着猛看。只要稍微动一下家具，到处就会跑出许多宝物般的东西，像是曾经和外公外婆一起玩耍的童年照片、阿七经常使用的化妆用具、和服、小熊装饰品、奖杯、小孩用的筷子、成堆折弯的汤匙、以前用过的课本、笔记簿等。

阿九一间又一间地巡视每个房间，在那些失去的时光里旅行。自己的房间里堆满了纸箱，只有书架和书桌还维持原样。墙上贴着阿九小时候画的阿七人像，虽然四个角都已经破烂，颜色也褪了，却奇迹般地还能认出是蜡笔的色彩。不知道为什么画中的阿七一脸怒容，对阿九而言，阿七是他坚强的精神依靠，也是他在世上唯一的母亲……

阿弥住的是银次以前的房间，里面还留有阿弥的气息。那孩子终究会回到这里来，到时候就能一起生活。这是阿九小小的希望。所以只要阿九感到孤单时，就会来到银次的房间，想象着阿弥曾经有过什么样的岁月，以此排遣寂寞。躺在钢管床上，翻阅找到的家庭相簿。

里面有父亲远藤匠、银次、外公勘六和外婆阿三。总算大家都能在一起生活了，阿九低喃。同时心想："有一天得跟阿弥说说家人的往事才行……"

阿九去医院拿药回来的路上，顺道绕往小时候和外公外婆一起生活过的西高宫小学看看。因为是周末的下午，校园里没有人。教室都已经改建了，但阿九眼中看到的仍是当年的木造教室。一如幽灵一样，矗立在原址的木造教室……还有风沙飞舞的操场。阿九看到年幼的总一郎和茉莉跑来跑去的身影，当然也有小时候的自己。小阿九正在追着球跑，笑得很无邪。每个人都面带笑容，活在梦中。笑声不断，有人将球踢上天空，画出一道弧线。记忆中的世界和真实的世界重叠在一起。

回忆并非都是美好的。眼前是总一郎上吊的、体育馆旁的紫藤棚，阿九从后门进去，站立在紫藤棚前。太阳晒焦了体育馆的边缘，仿佛可以看见光的粒子。不对，也许阿九是真的看到了昔日的光辉。在光的粒子与粒子之间，有天使存在。好久没有像这样想起许多总一郎的往事，总一郎的脸和阿弥的脸重叠在一起。

回到家时，看见茉莉站在寺内家的庭院前。祖父江家和寺内家的庭院只简单隔着一道高度约到小孩腰部的栅栏，上面所涂的白色油漆已然斑驳。小时候阿九曾经对阿七说过："还是不要这道栅栏比较好，因为庭院可以变得更大。"阿七笑着回答："你说得对啊。"都已经过了四十年的岁月，当时的栅栏应该不可能还在。即便是重新搭建的，经过这么久的时间，肯定也会腐朽的。

茉莉一看到阿九，就露出平常温柔的微笑。

"你在做什么？"阿九问。

茉莉回答："喂它们吃饭呀！"

阿九一上前，所有的猫都躲进树荫里，少说也有十只猫。

"不知不觉之间，就聚集这么多了。"

那是一群有着各种毛色、无家可归的猫咪。猫咪一旦发现阿九不是敌人，或许是因为空腹难耐吧，又一只两只地纷纷从树荫中走出来，群聚在茉莉脚边的餐盘前。

"咦？那只猫……"阿九对其中一只有些印象。

"哪只？那只黑色的吗？"

"嗯。"阿九点点头，却无法说明为什么问起的理由。

"它叫黑皮，早纪取的名字。很早以前就在我们家的猫。"

"普通的猫吗？"阿九忍不住开口问。

茉莉听了扑哧一笑说："当然是普通猫呀，不然还会是什么猫？"

黑猫静静看着阿九。

夜里，阿九睡不着，茫然想着心事时，听见沙沙作响的声音。一坐起来后，刚好黑猫跳上他的床铺。

"阿九，你现在的心情如何？"

黑猫的嘴巴变成人的唇型，是悲慕大师。阿九点头说："身体差强人意，常常会想很多事情。"

"是吗？想事情很好呀！只有不断地想，直到能够看穿所想的事情的背面时，人们才可以悟出真理。"

"那是什么意思？"阿九问。

"当你觉得不行时，表示还有救。一旦停止思考，那个人也就完了。思考事情也许很愚蠢、很无聊，但对人类来说却很重要。"

阿九无法理解悲慕大师究竟想说些什么，可是就在试图理解自己所不理解的内容时，又可以看清大师所要说的大概轮廓。

"我……我……我一直很想救人,结果自己现在反而要靠茉莉的帮助。我不是不想,但今……今生恐怕是无法九……九度救人了。"

没想到黑猫竟然笑了。

"不,你其实已经救人八次了。"

"八……八次?真的吗?"

"你救了赤沼强太。如果没有你的出现,他就没有办法安心成佛。"

阿九轻轻发出一声叹息。

"还有你也救了阿七和银次。没有你答应,他们就无法结为夫妇。"

黑猫用右前脚抓抓胡须。

"然后你还救了彬子和敏彦。"

"不,真要那么说的话,我根本没有救过敏彦。至于彬子,我甚至是临阵脱逃,完全放弃她了。"

"可是如果你还继续依赖彬子的情意,就不会有现在的幸福呀!彬子每天晚上睡觉前都会感谢你。她会看着丈夫和爱子的脸感谢你。她看着敏彦的成长茁壮,也会在背后偷偷感谢你。所以你丝毫不必担心。"

"怎么可能?"

"不,那是真的。只要诚实面对人生,就会得到诚实的回报。总之,你救了他们两人。"

泪水滑下阿九的脸颊。

"接着你也救了分铜,你让他在马戏团找到了安身之处。你也救了娜娜,你很努力想要救她和你的儿子阿弥。"

阿九惊讶得眼睛都不敢眨一下。

"悲慕大师!"

黑猫点点头,泪水模糊了阿九眼中的黑猫身影。

"在你人生的最后，还有一个人必须救。你知道吗？"

"是谁呢？"

"你仔细再想想，就是在一旁静静陪伴你共度未来的人。"

黑猫跳下床，然后回头看了阿九一眼。

"你还有任务要做，好好想想这一点吧！"

黑猫说完后，从门缝走了出去。

突然灵机一动，并非有什么清楚的愿景，只不过是想写写看。不是为了谁而写，也没有特定目的，而是想真实诚恳、没有虚伪地记录自己的人生。阿九买了几本笔记簿，摊开在干净的桌面上。没有什么写作顺序，也不是为了虚荣心而做。他没有想过要为死后留下什么东西，只是想通过书写记录自己的一生。事到如今，他当然不是为了帮早已不知身在何处的阿九帮留下福音书，也不打算将自己的名声流传于后世。就只是单纯地想记录罢了。

说来奇妙，一旦开始下笔，倒也写得很顺手。自己不是小说家，文笔也不好，所以写出来的东西称不上是正式的文章，顶多算是罗列出一连串毫无意义的文字和句子而已。想到什么就写什么，使得有些地方的文字冗长缺乏重点。也有些部分没有写字，而是画上素描般的插图，例如飘浮在空中的河马骑在两只大象背上、河马背上有乌龟、龟壳上面放着盆栽的画，有点像是曼陀罗，却又不是曼陀罗。只是用点、线和圆圈构成的奇妙图案。是在过去的何时何地呢？应该是在亚洲流浪的时候吧？站在冲绳海边时脑海中掠过的影像吧？那些都是某些时刻、某些瞬间，浮现在阿九脑海中的画面。但不可思议的是，当阿九把那些图案画在纸上时，心情竟然十分平静。画那些图时，阿九会唱诵咒语，有点类似《法华经》，但又不是《法华经》，他只是随口唱出让自己平静的声音。虽然不成曲调，也没有押韵，但有时却能感觉自成韵律。原来写作这件事比想象还要快乐。

笔记簿已写完好几本，似乎再怎么写也写不完。即便整页涂得乌漆抹黑，阿九还是要写。因为他有太多想写的东西。他写了某人的死，于是也必须写某人的生才行。从出生到死亡，人的一生波涛起伏，必须连写好几页。同时就好像箱子重叠一样，必须很自然地写出许多人的故事。简直就像是在写长篇小说、写一千零一夜的传奇一样……祖父江九几乎是废寝忘食地埋头书写。只有在茉莉送饭来的时候会稍微休息，从写作中解放。等到茉莉一回去，阿九又会再度坐回书桌前。尤其是对祖父江七的人生着墨的篇幅最多，不止写了一本，而是好几本。他不是描写祖父江七这个人，也没有叙述母亲的功绩和对母亲的爱，而是透过母亲来描写人类。从母亲说的话和行动蕴藏对人类的劝诫。由于阿九不是有意识地书写，因此写得不是很有系统，就像是备忘录或是信手拈来的文字一样。相反地，阿九尽量不写到自己，只是经由别人的眼睛写到自己，但绝不会写出个人的主观。

这些都是祖父江九心中的看法。

这些是他的宇宙。

阿九将小学时代的记忆写成诗。关于总一郎，他写了很多自己的想法。还有在本部看到的风景、树木、对名为龟甲墓的巨大坟墓所做的考察、关于恒河的水质、甚至连如何烹调在波斯湾捕获的大鱼等，他都一一记下。对于在宾馆屋顶上造林的考察文字，可说是仅次于书写母亲的大作。书写树木，是整个写作中最快乐的地方。包括如何让仙人掌在非开花季节开花、照顾菩提树的方法、选用圆艺剪的技巧等，只要想得到的，他都会用自己的文字写出来。

阿九不过是没有造假、真实地写下曾经目睹的人生罢了。而且这项作业终其一生也没有完成。一如必须有人继续这项工作一样，有时候作业被打断，那些笔记本就会蒙上灰尘。之后再发现时，可能会有人继续加上新的解释吧！不过这种事，祖父江九倒是从来没有梦见过。

阿九在随意挑选的笔记簿封面用铅笔写上《祖父江九启示录》，不过他只是一时兴起、没有很正经、有点半开玩笑性质地随便写上这标题而已。

到了下午，阿九又开始整理庭院。在宾馆屋顶的造林经验此时发挥了作用。割除杂草、重新整地、建造花坛。一天只劳动身体一个小时，在不勉强自己的范围内工作。不只是祖父江家的庭院，也要整理寺内家的庭院。

"不用麻烦了，我家庭院我自己会整理的。"茉莉说。

"我只是帮忙除掉杂草。"

忙着拔草之际，不知不觉间跑来一群野猫。大概误以为是放饭时间了吧？其中还有猫在阿九的脚边磨蹭索食。黑皮也夹在里面，但是眼睛并没有看着阿九。

"我想今天晚上应该可以一起吃饭，你想吃什么？"

"不用了，每天做很辛苦吧？"

"不用客气啦！是我想跟阿九一起吃的嘛！"

茉莉直视着阿九。脸上带着微笑，却不是真的在笑。阿九心想："茉莉的眼睛总是那么漂亮，没有一丝阴翳。"同时在心中低喃，"共度未来的人。"

"想吃什么呢？"

"咖喱饭。"

"咖喱吗？"

"可乐饼也不错。"

"可乐饼呀，可以。还有呢？"

"腌辣韭。"

茉莉笑了，阿九也跟着一起笑。

和茉莉共进愉快的晚餐时，痛楚突然袭击阿九。那是一种新的剧痛，发生在和以往胸口不同的部位，让他无法动弹。

"是因为咖喱的关系吗？"茉莉担心地问。

阿九躺在客厅沙发上说："别……别担心，我没事的。"

由于他说话的音调很怪，让茉莉吓坏了。正准备叫医生时，阿九抓住了她的手。

"阿九，我叫金山医生来。我去打电话。"

"别……别走……"

"要是恶化就糟了。"

"可是现在你别走，我希望你留在这里。"

阿九抓着茉莉的手不放，不希望她离开身边，他害怕从此就看不到她！

"别走……"

9 *"大家都好吗？"*

晨光照进屋内。由于是阴天，所以并不刺眼。阿九感到睡意朦胧，精神恍惚，茫然地想着："自己还存在于这个世界上，今天又能醒来，真是不可思议。"他试图想捕捉从出生到现在拂掠过脑海中的不鲜明记忆，但就像是伸手要抓飘流的云朵一样。

阿九用手擦脸，然后慢慢吐出一口气。过了三十分钟，他按着肚子确认疼痛的感觉。今天似乎不太严重，只有里面有块隐隐作痛的地方。在不刺激痛处的前提下，他轻轻摸着胃部一带，坐了起来。此时听见飞机的声音，阿九想起了小时候和总一郎、茉莉躺在净水厂草地上仰望的飞机白色腹部，一如在天空飞翔的鲸鱼一样。也想起了和同伴们热衷于滑草，从斜坡上滑下来时，整个世界如同万花筒般旋转。尽管是遥远的回忆，却都能够清楚地记得。飞机渐行渐远，当房内一恢复安静，阿九又被拉回现实世界。

阿九并不感到孤单，也知道剩下的时间不多，但他就是不觉得寂寞。大概是因为茉莉住在隔壁吧！两人既非夫妻也不是情侣，只是青梅竹马的儿时玩伴，却也不是普通朋友，阿九心想。彼此没有交往过，也没有共度过太多夜晚，更没有谈过梦想或争论无聊的话题。只有在各自过着各自的人生时，偶尔会想起对方……

然而，现在茉莉一个人住在隔壁。阿九很高兴孤家寡人的茉莉和自己的处境相同。

活着很痛苦是很理所当然的……阿九最近都这么想着。因为连续不断和重要的亲友死别，让他自觉到这一点，人生简直就是为了分离才活到现在呀！

阿九起身下床。先是闭上眼睛，感受眼睑上的白色光晕，等待血液慢慢往下流。茉莉应该已经起床了吧？他走到窗边，拉开窗帘，眺望庭院。才刚开始整理的庭院，竟开出了不知名的花朵，而且不止一朵，有好几朵散落在各处。阿九心想，那些花不是自己种的，昨天也还没有开，该不会是以前阿七种的吧？肯定是从别的地方飞来的、带根的种子。阿九想起了以前在旅途中看到的花朵。在阿苏山看到的紫色小花、在安纳多利亚高原看到的黄色花朵、在巴黎小公寓窗台上悠然绽放的红花，记忆中的花朵都开得欣欣向荣。

阿九到厨房烧热水泡茶。因为时间还很早，茉莉可能不会来，但他还是在桌上放了两个杯子。倒好自己的茶后，犹豫了一下，才又将另一个杯子斟满。一边喝茶，一边环顾墙壁、天花板、橱柜。看到壁纸已经脱落，心想今天就来修理这边吧！只要自己还有命在，就要让这间屋子继续活下去,因为这栋房子十分需要人的温暖。阿九摸着脱落的壁纸,估算需要多少时间修复。待会儿还得出门到高宫车站前买工具才行。

阿九继续打扫房子。自己的房间里依然堆积着许多纸箱,里面收着各种文件、旧衣服、不用的工具等。有记忆中怀念的旧物,也有搞不清楚是谁的东西。光是银次和阿七搜集的咖啡杯组,就占了两个纸箱。既然是搜集品,阿九索性将它们拿出来洗干净放在柜子里。另一个纸箱里塞满了照片,里面有阿七年轻时穿着和服的照片,还有父亲、外公外婆的照片,有些照片甚至是黑白的。阿九找到了小时候生活过的工友室照片,上面有着自己儿时的影像。看着看着,忽然心头一阵酸楚。大家都不在了,只剩自己还在这个世上。好想快点和大家相聚。不过接下来的瞬间,阿九赶紧抛开那样的念头。不对,自己在这个世界上还有很多事必须去做!不能让阿弥孤单一个人……自己能活多久,就要用多久时间好好看着阿弥的成长。"九度救人……"阿九听见悲慕大师的晓谕。

从其他纸箱中找到许多的明信片和信。几乎都是写给阿七的,其中夹了一张写给阿九的明信片,都已经褪色了,且字迹模糊。一看到寄信人的名字,阿九不禁倒抽一口气。那是总一郎写给阿九的最后一封明信片,是在他死后才寄到阿九手边的。

上面用铅笔写着几个摇摇晃晃的大字:

再见了,后会有期。

当时的一切再度在阿九的脑海中复苏。

电话铃声响了。阿九手拿着总一郎的明信片，连忙跑到客厅里去。一定是总一郎打来的，阿九坚信不疑。拿起话筒抵在耳畔，只听见远方有波涛汹涌的声音。

"是总哥吗？"阿九压低声音，小心翼翼地问。

一阵杂音之后，听到阿弥很客气地用日文问："爸，你已经起床了吗？"

一时之间，阿九的头脑无法理解是阿弥打来的，始终认定对方是总一郎。

"你从哪里打来的？"阿九问。

"这里是哪里呢？"阿九听见总一郎在说，"我不知道这里是哪里，不过这里有很多年轻人。大概是学校吧，我在这里读书。"

"那是怎么回事？"

"我也不知道怎么回事。不过我在这里和其他学生们一起读书就是了。我身边有个常在一起的女孩，从她说话和态度判断，好像是茉莉的女儿。她是怎么说的呢？她叫什么名字呢？"

"是早纪吧！"

'对，就是那个名字。她对我很好，那孩子很温柔！'

阿九知道自己在跟谁说话。对方不是阿弥，虽然是阿弥的声音，但对方是总一郎。

"大家都好吗？"总一郎问。

一时之间，阿九不知道他问的是哪些人，只好老实回答："嗯，大家都很好。"

"是吗？那很好。"总一郎说。

阿九赶紧也问："你那边，大家都好吗？"

"嗯，很好呀！大家都很好的。"

阿九总算笑了起来。"大家都很好的。"阿九在心中安心地叹了一口气。

"爸？"

电话里的声音摇醒了阿九。

"爸，你在跟谁说话吗？旁边有人吗？"阿弥片段的日文几乎快震破阿九的耳膜。

阿九回过神来反问："是阿弥吗？"

"爸！"

阿九看着手上的明信片。总一郎的灵魂借用了阿弥的肉体。总一郎的灵魂从那个时候起不再出现，是因为投胎转世变成了阿弥……阿九简直快哭了出来，所以我们才能这样再相见。总一郎借用阿弥再度回到这个世上。阿九不禁放声大叫："啊！"

"爸，你怎么了？"

阿九握着话筒，脑海中浮现早纪和阿弥有了小孩，幸福生活的画面。就好像一张全家人的合照，气氛温馨安详。里面有三个小孩，长得很像谁？大概是父亲远藤匠、母亲阿七，还有银次……

"你还好吧？出了什么事吗？"阿弥改用法文问。

阿九也用法文回答："我没事。"

然后深呼吸一口气又问："你什么时候回来这里？"

"因为在大学的生活已经稳定了，我打算下个星期和早纪一起回福冈一趟。有没有房间可住？"

"有呀，老爸会把你以前睡的房间整理好。我会整个都翻新，你放心好了。"

阿九用法文跟儿子说话。总一郎的灵魂就寄托在自己的儿子身上。不过这一点阿九没有跟阿弥说，也没有跟茉莉说。相信就算不说，总有一天茉莉也会知道的。

"我等着和你见面，帮我跟早纪问好。"

"好，我知道了。对了，爸，关于我和早纪……嗯……"

阿弥吞吞吐吐地没有说清楚。

"算了，没什么。真的没什么啦！反正有一天你会知道的。"

阿九点点头说："嗯，我了解。相信总有一天会知道的。那就bientt！（下次见）"

"爸，bientt！"

电话挂断后，阿九再度将视线停留在总一郎的明信片上。

阿九抓着那张明信片冲往玄关，穿上竹皮夹脚草鞋走到外面，仅有几丝阳光从云缝中照射到庭院里。阿九伫立在那里看着这一切，不久之后，隔壁的门开了，茉莉探出头来打招呼：

"阿九！"

"茉莉！"

两人隔着栅栏对望。

"要……要不要一起去吃午饭？"阿九说话的样子就像是告白的青年一样。

茉莉微微笑了，然后将视线停留在阿九的手上。阿九留意到后，立刻将明信片递上去说："我有东西要给你看！"

由于当时茉莉的心情太过激动，再加上又是总一郎专程寄给自己的信，所以阿九迟迟没有将明信片给茉莉看。

"茉莉一向跟哥哥很亲。我担心你会因为总哥只写给我而吃醋，所以一直没能告诉你这件事。"

茉莉只看了一眼，说声"请等一下"，便转身跑回屋里。

阿九不知道是怎么一回事。搞不清楚茉莉是伤心还是生气，就这样站在原地等。

过了不久，茉莉回来了，手上也拿着一张发黄的明信片，一语不发地拿给阿九。上面写着：

再见了，后会有期。

同样是那摇摇晃晃的字迹。和写给阿九的明信片如出一辙，都是总一郎用稚嫩的文字所留下的讯息。两人彼此对看，同时笑了出来。阿九心想："原来被耍了……"不禁为总一郎的恶作剧赞叹不已。

眼前是儿时的玩伴茉莉，她以漂亮的方式年华老去。阿九这才醒悟，原来竟绕了一趟远路，自己还剩多少时间呢？然而仍不得不感谢这小小的幸福。自己还有任务在身，祖父江九暗中发誓："自己要陪在她的身旁，运用剩余的时间充实地活下去。"

风，舒爽的和风吹过两人之间。在茉莉的凝视下，阿九笑了，同时肉体和精神也都突然变轻了。就这样，阿九将视线移向天空。晴空万里，阿九微笑地抬头仰望。虽然很平常，但他却很感谢眼前的晴空。不需要有特别的东西，只要还有灿烂的阳光、有儿时玩伴的茉莉陪伴、自己还能对这个世界有贡献，尤其重要的是自己还能够感谢，阿九打从真心感激这一切。一如想好好品味这一瞬间，阿九眨一眨眼睛，也为了将这个包含自己的世界深深烙印在心中。他很感谢自己还能有所贡献。阿九举目仰望清澄的蓝天，不断在心中重复说着："感谢，感谢。"

* * *

第四章　九之九

我在这本启示录中记录了我全部的人生。不过因为我的人生还未结束，其实也不能断言为全部。我只是片段式地写下了到目前为止，我所记得的所有事情。光是我一个人身上就发生过这么多的事，可见得拥有七十亿人口的地球，还存在着更多更多，一定还有其他戏剧性的人生故事吧！无数的悲剧和喜剧不断重复，每天、每时、每一瞬间在世界各地发生……不论长短，人们各自拥有的历史，简直是超乎我们的想象。所以说神明难道不是很厉害的说故事高手吗？而且世界上有多少人，就表示有多少个故事的主角存在。

*

人们总是要求我展现奇迹。他们要求我的乃是超越他们日常的"行动"。但对我而言，却是已经重复好几千次、极其普通的日常行动而已。我不过是拿着汤匙，没有事先设计机关地在他们眼前将它折弯，反倒是此时人们的反应会带给我奇异的感受。因为他们会异口同声称我为神。人们想要透过我看到宇宙的神秘或生命之谜，每个人都深信我的能力之中，有超越生存界限的某种力量。因此，当我轻易折弯汤匙时，他们看着我的表情，就好像遇到了神一样。然而我只是个普通人，不是神，我也有烦恼，就连现在也为烦恼所苦。我只不过是拥有一些特殊能力罢了，所以我无法引导任何人，至少在我心中并不存在生命的意义与答案。折弯汤匙就像息一郎曾经跟我说过的话一样，（对我而言）和擅长心算者的能力没有差别。所以，我大部分的弟子也能像那样折弯汤匙。实际上，能够折弯汤匙的人，都会异口同声地说出我所说过的话:"这种事每个人都办得到……"

当我让东西飘浮起来,或是自己飘浮在空中时,还发生过更严重的状况。因为过去并没有人做过这种事,于是在人群中产生了其他的现象。阿九帮的出现就是一例。他们说我是唯一的真神,但他们并不是因为在我之中看到神性,就直接称呼我为神。那真是太可怕了。没错,我的确可以在空中飞翔,而且这件事给予人类的冲击之大,足以匹敌人类开始用双脚走路的那历史的瞬间。当人们误以为我是神时,我心中的神便不存在。因为我无法引导他们,再加上车祸导致语言障碍、丧失记忆,让我更加无法罗织出人们期待听到的话语。自然而然,演变成我想逃离他们的好奇心。我在人们的面前消失后不久,关于我的存在和历史竟擅自变成传说发扬光大。我一不在,就有人帮我创造新的形象,让不是我的我充斥在社会上。他们错误地解读我,反而变成正确的事在世上流传。我很看不起那个虚相的我,说得更真实些,那个时期人们对我抱持的幻想都不是本质上的我,而只是人类愿景极其贫乏的象征产物罢了。

可是很奇妙的,这个虚伪的我,居然开始治疗从没见过的人们,有时候还可以解救众生。祖父江九这个存在简直像基督、释迦牟尼一样,可以赢得一部分人们的强烈信仰。但我必须要清楚地再次强调,那些都不是我,而是虚幻的人……我只不过是一个人生错误连连的蒙昧者,也是个苦闷的人、迷惘的人、人生的逃兵、现实世界的化外之民、随遇而安的旅人。我只是能够折弯汤匙、在空中飘浮而已,超越这些的事情我都没有做过。简单说来,我既不懂得爱人,也不太有人爱,我的一生完全没有值得对人称道的事情。

然后有一天,甚至连我的特殊能力也消失了,汤匙对我而言不过是个冰冷的铁片。我想从今以后,无论我再怎么努力也折不弯汤匙了吧！不，应该说我也不想再折弯汤匙了。我终于可以用汤匙喝温热的汤了，那真是一种美好的经验。从此汤匙就不会在我喝汤时，弯成"乁"字形……我终于可以不用木汤匙，改用铁汤匙喝南瓜汤和西红柿汤了。也可以尽情地用汤匙舀蛋糕、布丁、冰淇淋来吃了。最近我每天都将汤匙带在身上出门，只要一有时间，就像擦拭银器一样，用拇指按着汤匙柄最细的地方摩擦。虽然汤匙没有折弯，但这么做的话，会让我有奇妙的预感，感觉汤匙可能会突然弯曲吧！

这不过是人生曲折坎坷的折弯汤匙艺人，对过去恋恋不舍的行为罢了。但至少我已不再否定过去，这根折不弯的汤匙让我知道我的人生即将走到终点，同时汤匙也接受了我。因为汤匙不能折弯，带领我走到今天。我很感谢汤匙的不能折弯。不知道是我的感谢，还是汤匙对我的感谢，总之我可以从汤匙柄上感受到自己的体温，也可以从那里感受到些微但很伟大的爱情。这才叫作奇迹……

*

直到年过半百，我才知道自己存在这个世界的意义是什么，也对无法飘浮的肉体心存感谢。跳跃的时候，因为自身的重力被带回地面，仅仅只飘浮了几秒钟。但正因为无法飘浮飞翔，让我体会到重力的可贵，对自己的重量心存感激。尤其重要的是，我可以重新认识脚底下存在这块大地。每个人都会说想要看到奇迹，也有人大叫要我让他们看到奇迹。问题是，奇迹已经发生了。

我要说的是：你们活着就是奇迹……请想象在这黑暗浩瀚的宇宙中诞生拥有如此丰富氧气的星球，其概率能有多高呢？而且上面还能孕育生命的概率岂不更少得惊人？最后，考虑到你们还必须诞生在这个星球上的概率，简直是超乎想象。如果这些不叫作奇迹，那什么才叫作奇迹呢？在这伟大的奇迹前面，我能折弯汤匙不过跟抛掷硬币出现反面的概率一样而已。假如你在现在这个瞬间，在我的面前也能折弯汤匙，我应该一点也不觉得惊讶吧？只会为你浪费一根汤匙感到惋惜罢了。

（选自《祖父江九启示录》）

UGAN
Copyright© 2008 by Hitonari Tsuji
First published in Japan in 2008 by Shueisha Inc.,Tokyo
Simplified Chinese translation righs arranged with Hitonari Tsuji
Through Janpan foreign-righs Centre/Bardon-Chinese Media Agency

版贸核渝字（2012）第099号
图书在版编目（CIP）数据

右岸：我们之间，一条爱的河流/（日）辻仁成 著；
张秋明 译. —重庆：重庆出版社，2013.6
ISBN 978-7-229-06676-5

Ⅰ.①右… Ⅱ.①辻… ②张… Ⅲ.①长篇小说—日本—现代
Ⅳ.①I313.45

中国版本图书馆CIP数据核字（2013）第127477号

右岸：我们之间，一条爱的河流
YOUAN WOMENZHIJIAN YITIAOAIDEHELIU
［日］辻仁成 著
张秋明 译

出 版 人：	罗小卫
策　　划：	华章同人
出版监制：	陈建军
责任编辑：	王春霞
责任印制：	杨　宁
营销编辑：	刘　菲
装帧设计：	荆棘设计

重庆出版集团
重庆出版社 出版
（重庆长江二路205号）

投稿邮箱：bjhztr@vip.163.com

三河九洲财鑫印刷有限公司　印刷
重庆出版集团图书发行有限公司　发行
邮购电话：010-85869375/76/77转810

重庆出版社天猫旗舰店
cqcbs.tmall.com

全国新华书店经销

开本：880mm×1230mm　1/32　印张：16.375　字数：280千
2013年9月第1版　2013年9月第1次印刷
定价：39.00元

如有印装质量问题，请致电023-68706683

版权所有，侵权必究